Emma Wagner

Weil ich von Dir träumte

TINTE & FEDER

Das Buch

Seit ihrer Kindheit wird die Künstlerin Justine von einem wiederkehrenden Albtraum gequält, den sie in ihren Werken zu verarbeiten versucht. Als bei ihrer Ausstellung der geheimnisvolle Raphaël auftaucht, verspürt sie sofort eine Verbindung zu ihm. Fasziniert folgt sie ihm nach Korsika und schon bald zieht nicht nur er, sondern auch die Insel sie in ihren Bann.

Aber warum will ihr Vater sie um jeden Preis zurückholen? Und wieso reagieren die Bewohner eines kleinen Bergdorfes so abweisend auf sie?

Gemeinsam mit Raphaël begibt sie sich auf die Suche nach Antworten. Und stößt auf eine Geschichte von Liebe und Hass, die ihr bisheriges Leben in Frage stellt.

Die Autorin

Über eine halbe Million Leser konnte Emma Wagner bereits begeistern, monatelang waren ihre Romane in den Top 100 der Amazon-Charts vertreten. Über ihre Bücher wurde bereits im Radio, und in bekannten Printmedien berichtet.

EMMA WAGNER

Weil ich von Dir träumte

Roman

TINTE & FEDER

Deutsche Erstveröffentlichung bei
Tinte & Feder, Amazon Media EU S.à r.l.
38, avenue John F. Kennedy, L-1855 Luxembourg
September 2019

Umschlaggestaltung: semper smile, München, www.sempersmile.de
Umschlagmotiv: © Vanilllla / Shutterstock; © Anton Watman/ Shutterstock; © Atsushi Yamada / Getty; © Maria Sedova / Getty; © Gavin Forrest / EyeEm / Getty
1. Lektorat: Jil Aimée Bayer
2. Lektorat und Korrektorat: Verlag Lutz Garnies, Haar bei München, www.vlg.de
Gedruckt durch:
Amazon Distribution GmbH, Amazonstraße 1, 04347 Leipzig /
Canon Deutschland Business Services GmbH, Ferdinand-Jühlke-Straße 7, 99095 Erfurt /
CPI books GmbH, Birkstraße 10, 25917 Leck

ISBN 978-2-91980-925-7

www.tinte-feder.de

Die Zukunft gehört denen, die an die Wahrhaftigkeit ihrer Träume glauben.

Eleanor Roosevelt

Ein Traum

Beißender Rauch brennt in meiner Kehle, treibt mir die Tränen in die Augen. Das tobende Feuer lässt diese Tränen verdampfen, noch ehe sie meine Wangen erreichen. Ich stemme mich gegen eine Wand aus Hitze, die mir die Haut vom Körper brennen will. Schreiende, rennende Menschen. Und mittendrin ich – hilflos, völlig erstarrt. Mein Herzschlag dröhnt in meinen Ohren, übertönt selbst das Wüten der Flammen und die angstvollen Rufe um mich her.

Panik wirbelt die Gedanken in meinem Kopf durcheinander wie Sturm das Herbstlaub, doch das Labyrinth, in dem sie umherirren, birgt eine entsetzliche Erkenntnis in seiner Mitte. Eine, die nicht die richtige sein kann, nicht die richtige sein *darf*. Ich weigere mich, zu akzeptieren, was vor mein inneres Auge drängt, will es nicht wahrhaben. Mein Herz verkrampft sich, es sticht so schmerzhaft, dass es mir den Atem raubt. Ich zittere unkontrolliert am ganzen Körper, will schreien, aber kein Laut entringt sich meiner Kehle.

Ich rieche verschmortes Gummi, verkohltes Haar und etwas noch viel Widerwärtigeres. Der Gestank dreht mir den Magen um, lässt mich Galle würgen. Dennoch will ich zu diesem Feuer, *muss* ich zu diesem Feuer, denn es hält gefangen, was mir auf dieser Welt am wichtigsten ist.

Gefräßig streckt es seine glühenden Finger nach mir aus. Ich hebe die Hand, betrachte seltsam verwundert die roten Brandblasen auf meiner Haut. Mir ist, als stünde ich irgendwo außerhalb meines Körpers. Als hätte mein Geist sich schon entschieden, sich von diesem zu trennen, bevor die lodernden Flammen ihn vernichten.

Alles ist in Bewegung. Alles – bis auf mich und den Jungen auf der anderen Seite des Infernos. Das Flackern lässt bedrohliche Schatten über sein schmales Gesicht tanzen. Zwischen grellrot zuckenden Feuerzungen treffen sich unsere Blicke. Der Ausdruck in seinen aufgerissenen Augen trifft mich bis ins Innerste: Fassungslosigkeit und Entsetzen – ein Spiegelbild meiner eigenen Gefühle.

Unmittelbar vor mir geht meine Welt unter, aber ich rühre mich nicht, sondern klammere mich mit aller Kraft an diesem Blick fest – er ist mein Rettungsring in einem Ozean des Wahnsinns. Bis der Qualm so dicht wird, dass er mir vollkommen den Atem nimmt.

Schwärze umfängt mich und löscht gnädig die Flammen.

Doch das Gesicht begleitet mich in die Dunkelheit. Es lässt mich nicht los.

Nie wieder.

Kapitel I

Heute

Ich schrecke auf, ringe angsterfüllt nach Luft. Das Dröhnen der Schreie noch in den Ohren, den Gestank des Rauches in der Nase. Ich drohe zu ersticken. Mein Puls rast, mein Herz hämmert schmerzhaft gegen meine Rippen. Ich sterbe.

Dann erst realisiere ich, dass ich atmen kann, hektisch zwar und flach, aber ich kann atmen! Und nirgendwo ist Feuer zu sehen. Der einzige Lichtschein stammt von den Werbetafeln an den umliegenden Hochhäusern. Ich sitze im Bett und blinzele keuchend ins Halbdunkel, die Finger noch immer in den Ausschnitt meines Schlafshirts gekrallt in dem wilden Versuch, es von meiner Kehle zu reißen. Verwirrt lasse ich den Stoff los, hebe meine schmerzenden Hände vor die Augen. Sie zittern, und ich spüre die Gluthitze auf der Haut, jedoch sind keine Brandblasen zu sehen.

Ich bin kein kleines Kind, das vor einem Feuer steht, sondern eine erwachsene Frau, die in ihrem Bett liegt. Vor dem Schlafzimmerfenster blinkt eine der Reklametafeln in grellem Orange auf. Das Licht fällt durch die schräg gestellte Jalousie herein, unterteilt das Zimmer in dunkle und helle Streifen. Als wäre die Welt in Stücke geschnitten. Ich bin vollkommen durchgeschwitzt, doch es war nur ein Traum.

Vor Erleichterung schluchze ich auf.

»Was ist?«, nuschelt Dean neben mir schlaftrunken, dreht sich auf die andere Seite und schläft sofort wieder ein. Orangefarbene Streifen überziehen das Bett und ihn.

Noch im Sitzen rutsche ich ein Stück zurück und lasse mich gegen das Kopfteil sinken. Die Erleichterung von gerade eben weicht einer Trauer, die so abgrundtief ist, dass ich mir die Decke gegen den Mund pressen muss, damit Dean nicht von meinem gequälten Wimmern geweckt wird.

Atmen! Tief durchatmen! Den Weg der Luft durch deinen Körper verfolgen! Ganz genau so, wie Dad es dir beigebracht hat!

Ich rufe mir seine sanfte Stimme ins Gedächtnis und seine Worte, spüre meinem Atem nach, wie er seinen Weg durch meinen Körper nimmt, meinen Brustkorb hebt und senkt. Langsam beruhigt sich mein Puls, schlägt mein Herz nicht mehr ganz so heftig. Nach wie vor aber zittern meine Hände und schwirren Fetzen des Traumes in meinem Kopf herum wie eine schwarze Wolke aus Abermillionen Mücken, die unaufhörlich summen. Ihre Stiche piesacken mich, doch selbst wenn ich noch so wild mit den Armen wedele, kann ich sie nur kurzzeitig vertreiben. Endgültig werde ich sie wohl niemals loswerden.

So wie meinen Traum.

Ich schüttele heftig den Kopf, als könne das die erdrückenden Bilder verscheuchen.

»Justine! Was zappelst du denn ständig rum?«, schnauft Dean missmutig. »Schlaf endlich!«

»Ich hatte wieder meinen Albtraum«, flüstere ich. Jetzt ist es auch egal, er ist ja wach.

Er seufzt, murmelt dann verschlafen: »Können wir morgen darüber reden?«

Ich ignoriere seine Bitte, umklammere stattdessen seine Hand. »Es war grauenvoll«, stoße ich aus. »Die Gerüche, die

Geräusche. Alles war wieder da. Ich habe den Rauch geschmeckt, den Schmerz gespürt. Dean, es war so echt, so real.«

Ein kurzes Stöhnen ist zu hören, dann stemmt er sich auf die Ellbogen. Sein schulterlanges Haar fällt ihm wirr ins Gesicht. »Du hast gesagt, die Panikattacken seien vorbei.«

Bilde ich es mir nur ein, dass er vorwurfsvoll, ja fast genervt klingt? »Dachte ich ja auch«, verteidige ich mich matt. Tatsächlich gab es schon oft hektische Zeiten, in denen ich so sehr in meine Arbeit vertieft war, dass die Träume fortblieben, aber immer, wenn ich unsicher oder nervös war, kamen sie wieder.

Dieses Mal hingegen habe ich eine so lange Zeit über Ruhe gehabt, dass ich wirklich dachte, mich auf einen sicheren Felsen geflüchtet zu haben. Doch wieder einmal ist das Gestein unter mir weggebrochen.

Die Reklametafel vor dem Fenster wechselt zu einem stechenden Rot. Fast scheint es, als würde das Zimmer in Flammen aufgehen, mein Traum Realität werden, und plötzlich überkommt mich das erdrückende Gefühl von Bedrohung erneut. Einer nicht greifbaren, aber deutlich vorhandenen Bedrohung, die mir die Härchen auf den Armen zu Berge stehen lässt.

Etwas wird passieren, dessen bin ich mir auf einmal so sicher, dass meine Kehle eng wird, sich meine Finger wiederholt in die Decke krallen. »Was, wenn das ein schlechtes Zeichen ist?«, frage ich gepresst.

Dean runzelt verständnislos die Stirn. »Wofür?«

»Für die Ausstellung morgen. Was, wenn sie eine Katastrophe wird? Wenn die Leute meine Werke banal finden? Wenn die Presse mich in der Luft zerreißt?«

»Du bist einfach nur aufgeregt, Schatz, das ist alles. Und das ist auch der Grund für deinen Albtraum. Blende es aus und versuch, endlich zu schlafen. Sonst bist du an deinem großen Tag total im Eimer, und das willst du sicherlich nicht, oder?«

»Natürlich nicht.«

»Na also. Du wirst sehen: Alles wird gut.« Er gähnt. »Trink einen warmen Tee oder so, nur weck mich bitte nicht noch einmal, du weißt doch, dass ich morgen auch noch den Termin mit den Sponsoren habe.«

Ich nicke stumm, rutsche wieder nach unten und kuschele mich in meine Decke.

Dean gähnt erneut, lässt sich zurück auf das Kissen fallen, und binnen weniger Minuten höre ich seine tiefen, ruhigen Atemzüge.

Ich hingegen liege starr da und habe Angst, die Augen zu schließen. Ich fürchte mich davor, erneut die Flammen vor mir zu sehen, den Qualm und Gestank zu riechen und die Hitze zu spüren. Unruhig wälze ich mich hin und her, meine Gedanken kreisen wie die Flügel einer Windmühle. Schließlich gebe ich auf und verlasse vorsichtig das Bett. Meine nackten Füße verursachen schmatzende Geräusche auf dem kalten Betonboden, als ich mich aus dem Zimmer schleiche.

Auf halbem Weg zur Dachterrasse wird mir klar, dass ich mich hätte umziehen oder zumindest einen Morgenmantel mitnehmen sollen, denn der Sommer scheint eine Pause eingelegt zu haben und die Nacht ist kühl. Ich fröstele in meinem nass geschwitzten Schlafshirt. Dennoch kehre ich nicht um, schnappe mir lediglich die grob gestrickte Decke vom Sofa und werfe sie mir über die Schultern, bevor ich die Terrassentür zur Seite schiebe. Mit leisem Scharren gleitet sie auf. Eine dunkle Gestalt an der Brüstung fährt herum.

Glühend heiß schießt mir der Schreck durch die Glieder. Doch bevor ich aufschreien kann, erkenne ich im Schein der beleuchteten Fenster der umliegenden Hochhäuser einen längs gestreiften Pyjama, einen dichten dunklen Bart und gütig dreinblickende Augen.

»Dad, du hast mich fast zu Tode erschreckt!« Ich schalte die kleine Wohnzimmerstehlampe neben der Tür ein, bevor ich nach draußen trete. »Ich dachte, du würdest im Gästezimmer tief und fest schlafen. Was machst du denn hier draußen?«

»Die gleiche Frage könnte ich dir stellen.« Er fährt sich mit der Hand durch das Haar, das genauso nachtschwarz ist wie meines.

Sein italienischer Akzent ist so beruhigend vertraut, dass mir auf Anhieb etwas leichter ums Herz wird. Ich trete auf ihn zu und lehne mich neben ihm ans Geländer. »Ich kann nicht schlafen.«

»Dito.«

»Warum?«

»Meine kleine Prinzessin ist nicht mehr klein. Sie ist eine große Künstlerin, die morgen ihre erste eigene Ausstellung haben wird. Ist es da ein Wunder, dass ich aufgeregt bin?« Voller Stolz lächelt er mich an und das Licht der Stehlampe spiegelt sich in seinen Augen. Sie sind heller als meine, mehr honigbraun als karamellfarben. Auch seine Wangenknochen sind nicht ganz so ausgeprägt und sein Mund ist deutlich schmaler als meiner, aber unsere Herzen schlagen im gleichen Takt.

Ich schüttele den Kopf. »Weder bin ich eine große Künstlerin noch habe ich meine eigene Ausstellung. Das weißt du doch, Dad.« Verlegen streiche ich mir eine Locke hinter das Ohr. »Ich bin nur Teil einer Ausstellung, ein sehr kleiner noch dazu, und wahnsinnig dankbar dafür, diese Chance überhaupt erhalten zu haben. Und dir bin ich dankbar, dass du extra dafür angereist bist und solch einen weiten Weg auf dich genommen hast.«

»Wieso nur machst du dich immer klein?«, schimpft er.

Mit einem Seufzen stemme ich die Ellbogen auf dem Geländer auf und lasse meinen Blick über die nächtliche Stadt schweifen. Vor mir – und zehn Stockwerke unter mir – breitet sich New York aus. Nicht der coole, hippe Teil, sondern der schmutzige, grelle, laute. In der Ferne sind Polizeisirenen zu hören, aus einem offenen Fenster irgendwo in der Nähe dröhnt der Fernseher herüber. Die Dachterrasse ist das einzig Gute an dieser Wohnung, die für ihre geringe Größe zu teuer ist und in einem Viertel liegt, in dem ich nie ohne Pfefferspray das Haus verlasse, während Dean es als authentisch und inspirierend bezeichnet. Doch genau da sind wir beim Thema. »Ich bin nicht zufrieden mit meinen Arbeiten, Dad. Mir fehlt die Inspiration.«

»Aber deine Werke sind wundervoll!«

Ich muss über seine Entrüstung lächeln. Er hätte selbst ein leeres Blatt Papier wundervoll gefunden, solange es von mir stammt. »Das ist lieb von dir, Dad, aber das sind sie nicht. Ihnen fehlt einfach etwas.«

»Was denn?«

»Das weiß ich erst, wenn ich es gefunden habe. Allerdings kann ich mich in letzter Zeit kaum noch aufraffen, überhaupt weiterzumachen und danach zu suchen.«

»Aber du hast immer gesagt, du liebst das, was du tust, über alles.«

»Das stimmt ja auch. Es ist nur …« Ich suche nach den richtigen Worten. »Ich habe meine Begeisterung verloren.«

»Vielleicht bist du einfach überarbeitet?« Besorgt mustert er mich und legt seine Hand an meine Stirn. Wie früher, wenn ich Fieber hatte. Als könne sich Überarbeitung durch erhöhte Temperatur äußern. Ich muss schmunzeln.

»Nein, das ist es nicht«, sage ich, nehme sanft seine Hand und drücke sie. »Ich fühle mich erschöpft, ja, aber zugleich rastlos und … ratlos. Als hätte ich die ganze Zeit nach einer Antwort gesucht und darüber die Frage vergessen.« Außerdem bin ich kurz davor, meine Suche aufzugeben, weil ich die Antwort ja doch niemals finden werde. Letzteres sage ich ihm aber nicht. Es würde ihm nur Schmerzen bereiten, wenn ich ihm den Grund für diese Suche verrate. Und das, wonach ich suche.

»Was sagt Dean dazu?«

»Dass ich schlafen soll, um morgen – nein, eigentlich schon heute – nicht hundemüde zu sein.«

»Das ist alles?«

»Dean hat heute einen stressigen Tag, er braucht seinen Schlaf.«

»Er? Ich dachte, es sei deine Ausstellung. Du bist die Hauptperson von euch beiden. Du bist die mit dem Stress.«

»Ja, aber er trifft sich vorher noch mit ein paar sehr wichtigen Leuten, die er für unsere eigene Vernissage als Sponsoren gewinnen möchte.« Ich trete vom Geländer zurück und lasse mich in die alte Hollywoodschaukel sinken, die uns die Vormieter abgetreten haben. Ich ziehe die Beine an, umschlinge sie mit den Armen und lege den Kopf mit geschlossenen Augen auf den Knien ab.

Mit schlurfenden Schritten folgt mir mein Vater – der im Gegensatz zu mir daran gedacht hat, Hausschuhe anzuziehen –, dann ächzt das Metallgestell der Schaukel hörbar auf, als er sich neben mir auf das Polster fallen lässt und unser beider Gewicht die Sitzfläche nach unten drückt.

Er zieht die Decke enger um meine Schultern und ich schmiege mich an ihn. Ebenfalls wie früher, als ich noch ein Kind war. Und es nur uns beide gab.

»Ich fühle mich so verloren«, sage ich leise. »Als würde ich an einer Weggabelung stehen und müsste mich entscheiden, in welche Richtung ich weiterlaufen soll. Obwohl ich weiß, dass beide falsch sind.«

»Es gibt keinen falschen Weg. Nur Erfahrungen, die es zu machen gilt. Erkenntnisse, die links und rechts des Weges gesammelt werden. Auf dem einen Weg sind es mehr, auf dem anderen weniger.« Deutlich leiser setzt er hinzu: »Aber egal, für welchen Weg du dich entscheidest, bereue ihn nicht. Das führt nur zu unendlichem Kummer.«

Ich horche auf. »Welche Entscheidung hast du denn bereut?«

Es dauert lange, bis er antwortet. Der Nachtwind trägt fröhliches Gelächter von der Straße herauf. Ich stelle mir eine Gruppe junger Menschen vor, die scherzen, schäkern und sich auf die Zukunft freuen. Wann war ich das letzte Mal so ausgelassen, so voller Optimismus?

»Es gibt viele Entscheidungen, die ich am liebsten rückgängig machen würde«, sagt er schließlich und wendet mir sein Gesicht zu. Er wartet, bis ich meinen Kopf von seiner Schulter genommen habe und ihn ansehe, als wolle er sichergehen, dass ich ihm auch wirklich zuhöre. Jetzt erst spricht er weiter. »Aber keine einzige, die mit dir zu tun hat. Ich möchte, dass du das verinnerlichst, dass du immer daran denkst, egal was passieren sollte …«

»Wie meinst du das?«, unterbreche ich ihn. Seine plötzliche Ernsthaftigkeit beunruhigt mich. »Was sollte denn passieren? Bist du etwa krank?« Besorgt mustere ich ihn, überlege bereits, wie ich ihn dazu überreden kann, länger hierzubleiben, damit ich mich um ihn kümmern kann, aber er schüttelt den Kopf.

»Ich möchte einfach«, sagt er, »dass du dir immer vor Augen hältst, dass du das Wundervollste in meinem Leben bist. Alles, was ich getan habe, habe ich für dich getan.«

»Das weiß ich doch«, beruhige ich ihn und kuschele mich wieder an ihn.

Er legt seinen Arm um meine Schulter, drückt mich fest an sich. Fast ist es wie damals, als ich Nacht für Nacht schreiend aufgewacht war, mein Vater ins Zimmer gestürzt kam und mich in seinen Armen wiegte, bis ich mich zurück in den Schlaf geweint hatte. Leise gestehe ich: »Ich hatte wieder meinen Traum.«

Ich spüre, wie er sich versteift.

»Hast du auch immer noch Albträume?«, frage ich.

Wieder schweigt er. Erst als ich gar nicht mehr damit rechne, dass da noch etwas kommt, sagt er plötzlich: »Mehr, als du dir vorstellen kannst. Doch der schlimmste ist, dass du nicht dermaßen unfassbar glücklich bist, dass du vor Freude zu platzen meinst.« Er löst sich von mir, sieht mir ins Gesicht und sagt nachdrücklich: »Eines Tages wirst du erfolgreich sein, Justine. Daran habe ich keinen Zweifel. Was ich mir aber von Herzen wünsche, ist, dass du so glücklich bist, dass du das Gefühl hast, fliegen zu können.« Erneut zieht er mich an sich, drückt mir einen Kuss aufs Haar. »Du verdienst nur das Beste.«

Seine gefühlvolle Ansprache irritiert mich. Für gewöhnlich ist er kein Freund vieler Worte, hat heute Abend schon mehr gesprochen als sonst den ganzen Tag über. Ich mustere ihn mit gerunzelter Stirn.

»Ist wirklich alles in Ordnung?«

»Ja, Kleines.« Er steht abrupt auf. »Und du solltest jetzt wirklich ins Bett gehen, sonst hat Dean am Ende noch recht. Und das kann ich nicht zulassen.« Er zieht eine Grimasse. Dass er Dean nicht besonders mag, daraus hat er nie einen Hehl gemacht. Bevor ich etwas erwidern kann, dreht er sich um und geht wieder rein.

Überrumpelt stemme auch ich mich aus der Schaukel und folge ihm.

Als ich die Terrassentür hinter mir zuziehe und den Pulsschlag der nächtlichen Stadt aussperre, betritt mein Vater bereits das Gästezimmer. Auf der Schwelle jedoch dreht er sich noch einmal um, sodass auch ich innehalte.

»Ich liebe dich, mein Kind, denk bitte immer daran. Egal, was kommt: Du bist mein ganzes Glück. Ich habe alles für dich getan.« Dann verschwindet er im Zimmer und schließt die Tür.

Verunsichert starre ich auf ihr dunkles Holz. In solch melancholischer Stimmung habe ich meinen Vater noch nie erlebt.

Und da ist es wieder, dieses Gefühl einer Bedrohung. Diese blutrote Vorahnung, die mir wie aus dem Nichts den Rücken hinaufkriecht, sich mit scharfen Krallen an meinem Nacken festklammert und mich erschauern lässt.

Stimmengewirr hallt durch den hohen Raum mit seinen Betonwänden, in dem die Vernissage stattfindet. Lichtinstallationen flackern auf und setzen große und kleine Kunstobjekte perfekt in Szene.

Ich stehe zwischen einem verspiegelten Raumteiler und einem metallenen Ei. Während noch immer das Gespräch von letzter Nacht mit Dad in meinem Kopf herumgeistert, beobachte ich nervös einen hageren Mann. Er hat das Kinn nachdenklich auf die Hände gestützt und steht mit kritischem Blick vor zwei meiner Bilder. Vor Anspannung bin ich kurz davor, an meinen Nägeln zu kauen.

»Komische Leute laufen hier herum«, ertönt neben mir die Stimme meines Vaters. Er klingt, als sei ihm sehr unbehaglich zumute. Skeptisch sieht er sich um. An seinen Anblick im Anzug habe ich mich immer noch nicht gewöhnt. Seiner verkrampften Körperhaltung nach zu urteilen, geht es ihm nicht anders. Das letzte Mal, dass ich ihn im Anzug statt in Jeans oder Arbeitsbekleidung gesehen habe, war zu meiner Schulabschlussfeier, umso höher rechne ich es ihm an, dass er sich für mich heute in das steife Teil hineingezwängt hat.

»Ist das da jemand Wichtiges?«, fragt er und deutet mit einem Nicken auf den hageren Mann.

Ich nicke. »Gordon Boyle. Der Chef einer bekannten Kunstgalerie.«

»Dann schnapp ihn dir und rede mit ihm.« Dad macht den Eindruck, seinen Vorschlag am liebsten direkt selbst in die Tat umsetzen zu wollen. Und das, obwohl er sich hier ganz offensichtlich vollkommen fehl am Platz fühlt.

Fast hätte ich ihn dafür umarmt, in Gedanken jedoch sehe ich ihn schon auf Mister Boyle zustürmen und ihm von den *tollen Bildern* seiner *kleinen Prinzessin* erzählen. Hastig greife ich nach seinem Arm. »Ich geh schon selbst. Also, ich meine: gleich.« Ich behalte für mich, dass dieses *gleich* schon zwanzig Minuten andauert, recke stattdessen den Hals und blicke mich suchend um.

»Wo ist Dean?«, fragt mein Vater und legt damit den Finger genau auf die Wunde.

»Er wird jeden Augenblick hier sein. Er hat mir fest versprochen, heute zu kommen.« Er *muss* kommen! Ich brauche seine Unterstützung im Gespräch mit den Größen der Branche, eben wie mit Mister Boyle da vorn. Dean hat mir mehr als deutlich gemacht, dass all diese Kunstmäzene und Galeristen ebenso kritisch wie empfindlich sind. Nur ein falsches Wort, und meine Karriere ist zu Ende, noch bevor sie begonnen hat. Also, wo bleibt er nur? Wieso geht er nicht einmal ans Handy? Ich habe es schon mehrmals versucht.

Gefrustet beiße ich mir auf die Lippe. Ich will diese Chance nicht vergeigen, verdammt noch mal. Mit Sicherheit werde ich in meiner Panik kaum einen geraden Satz herauskriegen. Und wenn doch, dann ganz bestimmt den falschen.

Mein Vater fährt sich mit dem Finger unter den Hemdkragen, zerrt daran, als würde er nicht genug Luft bekommen. Er fühlt sich sichtlich unwohl unter all den Menschen, und ich kann es ihm nicht verdenken, ergeht es mir doch genauso in diesem Moment.

Ich wünschte mir, mein schwarzes Haar nicht elegant hochgesteckt, sondern offen zu tragen, um mein Gesicht dahinter verstecken zu können. Und hätte ich doch nur einen Schlabberpulli angezogen, in dem ich mich verkriechen könnte. Stattdessen springt mir aus dem verspiegelten Raumteiler eine Gestalt in einem mit silbernen Pailletten besetzten Etuikleid entgegen. Vorne ist es hochgeschlossen, im Rückenteil allerdings weist es einen Ausschnitt auf, der bis knapp über den Po reicht. Nicht nur *spüre* ich die darauf gerichteten Blicke der Besucher deutlich, der reflektierenden Kunstinstallation wegen *sehe* ich sie auch – und fühle mich grauenvoll. Ich wollte die Aufmerksamkeit auf meine Bilder richten, nicht auf meinen Hintern! Was ich mir dabei gedacht habe, dieses Ding anzuziehen, weiß ich im Augenblick beim besten Willen selbst nicht mehr. Wobei, doch: Dean fand es heiß. Ha! Dann soll er es nächstes Mal selbst tragen!

»Ah, da sind Sie ja, Miss James! Justine James, nicht wahr?«

Ein Mann mit einer großen Spiegelreflexkamera in der Hand steuert auf uns zu. Um seinen Hals baumelt an einem roten Band ein Presseausweis.

»Sie sind die Einzige, die mir noch fehlt. Gehören Sie zusammen?« Er deutet mit dem Kinn auf meinen Vater.

Der wirft sich in die Brust und verkündet stolz: »Justine ist meine Tochter.« Im Gegensatz zu dem Journalisten spricht er meinen Namen französisch aus. So ist er gedacht und so klingt er auch viel schöner als in der amerikanischen Version, wie sie die meisten hier verwenden.

»Ah, der Herr Papa, dann wollen Sie sicher auch mit aufs Bild.« Schon hebt er die Kamera.

»Nein!«, wehrt mein Vater so erschrocken ab, dass der Journalist zusammenzuckt, und begibt sich hastig außer Reichweite des Objektivs. Der Mann mit der Kamera guckt etwas irritiert, ich jedoch bin diese Macke meines Vaters schon gewohnt, auch wenn ich sie bis heute nicht wirklich verstehe.

»Mein Vater wird nicht gern fotografiert und hasst es, in der Öffentlichkeit zu stehen«, erkläre ich. Tatsächlich ist er auf keinem einzigen meiner offiziellen Abschlussfotos abgebildet, sei es aus der Schul- oder der Studienzeit. Wieso ich unter diesen Umständen ausgerechnet den Weg einer Fotografin und Künstlerin eingeschlagen habe, ist mir selbst ein Rätsel. Vielleicht sind da eher die Gene meiner Mutter durchgeschlagen. »Links neben dem Garderobenbereich findest du eine Bar, Dad. Und wenn du ein Stückchen weitergehst, auch eine Loungeecke. Setz dich dorthin und entspann dich ein bisschen.«

»Ich kann dich doch hier nicht alleinlassen«, protestiert er.

Auch wenn ich ihn am liebsten den ganzen Abend über an meine Seite getackert wüsste, schüttele ich den Kopf. »Kannst du sehr wohl, glaub mir. Ruh dich ein bisschen aus, ich komme hier bestens zurecht.«

»Aber nur kurz, dann bin ich wieder bei dir«, gibt er sich geschlagen. Die Erleichterung, dieser für ihn unverständlichen Kunstwelt – und der Pressekamera! – für eine Weile entkommen zu können, steht ihm dabei ins Gesicht geschrieben.

Ich drücke liebevoll seine Hand, bevor ich mich dem Journalisten für ein paar Fotos und Fragen widme. Als der sich endlich verabschiedet, ist auch von Mister Boyle nichts mehr zu sehen.

Na prima. Und wo zum Henker bleibt Dean?

Verärgert presse ich die Lippen zusammen, eine Bewegung aus dem Augenwinkel lenkt meine Aufmerksamkeit auf den Spiegel vor mir und über diesen auf das Geschehen hinter mir. Ich lasse meinen Blick darin über die Männer und Frauen schweifen, bis er plötzlich auf ein Paar leuchtend blauer Augen trifft.

Reflexartig sehe ich weg und dann doch wieder zum Spiegel. Umgeben von sich in steter Bewegung befindenden Menschen steht schräg hinter mir reglos ein Mann. Wie ein Fels inmitten einer Stromschnelle. Nur ein paar Meter entfernt. Und er starrt mich an. Eindeutig.

Nicht meinen Hintern oder meine Beine, sondern mein Gesicht. Eisblau und doch mit der Intensität eines Vulkanausbruchs bohrt sich sein Blick in meinen. Auf solch eine forschende Art und Weise, dass mich ein Schauer überläuft und ich ihm nicht standhalten kann und mich abermals verwirrt abwende.

Wer ist das? Woher kennen wir uns? Ein Fremder würde mich schließlich nicht dermaßen ungeniert beobachten. Oder?

Die Härchen in meinem Nacken stellen sich auf. Ich weiß mit absoluter Sicherheit, dass er mich immer noch ansieht, versuche aber, mich zu beherrschen und mich ihm nicht erneut im Spiegel zuzuwenden. Aber vielleicht irre ich mich ja, bilde mir das nur ein. Mein Blick huscht nach links.

Der Fremde steht immer noch an derselben Stelle wie eben. Er muss ungefähr so alt sein wie ich, um die dreißig. Mit seinem wirren blonden Haar und dem sonnengebräunten Teint hat er etwas von einem Surfer. Er trägt verwaschene Jeans und ein blassblaues Shirt mit V-Ausschnitt, unter dem sich ein trainierter Oberkörper mit muskulösen Oberarmen abzeichnet. Er steht so vollkommen starr und emotionslos da, als wäre er eines der Kunstobjekte und kein Mensch aus Fleisch und Blut. Dabei ist sein Blick ganz eindeutig lebendig! Mehr als lebendig! Er glüht regelrecht, treibt meinen Puls an und lässt mein Herz flattern.

Wir sind wie zwei Planeten in der Endlosigkeit des Universums. Vergehen Minuten? Stunden? Oder steht die Zeit gar still? Es ist, als ob das Schicksal den Atem anhält, abwägend die Roulettekugel in seiner Hand betrachtet und sich fragt, ob es sie jetzt in den Roulettekessel werfen soll oder nicht. Mit einem Mal bin ich mir absolut sicher, dass mein Leben sich für immer verändern wird, wenn ich jetzt hier stehen bleibe. Ich sollte mich abwenden, diesen seltsamen Bann zwischen uns brechen, das Weite suchen, jetzt sofort!

Aus irgendeinem Grund tue ich es nicht.

Plötzlich setzt er sich in Bewegung, kommt auf mich zu.

Ich fahre zusammen, für einen Moment schießt Panik durch meine Adern. Sicher hat er meinen Blick missverstanden und glaubt, ich hätte Interesse an ihm. Wie soll ich das denn jetzt nur richtigstellen? Aber Weglaufen wäre lächerlich, immerhin bin ich eine erwachsene Frau. Und zwar eine, die sich nicht aus der Fassung bringen lässt, nur weil jemand sie komisch ansieht. Dennoch – tief in meinem Inneren weiß ich, dass das nicht der Grund ist, aus dem ich bleibe.

Wie hypnotisiert verfolge ich im Spiegel seine panthergleichen Bewegungen.

Schließlich steht er neben mir, und ich nehme einen Hauch von Meer und Sand wahr und von etwas Würzigem, ja Aromatischem.

»Justine James«, sagt er mit rauer Stimme. Es ist keine Frage, sondern eine Feststellung.

Erschrocken wende ich mich ihm nun doch zu. »Woher kennen Sie meinen Namen?«

Ein Lächeln huscht über sein Gesicht. »Der Journalist gerade eben war nicht zu überhören.«

»Ah, stimmt. Ja. Immer wieder schön, sich gleich in der ersten Minute eines Gesprächs als totaler Vollpfosten zu präsentieren.« Verlegen streiche ich mir eine Strähne hinters Ohr, die sich aus meiner Hochsteckfrisur gelöst hat.

Er lacht leise auf. Ein wundervolles Geräusch.

»Das haben Sie ganz und gar nicht. Eher ich, weil ich mich noch nicht vorgestellt habe. Ich bin Raphaël Moreau.« Er spricht seinen Vornamen französisch aus, meinen ebenso, hat aber ansonsten keinen Akzent. Mit einem Lächeln streckt er mir seine Hand entgegen, zögerlich ergreife ich sie. Seine Haut fühlt sich glatt, warm und sanft an.

»Eine interessante Zusammenstellung«, sagt er.

Hält er meine Hand etwas zu lange, oder bilde ich mir das nur ein? Ich ziehe sie zurück und wiederhole verständnislos: »Zusammenstellung?«

»Hier auf der Vernissage.« Er macht eine ausladende Geste.

»Ah. Ja. Natürlich.« Himmel, er muss mich für schwer von Begriff halten. Was ist nur los mit mir? Ich räuspere mich. »Sie kennen sich mit Kunst aus?«

»Ganz und gar nicht. Ich gehöre leider zu den armen Seelen, die moderne Kunst nicht von Kinderkritzeleien unterscheiden können.«

Ich runzele die Stirn, weiß aber in Wahrheit nicht, ob ich verärgert sein soll über so viel Ignoranz oder angetan von so viel Ehrlichkeit, zumal sie mit einem augenzwinkernden Charme hervorgebracht wird, der seinesgleichen sucht. Doch genau das gefällt mir gar nicht, denn es lässt meinen Magen ganz seltsam flattern. »Und warum sind Sie dann hier?«

»Ihretwegen.«

Mein Herz setzt kurz aus. Was soll das denn bitte bedeuten? Was denkt er sich bloß? »Ich habe einen Freund.«

Es zuckt um seine Mundwinkel. »Tja, das freut mich für Sie. Ich persönlich jedoch bin wegen Ihrer Fotografien hier.« Er hält mir den Flyer der Ausstellung hin und ich blicke auf das Foto von mir vor meinen Werken hinab.

»Ah. Oh. Natürlich.« Verlegenheit kriecht heiß über mein Gesicht. »Ich meinte ja auch nur … äh … ganz generell habe ich einen Freund.« Gedanklich schlage ich mir mit der Hand vor die Stirn. Das entwickelt sich hier langsam zum peinlichsten Gespräch meines Lebens.

»Ich kann Ihrem Freund nur gratulieren. Allerdings muss ich sagen, dass er seinen Job nicht besonders gut macht, wenn er an Ihrem großen Tag nicht an Ihrer Seite ist.«

Wenn er weiß, dass ich die ganze Zeit über solo hier herumgegeistert bin, muss er mich schon eine ganze Weile beobachten. Eine Vorstellung, die beunruhigend, zugleich aber auch seltsam erregend ist. Was um alles in der Welt ist denn bloß los mit mir? »Er wird jeden Augenblick hier sein«, verteidige ich Dean. Vielleicht auch eher mich selbst.

Belustigung blitzt in Raphaëls Augen auf.

Glaubt er etwa, ich würde mir den Freund nur ausdenken? Noch nie, wirklich nie habe ich mir Dean so sehr gleichzeitig zu mir gewünscht wie auch dorthin, wo der Pfeffer wächst. Frustriert halte ich nach ihm Ausschau. Vergeblich. Mein Ärger wächst. Was treibt er denn nur? Wann taucht er endlich auf? Und überhaupt – ich sollte sofort gehen, mich um wichtigere Dinge kümmern. Mit Journalisten reden, mit Sponsoren, mit Kunstkennern. Nicht mit jemandem, der keine Ahnung von meiner Arbeit hat. Dennoch habe ich plötzlich das Gefühl, dass es in diesem Moment gar nichts Wichtigeres gibt, als mit genau diesem Menschen zu sprechen.

»Sehr ungewöhnliche Fotografien«, wechselt Raphaël zu meiner Erleichterung das Thema und deutet mit dem Kinn in Richtung meiner Bilder. »Und eine noch ungewöhnlichere Nachbearbeitung. So vielfältig.« Er legt den Kopf schief, betrachtet die schwarz-weiße Nahaufnahme des Profils einer alten Frau, in deren Züge sich Trauer und Entbehrung tief eingegraben haben. Unmittelbar daneben findet sich eine Collage aus verschiedenen Materialien und zahllosen winzigen Unfallfotos. Poppig bunt, doch auch sie ergeben ein Gesicht. In diesem Fall eines, das den Betrachter voll Verzweiflung anfleht. »Bemerkenswert.«

»Alle meine Werke stellen Gesichter dar«, erkläre ich.

»Alte, junge, fröhliche, traurige und alles Mögliche dazwischen. Ich weiß.«

Irritiert frage ich mich, woher, will aber nicht Gefahr laufen, mich erneut so zu blamieren wie vorhin. Vielleicht verfolgt er meine künstlerische Laufbahn ja schon seit einer Weile. Die Frage ist nur: Weshalb, wo er sich doch gar nicht für Kunst interessiert? Plötzlich durchfährt es mich heiß. Was, wenn er ein Stalker ist? Hört man ja ständig in den Medien und auch Dean hat sich schon über zu aufdringliche Liebhaber seiner Kunst beschwert. Wobei ich nicht weiß, was verrückter ist: die Vorstellung, dass eine so unbekannte Künstlerin wie ich einen Fan haben könnte, oder jene, dass jemand, der so beherrscht wirkt wie er, womöglich eine Art Groupie ist.

»Aber warum ausgerechnet Gesichter?«, hakt er nach.

»Es ist so etwas wie eine Obsession, schätze ich«, sage ich vorsichtig.

»Gesichter zu fotografieren?«

»Nach dem *einen* Gesicht zu suchen«, rutscht es mir heraus, bevor ich mich bremsen kann. Eilig ergänze ich: »Vielleicht ist es weniger ein bestimmtes Gesicht, nach dem ich suche, sondern eher ein bestimmter Gesichtsausdruck.« Was hat dieser Mensch an sich, dass ich ihm solch intime Dinge erzähle, obwohl ich ihn gar nicht kenne? Wieder spüre ich seinen Blick auf mir ruhen.

»Sie wirken bedrückt«, sagt er sanft.

Er ist ein scharfer Beobachter. Oder beobachtet er nur mich und meine Arbeit so scharf? Ich schüttele abwehrend den Kopf. »Die Geschichten hinter den Gesichtern faszinieren mich. Ich versuche, sie herauszuarbeiten, sie durch den Einsatz verschiedener Techniken und Materialien ans Licht zu bringen. Ihnen die Wahrheit zu entlocken.«

»Sie decken also Geheimnisse auf.«

»So kann man es auch sehen.«

Ein melancholisches Lächeln umspielt seine Lippen. Leise sagt er: »Da haben wir einiges gemeinsam.«

Seine Worte berühren mich ganz seltsam. Oder ist es eher sein schwermütiger Tonfall? Sein Lächeln? »Wie meinen Sie das?«, frage ich verunsichert.

Er wendet sich mir wieder zu. In seinen Augen liegt etwas Getriebenes, Rastloses, das mich fasziniert und gleichzeitig frösteln lässt. »Ich fotografiere auch.«

Befremdet runzele ich die Stirn. Ich bin absolut sicher, dass er seine vorige Aussage auf etwas vollkommen anderes bezogen hat. Nur worauf?

»Basieren alle Ihre Bilder auf realen Fotos?«, fragt er plötzlich.

»Die meisten. Wenn ich unterwegs bin, schieße ich fast die ganze Zeit über Fotos, aber …«

»Aber?«

Aber das Gesicht, nach dem ich seit so vielen Jahren suche, das Gesicht aus meinem Traum, das habe ich noch immer nicht gefunden. Doch das kann ich ihm nicht sagen. »Das Ergebnis ist noch nicht perfekt.«

»Sollten Sie nicht das Gegenteil behaupten?«, fragt er überrascht.

»Vermutlich. Leider habe ich eine Vorliebe für die Wahrheit.«

»Und schon wieder eine Gemeinsamkeit, die uns verbindet.«

Ich habe das Gefühl, dass da eine Doppeldeutigkeit in seinen Worten mitschwingt.

»Leider habe ich festgestellt«, fährt er leise fort, »dass Wahrheit selten bei Menschen zu finden ist. Ich fotografiere daher lieber andere Dinge.« Er zieht ein Smartphone aus seiner Tasche.

Ich seufze innerlich auf. Er ist nicht der Erste, der meint, mich müssten, nur weil ich zufälligerweise Fotografin bin, sämtliche tausendundeins Bilder seines Haustieres brennend interessieren.

Ergeben beuge ich mich über das Display. Auf den Bildern sind nur Plätze, Gebäude und grüne Täler zu sehen. Dennoch geschieht etwas Merkwürdiges mit mir: Als hätte jemand eine Glocke angeschlagen, deren Gegenstück sich in meiner Seele befindet, bringt der Anblick der Fotos etwas in mir zum Schwingen. Ich bin wie gebannt, ohne mir erklären zu können, warum.

Als ich schließlich aufsehe, treffen sich unsere Blicke. Seiner ist so durchdringend, als wolle er mir auf den Grund meiner Seele blicken.

»Ich … es … das ist wunderschön …«, stammele ich verwirrt. »Wo ist das?«

»Korsika.«

»Korsika«, wiederhole ich und schließe die Augen. Ich lasse den Namen auf der Zunge zergehen, spüre ihm nach, lausche seinem Klang. Doch er bewirkt nichts in mir.

Nachdenklich krame ich in meinem Gedächtnis. In der Schule habe ich irgendwann einmal gelernt, dass Napoleon dort geboren wurde und dass die Insel irgendwo in Europa und neben Sardinien liegt. Mehr fällt mir dazu nicht ein.

Ich muss über mich selbst den Kopf schütteln. Dass mich diese Bilder so mitnehmen, liegt vermutlich nur daran, dass ich die Landschaft von irgendeinem besonders bewegenden Film her kenne oder so. Vielleicht erinnert sie mich auch einfach an Italien, das Land, aus dem mein Vater, wie er erzählt hat, als Jugendlicher nach Amerika ausgewandert ist. Ganz bestimmt. Sie ist zwar deutlich grüner, saftiger und leuchtender, als ich es von den eher einen kargen Eindruck machenden wenigen Fotos im Familienalbum her kenne, eine andere Erklärung gibt es jedoch nicht.

»Sind Sie spontan?«

Ich schlage die Augen wieder auf, nicke überrumpelt. »Ich denke, schon.«

»Dann kommen Sie mit nach Korsika.«

Perplex starre ich ihn an. »Wie bitte?« Das kann er unmöglich ernst meinen.

Er zuckt mit den Schultern. »Viele Leute machen dort Urlaub. Es ist eine wundervolle Insel. Und wenn Sie mögen, kann ich Sie dort herumführen und … Ach, entschuldigen Sie. Das kommt für Sie jetzt sicher ziemlich verrückt und unangebracht rüber, aber wenn man wie ich seit einem Jahr als Backpacker um die Welt reist, ist man es einfach gewohnt, sich spontan mit Gleichgesinnten zu einem Treffen am anderen Ende der Welt zu verabreden oder seine Reiseroute nach Lust und Laune und neuen Bekanntschaften zu ändern. Aber ich denke, dass gerade Künstler ähnlich gestrickt sind. Dass sie bereit sind, etwas im Leben zu riskieren. Und – wer weiß – vielleicht begegnet Ihnen der eine Gesichtsausdruck, nach dem Sie so lange schon suchen, ja auf Korsika.«

Akutes Herzrasen folgt auf seine Worte. »Ich … aber … es … das geht nicht! Völlig unmöglich!«

»Ich weiß, ich weiß, Sie haben einen Freund.«

Das ist zwar nicht das, was ich sagen wollte, aber ich bin froh, dass er mich daran erinnert. »Er ist ebenfalls Künstler«, erkläre ich etwas zusammenhanglos.

»Interessant.« Amüsiert mustert er mich.

Wieso nur habe ich das Gefühl, dass er das ebenfalls bereits wusste? Und wieso lässt die Tatsache, dass genau dieser Freund immer noch nicht hier ist, mich bis unter die Haarspitzen rot anlaufen? Ich komme mir unfassbar bescheuert vor und bin wahnsinnig wütend auf Dean, weil er mich dermaßen vor diesem beunruhigend anziehenden Fremden brüskiert hat. Und das, ohne überhaupt anwesend zu sein. Verdammt.

»Ich reise in den nächsten Tagen ab, bin dann einige Zeit auf Korsika. Vielleicht haben Sie ja nach dieser Vernissage das Bedürfnis, sich zu erholen? Sich inspirieren zu lassen von der Insel? Sie wird nicht umsonst *Île de Beauté* genannt.«

»*Insel der Schönheit*«, übersetze ich geistesabwesend.

Er nickt. »Um eine Unterkunft müssten Sie sich keine Sorgen machen, die würde ich Ihnen jederzeit besorgen können. Sollten Sie also spontan sein und vor Ort jemanden brauchen, der Ihnen Land und Leute zeigt, melden Sie sich einfach bei mir.« Er zieht eine Visitenkarte. Sie ist weiß, ohne Schnörkel oder Logo, nur mit Namen, Handynummer und E-Mail-Adresse versehen. »Ihre Nummer habe ich ja schon.«

Erneut durchfährt mich heiß der Schreck. Ist er also doch ein Stalker? Ich weiche hastig zurück und fahre ihn ruppig an: »Wie kommen Sie an meine Nummer?«

»Nun, sie steht schließlich hier.« Er wedelt mit dem Flyer. »Zumindest die Ihrer Agentur.«

»Ah ja, natürlich.« Ich bade in brennender Betretenheit.

»Also, denken Sie darüber nach.« Mit einem belustigten Aufblitzen in seinen Augen ergänzt er: »Und Ihr Freund kann gern mitkommen.«

Bevor mir eine passende Entgegnung einfällt, hat er sich abgewandt und geht. Einfach so.

»Warten Sie!«

Er hält inne, sieht über die Schulter zu mir.

»Warum … warum tun Sie das? Warum bieten Sie mir das an?«

Für einen Moment flackert sein Blick, ist da wieder diese Dunkelheit, im nächsten bin ich mir schon nicht mehr sicher, ob ich mir das vielleicht nur eingebildet habe, denn er zwinkert mir zu.

»Weil wir beide Suchende sind.«

Und dann ist er fort. Endgültig.

Es ist schon spät, als Dean endlich auftaucht. Nur noch wenige Besucher geistern außer meinem Vater und mir durch die Räume. Von den wichtigen Leuten ist längst keiner mehr da.

»Hey, wie ist es gelaufen?«, begrüßt Dean mich gut aufgelegt und will mich an sich ziehen. Wütend drücke ich ihn weg, will aber meinen Vater nicht beunruhigen, der vom anderen Ende des Raumes aus herübersieht. Also ziehe ich Dean kurzerhand am Arm in einen Nebenraum.

»Ist das dein Ernst?«, herrsche ich ihn an. »Du lässt mich bei meiner allerersten Ausstellung allein, und dann fällt dir nichts Besseres ein, als zu fragen, wie es gelaufen ist? Wo warst du die ganze Zeit? Wieso bist du nicht ans Handy gegangen?«

Er runzelt die Stirn, wirkt, als hätte er niemals mit solch einer heftigen Reaktion von mir gerechnet. »Das weißt du doch. Ich hatte das Meeting mit den möglichen Sponsoren.«

»Das war vorher!«

»Nein. Ja. Ich meine: Es hat sich verschoben. Der Flieger von einem von ihnen hatte Verspätung und …«

»Und dir wäre der Arm abgefallen, wenn du mir das mitgeteilt hättest, oder was?« Ich habe Mühe, meine Stimme unter Kontrolle zu halten.

»Nein, aber ich wollte dich nicht beunruhigen.«

»Soll das ein Witz sein?« Fassungslos stemme ich die Hände in die Hüften.

»Natürlich nicht«, entgegnet er beleidigt. »Ich dachte nur die ganze Zeit, ich würde es noch rechtzeitig schaffen.«

»Hast du aber nicht!«

»Ja, ich weiß, und das tut mir ja auch ehrlich furchtbar leid, aber die Gespräche haben sich nun einmal sehr viel länger hinzogen als gedacht und ich konnte sie wohl kaum einfach abbrechen oder …«

»Doch! Das hättest du gekonnt. Ich begreife ohnehin nicht, wieso du den Termin so knapp setzen musstest. Du wusstest seit Monaten, dass heute die Vernissage stattfindet.«

Er runzelt die Stirn. »Ich glaube, du hast noch nicht begriffen, wie der Hase da draußen läuft«, fährt er mich unwillig an. »Das sind Geschäftsleute. Wichtige Leute. Die spielen in einer ganz anderen Liga. Deren Terminkalender ist rappelvoll. Denkst du ernsthaft, ich könnte ihnen da meine Termine diktieren? So läuft das nicht! Komm mal raus aus deinem behüteten kleinen Malzimmer!«

Ich beiße mir auf die Lippe, komme mir naiv und dumm vor. Und bin zutiefst verletzt. Selbst wenn er recht hat, hätte er mir das auch wirklich anders sagen können. »Trotzdem hättest du mir Bescheid geben können!«, versuche ich, mich zu verteidigen. »Ich hing total in der Luft, wusste überhaupt nicht, was los ist. Ich habe mir tierische Sorgen gemacht. Denkst du, ich konnte in diesem Zustand irgendein vernünftiges Gespräch führen?«

»O Mann, daran habe ich nicht gedacht.« Er sieht ehrlich zerknirscht aus. »Aber wie gesagt: Erst dachte ich, ich würde es noch rechtzeitig schaffen, dann wollte ich dich nicht beunruhigen. Und schließlich wollten sie, dass ich sie herumführe, ihnen meine Installationen erkläre. Ich habe einfach nicht gemerkt, wie die Zeit vergangen ist, und du weißt doch, dass ich in dem Gebäude dort keinen Empfang habe.«

Erneut will er mich an sich ziehen, doch wieder sträube ich mich dagegen.

»Jetzt mach doch keine solche Szene!«, stöhnt er entnervt. »Ich bin ja nicht mit Absicht zu spät gekommen. Es ist einfach alles dumm gelaufen.«

Ich hasse es, wenn er mich dastehen lässt wie ein bockiges Kind. »Trotz allem hätte ich dich wirklich gebraucht heute.«

»Ich weiß, aber wir sind doch ein Team, nicht wahr? Du hast hier die Stellung gehalten und ich dort. Nur so können wir zusammen etwas aufbauen. Indem wir uns ergänzen. Uns unterstützen. Und glaub mir, ich habe das Bestmögliche für uns rauszuholen versucht. Für uns beide! Ist dir das denn gar nichts wert? Für wen habe ich mir denn die ganze Mühe gemacht? Denkst du etwa, es sei ein Spaziergang gewesen, dieses Gespräch heute?«

Und schon wieder komme ich mir undankbar und klein vor. Wie in letzter Zeit ständig. Unglücklich sehe ich zu Boden.

»Ach komm schon, Schatz«, sagt er und streicht mir zärtlich das Haar hinters Ohr. »Es tut mir leid. Und überhaupt – das ist schließlich nicht deine letzte Ausstellung gewesen. Bei der nächsten bin ich auf jeden Fall dabei, ja?«

Ein Teil von mir ist mit seinen Erklärungen nicht zufrieden und will aufbegehren, der andere hat ein schlechtes Gewissen, schließlich will Dean ja wirklich nur unser Bestes.

In diesem Moment steckt mein Vater seinen Kopf zur Tür herein. »Ist alles in Ordnung?«

»Ja, natürlich.« Ich bemühe mich um ein fröhliches Gesicht, will ihn nicht mit meinen Problemen belasten.

Er sieht mir die Wahrheit trotzdem an, das merke ich an der Art, wie sein Blick traurig zwischen mir und Dean hin und her wechselt. Zögerlich fährt er fort: »Ich möchte wirklich nicht stören, aber ich fürchte, ich muss langsam ins Bett. Die Anreise war doch anstrengender als gedacht. Ich rufe mir einfach ein Taxi.«

»Nein, Papa, ich bezahle dein Taxi. Oder du wartest noch eine halbe Stunde. Dann schließt die Ausstellung ohnehin und wir können zusammen fahren.«

Ich bin froh, als er nickt, denn im Moment will ich wirklich nicht mit Dean allein sein.

Einige Tage später sitze ich im Wohnzimmer und frage mich, ob ich Raphaëls Angebot annehmen soll oder nicht.

»Himmel, was hockst du denn hier im Dunkeln?«, fährt Dean mich erschrocken an, als er am Abend die Wohnzimmerlampe anknipst und mich in die Kuscheldecke gehüllt im Ohrensessel entdeckt.

»Ich denke nach.«

»Kannst du das nicht bei Licht tun?«, grollt er und lässt sich mit einer Kunstzeitschrift mir gegenüber auf das Sofa fallen.

Ich spare mir eine Antwort, kaue nachdenklich auf meiner Wange. Vor mir auf dem Couchtisch steht aufgeklappt mein Laptop, doch der Bildschirm hat sich inzwischen abgeschaltet.

»Und? Ist dein Vater wieder auf dem Weg nach Hause?«

Ich nicke. Meine Finger spielen mit der Visitenkarte, die an den Ecken schon ganz ausgefranst ist, so oft habe ich sie seit der Ausstellung hervorgeholt, durch meine Finger gleiten lassen, schlussendlich aber doch wieder eingepackt.

Schließlich sieht Dean auf. »Was ist mit dir? Und sag jetzt bitte nicht, dass du immer noch sauer bist wegen der Sache mit der Ausstellung.«

Bin ich nicht. Was das angeht, sind schon genug Fetzen zwischen uns geflogen. Außerdem kreisen meine Gedanken im Moment ohnehin um ganz andere Dinge.

»Wie oft soll ich denn noch sagen, dass dieses Gespräch mit den Geldgebern für meine Vernissage unfassbar wichtig war?«, stöhnt Dean auf, der mein Schweigen offenbar missverstanden hat.

Jetzt kann ich ihn nicht länger ignorieren. Seine Worte versetzen mir einen Stich. »*Deine* Vernissage? Meintest du nicht immer, es würde *unsere* Vernissage werden?«

»Deine, meine, unsere. Ist doch nur ein Wort.«

»Ach, aber wenn deine, meine und unsere das Gleiche bedeuten, wieso bist du dann nicht auf *meiner* Ausstellung aufgetaucht?«

Er verdreht die Augen. »Himmel, heute legst du echt alles auf die Goldwaage.«

Verletzt presse ich die Lippen zusammen, wende mich wieder meinem Laptop zu. Eine Weile sind nur das leise Summen des Computers zu hören und das Rascheln der Zeitschrift, wenn Dean umblättert.

Ein paarmal versucht er, mit mir über diesen oder jenen Artikel des Magazins ins Gespräch zu kommen, gibt aber angesichts meiner fehlenden Reaktion schließlich auf. Mit einem Seufzen erhebt er sich, kommt zu mir herüber. Er setzt sich neben mich auf die Lehne des Ohrensessels und verzieht entschuldigend das Gesicht. »Tut mir leid, Süße, ich wollte dich nicht kränken. Ich habe mich einfach nur blöd ausgedrückt, okay? Ich bin Konzeptionskünstler, kein Wortartist. Was ich meinte, ist: Wenn das neulich allein deine Ausstellung gewesen wäre, könnte ich die Aufregung ja verstehen, doch du warst ja nur ein Teil von ihr. Also, was war wohl wichtiger? Dass ich da unbedingt auftauche? Oder dass ich Geld auftreibe für *unsere* eigene Vernissage?« Er betont *unsere* dabei übertrieben stark, ergänzt dann allerdings, wie um seinem Satz die Schärfe zu nehmen: »Wir sind ein Team, das weißt du doch.« Er legt seinen Arm um meine Schultern, drückt mich. »Wieder alles gut zwischen uns?«

»Ja, ist schon okay«, sage ich und seufze. Es ist nicht das erste Mal, dass ich das Gefühl habe, er würde meine Arbeit nicht so recht würdigen. Doch wie soll er das auch, wenn ich nicht einmal selbst davon überzeugt bin, dass meine Werke gut genug sind?

Er drückt mir einen Kuss aufs Haar, beugt sich dann vor und fährt mit dem Finger über das Touchpad. Der Bildschirm des Laptops leuchtet wieder auf, zeigt eine strahlend grüne Landschaft aus mannshohen, verfilzt und undurchdringlich wirkenden Büschen und niedrigen Bäumen.

»Was ist das?«, fragt er.

»Die *Macchia.*«

»Die was?«

»So nennt sich offenbar der Buschwald auf Korsika. Das ist eine Insel in Europa.« Unsicher sehe ich zu Dean, hole tief Luft. »Die Insel, zu der ich fliegen möchte.«

»Sieht nett aus«, bekundet er gelangweilt. »Wir können ja demnächst mal schauen, wo wir nächstes Jahr unseren Urlaub verbringen.«

»Nicht nächstes Jahr.«

»Wie meinst du das?«, fragt er und scrollt geistesabwesend auf meinem Bildschirm herum.

»Ich glaube, ich brauche eine Pause. Eine Auszeit. Wieso nicht auf Korsika Urlaub machen? Was hältst du davon?« Vor Anspannung vibrierend warte ich auf Deans Antwort.

»Jetzt?« Ungläubig sieht er auf.

»Ja, ganz spontan. Das wäre doch aufregend.«

»Hat dir dein Vater diesen Floh ins Ohr gesetzt?«

Ich verdrehe die Augen. »Natürlich nicht. Außer für diese Ausstellung hat mein Vater noch nie einen Fuß aus Ohio rausgesetzt, seit er als Jugendlicher nach Amerika kam. Und ihm wäre es am liebsten, ich hätte es genauso gehandhabt.« Tatsächlich habe ich ihm, als wir uns voneinander verabschiedet haben, nichts von dem sonderbaren Gespräch oder meinen Plänen erzählt. Er hätte mich für verrückt gehalten. Und vermutlich bin ich das auch. Wer fliegt denn schon nur wegen ein paar Bildern und eines sonderbaren Gefühls um die halbe Welt? Und doch ist mir, als könne ich den Duft dieses grünen Teppichs aus Ginster und Myrte, Rosmarin und Wacholder riechen. Ich möchte in Korsikas türkisfarbene Buchten eintauchen, die

Sonne auf meinen Schultern spüren und den Sand zwischen meinen Zehen. Aber es ist so viel mehr als nur Urlaubsfeeling, das diese Bilder in mir aufsteigen lassen. Es ist, als … als würde diese Insel nach mir rufen. Ich kann nicht anders, als diesem Ruf zu folgen. Vielleicht muss man wirklich manchmal verrückte Dinge tun, um im Leben weiterzukommen?

»Wie kommst du dann aus heiterem Himmel auf so eine Idee? Ach, ist ja auch egal, denn es geht nicht. Ich muss eine große Ausstellung vorbereiten. Das weißt du doch.«

»Schon okay, du musst nicht mitkommen.«

Er stutzt, hat offensichtlich nicht damit gerechnet, dass ich auch ohne ihn verreisen würde. »Das ist doch verrückt. Was willst du denn allein auf Korsika?«

»Ich wäre nicht allein. Da gibt es jemanden, den ich auf der Ausstellung kennengelernt habe. Er ist ebenfalls dort und kennt sich aus.«

»*Er*? Du triffst dich dort mit einem Mann?«

»Nicht so, wie du jetzt denkst. Er wird mir die Insel zeigen. Ich brauche Inspiration, verstehst du? Du hast selbst gesagt, dass meinen Werken das gewisse Etwas fehlt, und das spüre ich ja auch. Ich glaube, auf Korsika finde ich es.«

»Und es geht dir nur darum? Nicht um einen anderen Kerl? Wirklich?«

»Natürlich!«

Dean scheint nicht überzeugt zu sein, schüttelt den Kopf. »Das ist doch völlig übereilt. Wir können in zwei oder drei Monaten Urlaub machen. Zusammen. Richtig schönen Urlaub. Lass mich mal schauen, ich finde schon ein tolles Hotel. Vielleicht in Chicago. Oder in L.A., das soll ja wahnsinnig inspirierend sein. Wenn es unbedingt eine Insel sein muss, können wir meinetwegen auch nach Nantucket.« Als wäre damit das letzte Wort gesprochen, kehrt er zum Sofa zurück, legt die Beine hoch und nimmt seine Zeitschrift wieder zur Hand.

»Ich muss nach Korsika, Dean. Ich kann dir nicht erklären, warum, ich verstehe es selbst nicht, ich weiß nur, dass ich dorthin muss.«

Er blättert konzentriert durch die Seiten. »Lass uns morgen darüber reden, okay?« Sein üblicher Spruch. Viel zu oft in letzter Zeit habe ich daraufhin genickt und am Ende klein beigegeben. Dieses Mal bleibe ich hart. Meine Entscheidung steht. Ich greife nach meinem Handy und verkünde, dass ich frische Luft bräuchte. Dean nickt geistesabwesend, ohne aufzusehen. Ich trete durch die Terrassentür nach draußen, schließe sie hinter mir und gehe bis an die Brüstung, atme tief durch.

Immer wieder war ich in den letzten Tagen kurz davor, Raphaël anzurufen, habe diesen Gedanken aber schließlich jedes Mal verworfen. Vielleicht, weil ich gefürchtet habe, sein Vorschlag sei reine Höflichkeit gewesen. Was, wenn ein neuerliches Gespräch meine überbordende Fantasie auf den Boden der Tatsachen zurückholen und seinen Vorschlag als das entzaubern würde, was er vermutlich in Wirklichkeit war: Ein dahingesagtes, nicht ernst gemeintes Angebot, das er nur geäußert hat, weil er fest davon ausging, ich würde es ohnehin niemals annehmen? Ich würde in Verlegenheit ertrinken.

Dieses Mal aber werde ich keinen Rückzieher machen. Ich muss herausfinden, ob er nicht doch nur ein Verrückter ist. Auch wenn mir natürlich klar ist, dass man das nicht anhand von ein paar Telefonaten oder ausgetauschten Nachrichten beurteilen kann.

Es klingelt und klingelt in der Leitung, niemand hebt ab. Ich bin fast erleichtert, will bereits auflegen, als plötzlich ein wohlklingendes »Hallo?« aus dem Handy tönt. Vor Schreck hätte ich es fast fallen lassen.

»Ähm … Justine hier.« Mein Herz schlägt mit einem Mal so heftig, dass ich befürchte, er könne es selbst durch das Telefon hindurch hören.

»Na, so eine Überraschung. Schön, von Ihnen zu hören.« Er klingt tatsächlich richtig erfreut.

Ich schlucke und ergänze, nicht sonderlich originell: »Hey.«

»Selber hey«, kommt es amüsiert zurück.

»Ich habe über Ihr Angebot nachgedacht.« Ich kneife die Augen zusammen, rechne damit, dass er hastig zurückrudert.

»Das habe ich gehofft. Und, wie haben Sie sich entschieden?«

Ungläubig blinzele ich, brauche einen Moment, um mich zu sammeln. »Noch gar nicht. Könnten Sie mir vielleicht noch einmal Ihren vollständigen Namen buchstabieren?«

»Wollen Sie ihn googeln? Um zu überprüfen, ob ich ein verurteilter Serienmörder bin?«

»Öh. Nein?«

»Ich habe das Fragezeichen gehört«, stellt er schmunzelnd klar.

Ich räuspere mich betreten. »Ich wollte nur …«

»Schon gut, alles in Ordnung. Ich finde Ihr Verhalten absolut richtig. Man kann nie vorsichtig genug sein. Hey, wissen Sie was? Ich schicke Ihnen einfach ein Foto meines Personalausweises. Damit Sie wirklich sicher sein können, dass ich der bin, der ich zu sein vorgebe.«

»Danke«, stammele ich etwas überrumpelt.

»Dennoch sollten Sie sich darüber im Klaren sein«, fährt er fort, »dass da draußen natürlich auch jede Menge nicht verurteilte und potenzielle Serienmörder herumlaufen.«

»Sehr beruhigend.«

»Gern geschehen. Und Sie sollten mich fragen, was ich studiert habe. Oder wo ich zur Schule gegangen bin. Am besten auch, welche Hobbys ich habe.«

»Sollte ich?« Ich weiß nicht recht, ob ich lachen oder mich verschaukelt fühlen soll. Obendrein habe ich gewaltige Schwierigkeiten, das Flattern zu ignorieren, das seine tiefe, warme Stimme in meinem Magen auslöst.

»Definitiv. Und nachher alles überprüfen. Der Sicherheit halber. Also, dann fange ich mal an: Ich habe sowohl in Frankreich als auch eine Zeit lang in den USA gelebt, weil meine Mutter Halbamerikanerin war und wie mein Vater sowohl die französische als auch die US-amerikanische Staatsbürgerschaft hatte. Es lag also wohl in der Natur der Sache, dass ich Sprachen studiert habe. Ich habe als Dolmetscher gearbeitet und war einige Zeit als Reiseführer auf Korsika tätig. Jetzt habe ich mir ein Sabbatjahr gegönnt und bin mit dem Rucksack durch die Welt gereist. Die vorletzte Station dieser Reise war New York, wo ich durch Zufall das Plakat zu Ihrer Ausstellung entdeckt habe. Dadurch wurde ich auf Ihre Bilder aufmerksam und habe ein bisschen im Internet recherchiert. Und nun breche ich auf nach Korsika, um dort alte Freunde zu besuchen und noch ein bisschen auszuspannen, bevor ich eine neue Stelle in Europa antrete.«

Jetzt muss ich doch leise lachen. »Sollte nicht ich diejenige sein, die Sie aushorcht?«

»Ich wollte nur behilflich sein.«

Ich kann sein verschmitztes Grinsen förmlich vor mir sehen, lächele selbst unwillkürlich und eine ganze Weile geht die Flachserei weiter. Es fühlt sich mit ihm einfach leicht an. Unbeschwert. Richtig.

Als wir uns schließlich verabschieden, spüre ich mein Gesicht glühen und eine nie gekannte freudige Aufregung in meinem Innern.

Sofort mache ich mich daran, seinen Namen in den Weiten des Internets zu suchen, finde tatsächlich ein Foto, das ihn als Schüler beim Hockey zeigt. Und ein Bild, auf dem er als Absolvent eines US-Colleges zu sehen ist. Er hat also zumindest zeitweise in den USA gelebt. Außerdem eine Traueranzeige für seine Mutter, die offenbar vorletztes Jahr nach langer Krankheit verstorben ist. Zumindest gehe ich davon aus, dass es sich um seine Mutter handelt. Vom Geburtsjahr der Verstorbenen her würde es passen, außerdem trägt sie denselben Nachnamen wie er, der Text der Anzeige endet mit den Worten »dein dich für immer liebender Sohn« und ist mit Raphaëls Vor- und Zunamen unterzeichnet. Das war's. Alles, was ich sonst noch finde, betrifft offenbar nur irgendwelche Namensvettern, deren Fotos ihm nicht im Entferntesten ähneln. Immer weiter klicke und scrolle ich mich durch das Netz, entdecke aber nichts mehr zu ihm und gebe schließlich auf.

Wer ist jetzt der Stalker?, frage ich mich kopfschüttelnd und muss über mich selbst lachen. Dennoch bleibt ein seltsam warnendes Gefühl zurück. Als hätte ich etwas übersehen.

Als ich zwei Tage später wieder auf der Couch sitze und am Laptop nach den günstigsten Flügen suche, kommt Dean herein.

»Du hast übrigens dein Handy hier vergessen, als du vorhin einkaufen warst«, sagt er. »Dein Vater hat in der Zeit angerufen. Von einem öffentlichen Telefon aus.«

Überrascht sehe ich auf. »Wieso das denn? Was hat er gesagt?«

»Dass er im Moment, möglicherweise auch längere Zeit nicht erreichbar sein wird, du dir aber keine Sorgen machen sollst. Es werden wohl in seiner Straße irgendwelche Leitungen neu verlegt und daher sei der Telefonanschluss gekappt worden oder irgendetwas in der Art.«

»Okay, alles klar.« Ich wende mich wieder dem Bildschirm zu.

Dean tritt neben mich, sieht mir eine Weile zu, die Arme vor der Brust verschränkt. »Dir ist es also ernst?«

»Vollkommen ernst.«

Schweigen.

Schließlich zuckt er mit den Schultern. »Der Deal mit dem Investor ist eingetütet, in nächster Zeit steht nichts Dringendes an. Da dir diese Sache offenbar so wichtig ist, komme ich mit.«

»Danke. Das erleichtert mich sehr.« Das tut es in der Tat, auch wenn ich mir ziemlich sicher bin, dass sein Beweggrund nicht der ist, dass mir das Ganze so wichtig ist, sondern eher Raphaël, mit dem er mich nicht allein lassen will. Paradoxerweise ist das genau derselbe Grund, aus dem ich so erleichtert bin, dass er mitkommt. Der Gedanke, mit Raphaël allein zu sein, löst in mir ein beunruhigend erregendes Kribbeln aus. Ein Kribbeln, das ich auf keinen Fall bestärken sollte. Deshalb habe ich auch seit unserem Telefonat nur noch mit ihm geschrieben. Ohne seine Stimme im Ohr fällt es mir wesentlich leichter, seinen Vorschlag neutral zu betrachten. Auch jetzt rufe ich ihn nicht an, tippe lediglich eine Nachricht – kurz, neutral.

Hallo, Raphaël. Ich habe günstige Flüge nach Korsika gefunden. Ich könnte kommen.

Sicherheitshalber ergänze ich:

Mein Freund auch.

Ein Teil von mir hofft, dass er nicht darauf reagiert und sich das Thema damit erledigt hat. Gerade will ich das Handy wegpacken, da piepst es auf.

Das freut mich sehr. Schreib mir, wann und wo ihr landet, dann hole ich euch ab.

Mein Herz klopft wie verrückt. Jetzt gibt es kein Zurück mehr, plötzlich ist das, was bis gerade eben nur ein Hirngespinst war, beängstigend real. Eine Empfindung irgendwo zwischen Nervosität und Erregung durchfährt mich.

Rien ne va plus – nichts geht mehr.

Mir ist, als hörte ich die Roulettekugel von neulich endlich fallen.

Das Schicksal erwartet mich. Auf Korsika.

Dreißig Jahre zuvor

Wie konnte das Schicksal nur so ungerecht sein? Dort draußen gab es eine ganze Welt, die nur darauf wartete, von ihr entdeckt zu werden. Eine, die Träume wahr werden ließ. In der sie die Freiheit hatte, zu leben und zu lieben, wie sie es wollte. Doch sie war hier gefangen. Auf Korsika. In diesem kleinen Dorf. In ihrem Leben.

Letizia strich seufzend über die samtige Oberfläche des Zeichenblockes auf ihren Knien. Sie saß auf einem Stein am Rande des Felsvorsprunges. Der Wind spielte sanft mit ihrem Haar, zupfte am Saum ihres luftigen Rockes.

Vor ihr und zugleich ein Stück unter ihr lag Bocognacce, ihr Heimatdorf. Es klebte förmlich am Hang, schien einfach aus dem Felsen herausgewachsen zu sein. Wenn sie ihr rechtes Bein ausstreckte und die Fußspitze ein wenig anhob, wirkte es, als könnte sie damit die Glocken des Kirchturmes anstupsen und zum Klingen bringen. Die roten Dächer der Häuser hoben sich scharf vom Grün der sie umgebenden Macchia ab. Zwischen den grauen und sandsteinfarbenen Gebäuden aus grobem Stein ragten in den Hinterhöfen Zypressen, Pinien und Orangenbäume empor.

Hoch oben in der blauen Unendlichkeit zog ein Mäusebussard seine Kreise und ließ sein »Hiääh!« weit über das Land schallen. Über Bergspitzen, die schroff und kantig den Himmel aufzuspießen schienen. Über Täler, deren mannshoher und dorniger Macchiabewuchs aus dieser Entfernung weich wie der Flaum eines Kükens wirkte.

Zwischen zwei Hügeln vor ihr öffnete sich das Land und gab den Blick frei auf das Meer, das wie ein Saphir in der Ferne funkelte.

Letizia war in der Dämmerung hier heraufgestiegen, hatte zugesehen, wie die Sonne über die Berge kletterte und die Farben um sie herum zum Leben erweckte, und versuchte nun, all diese zu Papier zu bringen. Doch ganz gleich, wie viel Mühe sie sich gab – keine ihrer Zeichnungen konnte die wahre Schönheit dieser Landschaft wirklich einfangen und wiedergeben.

Resigniert packte sie schließlich ihre Sachen zusammen, beugte sich vor und kraulte den Hund zu ihren Füßen zwischen den Ohren. Er hatte den Kopf auf den Vorderpfoten abgelegt und harrte still neben ihr aus.

»Gehen wir, Filou. Die Hummerkörbe kontrollieren sich nicht von selbst und Markttag ist heute auch noch.«

Es war heiß. Viel zu heiß. Überdies war Letizia viel zu spät auf dem Markt in Bastia angekommen, hatte für ihren Stand nur einen Flecken am Rand und in der prallen Sonne ergattern können. Und diese brannte ihr jetzt so heftig auf den Rücken, als wolle sie ein Mal darauf hinterlassen. Verglichen damit war es schon fast nebensächlich, dass sich nur ein paar dermaßen kleine Hummer in ihre Reuse verirrt hatten, dass deren Verkauf sich gar nicht lohnte.

Sie pustete sich erneut eine immer wieder zurückfallende Locke aus dem Gesicht, während sie ein paar Tomaten aussortierte, die ganz besonders unter der Sonne gelitten hatten, aber auch der Rest sah schon ganz verschrumpelt aus. Der Schweiß lief ihr zwischen den Brüsten hinab. Am liebsten hätte sie sich einfach zu Filou gesetzt, der hechelnd im Schatten unter dem Tisch lag.

Die Hitze glich einer schweren Decke, die alles dämpfte: die Geräusche, die Gerüche, die Geschwindigkeit des Lebens. Die Stimmen der feilschenden Händler klangen müde, die der Käufer gereizt. Kein Wunder, dass heute so wenig los war auf dem Markt. Wer konnte, blieb im Haus. Die wenigen Kunden, die sich trotz der Hitze auf die Straße wagten, steuerten nur die großen Stände an oder jene, die im Schatten lagen.

Sie wedelte mit ihrem Zeichenblock, um ein paar Fliegen zu verscheuchen, die auf dem Gemüse herumkrabbelten, doch es war, als würde sie mit einem Sieb Wasser aus einem vollgelaufenen Boot schöpfen. Sie war kurz davor, einfach ihre Sachen zu packen und heimzufahren. Leider war alles, was sie bislang verkauft hatte, ein Dutzend Eier. Damit konnte sie der dauerhaften Ebbe in der Haushaltskasse weder etwas entgegensetzen noch die Zeichenkreiden kaufen, die sie sich schon so lange wünschte. Ihre Familie war auf das Geld angewiesen, also blieb sie sitzen und hoffte wider besseres Wissen, dass sich doch noch ein paar Kunden zu ihr verirrten.

Plötzlich rempelte sie jemand von hinten an, murmelte ein hastiges »*Scusate!*«, und sie spürte etwas in ihren Fingern, ein zusammengefaltetes Papier. Sofort ließ sie es in ihre Rocktasche gleiten, und als sie sich umwandte, sah sie den alten Antonio mit dem verkrüppelten Bein an seinem Krückstock davonhumpeln. Niemand um sie herum schien etwas von der Übergabe bemerkt zu haben, dennoch wartete sie eine ganze Weile, bevor sie sich setzte und unter dem Tisch das Papier entfaltete.

Heute Nacht. Gleicher Ort wie letztes Mal.

Eilig zerrupfte sie den Zettel in winzige Fitzelchen und warf sie in den Müll. Sie hatte erst für nächste Woche mit der Aktion gerechnet, doch aus finanzieller Sicht kam sie gerade zur richtigen Zeit. Dennoch war es ein Risiko. Jedes Mal aufs Neue.

Tief atmete sie durch, ließ sich auf ihren Hocker fallen. Sie musste sich ablenken, um jetzt nicht die ganze Zeit an heute

Nacht zu denken und sich zu fragen, ob alles gut gehen würde. Also strich sie sich die schwarzen Locken aus der verschwitzten Stirn, positionierte den Zeichenblock auf ihren Knien und griff nach ihrem Bleistift. Ein anderer Tag, so heiß wie heute, brachte sich in Erinnerung, fand über ihre Hände seinen Weg auf das Papier. Gedankenverloren setzte sie Strich an Strich, verwischte mit dem Finger Konturen, schraffierte Schatten – und die Welt rund um sie trat ein Stück zurück.

Weitere Bilder stiegen aus der Tiefe ihrer Erinnerungen auf, drängten wie die schillernden Luftblasen eines Tauchers vom Meeresgrund an die Oberfläche: Auch damals flirrte die Luft vor Hitze. Auch damals schien das Leben zum Stillstand gekommen zu sein. Nur saß sie zu jener Zeit nicht auf dem Markt, sondern lag auf einem warmen Felsen über türkisfarbenem Wasser. Sie hatte ihrer Mutter die Erlaubnis abgerungen, in den Sommerferien am anderen Ende der Insel, in Ajaccio, einen Zeichenkurs besuchen zu dürfen. Eine entfernte Verwandte hatte sie für diese Zeit bei sich aufgenommen. Am späten Nachmittag nach Kursende lauschte sie dem Rauschen der Wellen und dem Gesang der Zikaden und malte in Gedanken Bilder an den Himmel, bis sie einschlief.

Als sie erwachte, blickte sie in samtig braune Augen.

Das war der Moment, der alles veränderte. Der Anfang vom Ende. Einem Ende, das sie verwirrt, verzweifelt und todunglücklich zurückgelassen hatte …

Plötzlich schlug Filous Schwanz in freudigem Wedeln gegen ihr Bein, riss sie aus ihren Gedanken. Als sie aufsah, entdeckte sie Cristo. »Was machst du denn hier?«, rief sie erfreut.

»Dich überraschen«, erwiderte er, und wie immer wollte seine sanfte Stimme gar nicht zu seinem eher vierschrötigen Aussehen mit den breiten Schultern und den großen Händen passen. »Theoretisch zumindest. Praktisch ist das ja offensichtlich unmöglich, solange Filou bei dir ist.« Cristo ging in die Hocke und kraulte das kurze braun gestromte Fell. Für Touristen und Franzosen mochte Filou wie ein Mischling aussehen, jeder Korse hingegen erkannte in ihm sofort einen reinrassigen *Cursinu*.

»Tja, an meinem fleißigen Beschützer kommt niemand vorbei«, sagte Letizia lächelnd.

»Das stimmt.« Er erhob sich. »Aber auch du warst wieder fleißig, was?«

Da erst wurde ihr bewusst, was sie soeben gezeichnet hatte. Hastig knüllte sie das Papier zu einem Ball zusammen.

»Ist es nicht gut geworden?«, fragte er verwundert.

»Fehler in der Perspektive«, behauptete sie, erleichtert darüber, dass sie schnell genug reagiert und er die Zeichnung offenbar gar nicht richtig in Augenschein genommen hatte.

Suchend blickte Cristo sich um. »Wo ist deine Schwester? Noch auf dem Fischmarkt?«

»Nein. Als ich heute Morgen die Hummerkörbe kontrolliert habe, lagen da nur eine Handvoll mickriger Tierchen drin. Sich damit auf den Markt zu stellen, hätte sich überhaupt nicht gelohnt. Thérèse ist deshalb mit dem alten Pietro wieder heimgefahren. Der versenkt seine Körbe ja in derselben Bucht wie wir, hatte aber nicht viel mehr Glück.«

Cristo nickte, doch sie war sich nicht sicher, ob er ihr wirklich zugehört hatte. Er wirkte, als sei er mit den Gedanken ganz woanders. Jetzt fiel ihr auf, dass er die linke Hand hinter dem Rücken versteckte.

»Was hast du da?«, fragte sie neugierig.

Er räusperte sich verlegen, fast so, als wolle er etwas sagen, streckte ihr dann aber wortlos seine Hand entgegen. Eine Packung bunte Pastellkreide leuchtete darin auf.

Letizia sprang auf, schlug sich die Hand vor den Mund. »Cristo! Ich fasse es nicht – bist du Hellseher?«

Er lief rot an vor Freude über ihre Begeisterung. »Das muss ich nicht sein, um zu wissen, womit ich dich glücklich machen kann.«

Über das ganze Gesicht strahlend, nahm sie die Kreide entgegen, stutzte aber plötzlich. »Das ist Künstlerkreide, richtig hochwertig. Die ist wahnsinnig teuer.« Erschrocken sah sie auf. »Dieses Geschenk kann ich nicht annehmen.«

»Tja, ich fürchte, du musst. Ich kenne nämlich niemand anderen, der damit etwas anfangen könnte, und fände es zu schade dafür, im Müll zu landen.«

»Nein!«, rief sie schockiert und presste die Packung an sich, musste dann aber über ihre eigene Reaktion lachen. »Aber ganz im Ernst – ich kann das nicht annehmen.«

»Dann sagen wir einfach: Sie gehört mir, aber du zeichnest damit etwas für mich.«

»Du bist unmöglich!«, rief sie schmunzelnd, lief um den Tisch herum und fiel ihm überschwänglich um den Hals. »Danke. Du bist wirklich der beste Freund, den man sich nur wünschen kann.«

Als sie ihn wieder losließ, kratzte er sich verlegen im Nacken. »Eigentlich ist genau das der Punkt, über den ich mit dir …«

»Wo hast du sie überhaupt her?«, unterbrach sie ihn, noch immer die Kreide bewundernd. »Hier in Bastia habe ich diese Marke noch nie gesehen.« Sie ging zu ihrem Platz zurück, öffnete die Verpackung und zog ehrfürchtig eine blaue Pastellkreide hervor.

»Aus Ajaccio«, antwortete er. »Ich habe Vito gebeten, sie mir von dort mitzubringen.« Er kam um den Tisch herum und setzte sich auf den Mauervorsprung neben ihr.

Cristo verstand, was ihr das Malen bedeutete. Die meisten anderen sahen sie komisch an, wenn sie darüber sprach oder gar erwähnte, es studieren zu wollen. Vielleicht war ihre Liebe zur Kunst der Grund dafür, dass sie keine Freundinnen hatte. Es gab nur wenige Mädchen in ihrem Alter in Bocognacce, und deren Gespräche drehten sich einzig um Heirat, Herd, Hof und Haushalt. Sie konnten weder mit Letizias Vorstellungen vom Leben noch mit ihrer Liebe zur Malerei etwas anfangen.

Sie rückte ihren Zeichenblock zurecht, skizzierte mit raschen Strichen Cristo, wie er, die Hand im Nacken, verlegen dasaß. Begeistert betrachtete sie das Ergebnis. »Schau nur, wie die Farben leuchten!«

Als er sah, dass sie ihn gezeichnet hatte, vertiefte sich das Rot seiner Wangen.

»Darf ich das behalten?«

»Klar«, sagte sie lachend. »Es ist ja mit deiner Kreide gemalt worden. Aber es ist nur so dahingeworfen. Ich werde ein Besseres für dich anfertigen. Ein Porträt, das mit Ruhe und Sorgfalt gezeichnet ist.«

»Das wäre toll, ich würde dieses hier aber trotzdem gern haben.«

Achselzuckend reichte sie es ihm, er rollte es vorsichtig zusammen, beugte sich vor, um ihr einen Kuss auf die Wange zu geben. Just in dem Moment machte Filou eine Bewegung, Letizia wandte den Kopf und spürte plötzlich Cristos Lippen auf den ihren.

Verdutzt zuckte sie zurück. Gleich darauf jedoch hatte sie sich wieder gefangen und sagte lachend: »He, Vorsicht. Wenn uns jemand sieht, macht das ganz schnell die Runde und es wird direkt das Aufgebot bestellt.«

Die belustigte Reaktion, die sie von Cristo erwartet hatte, blieb aus, vielmehr fuhr er sich befangen mit der Hand über den Nacken, sagte mit belegter Stimme: »Was ich … also, ich wollte … es gibt da etwas …«

»Na, jetzt rück schon raus mit der Sprache.«

Er räusperte sich umständlich und langsam wurde sie nervös. »Ist etwas mit Edmond? Oder mit seinen Eltern?«

Cristo war nach dem Tod seiner Mutter von Letizias Großonkel Giorgio Bonaceri und dessen Frau Ludovica adoptiert und zusammen mit deren eigenem Sohn Edmond großgezogen worden. Gestorben war seine Mutter angeblich aus Gram über die Schande, ein uneheliches Kind zur Welt gebracht zu haben, dessen Vater über alle Berge verschwunden war. Ganz so unwahrscheinlich war das nicht, fand Letizia, wenn sie daran dachte, wie sich die Leute das Maul zerrissen hatten, als im Nachbardorf letztes Jahr ein Kind nur sechs Monate nach der Hochzeit zur Welt gekommen war. Die frischgebackene Mutter wurde seither von allen geschnitten, ihr Ruf war für alle Zeiten ruiniert.

Wenn jetzt auch seinen Adoptiveltern etwas zustieße, wäre das … Nein! An so etwas Furchtbares wollte sie gar nicht erst denken.

Hastig schüttelte Cristo den Kopf. »Ihnen geht es gut. Worauf ich hinauswollte … was ich meinte …« Er holte tief Luft. »Ich habe ja schon einige Male angesprochen, dass ich es nicht gut finde, dass du abends in der Taverne arbeitest.«

Sie zuckte mit den Schultern. »Mit dem Verkauf von Tomaten komme ich leider nicht weit.«

»Eben. Deshalb dachte ich … ich wollte … also, ich meine … wir könnten doch heiraten.«

Ihr fiel die Kinnlade herunter. »Du willst mich heiraten, damit ich keine Tomaten mehr verkaufen muss? Das ist doch albern.« Sie lachte.

Und verstummte, als sie seine ernste Miene sah. Seine Worte waren kein Witz gewesen. Und sein Kuss kein Versehen. »Ich … ich dachte, wir wären Freunde.«

»Natürlich sind wir das, aber …« Er sah sie gequält an. »Das, was ich für dich empfinde, geht weit darüber hinaus, Letizia. Seit Jahren. Ich … ich versuche schon so lange, es dir zu sagen, aber ich wusste nicht, wie.«

Wie konnte das sein? Er hatte nie eine Andeutung gemacht. Nicht eine noch so kleine. Oder etwa doch? Hatte sie all die rührenden Gesten, all die kleinen Geschenke wirklich dermaßen missverstanden? Die Freude in seinem Blick, das Strahlen in seinem Gesicht, wann immer sie sich trafen? Bestürzt hob sie die Hand vor den Mund.

»Ich werde zwar die Messerschmiede nicht erben«, sprach er hastig weiter. »Denn die bekommt Edmond, aber ich könnte dort weiterhin arbeiten und besitze ja noch das Stückchen Land meiner Eltern. Wir könnten dort etwas anbauen. Also, keine Tomaten natürlich. Ich würde dich auf Händen tragen. Wir hätten ein Auskommen und ein Heim, könnten eine Familie gründen, würden glücklich sein. Du und ich.« Seine Hände zitterten, in seinen Augen las sie die Angst vor Zurückweisung.

Ihre Stimmbänder waren wie blockiert, mühsam kämpfte sie um jedes Wort. »Das kommt jetzt sehr plötzlich.«

»Ich weiß. Das tut mir leid. Ich habe mir so viele Gedanken darüber gemacht, wann und wie und wo ich es dir sage, und dann überfalle ich dich damit auf dem Wochenmarkt zwischen Eiern und Kartoffeln. Himmel, ich habe es total vergurkt.« Hilflos hob er die Arme, sein Blick fiel auf die Gurken in der Kiste neben ihm und er verzog resigniert das Gesicht. »Im wahrsten Sinne des Wortes.«

Und plötzlich musste Letizia losprusten. Sein Gesichtsausdruck war zu komisch, die Situation so absurd. Ein Teil von ihr konnte immer noch nicht ganz glauben, dass Cristo das Gesagte ernst meinte. Vielleicht auch brauchte ihre Anspannung einfach ein Ventil. »Gurken«, gluckste sie, um deutlich zu machen, dass sie ihn nicht etwa auslachte.

Cristo atmete erleichtert aus.

Eine ältere Frau, vermutlich angelockt von ihrer Heiterkeit, trat an Letizias Stand. »Was nimmst du für ein Kilo Tomaten? Und wie viel kosten die Kartoffeln und Erbsen?«

Letizia riss sich zusammen, wischte sich die Lachtränen aus den Augen und erhob sich, um die Frau zu bedienen. »Ich bin gleich wieder für dich da, Cristo.«

»Schon gut«, sagte er und stand ebenfalls auf. »Ich will dich nicht von deiner so heiß geliebten Beschäftigung abhalten.«

Sie zog eine Grimasse, woraufhin er leise lachte. Dann jedoch wurde er wieder ernst. »Denk einfach über das nach, was ich dir gesagt habe, okay?« Er winkte kurz zum Abschied und ging.

Sie hatte zwar genickt, doch während sie der Frau ihre Preise nannte, sah sie ihm nach und das schlechte Gewissen stach mit scharfen Messern zu.

Er war ihr bester Freund. Er kannte fast all ihre Geheimnisse.

Ihr größtes durfte er aber nie erfahren.

Sie griff nach der zerknüllten Zeichnung, versteckte sie in ihrer Tasche.

Letizia öffnete die Tür des Pick-ups und Filou sprang heraus. Sofort hob er witternd den Kopf und sah sie so flehentlich an, dass sie lachen musste. Der Duft nach in Weinbrand geschmorter Wildschweinterrine mit Oregano lag in der Luft und ließ ihr das Wasser im Mund zusammenlaufen. Es war klar, dass Filou auf die Reste hoffte, die beim Kochen abfielen.

»Nun lauf schon, du altes Schleckermaul«, sagte sie liebevoll und deutete zum Haus. Sofort sprang Filou los, als hätte er seit Wochen nichts zum Fressen bekommen. Sie selbst machte sich daran, die größtenteils noch immer vollen Gemüsekisten auszuladen, und betrachtete sie mit einem Seufzen. Es würde wohl demnächst sehr viel eingemachtes Gemüse auf den Tisch kommen.

Bevor sie ins Haus ging, kontrollierte sie, wie viel Sprit der Wagen noch hatte. Der Pick-up war uralt, wurde vor allem durch Rost zusammengehalten. Allerdings war er eines der wenigen Erinnerungsstücke, die sie von ihrem Vater besaß, und schon allein deshalb ihr ganzer Stolz. Weil für Sprit kaum Geld da war, benutzte sie den Wagen im Allgemeinen nur, um Gemüse zum Markt nach Bastia zu bringen, doch heute Abend würde sie ihn anderweitig brauchen.

Als sie die kleine Küche betrat, schnupperte sie beglückt. Die Kräutermischung ihrer Mutter war deren Geheimnis und weit über das Dorf hinaus bekannt. Für Letizia duftete sie wie Korsika und schenkte ihr ein tiefes Gefühl von Geborgenheit.

Letizias Großmutter Sofia saß auf der Eckbank hinter dem Tisch und sortierte Kräuter für ihre Tinkturen und Salben. Doch nicht nur als Dorfheilerin war sie gefragt, sondern sie war auch die *Signadora* der Gegend. Wann immer jemand meinte, mit einem Fluch belegt worden zu sein, wurde sie gerufen. Sofias besondere Stellung erlaubte ihr, sich mehr herauszunehmen, als die meisten anderen es konnten – und das kostete sie mit einem schelmischen Grinsen gründlich aus. Sie war winzig und sah aus wie eine verschrumpelte Rosine, was durch ihre schwarze Kleidung noch verstärkt wurde. Wie auch ihre Tochter Maria trug sie um den Kopf ein im Nacken geknotetes schwarzes Tuch, nur dass sich bei ihr weiße Locken darunter hervorkringelten, bei Maria hingegen dunkelbraune.

»Hallo, Mama, hallo, *Minnanna.*« Letizia lief zum Tisch, beugte sich zu Sofia hinüber und gab ihr einen liebevollen Kuss auf die faltige Wange, die sich wie Pergament anfühlte.

Neben dem Herd stemmte Filou halb aufgerichtet die Vorderpfoten gegen den Küchenschrank und bettelte winselnd nach einem Leckerbissen.

»Ruhe!«, sagte Maria scharf und sofort war Filou still. Abgesehen von Letizia selbst war ihre Mutter die einzige Person, auf die Filou hörte. Das verwunderte niemanden. Im Dorf ging das Gerücht umher, Maria Bonaceri könne mit ihrem zornigen Blick selbst ein wütendes Wildschwein in die Knie zwingen.

Trotz ihres strengen Befehls griff sie zu einem großen Stück Fleisch und warf es Filou zu, der es hastig verschlang. Ohne sich umzusehen, fragte sie: »Wie war es auf dem Markt?«

»Nicht sehr erfolgreich«, gestand Letizia und wollte sich eine der gebratenen Teigtaschen aus der Schüssel auf dem Tisch nehmen, doch ihre Mutter hatte es wohl geahnt, stand sofort neben ihr und gab ihr einen Klaps auf die Hand. »Später. Du verdirbst dir den Appetit.«

»Mama, ich bin kein kleines Mädchen mehr«, sagt Letizia belustigt.

»Für mich wirst du das immer sein.« Das Gesicht der Mutter wurde ein wenig weicher, fast lächelte sie. Auch wenn sie es nur mit kleinen Gesten zeigte, wusste Letizia, dass sie ihre Töchter abgöttisch liebte.

»Du musst gleich noch zu Angelo gehen«, sagte sie und kehrte an den Herd zurück, »und für morgen fünf gerupfte Hühner bestellen. Die brauchen ja ihre Zeit in der Marinade. Und dann noch bei Roberto Bescheid geben, dass er mir das Dutzend Meerbarben doch erst übermorgen bringen soll, aber in der Frühe, ganz frisch gefangen.«

Letizia sah sie erstaunt an. Früher waren täglich ein Fleisch-, ein Fisch- und ein Gemüsegericht auf den Tisch gekommen. Natürlich neben zahlreichen Nachspeisen. Das wusste Letizia allerdings nur aus den Erzählungen ihrer Oma und ihrer Schwester Thérèse, die mit ihren achtundzwanzig Jahren zehn Jahre älter war als sie. Sie selbst konnte sich an diese guten Zeiten nicht mehr erinnern. Ohne Männer fehlte es diesem Haushalt nicht nur an Menschen, die hätten bekocht werden können, sondern vor allem an Geld. Wenn jedoch heute Nacht alles gut ginge, die erwartete Lieferung Alkohol ankäme und sie diese wie üblich an die Wirtshäuser weiterleiten würde, würde sich die Haushaltskasse wieder füllen.

»Und du holst mir ein paar prächtige und vor allem große Hummer aus dem Meer, ja?«, fuhr ihre Mutter fort.

»Ich werde es versuchen, aber verrätst du mir auch, warum du offenbar vorhast, das halbe Dorf zu bekochen?«

»Abwarten«, sagte Maria und rührte mit äußerst zufriedener Miene weiter in ihren Töpfen.

»Weil sie nichts Besseres zu tun hat«, kicherte Sofia mit brüchiger Stimme und reichte Letizia mit einem Augenzwinkern unter dem Tisch eine Teigtasche.

Maria warf ihrer Mutter einen verärgerten Blick zu, ignorierte aber sowohl die Teigtasche als auch die Aussage. »Übrigens musst du heute Abend in der Taverne aushelfen, Letizia.«

»Was?« Letizia sah erschrocken auf. »Das geht heute nicht.«

Ihre Mutter runzelte irritiert die Stirn. Zum einen war sie es nicht gewohnt, dass man ihr widersprach, zum anderen scheute ihre Tochter keine Arbeit und half ihr, wo sie nur konnte. Vor allem jedoch, das wusste Maria, war ihr die Hektik in der Taverne tausend Mal lieber, als auf dem Markt herumzusitzen.

»Ich wollte heute am späten Abend noch die Hummerkörbe kontrollieren«, behauptete Letizia hastig. »Und auch morgen in der Früh. Ich habe den Verdacht, dass uns jemand die Viecher aus der Reuse klaut.« Das gab eine gute Entschuldigung ab, sollte ihre Mutter heute Nacht aus irgendeinem Grund nach ihr sehen.

Maria Bonaceri schüttelte den Kopf. »Bertrand hat ausrichten lassen, dass er heute Abend Hilfe benötigt. Und du wirst sie ihm nicht verwehren!«

»Aber …«

»Wir brauchen das Geld«, sagte ihre Mutter mit Nachdruck.

»Kann nicht Thérèse heute gehen?«

»Ausgerechnet Thérèse!« Maria verdrehte die Augen. »Sie kriegt ja kaum den Mund auf.«

»Sie kommt eben mehr nach ihrem Vater als nach uns«, nahm Sofia ihre erstgeborene Enkelin in Schutz.

Tatsächlich war Thérèse im Gegensatz zu Letizia sehr unsicher und schüchtern. Vielleicht, so vermutete Letizia, weil sie den Tod ihres Vaters aufgrund ihres Alters sehr viel bewusster miterlebt hatte als sie selbst. Vielleicht aber auch einfach, weil ihre Schwester wirklich mehr nach dem sanftmütigen Vater kam als nach den temperamentvollen Frauen der Familie. Oft fragte sich Letizia, wie ihre Schwester in der Welt bestehen sollte. Sie hatte schon diesen Schicksalsschlag kaum verkraftet, und der Tod ihres Verlobten hatte ihr den Rest gegeben. Es schien, als hätte sie sich einfach aufgegeben.

Eine echte Korsin jedoch, so die Meinung ihrer Mutter, war stolz, mutig und trug den Kopf immer oben, egal was das Schicksal ihr antat. So lebte sie schließlich selbst und das Gleiche erwartete sie von den Töchtern.

»Und bevor du gehst, probier noch das neue Kleid an, das ich auf dein Bett gelegt habe.« Damit war die Diskussion um die Taverne für ihre Mutter beendet.

Für Letizia wäre das normalerweise noch lange nicht der Fall gewesen, aber der letzte Satz Marias verwunderte sie. »Wann hast du mir denn ein neues Kleid geschneidert?«

Früher hatte die Mutter viel für die Frauen in der Umgebung genäht, aber seit geraumer Zeit war die wirtschaftliche Lage und entsprechend die Nachfrage schlecht. Niemand hatte Geld übrig, nur noch selten gab jemand ein Kleidungsstück in Auftrag. Allenfalls noch für ihre Töchter, sich selbst und die Großmutter nähte sie. Allerdings hatte Letizia sie schon lange nicht mehr an der Nähmaschine gesehen.

»Ich habe es gekauft«, stellte ihre Mutter richtig und ergänzte stolz: »In Bastia. In einem Laden nur für Kleider.«

Das klang teuer. Viel zu teuer für ihre Verhältnisse. Mit einem mulmigen Gefühl im Bauch sah Letizia zur aufklappbaren

Küchenbank, in der zwischen dem ganzen Schneidermaterial ihrer Mutter auch das Haushaltsgeld in einer Dose versteckt war. Sie war sich sicher, dass die Dose deprimierend hohl klingen würde, sollte sie diese jetzt herausholen und schütteln. »Habe ich etwas verpasst?«, fragte sie beunruhigt. »Steht irgendetwas Besonderes an?«

»Wer weiß«, gab sich ihre Mutter geheimnisvoll. »Vielleicht kommt bald Besuch vorbei?«

»Also für die Frau des Schusters würdest du garantiert nicht solch einen Aufwand betreiben«, stellte Letizia fest. »Und wer außer ihr kommt uns denn schon besuchen?«

»Cristoforo«, beantwortete Sofia die Frage ihrer Enkelin.

Erneut sah Maria verärgert über die Schulter zu ihrer Mutter.

»Cristo?«, wunderte sich Letizia. »Nur Cristo? Und deshalb machst du solch ein Aufhebens?«

Ihre Mutter erklärte mit strenger Miene: »Er soll nicht denken, wir seien arme Leute.«

»Pf«, machte Sofia. »Das denkt er nicht nur, sondern das weiß er genau.«

Sie erntete einen verärgerten Blick ihrer Tochter.

»Mama«, sagte Letizia kopfschüttelnd. »Großmutter hat recht. Für Cristo musst du nun wirklich nicht solch einen Aufwand betreiben. Er gehört doch quasi zur Familie.«

»Eben«, sagte ihre Mutter mit sonderbarer Betonung.

»Was meinst du damit?«, hakte Letizia plötzlich alarmiert und mit gerunzelter Stirn nach. Sie hatte das seltsame Gespräch vom Markt zu verdrängen versucht, so gut es ging, aber nun konnte sie es nicht länger ignorieren.

»Die Leute reden schon über dich und Cristo.«

»Die Leute reden immer!«, gab Sofia ihre Ansicht kund und zwinkerte Letizia verschwörerisch zu.

»Himmel noch mal, Mutter! Hör auf, dich einzumischen.«

»Fluch nicht so!«, schimpfte Sofia und bekreuzigte sich hastig mehrfach. Auch Maria tat es ihr erschrocken nach. In Sachen Religion verstand man in ihrer Familie und in Bocognacce keinen Spaß.

Die Mutter warf dem Kreuz über der Tür noch einen entschuldigenden Blick zu, bevor sie an Letizia gerichtet sagte: »Denk an Anna und ihren … Ruf!« Maria klang, als spräche sie von einer ansteckenden Krankheit.

Tatsächlich verhielten die Leute sich so, als sei genau das der Fall. Anna war die junge Frau, die im vergangenen Jahr nur sechs Monate nach der Hochzeit Mutter geworden war und noch immer gemieden und geschnitten wurde.

Letizia seufzte schwer. Damals in Ajaccio hatte sie eine völlig andere Welt kennengelernt. Eine viel freiere. Doch ihrer Mutter zu erklären, dass die Zeiten sich geändert hatten, wagte sie nicht. Denn das galt nur für den Rest der Welt. Nicht für dieses Dorf. Und schon gar nicht für diese Familie! Thérèse und Jules hatten selbst nach der Verlobung nur eine Handvoll Küsse ausgetauscht, mehr nicht, das wusste Letizia ganz genau. Manchmal war sie kurz davor zu verzweifeln, weil die Menschen hier so stur waren und an den alten Werten festhielten, als hinge ihr Leben davon ab. Vielleicht war das der Grund, warum sie sich in ihre Kunst flüchtete. Die gab ihr ein Gefühl von Freiheit.

Bei diesem Thema war selbst Sofia mal einer Meinung mit ihrer Tochter und nickte bekräftigend. »Mag sein, dass der Rest der Welt so gottlos geworden ist, ohne das heilige Sakrament der Ehe miteinander ins Bett zu gehen. Hier bei uns wird so etwas zum Glück nicht geduldet.«

»Jedenfalls …«, kam Maria zum Thema zurück. »Habe ich mit Ludovica gesprochen, die hat mit ihrem Mann geredet und – *eccu*!« Als hätte sie ein Zauberkunststück vollbracht, breitete sie die Arme aus.

»Freut mich ja, dass offenbar alle so gesprächig sind«, sagte Letizia belustigt. »Darf ich auch erfahren, worüber gesprochen wurde?«

»Über eure Verlobung natürlich«, erklärte ihre Mutter kopfschüttelnd, als sei Letizia schwer von Begriff.

Beinahe wäre Letizia die Teigtasche aus der Hand gefallen. Sie wusste nicht, ob sie entsetzt sein oder loslachen sollte darüber, wie schnell ihre Mutter Nägel mit Köpfen machte.

»Du bist verlobt?«, kam es tonlos von der Küchentür. Thérèse stand dort, den Wäschekorb in Händen, das Gesicht ganz blass. Auch wenn sie charakterlich nach ihrem Vater kam, besaß sie die strengen, scharf geschnittenen Züge ihrer Mutter, die so ganz anders waren als Letizias weiche. Auch ihr Zopf war immer straff gebunden, während Letizia ihr Haar meist offen trug oder so lose flocht, dass ihre Locken schon bald wieder daraus entkamen und ihr Gesicht umrahmten.

»Nein, bin ich nicht«, widersprach Letizia.

»Noch nicht«, hielt ihre Mutter dagegen.

In Thérèses Augen schimmerte es, wie Letizia mit einem raschen Blick bemerkte. Sie hatte ihrer Schwester nicht wehtun wollen. Wieso nur musste sie ausgerechnet jetzt dazukommen?

»Reiß dich zusammen, Thérèse!«, befahl ihre Mutter unleidlich. »Eine echte Korsin weint nicht!«

Thérèse blinzelte gegen die Tränen an, wandte sich um und eilte nach draußen.

Für einen Moment zeigte sich Bedauern im Gesicht von Maria, doch dann atmete sie tief durch. Ihre Worte nahm sie nicht zurück.

»Du bist zu hart zu ihr«, schalt Sofia sie kopfschüttelnd.

»Das Leben ist sehr viel härter«, entgegnete Maria seufzend und wandte sich wieder Letizia zu. »Ich dachte, wir fragen Bertrand, ob wir die Feier in der Taverne ausrichten dürfen. Wir könnten die Terrasse mit Blumen schmücken und …«

»Nein, können wir nicht, denn es wird keine Verlobung geben! Wie kommst du nur auf solch eine verrückte Idee?«

Eine senkrechte Falte erschien zwischen den Brauen ihrer Mutter. »Ihr seid unzertrennlich. Seit Jahren schon. Alle gehen davon aus, dass ihr heiraten werdet. Wenn ihr noch länger wartet, gibt das nur noch mehr Gerede und dein Ruf ist dahin. Giorgios Frau sagte, dass der Junge dich sicher demnächst fragen würde, ob du seine Frau werden willst.«

»Hat er sogar schon«, murmelte Letizia und verzog das Gesicht.

»Na also!«, rief ihre Mutter zufrieden.

»Ja, aber das heißt noch lange nicht, dass ich ihn heirate! Und überhaupt – wie könnt ihr das einfach so über unsere Köpfe hinweg entscheiden?«

»Ich bin deine Mutter und ich weiß, was das Beste für dich ist!«

»Tja, das habe ich dir damals auch gesagt, als ich dir den wohlhabenden Pietro ans Herz gelegt habe«, murmelte Sofia mit erhobener Augenbraue. »Gehört hast du trotzdem nicht auf mich.«

»Musst du nicht irgendwo irgendwen vom bösen Blick befreien?«, rief Maria entnervt.

»Heute mal nicht. Im Gegenteil. Ich habe Salvatore prophezeit, seine Ziege würde vom Blitz getroffen, wenn er sie noch einmal unser Gemüsebeet plündern lässt. Den ganzen Morgen schon hämmert er an seinem Zaun herum.« Mit diebischer Freude und fast zahnlosem Mund grinste Sofia.

Maria beherrschte sich nur mühsam, ignorierte ihre Mutter und sagte zu ihrer Tochter: »Du brauchst jemanden, der auf dich achtgibt, wenn ich nicht mehr da bin.«

»Habe ich!«, rief Letizia wütend zurück. »Filou und mein Messer!«

»Cristo wird einen guten Ehemann abgeben«, überhörte die Mutter ihren Einwand. »Er trägt dich jetzt schon auf Händen und ihr werdet ein gutes und gesichertes Auskommen haben. Wo um alles in der Welt liegt also dein Problem?«

»Er ist ein Freund. Nur ein guter Freund. Mehr nicht!«

»Großartig! Eine bessere Voraussetzung gibt es gar nicht. Leidenschaft kühlt ab, aber Liebe wächst. Ein Freund wird dich immer mit Respekt behandeln.«

»Aber … aber …«

»Kein Aber! Alle anderen jungen Männer der Umgebung, die sich für dich interessiert haben, hast du mit deinem Desinteresse und deiner störrischen Art erfolgreich in die Flucht geschlagen. Sei froh, dass Cristo so hartnäckig geblieben ist. Oder willst du enden wie Thérèse?«

»Allein bleiben? Warum nicht? Dann könnte ich wenigstens tun und lassen, was *ich* will!«

»Ich diskutiere jetzt nicht schon wieder mit dir über deine verrückten Ideen!« Erzürnt sah sie zu Sofia. »Siehst du, Mutter? Genau das meine ich. Du verziehst sie! Sie hat viel zu viele Freiheiten! Du hast mich damals überredet, ihr diesen Zeichenkurs zu erlauben. Das war ein Fehler! Seitdem hat sie nur noch mehr Dummheiten im Kopf. Allein schon, dass sie Filou überallhin mitschleppt, ihn sogar in ihrem Zimmer schlafen lässt. Er ist ein Wachhund. Er gehört in den Hof, und fertig. Und zur Messe ist sie schon zweimal zu spät gekommen. Ich bin im Boden versunken vor Scham!«

Sofia runzelte die Stirn. »Das geht allerdings zu weit.«

Maria sah Letizia resigniert an. »Vermutlich muss ich nach der nächsten Beichte nicht nur für meine, sondern überdies noch für deine Sünden Buße tun, weil ich dich nicht strenger erzogen habe!«

Letizia ballte die Hände zu Fäusten. All diese Verbote, diese sinnlosen Regeln und Traditionen waren ihr ein Graus. Sie wollte sich nicht maßregeln lassen wie ein kleines Kind, aber sie durfte die Unternehmung heute Nacht nicht gefährden. Wütend stapfte sie zurück nach draußen zu Thérèse, die gerade die Wäsche an die zwischen den Bäumen gespannte Leine hängte. Filou folgte ihr auf dem Fuße.

»Ich fasse es nicht!«, empörte sich Letizia. »Wie kann sie sich nur dermaßen in mein Leben einmischen!«

Thérèse erstarrte.

»Wenn sie denkt, dass ich das einfach so hinnehmen werde, hat sie sich geschnitten!«, schimpfte Letizia weiter. »Ich und Cristo – das ist ja lachhaft!«

»Du solltest dankbar sein!«

»Aber ich liebe ihn nicht!«

Thérèse fuhr herum, die Augen rot verheult. »Du hast ja nicht die leiseste Ahnung, was Liebe ist. Ich aber. Genauso wie ich weiß, was Verlust bedeutet. Ich würde alles dafür geben, wenn jemand mich so anbeten würde wie Cristo dich!«

»Du wirst jemanden finden!«, rief Letizia erschrocken. »Was ist mit Bertrand? Er schwärmt schon lange für dich, das weißt du.«

»Bertrand? Ist das dein Ernst? Er ist zehn Jahre älter als ich! Und überhaupt – wie kannst du ihn nur mit Jules vergleichen?« Damit warf sie das Bettlaken, das sie in der Hand hielt, zurück in den Korb und rannte aufgelöst davon.

»Ich habe ihn doch gar nicht mit Jules verglichen!«, rief Letizia ihr unglücklich nach. »Thérèse, warte! Ich wollte dich nicht verletzen. Es tut mir leid.«

Ihre Schwester reagierte nicht, verschwand hinter der Hausecke.

Letizia schloss die Augen und versuchte, das Brennen in ihrem Brustkorb wegzuatmen. Sie nahm Thérèse ihren Ausbruch nicht übel, wusste, dass er nur auf ihren Schmerz zurückzuführen war. Dennoch träufelte das, was ihre Schwester gesagt hatte, ätzende Säure in die Wunde ihres Herzens. Letizia wusste nämlich sehr wohl, was Liebe war. Jedenfalls hatte sie das einst geglaubt.

Eine echte Korsin weint nicht. Deshalb unterdrückte Letizia ihre Tränen. Stattdessen ließ sie sich ins Gras sinken, schlang ihre Arme um Filous Hals und drückte ihr Gesicht an sein warmes Fell.

Ihre Mutter hatte recht: Die Zeit in Ajaccio war ein Fehler gewesen. Allerdings aus einem ganz anderen Grund, als Maria meinte.

Gläser klirrten, Geschirr schepperte. In der Luft hing der schwere Geruch nach gebratenem Fleisch und Fisch, Kastanienbier und Anisschnaps, mit dem sich das dunkle Holz der Bänke und der zerkratzten Eichentische in all den Jahren vollgesogen hatte. Die Taverne mit ihren rußgeschwärzten Balken war erfüllt von Stimmen – doch sie klangen alles andere als fröhlich.

Überall im schummrigen Licht der verstaubten Wandlampen wurden in Grüppchen die Köpfe zusammengesteckt, geraunt und in gedämpftem Ton, aber mit umso heftigeren Gesten gestritten. Es wirkte wie das Summen von Hornissen, die bei der geringsten Erschütterung ihres Nestes ausschwärmen könnten. Eine zittrige Nervosität schwang darin mit, eine Anspannung, die Letizia in jeder Zelle ihres Körpers zu spüren glaubte. Wie Wellen, die an den Strand brandeten, rollte immer wieder eine neue Woge wütender Stimmen herbei.

Manche der Männer guckten finster, andere hatten reserviert die Arme vor der Brust verschränkt. Hier neigte jemand abwägend den Kopf, dort schlug ein anderer heftig die Faust auf den Tisch, um seinem Standpunkt Nachdruck zu verleihen. Nur wenige waren darunter, die angesichts der Aufregung lediglich den Kopf schüttelten oder resigniert dreinschauten.

Schon zwei Mal heute Abend hatte Letizia besonders hitzköpfige Kerle voneinander trennen müssen. Im Normalfall kein Problem für sie. Sie hatte früh gelernt, sich durchzusetzen, und schon oft gehört, dass ihr zorniger Blick dem ihrer Mutter in nichts nachstand. Darüber hinaus hatte sie ein Gespür dafür, wann eine Situation mit Humor und wann sie mit deutlichen Worten entschärft werden konnte. Heute jedoch fiel es ihr schwer, Ruhe zu bewahren und sich auf ihren Witz zu besinnen.

Es gab im Grunde nur zwei Themen, die solcherlei Emotionen auslösen konnten: Korsikas Kampf um die Unabhängigkeit sowie die Feindschaft zwischen den Bonaceris und den Caratolis. Da die Bonaceris eine große Familie waren und nicht nur zahlreiche enge Verwandte, sondern auch solche vierten, fünften und weiteren Grades besaßen, bestand quasi das halbe Dorf, unabhängig vom Nachnamen seiner Bewohner, aus dem Bonaceri-Clan. So, wie das halbe Nachbardorf den Caratoli angehörte.

Kein Wunder, dass bei diesem Thema die Nerven blank lagen und die Messer schnell bei der Hand waren. Vor allem jedes Mal dann, wenn Edmond, der leibliche Sohn von Cristos Zieheltern, sich dazugesellte. So wie heute. Er war bullig, besaß den Nacken eines Stieres und ebenso viel Verstand. Und leider obendrein einen unversöhnlichen Hass auf die Caratolis. Erst recht, seit am Ende eines langen Rechtsstreits ein Stück des Kastanienwaldes, auf den sowohl sein Vater als auch die Caratolis seit Jahrzehnten Anspruch erhoben, Letzteren zugesprochen worden war. Alkoholvernebelt und voll jugendlichen Leichtsinns kam Edmond auf die glorreiche Idee, als Rache ebendiese Bäume anzuzünden. Gerade noch rechtzeitig wurde er entdeckt, der Brand gelöscht und der Bursche für einige Tage ins Gefängnis gesteckt. Dank des Einflusses seines Vaters wurde er zu nichts Schlimmerem als zu einer hohen Geldstrafe verurteilt. Allerdings bestand der Richter darauf, dass er sich bei den Caratolis entschuldigte. Das tat er notgedrungen, doch diese Demütigung hatte er nie verwunden.

Während Letizia zwischen den Tischen umhereilte, Bestellungen aufnahm und schmutziges Geschirr abräumte, schnappte sie aufgebrachte Wortfetzen auf.

Es ging angeblich um geplante höhere Zölle der Franzosen auf Alkohol und Tabak, weshalb die Polizei noch strenger als sonst die Küsten kontrollieren würde, um Schmuggel zu unterbinden. Letizia biss sich auf die Lippe. Großartig. Beste Aussichten für heute Abend.

Sie drückte die Tür zur Küche auf und flüchtete sich für eine kurze Verschnaufpause hinein. »Bertrand?«

»Hm?«, brummte der bereits in jungen Jahren recht kahlköpfig gewordene Besitzer der Taverne, während er mit verzweifelter Miene an einem Stück Ziegenfleisch herumsäbelte, das stark verkohlt aussah.

»Kommst du den restlichen Abend ohne mich zurecht?«

Er sah so erschrocken auf, dass sie keine Antwort benötigte. »Okay, ich versuche, noch ein wenig zu bleiben«, beruhigte sie ihn.

»Oder käme Thérèse an deiner Stelle?« Hoffnungsvoll blickte er sie an.

»Leider nicht.«

Enttäuscht wandte er sich wieder dem Braten zu, hackte nun frustriert darauf herum.

Er war ein Bär von einem Mann, dessen buschige Brauen anscheinend aufwiegen wollten, was Mutter Natur seinem Haupt so früh genommen hatte. Er wirkte grobschlächtig, fast furchteinflößend, war aber im Kern herzensgut. Sie brachte es einfach nicht über sich, ihn, solange es in der Taverne noch so voll war, mit der ganzen Arbeit alleinzulassen.

Eine Sache allerdings gab es noch zu klären. »Eine neue Ladung kommt demnächst an.«

Bertrands Blick huschte zur Tür. Er vergewisserte sich, dass sie verschlossen war. »Wann? Wo?«

»Komm schon, du weißt, dass ich dir das nicht sagen kann. Aber ich fürchte, mein Preis ist gerade gestiegen.«

Bertrands Brauen wanderten aufeinander zu. »Um wie viel?«

Sie verschränkte die Arme vor der Brust. »Fünf Prozent.«

»Kommt nicht infrage! Das ist viel zu viel!«

Letizia deutete mit dem Kinn zur Tür. »Neue Zölle. Allem Anschein nach wird die Küste noch stärker kontrolliert. Und mit dem Risiko steigt auch der Preis.«

»Das Risiko ist ohnehin schon zu hoch«, grollte er.

»Es gibt noch so viele Tavernen in der Umgebung«, entgegnete sie gelassen und zuckte mit den Achseln.

Er seufzte. »Ich meinte das Risiko für dich! Wenn mir deine Familie nicht so am Herzen läge …«

»Und der Alkohol dich auf diese Weise so günstig käme …«, ergänzte sie mit einem Schmunzeln.

Er tat so, als hätte er sie nicht gehört. »… würde ich das nicht mitmachen. Aber ich weiß, dass man dich von etwas, das du dir in den Kopf gesetzt hast, nicht abhalten kann. Du tust es schließlich für das Wohl deiner Familie, das ehrt dich. Und bevor du zu jemandem gehst, der nicht vertrauenswürdig ist … Also abgemacht. Zwei Prozent mehr. Sobald die Ware da ist.«

»Drei oder ich bringe die Lieferung nach Erbalunga zu Vito.«

Er lief rot an und polterte: »Na schön, ist ja gut. Drei Prozent!« Er streckte die Hand aus und sie schlug ein. Vito und er waren sich spinnefeind.

Sie verkniff sich ein Lächeln, beugte sich vor und drückte ihm einen Kuss auf die kratzige Wange, der ihn erröten ließ.

»Sei aber vorsichtig«, mahnte er sie.

»Mach dir keine Sorgen um mich, ich bin eine Katze – ich lande immer auf den Pfoten.«

»Eher bist du wie die angebrannten Essensreste in meiner Pfanne – nicht zu erweichen«, grollte er, aber seine Augen blickten warmherzig drein.

Kaum war sie in den Schankraum zurückgekehrt, als Cristo das Wirtshaus betrat. Schüchtern winkte er ihr zu, verkrampft lächelte sie zurück.

Er steuerte Edmonds Tisch an, ließ sich neben ihm auf dem Fensterplatz nieder.

Letizia hatte noch keine Zeit gehabt, sich die richtigen Worte zu überlegen, mit denen sie ihm ihr Nein möglichst schonend beibringen konnte. Ein Teil von ihr wäre daher einem Zusammentreffen mit Cristo lieber aus dem Weg gegangen. Ein anderer Teil jedoch war erleichtert über sein Auftauchen, denn er würde wie immer mäßigend auf seinen Adoptivbruder einwirken. Also gab sie sich einen Ruck, ging zum Tisch der beiden. Verlegen begrüßte sie Cristo, sammelte weitere Bestellungen ein und eilte zurück an die Theke, wo sie sie an Bertrand weitergab, der zwischen Küche und Zapfhahn wechselte.

Plötzlich stand Cristo neben ihr.

»Hast du schon darüber nachgedacht?«, fragte er.

Im lauten Trubel erahnte sie seine Frage mehr, als dass sie sie hörte. Und natürlich wusste sie, worauf er sich bezog. Nervös strich sie sich eine Haarsträhne, die ihrem Flechtzopf entkommen war, hinters Ohr. »Du siehst ja, was hier los ist. Ich kam noch nicht wirklich dazu.«

Er wirkte zwar geknickt, nickte aber verständnisvoll. »Wir können ja nachher noch mal in Ruhe darüber sprechen.«

»Etwa hier?«

»Nein, ich meinte, wenn ich dich heimbringe. Ich werde dich garantiert nicht unbegleitet in der Dunkelheit nach Hause gehen lassen.«

»Das ist nicht nötig. Wirklich. Ich …«

»Keine Widerrede, ich bringe dich nach Hause und … Ach, verdammt, dieser Idiot!«

Verwirrt sah Letizia zu Edmond, denn nur er konnte gemeint sein. Und sie lag richtig.

»Es lebe Korsika!«, tönte dessen Ruf durch den Schankraum, wurde von anderen aufgenommen, bis er vielfach durch die Taverne hallte und ungute Erinnerungen in ihr wachrief.

Jetzt war sie doch heilfroh, dass sie hier stand und nicht Thérèse. Ihre Schwester wäre mit Sicherheit zusammengebrochen. Der gleiche Tonfall, dieselbe Art von aufgeheizter Stimmung waren auch dem Tod von Thérèses Verlobtem vorausgegangen und hatten sich in ihr Gedächtnis gebrannt. Er war ein glühender Anhänger der *Front de Libération Nationale Corse* gewesen, der korsischen nationalen Befreiungsfront, aber sein erster Einsatz bei einem Anschlag war zugleich sein letzter gewesen. Es war schwer zu sagen, ob unter den heutigen Anwesenden der Hass auf die Franzosen größer war oder der auf die Caratolis.

Was Thérèse anging, waren es die Franzosen. Was ihre Mutter betraf, eindeutig die Caratolis. Und diese Ansicht trug sie offen zur Schau, denn obwohl die normalerweise übliche Trauerzeit schon seit Jahren vorbei war, weigerte sich Letizias Mutter noch immer, bunte Kleidung anzuziehen. Das Schwarz ihrer Kleider war eine Mahnung an alle Dorfbewohner, den Tod ihres Mannes nicht zu vergessen. Und eine Warnung an die Caratolis, die sie dafür verantwortlich machte, sich in ihrem Dorf nicht blicken zu lassen.

Caratoli …

»Es lebe die Unabhängigkeit!«, riss ein neuerlicher Ruf Letizia aus ihren Gedanken.

»Keine gemeinsame Sache mit den Franzosen!«

»Und keine mit den Caratolis!«

Verärgert stapfte Cristo zu Edmond zurück. Der erging sich inzwischen in wildesten Drohungen gegenüber Franzosen und Caratolis. Letizia wusste, dass er der größte Hasenfuß auf Erden war und sich nur stark fühlte, wenn er betrunken oder bewaffnet war und der Gegner schwächer und waffenlos. Das wussten auch alle anderen. Dennoch schien das im Moment niemanden zu interessieren. Edmond hatte die Aufmerksamkeit der ganzen Taverne auf sich gezogen und genoss es sichtlich, im Mittelpunkt zu stehen.

»Was glauben die, wer die sind!«, ereiferte er sich gerade. Seine Aussprache klang verwaschen, seine Augen waren blutunterlaufen, seine Bewegungen fahrig. »Für wen halten die sich?«

Cristo legte ihm beschwichtigend die Hand auf den Arm. »Für Menschen, Edmond. Wir sind alle Menschen.«

»Die nicht!«, zischte der andere. Er erblickte Letizia und rief undeutlich: »Ein Bier! Bring mir noch ein Bier!«

»Ich glaube, du hattest schon mehr als genug«, entschied Letizia.

»Willst mich bevormunden, was?«, fuhr er sie an und sein Speichel spritzte durch die Luft. »Wie die verdammten Franzosen?«

Cristos Gesicht verdüsterte sich. »Pass auf, mit wem du sprichst! Letizia gehört zu mir!«

Reflexhaft wollte Letizia protestieren, ließ es dann aber bleiben. Er meinte es ja nur gut. Und immerhin schien sogar bis in Edmonds alkoholvernebelten Verstand durchzudringen, dass er sich nicht mit dem breitschultrigen Cristo anlegen sollte.

»Habs ja nicht so gemeint«, nuschelte er, stieß einen Rülpser aus und begab sich vorsichtshalber wieder auf sicheres Terrain, indem er statt auf Letizia erneut auf die Franzosen schimpfte. »Nieder mit den Franzosen!«, schrie er schließlich und sprang auf. »Nieder mit den Caratolis!«

»Verdammt, reiß dich doch zusammen, Edmond!«, fuhr Cristo ihn an und drückte ihn auf den Stuhl zurück, bevor er sich Letizia zuwandte. »Tut mir leid. Er ist betrunken.«

»Bin ich nicht«, murmelte Edmond wütend. »Und ich will jetzt mein Bier!«

»Aber nicht mehr heute. Du solltest jetzt Schluss machen.«

»Ich denke nicht dran.«

»Dann tue ich es. Ich bring dich nach Hause.« Cristo stand auf und zog Edmond mit sich hoch.

»Lass mich!«, zischte dieser und versuchte, Cristos Hand von sich zu schlagen, verlor jedoch prompt das Gleichgewicht, als Cristo ihn tatsächlich losließ. Gerade noch erwischte er die Tischkante und hielt sich daran fest. »Dann verschwinden wir eben«, schnaufte er wütend, »ist eh nichts los hier.«

Mit einem Augenrollen griff Cristo Edmond unter die Arme, wandte sich aber noch einmal Letizia zu und bat: »Geh nicht allein. Ich bringe Edmond heim und komme dann wieder, um dich zu begleiten.«

Sie murmelte eine vage Antwort, warf einen Blick aus dem Fenster. Das Ziffernblatt der Kirchturmuhr hob sich weit über den Dächern in bedrohlich flackerndem Orange vom schwarzen Himmel ab. Ihr blieb nur noch wenig Zeit.

Glücklicherweise hatte sich die Lage in der Taverne entspannt, kaum dass Edmond verschwunden war, und es zog etliche der anderen Gäste nach Hause. Bertrand würde die restliche Arbeit allein bewältigen, Letizia konnte guten Gewissens gehen. Sie bat ihn, Cristo Bescheid zu geben, dass sie schon fort war, und hoffte, dieser würde ihr das nicht übel nehmen.

Als sie endlich die Taverne verließ, stand der Mond riesengroß am Himmel. Die denkbar ungünstigste Nacht für das, was sie vorhatte, aber das ließ sich nicht mehr ändern. Wichtiger war jetzt, dass sie pünktlich vor Ort war.

Um Zeit zu sparen, beschloss sie, nicht dem Wirrwarr der Gassen zu folgen, sondern den Weg zu nehmen, der außen um das Dorf herumführte. Normalerweise lief man auf dem unebenen Schotterweg Gefahr, abzurutschen oder zu stolpern und sich den Fuß zu verstauchen. Doch es war so hell, dass sie auf ihre Geschicklichkeit vertraute.

Während sie nach Hause lief, um den Wagen zu holen, wanderten ihre Gedanken wieder zu Cristo und zu dem, was ihre Mutter gesagt hatte. Hatte sie recht? War es besser, einen Freund zu heiraten als die große Liebe? Und wäre es ihm gegenüber fair? Sie würde ihn niemals so lieben können, wie er es verdiente. So intensiv, wie sie einmal geliebt hatte. Aber war es nicht dennoch besser, als an unerfüllten Hoffnungen und zerstörten Träumen zugrunde zu gehen? Sie wusste, dass Cristo sie in allem unterstützen würde, was sie sich wünschte und vornahm. Vielleicht würde er sogar so weit gehen, ihr das zu ermöglichen, was ihre Mutter ihr selbst dann verwehrt hätte, wenn sie es sich hätten leisten können: den Besuch einer Kunstakademie.

Sie fühlte sich hin und her gerissen zwischen ihren Gefühlen und der bitteren Wahrheit. Ihr Herz wehrte sich gegen die Vorstellung von Cristo als ihrem Ehemann, zehrte von der Erinnerung an etwas, das nicht hatte sein sollen. Ihr Kopf hingegen wusste um die Realität: Cristo wäre tatsächlich das Beste, was ihr passieren konnte.

Was sollte sie nur tun?

Der Kies knirschte unter ihren Füßen, die Münzen in ihrer Trinkgeldtasche am Gürtel klimperten bei jedem Schritt. Sie hatte ganz vergessen, sie abzunehmen. Leichter Wind war aufgekommen, blies ihr das Haar ins Gesicht, sodass sie es immer wieder zurückstreichen musste.

Linker Hand ragten grob gemauerte Häuserwände auf. Rechter Hand begann die Macchia damit, den schmalen Streifen zurückzuerobern, der vor noch nicht allzu langer Zeit wieder einmal gerodet worden war, um eine Schneise zwischen dem Dorf und dem Buschwald herzustellen.

Ein paar Fledermäuse waren ihre einzigen Begleiter.

Oder?

Mit einem Mal fühlte sie sich beobachtet, drehte sich hastig um und stierte in die Dunkelheit zwischen den Pflanzen. Alles schien menschenleer, dennoch überlief sie eine Gänsehaut. Beunruhigt schnürte sie eilig ihren Trinkgeldbeutel ab und packte ihn in die Tasche, die ihr quer über den Oberkörper hing. Dabei entdeckte sie darin die zusammengeknüllte Zeichnung von heute Mittag. Sie zog sie hervor, stolperte jedoch über einen Stein und ließ den Papierball fallen. Sofort griff der Wind danach, rollte ihn den steilen Weg hinab.

Letizia stieß einen verhaltenen Fluch aus, eilte der Zeichnung nach, erwischte sie aber nicht mehr, denn jemand anderes fischte das Papier bereits vom Weg.

Jemand in einer dunkelblauen Uniform und mit auf Hochglanz polierten Knöpfen.

»Sieh an, die kleine *Mademoiselle* Bonaceri.«

Auch das noch!

Sie streckte das Kreuz durch, hob das Kinn. »Sieh an, der nicht sehr viel größere *Commissaire* Dubois.«

»Vorlaut wie immer.«

»Nur ehrlich wie immer.« Sie griff nach der Zeichnung, doch der Franzose hielt sie außer Reichweite.

»Das gehört mir«, sagte sie mit Nachdruck, auch wenn er das sehr wohl wusste.

»Tja, mit dem Besitz ist das so eine Sache.« Er betrachtete nachdenklich den Papierball, lächelte plötzlich süffisant. Er trug einen dünnen Oberlippenbart, der wirkte, als würde ein schwarzer Wurm über seiner Oberlippe umherkriechen. »Eine ähnliche wie mit den Steuern.«

Ein ungutes Gefühl machte sich in ihrem Magen breit, aber sie ließ es sich nicht anmerken, fragte spöttisch: »Wollen Sie etwa eine Gemüsesteuer einführen, Commissaire Dubois?«

»Selbst wenn – ich bin mir sicher, du fändest einen Weg, darum herumzukommen, einfallsreich, wie du bist, nicht wahr, Mademoiselle?« Sein Blick hatte mit einem Mal etwas Lauerndes.

Das unbehagliche Gefühl kroch durch ihr Inneres, klebrig und zäh, einer dunklen Vorahnung gleich. Sie unterdrückte den Reflex, erneut nach ihrer Zeichnung zu greifen, hoffte, er würde einfach das Interesse daran verlieren und sie wegwerfen. »Ich weiß nicht, was Sie mir sagen wollen, und so gern ich mich auch weiter mit Ihnen unterhalten würde, ist es doch leider schon sehr spät. Und morgen muss ich wieder früh arbeiten. Gute Nacht, der Herr.« Sie versuchte, sich an ihm vorbeizudrängen, doch sein Arm schoss hervor und versperrte ihr den Weg.

»Ja, ich weiß, die Zeiten sind schlecht und das Geldverdienen ist gar nicht so einfach«, sagte er mit vorgetäuschtem Mitgefühl.

»Ich kann mich nicht beklagen«, behauptete sie.

»Natürlich nicht. Immerhin verfügst du noch über andere Einnahmequellen.«

Sie stutzte. Er bluffte nur, oder? Er konnte nichts von dem Boot wissen, das heute Abend anlegen sollte. Dennoch wurde ihr flau im Magen. Sie straffte die Schultern. »Ich arbeite auch in der Taverne, stimmt.«

Er umkreiste sie. Langsam. Lauernd. Wie ein Wolf eine Herde Schafe. Dabei warf er das zerknüllte Papier hoch und fing es wieder auf. Er spielte mit ihr.

Obwohl sie sich nicht vorstellen konnte, dass er sie einfach anfallen würde, sträubte sich etwas in ihr, ihm den Rücken zuzukehren, also drehte sie sich ebenfalls um sich selbst, ließ ihn nicht aus den Augen. Sie brauchte diese Zeichnung zurück!

Er warf den Papierball noch einmal in die Höhe, fing ihn wieder auf und entfaltete ihn plötzlich.

Letizias Magen verkrampfte sich.

Mit zur Seite geneigtem Kopf musterte er die Zeichnung eingehend.

Sie wollte sie ihm entreißen, hielt sich aber zurück, um ihm nicht noch mehr Angriffsfläche zu bieten.

»Wirklich gut«, sagte er schließlich und zog eine Augenbraue hoch. »Du hast Talent, Mädchen. Ich frage mich nur, wer der junge Mann hier ist. Er kommt mir bekannt vor.«

»Das geht Sie nicht das Geringste an«, gab sie zurück, konnte jedoch das Zittern in ihrer Stimme nicht unterdrücken. Sie wollte ihm die Zeichnung um keinen Preis überlassen.

Er lächelte. »Weißt du, kleine Mademoiselle, wir sind uns sehr ähnlich.«

»Mit Sicherheit nicht – ich belästige keine Frauen.«

»Ich liebe deinen Humor«, sagte er kalt. »Ich könnte viel für dich tun.«

»Aus reiner Gutmütigkeit heraus, was?«, gab sie sarkastisch zurück.

»Natürlich«, erwiderte er, während sein Blick auf eindeutige Art und Weise an ihr herabglitt.

O verdammt! Sie schluckte. Sie hatte es in den letzten Wochen kommen sehen, in denen seine Blicke auf ihr geklebt hatten wie Schmeißfliegen auf Honig und er überall da aufgetaucht war, wo sie sich aufhielt. Sie hatte gehofft, sie würde es sich nur einbilden, dass er sie verfolgte. Offenbar nicht. Er war ein an und für sich gut aussehender Mann mit seinen kantigen Gesichtszügen und den grünen Augen, hätte jede Französin auf Korsika haben können. Warum musste er ausgerechnet ihr nachstellen?

»Wir sind zwei verwandte Seelen«, raunte er, als hätte er ihre Frage gehört, »zwei verlorene Seelen.«

Sie stieß verächtlich die Luft aus. »Mit Ihnen habe ich nichts gemein.«

»Wir sind beide Künstler. Du bannst die Welt mit Farbe auf Papier. Ich mit Worten. Meine Liebe gilt der Poesie.«

»Ah ja, Sie stellen mir nach, weil ich gut zeichnen kann. Klar.«

»Nun, es gibt noch einige andere Aspekte, die für mein Interesse an dir ausschlaggebend sind, ich gebe es zu.« Er grinste breit. »Aber ein Künstler benötigt finanzielle Unabhängigkeit.«

»Ich brauche nichts von Ihnen, schon gar kein Geld.« Sie lauschte nach Schritten, nach Stimmen, doch alles blieb still. Hätte sie doch auf Cristo gewartet! Dann wäre sie jetzt nicht in dieser verzwickten Lage.

»Nun, wenn du nicht möchtest, dass ich solche Dinge für dich tue«, sagte er und klang deutlich grober als zuvor, »möchtest du vielleicht lieber, dass ich gewisse andere Dinge *nicht* tue.«

Verwirrt trat sie zurück.

Er genoss ihre Unsicherheit sichtlich, kostete es regelrecht aus, im Vorteil zu sein, sagte erst nach langer Pause: »Zur richtigen Zeit am richtigen Ort sein zum Beispiel. Wenn ein Boot nachts in der Bucht anlegt.«

Ihr Herz setzte für einen Schlag aus, ihre Gedanken rasten. Was wusste er? Woher wusste er es? War etwas schiefgegangen? Hatte er eine der Nachrichten abgefangen? Sollte sie es riskieren, zur Bucht zu gehen? Oder wartete er genau darauf? »Ich weiß nicht, wovon Sie reden«, brachte sie mit Mühe hervor.

Seine Augen blitzten triumphierend auf. »Ich beobachte dich jetzt lange genug, meine kleine Mademoiselle Bonaceri. Du hast deine hübschen Fingerchen im Alkoholschmuggel drin. Ich weiß das und du weißt das. Bisher bist du damit durchgekommen, denn wer traut so etwas schon einer Frau zu? Noch dazu einer so jungen? Und einer so schönen?« Er ließ seinen

Blick begehrlich über ihre Gestalt wandern, fuhr sich mit der Zunge über die Unterlippe.

Sie verzog angewidert das Gesicht, wollte aber nicht noch weiter zurückweichen, Dubois nicht die Genugtuung geben, ihr Angst eingejagt zu haben.

»Aber über kurz oder lang werden die fleißigen *Gendarmen* an der Küste – oder die hier im Ort – den Beweis haben. Es sei denn ...« Er hielt inne, lächelte diabolisch.

»Es sei denn was?«, hakte sie mit gerunzelter Stirn nach, ahnte, was kommen würde.

»Zum Glück gibt es Mittel und Wege, hier ein Auge zuzudrücken und dort dem Glück ein wenig nachzuhelfen.« Das kaltweiße Mondlicht verlieh seinem Gesicht etwas Gespenstisches. Süßlicher Zigarettengeruch umgab ihn, ließ sie unwillkürlich den Atem anhalten.

Dennoch blieb sie stehen, wo sie war, hob stolz den Kopf.

Sein Grinsen wurde breiter. Er machte einen weiteren Schritt auf sie zu, war ihr jetzt so nahe, dass sie die winzigen Mücken sehen konnte, die an seiner verschwitzten Stirn klebten. Er streckte seine Hand aus, griff nach einer ihrer Haarsträhnen, ließ die Locke genüsslich durch seine Finger gleiten. Es war offensichtlich, dass er das hier genoss.

Letizia rührte sich nicht, obwohl sie kurz davor war, sich vor Ekel zu übergeben.

Seine Hand ließ ihre Strähne los, legte sich auf ihre Schulter, wanderte ihre Bluse hinunter zu ihrer Brust. Er war lange genug auf Korsika, um zu wissen, dass sein Verhalten ihr gegenüber unter normalen Umständen sein Todesurteil gewesen wäre. Genauso wie er wusste, dass die Umstände nicht normal waren, denn Letizia hatte keinen Vater und keine Brüder, die diese Beleidigung rächen und ihre Ehre verteidigen würden.

Was er nicht wusste, war, dass sie keine brauchte.

Mitten in der Bewegung hielt er inne, als ein leises Schnappen ertönte.

»Nehmen – Sie – Ihre – Finger – von – mir.«

Die Augen des Commissaires wurden groß und er erstarrte. Seine Nasenflügel weiteten sich. Die Spitze des Messers, das sie hinter ihrem Rücken aus ihrem Gürtelversteck gezogen hatte, war nur einen Millimeter von der Beule in seiner Hose entfernt.

Langsam zog er seine Hand zurück, leckte sich über die Lippen. »Ich könnte dich dafür verhaften lassen.«

»Könnten Sie. Aber wie Sie vielleicht bemerkt haben, die Stimmung im Ort ist ein wenig geladen. Sie würden einen Aufstand riskieren – und ihn möglicherweise nicht überleben.«

Die Erkenntnis, dass sie recht hatte, machte sich in seinem Gesicht breit. Verärgert presste er die Lippen zusammen.

Sie nahm ihm die Zeichnung aus der Hand, wich vorsichtig zurück, Schritt für Schritt, das Messer vor sich haltend. Ohne ihn aus den Augen zu lassen.

Er machte keine Anstalten, ihr zu folgen, doch sein linker Mundwinkel hob sich zu einem höhnischen Lächeln. »Eine Korsin, wie sie im Buche steht: stolz, schön – und im Handumdrehen beleidigt. Es wäre ja auch nicht interessant, wärst du zu leicht zu haben. Ich behalte dich im Auge, kleine Mademoiselle.«

»Wenn Sie nichts Besseres zu tun haben«, gab sie zurück, tastete sich weiter rückwärts.

»O doch, das habe ich, das habe ich. Und deshalb bin ich mir ziemlich sicher, dass wir uns bald wiedersehen werden.«

Fast wäre sie gestolpert. Ein Schauer überzog sie bei seinen groben Worten. Er konnte nicht ahnen, was sie vorhatte. Dass das Boot genau heute Nacht kam. Oder doch? Das war alles nur ein Bluff. Es durfte nicht anders sein.

Endlich hatte sie einen Torbogen erreicht.

Ein letzter Blick auf den Commissaire, dann bog sie um die Ecke und tauchte in den Gassen unter.

Erst jetzt, wo er sie nicht mehr sehen konnte, gestattete sie sich zu rennen. Die Zeichnung in ihrer Hand flatterte, sie stopfte sie zurück in ihre Tasche.

Ihr Herz schlug heftig, ihre Lunge brannte, es stach in ihren Seiten, und mit jedem Schritt, den sie tat, wurde ihr bewusster, was gerade eben geschehen war. Und was in Zukunft immer wieder geschehen würde. Antoine Dubois würde nicht einfach aufgeben. Sie hatte es in seinen Augen gesehen. Seine Lust war geweckt. Selbst wenn sie sich vornahm, ab jetzt nie wieder ohne Filou und ein Messer aus dem Haus zu gehen – irgendwann, irgendwo würde er sie doch ohne beides erwischen. Würde sie sich wehren können?

»Letizia?«

Erschrocken fuhr sie herum – ein schwankender Lichtkegel näherte sich ihr, doch schon im nächsten Moment realisierte sie zu ihrer Erleichterung, dass es Cristo war, der da mit einer Taschenlampe die Gasse hinunter- und auf sie zukam. Sie stützte sich mit der Hand an einer Hauswand ab, verschnaufte keuchend.

»Ich habe dich gesucht!«, rief er ihr entgegen. »Bertrand sagte, du seist schon weg. Wieso hast du nicht auf mich gewartet? Ich habe doch gesagt, dass ich dich nach Hause begleite.« Jetzt hatte er sie erreicht. »Es gab doch hoffentlich keinen Ärger in der … « Er brach ab. »Du zitterst! Fühlst du dich nicht gut? Bist du krank?«

Tatsächlich. Sie registrierte es erst jetzt. »Ich bin einfach nur müde.«

Sie würde ihm niemals erzählen, was gerade vorgefallen war. Er war der sanftmütigste und friedliebendste Mensch, den sie kannte, dennoch würde er keine Sekunde zögern, ihre Ehre zu verteidigen, diese Beleidigung zu rächen. Aber Dubois spielte nicht nach Regeln, das war ihr jetzt klar. Cristo könnte verletzt werden, vielleicht sogar getötet. Das konnte sie nicht riskieren. Doch wenn der Commissaire ihr weiter nachstellte, war es nur eine Frage der Zeit, bis es irgendjemand mitbekam und Cristo zutrug. Und was dann?

Erschöpft lehnte sie sich an Cristo, und plötzlich stand ihr die Lösung vor Augen, als hätte sie jemand mit roter Farbe an die Mauer gepinselt. »Ja«, flüsterte sie.

»Du bist doch krank?« Besorgt schob er sie ein Stück zurück und musterte sie.

Sie schüttelte den Kopf, öffnete und schloss den Mund, ohne dass ein Ton herauskam. Warum zögerte sie? Ihre große Liebe hatte nicht nur keine Zukunft gehabt – ihre große Liebe hatte sie inzwischen vergessen. Sie holte tief Luft, fasste allen Mut zusammen.

»Ja, ich heirate dich.« Kaum hatte sie das ausgesprochen, fühlte es sich furchtbar an, total verdreht und falsch, aber wie sollte sie es jetzt zurücknehmen?

Ungläubig starrte er sie an, bevor sich mit einem Mal ein solches Strahlen auf sein Gesicht legte, dass sie sich abwenden musste, weil sie es nicht erwidern konnte.

Er ergriff ihre Hände, führte sie an seine Lippen und hauchte einen zarten Kuss darauf. »Du kannst dir nicht vorstellen, wie glücklich du mich gerade gemacht hast.«

Mit Mühe rang sie sich nun doch so etwas wie ein Lächeln ab und ließ sich von Cristo die noch fehlenden Meter bis zu ihrem Haus bringen. Kaum hatte sich die Haustür hinter ihr geschlossen, lehnte sie sich von innen dagegen und schloss die Augen.

Ihr war, als würde sich ein eisiger Mantel über ihre Schultern legen, und es fröstelte sie. Wieder eine Vorahnung. Weit entfernt und tonlos wie ein Wetterleuchten, doch unübersehbar. Hatte es mit Cristo zu tun? Mit ihrer Entscheidung? Oder mit dem Commissaire? Was, wenn sie gerade eben einen schrecklichen Fehler begangen hatte?

Dumpf hallten die Glocken des Kirchturms über das Land und Letizia fuhr erschrocken zusammen. Die Bucht! Das Boot! War sie zu spät?

Das Meer lag gleich dem mit Sternen übersäten Mantel eines Zauberers schwarz und samten zu ihrer Linken und verschmolz am Horizont mit dem mondhellen Himmel zur Unendlichkeit. Weit entfernt glitten die Lichter eines Schiffes hindurch, doch es war viel zu groß, als dass es das von ihr erwartete Boot sein konnte.

Unmittelbar vor Letizias Füßen fiel die Küste gute zwanzig Meter steil ab, rechts von ihr hingegen senkte sie sich weitaus sanfter zum Strand hinunter. Nichts war zu hören außer dem Rauschen der Baumwipfel und dem Tosen der Wellen. Letztere brachen sich an den Felsen, die in einiger Entfernung aus dem Wasser aufragten und an denen ein Boot nur heil vorbeikam, wenn der Steuermann die Untiefen in- und auswendig kannte.

Auch wenn Letizia sich inzwischen sicher war, dass der Commissaire nicht wusste, dass die Aktion heute Nacht stattfinden würde, hatte sie auf dem Weg hierher große Vorsicht walten lassen: Sie hatte Umwege über ungeteerte und unebene Seitenstraßen genommen, dann den Pick-up am nördlichen Ende des Pinienwaldes zurückgelassen und war im Schutz der Bäume an der Küste entlanggelaufen.

Erneut ließ sie den Blick über den Strand schweifen. Er war leer. Der Pinienwald dahinter allem Anschein nach ebenfalls.

Hatte es Probleme gegeben? Oder war sie einfach zu spät? Die ganze Aktion schon gelaufen? Aber wie ohne ihren Wagen? Oder hatten die Jungs die Ware in der Höhle zwischengelagert, die sie schon ein paarmal im Notfall genutzt hatten? Sie war nur für jene zu sehen, die von ihrer Existenz wussten, so gut lag sie hinter einem aus dem Wasser aufragenden Felsen verborgen und so klein war ihre Öffnung. Gerade groß genug, dass ein Boot hindurchpasste, dessen Insassen sich tief nach unten duckten. Sie musste die Höhle überprüfen, bevor die Flut kam und möglicherweise alles hinausspülte.

Sie schob sich von der Felskante zurück in den Wald. Noch einmal ließ sie ihren Blick über den Strand schweifen, an dem matt und müde kleine Wellen anrollten. Dann erst folgte sie im Dunkel der Bäume dem Verlauf der Felsküste hinunter zur Bucht, immer darauf bedacht, kein Geräusch zu machen, keine Steine loszutreten.

Als sie endlich unten war, hielt sie lauschend inne. Hier standen die Bäume dichter als oben. Das Mondlicht fiel nur zart durch die Wipfel, malte weiße Spinnweben auf den Waldboden und ließ die dazwischen aufragenden Felsen geheimnisvoll leuchten.

Bei jedem Schritt raschelten die Nadeln unter ihren Füßen. Ihr Atem kam ihr unnatürlich laut vor.

Das Knacken eines Zweiges ließ sie herumfahren. War da eine Bewegung? Ein Schatten? Eine schwarze Gestalt? Folgte ihr jemand?

Hastig drückte sie sich hinter den nächsten Baumstamm, lauschte mit klopfendem Herzen.

Alles blieb still, dennoch überkam sie ein ungutes Gefühl. Irgendetwas stimmt nicht, ohne dass sie sagen konnte, was genau es war.

Sie kniff die Augen ein wenig zusammen, versuchte, die Dunkelheit zu durchdringen, die die Felsen auf den Strand warfen. Die Gewissheit, nicht allein zu sein, wurde mit jedem Atemzug stärker, an ihrem ganzen Körper richteten sich die Härchen auf.

War da nicht eine Bewegung zwischen den Steinen? Ein Schatten dort, wo keiner sein dürfte?

Sie versuchte, den Abstand zum nächsten Felsen abzuschätzen. Sollte sie weitergehen oder umkehren?

Ein schabendes Geräusch ließ sie zusammenfahren, nahm ihr die Entscheidung – sie hastete mit wild klopfendem Herzen hinter den Felsen.

Im nächsten Augenblick löste sich ein Schemen von einem der Bäume und für einen Moment setzte Letizias Herz aus.

Im nächsten erkannte sie das Wildschwein, das grunzend den Boden durchstöberte und schließlich in einiger Entfernung am Felsen vorbeitrabte. Fast hätte sie vor Erleichterung gelacht. Auch wenn eine Begegnung mit einem Wildschwein alles andere als ungefährlich war – eine mit dem Commissaire hätte sie als weitaus schlimmer empfunden. Obendrein war dieses Exemplar noch sehr jung und klein, seine Hauer kaum zu sehen.

Sie stieß sich vom Felsen ab, wollte weitergehen, als unmittelbar hinter ihr Zweige knackten, jemand sie an der Schulter packte und festhielt. Sie wollte aufschreien, doch eine Hand presste sich ihr auf den Mund. Panisch trat und schlug sie um sich.

»Leise! Hör auf!«, zischte der Mann hinter ihr.

Sie dachte ja gar nicht daran, biss ihm mit aller Kraft in die Hand.

Er stieß einen leisen Schmerzensschrei aus, das Grunzen des Wildschweins erstarb.

»Verdammt, willst du, dass sie uns erwischen?!«

Diese Stimme …

Sie erstarrte. Ganz im Gegensatz zum Wildschwein, das jetzt Richtung Strand losstürmte und krachend durch das Unterholz brach.

Erschrockene Rufe zerrissen die Stille, Schüsse peitschten durch die Nacht, hallten donnernd von den Felsen wider. Voll Panik riss sie sich los, sprang auf und wollte flüchten, doch da schlangen sich schon Arme um ihre Taille, zerrten sie herum, und sie fand sich am Boden wieder, vom Gewicht eines Mannes zu Boden gedrückt. Sie wollte sich schon erneut wehren, als sie plötzlich realisierte, dass er sich nicht über sie geworfen hatte, um ihr etwas anzutun. Im Gegenteil: Er schützte ihren Körper mit dem seinen vor den Kugeln, die blindlings in Richtung der Bäume abgefeuert wurden und um sie her durch die Luft pfiffen.

Mit wild schlagendem Herzen und rasendem Puls lag sie reglos da, seinen Oberkörper auf ihrem, seinen Arm über ihrem Gesicht.

»Hört auf!«, donnerte plötzlich eine aufgebrachte Stimme auf Französisch, und ihr wurde schlecht, als sie begriff, wem sie gehörte: dem Commissaire.

»Hört auf, verdammt!«, tobte er. »Das ist ein Wildschwein! Nur ein elendes Wildschwein!«

Ein letzter Schuss dröhnte durch die Bucht, vom Echo vervielfacht, dann war nur noch die Stimme des Commissaire zu hören. »Idioten! Euren Krach hat man ja bis ans andere Ende dieser verdammten Insel gehört! Wenn heute Nacht noch jemand auftaucht, dann nur, weil er vollkommen taub ist!« Immer weiter wütete er, doch zunehmend leiser, sodass Letizia nur noch einzelne Worte verstand.

Vorsichtig hob der Mann über ihr den Oberkörper an, spähte zum Strand – und alles um sie herum rückte in den Hintergrund, als sie im Mondlicht sein Gesicht erkannte!

Das konnte nicht sein! Sie musste halluzinieren.

Ihr Blick tastete jeden Millimeter der scharf geschnittenen Züge vor sich ab. Die dunklen Augen mit dem dichten Wimpernkranz unter dem schwarz gelockten Haar, die deutlich hervortretenden Wangenknochen, die kantige Kinnlinie, die entschlossen zusammengepressten schmalen Lippen.

Gegenwart und Vergangenheit verschmolzen vor ihren Augen. Sie wollte lachen und weinen zugleich, und ihr Herz schlug so heftig, dass sie meinte, es müsse die Erde um sie her zum Beben bringen. Es war das Gesicht, das sie heute gezeichnet hatte. Das Gesicht, das sich mit der ersten Begegnung in ihr Herz eingebrannt hatte.

»Matteu?«, stieß sie fassungslos aus.

Der Mann über ihr hob sofort erschrocken den Finger zum Mund, deutete mit dem Kinn Richtung Strand, an dem es wieder still geworden war, und lauschte mit zur Seite geneigtem Kopf. Er hatte die Arme links und rechts ihres Körpers aufgestemmt, rührte sich ansonsten aber nicht, um kein weiteres Geräusch zu verursachen.

Angespannt lag sie da, doch ihre Aufmerksamkeit galt nicht den Geschehnissen nahe der Bucht.

Seltsamerweise hatte sie keine Angst mehr. Sie war von einer irritierenden Ruhe erfüllt – dem Bewusstsein, dass ihr nichts geschehen konnte, da all das hier nur ein Traum war. Oder?

Mit einem Mal hatte sie das Gefühl, alles um sich herum viel intensiver wahrzunehmen. Den süßlichen Duft der Piniennadeln, den harzigen der Baumstämme, den erdigen des Waldbodens. Vor allem aber den von Matteu, diesen dunklen, warmen, ja geheimnisvollen Duft, der so sehr zu ihm gehörte wie sein tiefes, wundervolles Lachen. Beides hatte sie so sehr vermisst, dass all die Zeit über allein der Gedanke daran wie Säure in ihrem Herzen gebrannt hatte.

Sein Körper auf ihr weckte süße, heiße Erinnerungen, die zu verdrängen sie eine Ewigkeit gebraucht hatte. In ihrem Inneren zog sich etwas zusammen, entbrannte eine Sehnsucht, die nicht sein durfte. Ihre Haut prickelte am ganzen Körper, ihr Atem ging flach und hektisch.

Der Commissaire bellte ein Kommando, kurz darauf machte das Knacken von Zweigen deutlich, dass die Polizisten durch den Wald abrückten. Sie gaben sich keine Mühe mehr, leise zu sein. Deutlich war das Klirren von Flaschen zu hören.

Sie hatten also die Ladung abgefangen oder das Versteck entdeckt. Verdammt! Aber was war mit den Jungs vom Boot? Und was mit Antonio?

Nach und nach wurden ihre Stimmen leiser, entfernten sich die Geräusche ihrer Schritte.

Ruhe kehrte ein.

Ein Käuzchen schrie in den Ästen über ihnen. Mäuse huschten durch das Laub.

Letizia holte tief Luft, wollte Matteu erneut ansprechen, aber der schüttelte nur heftig den Kopf. Verwirrt runzelte sie die Stirn, doch schon im nächsten Moment nahm sie es ebenfalls wahr: den widerwärtig süßlichen Tabakgeruch.

Sie erstarrte erneut, spähte aus dem Augenwinkel am Felsen vorbei, hinter dem sie verborgen lagen.

Da. Ein Lichtpunkt. Keine fünf Meter von ihnen entfernt. Am liebsten hätte Letizia den Kopf eingezogen, doch sie wagte es nicht, sich zu rühren, nicht einmal, auch nur zu atmen.

Der Lichtpunkt glomm feuerrot auf, fiel dann zu Boden wie eine vom Himmel stürzende Sternschnuppe.

Mit der Stiefelspitze trat der Commissaire die Zigarette aus. Ein letztes Mal sah er sich um, bevor er endgültig durch den Wald und fort von der Bucht stapfte.

Die Erleichterung spülte Letizia regelrecht fort.

»Er ist weg«, hauchte sie.

»Pst.« Matteu lauschte noch immer, nickte dann aber. »Ja, er ist weg«, bestätigte er, wandte sich dann wieder ihr zu und fragte, Nasenspitze an Nasenspitze: »Bei dir alles in Ordnung?«

»Ja«, brachte sie hervor und hatte Mühe, das Zittern in ihrer Stimme zu unterdrücken. Sie konnte Matteu hören, fühlen und seinen Herzschlag spüren. So viel Nähe nach so langer Zeit war mehr, als sie ertragen konnte. Sie presste die Lippen aufeinander, kämpfte darum, den Damm in ihrem Inneren, der mit Mühe den Schmerz zurückhielt, nicht brechen zu lassen.

»Habe ich dir wehgetan?«, fragte er erschrocken, musterte sie besorgt.

»Nein.« Jedenfalls nicht äußerlich.

»Okay. Gut. Das war knapp. Aber jetzt ist er weg.«

»Ich weiß!«, sagte sie mit Betonung. »Und jetzt runter von mir!«

Matteu lachte leise auf und dieses Geräusch ließ sie wohlig erschauern. In ihrem Inneren prickelte es, als würde kein Blut, sondern Mineralwasser durch ihre Adern fließen, dessen unzählige Kohlensäurebläschen alle auf einmal zerplatzten.

»Was habe ich deine liebenswürdige Art vermisst«, zog er sie auf, rollte sich von ihr hinunter auf den Rücken und atmete tief durch, die Augen geschlossen.

Letizia sah förmlich, wie die Anspannung von ihm abfiel. Sie setzte sich auf, musterte ihn wortlos. Durch eine Lücke zwischen den Baumwipfeln fiel das weiße Mondlicht direkt auf sein Gesicht, verlieh ihm eine unwirkliche Blässe.

Was war der Grund für seine Rückkehr? Und warum war er ausgerechnet hier? In dieser Bucht? In dieser Nacht? Vergeblich kämpfte sie gegen dieses winzige Fünkchen Hoffnung an, dass ausgerechnet sie der Grund für seine plötzliche Rückkehr und sein Auftauchen sein könnte.

Er schlug die Augen auf, sagte sanft »Hallo«, und ein verschmitztes Lächeln umspielte seine Lippen.

Dieses Lächeln, das sie das letzte Jahr über jede Nacht heimgesucht und ihr vor Sehnsucht die Tränen in die Augen getrieben hatte. Dann wurde ihr plötzlich genau dieser Punkt schmerzlich bewusst: Zwölf unendlich lange Monate über hatte er nichts von sich hören lassen! Und jetzt war er plötzlich wieder hier, und alles, was er ihr nach all dieser Zeit zu sagen hatte, war ein elendes »Hallo«?

»Was, verdammt noch mal, tust du hier?«

»Dich retten.«

»Ich kann gut auf mich selbst aufpassen!«

»Sah grad anders aus.«

»Du hast meine Frage nicht beantwortet.«

»Wie wäre es erst einmal mit einem Dankeschön?«, fragte er scherzhaft.

»Wie wäre es mit einer Ohrfeige?«, entgegnete sie und funkelte ihn wütend an.

Leider schien ihn das mehr zu belustigen als zu kränken. Diese Tatsache brachte sie noch mehr in Rage.

»Du verschwindest, meldest dich ein verdammtes Jahr lang nicht und dann überfällst du mich mitten in der Nacht in einem Wald? Was denkst du dir dabei?« Sie legte so viel Wut und Verachtung in ihre Worte, wie sie nur konnte, um ihm das Loch, das er in ihre Seele gerissen hatte, nicht zu zeigen.

Er sah es trotzdem. Traurigkeit überschattete seine Züge. Er setzte sich ebenfalls auf. »Es tut mir unfassbar leid, dass ich dich verletzt habe«, sagte er leise und griff nach ihrer Hand.

Sie entzog sie ihm.

»Hast du nicht«, behauptete sie trotzig. »Und was ist hier überhaupt los?«

»Sie sind aufgetaucht, bevor wir mit dem Ausladen fertig waren. Der verdammte Motor wollte aber nicht anspringen und wir mussten uns in die Büsche schlagen und abhauen«, erklärte er und verzog dabei das Gesicht.

»Du warst mit an Bord?«

Er nickte. »Es war sozusagen meine Rückfahrkarte vom Festland.«

»Und was ist mit den Jungs und mit Antonio?«

»Konnten ebenfalls flüchten.«

Sie atmete erleichtert auf.

»Die Ladung haben wir allerdings verloren. Und das Boot.« Er fluchte leise.

»Moment mal. *Wir*?«

»Ich bin wieder da, also habe ich auch die Geschäfte wieder übernommen.«

»Ach? Einfach so?«, fuhr sie ihn wütend an. »Etwa so, wie du verschwindest und einfach so zurückkommst, mich mit einem ›Hallo‹ begrüßt und meinst, dass damit alles gesagt sei?«

»Nein. Damit ist noch längst nicht alles gesagt. Allerdings …« Er sah sie ganz seltsam an.

»Was?«

»Allerdings hätte ich mir, als ich ging, nicht träumen lassen, dass du die Geschäfte einfach fortführst.« Er schüttelte belustigt den Kopf. »Ich kenne keine andere Frau, die so furchtlos und entschlossen ist wie du. Kein Wunder, dass du die Jungs dazu gebracht hast, dich als Vermittlerin zu akzeptieren, obwohl du eine Frau bist.«

Die Bewunderung und Wärme in seiner Stimme waren unüberhörbar, legten sich wie Balsam auf ihre wunde Seele, gaben der Hoffnung, diesem winzigen Pflänzchen, Nahrung. Trotzdem! Verziehen hatte sie ihm noch lange nicht. »Du hast mir immer noch nicht gesagt, warum du wieder da bist!«, fuhr sie ihn an.

»Mein Vater ist sehr krank.«

Das Pflänzchen verdorrte augenblicklich. Letizia streckte das Kreuz durch, atmete tief durch. »Das tut mir sehr leid für dich und deine Familie. Du solltest dich beeilen, nach Hause zu kommen.« Sie drehte sich um und ging.

»Jetzt warte doch.« Schon war er an ihrer Seite, griff nach ihrer Hand.

Sie entriss sie ihm. »Fass mich nicht an!«, fauchte sie. »Fass mich niemals wieder an!«

Sie sah den Schmerz in seinem Gesicht, bevor er sich abwandte.

»Die anderen sind abgehauen«, sagte er zusammenhanglos. »Ich habe gewartet. Auf dich. Ich musste sichergehen, dass du der Polizei nicht in die Arme rennst. Sei nicht wütend auf mich, bitte. Tu mir das nicht an.«

»Ich? Was ist mit dem, was *du* mir angetan hast? Du hast gesagt, du würdest mir schreiben.«

»Ich weiß …« Er wandte sich ihr wieder zu, sein Blick war dunkel, seine Stimme voller Verzweiflung. »Und ich habe dir geschrieben. Tag für Tag. Und Nacht für Nacht. Ich konnte nicht anders. Ich brauchte die Erinnerung an dich.«

Wie erstarrt stand sie da, während seine Worte sie bis ins Mark erschütterten. »Ich habe nie einen Brief erhalten«, flüsterte sie schließlich.

»Ich habe ja auch nie einen abgeschickt.«

Verständnislos starrte sie ihn an.

Er schluckte hart, fuhr sich vollkommen aufgelöst mit beiden Händen über das Gesicht. »Ich hatte gehofft, du würdest mich vergessen, jemand anderen finden, dich verlieben und glücklich sein. So glücklich, wie du mit mir nie hättest werden können. Es war zu gefährlich.« Seine Stimme brach, er schloss die Augen.

Sie fühlte ihr Herz zu Eis gefrieren, während der Rest ihres Körpers vor Sehnsucht in Flammen stand.

Er atmete schwer. Langsam, wie ferngesteuert hob er seine Hand an ihre Wange, verharrte jedoch kurz davor. »Hast du denn jemanden … bist du …?«

Wut und Sehnsucht und Trauer explodierten in ihr. Sie schlug seine Hand beiseite. »Wenn du das wirklich glaubst«, sagte sie kalt, »dann weißt du nicht, was Liebe ist.« Sie wandte sich um, stürzte davon.

»Warte! Wo willst du hin?«

»Egal, Hauptsache fort von dir!«

»Letizia, bitte!«, rief er ihr hinterher. »Komm morgen Mittag zu unserem alten Treffpunkt. Ein letztes Mal. Wenn ich dir noch etwas bedeute, dann bitte, komm. Wenn nicht, dann weiß ich es.«

Sie gab keine Antwort, rannte und rannte, stolperte über Wurzeln und Steine, Zweige schlugen ihr ins Gesicht, doch sie lief weiter.

Er folgte ihr nicht.

Sie kämpfte gegen das Schluchzen an, das ihre Kehle hinaufkletterte, dachte an jenen heißen Sommertag in Ajaccio zurück, an dem sie die Augen aufgeschlagen und in die seinen geblickt hatte. An jene unvergleichlich intensiven Wochen, die darauf folgten und die so viel mehr Glücksmomente in sich trugen als ihr gesamtes bisheriges Leben zusammengenommen.

Sie spürte die Tränen in ihren Augen, doch eine echte Korsin weint nicht. Nicht über verlorene Zeit. Und nicht über die Aussichtslosigkeit ihrer Liebe.

Denn diese zauberhafte Schwerelosigkeit ihrer Liebe wurde damals abrupt von einer niederschmetternden Erkenntnis beendet:

Sie war eine Bonaceri. Und er ein Caratoli.

Kapitel II

Heute

Die wundervolle Schwerelosigkeit zwischen Hoffnung und Erkenntnis ist beendet. Und zwar mit einem harten rechten Haken des Lebens. Denn Dean und ich stehen in der Halle des Flughafens von Bastia-Poretta, aber Raphaël ist nirgendwo zu sehen.

Nervös trommele ich mit den Fingern auf meinem Koffer herum, während mein Blick über die vor dem Ausgang des Flughafens wartenden Menschen schweift. Mit ihrem schwarzen Haar, den markanten Gesichtszügen und kantigen Nasen entsprechen die meisten von ihnen ganz dem Bild, das ich von Korsen habe. Etliche halten Schilder mit Familien- oder Hotelnamen in der Hand, doch auf keinem ist meiner oder der von Dean zu lesen.

Obendrein scheint die Klimaanlage in der Halle nicht richtig zu funktionieren. Es ist stickig und riecht nach Kerosin. Der Schweiß läuft mir zwischen den Schulterblättern hinunter, obwohl ich nur ein Tanktop und Shorts trage. Ich bin unfassbar müde, sehne mich nach der langen Reise danach, mich endlich in einem Hotelzimmer waschen und umziehen zu können. Meine Spiegelreflex baumelt in ihrer Schutzhülle um meinen Hals. Dass ich mich nicht einmal dazu aufraffen kann, Fotos zu schießen, sagt schon genug aus über meinen Zustand. Außerdem fühle ich mich furchtbar, weil ich meinen Vater nicht informieren konnte, wo ich bin, da er noch immer keinen Telefonanschluss hat.

»Also?«, murrt Dean ungeduldig. Ob sich auch bei ihm Schweißflecken auf dem Shirt abzeichnen, weiß ich nicht, denn er trägt wie immer Schwarz. In Kombination mit seinen ebenfalls schwarzen Shorts und den darunter blass hervorstechenden Beinen wirkt es etwas unschön. Doch schwarze Kleidung ist nun einmal sein Markenzeichen, wie er nicht müde wird, bei jeder Gelegenheit zu betonen.

»Wie lange sollen wir denn noch hier rumstehen?«, holt er meine Gedanken zurück ins Hier und Jetzt und ich beiße mir auf die Lippe.

Ich war mir so sicher gewesen, dass Raphaël uns abholen würde. Wir haben doch etliche Male geschrieben. Hier am Ausgang wollte er auf uns warten. Vielleicht war das Ganze doch die saublöde Idee, für die Dean sie von Anfang an gehalten hat.

»Wusste ich's doch«, grollt er. »Nichts als heiße Luft. Wo ist er denn jetzt, dein komischer Korse?«

»Eigentlich bin ich ein komischer Franzose. Und ich habe ein Auto organisiert.«

Ich fahre herum und kann mich gerade noch zurückhalten, Raphaël vor Erleichterung um den Hals zu fallen. Dean, dem es sichtbar unangenehm ist, dass Raphaël seine Äußerung gehört hat, murmelt etwas von wegen, er hätte das Auto ruhig früher auftreiben können.

Raphaël lässt das unkommentiert, lächelt nur leicht spöttisch. Als er sich jedoch mir zuwendet, sieht er mindestens so erleichtert aus wie ich gerade. Sein breites Lächeln offenbart strahlend weiße Zähne. »Willkommen auf Korsika«, sagt er und scheint ehrlich erfreut, mich zu sehen. Er streckt erst mir, dann Dean die Hand hin. »Ich freue mich sehr, dass ihr hier seid.«

Zwar schüttelt Dean, ebenso wie ich, Raphaëls Hand, sein Gesichtsausdruck legt jedoch nahe, dass der zweite Teil von Raphaëls Aussage nicht unbedingt auf Gegenseitigkeit beruht. Er zieht einen Haargummi aus der Tasche und bindet sich sein schulterlanges Haar zu einem *Man Bun*, wie er es immer tut, wenn er sich bewusst von anderen abheben und so demonstrieren will, dass er sehr viel cooler und hipper ist als sie.

Seltsamerweise benötigt Raphaël weder eine ausgefallene Frisur noch hippe Klamotten, um cool und lässig zu wirken. Und – das registriere ich mit einem Anflug von Neid – er scheint trotz seiner langen Jeans überhaupt nicht zu schwitzen. Außerdem harmoniert das blasse Grün seines Shirts toll mit seinen leuchtend blauen Augen, wie ich finde. Ein klein wenig beschleicht mich zwar der Verdacht, dass schlichtweg alles mit seinen wunderschönen Augen harmonieren würde, doch zum Glück sind mir solche Äußerlichkeiten egal. Ich greife nach Deans Hand, halte sie demonstrativ den ganzen Weg zum Auto.

»Wie kommt es denn, dass du Franzose bist?«, fragt Dean und wirkt noch immer beleidigt.

»Da musst du schon meine Eltern fragen«, gibt Raphaël stichelnd zurück.

Deans Augen verengen sich.

»Was wird hier für eine Sprache gesprochen?«, frage ich eilig, obwohl ich die Antwort bereits weiß. Ich möchte unseren Aufenthalt wirklich nicht mit einem Streit zwischen ihm und Raphaël beginnen.

»Amtssprache ist Französisch, daneben wird aber viel Italienisch und Englisch gesprochen. Und natürlich Korsisch«, antwortet Raphaël. »Es ist eine romanische Sprache, die stark dem toskanischen Dialekt ähnelt. Zum Beispiel heißt ›Auf Wiedersehen‹ im Italienischen *Arrivederci*, im Korsischen

Avvèdeci. Im Nordosten wird es weich und singend gesprochen. Im Südwesten klingt es rauer und akzentuierter. Wobei die korsische Sprache unter der französischen Herrschaft lange verboten war und ihre Verwendung unter Strafe stand. Erst 1974 wurde sie von Frankreich überhaupt als Regionalsprache anerkannt. Inzwischen jedoch wird sie auch in den Schulen unterrichtet.«

»Dann bist du hier wohl ganz besonders beliebt«, stichelt Dean, und mir schwant, dass das zwei sehr anstrengende Urlaubswochen werden.

Raphaël lässt sich zu meiner Erleichterung nicht aus der Ruhe bringen.

»Sagen wir es mal so: Ich binde es den Leuten nicht auf die Nase, dass ich Franzose bin, und spreche zu meinem Glück nicht nur fließend Englisch und Korsisch, sondern auch Italienisch. Wenn mir jemand nicht abnimmt, dass ich Korse bin – was erstaunlich häufig vorkommt –, behaupte ich immer, ich sei Italiener.« Er zwinkert mir zu und ich muss schmunzeln. Mit seinen blauen Augen, seinem blonden Haar und seiner Größe von sicher gut einem Meter achtzig kann ihn beileibe niemand für einen Korsen halten und ebenso wenig für einen Italiener.

»Wie interessant«, knurrt Dean sarkastisch. »Und wo fahren wir überhaupt hin?« Ihm geht es offensichtlich gegen den Strich, dass ich mich so anregend unterhalten fühle. Vielleicht war es doch keine so gute Idee, nicht allein zu fliegen.

Raphaël bleibt gelassen. »Wie vereinbart, habe ich für euch ein passendes Hotel in Bastia gefunden, es wurde mir empfohlen und ist nicht allzu teurer. Bis Bastia fährt man allerdings noch eine halbe Stunde.«

Als wir durch die Tür des Gebäudes treten, schlägt uns ein so heißer Wind entgegen, dass ich mich fast zurück in die stickige Halle wünsche.

»Die Hölle auf Erden«, flüstert mir Dean missmutig zu, allerdings nicht leise genug.

»Keine Sorge«, sagt Raphaël, »am Meer und in den Bergen ist es anders, da geht immer eine erfrischende Brise.« Zwar richtet er seine Worte an Dean, doch er sieht mich dabei an. Als würde nur ich für ihn existieren. Und wieder überläuft mich eine Gänsehaut.

Er lotst uns zu einem kleinen Mietwagen und hebt unser Gepäck in den Kofferraum.

Da ich weitere Konfrontationen zwischen Dean und ihm vermeiden möchte, steige ich vorn auf der Beifahrerseite ein, was Dean zum Glück nur mit einem kurzen Stirnrunzeln quittiert. Für eine Diskussion mit mir scheint er zu müde zu sein. Er streckt sich auf der Rückbank aus, während Raphaël uns sicher aus dem Flughafengelände manövriert.

Kaum haben wir das zubetonierte Areal verlassen, als ich angesichts der beeindruckenden Landschaft selig aufseufze. Raphaël hat wahrlich nicht zu viel versprochen. Hinter einem leuchtend grünen Vorhang aus Büschen und Bäumen, deren Farben so viel intensiver sind als auf jedem Foto aus dem Internet, hebt sich in der Ferne vor einem azurblauen Himmel eine imposante, scharfkantige Bergkette ab. Überhaupt sind es die Farben hier, die mich faszinieren. So saftig, so intensiv hätte ich sie in einer so trockenen Gegend nicht erwartet.

»Korsika ist im Grunde der Gipfel eines riesigen überfluteten Gebirges«, erklärt Raphaël, der meinem Blick gefolgt ist. »Deshalb hat diese Insel den Beinamen *Gebirge im Meer*. Ihre höchste Erhebung ist mit etwas über 2700 Metern übrigens der Monte Cintu, der *König der Berge*.«

In den Anblick der Landschaft versunken, lausche ich Raphaëls Worten, während er von Land und Leuten erzählt. Mit jedem Kilometer, den wir zurücklegen, wirkt er gelöster. Erst dadurch fällt mir auf, wie angespannt er in New York gewesen ist. Eines jedoch ist gleich geblieben: Immer wieder ruht sein Blick mit beunruhigender Intensität auf mir, bringt mich völlig durcheinander. Krampfhaft sehe ich aus dem Fenster. Was ist das nur zwischen uns? Warum reagiere ich so auf ihn? Ich erkenne mich selbst nicht wieder.

Die Küstenstraße, die er eingeschlagen hat, offenbart einen traumhaften Blick auf steil abfallende Felswände in verschiedensten Farben, die sich, von leuchtend grünen Pinien gesäumt, ins azurblaue Meer stürzen. Je weiter wir fahren, umso öfter reiht sich Bucht an Bucht wie Perlen auf einer Kette, eine schöner als die andere, mit türkisfarbenem Wasser dazwischen. In manchen dümpeln strahlend weiße Jachten vor sich hin, aus anderen gleiten Segelboote über das Meer.

»Diamantstaub«, murmele ich.

»Was?«

»Das Wasser. Es glitzert wie Diamantstaub in der Sonne. Ich habe selten so schöne Buchten gesehen.«

»Die vielen Buchten sind der Grund dafür, dass Korsikas Küste über eintausend Kilometer lang ist«, sagt Raphaël. »Ein Drittel davon ist Strand, der Rest Felsküste.«

»Verspeist du zum Frühstück Statistiken?«, frage ich scherzhaft.

»Ich mag Zahlen. Sie lügen nicht.«

Schon wieder so eine seltsame Andeutung. Erstaunt sehe ich ihn von der Seite an und bin damit nicht die Einzige, die einen überraschten Eindruck macht. Er räuspert sich, wirkt fast so, als wäre ihm dieser Satz ungewollt herausgerutscht, was ihm nun unangenehm ist.

»Ich bewundere jeden, der sich mehr als seine Telefon- und Hausnummer merken kann«, flachse ich in dem Bemühen, die Stimmung wieder aufzulockern.

»Und ich jeden, der mit Worten umgehen kann«, geht er darauf ein. »Wenn ich eine Grußkarte schreiben muss, sitze ich mindestens zwei Stunden davor und versuche, mir etwas halbwegs Originelles einfallen zu lassen. Am Ende jedoch steht dann dort der gleiche Text wie seit Jahren auf jeder meiner Karten.«

Eine Weile scherzen wir über unsere Schwächen, und ich stelle erstaunt fest, wie leicht mir das bei ihm fällt. Vor Dean ist es mir immer ein bisschen peinlich, reagiert er doch immer so gönnerhaft, wenn ich mal wieder nicht weiß, wie viele Einwohner New York hat oder wie viel Prozent davon sich angeblich für Kunst interessieren.

Dean! Verwundert darüber, schon eine Weile nichts von ihm gehört zu haben, sehe ich nach hinten. Er schläft. Auch ich spüre, wie die Müdigkeit mich langsam übermannt, doch noch wehre ich mich dagegen, betrachte eine Fähre, die auf dem funkelnden Wasser offenbar dasselbe Ziel ansteuert wie wir.

»Nächstes Mal müsst ihr statt des Flugzeugs die Nachtfähre nehmen«, sagt Raphaël, und es erstaunt mich nicht zum ersten Mal, wie mühelos er meine Gedanken errät. »Wenn in der rosafarbenen Morgendämmerung«, fährt er fort, »die *Insel der Schönheit* aus den Nebeln auftaucht, ist das ein atemberaubender Anblick. Sie wird immer größer und eindrucksvoller, leuchtet im zunehmenden Sonnenlicht regelrecht auf, bis man sie in ihrer ganzen Pracht wahrnimmt und schließlich an den Leuchttürmen vorbei in den Hafen von Bastia einfährt. Einfach unbeschreiblich.«

Verwundert mustere ich ihn aus dem Augenwinkel. Solch eine poetische Ansprache hätte ich von jemandem wie ihm, der doch behauptet, keinen Bezug zur Kunst zu haben, nicht erwartet. Ihm geht es da offenbar ähnlich, denn er runzelt wieder nur die Stirn, fährt sich unruhig mit der Hand über sein Kinn. Leise schaben die Stoppeln seines Dreitagebartes unter seinen Fingern.

Von der Rückbank ertönt leises Schnarchen, und obwohl ich von der Landschaft da draußen nichts verpassen will, fordern der Jetlag, die Hitze und das einschläfernde Schaukeln des Autos ihren Tribut – auch mir fallen schließlich die Augen zu. Ein letztes Mal kämpfe ich dagegen an, hebe die zentnerschweren Lider und treffe auf Raphaëls Blick. Eine sonderbare Verzweiflung liegt darin.

Im selben Moment, in dem mir endgültig die Augen zufallen, huscht etwas durch mein Bewusstsein. Ich versuche, danach zu greifen, erwische es für den Bruchteil einer Sekunde, doch schon in der nächsten ist es mir entglitten wie ein sich windender glitschiger Aal. Der letzte Gedanke, bevor mich der Schlaf packt, ist, dass es unfassbar wichtig ist, sich daran zu erinnern.

Als wir am nächsten Tag in unserem Hotelzimmer aufwachen, ist es schon spät und ich habe Kopfschmerzen. Trotz meiner Erschöpfung habe ich schlecht geschlafen, mich, von meinem üblichen Traum geplagt, in der Nacht hin und her gewälzt.

Das Frühstücksbüfett ist bereits abgeräumt. Das herzliche korsische Ehepaar, dem das Hotel gehört, tischt uns dennoch ein ausgiebiges Frühstück auf. Während uns die ebenso mollige wie fröhliche Dame des Hauses mit Fragen nach unserer Herkunft löchert, überschüttet ihr Mann uns mit Vorschlägen, was wir auf Korsika alles unternehmen und besichtigen müssten. Der Stolz auf seine Insel ist aus jedem seiner Worte herauszuhören. Wir bedanken uns, fühlen uns jedoch wie zerschlagen vom Jetlag und verbringen die Zeit größtenteils schlafend am Strand.

Als Raphaël uns abends zum Essen abholt, bekomme ich kaum etwas mit von dem, was er erzählt. Auch nach der zweiten Nacht auf Korsika schleppen Dean und ich uns wie benebelt durch den Tag und am Abend hinter Raphaël her durch die Stadt. Am dritten Tag jedoch habe ich mich vollständig akklimatisiert und kann gar nicht genug bekommen von den Sehenswürdigkeiten wie dem Wahrzeichen von Bastia, der über dem Hafen thronenden doppeltürmigen Kirche Saint-Jean-Baptiste, oder der Place du Marché, dem Marktplatz mit dem Rathaus.

Dean hingegen hat ganz eindeutig jetzt schon die Nase voll von der Insel, bewegt sich im Schneckentempo von Schattenplatz zu Schattenplatz. Er hat sich noch nie groß für alte Kunst interessiert, sondern diesbezüglich nur für die experimentelle oder konzeptuelle Herangehensweise der Moderne.

Ich für meinen Teil nehme all die Eindrücke in mich auf und lausche Raphaëls Erzählungen über die Geschichte der Stadt und ihrer Bauwerke. Unentwegt spüre ich dabei seinen Blick auf mir ruhen und ärgere mich über dieses Prickeln auf meiner Haut, das damit einhergeht. Er macht mich noch immer so nervös wie bei unserer ersten Begegnung. Und das ist nicht gut. Ganz und gar nicht gut.

Schließlich laufen wir im Abendlicht in der imposanten Zitadelle von Bastia umher, die auch das *Palais* des *Gouverneurs* beherbergt. Es ist eine majestätische Festung aus dem 15. und 16. Jahrhundert, und ich versuche, mit meiner Kamera das Spiel von Licht und Schatten einzufangen und besonders ausgefallene Perspektiven zu erwischen. Die Zitadelle ist eine eigene kleine Stadt für sich, von Festungsmauern umgeben. Es riecht nach warmem Stein, Pinien und Meer. Obwohl ich nur Shorts und ein Top trage und die Haare zum Pferdeschwanz gebunden habe, ist mir trotz der späten Stunde noch warm.

Hier oben ist das Zirpen der Zikaden übermächtig, es übertönt sowohl das Rauschen des Meeres als auch die Geräusche der Stadt. Nur ab und zu dringt der Laut eines Schiffshornes bis zu uns hoch oder durchschneidet das Röhren eines Motorrades die friedliche Stille. Oder das genervte Grummeln von Dean.

Ein Grüppchen von Korsen hat sich vor einem Plakat versammelt und diskutiert angeregt. Ich werde langsamer und recke den Hals, neugierig auf das, was sie so begeistert. Auf dem

Plakat sind drei Männer unterschiedlichen Alters abgebildet, die, im Halbkreis stehend und jeweils eine Hand hinter ein Ohr gelegt, singen. Weder sehen sie besonders ausgefallen aus noch macht das Plakat farblich viel her. Und doch scheint es auf großes Interesse zu stoßen.

»Ist das eine berühmte Gruppe?«, frage ich Raphaël mit Blick auf das Plakat.

Er schüttelt den Kopf. »Ich glaube nicht. Aber sie singen *Paghjellas*, und dafür lässt fast jeder Korse alles stehen und liegen.«

»Wen interessierts?«, grollt Dean.

»Mich«, zische ich, bevor ich mich wieder Raphaël zuwende. »Was sind denn *Paghjellas*?«

»Traditionelle korsische Gesänge. Sie bestehen üblicherweise aus drei Stimmen und werden a cappella vorgetragen. Lange Zeit waren sie verboten, ebenso wie die korsische Sprache. Von meinen Landsleuten, den Franzosen, wie ich zu meiner Schande gestehen muss. Erst in den Siebzigerjahren wurden sie sozusagen wiederentdeckt. Sie waren ein politisches Statement – und diejenigen, die Konzerte dieser Art organisierten, wurden von der Polizei vorgeladen. Heute ist das zum Glück anders, und die Korsen dürfen in ihrer Sprache sprechen, singen und ihre Kultur ausleben.«

Dean gähnt demonstrativ, aber Raphaël lässt sich davon nicht aus der Ruhe bringen, zieht lediglich belustigt eine Augenbraue hoch und sagt: »Wenn ihr die Gelegenheit bekommt, hier auf Korsika eine echte *Paghjella* zu hören, dürft ihr euch das auf keinen Fall entgehen lassen. Ein echtes Erlebnis.«

»Eher nicht«, meldet sich Dean abschätzig zu Wort. »Solch altbackenes Zeug ist nichts für uns.«

Ich hasse es, wenn er in meinem Namen spricht, und halte ihm entgegen: »Es scheint etwas zu sein, das für die Identität der Korsen sehr wichtig ist. Ich würde es mir tatsächlich gern einmal anhören.«

»Tu, was du nicht lassen kannst«, schnaubt er. »Aber ohne mich.«

»Im Übrigen ...«, ergreift Raphaël wieder das Wort, »... sind *Paghjella*-Sänger mehrfach mit Sting zusammen aufgetreten. So altbacken kann das also gar nicht sein.«

Deans Gesicht verdüstert sich, weil ihn Raphaël schon wieder ausgestochen hat, und er stapft missmutig davon.

Um die unangenehme Situation zu überspielen, hake ich nach, worum es bei der *Paghjella* genau geht.

»Es gibt verschiedene Formen«, erklärt Raphaël. »*Sirinata* zum Beispiel ist ein Ausdruck der Freude oder eine Liebeserklärung. Beim *Chjam e rispondi* batteln sich zwei Sänger im Wettstreit mit möglichst originellen und poetischen Texten. Dann gibt es noch das *Nana*, also das Wiegenlied, außerdem das *Lamentu*, sprich die Totenklage. Sie wird traditionell von Frauen gesungen, ist aber heute fast ganz verschwunden, ebenso wie das *Voceru*.«

»Und was ist ein *Voceru*?«

Er zögert. »Ein *Voceru* rief früher zur Vendetta auf.«

»Vendetta?«

»Blutrache.«

Ungläubig sehe ich ihn an. »Du meinst ...«

»Auge um Auge, Zahn um Zahn.« Etwas flackert in seinem Blick, im nächsten Moment jedoch hat er sich umgedreht und eilt weiter.

Langsam folge ich ihm. Seine Worte gehen mir nicht aus dem Kopf und eine Gänsehaut überzieht mich, als ich mir vorzustellen versuche, was eine Vendetta damals wirklich bedeutet haben mochte.

Doch als ich ihn eingeholt habe und von innen über die Festungsmauer der Zitadelle blicke, ist die Vendetta erst einmal nebensächlich. Gebannt betrachte ich das umwerfende Panorama, das sich vor mir auftut: Die Altstadt von Bastia in ihrer ganzen Pracht samt Hafen. Das azurblaue Meer, das sich hinter den leuchtend roten und graublauen Dächern der Häuser erstreckt. Die beiden unterschiedlich großen, aber herrlich altmodischen Leuchttürme, die die Hafeneinfahrt säumen. Mauersegler und Schwalben schwirren mit schrillem Geschrei durch die Luft, stoßen in halsbrecherischen Manövern hinab, um erst kurz vor dem vermeintlich offensichtlichen Zusammenstoß mit den anderen oder einer Hauswand plötzlich die Richtung zu ändern.

Ein wundervoller Anblick, das reinste Postkartenmotiv. Und doch bin ich enttäuscht.

Ich weiß nicht, was ich von meinem Aufenthalt hier erwartet habe, doch definitiv mehr – wovon auch immer.

Wo ist dieses furchterregend vertraute Gefühl hin, das mich bei der Vernissage beim Anblick von Raphaëls Fotos überkam? Wo dieses Pochen hinter meiner Stirn, als wäre da etwas, auf das ich mich besinnen müsste? Dieser glühend heiße Drang, hierherkommen zu müssen? Diese brennende Gewissheit, hier meine Inspiration zu finden, mein Schicksal? Es ist einfach alles verpufft.

»Kommst du jetzt endlich?«, schreit Dean, der sich nicht einmal die Mühe gemacht hat, einen Blick über die Mauer zu werfen. Er steht mit den Händen in den Hosentaschen ein ganzes Stück weit hinter uns im Schatten einer Hauswand.

Ich kneife für einen Moment die Augen zusammen, atme tief durch, will aber in der Öffentlichkeit keine Szene haben und kehre daher mit Raphaël zu Dean zurück. Doch während Raphaël weitergeht, halte ich Dean am Arm zurück und zische leise: »Reiß dich bitte zusammen.«

»Wir sind doch schon genug durch diese Stadt gelaufen. Wie lange willst du diesem Kerl denn noch hinterhertrotten?«

»Wir sind nun einmal hier, um uns Korsika anzusehen. Und er zeigt es uns, er kennt sich aus.«

»*Du* bist deswegen hier, ich bin es nur deinetwegen. Und du müsstest doch inzwischen jeden Millimeter dieser Stadt kennen. Sie ist alt, verstaubt und langweilig! Nichts für dich und deine Bilder.«

»Ist sie nicht!«, widerspreche ich aufgebracht, ohne zu wissen, ob ich damit Raphaëls Stadtführung verteidige oder mich, weil ich Dean zu diesem Urlaub überredet habe. Oder ob ich über meine eigene Ernüchterung hinwegtäuschen will. Ich atme tief durch, fahre betont ruhig fort: »Nur noch diese kleine Runde, dann setzen wir uns in ein schönes Café und genießen den Rest des Abends, okay?«

»Aber ohne diesen Kerl!«

»Meinetwegen.«

Widerwillig setzt sich Dean wieder in Bewegung.

Ich sehe mich nach Raphaël um. Der lehnt an einer Palme und beobachtet unsere Auseinandersetzung mit leicht spöttischem Lächeln.

Was fällt ihm ein? Dean und ich sind ein Team! Auch wenn ihm im Moment offenbar einfach nichts recht zu machen ist und er an allem etwas auszusetzen hat. Aber jeder hat mal einen schlechten Tag. Oder mehrere. Na und? Demonstrativ hake ich mich bei Dean ein, was Raphaël zu einem belustigten Kopfschütteln veranlasst.

Verärgert gehe ich einen Schritt schneller. Wieso nur habe ich mich auf diese Reise eingelassen? Es ist doch völlig verrückt, einem Fremden in ein anderes Land zu folgen – aus einer Laune heraus. Zum Glück ist Dean an meiner Seite. Obwohl es im Moment eher mein Unglück ist. Dabei könnte es so schön zusammen sein. Wir sollten einander doch unterstützen. Irgendwie jedoch scheint das mit der Unterstützung seit einiger Zeit nur mir abverlangt zu werden.

»Also ein Künstlerviertel hat diese Stadt mit Sicherheit nicht«, stichelt Dean, kaum dass wir Raphaël erreicht haben.

Ich seufze innerlich auf.

»Doch klar«, sagt dieser sogleich.

»Eines, in dem nicht nur Weidenkörbe geflochten werden, meinte ich«, ergänzt Dean mit gerümpfter Nase.

Am liebsten hätte ich ihm den Ellbogen in die Seite gerammt, doch nicht vor Raphaël. Der erklärt ruhig: »Zwar liegt auf Korsika der Fokus tatsächlich mehr auf dem traditionellen Kunsthandwerk, aber es gibt auch eine moderne junge Kunstszene.«

»Aber garantiert nicht so etwas wie das hier«, entgegnet Dean, zieht mit herablassendem Lächeln sein Smartphone aus der Tasche, scrollt kurz durch und hält das Display Raphaël vor die Nase.

Dieser nickt anerkennend. »Wow! Wirklich toll. Die stammen aus einem Kindergarten, richtig? Ich finde es toll, wie die Kleinen sich ausleben. Das sollte man fördern.«

Dean erstarrt, und sein Gesicht färbt sich weiß, bevor es rot anläuft. »Diese Kunstwerke sind von mir!«

»Oh, hoppla.« Entschuldigend verzieht Raphaël das Gesicht. »Konnte ich ja nicht ahnen, dass das Kunst ist.«

Dean ringt nach Worten, schnauft schließlich abfällig: »Was erwarte ich auch von einem Hinterwäldler aus Frankreich. Komm, Justine!«

»Was? Wohin?«, rufe ich perplex.

»Dorthin, wo auch immer es Menschen mit Sachverstand gibt.« Schon stapft er aufgebracht davon.

Ich verdrehe die Augen. »Jetzt warte doch, Dean!« Doch der läuft wütend weiter.

Raphaël verzieht spöttisch das Gesicht. »Ist der immer so eingebildet?«

»Ist er gar nicht! Na gut, vielleicht ein bisschen, aber darum geht es hier nicht!« Anklagend deute ich mit dem Finger auf ihn. »Du wusstest, dass das Deans Werke sind!«

»Wie kommst du denn darauf?«, fragt er scheinheilig.

Bevor ich zu einer Antwort ansetzen kann, ertönt schon Deans tobende Stimme: »Kommst du jetzt oder nicht?!«

»Gleich!«, rufe ich entnervt zurück.

Raphaël fährt amüsiert fort: »Sollte sich Mister Ich-bin-der-Tollste wieder eingekriegt haben …«

»Hör auf! Nenn ihn nicht so!«

»Na schön. Sollte sich Mister Ich-kommandier-meine-Freundin-herum wieder eingekriegt …«

»Was fällt dir ein!«

»Ist doch die Wahrheit!«

»Ist es nicht!«, entrüste ich mich und baue mich vor ihm auf, was in Anbetracht seiner Größe eher lächerlich als drohend wirkt.

»Justine!«, brüllt Dean. »Komm endlich!«

Raphaël grinst.

Ich laufe rot an. »Was geht dich das überhaupt an?«

Er blinzelt, wirkt überrascht, als würde er sich diese Frage plötzlich ebenfalls stellen.

Soll er doch! Und soll er doch denken, was er will. »Du kennst Dean überhaupt nicht! Und mich ebenfalls nicht!« Ich lasse ihn stehen, marschiere aufgebracht die Mauer entlang zur Treppe.

»Tut mir leid, du hast ja recht!«, ruft er mir nach.

Ich zögere, sehe unsicher über die Schulter zu ihm zurück.

»Ich wollte dich nicht verletzen«, fügt er hinzu. »Wirklich nicht. Und … ähm … ich würde es gern wiedergutmachen.«

»Tatsächlich?« Ich bleibe misstrauisch.

»Ja. Ich wollte morgen einen Abstecher ins Landesinnere machen. Weg von den Touristenhochburgen, Richtung des

Zentrums von *Nebbio*, vielleicht sogar bis in die *Balagne.* Auf jeden Fall dahin, wo das Herz des Landes schlägt. Würde mich sehr freuen, wenn du mitkämst. Kannst Dean von mir aus auch mitbringen.«

Zwar nehme ich zur Kenntnis, dass er seine Stichelei gegen Dean offenbar tatsächlich eingestellt hat, doch ich bin immer noch wütend und kann nicht anders.

»Vergiss es!«

»Also nur wir beide, umso besser.« Das belustigte Funkeln in seinen Augen zeigt mir, dass er mich sehr wohl richtig verstanden hat.

»Träum weiter!«, schnappe ich. »Wenn ich gewusst hätte, dass du mich anbaggern würdest, wäre ich nicht hergekommen.«

»Sicher?« Der Spott ist aus seiner Miene verschwunden, seine Stimme ist warm und sanft, sein wissender Blick lässt mich ganz hibbelig werden.

Stopp!, befehle ich mir selbst. Es gibt keinen Grund für diese Art von Nervosität. »Sicher!«, schnappe ich und eile Dean hinterher.

In mir brodelt es, wobei ich gar nicht weiß, über wen der beiden ich mich mehr ärgere. Nach kurzer Überlegung jedoch hat Raphaël ganz eindeutig die Nase vorn. Was bitte bildet der sich ein? Und wieso habe ich das Gefühl, dass er mich besser kennt, als ich es selbst tue?

Ich laufe schneller, versuche diesen Gedanken abzuschütteln. An der Treppe hole ich Dean ein, halte ihn am Arm zurück. »Was sollte das gerade eben? Du hast ihn bewusst provoziert, gib es zu.«

Deans Augen verengen sich. »Ich mag diesen Kerl eben nicht!«

»Ist mir gar nicht aufgefallen«, gebe ich bissig zurück.

Er presst wütend die Lippen zusammen, macht sich von mir los und geht weiter die Stufen hinunter. Ich hasse es, wenn er mich einfach stehen lässt in dem festen Glauben, ich würde schon folgen. Doch um keinen weiteren Streit vom Zaun zu brechen, tue ich seufzend genau das.

Unten angekommen, bilde ich mir ein, Raphaëls Blick noch in meinem Rücken zu spüren, doch ich drehe mich nicht um. Ich will nicht wissen, ob ich mit meinem Gefühl richtigliege. Diesem Gefühl, das ohnehin in seiner Nähe Amok läuft.

Es war eine saublöde Idee, nach Korsika zu fliegen, und eine noch dümmere, Raphaël zu kontaktieren. Ich werde einen Teufel tun, mit ihm morgen irgendwohin zu fahren. Ich habe einen Freund, verdammt! Einen Freund, den ich liebe. Meistens zumindest. In diesem Moment könnte ich ihn eher gegen die Wand klatschen. Eigentlich schon seit längerer Zeit, doch das ist nur eine Phase. Ganz bestimmt. Jede Beziehung macht Höhen und Tiefen durch, das bedeutet wahre Liebe. Es kann nicht immer alles rosarot sein.

Ich verbiete mir jeden weiteren kritischen Gedanken über Dean und kehre mit ihm in den länger werdenden Schatten am Kai zurück zum Hafen der Altstadt, enttäuscht und frustriert.

Neben uns lecken die Wellen an der Mole; in bunten Holzbooten sitzen Fischer und flicken ungerührt ihre Netze, ohne einen Blick für die Touristen übrigzuhaben, die ihnen zusehen. Es riecht nach Salz, Fisch und modrigem Holz. Cafés und Restaurants säumen den Kai, große und kleine Luxusjachten dümpeln an den Stegen vor sich hin. Trotzdem verströmt der Hafen den Charme eines malerischen Fischerdorfes.

»Ich schau mal, ob es drinnen einen freien Platz gibt«, reißt Dean mich aus meinen Gedanken. Er deutet auf ein Café, aus dem Gelächter und Gitarrenmusik dringen. »Ich brauch jetzt ’ne Cola und ’ne Pause.«

»Geh schon vor, ich komme gleich«, murmele ich geknickt und hebe meine Kamera, mache ein paar Fotos von den Fischern im Abendlicht, doch eher halbherzig als mit Muße.

Die ganze Hals-über-Kopf-nach-Korsika-Aktion war total idiotisch, ein riesiger Fehler, entstanden aus einigen schlaflosen Nächten und meiner Unsicherheit bezüglich meiner Arbeit. Als ob irgendein Urlaub, egal wo, Inspiration herabregnen lassen oder meinem Leben eine passendere Richtung geben könnte. Ha! Ich muss vollkommen neben mir gestanden haben, dass ich das ernsthaft geglaubt habe. Mein Entschluss steht fest: Ich werde diese Reise nicht fortsetzen und zudem den Kontakt mit Raphaël abbrechen. Seine Nähe bringt mich völlig durcheinander und tut der Beziehung von Dean und mir überhaupt nicht gut.

»*Bóna sèra*, Maria!«, ruft auf Korsisch eine Frauenstimme, deren Besitzerin nur einen Atemzug später so hart gegen mich stößt, dass ich stolpere, mich gerade noch fangen kann. Mit einem erschrockenen »*Scusate*! *Mi dispiace*!« greift sie nach meinen Schultern und eine Flut an besorgten Fragen prasselt auf mich ein. Ein paar Touristen sehen neugierig herüber.

»Schon gut, alles in Ordnung«, wehre ich verlegen auf Englisch ab. »Ich hab nicht aufgepasst, wo ich hinlaufe.« Ob sie mich verstanden hat, weiß ich nicht, denn sie lässt noch ein paar entschuldigend klingende Sätze in ihrer Sprache los, geht dann aber ihres Weges. Mein Blick fällt auf das Schaufenster hinter ihr.

Der Laden, den sie gerade verlassen hat, scheint ein Antiquitätenladen oder ein Secondhandshop zu sein. Ich erblicke gedrechselte Stühle, Lampen mit gefransten Schirmen, hölzernes Werkzeug, Puppenwagen mit Korbgeflecht. Begeistert hebe ich meine Kamera, suche einen interessanten Winkel und versuche, die Spiegelung eines trockenen Baumes im Schaufensterglas einzufangen, um der Welt dahinter noch mehr den Charakter von Vergessen- und Vergangenheit zu verleihen. Ich stelle scharf und … erstarre.

Langsam lasse ich die Kamera sinken, doch das Bild bleibt dasselbe.

Wie ferngesteuert trete ich näher, presse meine Hände an das warme Glas, habe das Gefühl, damit zu verschmelzen.

Die Geräusche verändern sich plötzlich. Die aus den Cafés dringende Musik wird fröhlicher, das Lachen lauter. Das Klappern von Geschirr wird von hellem Gläserklirren verdrängt. Alles um mich her rückt plötzlich in die Ferne, tritt zurück hinter einen weißen Schleier, der mich vor der Welt verbirgt.

… Der Schleier bauscht sich leicht im Wind. Doch es ist gar kein Schleier, sondern ein hauchzartes Tischtuch mit Spitze, durch dessen feine Löcher das Sonnenlicht in mein Versteck dringt und das Gras sprenkelt, sodass es aussieht, als wäre es mit Sommersprossen übersät.

Unzählige Füße eilen vor meinem schattigen Versteck hin und her. Fasziniert betrachte ich die bunten Damenschuhe mit den Absätzen und den wunderschönen Schnallen. Ich habe die Beine angezogen, die Knie mit meinen Armen umschlungen und schmiege meine Wange an den glatten, weichen Stoff meines Kleides. Es ist das schönste Kleid der Welt. Rosa Blüten sind in den weiß schimmernden Rock gestickt, der sich der dicken Tüllschichten wegen so sehr über meinen Beinen bauscht, dass ich regelrecht darin versinke wie in aufgeschlagener Sahne. Rosa Blüten liegen auch in dem kleinen Weidenkorb neben mir. Der Saum des Tischtuchs hebt und senkt sich im Wind wie die Schwingen eines Vogels.

Auf Hochglanz polierte schwarze Herrenschuhe unter dunklen Hosen nähern sich. Zögerlich. Suchend. Unmittelbar vor mir verharren sie. Ich halte die Luft an, rühre mich nicht.

Plötzlich wird eine Ecke des Tuches angehoben, ein bärtiges Gesicht erscheint. Dunkle Augen, tief eingegrabene Stirnfalten, die sich bei meinem Anblick in Luft auflösen. Erleichterung fliegt über die fremden Züge. Der Mann erhebt sich wieder, ruft jemandem etwas zu, bevor er sich abermals unter den Tisch beugt. Er sagt etwas zu mir. Es klingt weich und lockend, doch ich schüttele den Kopf, traue mich nicht aus meinem Versteck hervor. Nicht zu all den fremden Leuten.

Der Mann kratzt sich am Kopf, erhebt sich, und ich sehe erleichtert, wie sich seine Beine entfernen. Kurz darauf jedoch nähern sie sich erneut, der Mann geht vor meinem Versteck in die Hocke, hält mir lächelnd ein Buch hin. Zögerlich strecke ich die Hand aus, nehme das Buch, streiche ehrfürchtig über den glänzenden feuerroten Einband.

Ein zweites Paar Füße nähert sich, sie stecken in zierlichen Schuhen, die mir wie die einer Prinzessin erscheinen. Die Besitzerin geht vor dem Tisch in die Knie, dann lächelt mich das wundervollste Gesicht der Welt an. Das meiner Mutter.

Sie bückt sich und krabbelt trotz ihres eleganten leuchtend grünen Seidenkleides zu mir unter den Tisch.

Sofort schlinge ich meine Arme um sie.

»Wovor hast du Angst, mein Engel?«, fragt sie und erwidert beschützend meine Umarmung, dabei ist doch sie der Engel. Mein Engel.

Ich schmiege mich noch enger an sie. Ich liebe ihre sanfte Stimme, ihr glänzendes schwarzes Haar, ihre warmen braunen Augen, die immer ein wenig traurig dreinblicken, ihre weiche Haut – einfach alles an ihr. Ich will sie nie mehr loslassen.

»Es wird dir nichts passieren, kleine Blume. Ich bin doch bei dir.«

»Und wenn du nicht mehr bei mir bist?«

Sie lacht leise, ein perlendes Geräusch, das sich in meinem Bauch so herrlich anfühlt wie leckere Zuckerwatte.

»Ich werde immer bei dir sein.« …

»Justine!«, bricht eine dunkle Stimme wie aus weiter Ferne in meine kleine Welt ein. »Justine! Was ist denn jetzt?«

Dean. Es ist Deans Stimme. Als hätte mir jemand einen Kübel eiskalten Wassers übergeschüttet, finde ich mich vor dem Schaufenster wieder. Verwirrt drehe ich mich um.

Deans Gesichtsausdruck, gerade eben noch verärgert und genervt, weicht tiefem Erschrecken. »Justine, was ist? Was hast du?«

Ich zittere am ganzen Körper, bin nicht in der Lage, ihm zu antworten.

»Du bist käseweiß! Ist dir schlecht?«

Ich nicke abgehackt. Mir ist nicht nur schlecht, ich fröstele und schwitze zugleich.

»Das kommt von der verdammten Hitze«, schimpft Dean, greift nach meiner Hand. »Komm, du brauchst etwas zu trinken.«

Wie betäubt stolpere ich ein paar Schritte neben ihm her, bevor ich mich plötzlich gegen seinen Zug stemme.

Erstaunt sieht er mich an.

»Ich … habe mich … an etwas erinnert«, stammele ich. »An … ein Buch.«

Dean runzelt die Stirn. »Du hast vergessen, ein Buch einzupacken? Ist das grad echt deine größte Sorge?«

Ich schüttele hilflos den Kopf. »Dieses Buch da im Schaufenster. Ich kenne es!«

Verständnislos sieht Dean von mir zum Schaufenster und zurück. »Ja und?«

»Wie kann ich es kennen, wenn ich noch nie hier war?«

»Wie meinst du das?«

»Jemand hat mir ein solches Buch geschenkt, als ich klein war. Auf einer Feier, die … Eine Feier, von der ich dachte, dass sie in Ohio stattgefunden hätte.«

»Hat sie mit Sicherheit auch.« Er zuckt mit den Schultern. »Das ist ein Bilderbuch. Die gibt es überall auf der Welt.«

»Genau dieses?«

»Ach, komm, das ist doch lächerlich.« Er schüttelt belustigt den Kopf. »Es ist ein Bilderbuch mit rotem Einband. Wie alt kannst du gewesen sein, als du es gesehen hast? Daran kannst du dich doch unmöglich jetzt, als Erwachsene, noch so genau erinnern! Bilderbücher gibt es wie Sand am Meer. Wahrscheinlich bringst du einfach etwas durcheinander.«

Ich presse die Lippen aufeinander, massiere meine Stirn. Drehe ich jetzt vollkommen durch? »Ich weiß nicht …«

»Aber ich weiß es. Na komm, gehen wir zurück ins Hotel. Im Café ist ohnehin nichts mehr frei.«

Ich werfe einen letzten Blick auf das Buch. Tausend Gedankenfetzen summen durch meinen Kopf wie ein Schwarm Hornissen, wild und laut, und doch kann ich nur einen einzigen davon greifen:

»Ich werde immer bei dir sein«, hatte meine Mutter gesagt.

Kurz darauf war sie tot.

Dreißig Jahre zuvor

Draußen graute bereits der Morgen, doch an Schlaf war noch immer nicht zu denken. Tausend wirre Gedankenfetzen tobten durch seinen Kopf und jeder einzelne drehte sich um Letizia.

Um niemanden aus seiner Familie zu wecken, hatte sich Matteu kurzerhand auf dem Sofa aus Korbgeflecht ausgestreckt. Seitdem starrte er aus dem Fenster und sah doch nichts anderes als Letizias Gesicht.

Tagtäglich hatte er in den letzten zwölf Monaten mit sich gerungen und gegen seinen Wunsch angekämpft, ihr eine Nachricht zukommen zu lassen, um ihr mitzuteilen, dass er sie nicht vergessen hatte und nie vergessen würde. Ihr Gesicht hatte sich in sein Herz eingebrannt und würde darin verbleiben, bis er starb.

So lange hatte er seine Gefühle für sie zu unterdrücken, kleinzureden und zu ignorieren versucht. Er hatte alles getan, um Letizia aus seinem Kopf zu bekommen. Und in Amerika mangelte es weder an schönen noch an klugen oder interessanten Frauen. Doch keine einzige hatte ihn auch nur länger als für die Dauer eines Blickes, eines Atemzuges, eines kurzen Wortwechsels zu fesseln vermocht.

In jedem Gesicht suchte er Letizias Züge und in jeder Stimme ihr Lachen. Er sehnte sich nach ihren Lippen, so voll und geschwungen. Er träumte von ihren dichten schwarzen Wimpern, die ihre dunklen Augen umrandeten wie die einer Pharaonin. Ja. Sie hatte etwas Königliches an sich. Es lag in der Anmut ihrer Bewegungen. Aber ebenso in der Art und Weise, wie sie ihn gestern vernichtend angeblickt hatte. Und darin, wie zugleich das Feuer in diesem Blick aufgelodert war.

Letizia war unglaublich. Dass sie seinen Alkoholschmuggel einfach übernommen hatte, konnte er noch immer nicht glauben. Unwillkürlich musste er lächeln. Sie war nicht nur stolz, schön und klug, sondern zudem voller Tatkraft, Mut und Durchsetzungsfähigkeit.

Wie so oft in den vergangenen Monaten, fragte er sich auch in diesem Moment, ob es bloßer Zufall gewesen war oder Schicksal, dass sie sich beide damals in Ajaccio getroffen hatten.

Seine Gedanken wanderten zurück zu ihrer ersten Begegnung, und unwillkürlich lächelte er. Was ihn im ersten Moment gebannt hatte, war ihre Schönheit gewesen: Wie die römische Göttin eines Wandgemäldes hatte sie auf dem Felsen gelegen, das Haar zum Trocknen um ihren Kopf herum ausgebreitet, während ihr nasser Badeanzug mehr zeigte, als er verhüllte.

Im zweiten Moment war es ihr Stolz gewesen, der ihn fasziniert hatte und dies noch immer tat. Die Art, wie ihre Augen ihn wütend anfunkelten, wie sie den Kopf hoch erhoben trug und ihn schlagfertig abblitzen ließ.

Doch je besser er sie kennenlernte, umso mehr berührte ihn etwas ganz anderes: ihre Verletzlichkeit. Er erkannte, dass unter ihrer Schale, die glänzend und hart war wie ein Diamant, die Seele eines verlassenen Kindes lag, das früh mit Verlusten hatte fertigwerden müssen.

Es war ein Schock für sie beide, als ihnen die Wahrheit um ihre Vergangenheit bewusst wurde: Seine eigene Familie war es gewesen, die ihr den Vater genommen hatte.

Die folgenden Wochen waren die schlimmsten seines Lebens gewesen, denn Letizia mied ihn, erschien nicht zu ihren Treffpunkten, ignorierte jede Nachricht von ihm.

Bis der Verlobte ihrer Schwester starb. Dass sie daraufhin ausgerechnet bei ihm Trost suchte, war der größte Liebesbeweis, den sie ihm hatte gewähren können.

Er schwor sich, sie wieder zum Lachen zu bringen und glücklich zu machen, doch er konnte sein Versprechen nicht halten.

Ihre Liebe konnte nur im Verborgenen gedeihen. Die Feindschaft der Familien war zu groß. Es fraß an ihnen beiden, bereitete ihnen Qualen, stürzte sie in einen Strudel aus Gewissensbissen, Sehnsucht und Wut auf den Rest der Welt.

Und dann kam, kurz nach seinem achtzehnten Geburtstag, plötzlich das Angebot seines schon vor langer Zeit nach Amerika ausgewanderten Onkels, in dessen Betrieb angelernt zu werden und eine kaufmännische Richtung einzuschlagen. Seine Eltern, insbesondere seine Mutter, drängten darauf, dass er diese Chance nutzen sollte. Die Messerschmiede seines Vaters warf nicht viel ab. Es wäre eine Vergeudung, dass Matteu dort mitarbeitete. Und die Fischerei war nichts, mit dem sich das Ansehen der Familie mehren ließe. Mit dem jedoch, was er bei seinem Onkel lernen würde, könnte er es zu Geld und Anerkennung bringen und seine Familie auch finanziell viel besser unterstützen. Das sei er seinen Eltern schuldig. Schweren Herzens beugte er sich ihrem Wunsch und verließ Korsika – und Letizia. Es würde ja nur für ein Jahr sein.

Doch in Amerika angekommen, schien ihm die Trennung plötzlich ein Wink des Schicksals zu sein. Und die Möglichkeit, Letizia eine bessere Zukunft zu ermöglichen. Eine ohne ihn und die Aussichtslosigkeit ihrer Liebe.

Er wollte *ihr* die Chance geben, *ihn* zu vergessen, ihre gemeinsame Zeit hinter sich zu lassen. Deshalb hatte er sich nicht gemeldet, obwohl er dabei unfassbar gelitten hatte.

Natürlich hatte er dennoch gehofft, dass sie noch an ihn dachte, obwohl er wusste, dass dieser Wunsch egoistisch war. Was er jedoch letzte Nacht begriffen hatte, war, dass es zudem unfassbar dumm gewesen war, darauf zu setzen, dass die Zeit Letizias Wunden heilen würde. Das hatte ihm der tief verletzte Ausdruck in ihren Augen gezeigt.

Und auch er selbst wusste in dem Moment, als er sie so plötzlich in seinen Armen hielt, ihre Wärme spürte und ihren Duft atmete, dass er es nicht ertragen könnte, sie mit einem anderen zu sehen. Allein schon der Gedanke daran legte sich wie eine Eisenklammer um seinen Brustkorb, ließ ihn nach Luft ringen.

Er hoffte, dass es richtig gewesen war, sie einfach gehen zu lassen. Doch er kannte sie gut genug, um zu wissen, dass sie wie eine dieser chinesischen Fingerfallen war, die er Jacqui mitgebracht hatte. Je mehr man daran zog, umso stärkeren Widerstand leisteten sie.

Plötzlich war das leise Klatschen nackter kleiner Füße auf Stein zu hören. Er hob den Kopf und im nächsten Moment tapste die verschlafene Gestalt eines Siebenjährigen an der Tür vorbei in die Küche. Geschirr klirrte, Wasser rauschte. Offenbar hatte der Durst den kleinen Jungen aus dem Schlaf gerissen.

Kurz darauf hörte Matteu, wie ein Glas auf dem Tisch abgestellt wurde. Das verschlafene Gesicht von Jacques erschien im Türrahmen, braun gebrannt, mit verstrubbeltem schwarzem Haar und zahllosen Sommersprossen über der Stupsnase. Der Junge gähnte ausgiebig, hielt mitten in der Bewegung inne und riss die Augen auf.

»Matteuuu!«

»Pst, weck die anderen nicht auf«, mahnte Matteu lächelnd, doch schon rannte Jacques auf ihn zu, warf sich ihm in die Arme und jubelte: »Du bist wieder da!«

Matteu drückte den zarten Körper fest an sich. Er hatte seinen kleinen Bruder unfassbar vermisst. Am liebsten würde er ihn nie wieder loslassen. Letizia und Jacques waren die wichtigsten Menschen in seinem Leben. »Hallo, kleiner Frosch«, sagte er sanft.

»Ich bin kein Frosch!«, rief sein Bruder, strampelte sich aus der Umarmung frei und lachte, wie nur Kinder es können, aus ganzem Herzen und voller Lebensfreude. »Wenn schon, dann will ich ein Vogel sein. Der kann fliegen. Ich will auch fliegen. Dann kann ich überall dorthin, wo du hingehst.«

»Na gut. Dann also ein kleiner Vogel.«

»Aber eigentlich bin ich dein Bruder.«

»Nein, unmöglich, mein kleiner Bruder war winzig klein, als ich ging, aber du, alle Achtung, du reichst mir ja bis zum Bauchnabel!«

»Ich bin es aber wirklich!«, spielte Jacques ihr altes Spiel mit und quietschte vor Vergnügen.

Matteu musterte ihn von oben bis unten, schüttelte gespielt ungläubig den Kopf. »Meine Güte, ich glaube fast, du hast recht. Aber wenn du wirklich mein Jacqui bist, dann wirst du ja schon bald größer sein als ich.«

Jacques strahlte vor Freude und reckte sich in dem Versuch, noch ein paar Zentimeter dazuzugewinnen. »Dann musst du mich nicht mehr beschützen, dann beschütze ich dich!«

Matteu lächelte gerührt und betrachtete den Jungen liebevoll. Während er und sein zweiter Bruder, Fillipu, ganz nach dem Vater kamen, kernig und kantig waren, hatte Jacqui die weichen Züge und das sanftmütige Wesen von Caterina, ihrer Mutter, geerbt. Matteu zog ihn an sich und drückte Jacqui einen Kuss auf die Nasenspitze. »Danke dir, Jacqui, mein kleiner Frosch.«

»Vogel!«

»Danke dir, kleiner Vogel. Aber bis dahin ist zum Glück noch etwas Zeit, und so lange passe ich auf dich auf.«

Jacques schlang seine Ärmchen erneut um Matteu und kuschelte sich an.

Matteu barg seinen kleinen Bruder im Arm, zog mit der anderen Hand die Sofadecke über ihn. Er lauschte seinen ruhiger werdenden Atemzügen und wünschte sich, dass Jacqui die bitteren Erfahrungen erspart bleiben würden, die er selbst hatte machen müssen. Diese kleinen Finger wussten noch nicht, wie hart das Leben war, dieses kleine Herz ahnte nicht, wie ungerecht es sein konnte. Könnte er doch die Welt verändern! Für Jacqui. Für Letizia. Für sich.

Das Boot schaukelte wild auf dem schwarzen Wasser. Verzweifelt versuchte er, die Richtung beizubehalten, die winzigen Lichter am Ufer nicht aus den Augen zu verlieren. Der Sturm zerfetzte die Segel, die Wellen rissen ihm das Ruder aus der Hand.

»Letizia!«, rief er verzweifelt, doch Schwärze verschluckte die Lichter …

»Matteu! Matteu, wach auf!«

Er fuhr hoch, riss die Augen auf, nur um sie der plötzlichen Helligkeit wegen sofort wieder erschrocken zusammenzukneifen.

»Matteu?« Das war Jaqcuis Stimme.

Matteu blinzelte ihn schlaftrunken an. »Was ist?«

»Willst du denn nicht aufstehen? Wir haben alle längst gefrühstückt, aber Mama hat gesagt, dass wir dich schlafen lassen sollen, weil du eine weite Reise hinter dir hast.«

»Wie spät ist es denn?«

»Es ist schon fast Mittag, wir waren schon alle in der Kirche.«

»O verflixt.« Matteu rieb sich müde über die Augen. »Ich stehe schon auf. Sofort. Bin wach. Bin sozusagen schon fertig. Stehe im Grunde genommen schon aufrecht.«

»Wer ist Letizia?«

»Was?« Matteu riss die Augen auf, plötzlich war er tatsächlich wach.

»Das hast du gesagt. Im Schlaf. Immer wieder.«

Matteu richtete sich vorsichtig auf. »Ein … Traum. Nichts weiter. Es … es ist besser, wenn du niemandem davon erzählst. Weil, du weißt schon, sonst macht sich Fillipu noch über mich lustig, weil ich im Schlaf rede.« Er zwinkerte seinem kleinen Bruder verschwörerisch zu.

Dieser musterte ihn aufmerksam, nickte schließlich. »Okay.«

Erleichtert atmete Matteu auf.

Wenig später saßen sie alle um den Küchentisch herum, während Matteu aß, und löcherten ihn mit Fragen, vor allem Jacques.

»Und stimmt es, dass die Amerikaner alle reich sind und jeden Tag ins Kino gehen?«

Matteu schüttelte lächelnd den Kopf. »Das sind Menschen wie du und ich, die hart arbeiten, für ihre Familien sorgen und sich ab und zu einen schönen Tag gönnen.«

Jacqui machte ein enttäuschtes Gesicht, doch gleich darauf hellte es sich wieder auf und er fragte hoffnungsvoll: »Aber in Amerika essen alle den ganzen Tag Popcorn, nicht wahr?«

»Auch das leider nur manchmal«, gestand Matteu und wechselte einen amüsierten Blick mit Fillipu, der nur drei Jahre jünger war als er.

Jacqui kaute indes nachdenklich auf seiner Lippe. »Dann bleibe ich lieber hier, wenn ich groß bin.« Ohne pausenlos Kino und massenhaft Popcorn hatte Amerika offenbar seinen Reiz verloren.

Matteu schmunzelte und seine Mutter erklärte belustigt: »Da bin ich aber froh, dass du uns noch ein bisschen erhalten bleibst.«

Sogar sein Vater musste lachen, wenn auch mit schwacher Stimme; er beugte sich über den Tisch und wuschelte Jacqui durchs Haar.

»Lass das, Papa«, beschwerte der sich, wehrte die Hand ab und forderte Matteu auf, weiter von seiner Reise zu erzählen. Dieser tat ihm den Gefallen, berichtete von riesigen Städten und Wolkenkratzern.

Jacqui zappelte die ganze Zeit über aufgeregt auf seinem Stuhl herum, ließ ihn nicht aus den Augen, als könne er nicht glauben, dass sein geliebter großer Bruder wieder da sei, und fragte ihm Löcher in den Bauch.

Er war ein Energiebündel, quirlig und fröhlich – der Sonnenschein der gesamten Familie. Von allen wurde er heiß und innig geliebt, umso mehr, da Caterina und Lucien bereits die Hoffnung aufgegeben hatten, noch ein drittes Kind zu bekommen. Als sie Matteu zur Welt brachte, war Caterina nach einer Reihe von Fehlgeburten bereits Ende zwanzig gewesen, und auch nach der Geburt von Fillipu wollte zunächst kein Kind mehr lebend zur Welt kommen. Umso größer war die Freude über den unverhofften Nachzügler, dieses unerwartete Glück. Der Kleine war aller, doch insbesondere Caterinas Augenstern.

»Das ist doch alles langweilig«, unterbrach Fillipu schließlich Matteus Schilderungen. »Erzähl lieber von den Amerikanerinnen. Sind sie schöner als die korsischen Frauen?« Er war ziemlich klein für sein Alter, daher umso mehr darum bemüht, erwachsen rüberzukommen.

»Nichts und niemand ist schöner als eine Korsin«, widersprach ihr Vater, bevor Matteu antworten konnte. »Und die schönste Frau von allen ist eure Mutter!« Er warf seiner Frau einen bewundernden Blick zu. Und hatte mit seiner Aussage nicht unrecht. Caterina mit ihren weichen Zügen, den großen Augen und der hellen Haut galt nicht ohne Grund als schönste Frau des Dorfes. Sie liebte farbenfrohe Kleidung, die ihrem Teint schmeichelte, achtete sehr auf ihr Äußeres, färbte ihr Haar mit Henna und trug es meist aufwendig hochgesteckt.

»Du hoffst wohl auf einen Nachschlag vom Kuchen, was?«, erwiderte sie nun mit einem Augenrollen und wandte sich ab, doch Matteu hatte bereits gesehen, wie sie vor Freude über das Kompliment errötet war. Es war erstaunlich, aber seine Eltern waren auch nach all den Jahren noch immer verliebt wie am ersten Tag.

Unwillkürlich stellte er sich vor, wie Letizia und er, grauhaarig, aber glücklich, im Kreise ihrer Kinder am Tisch säßen. Ein Wunsch, der nie in Erfüllung gehen würde. Sein Herz wurde schwer.

Fillipu stieß ihn mit dem Ellbogen an. »Träumst du?«

»Hm?«

»Ich habe gefragt, ob du nach dem Frühstück mit zum Strand kommst, um dir mein Boot anzusehen – ich habe jetzt ein eigenes.« Der Nachsatz kam wie beiläufig hingeworfen, allerdings rutschte er dabei aufgeregt auf der Sitzfläche herum und hatte in diesem Moment starke Ähnlichkeit mit Jacqui.

»Natürlich. Gern.«

Fillipu strahlte bei diesen Worten bis über beide Ohren. Im nächsten Moment jedoch wurde ihm vermutlich bewusst, dass das wenig erwachsen wirkte. Sofort bemühte er sich um eine möglichst ungerührte Miene und legte den Arm übertrieben lässig über die Rückenlehne des Stuhles.

Matteu musste sich ein Lachen verkneifen. Zugleich jedoch war er stolz darüber, dass Fillipu seine Meinung offenbar so wichtig war. Seinen Bruder hatte es schon immer aufs Meer hinausgezogen, und er hatte die Schule zum frühestmöglichen Zeitpunkt, den seine Eltern ihm gestatteten, verlassen, um sein Geld an Bord der Boote anderer Fischer zu verdienen. Jetzt also war sein Traum von einem eigenen Fischerboot in greifbare Nähe gerückt.

Der Jüngere räusperte sich und schlug Matteu betont männlich mit der Faust gegen die Schulter. »Prima, dann los.«

»Nicht jetzt«, widersprach sein Vater hustend. »Ich will erst erfahren, wie meine Geschäftsidee mit den Messern angekommen ist.«

Caterina legte ihrem Mann beschwichtigend die Hand auf den Arm. »Jetzt lass den Jungen doch erst einmal ankommen. Ihr werdet noch genug Zeit haben, um übers Geschäftliche zu sprechen.«

Lucien grummelte zwar, doch Caterina nickte ihren Söhnen lächelnd zu und Jacqui sprang auf. »Darf ich mitkommen? Bitte, bitte.«

»Ja, natürlich«, sagte Matteu und erhob sich ebenfalls. Er war erleichtert, die schlechte Nachricht, die er seinem Vater überbringen musste, noch ein wenig hinausschieben zu können.

Jacqui an der Hand, so folgte er kurz darauf Fillipu durch die schmalen Gassen, die sich in Serpentinen bis hinunter zum Strand zogen.

Der Tag versprach erneut derart heiß zu werden wie der gestrige, doch in den schmalen Durchlässen zwischen den hohen steinernen Häusern Campolos war es noch herrlich kühl. Alle schienen das ausnutzen zu wollen und versuchten, sämtliche Arbeit in diesen wenigen kühlen Stunden zu erledigen, bevor das Dorf am Nachmittag in der Hitze erstarrte und wie ausgestorben wirken würde. Es wuselte in den engen Gassen wie in einem Ameisenhaufen. Frauen hängten Wäsche an den zwischen den Häusern gespannten Leinen auf, kauften noch schnell fürs Abendessen ein. Der Gemüsehändler pries seine Ware an, aus der Werkstatt des Tischlers drang gleichmäßiges Schleifen und der Schuster war mit Hocker und Hammer gleich ganz vor die Tür seines Ladens gegangen. Der Geruch von Tabak, Kräutern, Leder und Fisch hing in der Luft.

Nach so langer Abwesenheit kam es ihm vor, als sähe er das Dorf zum ersten Mal richtig. Haben die Häuser schon immer gewirkt, als seien sie von einem Riesen mit Versatz übereinandergestapelt und an die orangeroten Klippen geklebt worden?

Schon bald konnte sich Matteu all der so lang vermissten Eindrücke um sich herum nicht mehr erwehren. Die Sorgen rückten ein wenig beiseite und machten der Freude Platz, wieder zu Hause zu sein und die besondere Lebensfreude der Korsen zu verspüren.

Jacqui umklammerte den ganzen Weg über Matteus Hand, sah immer wieder zu ihm hoch, als könne er nicht glauben, dass dieser wirklich wieder da war, und strahlte ihn an, sobald Matteu ihm zuzwinkerte oder liebevoll seine kleine Hand drückte.

Alle paar Meter winkte Fillipu jemanden heran oder zog Matteu hierhin und dorthin und rief mit vor Stolz geschwellter Brust: »He, Robinho, schau mal, wer wieder da ist!«, oder: »Antonius, ich geb dir ein Bier aus, ich hab was zu feiern: Mein Bruder ist zurück!« Fillipu blühte regelrecht auf, sprach gestenreich, lachte viel und wirkte sehr glücklich. Die Bewunderung für den großen Bruder stand ihm ins Gesicht geschrieben. Das bewegte Matteu zutiefst, und er bemühte sich die nächste Stunde über redlich, den Erwartungen Fillipus gerecht zu werden und sich lebhaft an den Gesprächen mit all den Leuten zu beteiligen, obwohl er noch immer hundemüde war.

Als sie endlich am Wasser angelangt waren, war Matteu sich sicher, so viel geredet zu haben wie in den vergangenen Monaten zusammengenommen nicht, und fühlte sich, als habe er zwei Kilo Steine den Monte Cintu hinaufgeschleppt.

Erleichtert atmete er auf, als er sah, dass der Strand inzwischen so gut wie leer war, die meisten Boote abgelegt hatten. Nur eine Handvoll älterer Dorfbewohner saß auf den Felsen und flickte Netze oder besserte Schäden an den Booten aus.

»Darf ich Matteu zeigen, welches deines ist?«, rief Jacqui, machte sich los und hüpfte aufgeregt auf und ab. »Bitte, bitte!«

Fillipu verdrehte die Augen, und Matteu sah ihm an, dass er das viel lieber selbst getan hätte, doch auch er konnte seinem kleinen Bruder keine Bitte abschlagen. »Na schön, lauf los, du Nervensäge.«

Jacqui jubelte und stürmte auf das ganz vorne am Steg vor Anker liegende Boot zu, das alles andere als seetüchtig aussah.

Der Vordersteven an der Backbordseite war verrottet, die Pinne am Ruderkopf gebrochen, sämtliche Nägel des Rumpfbereichs verrostet. Das Ruderblatt hatte mehrere kleine Sprünge, im Kiel befand sich sogar ein durchgehender Riss. Verglichen damit war die Tatsache, dass auch eine der Holzbänke gebrochen und die ehemals weiße und rote Farbe nahezu überall abgeblättert war, eine Kleinigkeit. Jacqui kletterte hinein und turnte begeistert über die Reste der Bänke.

»Ich habe es dem alten Remo abgekauft. Es muss natürlich noch viel daran gemacht werden, bis es wieder auf See kann«, sagte Fillipu, fuhr sich nervös mit der Hand über den Arm und sah angespannt zu seinem älteren Bruder.

»Es ist ein tolles Boot«, erklärte Matteu und konnte regelrecht hören, wie der Fels von Fillipus Seele rollte. »Ich gratuliere dir.«

Sein Bruder schien um zwei Zentimeter zu wachsen.

»Und bei dem, was daran noch zu tun ist, helfe ich dir. Danach stichst du in See, lässt alle anderen alt aussehen und weit hinter dir zurück.«

Fillipu leuchtete regelrecht vor Stolz. »Wir«, sagte er. »*Wir* stechen dann in See.«

Matteu legte seinen Arm um Fillipu, drückte ihn an sich. Eine Weile sahen sie stumm Jacqui zu, dann grinsten sie sich plötzlich an.

»Denkst du, was ich denke?«, fragte Fillipu.

»Ab ins Wasser mit ihm!«, rief Matteu.

Jacqui sah erstaunt auf, als seine Brüder mit lautem Indianergeheul auf ihn zustürmten, sprang dann hastig auf den Steg zurück und versuchte lachend, ihnen zu entkommen. Er hatte keine Chance. Sie holten ihn ein, beförderten ihn in hohem Bogen ins Wasser und sprangen mitsamt ihrer Kleidung hinterher.

Die Möwen, die zuvor auf den sanften Wellen geschaukelt hatten, flogen beleidigt kreischend auf, und die alten Männer an ihren Netzen beobachteten kopfschüttelnd die drei Brüder, die wie kleine Kinder durchs Wasser tobten, sich gegenseitig nass spritzten und lachten.

Als sie schließlich triefnass, aber glücklich heimliefen, überkam Matteu eine seltsame Wehmut, nein, mehr eine Vorahnung. Als wäre dies das letzte Mal gewesen, dass er mit seinen Brüdern noch einmal in die Leichtigkeit ihrer Kindheit hatte eintauchen dürfen.

Als er mit Jacqui und seinen Eltern am Abend auf der Terrasse um den Tisch saß, hatte der Kleine noch immer nasse Haare und war unfassbar glücklich. Fillipu war unterwegs im Gespräch mit einem Freund hängen geblieben, wollte nachkommen.

Der Tisch bog sich regelrecht unter der Last von Matteus Lieblingsspeisen, die seine Mutter darauf aufgetürmt hatte: Korsische Suppe, Teigtaschen mit Mangold, Wildschweinterrine, Cannelloni mit *Brocciu*-Käse sowie *Fiadone*, den korsischen Käsekuchen, den er schrecklich vermisst hatte. Trotzdem holte sie aus der Küche noch eine Schüssel Goldbrassen mit Kastanienhonig und hielt sie Matteu hin. »Nimm doch noch zwei oder drei. Ich habe außerdem von gestern noch Ziegenkeule mit Rosmarin und Knoblauch da. Und magst du vielleicht statt *Fiadone* lieber Kastanienkuchen zum Nachtisch? Es gibt auch frische Clementinenmarmelade. Oder möchtest du lieber Feigengelee?« Schon machte sie Anstalten, in die Küche zurückzulaufen. Sie war offenbar der Ansicht, er sei halb verhungert.

»Mama, setz dich bitte wieder hin. In Amerika gibt es unfassbarerweise auch Essen«, sagte Matteu schmunzelnd.

»Bestimmt kein so gutes wie auf Korsika!«, widersprach sein Vater, womit er allerdings recht hatte. »Aber jetzt erzähl doch endlich, was die Händler in Amerika zu unseren Messern gesagt haben.« Gespannt beugte er sich vor.

Matteu zögerte. Er wollte seinen Vater nicht belügen, ihn aber auch nicht enttäuschen oder entmutigen. Die Idee, seine Messer im Ausland vertreiben zu können, war etwas, was diesen schon lange umtrieb. Matteu hatte sich alle Mühe gegeben, mithilfe seines Onkels diesbezüglich Kontakte zu knüpfen. Leider erfolglos. Seinen Vater über diesen Misserfolg in Kenntnis setzen zu müssen, war obendrein nicht gerade der beste Einstieg in ein Gespräch über diese unselige Familienfehde zwischen den Caratolis und den Bonaceris, die einfach endlich ein Ende haben musste. Wie sonst sollte er seinen Eltern seine Liebe zu Letizia gestehen?

»Alle Händler, mit denen ich gesprochen habe«, setzte Matteu schließlich zögerlich an, »waren begeistert von der Qualität und Schönheit deiner Arbeit.«

Lucien nickte mit stolzgeschwellter Brust. »Siehst du, Caterina, ich habe es doch gewusst! Also werden sie sie uns abkaufen?«

Matteu seufzte. Bis auf das *Stilettu* hatte keines der Messer, weder das *Cursina* noch das *Runchetta* oder das *Temperinu,* das Interesse der Händler geweckt. Und selbst beim *Stilettu* war es mehr der Hintergrund rund um Korsikas Banditentum des vorigen Jahrhunderts, zu deren Grundausstattung dieses Messer gehört hatte, der die Händler fesselte als das Messer selbst. Wenn es dann aber um die Frage ging, ob sie diese in ihr Sortiment aufnehmen wollten, winkten sie dann doch entweder gleich ab oder vertrösteten ihn auf einen späteren Zeitpunkt, ohne sich jemals wieder zu melden.

»Möglicherweise«, dehnte er die Wahrheit etwas. »Aber in diesem Jahr wird daraus sicher nichts mehr. Es benötigt noch viele Gespräche und Verhandlungen.«

Sein Vater starrte ihn an, in seinem Gesicht arbeitete es.

»Aber das ist doch nicht schlimm«, versuchte Matteu schnell, ihn zu beruhigen. Nichts lag ihm ferner, als seinem Vater die Träume zu nehmen. »Es dauert sicher noch eine Weile, bis ich in Bastia einen Job oder Räumlichkeiten für einen eigenen Laden gefunden habe. Bis dahin kann ich dir in der Werkstatt helfen und wir können sehr viel mehr Messer herstellen als du allein und …«

»Was bringen mehr Messer, wenn sie keiner kauft!«, fiel Lucien ihm aufgebracht ins Wort. »Die Werkstatt ist voller Messer!«

Jacqui sah verunsichert zwischen Matteu und Lucien hin und her. »Haben wir jetzt kein Geld mehr?«

»Doch, natürlich«, sagte seine Mutter beruhigend, schickte den Jungen dann aber eilig los, Tomaten im Garten zu pflücken. Offenbar sah die finanzielle Situation der Familie noch schlimmer aus als befürchtet und Jacques sollte es nicht erfahren.

»Ich kann Fillipu beim Fischen helfen«, schlug Matteu vor. »Und davon abgesehen wird ...«

»Verdammte Bonaceri!« In plötzlicher Wut schlug sein Vater mit der Faust auf den Tisch.

»Bonaceri? Wieso? Was haben die denn damit zu tun?«, fragte Matteu verwirrt.

»Jeder weiß doch, dass die mit den Franzosen gemeinsame Sache machen!«, ereiferte sich Lucien. »Dieser Giorgio verkauft seine Messer zu einem Spottpreis. Der macht den ganzen Markt kaputt. Nur um uns zu schaden! Er kann sich diese Preise leisten, hat ja durch seine ganzen heimlichen Geschäfte mit den verdammten Franzosen genug Geld.«

»Bist du wirklich sicher?«, fragte Matteu vorsichtig. »Warum sollte er mit den Franzosen heimliche Geschäfte machen? Das ist doch bestimmt nur ein Gerücht.«

»Um uns zu schaden, natürlich, was sonst!«, wütete sein Vater weiter, das Gesicht rot vor Zorn. »Diesen Bonaceris geht es nur darum, uns ...« Weiter kam er nicht, ein Hustenanfall schüttelte ihn, wieder und wieder, und wollte gar kein Ende nehmen.

»Papa, was ist, was hast du?« Erschrocken sprang Matteu auf, ohne jedoch zu wissen, was er tun sollte. »Mama! Was ist mit ihm?«

Caterina war bereits in die Küche gelaufen, kam mit etlichen Fläschchen zurück. Routiniert gab sie verschiedene bräunliche Flüssigkeiten in einen Becher und reichte diesen mit sorgenvoller Miene ihrem Mann.

Der versuchte, etwas zu trinken, hustete aber, verschluckte sich, hustete noch stärker.

»Ruhig, ganz ruhig, du musst gleichmäßig atmen«, mahnte ihn seine Frau mit ängstlicher Stimme, während Matteu ebenso bestürzt wie hilflos neben den beiden stand.

Schließlich schaffte Lucien es doch, die Medizin zu sich zu nehmen, nach und nach beruhigte sich sein Husten.

»Was ist das? Was hast du? Warst du schon beim Arzt?«, brach es wirr aus Matteu hervor.

Sein Vater winkte ab. »Unnötig«, keuchte er matt und lehnte sich erschöpft zurück. Seine Haut war fahl, auf seiner Stirn standen Schweißperlen. »Alles Dummköpfe … haben keine Ahnung … das geht vorbei.«

Hilfe suchend glitt Matteus Blick zu seiner Mutter. Ihr schönes Gesicht war zerfurcht vor Sorge. Die Krankheit seines Vaters war der Grund, aus dem sie ihn gebeten hatte zurückzukommen, obwohl es bei seinem Onkel noch so viel zu lernen gab. Er hatte geglaubt, sie sei wie immer überbesorgt. Dass es tatsächlich so schlimm um seinen Vater stand, hatte er nicht gedacht. Unter einem Vorwand flüchtete sie von der Terrasse ins Haus, Matteu eilte ihr in die Küche nach.

»Wie schlimm ist es?«, fragte er zutiefst besorgt. »Was sagen die Ärzte? Was kann man tun?«

Kraftlos ließ sie sich auf einen Stuhl sinken. »Wir wissen es nicht. Der eine Arzt sagt dies, der andere das, doch keines der verschriebenen Medikamente hilft. Er müsste zu einem Lungenspezialisten nach Ajaccio, aber er weigert sich.« Sie schüttelte resigniert den Kopf.

Offenbar hatte sie in dieser Hinsicht schon etliche fruchtlose Diskussionen mit ihrem Mann geführt. Matteu wusste, dass sein Vater stur wie ein Ochse sein konnte und Ärzten noch weniger vertraute als den Bonaceris. Wenn überhaupt, dann ließ er sich nur vom Dorfheiler mit Naturkräutern behandeln. Und den beinahe leeren Fläschchen nach zu urteilen, aus dem ihm die Medizin verabreicht wurde, waren Anfälle wie der gerade eben keine Seltenheit.

»Wenn sich das nicht bald deutlich bessert«, sagte er mit grimmiger Miene, »dann werde ich ihn nötigenfalls auch gegen seinen Willen zu diesem Spezialisten schleifen.«

»Du darfst ihn einfach nicht aufregen! Sobald er sich aufregt, kriegt er einen Anfall. Lass einfach dieses ganze Gerede über die Bonaceris. Dieser Name ist es, der ihn am meisten aufregt.«

Matteu starrte sie an. Wie sollte er dann mit seinem Vater über Letizia reden?

Wenn sie denn heute überhaupt beim Treffpunkt erschien.

Er schloss die Augen. Die Vorstellung, sie würde womöglich gar nicht kommen, bereitete ihm fast körperliche Schmerzen. Dass er sie gestern wiedergesehen hatte, sie gehört, gespürt, berührt hatte, war, als hätte jemand einem trockenen Alkoholiker eine Flasche Wein eingeflößt.

Er musste sie einfach treffen.

Um jeden Preis.

***

Die Sonne stand schon fast im Zenit, und der Schatten der einsamen Kiefer auf dem Felsplateau über dem Dorf war bis auf einen kleinen Flecken in sich zusammengeschmolzen. Um noch hineinzupassen, hatte Letizia die Beine angezogen und die Knie mit den Armen umschlungen. Eng an sie geschmiegt lag Filou als eine Art lebende Wärmflasche, und obwohl ihr dadurch noch heißer war, rückte sie nicht zur Seite, sondern war froh über seine tröstliche Nähe.

Erst einen Tag war es her, dass sie hier gesessen und den Sonnenaufgang betrachtet hatte. Wieder zog der Mäusebussard hoch oben am azurblauen Himmel seine Kreise. Als sei nichts gewesen, nahm das Leben im Städtchen unter ihr seinen Lauf. Und doch war alles anders.

Seit dem Morgen saß sie hier, Filou neben sich, und versuchte mit aller Kraft, Ordnung in ihre Gefühle zu bringen.

Matteus plötzliches Auftauchen hatte sie vollkommen aus der Bahn geworfen. Obendrein hatte er sie unfassbar verletzt mit seiner Begründung für die fehlenden Nachrichten. Er hatte sich geschnitten, wenn er tatsächlich glaubte, sie würde heute zum Treffpunkt kommen! Meinte er ernsthaft, er bräuchte einfach nur zu rufen, und schon würde sie alles stehen und liegen lassen? Für ihn?

Nein!, sagte ihr Kopf. Ja!, schrie ihr Herz.

Aber was war mit all den Heimlichkeiten, all der Angst vor Entdeckung, die sie damals gequält hatten? Was mit der Wut und Trauer darüber, ihre Liebe nicht offen leben zu dürfen? Wollte sie das erneut durchmachen? *Konnte* sie all das erneut durchmachen?

Sie schloss die Augen, lehnte den Kopf nach hinten an den Stamm und seufzte schwer auf. Wo sollte das nur hinführen?

Filou hob den Kopf, sah nach hinten und wedelte mit dem Schwanz, kurz darauf ertönte eine sanfte Stimme.

»Letizia?«

Cristo! Verdammt! Sie hatte ihn wegen der Ereignisse der letzten Nacht tatsächlich vollkommen vergessen.

Rasch versuchte sie, sich zu sammeln, alle Gedanken an Matteu zumindest so weit zur Seite zu schieben, dass sie ihre Mimik unter Kontrolle hatte. Dachte sie zumindest.

»Was ist mit dir?«, lautete Cristos erschrockene Frage, kaum dass sein gutmütiges Gesicht, ein wenig rot vom Aufstieg, über der Felskante erschien. »Hast du etwa jemanden erwischt?«

Sie fuhr hoch. »Erwischt? Wen?«

»Na ja, weil deine Schwester meinte, du seist heute sehr früh aufgebrochen, um die Hummerkörbe zu kontrollieren.«

Er verschnaufte kurz, vornübergebeugt und die Hände auf den Oberschenkeln abgestützt.

»Ah, ach so.« Vor Erleichterung wurde ihr fast schwindlig. »Ja. Ich meine: nein. Nichts. Niemanden. Absolut niemanden.«

»Was ist dann los?«, fragte er irritiert, richtete sich wieder auf und kam zu ihr herüber.

»Ich habe einfach nur schlecht geschlafen«, sagte sie. *Gar nicht geschlafen* traf es allerdings eher.

»Dabei warst du gestern doch so müde«, erwiderte er mitfühlend, ging vor ihr in die Hocke und drückte ihr, ehe sie sichs versah, einen schüchternen Kuss auf die Wange.

Das schlechte Gewissen schnürte ihr die Luft ab, sie rang nach Atem, presste schließlich hervor: »Cristo, ich muss mit dir reden.«

»Und ich mit dir.« Er räusperte sich, kraulte geistesabwesend Filou. »Es tut mir leid wegen gestern.«

Ein Hoffnungsschimmer leuchtete in Letizia auf. Hatte er erkannt, dass es besser war, wenn sie nur Freunde blieben?

»Was ich dir gesagt habe und wie ich es gesagt habe … es kam so furchtbar unromantisch heraus. Ich meine, ich bin kein Mann großer Worte, war ich noch nie, aber …« Er hielt inne, fuhr sich verlegen mit der Hand über den Nacken.

Sie keuchte auf, griff erschrocken nach seinem Arm. »Du bist ja verletzt!« Ein fingerlanger Schnitt zog sich über die Innenseite seines Armes, bereits von getrocknetem Blut verkrustet.

Er schüttelte den Kopf. »Halb so wild, das verheilt. Nur die Haut ist angekratzt. Edmonds Schuld. Ich musste ihn aus einem Streit mit einem Caratoli herausziehen, da hat er versehentlich mich erwischt.«

Sie spürte, wie ihr das Blut aus dem Gesicht wich. »Caratoli? Wer? Wo?«

»In der Hummerbucht. Wir haben dich dort gesucht, aber da warst du ja nicht. Dafür hatte sich einer von den Caratolis dorthin verirrt.«

»Welcher?«, keuchte sie. »Wie heißt er?«

Cristo zuckte mit den Schultern. »Keine Ahnung. Aber Edmond, dieser Hitzkopf, ist mit ihm aneinandergeraten – er wusste offenbar, wer der Kerl war. Soweit ich es verstanden habe, ging es um die Franzosen und korsische Messer und … Letizia?« Besorgt musterte er sie.

»Was ist dann passiert?« Sie schrie die Frage fast heraus, alles drehte sich.

»Edmond hat es übel am Kinn erwischt. Was mit dem Caratoli ist, weiß ich nicht. Bis ich Edmond beruhigt hatte, war der Typ abgehauen und … Was tust du da? Wo willst du hin?«

Sie war so plötzlich aufgesprungen, dass Filou erschrocken aufwinselte. »Eine Besorgung machen, hatte ich vollkommen vergessen. Für meine Mutter, ist dringend«, brachte sie mühsam hervor. »Ich bin spät dran.« Sie musste zu Matteu, musste sich selbst davon überzeugen, dass es ihm gut ging. Nichts war wichtiger. Das Jahr hatte sie nur überstanden, weil er lebte. Weil sie dachte, es würde ihm gut gehen. Das wurde ihr in diesem Moment schlagartig bewusst. Der Gedanke, er könnte schwer verletzt sein, ließ sie taumeln.

»Für morgen, ja? Dann sehen wir uns beim Essen.«

»Essen?«, stammelte sie verwirrt.

»Deine Mutter hat doch für morgen meine Familie eingeladen.«

Sie spürte, wie ihr die Gesichtszüge entgleisten. Das hatte sie vollkommen vergessen. Das Gespräch mit ihrer Mutter schien unfassbar lange zurückzuliegen. Als hätte eine neue Zeitrechnung begonnen, seit Matteu wieder da war.

»Keine Sorge, meine Familie ist überglücklich über die gute Nachricht«, sagte Cristo beschwichtigend. Er hatte ihre entsetzte Miene offenbar falsch interpretiert, doch sie konnte sich kaum auf seine Worte konzentrieren. Ihre Gedanken kreisten nach wie vor um Matteu, die Angst um ihn schnürte ihren Brustkorb zusammen, ließ sie kaum Luft bekommen.

»Es sollte zwar ursprünglich ein formloses Essen werden«, drangen seine Worte wie aus weiter Ferne zu ihr, »aber ich schätze, nun wird es doch etwas festlicher, wenn wir ja unsere Verlobung verkünden.«

Sie riss die Augen auf. Wie konnte sie nur die Wahrheit dermaßen verdrängen? Sich selbst so belügen? »Das geht nicht! Ich kann das nicht tun!«

»Was? Zum Essen kommen?«

»Dich heiraten!«

Er blinzelte, unsicher, ob sie einen Witz machte.

»Es tut mir leid«, flüsterte sie. »So unfassbar leid, aber seit gestern … ich habe … mir ist … es war ein Fehler! Ich kann dich nicht heiraten.«

Er wurde aschfahl. »Brauchst du mehr Zeit? Natürlich brauchst du das. Ich hätte dich damit nicht überfallen dürfen.« Verzweiflung klang in seiner Stimme mit. Er griff so heftig nach ihrer Hand, als sei sie sein Rettungsanker. »Du kriegst alle Zeit, die du haben willst. Wir können es langsamer angehen lassen, wir …« Er brach ab, rang hilflos nach Worten, suchte in ihrem Gesicht nach einem Zeichen der Zustimmung.

Traurig schüttelte sie den Kopf. »Du bist mir wichtig, unfassbar wichtig, und ich liebe dich. Aber wie einen besten Freund.«

»Das ist doch ein guter Anfang.« Ein vorsichtiges Lächeln, zwischen Hoffnung und Bestürzung schwankend, zitterte über sein Gesicht.

»Aber es reicht nicht«, wisperte sie.

Wie in Zeitlupe ließ er ihre Hand los, seine sanften Züge versteinerten.

Sie fühlte seinen Schmerz, als wäre es ihr eigener – ein dumpfes, metallisches Stechen in ihrer Brust. Dabei hatte sie ihm doch nie wehtun wollen! Zögerlich legte sie ihm die Hand auf seinen Arm, doch er schüttelte sie ab.

»Ich muss kurz allein sein.«

Sie biss sich auf die Lippe, wollte ihn trösten, doch was hätte sie sagen sollen, ohne es noch schlimmer zu machen? Also nickte sie und rief nach Filou. Cristo schien es nicht einmal richtig zu bemerken.

Bedrückt lief sie zur in den Fels gehauenen Treppe, die sich in zahllosen Stufen den Hügel nach unten wand. Sie wusste nicht, wie sie ihrer Mutter beibringen sollte, dass Cristos Familie morgen garantiert nicht zum Essen kommen würde, doch das war zweitrangig. Erst musste sie wissen, wie es um Matteu stand. Vor Sorge um ihn war ihr schlecht. Sie verfluchte sich dafür, gestern so hart zu ihm gewesen zu sein. Wenn es ihm nur gut ging. Nie wieder würde sie ihn zurückstoßen.

Das Kopfsteinpflaster war holprig und uneben, doch sie rannte trotzdem so schnell, dass die Leute aus dem Weg sprangen – vermutlich allerdings eher wegen Filou, der einem Schatten gleich an ihrer Seite war – und ihr hinterherschimpften.

Nur vor dem Marktplatz in der Mitte des Städtchens hielt sie inne, nach Atem ringend, und auch Filou blieb stehen. Vor ihr trotzten ein paar alte Männer der Hitze und spielten im Schatten einer riesigen Kastanie Boule. Doch nicht die alten Männer waren der Grund, aus dem Letizia mit klopfendem Herzen verharrte, sondern das gelb gestrichene Haus am linken Rand des Platzes – das Haus des Commissaires.

Vor der Tür standen französische Wachtposten und immer wieder warf ihnen einer der Boule spielenden Männer einen hasserfüllten Blick zu.

Nervös suchte Letizia den Platz ab und die davon abzweigenden Gassen, so gut sie diese einsehen konnte, doch nirgendwo war auch nur ein einziger der blank polierten Knöpfe von Commissaire Dubois zu sehen. Also eilte sie weiter, hielt jedoch einer Eingebung folgend erneut inne, sah nach links – und fuhr zusammen.

An einem von schweren Samtvorhängen gesäumten bodentiefen Fenster im zweiten Stock stand der Commissaire. Und beobachtete sie.

Alles in ihr schrie danach, umzukehren und fortzulaufen. Doch die Genugtuung, ihre Angst zu sehen, würde sie ihm nicht geben. Also streckte sie das Kreuz durch, hob stolz den Kopf und überquerte den Platz ganz langsam und ohne Dubois eines Blickes zu würdigen.

War er schon auf dem Weg zur Tür, um sie abzufangen? Oder seinen Männern den Befehl zu erteilen, sie aufzuhalten? Ihre Kehle war staubtrocken und ihr Herz klopfte wild.

Am anderen Ende des Platzes angekommen, sah sie über die Schulter zurück. Er stand noch immer am Fenster und nach wie vor klebte sein Blick auf ihr. Plötzlich verbeugte er sich voll Häme wie ein altertümlicher Galan, kam mit einem diabolischen Lächeln auf den Lippen wieder hoch. Das erschreckte sie weit mehr als seine gestrige Wut. In diesem Moment wusste sie mit absoluter Sicherheit, dass er nicht aufgeben würde, bis er sie in seinem Netz hatte. Wie einen um sein Leben kämpfenden Hummer.

Ein paar Meter noch, dann war sie außerhalb seiner Sichtweite. Sie lief los und verlangsamte ihren Schritt erst wieder, als sie ihr Haus erblickte.

Bis auf ein paar Hühner, die auf der von der Sonne festgebackenen Erde scharrten und neidisch die Vögel beäugten, die es sich im eingezäunten Gemüsebeet gut gehen ließen, war der

Hof leer. Zum Glück. Alle Diskussionen mit ihrer Mutter oder Schwester mussten Zeit bis später haben.

Letizia huschte in den Stall und streifte sich ihren rechten Schuh ab, in den sich etliche Steinchen verirrt hatten, die sie drückten. Als sie das Loch in der durchgelaufenen Sohle sah, seufzte sie auf. Das musste warten. Rasch sattelte sie Napoleon, ihr korsisches Pony. Sie hatte es so getauft, weil diese Rasse das bevorzugte Reittier Napoleon Bonapartes gewesen war. Wie alle korsischen Ponys, so war auch ihr Napoleon sehr trittsicher in dieser gebirgigen Umgebung. Er würde sie schnell und sicher zum Treffpunkt bringen. Früher hatte der Stall etliche Pferde beherbergt, jetzt bot er nur noch Napoleon Zuflucht. Sie führte das Pony am Halfter nach draußen und vom Hof. Dann schwang sie sich auf seinen Rücken und trabte mit Filou an ihrer Seite zügig aus dem Dorf auf die staubige Straße.

Die Sonne brannte erbarmungslos herab, kein Windhauch bewegte die Blätter der Erdbeerbäume, die entlang des Weges wuchsen. Das Zirpen der Zikaden war so laut, dass Napoleons Tritte fast nicht zu hören waren.

Begeistert lief Filou voraus, schnüffelte mal hier, mal dort, jagte irgendwelchem Getier hinterher und verschwand auf einmal in dem halb verfallenen Schuppen, der keine fünfhundert Meter vom Dorf entfernt neben einer alten Eiche stand.

Als vor Urzeiten die Straße ausgebessert werden sollte, war dieser Schuppen als Unterstand für das benötigte Material errichtet worden. Das Geld für die Straßenarbeiten war dann zwar kurzfristig gestrichen worden, doch die Hütte blieb stehen und moderte seither unbeachtet vor sich hin.

Letizia brachte Napoleon davor zum Stehen und rief nach Filou, aber der blieb verschwunden.

Auch das noch. Sonst hörte er doch immer aufs Wort, warum ausgerechnet jetzt nicht? Vermutlich steckte der Schuppen voller Ratten, die seinen Jagdtrieb geweckt hatten.

»Filou! Komm her!«, versuchte sie es erneut, doch der Cursinu tauchte nicht auf, Letizia meinte jedoch, ein Fiepen und Winseln zu vernehmen. Na prima, jetzt hatte er sich sicher noch irgendwo verfangen.

Entnervt saß sie ab, schlang Napoleons Zügel locker um den Ast des Baumes und drückte gegen die Tür des Schuppens, die quietschend aufschwang. Eilig trat Letizia aus der gleißenden Sonne ins Innere, konnte in der plötzlichen Dunkelheit jedoch erst einmal nichts erkennen.

Plötzlich fühlte sie eine Hand auf ihrem Arm, und ihr Herz setzte aus, gleichzeitig schoss Panik durch sie hindurch. Sie riss sich los, schrie auf. Filou brach in lautes Gebell aus, stürzte sich auf den Angreifer, doch schon im nächsten Moment verstummte Letizia und keuchte ungläubig: »Matteu?«

Tausend Empfindungen auf einmal stürmten auf sie ein, und sie wurde regelrecht überschwemmt von der Erleichterung darüber, ihn gesund zu sehen. Tränen schossen ihr in die Augen, sie blinzelte sie hastig weg.

»Wieso nur schreist du immer, wenn wir uns sehen?«, fragte er, und um seine Mundwinkel zuckte es belustigt, während er sich Filous wilden Gesten zu erwehren versuchte.

Jetzt erst wurde ihr klar, dass Filou nicht aggressiv klang, sondern begeistert, und dass er den vermeintlichen Angreifer nicht attackierte, sondern an ihm hochsprang, um ihm das Gesicht abzulecken. Matteu – und nicht die Ratten – war der Grund für Filous Verschwinden gewesen.

»Still, Ruhe. Aus!«

Filou gehorchte aufs Wort, ließ von Matteu ab und setzte sich, wedelte aber weiterhin so wild mit dem Schwanz, dass dieser heftig gegen Letizias Beine schlug.

Noch immer strömte das Adrenalin in heißen Wellen durch ihren Körper, hämmerte ihr Herz gegen ihre Rippen, raste ihr Puls – und sie wusste in diesem Moment nicht einmal, ob vor

Freude darüber, Matteu zu sehen, oder des Schreckes wegen, den er ihr versetzt hatte. Sie wollte lachen und weinen zugleich, ihn ohrfeigen und ihm um den Hals fallen, ihn küssen und ihn wegstoßen. Wütend schlug sie ihm gegen den Arm. »Bist du verrückt geworden, mich schon wieder so zu erschrecken? Hör endlich damit auf!«

Er fuhr schmerzerfüllt zusammen, doch schon im nächsten Moment huschte ein schiefes Lächeln über sein Gesicht. »Dann begrüße ich dich beim nächsten Mal einfach mitten auf dem Marktplatz vor allen anderen.«

Das holte Letizia wieder in die Realität zurück, und sie hastete zurück zur Tür, drückte sie einen Spalt weit auf und spähte hinaus. Niemand kam besorgt aus dem Haus gelaufen, um nachzusehen, was der Lärm zu bedeuten hatte, alles blieb ruhig. Man hatte sie nicht gehört.

Aufatmend ließ sie die Tür wieder zufallen, lehnte sich dagegen.

»Was tust du überhaupt hier?«, fuhr sie ihn an, obwohl allein schon sein Anblick ein Feuerwerk an Emotionen in ihrem Inneren entzündete.

»Ich freue mich auch, dich zu sehen«, entgegnete er, und erneut blitzte in seinem Gesicht dieses jungenhaft schelmische Lächeln auf, das ihre Knie weich werden ließ.

Sie versuchte erfolglos, sich dagegen zu wehren. »Bist du verrückt geworden, hier einfach so aufzutauchen? Willst du das Unglück heraufbeschwören?«

Langsam trat er zu ihr. »Ich musste dich einfach sehen.«

»Und da hast du beschlossen, einfach in mein Dorf zu marschieren und an meiner Tür zu klingeln oder was?«

»Ich fürchte, so ausgereift war mein Plan nicht.« Er lächelte schief.

Ihr Magen flatterte, ein lockendes Kribbeln stieg in ihr auf. »Das ist nicht witzig.«

»Ich weiß. Ich bin einfach Hals über Kopf losgestürmt und erst hier wieder zur Vernunft gekommen. Seitdem sitze ich hier und frage mich, was zum Teufel ich tun soll, um mit dir reden zu können.«

»Tja, dann bedank dich mal bei Filou«, murmelte sie, verwirrt davon, was seine Aussage mit ihren Gefühlen anstellte. Den Hoffnungen, die plötzlich hochkochten und ihr den Kopf vernebelten. Nein! Sie durfte sie nicht Fuß fassen lassen. Sie würde nur wieder enttäuscht werden. Das Glück, ihn gesund zu sehen, musste ihr reichen. Sie drückte ihn verärgert weg.

Schmerzerfüllt verzog er das Gesicht. Eine viel zu starke Reaktion auf ihren kleinen Schubser. Dann sah sie das schmale rote Rinnsal, das unter seinem rechten Ärmel hervorlief.

»Du bist verletzt«, keuchte sie auf. Schlagartig wurde ihr schlecht vor Sorge.

»Ein kleiner Kratzer, das trifft es eher. Ich wäre dir dennoch dankbar, wenn du nicht ständig draufhauen würdest.«

»O Gott, es tut mir leid.« Sie biss sich auf die Lippe, schob vorsichtig den Ärmel seines Shirts nach oben und zog scharf die Luft ein. Das war kein Kratzer. Ein langer Schnitt zog sich über die Außenseite seines Oberarmes. Nicht tief, aber gute zehn Zentimeter lang. Der Anblick schmerzte sie, als sei es ihr Arm. Aber so war es schon immer gewesen. Sein Glück war ihr Glück. Sein Schmerz ihr Schmerz.

Er entzog ihr seinen Arm. »Alles in Ordnung, sag ich doch.«

Sie ließ sich von seinem Versuch, die Sache herunterzuspielen, nicht beirren, griff vorsichtig, aber resolut nach seinem Arm. Er stieß ein Keuchen aus und sie besah sich den Schnitt besorgt. »Wir müssen die Wunde desinfizieren. Und verbinden, damit sie nicht weiter blutet und du keine unnötige Aufmerksamkeit erregst. Oder sollte ich sagen: *noch mehr* unnötige Aufmerksamkeit?« Aufgebracht schnaufte sie.

»Ich finde deine Aufmerksamkeit alles andere als unnötig«, entgegnete er mit schiefem Lächeln.

Tadelnd sah sie ihn an, schließlich wusste er ganz genau, was sie gemeint hatte. »Wieso nur hast du dich mit Edmond angelegt? Er war es doch, der dir diesen Schnitt zugefügt hat, oder? Ich habe schon davon gehört, und du kannst darauf wetten, dass Edmond bereits dabei ist, es dem ganzen Dorf zu verkünden und damit weiter gegen deine Familie Stimmung zu machen.« Sie zog ihr Gürteltuch aus den Rockschlaufen, wickelte es provisorisch als Verband sanft um seinen Oberarm. »In der alten Jagdhütte müsste noch ein Notfallkästchen mit Jod und Verbandsmaterial vorhanden sein. Bis dahin versuchen wir es so.«

Die ganze Zeit über spürte sie seinen Blick auf sich ruhen, der ihr wohlige Schauer über die Haut jagte. Sie hoffte, Matteu würde das nicht bemerken, und wusste doch, dass er es gar nicht übersehen konnte.

»Eigentlich hat *er* sich mit *mir* angelegt«, stellte Matteu nach einigem Zögern klar, »schließlich hatte der Kerl sein Messer schon zur Hand, während ich noch beim ›Guten Tag‹ war. Erst als dieser andere Typ ihn zurückriss und seinen Namen rief, verstand ich überhaupt, wer das ist. Edmond ist der Sohn des Messerschmieds aus eurem Dorf, richtig?«

Sie nickte mit düsterer Miene.

Matteu schnaubte verächtlich. »Er war ja schon früher ein streitsüchtiger Trunkenbold. Offenbar hat er sich nicht zu seinem Besseren verändert. Wenigstens kann ich meinen Vater beruhigen: Wenn ein solcher Dummkopf an der Spitze des hiesigen Messerhandwerks steht, muss er sich keine Sorgen um die Konkurrenz machen.«

»Wie kannst du darüber Witze reißen! Ich bin fast gestorben vor Angst, als ich von dem Angriff gehört habe.«

»Du hast dir Sorgen um mich gemacht?«

»Was denkst du denn?« Vorsichtig zog sie den Knoten fest. Noch immer blickte sie Matteu nicht ins Gesicht, obwohl oder, besser gesagt, weil er ihr so nah war, dass sie die Wärme spüren konnte, die von seinem Körper ausging. Sein Duft nach Leder, Meer und heißem Sand hüllte sie ein, trat in ihr eine Flut von Erinnerungen los. Erinnerungen, die ein heißes Ziehen in ihrer Mitte verursachten.

»Also verzeihst du mir, dass ich dir nicht geschrieben habe?«, fragte er leise. Hoffnungsvoll.

»Nein!«, behauptete sie verärgert, obwohl wilde Sehnsucht in ihr aufwallte und sie sich kaum gegen die Wucht ihrer hoffnungsvollen Gefühle wehren konnte. »Und der Dummkopf ist ja wohl nicht Edmond, sondern du bist es! Weil du allen Ernstes einfach hier auftauchst! Und das mitten am Tag! Und nach solch einem Zusammenstoß! Die Stimmung ist im Moment mehr als nur gereizt. Du bist verrückt, solch ein Risiko einzugehen!«

»Verrückt nach dir. Ich hatte Angst, du würdest nicht kommen.« Seine Stimme klang rau, ließ ihren Atem schneller gehen. »Und das wäre mehr gewesen, als ich hätte ertragen können.«

»Ein Jahr lang konntest du es gut ertragen«, widersprach sie, hob stolz den Kopf, sah ihm direkt in die Augen, doch sein Blick erwischte sie eiskalt. Er war dunkel und die Sehnsucht darin schrie ihren Namen.

Sie wollte noch etwas sagen und bekam doch keinen Ton aus ihrer trockenen Kehle.

»Sag so etwas nicht!«, flüsterte er. »Du weißt, dass das nicht stimmt.«

Sie wusste, dass er recht hatte. Aus jedem seiner Worte hörte sie es heraus und sie konnte es an seinem Äußeren sehen. Nicht nur, dass er noch kantiger, männlicher, entschlossener wirkte, er war zudem schmaler geworden, als hätte er sich zum Essen zwingen müssen. Hatte dunkle Schatten unter den Augen wie jemand, der lange Zeit über kaum geschlafen hat. Matteu war nicht nur älter, sondern darüber hinaus nachdenklicher geworden. Und trauriger. Eine Falte hatte sich zwischen seinen Augenbrauen eingegraben, schien nicht mehr verschwinden zu wollen. Nur seine dunklen Augen waren wie früher: Sie glühten vor Leidenschaft, waren beseelt von genau dem Hunger nach Leben, Liebe und Freiheit, den auch sie verspürte. Wie wundervoll sie sich anfühlen musste: Freiheit. Frei seine eigenen Entscheidungen treffen zu können. Frei lieben zu dürfen, wen man wollte.

Im kargen Licht, das durch die Ritzen der windschiefen Bretter hereinfiel, tanzten funkelnd die Staubkörner zwischen ihnen. Nur das sanfte Prusten von Napoleon und das gleichmäßige Hecheln von Filou waren zu hören.

Ihre Brust hob und senkte sich in schnellem Tempo.

Sie hätte sich jetzt umdrehen und gehen können, gehen *sollen*, doch sie blieb.

Schweigend betrachtete er sie, und es war, als würde sich die Luft zwischen ihnen elektrisch aufladen.

Das Ziehen in ihrem Unterleib sandte Wellen der Erregung durch ihren ganzen Körper, und sie wünschte sich nichts so sehr wie, erneut seine Lippen auf den ihren zu spüren und seine Hände an ihrem Körper. Sie wollte ihre Finger in seinem schwarzen Haar vergraben, sich an ihn pressen. Tief sog sie seinen Duft ein, berauschte sich daran, als wäre es das letzte Mal, dass sie ihn einatmen durfte. Und das musste es auch sein. Zwar konnte sie Cristo nicht heiraten, das war klar, denn sie liebte Matteu noch immer. Aber zwischen ihnen konnte es nichts mehr geben, durfte es nichts mehr geben, das verstand sie heute mehr denn je. Alles andere würde zu Unglück und Leid führen. Die Feindschaft zwischen den Familien war einfach zu groß, sie konnten sie nicht überwinden. Wie sollte etwas einfach beigelegt werden, was seit einer halben Ewigkeit für tiefe Wunden und unversöhnlichen Hass in den Herzen sorgte?

Er machte einen Schritt auf sie zu, nahm ihr Gesicht in seine Hände und strich sanft mit den Daumen über ihre Wangen.

»Letizia.« Ein Wort nur, und doch lag so viel darin. Sehnsucht, Verlangen, Bewunderung, absolute Hingabe, Hoffnung. Wie nur schaffte er es, in ein einziges Wort so viele Gefühle zu packen, einfach nur, indem er ihren Namen aussprach?

Ihre Haut prickelte, wo er sie berührte, und ihr Körper verlangte nach mehr, aber sie krallte ihre Finger in ihren Rock, um sich davon abzuhalten, sie in Matteus Haar zu vergraben, ihn an sich zu ziehen.

»Nein«, hauchte sie. Er durfte sie nicht küssen. Sie durfte ihn nicht küssen. Denn dann würde es kein Halten mehr geben.

»Ich kann dich jetzt nicht mehr gehen lassen«, flüsterte er. »All die letzten Monate warst du wie eine Fata Morgana – vor meinen Augen und dennoch unerreichbar. Doch jetzt, da ich das Schlagen deines Herzens spüre. Jetzt, da ich dich nicht nur in meinen Träumen in den Armen halten kann … Jetzt weiß ich, dass ich mich selbst belogen habe. Ich brauche dich, kann ohne dich nicht leben.«

Ihr Herz hämmerte in ihrer Brust. Sie war nicht in der Lage, ihm zu antworten, aber wie von selbst bewegte sich ihre rechte Hand auf seine Wange zu, strich zitternd darüber.

Er zog scharf die Luft ein, das Begehren in seinen Augen nahm ihr den Atem. Langsam beugte er sich vor, bedeckte ihr ganzes Gesicht mit zarten Küssen – angefangen bei ihren Schläfen und Augenlidern bis zu ihrem Mund. Und sie drängte sich ihm entgegen, erwiderte jeden einzelnen Kuss, zittrig, atemlos – und unfassbar glücklich.

»Was kann ich tun, damit du mir verzeihst?«, raunte er an ihren Lippen.

»Das hier ist schon mal ein guter Anfang.«

Die kleine Jagdhütte lag versteckt zwischen Kastanienbäumen und Kiefern weiter oben in den Hügeln. Ihr Vater hatte sie einst gebaut. Sie bestand nur aus einem Raum und enthielt nicht mehr als eine Schlafcouch, einen Tisch und zwei Stühle – und doch war sie für Letizia schöner als jedes Schloss. Es war ihres und Matteus Refugium gewesen, ihr Geheimnis. Der Ort, an dem die Zeit den Atem anhielt und nur der Augenblick zählte, die Wirklichkeit außerhalb nicht existierte. Der Ort, an dem sie die Freiheit hatten, glücklich zu sein. Hier hatten sie sich damals getroffen, sooft es ging, hatten sich im Arm gehalten, sich geküsst und aneinandergeschmiegt geredet. Über das Leben. Über ihre Träume. Aber nie über ihre gemeinsame Zukunft. Dass es eine solche nicht geben konnte, hatten sie schon damals gewusst.

Seit seinem Weggang war sie nur selten hier gewesen. Jedes Mal war sie von abgrundtiefer Sehnsucht und Hoffnungslosigkeit heimgesucht und wieder hinausgejagt worden. Doch jetzt gab es keinen schöneren Ort auf der Welt und keinen wundervolleren Moment als diesen. Ein Jahr voller Sehnsucht. Nach seiner Stimme, seinen Berührungen, seinen Küssen. Ein Jahr, in dem sie sich nach ihm verzehrt hatte. Ein Jahr, in dem sie jede Nacht von ihm geträumt hatte. Sie konnte nicht mehr warten. Sie wollte nicht mehr warten. Die unfassbare Angst, als ihr bei Cristos Worten deutlich wurde, Matteu könnte schwer verletzt sein, hatte sie eines begreifen lassen: Das, was sie für ihn empfand, war größer als alle Regeln, alle Traditionen. Größer als die Vernunft. Und wenn es nur dieses eine Mal gab, so wollte sie es vollends genießen.

Sie dachte daran, dass sie beide keine gemeinsame Zukunft hatten. Und dann sah sie in seine Augen und all das verlor komplett an Bedeutung. *Alles* um sie herum verlor an Wichtigkeit, ihr ganzes Fühlen, ihr ganzes Sein war auf Matteu ausgerichtet. Liebe war Freiheit. Und sie würde sie auskosten.

Sie schloss die Augen, spürte ihm nach. Seinen Händen, die ihren nackten Körper entlangstrichen. Seinem Atem, der sie streichelte und die Härchen an ihrem Körper sich aufrichten ließ.

Seine Finger flogen über ihre Haut, setzten sie in Brand, und seine Lippen folgten den Flammen, wanderten von ihrem Mund zu ihrem Hals und weiter zu ihren Brüsten, ließen Letizia aufstöhnen. Sie legte den Kopf in den Nacken und tauchte ein in dieses wunderbare, fiebrig-zitternde Gefühl, das Matteu in ihr auslöste. Ihr Bauch, ihre Schenkel, ihre Kniekehlen – einfach alles verglühte unter seiner Berührung.

Das grenzenlose, ja wilde Sehnen in ihrem Inneren dehnte sich aus, bis es sie vollkommen ausfüllte und jede Zelle ihres Körpers vor unbändiger Lust zu vibrieren schien.

»Ich liebe dich«, flüsterte sie, während auch ihre Finger über seine gebräunte Haut glitten. Über seine Seiten, seinen flachen, festen Bauch. Schließlich hinauf und über seine muskulöse Brust. Sie wollte alles, was er ihr geben konnte. Ihr Atem ging stoßweise, ihre Gedanken zerflossen, ihr Körper wurde von Begehren geschüttelt.

Plötzlich hielt er inne. »Bist du sicher, dass du das tun willst?«, fragte er heiser.

Ihre Seele sang, ihr Körper pulsierte und ihr rebellisches Herz zersprang fast vor Verlangen.

»Nie war ich mir bei etwas so sicher«, stieß sie aus.

Erneut küsste er sie voller Leidenschaft, und als er endlich in sie eindrang, verlor sie sich in dem köstlichen Gefühl seiner Liebe. Die Hitze ihrer Körper ließ sie zu einem Ganzen verschmelzen.

Die Zeit löste sich auf, Vergangenheit und Zukunft existierten nicht mehr, nur das Jetzt zählte, nur dieser Mann über ihr und das Gefühl, das er in ihr auslöste.

Als sie die Augen aufschlug, war die Couch neben ihr leer, doch sie wusste, dass Matteu ganz in der Nähe war. Sie spürte seine Gegenwart – wie eine weiche, warme Decke, die sie einhüllte.

Mit einem seligen Seufzen rollte sich Letizia auf die andere Seite. Durch die zugeklappten Fensterläden mit den schräg stehenden Holzlatten drang noch immer Sonnenlicht herein, lang konnte sie also nicht geschlafen haben.

Sie fühlte sich benommen und wund, doch auf eine satte, zufriedene Art, schwelgte in dieser wohligen Mattheit.

Alles war wie vorher. Und doch war alles anders.

Vorhin war sie geflogen. Jetzt schwebte sie.

Langsam setzte sie sich auf und sah sich nach ihrer Kleidung um, die wild verstreut auf dem Boden lag. Sie sammelte sie ein, schlüpfte hinein und öffnete leise die Tür.

Nur mit einer Hose bekleidet saß Matteu mit dem Rücken zu ihr auf der winzigen Holzveranda und ließ seine Beine über ihren Rand baumeln. Ihre Vorderseite stand auf Stelzen, die das kleine Haus am Hang in der Waagerechten hielten. Die Sonnenstrahlen, die durch das Blätterdach über ihnen fielen, malten ein Mosaik aus Licht und Schatten auf die Veranda und auf Matteu, verstärkten das Spiel seiner Schultermuskeln.

Letizia lehnte sich an den Türrahmen, betrachtete den Mann vor sich mit zur Seite geneigtem Kopf. Liebe und Angst, Hoffnung und Verzweiflung rangen in ihrem Herzen miteinander.

So oft hatte sie sich in den letzten Monaten gefragt, ob die Heftigkeit ihrer Liebe vielleicht einfach ihrer Jugend geschuldet war. Ob es sich nur um ein Strohfeuer handelte, das erlöschen würde, sobald genug Zeit verging oder ein anderer junger Mann ihr schöne Augen machte. Doch die Monate verstrichen, ihre Liebe blieb. Keinem anderen Mann konnte sie mehr als Höflichkeit entgegenbringen. Nach und nach gaben alle auf, wandten sich anderen Mädchen zu. Alle, bis auf Cristo.

Doch von den Gefühlen, die sie für Matteu empfand, war ihre Freundschaft zu Cristo so weit entfernt wie die Erde vom Mond. Wenn nicht noch weiter.

Sie hatte kein Geräusch von sich gegeben, und doch sah Matteu jetzt über die Schulter zu ihr, lächelte sie an, voller Wärme und Liebe. Sie ging zu ihm, setzte sich neben ihn. Er legte einen Arm um sie und sie schmiegte sich mit ihrem Kopf an seine Schulter.

Stumm lauschte sie dem Rauschen des Wasserfalls zwischen den Felsen links der Hütte. Hier draußen schienen all die Probleme, all der Hass der Familien so weit weg. Doch das waren sie nicht. Wie nur sollten Matteu und sie dagegen ankommen? Sie schloss die Augen, sog seinen Duft ein. Er war längst zu einem Teil von ihr geworden. Wie Trost und Zuversicht.

Sie spürte seinem Herzschlag nach und wusste, dass es sie umbringen würde, ihn noch einmal zu verlieren. Jetzt war sie sich absolut sicher, dass es nie einen anderen geben würde. Matteu berührte ihr Innerstes. Das war von Anfang an so gewesen. Sie brauchte nicht mehr und nicht weniger als ihn, um glücklich zu sein. Doch wie sollte das möglich sein angesichts der Feindschaft ihrer Familien?

Sie schmiegte sich noch enger an ihn, schwieg aber, denn weder wollte sie ihn mit ihren Ängsten belasten noch diese magische Stimmung zerstören.

Er hauchte ihr einen Kuss aufs Haar und sagte leise: »Wir finden einen Weg.«

Trotz ihrer Sorgen musste sie lächeln. Er verstand sie, selbst wenn sie gar nichts sagte. Er wusste, was sie dachte, was sie fühlte. Matteu hatte schon immer bis auf den Grund ihrer Seele blicken können. Vom ersten Moment an.

Seine Stirn berührte die ihre, als er flüsterte: »Ich brauche dich. Und du brauchst mich. Weil wir nur zusammen ein

Ganzes ergeben. Dieses Gefühl hatte ich von der ersten Minute an. Damals in jenem Sommer in Ajaccio.«

»Ich weiß. Mir ging es genauso. Aber was sollen wir jetzt tun?« Sie konnte nicht verhindern, dass ihre Stimme bedrückt klang.

Sanft strich er ihr eine Locke aus dem Gesicht, sagte verschmitzt: »Das Gleiche wie gerade eben, schlage ich vor.«

Sie lächelte schief. »Du weißt, was ich meine: Wie soll es mit uns weitergehen?«

Seine Miene wurde wieder ernst, er sah sie durchdringend an. »Hör zu, Letizia. Ich weiß nicht, wie ich die letzten Monate ohne dich überstanden habe. Aber ich weiß, dass ich nie wieder ohne dich sein will, nie wieder ohne dich sein *kann*. Ich verstehe nicht, warum gerade ich das unfassbare Glück habe, von dir geliebt zu werden. Aber was ich verstehe, ist, dass das, was uns verbindet, etwas Besonderes ist. Etwas, das tiefer reicht als die Wurzeln der Kiefer da drüben. Etwas, das Bestand hat wie der Fels unter uns. Etwas, was so ewig und endlos ist wie der Kreislauf des Wassers.«

»Aber wenn die anderen das nicht akzeptieren?«

Er nahm ihr Gesicht in seine Hände. »Sie werden. Wir lieben uns. Nur das zählt. Wir werden einen Weg finden, sie zu überzeugen. Vertrau mir einfach, vertrau in uns. Wir werden die Welt verändern! Ihre und unsere!«

Kapitel III

Heute

Wie schnell sich die Welt verändern konnte, meine Welt, das habe ich damals begriffen, als meine Mutter starb. Von einem Tag auf den anderen war alles anders und dieses herrliche Gefühl absoluter Sicherheit und unendlicher Geborgenheit, in dem sich nur Kinder wiegen können, für immer dahin.

Wehmütig streiche ich mit den Fingern über die raue Rinde der Palme, in deren Schatten ich vor unserem kleinen Hotel stehe.

Die halbe Nacht habe ich über den Tod meiner Mutter nachgedacht. Und daran, dass ich nur dank der unerschöpflichen Fürsorge und Liebe meines Vaters nicht daran zerbrochen bin.

Ich versuche, tief durchzuatmen, aber der unangenehme Geruch von nassem, dampfendem Asphalt liegt in der Luft. In den Morgenstunden hat es offenbar geregnet. Die Straße glänzt feucht und die Spitzen der Berge in unserem Rücken sind noch wolkenverhangen, doch die schon jetzt recht warmen Temperaturen kündigen einen heißen Tag an.

Dean, der unter dem Hotelvordach noch eine Zigarette geraucht hat, drückt die Kippe im metallenen Aschenbecher aus und kommt herüber. »Wenn der Kerl mich auch nur blöd anguckt, ist die Sache gelaufen«, warnt er.

»Wird er schon nicht«, erwidere ich und hoffe inständig, dass ich recht behalte. »Danke, dass du mitkommst.« Ich drücke ihm einen Kuss auf den Mund, bevor ich weiter mit gemischten Gefühlen nach Raphaël Ausschau halte.

»*Madama! Madama!*«

Verwirrt drehe ich mich um. Die freundliche Hotelwirtin läuft auf uns zu, drückt jedem von uns mit besorgter Miene eine Wasserflasche in die Hand und deutet immer wieder zur Sonne hoch.

»Vielen Dank«, sage ich, gerührt von so viel Herzlichkeit und Gastfreundlichkeit.

Sie lächelt und kehrt ins Haus zurück, während meine Finger nervös mit der Wasserflasche spielen.

Ich habe kaum geschlafen heute Nacht, mich unruhig von einer Seite auf die andere gewälzt, unschlüssig, ob ich Raphaëls Angebot annehmen oder lieber auf eigene Faust die Insel erkunden soll. Schließlich habe ich ihm aber doch in einer kurzen Textnachricht geschrieben, dass Dean und ich auf den Ausflug mitkommen. Als Ergebnis dessen konnte ich blöderweise erst recht nicht mehr schlafen, saß später mit dicken Augenringen beim Frühstück und habe bis auf einen Kaffee nichts hinunterbekommen.

Zwei Touristinnen, die etwa in meinem Alter sein müssen, verlassen lachend das Hotel, laufen an uns vorbei, und ich weiß gar nicht, wo ich zuerst hinsehen soll angesichts all des Glitzers, der ihnen um den Hals, die Handgelenke, ja selbst die Knöchel baumelt. Wie sie auf ihren zehn Zentimeter hohen Absätzen auf dem Kopfsteinpflaster, das ein paar Meter weiter einsetzt, überleben wollen, weiß ich ebenfalls nicht.

Dean sieht ihnen mit sichtlichem Wohlgefallen nach. »Solche Schuhe würden dir gut stehen.«

»Dir auch«, gebe ich ungerührt zurück.

Er lacht auf, zieht mich an sich und drückt mir einen Kuss aufs Haar. »Du weißt, dass ich nur Spaß mache.«

»Ja klar«, sage ich, obwohl ich mir da nicht immer so sicher bin. Wie auch immer, der Abend der Vernissage, als ich auf solchen Dingern herumgestolpert bin, hat mir für ein Leben gereicht. Mit Schaudern erinnere ich mich an das glänzende Paillettenkleid und diese trägerlose Minihandtasche, die ich ständig irgendwo liegen gelassen habe. Ich kam mir vor, als sei ich verkleidet. Hier und heute, in Jeansshorts, olivfarbenem Tanktop und schlichten Ballerinas, ist mir deutlich wohler zumute – jedenfalls, bis Raphaëls Wagen in die Straße einbiegt. Sofort schlägt mein Herz schneller, und ich kralle mich an meiner Tasche fest, die mir quer über den Oberkörper hängt.

Raphaël hält vor uns an und fährt die Fensterscheibe hinunter. Er trägt wieder Jeans und ein Shirt mit V-Ausschnitt, dieses Mal jedoch in Grau. Das Blätterdach der Palme malt ein Mosaik aus Licht und Schatten auf sein Gesicht und lässt das Blau seiner Augen noch stärker leuchten. Und da ist es wieder, dieses elendige Flattern in meinem Magen.

»Guten Morgen, ihr zwei«, begrüßt er uns entspannt, »braucht ihr rein zufälligerweise eine Mitfahrgelegenheit?«

Dean grummelt etwas, das nur mit viel Fantasie als Begrüßung interpretierbar ist, bevor er um die Kühlerhaube herum zur Beifahrerseite geht. Ich bemühe mich, ein umso freundlicheres »Guten Morgen« über die Lippen zu bringen, und klettere auf den Rücksitz.

»Freut mich, dass du doch gekommen bist«, sagt Raphaël zu mir, ergänzt jedoch mit einem Grinsen: »Auch wenn ich nichts anderes erwartet habe.«

»Mir geht es um das Land!«, sage ich mit Nachdruck.

»Ich habe nichts anderes behauptet«, erwidert er scheinheilig.

Da Dean in diesem Moment auf der Beifahrerseite einsteigt, muss ich auf eine Antwort verzichten. Stattdessen werfe ich Raphaël über den Rückspiegel nur einen bösen Blick zu. Zu meinem Leidwesen scheint er den überaus erheiternd zu finden.

Prima, kaum zwei Minuten in seiner Nähe, und schon bin ich wieder wütend wie ein wilder Stier und fühle mich so kribbelig, als säße ich auf einem Ameisenhaufen.

Ich befürchte das Schlimmste für die Fahrt. Entweder werden sich Dean und Raphaël den ganzen Weg über streiten oder, noch schlimmer, Raphaël und ich.

Zu meiner Erleichterung jedoch tauscht Raphaël mit Dean lediglich ein paar belanglose Bemerkungen über das Wetter aus, schaltet dann das Radio ein und konzentriert sich auf die Straße. Dean hingegen starrt auf sein Handy. Ich selbst sitze etliche Kilometer lang verkrampft da, doch irgendwann kann ich mich dann doch der Wirkung der wundervollen Landschaft nicht entziehen und beginne langsam zu entspannen.

Eine ganze Weile über führt die Straße am Meer entlang. Die zerklüftete, mal grauweiße, dann wieder gelbliche Felsküste mit ihrer leuchtend grünen Haube aus Platanen, Palmen und Pinien ist atemberaubend schön. Weiße Schaumkronen tanzen über stahlblaues Wasser.

Als Raphaël ein gutes Stück von Bastia entfernt ins Landesinnere abbiegt, wird die Natur wilder, unübersichtlicher – und für mich noch faszinierender.

Außerdem blitzen immer wieder entlang der Straße einsame steinerne Bauwerke zwischen dem leuchtenden Grün der Bäume hervor. Manche sind schneeweiß getüncht, andere in der Farbe des Sandsteins belassen. Einige sind rund, mit ebensolchen Dächern, oder erinnern an römische Tempel, und nicht wenige bestehen sogar aus mehreren Gebäuden. Wie kleine Paläste sind sie mit Treppen, Säulen und Reliefs versehen.

Imposant und opulent ragen sie aus dem Dickicht auf, blicken stolz über die Täler in die Ferne.

»Was sind das für Bauten?«, frage ich schließlich, als wir ein weiteres Gemäuer passieren.

»Mausoleen«, erklärt Raphaël. »Reiche Familien, vor allem solche, die im Ausland zu Geld gekommen sind, unterstreichen ihren Status damit.«

»Gibt es hier denn keine Friedhöfe?«, fragt Dean missbilligend.

»O doch, und was für welche. Die Friedhöfe auf Korsika haben alle eines gemeinsam, und zwar die prächtige Aussicht. Darauf legen Korsen nämlich großen Wert – jedenfalls nach ihrem Tod.«

»Bitte?«, hake ich schmunzelnd nach.

»Ist wirklich wahr. Nirgendwo lässt es sich schöner tot sein als auf Korsika.« Im Rückspiegel sehe ich die Lachfältchen in den Winkeln seiner Augen – es macht sie noch schöner. »Etliche der Friedhöfe und Mausoleen auf Korsika liegen auf den allerschönsten und teuersten Grundstücken, zum Beispiel unmittelbar am Meer mit Blick auf eine traumhafte Bucht. Oder hoch oben am Hang eines Berges mit freier Sicht in die Ferne. Und wer es sich leisten kann, errichtet seiner Familie solch ein Mausoleum sogar auf einem eigens dafür gekauften Privatgrundstück. Einem in noch besserer Lage, versteht sich. Die schönsten Grundstücke mit der besten Aussicht bewohnen auf der *Insel der Schönheit* tatsächlich die Toten. Früher, also so im 19. Jahrhundert, hieß es hier sogar: *Man baut sich zwei Häuser. Eines für das Leben und eines für den Tod!*«

Dean schüttelt abfällig den Kopf. »Was für eine Vergeudung!«

»Klar«, stimmt Raphaël zu, »aber es bringt die Stellung der Verstorbenen und ihrer Familie zum Ausdruck, und da will keiner knauserig sein. Nur keine falsche Bescheidenheit, so lautet das Motto auf Korsika.«

»Einfach nur verrückt«, schnauft Dean.

Ich lasse ihn grummeln, sehe lieber wieder hinaus und halte Ausschau nach dem nächsten Mausoleum, freue mich wie ein Kind, wenn ich in der Nähe oder auf einem der umliegenden Hügel eines entdecke. Selbst am Straßenrand finden sich viele, die offenbar weniger wohlhabenden Familien gehören. Laut Raphaël gibt es sogar auf Campingplätzen welche.

Immer wieder drücke ich auf den Auslöser meiner Kamera. Mal während der Fahrt, mal bitte ich Raphaël anzuhalten und steige aus, auch wenn Dean sich darüber beschwert, dass wir auf diese Weise nie ankommen werden.

Schließlich kurven wir in Serpentinen einen Berg hinauf, und das Panorama, das sich vor uns entfaltet, zieht mich vollends in seinen Bann: Hügel und Berge, so weit das Auge reicht, von dichtem grünbraunem Buschwald bewachsen. Langsam verstehe ich, was Raphaël meinte, als er sagte, Korsika sei ein *Gebirge im Meer*.

Am beeindruckendsten jedoch sind die Dörfer, die regelrecht an den Hängen kleben wie Schwalbennester. Zwischen ihnen windet sich der Weg wie ein schmales graues Band um Hügel und Berge. Ein sehr schmales Band, das zunehmend aus Schotter statt Asphalt besteht und sogar noch enger wird, je höher wir uns hinaufschrauben. So steil der Berg links des Weges aufragt, so steil fällt er rechts von uns ab. Graue Felsenklüfte, die aus einem grünen Meer emporsteigen.

Dean, der auf der Beifahrerseite unmittelbar am Abgrund sitzt, krallt sich am Haltegriff über der Tür fest und ich rutsche unwillkürlich so weit auf die andere Seite wie irgend möglich. Vor jeder Kurve hupt Raphaël vorsichtshalber, um andere Autofahrer zu warnen, vor allem die doch eher risikofreudig fahrenden Korsen. Ich will mir gar nicht ausmalen, was passiert, wenn uns jemand in rasantem Tempo entgegenkommt.

Überhaupt, wie sollen wir selbst langsam auf dieser engen Straße aneinander vorbeifahren, ohne den Abhang hinabzustürzen?

Dean scheint ähnliche Gedanken zu haben, umklammert den Haltegriff und ist, als er kurz zu mir sieht, ziemlich grün um die Nase. Ich kurbele das Fenster hinunter in der Hoffnung, die frische Luft würde ihm etwas die Übelkeit nehmen. Stattdessen wird mir plötzlich etwas anderes bewusst: der betörende Duft, der durch das nun offene Fenster hereindringt. Harzig und geschwängert von schweren Kräuteraromen. Er berührt etwas in mir, doch ich weiß nicht, warum.

»Was ist das?«, frage ich verwirrt und atme tief ein. »Hältst du bitte kurz an?«

»Was? Warum? Kommt ein Wagen?«, stößt Dean panisch aus, doch Raphaël leistet meiner Bitte Folge und ich drücke die Tür auf.

»Was tust du denn da?«, ruft Dean erschrocken. »Justine, wo willst du hin?«

Hitze schlägt mir entgegen, die Sonne brennt vom Himmel herunter, dennoch steige ich aus und atme tief ein. Der Duft ist so intensiv, dass ich mich regelrecht benommen fühle, und so ungewöhnlich, dass ich gar nicht genug davon kriegen kann. Da ist einerseits die aufgeweichte Erde mit halb verrottetem, süßlich riechendem Kastanienlaub, doch darüber nehme ich wilden Oregano wahr und Rosmarin. Je länger ich mich darauf konzentriere, umso mehr Düfte prasseln auf mich ein. Schnuppernd gehe ich um das Auto herum.

»Justine«, ruft Dean, »komm sofort zurück!«

Das tue ich nicht, allerdings bleibe ich stehen, wenn auch nur deshalb, weil es anderthalb Meter vor mir steil nach unten geht. In der Tiefe breitet sich ein blühender Pflanzenteppich aus, der selbst die Hügel um uns herum überzieht: grün und braun, mit weißen und lilafarbenen Blüten, vor allem aber mit leuchtend gelben Sprenkeln von stacheligem Ginster.

Schritte knirschen über den Kies. Auch ohne hinzusehen, weiß ich, dass es die von Raphaël sind. »Das ist der Duft von Korsika«, sagt er leise. »Der Duft der Macchia.«

Die Macchia ...

Was für ein himmelweiter Unterschied zwischen den trockenen Zeilen, die ich über den korsischen Buschwald gelesen habe, und dem, was ich hier gerade erlebe. Ich schließe die Augen, versuche, die einzelnen Düfte auszumachen. »Lavendel, Fenchel, Majoran, Oleander, Thymian.«

»Es sind noch unzählige mehr. Im Frühling duftet die ganze Insel danach. Die Pflanzen der Macchia schützen sich mit den Ölen vor dem Austrocknen, denn manchmal regnet es hier wochenlang nicht. Man könnte sagen: In Korsikas Adern fließen ätherische Öle. Nahezu alles, womit Parfümeure Geld machen können, findest du in der Macchia. Und vielleicht sogar den einen oder anderen Mörder.«

Ich stutze. Das meint er doch nicht ernst, oder? »Mörder?«, wiederhole ich mit unsicherem Lachen.

Er sieht mich ganz seltsam an. Als würde er in meinen Augen nach einer Antwort auf eine Frage suchen, die ich nicht kenne.

»Wusstest du das nicht? Seit Jahrhunderten flüchtet sich, wer nicht gefunden werden will, in die Macchia. Diebe, Mörder, Revolutionäre, Freiheitskämpfer. Die Liste ließe sich beliebig verlängern. Manche flohen vor der französischen Obrigkeit, andere ...«, er zögert, »... aus anderen Gründen.« Sein Tonfall ist betont locker, sein Lächeln gewohnt charmant, doch sein Blick hart. »Manche versteckten sich über Jahre hinweg, wieder andere gar über Jahrzehnte.«

»Wieso wurden sie dort nicht gefunden?«

»Ein Korse, der nicht gefunden werden will, wird auch nicht gefunden. Von hier oben aus mag es nicht so wirken, doch die Macchia, die *grüne Wüste*, ist zäh und dornig, dicht und undurchdringlich. Sie reißt dir erst die Kleider vom Leib und dann die Haut.«

Mich überläuft ein Schauer.

»Ohne eine Motorsäge kommt da niemand durch, der die Pfade nicht kennt«, ergänzt er.

»Und wer sich dort versteckt, ernährt sich von Beeren und Wurzeln?«

»Beeren, Wurzeln, Wildschweinen, Hasen. Was man hier draußen eben selbst finden oder jagen kann. Vor allem im Winter wurden sie außerdem meist von ihrem Dorf, von ihrem Familienclan oder – im Falle der Freiheitskämpfer – von Gleichgesinnten mit den Dingen versorgt, die sie nicht in der Macchia fanden.«

Nachdenklich lasse ich meinen Blick über den Pflanzenteppich schweifen, sehe die Macchia plötzlich mit ganz anderen Augen.

»Justine?«, ertönt Deans gereizte Stimme. »Kommst du jetzt endlich oder willst du da Wurzeln schlagen wie dieses kratzige Zeug?«

Raphaël versteift sich. Ich befürchte schon eine spitze Bemerkung, rufe hastig in bemüht lockerem Tonfall: »Ich genieße nur den Ausblick.«

»Kannst du den bitte woanders genießen? Ich würde wirklich gern zusehen, dass wir von dieser halsbrecherischen Straße verschwinden, bevor uns womöglich noch ein Bus entgegenkommt.«

»Da hat er allerdings recht«, sage ich, als müsste ich Deans Unhöflichkeit verteidigen, weiche aber Raphaëls Blick aus, als ich zum Auto zurückkehre.

Doch auch als wir wieder losgefahren sind, lässt mich das, was Raphaël über die Macchia gesagt hat, nicht in Ruhe. Mit einem flauen Gefühl im Magen betrachte ich aus dem Fenster die wilde, unzugängliche Landschaft.

Was geht in jemandem vor, der weiß, dort Jahre oder Jahrzehnte verbringen zu müssen? Es muss grausam sein, ein so karges und trostloses Dasein zu fristen, sich nur von dem zu ernähren, was man sich hart erkämpft oder der Natur abtrotzt. Sicher hatte nicht jeder jemanden, der ihn versorgen konnte. Doch das mit Abstand Schlimmste wird die Einsamkeit gewesen sein. Ein Schauer überläuft mich. Die Vorstellung, tagaus, tagein allein zu sein und damit rechnen zu müssen, dass dies für den Rest des Lebens andauert, verwandelt meinen Magen in einen Steinklumpen. Wer unter diesen Umständen nicht aufgibt, muss einen Charakter von unfassbarer Stärke besitzen – oder etwas, das all diese Qualen wert ist.

Ein Prickeln im Nacken lässt mich plötzlich aufsehen. Raphaël beobachtet mich. In seltsamer Umkehrung der Situation auf der Ausstellung treffen sich unsere Blicke im Spiegel.

Das Blau seiner Augen leuchtet im hellen Sonnenlicht unfassbar intensiv. Flüssiger Lapislazuli, schießt es durch meine Gedanken. Es lässt mich an den Geysir denken, den ich einmal im Yellowstone-Nationalpark gesehen habe. Ruhig und schimmernd in einem Moment, während er im nächsten förmlich explodierte und kochend heißes Wasser daraus hervorschoss. Unerwartet. Urgewaltig.

Und genau wie damals, so verspüre ich auch jetzt wieder dieses verlockende Kribbeln in meinen Adern. Sein Blick verspricht mir *mehr*. Nur dass ich noch immer nicht weiß, was das ist. Mehr Leben? Mehr Liebe?

Hastig wende ich mich ab, sehe wieder aus dem Fenster, bis mir die Augenlider schwer werden.

»Justine?«

»Hm? Was?« Ich schrecke auf, stelle verwirrt fest, dass ich in einem Auto sitze, nicht in der Macchia stehe und auch nicht von einem Mann mit brennenden Fackeln in der Hand verfolgt werde. Es hatte sich so real angefühlt, aber offenbar bin ich eingedöst und habe geträumt. Erleichtert seufze ich auf.

»Ich habe gefragt, ob ihr schon Hunger habt«, sagt Raphaël. »Hier machen wir nämlich Station fürs Mittagessen. Der Ort heißt Bocognacce.«

Kaum hat er das gesagt, taucht hinter der nächsten Kurve ein malerisches Dorf auf. Grob gemauert, teils sandsteinfarben, teils grau, scheint es aus der Macchia herausgewachsen zu sein – oder sich in ihr zu verstecken, je nachdem, wie man es nimmt – und sich gleichzeitig vor dem riesigen Berg zu ducken, der in der Ferne aufragt. Der Anblick ist atemberaubend. Finde zumindest ich. Dean hingegen widmet sich lieber seinem Handy und flucht über fehlenden Empfang.

Ich deute auf den Berg dahinter. »Ist das der Monte Cintu?«

Raphaël lacht. »Nein, bei Weitem nicht. Der Monte Cintu liegt von hier aus südwestlich, im Hochgebirge, und ist überdies viel gewaltiger. Alle Berge der nördlichen Hälfte Korsikas liegen ihm quasi zu Füßen.«

»Das würde ich wirklich gern sehen«, sage ich verträumt.

»Aber bitte nicht heute!«, meldet sich Dean missmutig zu Wort. Der fehlende Handyempfang schlägt ihm offenbar arg aufs Gemüt.

Ich tue, als hätte ich ihn nicht gehört, und nehme den letzten Schluck aus meiner Wasserflasche.

Wir parken an der Hauptstraße. Ein Hund ruht mitten auf der staubigen Straße, hebt nur kurz den Kopf, als wir aussteigen und ich ein Foto von ihm schieße, und bettet ihn dann wieder auf seinen Pfoten. Überhaupt macht das Dorf einen sehr verschlafenen Eindruck. Wir scheinen die Attraktion des Tages zu sein. Linker Hand beobachtet uns neugierig aus einem Fenster im zweiten Stock heraus eine mollige Frau, die Arme auf einem Kissen auf der Fensterbank abgestützt. Ein gutes

Stück weiter die Straße hinauf sitzt ein alter Mann auf einem Mauervorsprung, die braune Schiebermütze in die Stirn gezogen, die verschränkten Arme auf seinen Gehstock gestützt. Auch er schaut interessiert zu uns herüber.

Sonst ist niemand zu sehen. Ob es an der Uhrzeit liegt? Wird Siesta gehalten?

Raphaël hat meinen Blick bemerkt und erklärt schmunzelnd: »In den Dörfern nimmt das Leben einen sehr geruhsamen Lauf.« Er hält kurz inne, ergänzt dann mit belegter Stimme: »Meistens jedenfalls.«

»Wie meinst du das?«

»Irgendwo habe ich mal folgenden Spruch gelesen: *Korsen sind entweder miteinander verwandt – oder sie bringen sich gegenseitig um.* Da ist was dran.«

Ich bleibe stehen. »Was soll das heißen?«

»Später.« Raphaël macht eine vage Geste, winkt ab und marschiert los.

Ich sehe ihm mit gerunzelter Stirn nach, komme dann aber zu dem Schluss, dass das bloß ein typischer Satz aus seinem Reiseleiterwortschatz gewesen sein muss, mit dem Neugier geweckt werden soll.

Über das schlüpfrige Kopfsteinpflaster folgen wir den verwinkelten schmalen Gassen. Die meisten Bewohner des Ortes könnten sich von Fenster zu Fenster die Hände reichen, wenn sie wollten. Wäscheleinen sind zwischen den Mauern gespannt, Bougainvillea klettert an den nackten Steinen hinauf. Manche der Häuser wirken so windschief, als würden sie jeden Moment vornüberfallen und mich unter sich begraben. Immer wieder drücke ich auf den Auslöser meiner Kamera, stutze jedoch, als ich über einer Tür einen Tierschädel entdecke.

»Das soll nicht etwa Touristen vertreiben, sondern böse Geister«, erklärt Raphaël. »Korsen sind abergläubisch. Und sehr religiös. Jedes Dorf hat seinen Schutzheiligen und das ganze Jahr über gibt es Festmessen und Prozessionen.«

Schließlich öffnet sich eine der Gassen urplötzlich zu einem überraschend breiten Platz vor einem imposanten zitronengelb gestrichenen Gebäude, das mehr einer Villa ähnelt und so gar nicht zu den aus grobem Stein aufeinandergetürmten restlichen Häusern passt.

»Ist dies das Rathaus?«, frage ich und schieße ein Foto davon.

»Nein, das ist das Sommerhaus des Commissaires.« Seine Stimme klingt mit einem Mal rau.

Irritiert musterte ich ihn. Bilde ich es mir nur ein, oder wirkt er plötzlich angespannt? »Welches Commissaires?«

»Des Befehlshabers der Polizei des Bezirks. Das da ist eines der sogenannten *Maisons d'Américains*. Auf dem ganzen Cap Corse stehen viele Villen dieser Art. Sie wurden von Korsen gebaut, die nach Amerika emigrierten, es dort zu Wohlstand brachten und schließlich wieder in ihre Heimat zurückgekehrt waren. Komm, wir müssen da drüben lang.«

Ich bleibe stehen, lasse aber nicht locker. »Und dieser Polizist war einer dieser Korsen?«

Raphaël schüttelt den Kopf. »Korsika stand und steht unter französischer Oberherrschaft, mit Sonderstatus zwar und früher natürlich viel rigider als heute. Aber jetzt müssen wir wirklich weiter.« Eilig, fast fluchtartig setzt er seinen Weg fort.

»Ha!«, macht Dean. »War ja klar. Seine Landsleute haben die Korsen unterdrückt, aber darüber will er sich nicht auslassen.«

»Vielleicht«, murmele ich und beeile mich, zu Raphaël aufzuschließen, der bereits in die nächste Gasse eingebogen ist. In Wahrheit habe ich nicht das Gefühl, dass es Raphaël darum geht, uns irgendetwas zu verheimlichen, was Frankreich mal getan oder nicht getan hat. Er macht auf mich eher den

Eindruck, als würde er dieses Gebäude aus privaten Gründen schnell hinter sich lassen wollen. Seltsam.

Tatsächlich scheint mir plötzlich eine Düsternis von dem Gebäude auszugehen, die nicht einmal durch die fröhliche Farbe der Fassade kaschiert werden kann. Eine Düsternis, die mir durch die Gassen folgt. Es schüttelt mich, und ich bin froh, als es aus meinem Blickfeld verschwunden ist.

»Wo, verdammt, gehen wir denn überhaupt hin?«, murrt Dean.

»Ein Stück weiter gibt es eine fantastische Taverne«, antwortet Raphaël, deutet allerdings nicht geradeaus, sondern nach oben.

»Na prima. Gibt es denn nichts hier unten?«, beschwert sich Dean.

»Doch, aber der Ausblick von dem Felsplateau da oben ist unschlagbar.«

Ich beschirme meine Augen mit der Hand, blicke skeptisch das schmale Gässchen hinauf. »Und vermutlich muss man eine Bergziege sein, um da oben heil anzukommen«, sage ich halb im Scherz, halb im Ernst und setze bereits mit der Kamera an. Nur einen Augenblick später lasse ich sie sinken und ergänze fassungslos: »Oder ein altes Weiblein.«

Ungläubig sehe ich einer verhärmten Alten mit strengem Gesicht hinterher, die gerade aus einer Tür getreten ist und nun strammen Schrittes die Gasse hinaufmarschiert. Sie trägt ein schwarzes Kleid und ihr ebenfalls schwarzes Kopftuch ist straff im Nacken geknotet.

»Ist das eigentlich die Nationaltracht Korsikas?«, frage ich Raphaël, denn mir sind schon auf dem Weg vom Flughafen nach Bastia etliche Frauen in diesem Aufzug aufgefallen.

Raphaël schüttelt den Kopf.

»Die Frau trägt Trauer. Früher betrug die Trauerzeit auf Korsika in der Regel fünf Jahre. Ältere Korsinnen halten sich oft noch an die Tradition, dass in dieser Zeit ausschließlich Schwarz getragen wird. Allerdings sind korsische Familien sehr groß. Es gab und gibt ständig Todesfälle. Heute sind sie zum Glück meist natürlicher Art oder durch Unfälle bedingt. Früher war häufig eine Vendetta der Grund.«

Dean horcht auf und löst den Blick von seinem Handy, an dem er die ganze Zeit herumgespielt hat.

»Vendetta?« Klar, er hat Raphaëls Anmerkung dazu vor der Zitadelle ja gar nicht mitbekommen.

Raphaël nickt. »Vendetten sorgten dafür, dass oft über Jahre die Frauen ihre Trauerkleidung gar nicht mehr auszogen. Was tatsächlich zu der irrigen Annahme führte, die *Faldetta,* also das früher häufig getragene schwarze Manteltuch, und die *Mandile*, also dieses Kopftuch, das auch die Frau von gerade eben trug, würden Korsikas Nationaltracht darstellen. Eine Vendetta konnte jahrelang ruhen, doch beendet war sie dadurch nicht. Manchmal vergingen Jahre, manchmal Jahrzehnte, bis sich die Gelegenheit zur Rache ergab. Dann wurde sie genutzt.« Er deutet auf Einschusslöcher an den Mauerwänden, von denen ich dachte, sie würden aus dem Zweiten Weltkrieg oder so stammen. »In der Hochphase der Vendetta sind auf Korsika rund dreißigtausend Menschen ums Leben gekommen. Ganze Familien wurden vollkommen ausgelöscht, vom Urgroßvater bis zum Kleinkind.«

Jetzt nehme ich mehr und mehr der Einschusslöcher und abgesplitterten Mauersteine wahr, sehe die ruhige Straße plötzlich mit ganz anderen Augen. Mit einem Mal ist das alles gar nicht so weit entfernt, wie es bei Raphaëls erster Erwähnung dieses Themas schien, und es überläuft mich kalt. »Das liegt aber lange zurück, nicht wahr?«, frage ich bedrückt.

»Auf Korsika liegt nichts lange zurück. Die Vergangenheit ist immer präsent.« Sein Gesicht wirkt plötzlich hart, seine Haltung verkrampft.

Doch schon im nächsten Moment ist er wieder losgegangen, und ich bin mir nicht sicher, ob ich es mir nicht nur eingebildet habe. Dennoch lasse ich dieses Mal nicht locker. »Inwiefern?«

Er zögert. »Korsen sind ihren Traditionen verpflichtet. Vor allem im Landesinneren. An erster Stelle stehen nach wie vor die Familie und die alten Clanwerte.«

»Aber heutzutage stirbt doch niemand mehr wegen einer Vendetta!«, widerspricht Dean kopfschüttelnd.

»Nicht so wie früher. Nicht wegen einer Frau als Auslöser zum Beispiel. Aber jedes Jahr gibt es zahlreiche Morde im Rahmen von Bandenkriminalität rivalisierender Familien. Mal geht es um Land, mal um dubiose Geschäfte. Niemand kann genau sagen, wie viele davon im Zusammenhang mit einer Vendetta stehen.«

»Wieso?«, hake ich nach.

Raphaël verzieht das Gesicht. »Sobald die Polizei auftaucht, bricht das große Schweigen aus. Unter Beteiligten. Unter Zeugen. Wenn Korsen eines können, dann ist es schweigen. Als Fremder ist es unmöglich, gewisse … Dinge in Erfahrung zu bringen.«

»Aber bislang schienen mir alle Korsen sehr freundlich zu sein.«

Er nickt. »Sie sind ein unglaublich gastfreundliches und herzliches Volk, wenn sie sich erst einmal geöffnet haben. Anfangs jedoch stehen sie Fremden von jeher misstrauisch gegenüber. Das liegt sicher auch daran, dass Korsika über so viele Jahrhunderte hinweg unter wechselnder Fremdherrschaft stand.« Als wolle er das Thema damit beenden, geht er schneller und marschiert in straffem Tempo die steile Gasse hinauf. Ihm scheint die Mittagshitze ebenso wenig auszumachen wie der alten Frau von eben.

Dean, der ihm in nichts nachstehen will, gibt ebenfalls Gas. Nur ich schnaufe deutlich langsamer hinterher, während mir noch immer Raphaëls Worte über die Vendetta durch den Kopf gehen.

Die Alte ist schon weit vor uns in eine Seitengasse abgebogen, und ich ärgere mich, dass ich meine Kamera nicht schnell genug gezückt und sie um ein Foto gebeten habe. Ein so ausdrucksvolles Gesicht ist mir selten begegnet. Vielleicht war es doch richtig, nach Korsika zu kommen.

Fast noch mehr bereue ich allerdings inzwischen, heute Morgen nur einen Kaffee zu mir genommen zu haben, anstatt auch etwas zu essen. Mir ist inzwischen richtig flau im Magen und ich fühle mich zunehmend kraftlos. Die sengende Hitze tut ihr Übriges. Nach nicht einmal fünfzig Metern muss ich innehalten. Vornübergebeugt verschnaufe ich mit auf den Oberschenkeln aufgestützten Händen.

Aus einem offenen Fenster über mir ertönt eine zarte Frauenstimme.

»*O ciucciarella, nun sai quantu t'adoru*«, singt sie leise und hingebungsvoll und ich lausche ergriffen der traurig klingenden und doch beruhigenden Melodie. »*Le to bellezze. Le to cullane d'oru. Ciucciarella inzuccarata, quantu hè longa sta nuttata.*«

Die Stimme verstummt.

Das Baby ist eingeschlafen, denke ich lächelnd, richte mich wieder auf und gehe weiter, leise den Refrain vor mich hin summend.

Im nächsten Moment überläuft es mich eiskalt, stellen sich die Härchen an meinen Armen auf. Mein Puls rast und mein Herz schlägt schmerzhaft gegen meine Brust.

Das kann nicht sein! Niemals!

Ich schnappe hektisch nach Luft, doch es ist, als wäre sie zäh und dick und würde nicht in meine Lungen passen. Halt suchend strecke ich die Hand nach der Hauswand aus.

»Justine, wo bleibst du denn?«, ruft Dean, doch ich kann ihm nicht antworten, bin vor Grauen wie erstarrt.

»Ich sterbe hier gleich vor Hunger und … Justine?«

Ich habe die Augen zusammengekniffen, versuche, gegen die aufkommende Panik anzukämpfen.

Plötzlich steht Dean vor mir. »Justine, was ist mit dir?«

Ich schlage die Augen auf, kralle mich in seinen Arm. »Dieses Lied«, krächze ich.

»Welches Lied?«

»Dieses Lied, hast du es nicht gehört?«

Lauschend neigt er den Kopf, doch alles ist still. »Wovon redest du?«

»Ich kannte es!«

Er runzelt die Stirn. »Justine, bist du sicher, dass es dir gut geht?«

»Ja! Nein! Natürlich nicht! Es geht mir überhaupt nicht gut. Versteh doch: Es war ein korsisches Lied. Eine Frau hat es gesungen. Hör doch!« Verzweifelt summe ich ihm die Melodie vor. »Woher kenne ich dieses Lied?« Ich bin den Tränen nahe, in meinem Kopf geht alles wild durcheinander.

Er guckt mich an, als hätte ich nicht mehr alle Tassen im Schrank. »Nun, du sagst doch, sie hätte es gesungen, also …«

»Aber doch nicht diesen Teil! Das ist der Refrain, verstehst du? Ich kenne den Refrain, obwohl die Frau im Fenster nur die erste Strophe gesungen hat. Ohne den Refrain!« Ich merke selbst, wie wirr und panisch ich mich anhöre, doch wie soll ich dieses gruselige Déjà-vu erklären?

Er hingegen fängt plötzlich an zu lachen. »Sorry, Justine, aber das ist doch albern. Du hast dieses Lied vermutlich im Hotel gehört, oder es lief im Radio auf der Fahrt hierher. Du hast es im Halbschlaf gehört und meinst jetzt, es zu kennen. Komm, beruhige dich wieder, und wir gehen endlich etwas essen, sonst bin ich es, der hier durchdreht, und zwar vor Hunger!« Er greift nach meiner Hand, doch ich schlage sie erbost weg.

»Du glaubst mir nicht?«

Sein Lachen erstirbt, er verdreht die Augen. »Doch. Natürlich glaube ich dir. Aber das ist genauso wie mit dieser abgedrehten Buchsache. Es gibt tausend vernünftige Erklärungen dafür, warum du irgendwelche Lieder zu kennen glaubst. Und sei es nur, dass vielleicht irgendeine Nachbarin aus New York es in deiner Kindheit oft gesungen hat, vielleicht die Mutter irgendeiner Mitschülerin, was weiß ich. Ich glaube, diese elende Hitze ist dir zu Kopf gestiegen.« Er sieht zum Himmel auf und verzieht das Gesicht, als würde er der Sonne persönlich die Schuld daran geben.

Ich taste mit zittriger Hand nach meiner Stirn. Hat er vielleicht recht? Stehe ich kurz vor einem Sonnenstich? Aber was ist mit diesem absurden Flashback gestern? Nur weil ich ein rotes Buch gesehen habe. Und was ist mit meiner seltsamen Eingebung in Bezug auf Raphaël – dieses Gefühl auf der Vernissage, als würde er mehr über mich wissen, als er preisgibt. Ist das Paranoia? Werde ich wirklich langsam verrückt?

Als wir Raphaël endlich eingeholt haben und die kühle Taverne betreten, hat sich mein Puls noch immer nicht beruhigt.

Wir nehmen an einem der Tische Platz, und ich studiere die Speisekarte, dennoch kann ich dieses irre Gefühl eines Déjà-vu nicht abschütteln. Krampfhaft denke ich darüber nach, ob ich vielleicht doch schon einmal hier gewesen sein könnte. Doch ich weiß, dass das absoluter Blödsinn ist. Mein Vater ist der reiseunlustigste Mensch, den ich kenne, hat den Bundesstaat Ohio außer für meine Ausstellung nicht mehr verlassen, seit er als Jugendlicher nach Amerika kam. Urlaub haben wir immer nur im Camper am Eriesee gemacht.

Allerdings … weder zu Großeltern väterlicherseits noch mütterlicherseits hatte ich je Kontakt. Angeblich wegen eines großen Streits in der Vergangenheit, über den er mir aber nie etwas Genaues sagen wollte. Das hatte auch zwischen uns oft zu Streit geführt, schließlich wollte ich meine Wurzeln kennen, meine Familie. Er hat immer abgeblockt mit dem Hinweis, dass sie mich gar nicht kennenlernen wollten. Irgendwann habe ich das Thema sein lassen, da es ihn emotional so mitnahm, sicher auch, weil es ihn immer an den Tod meiner Mutter erinnerte, den er nie wirklich überwunden hatte. Ich wünschte, ich könnte jetzt mit ihm sprechen, doch sein Telefonanschluss funktioniert noch immer nicht und zu einem Handy habe ich ihn bis heute nicht überreden können.

»Du bist so still«, fragt Raphaël und mustert mich besorgt. »Ist alles in Ordnung?«

»Ja«, antwortet Dean an meiner Stelle, ohne von seinem Handy aufzusehen. »Sie hat sich nur eingebildet, dass …«

»Dass ich etwas im Hotel vergessen hätte!«, unterbreche ich ihn verärgert. Auf gar keinen Fall will ich riskieren, dass mich Raphaël ebenfalls für verrückt hält. Je länger ich darüber nachdenke, umso naheliegender ist Deans Erklärung mit dem Sonnenstich. Die Vorstellung, ich könnte schon einmal hier gewesen sein, ist so unrealistisch und weit entfernt wie Ohio selbst. Je länger ich darüber nachdenke, umso peinlicher wird mir mein Ausbruch von eben. Dennoch lässt mich die Sache nicht los.

Um mich abzulenken, studiere ich die Gesichter der anderen Gäste, alles ältere Semester, und versuche, ihrer Geschichte auf den Grund zu gehen, doch selten habe ich so verschlossene Mienen gesehen wie hier. Abweisend und schweigsam mustern sie uns über ihre Gläser hinweg.

Schließlich kommt eine junge Korsin aus der Küche, begrüßt uns knapp auf Englisch und zählt auf, was wir bestellen können. Eine Karte scheint es nicht zu geben. Erst als Raphaël der Kellnerin auf Korsisch antwortet, taut die Stimmung auf. Die Gespräche um uns her setzen leise wieder ein, allerdings werden wir weiterhin ebenso misstrauisch wie interessiert beäugt.

Dean und Raphaël bestellen Wildschweinragout und Kastanienbier, ich wähle *Aziminu* – eine Fischsuppe – und Apfelschorle.

Die Kellnerin bringt uns unsere Getränke, und ich komme nicht umhin, zu bemerken, dass ihr Blick mit deutlichem Wohlgefallen und länger als nötig auf Raphaël ruht. Und dass mich das irgendwie stört. Sie fragt ihn etwas auf Korsisch, er antwortet zwar mit höflichem Lächeln, aber knapp, bevor er sich wieder mir zuwendet.

Mit einem Schulterzucken quittiert sie seine Reaktion. »Das Essen braucht noch ein wenig, vielleicht möchtet ihr inzwischen noch etwas Käse?«

»Einer so wunderschönen Frau kann ich nichts abschlagen.« Dean legt ihr seine Hand auf den Arm und lächelt sie mit seinem charmantesten Kellnerinnenlächeln an. Seiner Theorie nach verhindert es, dass ihm die jeweilige Dame in die Suppe spuckt. In diesem Fall jedoch bewirkt es vor allem, dass es urplötzlich sehr still in der Taverne wird. Dean scheint es nicht aufzufallen. Er zieht eine Visitenkarte hervor und reicht sie ihr. »Sollten Sie mal nach New York kommen, müssen Sie unbedingt mal eine meiner Ausstellungen besuchen.«

Ich verdrehe die Augen. Es ist klar, dass er in erster Linie Raphaël beeindrucken will, dem er offenbar immer noch nicht verziehen hat, dass er seine Kunst als Kindergartenzeichnung betitelt hat. Das weiß ich, dennoch bin ich gekränkt, fühle mich vor Raphaël bloßgestellt.

Dean merkt nichts davon, verteilt noch ein paar vollkommen übertriebene Komplimente und lehnt sich, als die etwas verwirrt dreinblickende Kellnerin wieder in Richtung Küche geht, zufrieden zurück.

Raphaël schüttelt den Kopf, beugt sich vor und sagt leise: »Das Flirten solltest du lieber sein lassen.«

Deans Miene verfinstert sich. »Spar dir deine Ratschläge für dich selbst auf. Davon abgesehen flirte ich nicht, sondern bin lediglich höflich.«

»Er meint das wirklich nicht anzüglich«, sehe ich mich genötigt, Dean zu verteidigen.

»Mag sein, trotzdem sollte er auf eine weniger offensive Art und Weise *höflich* sein«, sagt Raphaël entschieden.

»Ach, und warum bitte schön?«, fragt Dean verärgert.

Zu einer Antwort kommt Raphaël nicht, da die Kellnerin in diesem Moment wieder an unseren Tisch tritt und zwei runde Holzplatten mit verschiedenen Hartkäseaufschnitten darauf ablädt.

Ich ahne, was kommt, werfe Dean einen warnenden Blick zu und schüttele mit Nachdruck den Kopf, doch umsonst. Dean strahlt die Kellnerin an, als ob er die Sonne wäre, fragt sie, wo sie so gut Englisch gelernt habe, und bedankt sich überschwänglich für ihre Hilfe bei der Auswahl der Gerichte. Es ist klar, dass er sich so richtig ins Zeug legt, um Raphaël zu zeigen, dass er sich von ihm nichts sagen lässt. Der jedoch achtet gar nicht auf Dean, dafür aber deutlich besorgt auf den Männertisch. Dort sind die Gespräche vollends verstummt, die Mienen eisig, die Augen schmal.

»Komm, lass gut sein«, murmele ich besorgt und greife nach Deans Arm, doch er ist viel zu sehr in Fahrt, um sich bremsen zu lassen, spart nicht mit Komplimenten über das Lokal, die Gegend, den Käse. Vermutlich hätte er in seinem Überschwang sogar die Lampenschirme und das Sitzkissen gelobt, wenn nicht plötzlich ein scharfes »Estelle!« durch den Raum gezuckt wäre. Erschrocken fahre ich zusammen.

Ein paar harte korsische Brocken folgen, dann erhebt sich ein Schrank von einem Mann am Tisch links von uns. Seine

Oberarme sind dick wie Baumstämme und seine Nase wirkt mehrfach gebrochen. Er knurrt etwas, das ich nicht verstehe, die Kellnerin verdreht zwar die Augen, kehrt aber zur Theke zurück. Der Mann hingegen kommt drohend auf uns zu – die Lippen ein schmaler Strich, eine tiefe Zornesfalte zwischen den Augenbrauen –, baut sich vor unserem Tisch auf, herrscht Dean auf Korsisch an. Der wird ganz blass, mir bricht der Schweiß aus. Raphaëls Worte über die Blutrache hallen in meinem Kopf wider, obwohl mir natürlich klar ist, dass das hier und heute und in diesem Zusammenhang vollkommen unsinnig ist.

Raphaël erhebt sich hastig, redet, ebenfalls auf Korsisch, auf den Mann ein. Eine gefühlte Ewigkeit lang. Niemand rührt sich, aller Augen ruhen auf uns, während der Korse ihm mit unbewegter Miene zuhört. Schließlich sieht er mehrmals misstrauisch zwischen Dean und mir hin und her, nickt dann, das Gesicht allerdings noch immer finster. Mit einem letzten drohenden Blick in Richtung Dean kehrt er zu seinem Tisch zurück und die Gespräche um uns her setzen wieder ein. Vor Erleichterung wird mir regelrecht schwindlig.

Raphaël lässt sich wieder auf den Stuhl fallen, mustert Dean nun mindestens ebenso finster wie zuvor der Korse. »Darum!«, sagt er mit Nachdruck – offenbar die Antwort auf Deans Frage von vorhin.

»Was hat der Typ gesagt?«, frage ich, noch immer beunruhigt. »Was ist hier los?«

»Er ist der Verlobte der Kellnerin und fand Deans Verhalten gar nicht lustig. Die Vendetta mag der Vergangenheit angehören, Ehre und Stolz nicht. Auf Korsika sind das nicht nur zwei Worte im Wörterbuch. Hier werden sie gelebt.« Er wirft Dean einen bösen Blick zu. »Auch wenn heute niemand mehr wegen einer Frau eine Vendetta beginnt, sind die Menschen trotzdem noch sehr konservativ. Und wir sind hier obendrein nicht in einer der Touristenhochburgen, sondern im Hinterland. Hier ticken die Uhren noch anders. Seid froh, dass ich ihm versichern konnte, ihr beide wäret ebenfalls verlobt, sonst hättest du jetzt vermutlich einen Arzt konsultieren müssen.«

»Die sind doch alle bekloppt hier!«, zischt Dean mit hochrotem Gesicht, während sich in mir bei der Vorstellung, wir wären verlobt, ein unbehagliches Gefühl bemerkbar macht. Dabei müsste es doch wunderschön sein.

»Bekloppte Straßen, bekloppte Menschen!«, fährt Dean fort. »Wieso nur habe ich auf dich gehört?« Wütend sieht er zu mir und steht auf. »Diese Korsika-Reise war die mit Abstand blödeste Idee überhaupt! Wir gehen! Sofort!«

»Keine gute Idee«, sagt Raphaël.

»Dich hat keiner gefragt!«, fährt Dean ihn an.

Ich lege ihm beschwichtigend die Hand auf den Arm. »Wir sollten auf Raphaël hören, er hat offenbar Ahnung. Außerdem ist mir schon schlecht vor Hunger, lass uns doch wenigstens vorher essen.«

»Mit aufgeschlitzten Reifen kämen wir ohnehin nicht weit«, stimmt Raphaël mir zu.

»Aufgeschlitzte Reifen?«, wiederhole ich entgeistert.

»Wir haben schon bestellt. Ihr würdet die Leute hier noch mehr kränken.« Er zuckt mit den Schultern. »Das Auto könnte auch ganz fehlen. Oder eingeschlagene Scheiben haben. Was mir immer noch lieber wäre, als mich mit einem in seiner Ehre gekränkten Korsen und seinem Messer auseinandersetzen zu müssen. Es ist nicht nur ein Mythos, dass Korsen sehr empfindlich und schnell beleidigt sind.«

Zu neunzig Prozent bin ich mir sicher, dass er übertreibt, um Dean eins reinzuwürgen. Und wären wir in Bastia, hätte ich über seine Worte gelacht, doch hier und jetzt bin ich weit davon entfernt.

Dean sieht mit zusammengepressten Lippen von ihm zu mir und schließlich zu den Einheimischen, die uns immer noch nicht aus den Augen lassen. »Total bescheuert, allesamt!«, grollt er schließlich, setzt sich aber wieder hin und tippt aufgebracht auf seinem Handy herum.

Ich hingegen bin, je länger ich aus den Augenwinkeln die rauen, kantigen Gesichter um mich her studiere, umso faszinierter von den verschlossenen Mienen. »Ob ich vielleicht nachher einen von ihnen fotografieren könnte, was meinst du?«

»Spinnst du?«, entfährt es Dean.

Selbst Raphaël zieht die Augenbrauen hoch. »Du hast vor nichts Angst, was?«, fragt er mit einer Mischung aus Erstaunen und Belustigung.

Ich sehe auf die Tischplatte hinab, folge mit dem Finger, sage schließlich leise: »O doch.« Es kommt sehr viel bitterer und trauriger heraus als geplant. Ich räuspere mich hastig, greife nach meinem Glas. Das fehlt mir gerade noch, dass ich ausgerechnet vor ihm mein Innenleben ausbreite, wo mich allein seine Gegenwart schon nervös macht. Ich versuche, seinen forschenden Blick zu ignorieren, trinke fast das ganze Glas auf Anhieb aus.

»O Mann«, schimpft Dean, der noch immer sein Handy bearbeitet, »hier drin ist der Empfang ja sogar noch schlechter als draußen.«

»Dann lass das Ding doch einfach mal stecken.«

»Würde ich ja gern, aber ich muss nun einmal arbeiten«, gibt er gereizt zurück. Die Demütigung von gerade eben sitzt ihm ganz offensichtlich tief in den Knochen.

»Wir haben doch Urlaub.«

»Die Kunst macht keinen Urlaub«, ätzt er, »das solltest du wissen.«

»Die Menschen dahinter aber schon«, entgegne ich betont locker, obwohl mir das schwerfällt. Seine Worte verletzen mich sehr, doch er meint das nicht persönlich, das weiß ich. Es ist nur die Wut auf diese Situation hier, die aus ihm spricht. Und da für diese Situation ja in erster Linie ich verantwortlich bin, weil ich unbedingt nach Korsika wollte, fühle ich mich schuldig und nicht in der Lage, ihm viel entgegenzusetzen.

»Und überhaupt«, legt er jetzt missmutig nach, »bist du hier diejenige, die die ganze Zeit mit ihrer Knipserei beschäftigt ist. Ich sage dir doch auch nicht, dass du deine Kamera stecken lassen sollst!«

Knipserei? Ich habe Mühe, mein Lächeln zu wahren, doch er scheint gar nicht zu bemerken, wie sehr er mich gekränkt hat, schiebt seinen Stuhl zurück und steht wieder auf. »Hoffentlich ist auf der Terrasse der Empfang besser.« Schon ist er auf dem Weg nach draußen – um den Schrank von einem Mann allerdings macht er einen riesigen Bogen. Dann ist er außer Sichtweite.

Großartig. Ich bin mit Raphaël allein. Oder, besser gesagt, mit Raphaël und seinem Stirnrunzeln. Und seinem brennenden Blick. Und meinen verwirrenden Gefühlen.

Am liebsten wäre ich davor geflüchtet. Doch mich auf die Terrasse zu Dean zu gesellen, dazu habe ich in diesem Moment wahrlich keine Lust. »Spar dir bitte deine Kommentare«, sage ich unwirsch.

»Ganz ehrlich – ich wollte mich ja wirklich zurückhalten, aber ich kann es nicht: Was findest du bloß an diesem Kerl?«, fragt er kopfschüttelnd.

Ich verkrampfe mich. »Ich wüsste nicht, was dich das angeht! Aber davon abgesehen: Er ist ein begnadeter Künstler. Ein Visionär!«, blaffe ich und denke gleichzeitig, wie verrückt das ist. Dean ist auf Raphaël sauer und deshalb unfair zu mir und ich bin auf Dean sauer und deshalb gemein zu Raphaël.

»Und ein aufgeblasener Wichtigtuer.«

»Was fällt dir ein!«

»Eine Menge. Vor allem die Frage, wieso du dich so von ihm behandeln lässt?«

»Du kennst ihn überhaupt nicht!«

»Gott sei Dank. Das, was ich hier erlebe, reicht ja auch wirklich!«

»So ist er normalerweise nicht«, sage ich aufgebracht und ärgere mich gleichzeitig, dass ich mich überhaupt genötigt sehe, Dean zu verteidigen. Es müsste mir doch vollkommen egal sein, was irgendein Raphaël über mich denkt. Ist es aber nicht.

»Also gibst du es zu, dass er dich echt mies behandelt?«

»Nein. Ja. Ich meine: nur hier! Ach, verdammt noch einmal, warum diskutiere ich überhaupt mit dir darüber? Dean steht einfach im Moment unter wahnsinnigem Stress, muss unsere Ausstellung vorbereiten. Nur mir zuliebe ist er mitgekommen.«

»Wenn du meinst.« Sein Gesichtsausdruck zeigt deutlich, dass das an seiner Meinung über Dean wenig ändert.

»Ohne ihn wäre ich nicht dort, wo ich jetzt bin«, ergänze ich verärgert.

»Auf Korsika?«

»Als Künstlerin!«

»Ah ja. Deshalb spricht er auch dermaßen bewundernd von deiner *Knipserei*, ja? Ein großer Unterstützer, wie ich sehe.«

Mist, es ist ihm aufgefallen. Ich spüre, wie ich rot anlaufe. »Das meint er nicht so. Und außerdem hat er ja recht.«

»Was denn nun?«, fragt er mit einer Mischung aus Spott und Ärger.

»Meinen Bildern fehlt einfach etwas. Sie sind nicht gut genug.«

»Hat *er* dir das etwa eingeredet?«

»Nein!«

»Wie kommst du dann auf solch einen Bullshit? Deine Bilder sind großartig!«

»Sagt der Mann, der offen zugegeben hat, keine Ahnung von Kunst zu haben.«

»Vielleicht macht mich ja gerade das zum perfekten Kritiker? Ich habe keine Ahnung von dem, was Kunst bewirken *soll.* Ich sehe nur das, was sie *tatsächlich* bewirkt. Und deine Bilder berühren, beeindrucken, stellen Fragen. In ihnen liegt eine tiefe Rastlosigkeit. Jeder Suchende erkennt sich in ihnen wieder. Ich glaube nicht, dass deinen Bildern etwas fehlt. Nein. Dir fehlt etwas.« Er hält inne, runzelt die Stirn, als sei ihm erst jetzt richtig bewusst geworden, was er da gesagt hat. Unruhig fährt er sich mit der Hand durchs Haar, zuckt dann aber mit den Schultern, frei nach dem Motto »gesagt ist gesagt«, und lässt die Hand wieder sinken.

Ich starre ihn ungläubig an. Als hätte er in meinen Gefühlen gelesen wie in einem Buch. Kennt er mich so gut? Oder sind wir einander so ähnlich, dass er ahnt, was in mir vorgeht? »Ich möchte neue Wege beschreiten«, sage ich stockend. »Nur … sehe ich da keinen.« Ich kann mein Problem nicht anders formulieren.

Er scheint es dennoch zu verstehen, sagt mit sanfter Stimme: »Ein Weg entsteht erst dadurch, dass man ihn geht. Dass man einfach querfeldein rennt. Einmal, zweimal, dreimal. Stetig richtet sich das Gras wieder auf, es scheint, als hätte das eigene Tun keinerlei Spuren hinterlassen. Doch dann, vielleicht beim zehnten Mal, vielleicht auch erst beim zwanzigsten, bleibt es liegen, und es bildet sich ein Trampelpfad, aus dem irgendwann einmal ein Weg wird, der immer breiter und deutlich sichtbarer auch anderen die Richtung weist.«

Und da ist es wieder, dieses Gefühl, das ich schon bei unserer ersten Begegnung verspürt habe. Als seien wir zwei gleich gestimmte Instrumente. Wird bei ihm eine Saite gezupft, erklingt auch die meine. Ich weigere mich, an so etwas wie Seelenverwandtschaft zu glauben, und doch spiegeln seine blauen Augen meine eigene Ruhelosigkeit wider. Doch darunter verbirgt sich noch etwas anderes, etwas Düsteres, das mich zugleich beunruhigt und fesselt.

In der Stille zwischen uns knistert es. Sein Blick tastet mein Gesicht ab, ich fühle förmlich, wie er über meine Wangenknochen streicht und auf meinen Lippen verharrt. Unwillkürlich fahre ich mit der Zunge darüber. Raphaëls Pupillen weiten sich, mich überläuft ein erregender Schauer. Das Schweigen zwischen uns füllt sich mit unausgesprochenen Fragen, verheimlichten Antworten, nie erzählten Geschichten, bis es laut in meinen Ohren dröhnt. Das Atmen fällt mir mit einem Mal schwer, mein Puls zuckt an meiner Kehle.

Aber Dean ist mein Freund. Ich liebe ihn. Glaube ich. Doch, natürlich. Gut, im Moment vielleicht nicht gerade übermäßig, aber … Ich meine … wir sind ein Team, er hat es selbst gesagt. An einer Beziehung muss man arbeiten, seinen Teampartner lässt man nicht hängen. Und die Grundlage für all das ist Vertrauen. Dean vertraut mir und ich vertraue ihm.

Plötzlich wird die Anspannung zu viel für mich. »Ich sehe nach, wo Dean bleibt«, stoße ich aus und flüchte mit klopfendem Herzen nach draußen auf die Terrasse.

Die Hitze trifft mich mit voller Wucht, doch nicht annähernd so sehr wie die Kräuteraromen. Sie sind so intensiv, dass es sich anfühlt, als würde ich gegen eine Wand laufen. Im ersten Moment wird mir ganz schwummrig.

Dean steht am Terrassengeländer, das Handy am Ohr, und bedeutet mir mit der Hand, nicht zu stören. Offenbar ist das Gespräch sehr wichtig. Das ist mir gerade recht. Ich brauche ein paar Minuten für mich, folge daher dem Verlauf der Terrasse um die Hausecke herum und lehne mich dort an die Wand. Ich lasse den Kopf in den Nacken sinken, atme mit geschlossenen Augen tief durch. Langsam beruhigt sich mein Herzschlag wieder. Was war das eben?

Raphaël hat gesagt, jeder Suchende würde sich in meinen Bildern erkennen. Er hat sich darin also offenbar selbst erkannt. Das ist mir nun klar. Aber wonach sucht er? Und was soll ich nur mit meinen verwirrenden Gefühlen für ihn anfangen? Denn dass ich welche für ihn habe, ist spätestens seit unserem Gespräch eben mehr als klar. Und alles andere als fair gegenüber Dean.

Hier draußen in der Helligkeit und Hitze scheint mir dieser sonderbar intensive Moment im schummrigen, kühlen Inneren der Taverne fast schon unwirklich. Als sei er meiner überbordenden Fantasie entsprungen.

Ich öffne die Augen wieder, beschatte sie mit der Hand und sehe mich um. Nur ein paar Meter entfernt kriecht die Macchia den Hang hinauf. Hügel und andere Dörfer breiten sich vor mir aus und in der Ferne schimmert silbrig blau das Meer.

Ein Geräusch lässt mich herumfahren, doch es ist nur die Kellnerin. Einen Müllsack in jeder Hand, biegt sie um die Ecke, stößt dabei fast mit mir zusammen und zieht erschrocken die Luft ein.

»Entschuldigung«, sage ich und drücke mich an die Wand, um sie mit ihren Müllsäcken durchzulassen. »Ich habe nur kurz die Aussicht genossen.«

»Freut mich, dass sie dir gefällt. Ich liebe sie auch.« Sie lächelt und geht zu einer Holzabtrennung, hinter der sich offenbar die Mülltonnen befinden.

Ich trete ans Geländer. Jetzt, aus der Nähe, kann ich einige der Pflanzen ausmachen: Rosmarin, Zistrose, Myrte, Fenchel. Der Duft dieser Mischung ist herrlich, doch beim Anblick der stacheligen Ginstersträucher muss ich wieder an das denken, was Raphaël auf der Herfahrt erzählt hat. Was muss in jemandem vorgehen, der gezwungen ist, dort hinaus zu fliehen? Ich seufze schwer auf.

»Das Essen dauert wirklich nicht mehr lang«, ertönt die Stimme der Kellnerin neben mir. Sie ist ihre Müllbeutel losgeworden und mustert mich jetzt besorgt. Wahrscheinlich hat sie meinen Seufzer missverstanden.

»Kein Problem«, beeile ich mich ihr zu versichern. »Ich war nur gerade … Ich meine, ich bin … Also ich habe mir nur vorgestellt, wie es früher gewesen sein muss, wenn jemand in die Macchia geflohen ist.« Das kam jetzt etwas zusammenhanglos heraus, und ich spüre, wie ich rot anlaufe.

Zu meiner Erleichterung lacht sie mich nicht etwa aus, sondern schüttelt den Kopf. »Nicht nur früher. Auch heute noch verstecken sich dort diejenigen, die mit dem Gesetz in Konflikt geraten sind und gesucht werden. Aber nur für kurze Zeit, nicht mehr dauerhaft. Auch die meisten derer, die damals aus dem einen oder anderen Grund in den *grünen Palast*, also in die Macchia, flüchten mussten, führen inzwischen ein relativ normales Leben als Fischer oder Bauern in irgendeinem kleinen Dorf.« Sie zuckt mit den Schultern. »Jedenfalls, wenn man es als normal ansieht, keine Krankenhäuser oder andere öffentliche Einrichtungen besuchen zu können, in denen man sich ausweisen muss. Und natürlich nach wie vor eine Verhaftung fürchten zu müssen, sobald man auffällt. Hier auf Korsika liegen Vergangenheit und Gegenwart nah beieinander.«

»Ja, das habe ich heute schon mal so ähnlich gehört.«

Sie kehrt in die Taverne zurück und ich lehne mich nachdenklich an das Geländer. Lange hält die Ruhe jedoch nicht an, Dean biegt um die Ecke.

»Da bist du ja«, stellt er mit gerunzelter Stirn fest, »ich hab dich schon gesucht. Was tust du hier?«

»Nachdenken«, sage ich vage.

Er hakt nicht nach, lehnt sich ans Geländer und zieht ein Päckchen Zigaretten aus seiner Hosentasche.

»Mit wem hast du telefoniert?«, frage ich.

»Mit einem Galeristen. Es ging um die Räume für die Ausstellung.«

»Und?«

Er winkt ab. »Später. Hab mir grad schon den Mund fusselig geredet, brauch jetzt erst mal ’ne Pause.« Er friemelt eine Zigarette aus dem Päckchen.

Mich lässt das Gehörte jedoch noch immer nicht los. »Der *grüne Palast* …«, wiederhole ich leise.

»Welcher Palast?«, fragt Dean.

»Die Macchia«, ertönt Raphaëls Stimme, und da kommt er selbst schon herbeigeschlendert.

Unsicher streiche ich mir das Haar hinters Ohr, behalte ihn nervös im Auge, doch nichts deutet darauf hin, dass er unser seltsames Gespräch von vorhin vor Dean erwähnen will. Oder dass es überhaupt tatsächlich stattgefunden hat. Seine Haltung ist locker, seine Miene neutral.

»Eine wunderschöne Aussicht hat man hier«, versuche ich, ein unverfängliches Gespräch zu führen. »Und es ist so ruhig und friedlich.«

»Was denn für ’ne Aussicht?«, fragt Dean mit abfälligem Schnauben. »Oben auf dem Empire State Building, ja, *da* hat man eine Aussicht. Aber doch nicht hier. Und was den Rest angeht – todlangweilig trifft es eher«, erklärt Dean von oben herab.

Ich funkele ihn wütend an, doch er bemerkt es gar nicht, klopft seine Taschen nach einem Feuerzeug ab.

Raphaëls Blick ruht noch immer auf mir. Ein seltsamer Ausdruck liegt darin. »Wir sollten reingehen, das Essen ist fertig«, sagt er.

»Jetzt haben wir schon so lange gewartet, da kommt es auf drei Minuten mehr nicht an«, sagt Dean, steckt sich seine Zigarette in den Mundwinkel und legt besitzergreifend den Arm um mich.

»Das würde ich an deiner Stelle lieber sein lassen«, sagt Raphaël.

Perplex blinzele ich. Meint er etwa Deans Umarmung?

Dean versteht es offenbar ebenso – sein Gesicht verfärbt sich dunkelrot. »Was hast du gerade gesagt?«, fragt er drohend.

»Das würde ich an deiner Stelle lieber sein lassen«, wiederholt Raphaël seelenruhig, deutet jedoch auf die Zigarette.

Dean stutzt und kneift die Augen zusammen, unsicher, ob Raphaël ihn hochnimmt oder nicht, lässt dann aber demonstrativ sein Feuerzeug aufschnappen. Ohne Raphaël aus den Augen zu lassen, zündet er seine Zigarette an, nimmt einen tiefen Zug. »Ich gebe dir Bescheid, wenn mich deine Meinung interessiert.« Die Kippe wackelt bei seinen Worten im Mundwinkel.

»Sofern du nicht als verkohlter Fleck in der Landschaft enden willst, sollte dich meine Meinung interessieren«, gibt Raphaël ruhig zurück.

Dean runzelt die Stirn. »Was?«

»Wie ich schon sagte …« Die Hände in den Hosentaschen, neigt Raphaël den Kopf zur Seite. »Die Macchia ist voller ätherischer Öle. Die Pflanzen hier brennen nicht – sie explodieren regelrecht.«

Dean blinzelt, schluckt und zieht sich plötzlich die Zigarette aus dem Mund. Hastig hält er die linke Hand darunter und sieht sich hilflos um, weiß offenbar im ersten Moment weder, wohin mit der Asche, noch, wohin mit der Zigarette. Ein Bild, bei dem ich mir trotz der Umstände das Lachen verkneifen muss.

Schließlich besinnt er sich doch noch und drückt die Zigarette kurzerhand am Geländer aus, doch sein Gesicht ist hochrot vor Wut über diese Demütigung.

»Gehen wir jetzt essen oder nicht?« Schon stampft er davon, ich jedoch halte Raphaël am Arm zurück.

»Du hast ihn nur hochgenommen, oder? Wie bei der Sache mit seinen Kunstwerken, stimmts?«

Er zwinkert mir zu. »Es hat heute Nacht geregnet. Ganz so schnell wären wir wohl nicht in die Luft geflogen.« Erleichtert atme ich aus, doch er schüttelt den Kopf, sieht mich ernst an. »Ein Feuer in der sommertrockenen Macchia ist dennoch niemals zu unterschätzen, nicht einmal nach einem Regenschauer, weil das Wasser so schnell im trockenen Boden versickert. Jedes Jahr gibt es auf Korsika gut fünfhundert Brände. Die Feuerwehr ist quasi im Dauereinsatz und in höchster Alarmbereitschaft. Schau!« Er deutet nach rechts.

Ich beuge mich über das Geländer und entdecke tatsächlich, weiter unten am Hang, ein riesiges Areal, das kahl und trocken ist. Verkohlte Baumstümpfe ragen wie schwarzfaulige Backenzähne aus der verbrannten Erde. Unwillkürlich schaudere ich.

»Als ich vorhin gesagt habe, dass ein Korse, der sich in der Macchia versteckt, nicht gefunden wird, hatte ich recht. Deshalb wurde die Macchia oft einfach angezündet. Um ihn herauszutreiben. Dass man ihn zu fassen kriegte, kam jedoch selten als Ergebnis dabei heraus. Jedenfalls nicht lebend.«

»Du meinst …?« Ich verstumme schockiert.

Er nickt. »Die Flammen verbreiten sich viel zu schnell und sind unvorhersehbar. Anstatt dass die Gesuchten aus der Macchia getrieben wurden … verbrannten sie darin.« Mit einem Mal ist seine Haltung wieder angespannt, ich meine einen Schatten auf seinem Gesicht wahrzunehmen, doch bevor ich mir dessen sicher sein kann, hat er sich abgewandt. »Für die französische Obrigkeit lief das vermutlich aufs Gleiche hinaus.« Wie zur Entschuldigung dafür, dass er ja ebenfalls Franzose ist, hebt er hilflos die Arme.

Ich drehe mich langsam um, starre erneut über den *grünen Palast*. Ich sehe es richtig vor mir, wie die Flammen von Busch zu Baum springen, die Funken immer höher, immer weiter schießen. Wie Miniaturmeteoriten rasen sie auf den nächsten Busch zu, lassen ihn explodieren und schicken eine Flammenwalze nach der anderen auf die Jagd. Wie geifernde Hunde, die wütend an der Kette zerren, bis sie endlich losgelassen werden. Und inmitten dieser Flammenhölle steht ein Mensch, der verzweifelt nach einem Ausweg sucht, aber schließlich erkennen muss, dass ein Entkommen unmöglich ist.

Ich höre sein Schreien, sehe das Entsetzen in seinem Gesicht und die nackte Angst in seinen Augen. Der Duft der Macchia, die sengende Hitze, die Landschaft um mich her, all das verschmilzt in mir zu einer entsetzlichen Erkenntnis. Sie lässt blanken Horror in meinem Herzen aufglühen. Heiß und zerstörerisch breitet er sich mit jedem Herzschlag weiter in meinem Körper aus. Bis in jedes kleinste Äderchen, jede winzige Verästelung. Bis der Blutfluss erstarrt wie erkaltete Lava. Watte dämpft die Stimmen, Nebel die Farben.

Mein immer wiederkehrender Traum ist keine Fantasie. Er ist Realität. Ich habe das Entsetzen wirklich gesehen, die Schreie wirklich gehört.

Die Dunkelheit an den Rändern meines Bewusstseins streckt tastend ihre gierigen Finger nach mir aus. Es dröhnt dumpf in meinen Ohren. Mein letzter Gedanke, bevor die Welt vor meinen Augen wegkippt und gnädiger Stille Platz macht: Der Junge mit seinen weit aufgerissenen Augen hat verhindert, dass ich mit ansehen musste, wie der wundervollste Mensch der Welt verbrannte – meine Mutter.

Rauschen. Ein Wasserfall. Nein, Stimmen. Sie nähern sich, als würden sie rangezoomt. Aufgebrachte Stimmen.

»… du was erleben!«

»Sei doch endlich mal ruhig, ich versuche, ihren Puls abzutasten.«

»Fass sie nicht an! Wag es ja nicht, meine Freundin anzufassen!«

Ich schlage mühsam die Augen auf, frage mich kurz, wieso ich auf dem Boden liege und sich über mir Raphaël und Dean, der eine links, der andere rechts von mir kniend, wütend anstieren. Warum hat Dean Raphaël am Arm gepackt?

»Was …?«, murmele ich benommen.

Sofort sehen beide zu mir, Dean lässt Raphaëls Arm los. »Gott sei Dank, Schatz, du bist wach.«

»Habe ich denn geschlafen?«, frage ich verwirrt.

»Nein, du bist plötzlich zusammengesackt, einfach umgefallen.«

Ich taste erschrocken nach meinem Hinterkopf. Habe ich da eine Beule? Eine Platzwunde?

»Nichts passiert«, beruhigt Raphaël mich, dabei ist er selbst ganz grau im Gesicht, sieht bestürzt und schockiert aus. »Ich habe dich aufgefangen.«

»Nichts passiert?«, fährt Dean ihn an. »Sie ist ohnmächtig geworden, verdammt!«

»Nur für einen kurzen Moment.«

»Das reicht ja wohl auch! Das alles ist ohnehin nur deine Schuld!«

»Dean, bitte«, melde ich mich zu Wort, »mein Kopf schmerzt ohne dein Gebrüll schon genug.« Erschrocken sehen beide zu mir herunter. Ich komme mir langsam echt komisch vor, noch immer auf dem Boden zu liegen, und setze mich vorsichtig auf.

»Langsam, mach nicht zu schnell«, mahnt Raphaël, während Dean mir unter die Arme greift und besorgt fragt, wie ich mich fühle.

»Mir geht es gut«, murmele ich, obwohl das heftig übertrieben ist, denn meine Gliedmaßen fühlen sich an, als würden Tausende von Ameisen durch sie hindurchkrabbeln. Ich habe noch nicht wirklich realisiert, was gerade passiert ist. »Nur mein Kreislauf.«

Raphaël mustert mich zweifelnd, sagt aber trotzdem: »Dann bleib erst einmal sitzen, ich besorge dir etwas zu trinken. Hast du auch Hunger?«

»Ja. Genau. Ich habe nur zu wenig getrunken. Und gegessen. Und geschlafen. Das ist alles.«

»Sehr viel mehr gibt es auch nicht, was man bei diesen Temperaturen falsch machen kann!«, schimpft Raphaël und fährt sich aufgelöst mit der Hand durchs Haar. Er wirkt fast … schuldbewusst. Aber wieso?

»O doch, das kann man!«, knurrt Dean. »Mit dir über eine lebensgefährliche Straße in die Pampa zu einem Haufen Verrückter unterwegs zu sein! Und dann erzählst du Idiot ihr zu allem Überfluss noch was von verbrennenden Menschen! Wo sie doch panische Angst vor Feuer hat! Ständig hat sie Albträume davon.«

Ich reiße die Augen auf, schnappe nach Luft. Das Feuer! Mein Traum! Der keiner ist! »Hör auf«, fahre ich Dean an, wütend darüber, dass er mich an den Grund für meinen Zusammenbruch erinnert hat. »Das konnte er doch nicht wissen!«

»Ach?«, höhnt Dean. »Sonst weiß er doch auch immer alles besser!«

Raphaël reagiert nicht, kehrt schweigend in die Taverne zurück, um etwas zu essen zu besorgen.

Ich schließe die Augen wieder und versuche, die grausame Gewissheit beiseitezuschieben, die mich vorhin überfallen hat.

Sofort setzt das Herzrasen wieder ein, geht mein Atem hektisch. Mein immer wiederkehrender Albtraum ist nicht meiner Fantasie entsprungen. Er ist kein Versuch meines Unterbewusstseins, den Tod meiner Mutter zu verarbeiten. Er ist Erinnerung. Er ist Realität. Ich habe wirklich mit angesehen, wie meine Mutter starb.

Schon fürchte ich, gleich zu hyperventilieren, als plötzlich korsische Satzfetzen laut werden. Sie sind wie ein Rettungsring, an dem ich mich festklammern und hochziehen kann, um dem Sog dieser mich bis ins Innerste erschütternden Vorstellung zu entgehen.

Im nächsten Moment steht die erschrockene Kellnerin mit einem Tablett vor uns, gefolgt von ihrem misstrauisch dreinblickenden Verlobten und etlichen alten Männern und Frauen, die uns besorgt mustern. Und Raphaël, der meinen Blick meidet.

Schon kniet sich die Kellnerin neben mir nieder, füllt ein Glas Wasser und reicht es mir, während sie mich nach meinem Befinden fragt. Brot, Käse und Kuchen befinden sich ebenfalls auf ihrem Tablett. »Danke, aber ich … es … es geht schon«, stammele ich, bin noch immer vollkommen durcheinander. Zögerlich greife ich dennoch zu, auch wenn es mir angesichts all der auf mir ruhenden Blicke ziemlich unangenehm ist. Eine halbe Scheibe Brot und ein Glas Wasser später fühle ich mich allerdings tatsächlich besser.

»Dann sollten wir jetzt endlich zurück ins Hotel fahren«, sagt Dean bestimmt, als ich ihm das mitteile.

»Was? Nein!«, rufe ich erschrocken. »Ich muss hierbleiben, ich muss … es ist …« Ich kann ihm nicht erzählen, was mir für eine entsetzliche Erkenntnis gekommen ist. Ich kann sie ja selbst nicht einmal wirklich glauben. So sicher ich mir vorhin noch war, so unsicher bin ich mir plötzlich. Das Einzige, was ich weiß, ist, dass ich ihr nachgehen muss. Genau hier, wo sie mir kam. Dass das unendlich wichtig ist. »Wir können den Ausflug problemlos fortsetzen«, behaupte ich daher und stemme mich hoch, stelle jedoch fest, dass der Boden nicht auf Anhieb dort bleibt, wo er hingehört. Hastig greife ich nach dem Geländer.

»Siehst du!«, ruft Dean triumphierend und erhebt sich ebenfalls. »Nichts ist in Ordnung. Du brauchst einen Arzt. Deshalb werden wir jetzt gehen!«

Die Kellnerin übersetzt meine Worte und Betroffenheit macht sich auf den Gesichtern der Umstehenden breit. Ehe ich michs versehe, ist eine Diskussion unter den Korsen entbrannt.

Nur eine beteiligt sich nicht. Die gänzlich in Schwarz gekleidete Alte, die mir auf dem Weg hierher schon aufgefallen ist. Wie festgefroren steht sie da. Geisterhaft bleich erscheint ihr Gesicht unter dem schwarzen Kopftuch. Die Lippen sind ein schmaler Strich, die Wangen hohl, die Augen fiebrig glühend auf mich gerichtet. Sie sind so dunkel, dass ich die Pupille nicht von der Iris unterscheiden kann und sie mir vollkommen schwarz erscheinen.

Die Diskussion der anderen wird lebhafter, lenkt meine Aufmerksamkeit von der Schwarzgekleideten ab. »Was sagen sie?«, frage ich Raphaël hilflos.

»Sie haben beraten, was am besten gegen einen Schwächeanfall hilft. Die Mehrheit tendiert dazu, die Dorfheilerin zu rufen.«

»Nix da, Dorfheilerin«, protestiert Dean. »Ein vernünftiger Englisch sprechender Arzt muss her!«

Ich möchte im Erdboden versinken, werfe der Kellnerin einen flehenden Blick zu in der Hoffnung, sie möge das nicht übersetzen. Sie scheint mich zu verstehen, nickt mir zu und schweigt. Inzwischen jedoch hat offenbar die Sorge um mich die natürliche Zurückhaltung der Korsen überwunden, ich bin plötzlich von alten Frauen umringt, die meine Hand halten, meine Wange tätscheln, mich mit besorgtem Kopfschütteln und mitfühlendem Zungeschnalzen bedenken.

Nur eine fehlt: die Frau in Schwarz. Suchend blicke ich mich um, kann sie jedoch nirgendwo mehr entdecken. Sie ist einfach verschwunden … seltsam.

»Also auf. Wir fahren ins Hotel zurück«, verkündet Dean.

»Aber das Essen? Wir können doch nicht …«

»Packen wir ein und nehmen es mit. Für eine solche Notsituation werden wohl selbst diese Leute hier Verständnis haben. Ich bleibe keine zehn Minuten länger hier. Wir fahren ins Hotel und lassen dich von einem Arzt durchchecken. Mit einem Sonnenstich ist nicht zu spaßen.«

»Aber …«

»Dean hat recht«, unterbricht mich Raphaël.

»Was?«, tönt es fast gleichzeitig von Dean und mir, und ich weiß nicht, wer von uns beiden überraschter über diese unerwartete Zustimmung ist.

Dean fasst sich als Erster wieder, murmelt zutiefst zufrieden: »Zum ersten Mal kommt da etwas Vernünftiges aus seinem Mund.«

Raphaël ignoriert diese Spitze, vielleicht hat er sie auch gar nicht gehört, so vollkommen ist er auf mich konzentriert. In seinem Gesicht arbeitet es, schließlich sagt er: »Es ist wirklich das Beste für dich.«

»Wie ich es von Anfang an gesagt habe«, will Dean das letzte Wort behalten.

Ich bin enttäuscht davon, dass Raphaël nicht Partei für mich ergriffen hat. Und verletzter, als ich es für möglich gehalten hätte. Vor allem, nachdem er doch zuvor so gegen Dean gewettert und mir quasi zu verstehen gegeben hat, ich solle mich gegen diesen behaupten.

Wir bezahlen, die Kellnerin packt uns das Essen ein und kurz darauf verlassen wir die Taverne. Raphaël ein ganzes Stück vorneweg, Dean mit triumphierendem Gesichtsausdruck, den Arm fest um meine Schultern gelegt.

Während wir vorsichtig die Straße hinuntergehen, spüre ich im Nacken ein Kribbeln, weiß mit absoluter Sicherheit, dass mich jemand beobachtet. Die Kellnerin? Haben wir etwas in der Taverne vergessen? Ich sehe über die Schulter zurück, doch es ist nicht die Kellnerin, die dort oben am Ende der Gasse steht.

Es ist die Alte von vorhin.

Abrupt bleibe ich stehen.

»Was ist?«, fragt Dean.

Ich bin nicht in der Lage, ihm zu antworten, ein mulmiges Gefühl breitet sich in meinem Magen aus. Auch die Alte sagt nichts, regt sich nicht einmal, starrt mich nur an. Auf eine Weise, die mir eine Gänsehaut über den Körper laufen lässt.

Unsicher mache ich einen Schritt auf sie zu. Sie fährt herum und verschwindet überraschend schnell hinter einer Hausecke.

Fröstelnd sehe ich zum Himmel auf, die Wolken am Horizont erscheinen mir mit einem Mal bedrohlich.

Dreißig Jahre zuvor

»Und unser Haus wird hoch oben auf der Steilküste thronen«, raunte Matteu, während er zum wolkenlosen Himmel hinaufsah. »Dort, wo die Fischadler mit dem Wind spielen. Unser ganz privates Stückchen Freiheit.« Seine rechte Hand ruhte auf dem hellblauen Rock, den sie trug.

»Hat es eine große Steinterrasse?«, fragte Letizia und strich mit den Fingerspitzen über seine nackte Brust. Er war nur in seine Hose geschlüpft, hatte Hemd und Schuhe in der Jagdhütte gelassen.

»Natürlich«, bestätigte Matteu. »Sie wird sogar zum Meer hin ausgerichtet sein. Und in den Fels gehauene Stufen werden hinunter ans Wasser führen.«

So oft wie nur irgend möglich hatten sie sich in den letzten Tagen getroffen und sich mit unfassbarer Sehnsucht und Innigkeit, Wildheit und Zärtlichkeit geliebt. Zu Letizias Erstaunen ließ das Verlangen dadurch nicht nach, im Gegenteil: Es wuchs mit jedem Kuss, mit jeder Berührung. Jedes Treffen war wie ein Tropfen, der den Durst erst recht entfachte. Jedes Mal begann sie schon beim Abschiedskuss die Stunden zu zählen, bis sie sich wiedersahen. Es war, als sei das Leben bisher ein halb gefülltes Glas Wasser gewesen, mit dem sie sparsam hatte umgehen müssen, damit es fürs Überleben reichte. Jetzt jedoch war sie plötzlich auf eine schier unerschöpfliche Quelle gestoßen.

Sie lagen im Gras am Wasserfall, der sich in den türkisfarben schimmernden Teich neben der Jagdhütte stürzte. Die Luft war erfüllt von Millionen winzig kleiner Wassertröpfchen, die vor dem azurblauen Himmel in der Sonne einen funkelnden Regenbogen in die Luft zauberten. Letizia hatte ihren Kopf auf Matteus Brust gebettet, lauschte seinem Herzschlag, badete im Glück seiner Nähe, seiner Liebe – und ihrer gemeinsamen Träume. Wenigstens ihre Träume konnte ihnen niemand nehmen.

»Und das Haus wird von duftenden Orangenbäumen und schlanken Zypressen umgeben sein?«

»Den duftendsten Orangenbäumen und schlanksten Zypressen, die die Welt je gesehen hat«, antwortete er übermütig. »Und es hat fünf Zimmer. Zusätzlich zum Atelier, versteht sich, schließlich wirst du eine allseits bewunderte Künstlerin sein, wenn du erst einmal die Kunsthochschule beendet hast.«

Sie lachte vor Freude bei dieser Vorstellung und rief ausgelassen: »Sieben Zimmer. Wir werden schließlich Kinder haben.«

»Wie viele Kinder?«

»Drei.«

»Fünf fände ich besser.«

»Nur, wenn du sie kriegst.«

»Wenn's mir möglich wäre, würde ich sogar das für dich tun«, erwiderte er und verschränkte die Arme hinter dem Kopf.

Sie rollte sich auf die Seite, stemmte einen Ellbogen auf und betrachtete Matteu so intensiv, als sähe sie ihn zum ersten Mal.

Seine geraden Augenbrauen, seine langen, dichten Wimpern, die jetzt zarte Schatten auf seine hohen Wangenknochen warfen. Seine dunklen Augen, in denen sie sich spiegelte. Das matt schimmernde Karamell seiner durchtrainierten Brust, die zarte Linie dunklen Haares, die sich von seinem Bauchnabel aus nach unten zog. Sie prägte sich jeden Millimeter seines Körpers ein, wollte dieses Bild, diesen Moment, diese Liebe für immer in ihrem Herzen bewahren.

»Ist meine Nase schief?«, fragte er angesichts ihrer Musterung belustigt.

»Wie der Turm von Pisa«, gab sie mit einem Augenzwinkern zurück. »Aber selbst wenn sie dessen Größe hätte, würde ich sie lieben. Und dich.« Sie küsste ihn auf besagte Nase, setzte sich dann auf und griff nach ihrer Tasche, die neben ihr lag. Sie zog Zeichenblock und Kreide hervor und begann Matteu mit raschen, sicheren Strichen zu zeichnen. Der Block enthielt nur Bilder von ihm. Schlafend, lachend, in sitzender Position oder stehend, nachdenklich, verträumt, nackt. Immer wieder nackt. So oft schon hatte sie ihn gezeichnet, und doch hatte sie jedes Mal das Gefühl, etwas Neues an ihm zu entdecken.

Auch er hatte sich spaßeshalber einige Male an Zeichnungen von ihr versucht, hatte sich bemüht, ihr Gesicht, ihre Brüste, ihre nackten Hüften auf Papier zu bannen. Jedes Mal jedoch hatte er mit resigniertem Lachen das Ergebnis als ihrer nicht würdig kritisiert.

»Ich liebe dich«, flüsterte er jetzt.

Konzentriert versuchte sie, die Konturen seiner scharf geschnittenen Züge einzufangen, die Schatten seines Gesichts mit dem Finger zu verwischen.

»Was genau liebst du an mir?«

»Das ist eine echt schwere Frage.«

Sie sah auf. »Du weißt nicht, was du an mir liebst?«

»Ich weiß nicht, wo ich anfangen soll.« Er zog den rechten Arm hinter seinem Kopf hervor, legte die Hand sanft an ihre Wange. »Oder enden.« Zärtlich fuhr er mit den Fingerspitzen die Konturen ihres Gesichts nach und sie gab sich diesem herrlichen Gefühl ganz hin, das seine Berührung in ihr auslöste. Block und Kreide glitten ihr aus den Händen. »Es gibt einfach zu viel. Ich liebe den warmen Klang deiner Stimme. Wie deine Augen funkeln, wenn du dich freust. Dein Lachen erinnert mich an einen sprudelnden Bach, so übermütig, so aufschäumend.« Gedankenverloren wickelte er sich eine ihrer glänzend schwarzen Locken um den Finger, zog spielerisch daran, bis Letizia sich mit den Händen links und rechts von ihm abstützte, sich zu ihm hinabbeugte und sie sich so nah waren, dass sein süßer Atem ihr über das Gesicht strich. Sie lauschte seiner Stimme, badete in seinem Lächeln.

»Wenn du sprichst«, flüsterte er, »ist es, als würdest du singen. Du bist klug. Und mutig. Du weißt, was du willst. Du lässt dir von niemandem etwas sagen, hast deine eigene Sicht auf die Welt. Wenn du einen Raum betrittst, geht die Sonne darin auf. Du ziehst einfach alle Blicke auf dich und merkst es nicht einmal.« Seine Stimme wurde leiser, sein Blick wanderte über ihr Gesicht, blieb an ihren vollen Lippen hängen. Er hob die Hand, strich mit der Fingerspitze zart darüber. »Du bist wunderschön …«, raunte er, »… und deine Bilder sind es auch.« Seine Finger streichelten ihre Haut, seine Worte ihre Seele. Nicht ihr Inhalt, sondern die Leidenschaft, mit der er sie aussprach. Sie lehnte ihre Stirn an die seine und schloss die Augen.

»Ich liebe die Art, wie du beim Nachdenken den Kopf zur Seite neigst. Diese vollkommene Hingabe, wenn du zeichnest. Die Art, wie dabei deine Zungenspitze aus dem Mundwinkel spitzt …«

»Ich strecke meine Zunge beim Zeichnen nicht raus!«

»Und ob. Manchmal wackelt sie sogar ein bisschen hin und her, von rechts nach links. So.« Er machte es vor, übertrieb dabei gewaltig, und sie prustete los, streckte ihm daraufhin wie ein kleines Kind nun wirklich die Zunge raus.

Er lachte, pflückte einen Grashalm und strich ihr damit neckend durchs Gesicht. Letizia wischte sich glucksend über die Wangen, versuchte, den Halm zu erhaschen, doch er zog ihn immer wieder rechtzeitig genug weg. Sie griff nach seinem Handgelenk, um es festzuhalten, hatte aber keine Chance, weshalb sie nun ihrerseits dazu überging, ihn zu kitzeln, bis sie kichernd miteinander rangen.

So sollte das Leben sein, dachte sie glücklich, genau so, jeden Tag, bis ans Ende ihrer Tage. Leicht und voller Lebensfreude.

Schließlich war er über ihr, drückte ihre Handgelenke sanft zu Boden und grinste. »Wenn ich es mir recht überlege – eine ganze Fußballmannschaft voll Kinder wäre noch besser, ich würde dich auch jeden Tag verwöhnen.«

»Wie verwöhnen?«

»So«, sagte er, senkte lächelnd seinen Kopf und küsste sie, sanft und zärtlich.

»Das sind unfaire Methoden«, flüsterte sie mit rauer Stimme.

»Ich kann noch sehr viel unfairer sein«, raunte er an ihren Lippen, ließ seinen Mund ihren Hals hinabgleiten.

Sie legte den Kopf in den Nacken, genoss seine Liebkosungen. In ihrem Unterleib sammelte sich erneut dieses herrlich heiße Verlangen, diese glühende Sehnsucht.

Langsam knöpfte er ihre Bluse auf, küsste ihre Brüste, streichelte ihre Beine und ließ seine Zunge sanft über ihren Bauch nach unten wandern, bis sie selig aufstöhnte, sich ihm ungeduldig entgegenreckte, zittrig vor Begierde an seinem Gürtel zerrte. Er reagierte sofort, öffnete seine Hose, schob ihren Rock hoch.

Ohne sich damit aufzuhalten, sich oder sie ganz zu entkleiden, drang er in sie ein.

Sie liebten sich wild und heftig, bis ihre Erregung sich mit voller Wucht entlud. Mit einem Kuss erstickte er den lustvollen Aufschrei, der sich ihrer Kehle entrang.

Erschöpft und matt lagen sie aneinandergeschmiegt auf dem Gras. Die Stille war zurückgekehrt. Letizia schlang ihre Arme um Matteu, wollte ihn nie wieder loslassen und wusste doch, dass ihre gemeinsame Zeit für heute ablief. Wieder einmal. Beim Gedanken daran verkrampfte sich ihr Magen. Die Leichtigkeit, von der sie gerade eben noch beherrscht worden war, wich von ihr. Jede Stunde, die sie mit Matteu verbrachte, erschien ihr so kurz wie der Flügelschlag eines Schmetterlings, jede Minute ohne ihn hingegen wie eine halbe Ewigkeit.

Die Vorstellung, sich jetzt von ihm zu lösen und erneut nicht zu wissen, wann sie einander wiedersahen, fügte ihr fast körperlichen Schmerz zu. Sie wollte hierbleiben, wollte die Wirklichkeit dort draußen weiter ignorieren. Doch noch während sie in seinen Armen lag, wanderten ihre Gedanken schon zu der Realität zurück, die außerhalb ihres persönlichen kleinen Paradieses auf sie wartete. Zu den Geschehnissen der letzten Tage. Sie hatte geglaubt, ihre Mutter würde vollkommen ausrasten, wenn sie ihr erzählte, dass das Essen abgesagt werden müsse, weil sie und Cristo zu dem Schluss gekommen seien, dass eine Ehe zwischen ihnen die falsche Entscheidung wäre. Stattdessen war diese erstaunlich ruhig geblieben. Etwas, das Letizia äußerst nervös machte.

Doch das Schicksal, das Glück oder vielleicht der liebe Gott waren offenbar auf Letizias Seite, denn Giorgio Bonaceri musste geschäftlich nach Bonifacio, und es war unklar, wann er wieder zurück sein würde. Etliche Tage war er nun schon fort, und Letizia hoffte, dass bis zu seiner Rückkehr noch sehr viel mehr

Zeit vergehen würde. Zeit, die Letizia nutzen konnte, um ihre Mutter Stück für Stück und mit Fingerspitzengefühl darauf vorzubereiten, dass es jemand anderen in ihrem Leben gab. Wie sie ihr allerdings beibringen sollte, wer dieser jemand war und aus welcher Familie er stammte, das wusste sie noch immer nicht.

Letizia seufzte auf, ließ ihre Fingerspitzen über Matteus Arm wandern. Trotz allem würde sie jetzt gehen müssen, hatten sie beide ihr Glück ohnehin schon überstrapaziert und den Aufbruch viel zu lang hinausgezögert. Die Sonne stand schon viel zu tief. Letizia würde sich ein paar neue Ausreden einfallen lassen müssen, wieso und wo sie denn so lange geblieben war. Sie würde auf das nächste heimliche Treffen hinfiebern müssen, dabei war doch diese Heimlichkeit genau das, was sie beide nicht mehr haben wollten.

Bedrückt schloss sie die Augen, schmiegte ihr Gesicht in Matteus Halsbeuge, sog seinen Duft ein, damit er sie über die Zeit bis zu ihrem Wiedersehen hinwegtrug.

Matteu streichelte ihre Schulter. Auch er schwieg, doch es war kein gelöstes Schweigen. Sie spürte, dass ihn die gleichen Gedanken umtrieben wie sie.

»Noch ein paar Minuten«, murmelte er und bestätigte damit ihre Vermutung.

»Es ist schon spät.«

»Ich weiß«, sagte er und zog sie noch enger an sich.

»Und wenn wir einfach für immer hierbleiben?«, sagte sie halb im Scherz, halb im Ernst und setzte sich auf. »Einfach nicht zurückkehren? Oder … oder ganz woandershin gehen? Wenn doch nur Nico nicht sein Boot an die Polizei verloren hätte. Noch ein paar mehr Schmuggeltouren, dann hätten wir zwar sicher nicht das Geld für einen Flug, aber zumindest für eine Schiffspassage aufs Festland zusammen, vielleicht sogar direkt nach Amerika. Oder? Ich meine … was kostet so etwas?

Es müsste natürlich alles schnell gehen, damit sie uns nicht einholen, bevor das Schiff ablegt, aber …«

Er lachte kurz auf, doch es klang resigniert. »Glaub mir, darüber habe ich ebenfalls schon nachgedacht. Es kostet eine Menge, aber das ist nicht das Hauptproblem. Es wird demnächst sogar Geld reinkommen, denn Nico wird wieder auf Tour gehen. Er hat seinen Cousin überreden können, ins Geschäft einzusteigen, und der hat ein eigenes Boot. Ich warte nur noch auf die Nachricht, wann die nächste Lieferung eintrifft, aber …« Er rollte sich auf die Seite, stützte den Ellbogen auf, sah sie ernst an. »Du weißt, dass wir nicht einfach abhauen können. Nicht nur, dass wir sie in Schande zurücklassen würden. Wir würden unsere Familien auch niemals wiedersehen. Das können weder du noch ich verkraften.«

Sie sah bedrückt beiseite, wusste, dass er recht hatte, aber ebenso, dass sie so nicht weitermachen konnten. »Diese Heimlichtuerei war aber doch genau das, was wir nicht mehr wollten.«

»Ich weiß«, sagte er. »Und das ist nach wie vor so. Ich kann gar nicht sagen, wie oft ich jetzt versucht habe, die Unterhaltung zu Hause auf dein Dorf, auf deine Familie zu lenken, doch allein der Name Bonaceri reicht schon aus, um meinem Vater die Zornesröte ins Gesicht zu treiben und das Gespräch abbrechen zu lassen. Oder ihn in einen seiner Atemnotanfälle hineinzutreiben.« Er setzte sich auf, rieb sich frustriert die Schläfe. »Er ist der sturste Mensch auf diesem Planeten!«

»Von wegen – du kennst meine Mutter nicht«, entgegnete Letizia niedergeschlagen und umschlang ihre Knie mit den Armen.

Sofort legte er seinen Arm um sie im Versuch, sie zu trösten. »Mach dir keine Sorgen. Ich werde eine Lösung finden. Wir werden sie schon noch dazu bringen, uns zu akzeptieren.«

»Aber was, wenn es nicht klappt? Wenn sie kein Einsehen haben?«

»Sie müssen. Vielleicht wird es noch etwas dauern, aber schlussendlich werden sie einsehen, dass uns nichts auseinanderbringen kann. Das hier ist unser Leben, unsere Liebe, nicht die ihre.«

»Aber wie? Meine Mutter hasst deine Familie bis aufs Blut. Nein, schlimmer noch: selbst über den Tod hinaus.«

»Ich weiß. Und ich habe nicht gesagt, dass es leicht werden wird. Wir brauchen Fürsprecher, deren Meinungen ihr wichtig sind. Du sagtest doch, dass sie große Stücke auf Giorgio Bonaceri hält.«

»Ja. Seit dem Tod meines Vaters ist er das inoffizielle Oberhaupt des Bonaceri-Clans. Aber er ist doch Messerschmied und damit euer direkter Konkurrent! Warum sollte ausgerechnet er sich für euch aussprechen?« Mal ganz davon abgesehen, dass er Edmonds Vater und Cristos Adoptivvater war. Ihr wurde flau im Magen.

»Lass mich mal machen«, sagte Matteu nur und sah nachdenklich in die Ferne. »Ich habe da schon eine Idee.« Er rieb sich das Kinn. »Doch zuerst muss ich meinen Vater überzeugen, aber das werde ich schon schaffen. Unser Geschäft läuft mehr als schlecht. Es geht ums finanzielle Überleben. Er wird sich meiner Idee einfach nicht verschließen können.«

»Welche Idee?«

»Erzähle ich dir, sobald ich sie etwas besser ausgearbeitet habe.«

Zaghaft breitete sich neue Hoffnung in ihrem Herzen aus. »Treffen wir uns bis dahin weiter?«

Er wandte sich ihr wieder zu. »Natürlich. Wir können Nachrichten austauschen. Sie wie früher am Grabmal hinterlegen und uns so verabreden.« Mit Nachdruck ergänzte er: »Und glaub mir: In ein paar Jahren wirst du eine berühmte Künstlerin sein und wir werden mit unseren Kindern deine Ausstellung besuchen. Und anschließend werden wir auf unserer Terrasse sitzen, umgeben von Orangenbäumen und Zypressen, und unseren Kindern erzählen, dass die Liebe ihrer Eltern stark genug war, alle Widerstände zu überwinden. Und dass auch sie alles schaffen können.«

Seine Zuversicht war ansteckend. Sie lächelte, streckte die Hand aus, strich ihm sanft über die stoppelige Wange.

»Du bist mein Herz.«

Er hielt ihre Hand fest, hauchte einen Kuss auf deren Innenfläche. »Und du meine Seele.«

Letizia schloss die Augen. Alles würde gut werden, das spürte sie. Denn sie liebten sich. Liebe schafft alles.

Noch immer in Gedanken bei Matteu, ging sie auf den Dorfplatz zu. Wie nach jedem Treffen mit ihm fühlte sie sich müde und zugleich seltsam schwebend. Dieses Mal jedoch kam eine Anspannung hinzu, die über das normale Maß hinausging. Jedes kleinste Geräusch ließ sie zusammenzucken, jede Bewegung sie herumfahren. Ihr Nacken schmerzte, so verkrampft war sie inzwischen, und hinter ihrer Stirn pochte es. Etwas würde geschehen, daran hatte sie keinen Zweifel. Sie hatte das Gefühl, als seien Dinge ins Rollen gebracht worden, die nicht mehr aufzuhalten waren. Sie wusste nur nicht, ob das gut oder schlecht war. Es fiel ihr zunehmend schwer, vor ihrer Mutter und ihrer Schwester so zu tun, als sei alles wie immer. Außerdem waren ihr die gerunzelte Stirn und die aufmerksamen Blicke nicht entgangen, mit denen Thérèse sie neuerdings bedachte.

Für einen Moment hielt sie inne, suchte nervös die Fenster der zitronengelben Villa ab. Nirgendwo war Antoine Dubois zu sehen. Erleichtert überquerte sie den Platz und betrat den Laden des Schusters. Er war nicht allein, seine Frau Francesca fegte gerade durch. Letizia grüßte beide freundlich, obwohl ihr Francesca wegen ihrer Sensationsgier nicht angenehm war.

So zurückhaltend und schüchtern ihr Mann war, so neugierig und gesprächig war sie selbst. Sie stürzte sich auf jede Neuigkeit, mit Vorliebe jedoch auf das Unglück anderer, wie eine Hyäne auf Aas, um sich daran zu weiden und es in Windeseile zu verbreiten.

Letizia bückte sich, um sich den rechten Schuh auszuziehen, dessen Sohle nach wie vor löchrig war. »Kannst du mir das richten, Riccardo?«, fragte sie und reichte ihm den Schuh über den Tresen.

Der Schuster drehte und wendete ihn, nickte, doch bevor er etwas sagen konnte, hatte seine Frau Francesca sich schon neben ihn gedrängt.

»Nein«, verkündete sie mit vor der Brust verschränkten Armen.

»Es ist nicht möglich, ihn neu zu besohlen?«, vergewisserte sich Letizia überrascht.

»Doch. Aber nur, wenn wir auch bezahlt werden«, erwiderte Francesca. »Anschreiben lassen können wir uns nicht mehr leisten. Erst muss ich das Geld für die letzten Reparaturen sehen.«

Die letzten Reparaturen? Ihre Mutter hatte schon mehrfach anschreiben müssen und nichts davon erzählt?

Der Schuster sah verlegen an Letizia vorbei, schüttelte bedauernd den Kopf. »Natürlich bewundere ich deine Mutter sehr und …«

Ein verärgerter Rippenstoß seiner Frau unterbrach ihn jäh. Er räusperte sich, setzte erneut an. »Ich meine, ich habe den allergrößten Respekt vor ihr, aber … du weißt – die Zeiten sind schlecht. Tut mir leid.«

»Verstehe. Natürlich. Dann … komme ich ein andermal wieder.« Letizia schlüpfte mit hochrotem Gesicht wieder in ihren kaputten Schuh.

»Letizia?«

Sie hielt inne.

»Stimmt es, dass du Cristo heiratest?« Francesca hatte sich vor Neugierde weit über den Tresen gebeugt.

»Was?«

Das Gesicht der Frau bekam rote Flecken vor Aufregung, sie witterte einen Skandal. »Mireille hat es behauptet. Sie weiß es angeblich von Diego. Und dem hat es wohl Giorgio selbst erzählt, als er gestern von seiner Geschäftsreise zurückkam. Deine Mutter war offenbar bei ihm und …«

Letizia stürzte aus dem Laden. Sie hatte geglaubt, ihre Mutter davon abgebracht zu haben. Wie sehr sie deren Hartnäckigkeit unterschätzt hatte!

»Warte!«, tönte es ihr hinterher. »Stimmt es jetzt oder nicht?«

Letizia ignorierte Francesca und rannte über den Platz, ungläubig, aufgebracht. Wie konnte ihre Mutter das nur tun? Ohne ihr etwas davon zu erzählen? Und einfach über ihren Kopf hinweg?

Sie stolperte über einen Stein, schlug beinahe hin, fing sich gerade noch und verhielt für einen Moment vornübergebeugt, die Augen geschlossen. Was sollte sie jetzt nur tun?

»Einen wundervollen guten Tag, kleine Mademoiselle Bonaceri.«

Sie sah erschrocken auf. Verdammt, sie war so außer sich gewesen, dass sie um sich herum nichts mehr wahrgenommen hatte – nicht einmal, wo sie sich gerade befand: nämlich vor der Villa von Antoine Dubois.

Der stand nun, die Arme hinter dem Rücken verschränkt, vor ihr. Seine blank polierten Uniformknöpfe blitzten in der Sonne. Sein wurmartiger Oberlippenbart war eingeölt und das Haar an den Seiten mit Pomade zurückgekämmt. Seine Augen verbargen sich im Schatten unter dem Schirm seiner Mütze. »Treten Sie ruhig ein.«

»Ich … was? Nein, ich … bin … beschäftigt«, stotterte Letizia.

»Ach, wie schade, und ich hatte gehofft, Sie würden mir einen Besuch abstatten wollen.« Ein süffisantes Grinsen machte sich auf seinem Gesicht breit, während die Wachtposten sie neugierig musterten, um sich dann bezeichnende Blicke zuzuwerfen.

»Ganz bestimmt nicht. Ich bin beschäftigt. Sagte ich doch.« Letizia trat zurück. Sie wollte um keinen Preis den Eindruck erwecken, das Flittchen des Commissaires zu sein.

Schon hatte Francesca ihren Kopf aus der Tür des Schusterladens gestreckt, darum bemüht, alles aufzuschnappen, worüber Letizia und der Commissaire sprachen.

»O ja. Das weiß ich.« Er lächelte auf eine unangenehm selbstzufriedene Art und Weise. Als wüsste er etwas, was sich ihrer Kenntnis entzog.

In ihrem Magen breitete sich ein ungutes Gefühl aus.

»Ich denke, ich sollte dich ein Stück deines Weges begleiten. Eine junge Frau so ganz allein unterwegs, ts, ts, ts … da kann ja so viel passieren.«

»Das ist absolut nicht nötig«, widersprach sie und ging weiter. Er war ihr unheimlich. Je mehr sie sich gegen sein Interesse an ihr zur Wehr setzte, umso wilder schien er entschlossen, sie zu besitzen. Warum nur hatte er es ausgerechnet auf sie abgesehen?

Und tatsächlich – schon war er an ihrer Seite, überquerte mit ihr den Platz. Die Mischung aus seinem Aftershave und dem an ihm haftenden süßlichen Geruch seiner Zigaretten verursachte ihr Übelkeit. Sie fühlte die missbilligenden Blicke der Boulespieler auf sich ruhen, doch was sollte sie tun?

»Zu schade, dass du nicht mit reinkommen wolltest«, sagte er im Plauderton, als säßen sie beim Kaffee zusammen und es ginge bloß um ein Buch, das er ihr leihen wollte. »Viel Zeit bleibt uns beiden nämlich nicht mehr. Ich habe mich in das gute alte Paris versetzen lassen. Nur noch wenige Wochen, dann werde ich dieser entsetzlichen Insel für herrliche fünf Jahre den Rücken kehren.«

»Das macht mich unfassbar traurig«, entgegnete sie sarkastisch, während ihr zugleich klar wurde, dass dies der Grund sein musste, aus dem er neuerdings deutlich zudringlicher war als früher. Er wollte sie unbedingt und ihm lief die Zeit davon.

»Das dachte ich mir«, erwiderte er spöttisch. »Aber keine Sorge. Ich komme zurück.« Er lachte. Zuversichtlich. Seine Selbstsicherheit zerrte an ihren Nerven. Er schien keinen Zweifel daran zu haben, dass sie über kurz oder lang nachgeben würde.

Diese Vorstellung raubte ihr die Fassung. »Ich muss weiter, ich habe viel zu tun!«, sagte sie brüsk und ging schneller. Er ebenfalls.

»Das glaube ich dir«, gab er in gespieltem Verständnis zurück. »Eine Schande. Wirklich. Wie ich schon einmal sagte – es gäbe einen Weg, dir das Leben gewaltig zu erleichtern.«

Sie hielt abrupt inne. »Und wie *ich* schon einmal sagte: nein! Warum also hören Sie nicht endlich damit auf, mich zu verfolgen?« Nervös fuhr sie sich mit der Zunge über die plötzlich trockenen Lippen, bis sie merkte, wie sein Blick daran hing, seine Pupillen sich weiteten. Angesichts seiner unverhohlenen Begierde drehte sich ihr der Magen um.

»Weil ich kriege, was ich will. Immer.« Sein Lächeln war verschwunden, sein Tonfall hart. »Du weißt es und ich weiß es. Die Frage ist nur: Was willst du alles verlieren, bis es so weit ist?«

Eiskalt lief es ihr den Rücken hinunter. Sie fuhr herum und rannte erneut los. In diesem Moment war es ihr egal, was er dachte, ob er glaubte, sie habe Angst vor ihm oder nicht. Sie wollte einfach nur fort von ihm. Doch wie lange noch würde sie ihm ausweichen können?

Aufgelöst und wütend stürmte sie kurz darauf in die Küche. Ihre Mutter hantierte mit dem Rücken zu ihr am Herd.

»Wie konntest du nur?«, schleuderte Letizia ihr entgegen. »Wie konntest du Giorgio nur sagen, ich würde Cristo heiraten! Ich habe dir doch erklärt, dass ich das nicht tun werde! Wie konntest du sie nur trotzdem einladen?«

»Ja, ich weiß, ich hätte mir auch etwas mehr Vorbereitungszeit gewünscht, aber gut, dann gibt es heute eben einige Gerichte weniger. Wichtiger ist jetzt, diese Gelegenheit nicht verstreichen zu lassen.« Maria Bonaceri kostete in aller Seelenruhe den Inhalt eines der Töpfe und gab noch eine Prise Salz dazu.

»Heute? Was redest du denn da? Hörst du mir denn überhaupt nicht zu?« In ihrer Verzweiflung hätte sie am liebsten etwas gegen die Wand geschmissen.

»Wärst du hier gewesen, hättest du davon gewusst. Aber dich kriegt man in letzter Zeit ja kaum noch zu Gesicht. Wo warst du gestern Abend schon wieder? Oder den ganzen Morgen?«

»In … in der Taverne und … und in … der Hummerbucht.«

Jetzt drehte sich Maria Bonaceri doch um, eine tiefe Falte grub sich in ihre Stirn. »Du warst *nicht* in der Taverne! Ich habe Bertrand gefragt.«

»Ich … war nur kurz da, aber es gab nicht viel zu tun, also bin ich wieder gegangen.« Unter dem bohrenden Blick ihrer Mutter brach Letizia der Schweiß aus.

Plötzlich jedoch kochte einer der Töpfe über, Maria Bonaceri fuhr herum, zog ihn schimpfend ein Stück von der Feuerstelle und verringerte die Hitzezufuhr.

Letizia wünschte sich, ihre Großmutter wäre jetzt hier, doch die hatte das Haus offenbar verlassen, ihre Strickjacke fehlte im Flur.

»Mama!«, rief Letizia empört. »Vergiss dieses Essen! Ich will Cristo nicht heiraten und ich werde es nicht tun! Wieso ist es dir vollkommen egal, was ich fühle?«

»Du bist jung, du weißt nicht, was gut für dich ist. Giorgios Leute und unsere haben schon immer zusammengehalten. Familie. Das ist es, was zählt!« Damit war in ihren Augen offenbar alles gesagt, sie wandte sich ungerührt wieder der Arbeitsplatte zu und hackte auf einen Strauß Kräuter ein.

»Himmel, alle hier sind irgendwie Familie«, schnaubte Letizia. »Alle hier sind irgendwie über diverse Ecken miteinander verwandt oder verschwägert. Ich kann doch nicht jemanden heiraten, nur weil irgendwelche Urgroßväter sich mal gut verstanden haben.«

»O doch! Weil Giorgio Cristo als Erben einsetzen wird.«

Letizia meinte, sich verhört zu haben.

»Ganz recht!« Mit zufriedenem Gesichtsausdruck stemmte ihre Mutter die Hände in die Hüften. »Ich habe es schon lange kommen sehen. Giorgio ist ein kluger Mann, ich halte nicht ohne Grund viel von ihm. Er sieht selbst, was Edmond für ein Mensch ist. Der würde Haus und Hof und Geld im Handumdrehen vertrinken und verspielen. Cristo hingegen ist besonnen und tüchtig.«

»Trotzdem ist das doch nur Spekulation.«

Ihre Mutter schüttelte den Kopf. »Ich weiß aus sicherer Quelle, dass Giorgio in Wahrheit genau deshalb in Bonifacio war. Er hat sich rechtlich beraten lassen.« Jetzt lächelte sie und wirkte dabei wie eine satte Katze vor dem Kamin. »Cristo wird es zu großem Ansehen und Wohlstand bringen. Und du mit ihm.«

Letizia blieb der Mund offen stehen. *Das* also war der wahre Grund, aus dem ihre Mutter sich nicht von dem Plan einer Verlobung hatte abbringen lassen. »Mir geht es aber nicht um

Geld oder Ansehen. Begreif das doch endlich! Mir geht es um die Liebe. Und ich liebe Cristo nun einmal nicht!«

»Liebe kommt und geht. Respekt füreinander ist wichtiger. Und du und Cristo versteht euch doch so gut, schon immer.« Ihre Mutter schüttelte verständnislos den Kopf, seufzte dann aber tief auf. »Hör zu«, sagte sie und klang mit einem Mal seltsam versöhnlich. »Die Welt ist, wie sie ist. Wir können sie nicht ändern, egal wie gern wir es täten. Du bist wie ich. Wir sind Kämpfer! Wir haben Temperament! Wir lassen uns durch nichts unterkriegen. Aber mit dem Kopf gegen die Wand zu rennen, führt nicht zum Erfolg, nur zu Schmerzen. Und es ist ja nicht gerade so, als hättest du eine Alternative.«

Letizia fuhr sich mit der Zunge nervös über die Lippen. Sollte sie von Matteu erzählen? »Jetzt noch nicht, aber … aber was, wenn ich morgen der Liebe meines Lebens begegne?«

»Hier?« Ihre Mutter schnaufte. »In der ganzen Umgebung gibt es keine bessere Partie für dich als Cristo. Und außerdem ist er dein Freund, daraus kann Zuneigung erwachsen. Oder willst du etwa an jemanden wie Edmond geraten? Oder an einen Franzosen? Das glaube ich nicht. Denk dran! Du bist eine Bonaceri! Keine Bonaceri wird sich je mit einem Franzosen einlassen.«

»Das habe ich auch nicht vor, glaub mir!«

»Und natürlich mit keinem Caratoli«, ergänzte Maria und lachte kurz und bitter auf, als sei allein der Gedanke so lächerlich und absurd, dass es keiner weiteren Diskussion bedurfte.

Jetzt oder nie. Letizia holte tief Luft. »Was die Caratolis angeht …«

»Diebe und Mörder!«, stieß ihre Mutter heftig aus.

Letizia fühlte das Blut aus ihrem Gesicht weichen. »Aber doch nicht alle.«

»Absolut alle! Keinem Caratoli kann man auch nur einen Fingerbreit über den Weg trauen. Wenn ich im Leben eines gelernt habe, dann das.«

»Mag sein, dass es mal so war. Doch Menschen ändern sich. Und Zeiten ändern sich.«

»Aber kein Caratoli! Die sind alle gleich und werden es immer sein!«

Letizia schluckte schwer, ihre Kehle war plötzlich ganz trocken. »Was redest du denn da? Jeder Mensch hat eine zweite Chance verdient.«

»Nicht die! Hast du vergessen, was die uns angetan haben?«

»Nein, aber ich habe auch nicht vergessen, was unsere Seite ihnen angetan hat.«

»Zu Recht! Es sind Mörder! Die Mörder deines Vaters!«

»Aber doch nicht alle! Du kannst doch nicht eine ganze Familie für das bestrafen, was ein Einzelner getan hat!«

»O doch! Jeder Einzelne von uns ist für seine Familie verantwortlich. Und die Familie für jeden Einzelnen. Was du tust, hat unsere Familie getan. Schadest du deinem Ruf, schadest du dem Ruf von uns allen. Begehst du einen Fehler, bezahlen auch deine Schwester und ich.«

Letizia zuckte zusammen, als sei sie geschlagen worden. Doch so fühlten sich diese Worte an. »Das ist doch verrückt!«, keuchte sie. »Erkennst du denn nicht, was das für ein Wahnsinn ist?«

»Das ist kein Wahnsinn!« Die Wangen ihrer Mutter waren inzwischen rotfleckig vor Zorn. »Das ist die Art, nach der wir leben. Das sind unsere Traditionen! Unsere Werte! Und zwar seit Jahrhunderten.«

»Dann wird es langsam Zeit, das zu ändern!«

»Was ist denn plötzlich in dich gefahren?« Mit ihrem Blick fixierte sie Letizia wie mit Reißnägeln. »Die Caratolis haben deinen Vater auf dem Gewissen! Sie alle!«

»Ich … ich denke nur, dass … ich meine, die Polizei sagte doch, dass es ein Unglück gewesen sei. Ein Handgemenge unter Betrunkenen. Betrunkenen mit Messern. Es war reines Glück, dass nicht mehr Menschen ihren Verletzungen erlegen sind.«

»Die Franzosen sagen das!«, rief ihre Mutter erbost. »Gibt es einen besseren Beweis dafür, wie verdorben die Caratolis sind? Stecken mit den Franzosen unter einer Decke! Überhaupt – was soll diese ganze Diskussion? Wieso verteidigst du plötzlich diese Mörderbande?«, zischte Maria. »Hast du deinen Vater schon vergessen? So also ehrst du sein Andenken?«

Spitzen Dornen gleich stachen die Worte ihrer Mutter in Letizias Herz – und bohrten in ihrem ohnehin schon schlechten Gewissen. Hätte sie tatsächlich mehr Wut, mehr Hass empfinden müssen? War sie eine schlechte Tochter, weil dem nicht so war? Doch wie sollte sie jemanden vermissen, den sie kaum kennengelernt hatte? Verriet sie tatsächlich sein Andenken, nur weil sie Matteu liebte? War das der Grund, aus dem ihre Mutter so an ihrem Hass festhielt? Weil sie das Gefühl hatte, Letizias Vater zu verraten, wenn sie vergab?

»Natürlich nicht«, flüsterte sie betroffen, spürte ihre Augen brennen. »Das tue ich doch gar nicht. Ich … ich frage mich nur … ich meine … Sieh mal, du sprichst vom Heiraten, damit verbunden sind Kinder, und … ich meine … Soll das für alle Ewigkeit so weitergehen? Was ist mit den Kindern, die ich vielleicht einmal haben werde? Sollen sie etwa ebenfalls mit diesem uralten Streit aufwachsen? Oder deren Kinder?«

»Ja! Und ihre Enkelkinder und deren Enkel bis hin zu deren Ururenkeln!«

Vorhin hatte Letizia geschwebt. Jetzt war sie in der harten Realität aufgeprallt. »Wie kannst du nur so etwas sagen?«, keuchte sie, schockiert von dem überbordenden Hass, der das Gesicht ihrer Mutter verzerrte. Sie hatte schon immer davon gewusst, doch nie, welches Ausmaß er wirklich angenommen hatte. Als wäre er, anstatt nach und nach zu verblassen, von Jahr zu Jahr ins schier Unermessliche gewachsen. »Du kannst doch nicht die Kinder für die Sünden der Eltern leiden lassen!«

»Genug!« Scheppernd knallte Maria den Deckel auf einen der Töpfe. »Ich will kein Wort mehr über diese Bande von Mördern hören! Niemals wieder! Und das Essen findet statt!«

Letizia presste die Lippen zusammen. Dies war definitiv nicht der richtige Zeitpunkt, um ihre ohnehin schon aufgebrachte Mutter über ihre sehr wohl vorhandene *Alternative* in Kenntnis zu setzen. In dieser aufgeheizten Stimmung konnte das nur in einer Katastrophe enden. Mühsam schluckte sie weitere Kommentare hinunter und verließ die Küche.

»So aufgebracht wie dieses Mal habe ich Mama wirklich noch nie erlebt«, erklang später am Tag Thérèses Stimme hinter ihr, als sie sich in ihrer beider Zimmer umzog. »Wenn das dein Ziel war, gratuliere ich.«

»Ich habe nur die Wahrheit gesagt!«, stieß Letizia frustriert aus. Zuvor war sie bei Cristo gewesen, um ihm zu erklären, dass ihre Mutter dieses Essen ohne ihr Wissen oder ihre Zustimmung eingefädelt hatte und eine Ehe zwischen ihnen keinen Sinn hätte. Doch Cristo war laut Ludovica für ein paar Besorgungen in Erbalunga. »Aber keine Sorge«, hatte Ludovica aufmunternd gesagt. »Er wird rechtzeitig bei euch sein.«

Letizia blieb nichts anderes übrig, als dieses Essen durchzustehen und auf den richtigen Moment zu warten, um ihre Mutter davon zu überzeugen, dass die Caratolis keine Unmenschen waren.

Ihre Schwester trat kopfschüttelnd zu ihr. »Alle wollen die Wahrheit hören, aber keiner will sie akzeptieren. Und mitunter ist sie gefährlich wie ein Erdbeben – und nachhaltiger.«

Wahrheit … Wenn sie Thérèse doch nur die Wahrheit sagen könnte. Oder konnte sie es sogar? Sie musterte ihre Schwester unsicher. »Denkst du noch oft an Papa?«

»Jeden Tag.«

»Ich kann mich kaum noch an ihn erinnern.«

»Du warst noch klein.«

»Das stimmt. Trotzdem möchte ich ihn nicht vergessen, wohl aber das ganze Leid, das mit ihm in Verbindung steht. Warum nur ist das eine nicht ohne das andere möglich? Wieso müssen wir die Kämpfe unserer Eltern weiterfechten? Wozu soll das gut sein? Warum kann Mama nicht akzeptieren, dass die Vergangenheit eben genau das ist: vergangen, vorbei und tot.«

»Wenn die Zukunft ausweglos erscheint, ist es eben leichter, sich an die Vergangenheit zu klammern.« In Thérèses Stimme schwang ein Anflug von Bitterkeit mit. Letizia richtete sich erschrocken auf.

»Deine Zukunft ist doch nicht ausweglos«, widersprach sie. »Die ganze Welt steht dir offen und es gibt jede Menge Männer, die …« Sie brach ab, lief rot an. Wie konnte sie ihrer Schwester nur so etwas sagen, wo sie doch selbst so deutlich fühlte, dass es auch für sie nur diesen einen Mann gab. Sie trat auf Thérèse zu, schloss sie in die Arme. »Es gibt doch noch so viel anderes im Leben«, versuchte sie zu retten, was zu retten war.

»Nicht für mich.« Ruckartig befreite sich die Schwester aus Letizias Umarmung.

»Doch! Natürlich! Da steckt so viel mehr in dir, als du glaubst.«

Für einen Augenblick war ihr, als würde es in den Augen ihrer Schwester aufleuchten. Im nächsten jedoch fiel unten im Haus scheppernd etwas zu Boden und Thérèse sank wieder in sich zusammen. »Sieh dich doch an«, sagte diese traurig. »Und dann mich. Du bist schön. Du bist mutig. Du bist stark. Du hast Träume. Du bist talentiert. Du willst die Welt erobern.

Du kannst für dich alleine einstehen, und die Männer würden dir scharenweise zu Füßen liegen, wenn du es zuließest.« Sie schluckte schwer. »Ich bin nichts von alledem.«

»Aber natürlich! Das alles und noch viel mehr! Mach deine Zukunft nicht von der Vergangenheit abhängig. Leb dein Leben. Nur so findet dich das Glück!«

Doch Thérèse starrte blicklos vor sich hin. »Ich wollte nie viel vom Leben. Jules war mein einziger Traum. Ihn haben mir die verdammten Franzosen genommen. Ich kann Mama verstehen. Auch ich werde das nie verzeihen können. Nicht den Franzosen und nicht denen, die mit ihnen gemeinsame Sache machen.«

Ihre Stimme war immer leiser geworden, doch obwohl sie flüsterte, brannten ihre Worte in Letizias Innerem.

In diesem Moment klopfte es an die Zimmertür, ihre Großmutter trat herein und Thérèse huschte an ihr vorbei nach draußen.

Letizia biss sich auf die Lippe, ließ sich bedrückt auf das Bett sinken. »Sie muss selbst begreifen, was in ihr steckt«, sagte Sofia und nahm sie in den Arm. Sie hatte das Gespräch offenbar mit angehört. »Darum leb es ihr vor. Vertrau auf dein Herz. Und behalt deinen eigenen Kopf! Irgendwann wird dann auch sie die Vergangenheit loslassen können. So wie auch ich. Alter macht weise. Und ich bin zum Glück ziemlich alt.« Sie zwinkerte Letizia zu. schelmisch. »Irgendwann wird auch deine Mutter dahinterkommen, dass es nur Kummer bringt, an den alten Fehden festzuhalten. Diese Erkenntnis muss aber aus ihr selbst entspringen. Alles andere wird sie nicht annehmen. Was das Essen angeht, habe ich allerdings noch einmal mit ihr gesprochen.«

Hoffnungsvoll hielt Letizia die Luft an, doch Sofia schüttelte den Kopf. »Sie ist wie du. Wenn sie sich etwas in den Kopf gesetzt hat, bringt nichts und niemand sie davon ab. Und sie will doch wirklich nur dein Bestes. Aber wenn du möchtest …«, ein verschmitztes Funkeln zeigte sich in ihren Augen, »… verwechsle ich aus Versehen den Kastanienschnaps mit einer meiner verdauungsfördernden Tinkturen. Dann sind wir zumindest dieses Großmaul Edmond ganz schnell wieder los.«

»Obwohl dein Vorschlag eindeutig etwas für sich hat«, sagte Letizia mit schiefem Lächeln, »solltest du das doch lieber bleiben lassen, *Minnanna*. Mama ist ohnehin schon nicht gut auf uns beide zu sprechen.«

Die Großmutter hatte recht. Das Essen fand statt. Daran hatte selbst Sofia nichts ändern können.

Letizias Knie wurden ganz weich, als sie neben ihrer Mutter an der Tür die Gäste begrüßte: Giorgio, seine Frau Ludovica, Edmond und zuletzt Cristo.

»Ich wusste, dass du einfach mehr Zeit brauchst«, sagte er freudestrahlend und gab ihr einen Kuss auf die Wange.

»Ich muss mit dir reden«, entgegnete sie unglücklich und zog ihn hastig nach draußen.

»Das trifft sich gut. Ich nämlich auch mit dir«, erwiderte er. »Das ist für dich.«

Sie hielt inne, sah verständnislos auf seine Hand. Ein fein gearbeitetes Messeretui aus ganz eindeutig teurem rotem Leder lag darin.

»Die Hülle habe ich vorhin in Erbalunga besorgt. Ich wollte einfach, dass du weißt, wie viel du mir bedeutest und …«

»Cristo, ich …«

»… und dass ich immer für dich sorgen werde, immer für dich da sein werde. Ich wünsche mir nichts mehr, als dich glücklich zu sehen, und werde alles dafür tun, dass du es bist.«

Ihr wurde heiß und kalt. Sie suchte nach den richtigen Worten.

»Sozusagen als Sinnbild dafür, dass ich dich beschützen werde.« Er zog das Messer aus der Hülle. Metall blitzte in der Sonne auf, Perlmutt schimmerte in allen Regenbogenfarben.

Es war das schönste Stilett, das sie je gesehen hatte. Viel feiner gearbeitet als üblich, voller Ziselierungen und Perlmutt-Einlegearbeiten im Griff. Es war viel zu wertvoll, um tatsächlich benutzt zu werden, mehr Schmuckstück als Gebrauchsgegenstand. Tatsächlich ein Symbol.

»Es ist die beste Arbeit, die ich je geschaffen habe«, sagte er.

»Das geht nicht«, stammelte sie.

»Doch, natürlich, es war von Anfang an für dich gedacht.«

»Ich kann das nicht annehmen. Und … und … ich wusste nichts von diesem Essen. Es tut mir so leid.«

Sein Lächeln bröckelte. »Was willst du damit sagen?«

»Meine Gefühle für dich haben sich nicht geändert«, gestand sie mit einem Kloß im Hals.

Starr sah er sie an. Sie machte sich darauf gefasst, dass er protestieren und sie umzustimmen versuchen würde. Doch das tat er nicht. Wie betäubt schob er das Messer in seine Hülle zurück, wandte sich zum Gehen.

»Warte!« Sie griff nach seinem Arm. »Es tut mir so unendlich leid. Alles. Das, was ich dir mit meiner Absage antue, und ebenso, dass meine Mutter so uneinsichtig ist und hinter meinem Rücken diese Einladung ausgesprochen hat. Bitte, lass es uns dennoch durchziehen. Ich weiß, was ich da von dir verlange, aber alles andere würde Giorgio brüskieren, und ein Skandal wäre das Letzte, was wir gebrauchen können. Lass uns die nächsten Stunden einfach irgendwie durchstehen, in Ordnung? Ohne Heiratsantrag und auch, ohne zu sagen, warum es keinen gibt? Bitte!«

Stumm blickte er zu Boden, sie glaubte schon, er würde sich weigern, als er plötzlich den Kopf hob, tiefe Falten in der Stirn. »Gibt es einen anderen?«

Sie schluckte hart. In ihren Träumen, ihrem Herzen, ihrer Seele: ja. Aber in der Realität? Einer Realität, die sie leben durfte? Sie sah ihm fest in die Augen. »Nein.«

Er atmete tief durch und nickte. »Gut. Ich bleibe.«

»Danke«, flüsterte sie.

Was dann folgte, war das mit Abstand schlimmste Essen ihres Lebens.

Giorgio Bonaceri war ein fülliger Mann mit kahlem Kopf, der Gemütlichkeit und Ruhe ausstrahlte, im Allgemeinen aber um Worte nicht verlegen war. Heute jedoch wusste er wohl nicht, was er sagen sollte. Ganz offensichtlich wartete er genau wie seine Frau darauf, dass Cristo die Worte aussprach, deretwegen sie alle hier waren. Er und seine Frau warfen sich verwirrte Blicke zu angesichts der seltsamen Stille zwischen dem angeblich glücklichen Paar.

Das Gesicht ihrer Mutter war eine steinerne Maske. Sie schien darauf spekuliert zu haben, dass Letizia nicht würde ablehnen können, wenn Cristo in solcher Runde um ihre Hand anhielt. Allein schon deshalb nicht, weil Giorgio und Ludovica ihr solch eine Demütigung niemals verzeihen würden.

Doch Cristo spießte stumm und verbissen sein Essen auf. Letizia selbst war wie ein Roboter mit Messer und Gabel umgegangen, hatte das Fleisch auf ihrem Teller weiter und immer weiter zerkleinert, nur um irgendetwas zu tun zu haben. Zum Mund führen konnte sie nichts, sie hatte Angst, daran zu ersticken unter all den Blicken, die auf ihr ruhten. Etwas hinunterzuwürgen, hätte sie erst recht nicht zustande gebracht.

Nichts war zu hören außer dem Klappern des Bestecks, dem Klirren der Gläser. Ab und zu schrillte eine Gabel regelrecht über den Teller und das Geräusch ließ ihr die Haare zu Berge stehen.

Letizia fürchtete, sich übergeben zu müssen, wenn dieses Essen noch länger andauerte. Lediglich Edmond schien nichts von der drückenden Stimmung zu bemerken, kippte glücklich einen Schnaps nach dem anderen.

»Übrigens«, sagte in diesem Moment ihre Großmutter, »ich habe ein neues Mittel gegen Furunkel entdeckt.«

Klappernd fiel Ludovica die Gabel aus der Hand.

»Mutter!«, zischte Maria.

»Doch, doch«, beharrte diese. »Es wirkt Wunder. Ich hatte einen am Hintern, so groß wie ein Hühnerei. Aber jetzt ist er weg. Am Fuß habe ich auch einen. Widerwärtiges Zeug, muss man bekämpfen. Ich kann euch gern zeigen, wie die Tinktur wirkt, hier isst ja eh keiner mehr, oder? Ich hole sie schnell, ja?«

Ludovica wurde bleich, Maria rot, und Giorgio verwies hastig darauf, dass er heute noch einen wichtigen Termin wahrnehmen müsse.

Erstaunlich schnell brach die Gesellschaft auf.

Mit schwerem Herzen sah Letizia Cristo nach. Das Schlimmste war die Tatsache, dass sie ihren besten Freund endgültig verloren hatte. Dass er ihretwegen litt. Niemals durfte er erfahren, dass Matteu der Grund dafür war, dass sie seinen Antrag abgelehnt hatte.

Kaum hatte ihre Mutter die Tür hinter den Gästen geschlossen, herrschte sie Letizia an. »Was sollte das? Wie soll ich mich je wieder auf die Straße wagen? Was für eine Demütigung!«

Letizia verschränkte trotzig die Arme vor der Brust.

»Sie kann doch nichts dafür, dass Cristo sie nicht gefragt hat …«, kam ihr Sofia zu Hilfe.

»Ach, hör doch auf!« Maria kniff die Augen zusammen. »Ich weiß genau, dass er sie fragen wollte. Und du weißt es ebenfalls.« Sie wandte sich erbost an Letizia. »Du hast es ihm ausgeredet! Wieso nur tust du mir das an? Willst du uns ruinieren? Willst du, dass die Leute mit dem Finger auf uns zeigen?

Hier geht es nicht nur um dich und deine Launen! Hier geht es um die Ehre unserer Familie!«

»Was habe ich von der verdammten Ehre, wenn mich eine Ehe mit Cristo nicht glücklich macht?«

Der Zeigefinger ihrer Mutter schoss hervor. »Die Ehre ist alles, was einem Menschen bleibt! Wenn du tot bist, fragt keiner danach, ob du glücklich warst oder nicht, sondern nur, ob du ein ehrenvoller Mensch warst.«

»Nützt mir ja viel, wenn ich tot bin«, gab Letizia zynisch zurück, zuckte aber im nächsten Moment zusammen, als ihre Mutter mit der flachen Hand gegen die Wand schlug.

»Sag so etwas nie wieder! Ohne unsere Ehre sind wir nichts!«

Letizia presste wütend die Lippen zusammen, streckte das Kreuz durch. Zornig starrten sie einander an, als müssten sie sich mit Blicken niederringen.

Plötzlich jedoch schüttelte Maria müde den Kopf. »Habe ich es im Leben nicht schon schwer genug gehabt? Habe ich nicht trotzdem immer alles für euch gegeben? Ist es zu viel verlangt, mir wenigstens ein klein wenig Last von den Schultern zu nehmen? Dass man nicht auf Geld und Ansehen angewiesen ist, sagt sich leicht, wenn man so jung ist wie du. Glaubst du, ich habe mir das Leben, das ich führe, ausgesucht? Hätte nicht selbst Träume gehabt?« Sie sank auf die Fußbank. »Ich weiß, dass du dich in der Welt allein behaupten kannst. Du bist wie ich. Du beißt dich durch. Aber es ist kein schönes Leben, glaub mir. Sich als alleinstehende Frau durchzukämpfen, für die Kinder zu sorgen.«

»Ich bin doch auch noch da!«, protestierte Sofia.

»Und für eine äußerst anstrengende Mutter«, ergänzte Maria.

Letizias Großmutter runzelte irritiert die Stirn, denn so hatte sie das offensichtlich nicht gemeint.

Maria warf Letizia einen müden Blick zu. »Das alles ist ganz und gar nicht einfach. Ich wünsche mir für dich etwas Besseres, als ich es hatte: Sicherheit. Keine Mühsal. Weniger Sorgen. Und was ist mit Thérèse? Sieh sie dir doch an. Sie kommt alleine nicht zurecht. Du wirst dich um sie kümmern müssen, wenn ich mal nicht mehr bin.«

Plötzlich wurde es unnatürlich still. Auch Sofia schien nun begriffen zu haben, wie schlimm es wirklich um sie alle stand. Und dass sie nicht ewig hier sein würde, um Letizia und Thérèse zu unterstützen.

»Wenn du Cristo heiratest, bietest du damit auch deiner Schwester eine Zukunft. Wieso nur willst du mir nicht helfen? Wir sind doch eine Familie und stehen füreinander ein.«

Mit einem Mal sah sie so erschöpft aus wie noch nie. Beinahe, als sei sie die Älteste hier im Haus und nicht Sofia. Und Letizia ahnte, dass ihre Mutter nicht immer so hart gewesen war wie jetzt. Dass das Leben sie so geformt hatte. Dass diese Härte überlebensnotwendig war. Sie wollte wütend auf sie sein, aber nun konnte sie es nicht mehr. Betroffen ließ sich Letizia vor ihr nieder, nahm ihre Hände. »Natürlich will ich dir helfen. Natürlich will ich dir eine Stütze sein.«

Maria Bonaceri sah auf. »Dann bring das mit Cristo in Ordnung. Heirate ihn. Ich bitte dich.« Ihre Mutter hatte noch nie um etwas gebeten. Hilfe suchend sah Letizia zu ihrer Großmutter. Doch selbst sie, die sonst nichts aus der Ruhe brachte, wirkte erschüttert.

Letizia schluckte schwer. Hatte sie das Recht, sich dieser Bitte zu verweigern, wenn es doch zum Wohle ihrer Familie war? Was sollte sie nur tun?

***

Spiegelglatt lag das Meer vor Matteu. Der Geruch von Sand und Salz, Algen und Fisch mischte sich mit den Aromen der Macchia, die sogar teilweise die Küste überzog – der Duft von Heimat.

Er blieb stehen, genoss für einen Moment das Gefühl der Freiheit, den der Anblick des scheinbar unendlich weit reichenden Wassers vermittelte.

Wie oft hatte er damals hier gestanden und sich ausgemalt, wie er mit Letizia in See stechen würde, um in eine gemeinsame Zukunft zu segeln und all das hier hinter sich zu lassen. Doch es waren nur Träume gewesen, das war ihm damals schon klar. Mit einem einfachen kleinen Fischerboot war es zwar nicht unmöglich, aber extrem gefährlich, bis nach Italien überzusetzen.

Doch es würde ohnehin nicht nötig sein, ihre Familien zu verlassen. Er hatte Vertrauen in seine Idee. Nur dass sich noch immer keine Möglichkeit geboten hatte, seinen Vater darauf anzusprechen. Dessen Zustand hatte sich in den letzten Tagen stark verschlechtert und zu allem Überfluss hatte ihn ein hohes Fieber gepackt. Zu einem Arzt oder in eine Klinik zu fahren, hatte er sich jedoch nach wie vor geweigert, sondern vertraute weiterhin auf den Dorfheiler von Campolo. Der war auch wirklich gut, aber dieses Mal kam selbst er nicht weiter. Es schien, als fürchte sich sein Vater vor einer Diagnose. Als ob es die Krankheit nicht gäbe, wenn er nichts von ihr wüsste. Als würde einfach alles irgendwann von selbst wieder gut werden, wenn er nur fest genug daran glaubte. Matteu machte der Starrsinn seines Vaters schier wahnsinnig, und er brachte einen Mediziner aus Bastia dazu, nach Feierabend zu ihnen zu kommen. Er durfte seinem Vater gar nicht sagen, was das gekostet hatte. Der Arzt hatte eine verschleppte Lungenentzündung samt schwerem Asthma diagnostiziert, und Matteu hoffte jetzt, dass die Medikamente anschlugen, die sein Vater verschrieben bekommen hatte.

Er seufzte schwer auf und seine Gedanken wanderten zurück zu Letizia.

Weder gestern noch heute hatte sie ihm eine Botschaft beim Grabmal hinterlassen, das auf halber Strecke zwischen ihren Dörfern lag. Sie war nicht zur vereinbarten Zeit, die er ihr in einer Nachricht hinterlassen hatte, in der Jagdhütte erschienen. Offenbar konnte sie sich zurzeit nicht freimachen von ihren Aufgaben oder der Beobachtung durch ihre Mutter. Er hoffte inständig, dass er morgen etwas von ihr hören würde. Und dass er sie schnellstmöglich wieder in seine Arme schließen durfte.

Ein letztes Mal atmete er tief ein, lief dann weiter. Er war froh, sich mit der Arbeit am Boot ein wenig von seinen Sorgen ablenken zu können, hatte in den letzten Tagen mal allein, mal mit Fillipu daran gewerkelt. Sie waren mit ihrer Arbeit schon weit gekommen und Jacqui hatte sich bereits für eine Probefahrt angemeldet.

Die kleinen Kieselsteinchen knirschten unter seinen Schritten. Ein paar Möwen staksten zwischen einigen zur Seite gekippten Booten über den Sand.

Alles wirkte so friedlich, so idyllisch. Jedenfalls für jemanden, der die Zeichen nicht kannte. Er hingegen tat es, und ihm entging nicht, dass die Fischer dort drüben dichter beieinandersaßen als sonst. Ihre Unterhaltung war gedämpfter, ihre Mienen schienen verkniffener. Etwas braute sich zusammen wie dunkle Gewitterwolken, die sich am Horizont verdichteten. Als sie seiner ansichtig wurden, brachen sie das Gespräch abrupt ab.

Einer von ihnen, der mit dem Rücken zu ihm gesessen hatte, wandte sich um und Matteu erkannte Fillipu.

Im gleichen Moment sprang sein Bruder erfreut auf und eilte zu ihm. »Da bist du ja endlich, ich dachte schon, du hättest es dir anders überlegt oder mich vergessen.«

»Ich halte mein Wort, das weißt du doch.«

»Aber pass auf, dass du dich nicht wieder selbst verletzt«, zog Fillipu ihn auf.

Matteu lächelte etwas gequält. Wohlweislich hatte er damals verschwiegen, dass es Edmond gewesen ist, der ihm die Wunde am Arm zugefügt hatte, denn das hätte nur die Emotionen überkochen lassen. Stattdessen hatte er behauptet, dass er sich bei der Reparatur des Bootes ungeschickt angestellt habe.

Während er Fillipu zum Boot folgte, entging ihm nicht, dass die Fischer ihm zwar grüßend zunickten, ihr Gespräch aber erst wiederaufnahmen, als er außer Hörweite war.

»Was ist da drüben los?«, fragte Matteu und nickte mit dem Kinn in Richtung der Gruppe. »Ist alles in Ordnung?«

Fillipu schnaubte. »Von wegen. Die verdammten Bonaceri behaupten, wir würden mit den Franzmännern unter einer Decke stecken!«

Matteu blieb stehen.

Fillipu bemerkte es nicht, ging weiter und schimpfte: »Nur jemand, der so verkommen ist wie die Bonaceri-Sippe, kann so etwas von einem Korsen denken und …« Er hielt inne, drehte sich überrascht um. »Wo bleibst du? Was ist?«

Matteu atmete tief durch. »Das ist doch nur Gerede, nur ein Gerücht.«

»Denen ist alles zuzutrauen!«, widersprach Fillipu und ging weiter.

Nachdenklich folgte Matteu ihm.

Beim Boot angekommen, griff Fillipu über die Bordwand nach der Flachdechsel, um damit die Seepocken vom Bootsrumpf zu entfernen. Schon nach kurzer Zeit lief ihm in der Hitze der Schweiß über das Gesicht. Er wischte ihn mit dem Handrücken fort und griff nach der Wasserflasche.

Matteu war ins Boot geklettert, um die teils stark verrosteten alten Schrauben aus den Bänken zu lösen und durch neue zu ersetzen. Fillipus Worte jedoch ließen ihm keine Ruhe. Er nahm ebenfalls einen Schluck aus der Flasche, die Fillipu ihm reichte, und fragte anschließend: »Warum ist den Bonaceris alles zuzutrauen? Wie meinst du das?«

»Na hör mal, das weiß doch jeder.«

»Tut mir leid, ich nicht. Vielleicht war ich zu lange fort?«

Fillipu sah verwirrt über die Reling zu ihm auf, schien nicht zu wissen, ob sein großer Bruder scherzte oder es ernst meinte. Anscheinend hoffte er auf Ersteres, denn er lachte auf und sagte: »Es sind Bonaceris!«

»Ich weiß«, erwiderte Matteu betont. »Trotzdem: Was genau haben sie dir persönlich oder jemand anderem in deinem Alter getan?«

Fillipu musterte ihn unsicher. »Sie haben unserer Familie etwas getan, das reicht ja wohl!«

»Das ist eine Ewigkeit her.«

»Und jetzt wollen sie uns auch unsere Lebensgrundlage nehmen.«

»Gerüchte! Nichts als Gerüchte! Ich rede von dir, von dir ganz allein. Was haben sie dir je getan?«

»Was willst du denn von mir hören?«, rief Fillipu entnervt. »Mag sein, dass sie mir persönlich nichts getan haben. Noch nicht. Aber darum geht es hier doch gar nicht.« Er schlug mit aller Kraft auf den nächsten Nagel, fluchte jedoch gleich darauf kräftig, denn er hatte ihn schlecht getroffen und verbogen.

Wortlos holte Matteu eine Zange hervor, beugte sich über die Reling und zog den Nagel aus dem Holz.

Fillipu setzte einen neuen Nagel an, ließ die Hand dann aber sinken und fuhr sich nervös durchs Haar. »Hör mal, solche Sprüche solltest du morgen Abend lieber für dich behalten.«

»Morgen Abend?«, wiederholte Matteu verwirrt. »Was ist denn da?«

»Ein paar von uns treffen sich bei Paolo, um zu beraten, was dagegen zu tun ist.«

»Wogegen?«

»Na, gegen die Bonaceris natürlich.« Er warf sich in die Brust, klang regelrecht stolz.

Matteu hatte das Gefühl, es würde sich ihm der Magen umdrehen. Er legte eine Hand auf die Brüstung und schwang sich darüber auf den Strand. »Nein!«

»Was?« Verständnislos starrte Fillipu ihn an.

»Tu das nicht.« Matteu fasste seinen Bruder an den Schultern und sah ihn ernst an. Er war noch einen halben Kopf kleiner als Matteu, eigentlich noch ein Kind. »Mach keine Dummheiten!«

»Dummheiten?« Fillipu wirkte wie vor den Kopf gestoßen. Er hatte sich ganz offensichtlich Bewunderung und Lob seines großen Bruders erhofft, und es tat Matteu von Herzen leid, dass er ihm dies nicht geben konnte. Nicht dafür. Gekränkt machte Fillipu sich los, wich zurück. »Dass die uns auszubooten versuchen, können wir doch nicht auf uns sitzen lassen! Es geht um die Ehre unserer Familie! Was ist nur los mit dir, *großer* Bruder?«

»Ehre kann man nicht essen.«

Fillipu starrte ihn an, als hätte er behauptet, dass Schiffe fliegen könnten. »Was soll das? Hast du da draußen etwa vergessen, was Ehre ist? Was Familie bedeutet? Ich versteh dich einfach nicht.«

»Nein, aber ich habe festgestellt, dass die Welt viel größer ist als unsere Insel. Und plötzlich all das, was man früher für unfassbar wichtig hielt, mit einem Mal bedeutungslos ist. Der ganze Streit, der ganze Hass. Alles, was du dir in der Fremde wünschst, ist einfach nur, zu Hause sein zu dürfen. Bei der Familie. Bei denen, die du liebst. Nichts sonst zählt, schon gar keine uralten Fehden, für die wir büßen müssen und doch nichts dafür können. Verstehst du?«

Doch Fillipu verstand ganz offensichtlich nicht, sein Gesicht wirkte verschlossen, er wandte sich unwillig ab und hämmerte den nächsten Nagel regelrecht in die Bordwand. »Lass uns nicht mehr davon reden, okay? Vielleicht brauchst du einfach nur ein bisschen Zeit, um hier wieder anzukommen.«

Den Gefallen konnte Matteu ihm leider nicht tun. »Ich kann verstehen, dass die Alten des Dorfes Probleme mit den Bonaceris haben, aber du? Was hast du je mit einem von ihnen zu schaffen gehabt?«

Fillipu ließ den Hammer sinken. »Ohne unsere Ehre sind wir nichts!«, rief er und es klang fast verzweifelt. Dies war das oberste Mantra, seit er klein war. Die eine absolute Sicherheit, an die er sich seit jeher hatte klammern können. »Wir haben dann nichts mehr.«

»Doch! Unser Leben.«

»Was zählt das? Ein Leben ohne Ehre ist schlimmer als der Tod!«

»Fillipu!« Fassungslos griff Matteu nach den Schultern seines Bruders. »Hörst du dich überhaupt reden? Merkst du nicht, was du da sagst? Hast du schon mal jemanden sterben sehen? Hast du seine Schreie gehört? Oder das Weinen derjenigen, die er zurückgelassen hat?«

Sein Bruder riss sich los. »Was soll das Gerede? Ich dachte, du würdest stolz auf mich sein. Ich jedenfalls war stolz auf dich. Wollte immer sein wie du. Was ist mit dir passiert da draußen? Du bist nicht mehr wie früher. Ich erkenne dich nicht wieder.«

»Vielleicht hast du recht«, sagte Matteu leise und fragte sich, ob ihn das Reisen verändert hatte oder ob er die Welt von Anfang an mit anderen Augen gesehen hat als die meisten Menschen seines Dorfes. »Möglicherweise bin ich nicht mehr wie früher. Möglicherweise hast du früher aber auch einfach nicht gewusst, wie ich wirklich bin.«

»Fillipu?«, schallte es plötzlich über den Strand. »Unsere Winde klemmt. Kannst du uns mal helfen?«

»Ja klar, ich komme sofort!« Fillipu wirkte regelrecht erleichtert über diese Unterbrechung, wie Matteu bedrückt feststellte.

Sein Bruder griff nach der Werkzeugkiste, wandte sich zum Gehen, doch Matteu hielt ihn am Arm zurück. »Das Leben ist schön«, sagte er mit Nachdruck. »Und gewaltig. Und voller Möglichkeiten. Es gibt so unendlich viele Arten, es zu führen. Und jede einzelne ist besser als Hass. Es gibt eine ganze Welt da draußen, weißt du? Freiheit. Auch von alten Fehden.«

Fillipu murmelte eine vage Antwort und eilte davon, als könne er der Diskussion gar nicht schnell genug entfliehen.

Erschüttert lehnte Matteu sich ans Boot, starrte düster zum Horizont. Kinder waren die Zukunft. Kinder waren Hoffnung. Wenn schon die Jungen voller Vorurteile waren, gab es beides nicht. Oder?

»Du isst ja kaum etwas, Matteu«, sagte seine Mutter mit gerunzelter Stirn, als sie am nächsten Tag beim Mittagessen saßen. »Du wirst doch wohl nicht krank?«

»Ich habe einfach nur keinen Hunger heute.« Und noch immer keine Nachricht von Letizia erhalten. So langsam machte er sich wirklich Sorgen.

»Eben!«, beharrte sie und es klang wie eine Antwort auf seinen Gedanken. Er machte eine wegwerfende Geste, doch sie behielt ihn beunruhigt im Auge.

Auch Fillipu warf ihm ab und zu einen seltsamen Blick zu, schien aber zu Matteus Erleichterung nicht mehr wütend auf ihn zu sein.

Sogar Matteus Vater saß mit ihnen am Tisch, zum ersten Mal seit Tagen. Sein Fieber war gestern überraschend gesunken und er hatte endlich geschlafen, ohne von Krämpfen geschüttelt zu werden. Der Husten war nach wie vor vorhanden, zudem war Lucien noch immer blass und kraftlos, doch Matteu konnte die Sache nicht länger hinausschieben – er musste jetzt mit ihm reden.

»Mama! Papa!«, erklang in diesem Moment ein helles Stimmchen und Jacqui kam mit strahlendem Gesicht ins Zimmer gerannt, die Schultasche noch auf den schmalen Schultern. »Mathilda hat gesagt, dass ihr Onkel bald zu Besuch kommt. Der lebt ganz weit weg und baut Flugzeuge. Also nicht selbst. Er zeichnet sie.« Sein Gesicht leuchtete ganz rot vor Aufregung. »Darf ich Mathilda besuchen, wenn er da ist?«

»Willst du etwa lernen, wie man Flugzeuge zeichnet?«, fragte Matteu.

»Und ich dachte, du gehst mit mir zum Fischen, wenn du groß bist«, wandte Fillipu belustigt ein.

Jacqui machte eine wegwerfende Geste, die er sich bei den Erwachsenen abgeschaut haben musste, und erklärte altklug: »Fischen kann doch jeder. Ich will Pilot werden und um die Welt fliegen. Wie ein Vogel. Aber in einem riesengroßen Flugzeug.«

Fillipu lachte, wirkte nicht beleidigt. »Na, dann viel Spaß. Ich für meinen Teil mache jetzt lieber an meinem winzig kleinen Boot weiter.« Er stand auf. Kurz glitt sein Blick zu Matteu, doch dann drehte er sich weg und ging.

Er hatte nicht gefragt, ob Matteu mitkäme. Das versetzte diesem einen Stich.

»Pilot, ha!«, schnaubte in diesem Moment Lucien. »Von solchen Spinnereien bekommt man nichts zu essen auf den Teller.«

Geknickt sah Jacqui zu Boden.

Caterina warf ihrem Mann einen missbilligenden Blick zu, bevor sie ihrem Jüngsten liebevoll über das Haar strich. »Das ist ein wirklich schöner Traum, mein Schatz.« Sie begann die benutzten Teller abzuräumen, während ihr Mann geräuschvoll seinen Stuhl zurückschob und langsam und unsicher nach draußen auf die Terrasse trat, wo er sich erschöpft in einem Korbsessel niederließ.

Matteu drückte den Kleinen fest an sich. »Wenn du Pilot werden willst, dann wirst du auch Pilot.«

»Wirklich?« Jacqui sah hoffnungsvoll auf.

Matteu nickte. »Natürlich. Du kannst alles erreichen, was du willst, wenn du dafür arbeitest.«

Jacqui lächelte erleichtert, zog seinen Teller zu sich heran und löffelte glücklich die Suppe in sich hinein.

Caterina legte Matteu die Hand auf den Arm und lächelte ihn dankbar an. »Du tust Jacqui gut. Seit du wieder da bist, ist er regelrecht aufgeblüht.«

»Ich bin doch keine Blume«, protestierte dieser mit vollem Mund.

»O doch, und zwar ein stacheliger kleiner Ginster«, gab seine Mutter liebevoll zurück und gab ihm einen Kuss auf die Stirn.

Matteu hingegen erhob sich schweren Herzens, trat auf die Terrasse hinaus und schloss die Tür hinter sich. »Papa, ich habe über eine Strategie zur besseren Vermarktung unserer Messer nachgedacht«, wagte er einen Vorstoß.

Sein Vater sah interessiert auf.

»In so gut wie jedem Dorf hier in der Gegend«, fuhr Matteu fort, »sitzt jemand, der Messer herstellt, aber der Verkauf reicht gerade so, um über die Runden zu kommen.«

»Wem sagst du das«, schnaubte Lucien.

»Wenn ich aber im letzten Jahr eines gelernt habe, dann, dass man in großen Dimensionen denken muss, um etwas zu erreichen, und wahre Größe braucht, um ernst genommen zu werden.«

Die Brauen seines Vaters zogen sich zusammen. »Wir sind Korsen! Jeder nimmt uns ernst oder er …«

»Jetzt hör mir doch erst einmal zu: Wir sollten uns zusammenschließen. Ausländische Händler werden ganz anders auf jemanden reagieren, der im Rücken über hundert Mann stehen hat, als auf jemanden, der allein für sich einstehen muss.«

»Ein Korse kann immer für sich allein einstehen«, grummelte sein Vater.

»Es wäre aber eine Vereinigung von Korsen und somit etwas, das unsere Identität stärkt, uns nach außen hin sichtbar macht. Ein Ausdruck von Unabhängigkeit und Nationalstolz. Von Zusammenhalt und Größe.«

Das war ein Gedanke, der seinem Vater sichtlich gefiel. Er lehnte sich zurück, strich sich um den Bart.

»Wenn du einverstanden bist, werde ich morgen mit ein paar Familien aus der Umgebung sprechen, die in unserem Handwerk tätig sind. Bei vielen von ihnen kann ich mir gut vorstellen, dass sie für diese Idee offen sind.«

Lucien legte nachdenklich den Kopf schief. »Unter der Führung der Familie Caratoli, meinst du.«

»Selbstverständlich.«

Sein Vater drehte und wendete die Idee, ein zufriedenes Lächeln breitete sich auf seinem Gesicht aus.

Matteu holte tief Luft. »Natürlich wären wir nur dann eine echte Vereinigung aller Messerschmiede der Umgebung und damit eine ernst zu nehmende Größe, wenn wirklich alle dabei sind. Also auch die Bonaceris.«

»Bonaceri?« Sofort verdüsterte sich das Gesicht seines Vaters. Es war, als hätte jemand in einem Haus plötzlich die Fensterläden zugeklappt und die Sonne ausgesperrt.

Hastig ergänzte Matteu: »Sie würden ja keine große Rolle spielen, nur einer von vielen im Bunde sein. Und wie du schon sagtest: unter unserer Führung.«

»Auf gar keinen Fall!«

»Aber ich denke, dass wir umso mehr Erfolg haben, je größer unsere Vereinigung ist …«

»Niemand aus der Bonaceri-Bande!«, unterbrach sein Vater ihn erbost.

»Aber warum?«

»Warum?« Das Gesicht seines Vaters wurde von einer Minute auf die andere puterrot. »Hast du vergessen, dass sie deinen Onkel Alain auf dem Gewissen haben?«

»Nein, habe ich nicht. Höchstens habe ich vergessen, womit der Streit überhaupt angefangen hat. War es ein Huhn, das jemand von ihren Vorfahren hat mitgehen lassen? Oder ein Bier, das einer unserer Vorfahren nicht bezahlt hat?« Er lachte. Doch da war er der Einzige. Die Temperatur auf der Terrasse sank urplötzlich um etliche Grad.

»Diese Vendetta hat zu viele Menschen das Leben gekostet, um sich darüber lustig zu machen«, knurrte sein Vater erbost.

»Genau darum geht es mir ja«, entgegnete Matteu, nun ebenfalls wieder ernst. »Sind es nicht inzwischen genug? Und für was? Die Leben hätten nicht fallen müssen. Nicht wegen falschen Stolzes und Ehrgefühls.«

Sein Vater atmete schwer, musterte ihn durchdringend. »Hast du da draußen etwa deine Wurzeln verloren?«

»Nein. Natürlich nicht.« Matteu schüttelte den Kopf und ergänzte betont leichthin: »Ich dachte nur, dass der Streit langsam mal beigelegt werden könnte. Immerhin sind nicht nur auf unserer Seite, sondern auch auf deren inzwischen wahrlich genug Menschen zu Tode gekommen. Und keiner von uns kann mehr was dafür, oder?«

»Streit? Du nennst das einen Streit? Etwas, das man einfach so beilegen kann? Willst du mich etwa beleidigen?«, röchelte sein Vater und ballte die Hände zu Fäusten. »Diese Vendetta wird erst beigelegt sein«, keuchte er mit plötzlich wieder stärker rasselnder Lunge, »wenn auch der letzte Bonaceri unter der Erde liegt! Und wir darüber stehen.«

»Aber das ist doch …« Verzweifelt rang Matteu die Hände. Am liebsten hätte er irgendetwas gegen die Wand geworfen. Wie konnte man nur so stur sein! So rückständig! So verbohrt! »Die Zeiten haben sich geändert. Im Mittelalter zu verharren, ist doch dumm, während der Rest der Welt an Fortschritt denkt. Deswegen unsere Firma zugrunde zu richten, noch viel mehr.«

»Pass auf, Junge, wie du mit mir sprichst!«, fuhr ihn sein Vater an und sprang erbost auf. »Ich bin noch immer …« Weiter kam er nicht, ein Hustenanfall packte ihn und schüttelte seinen ganzen Körper.

Erschrocken rannte Matteu ins Haus, fand seine Mutter in der Küche. »Wo ist Papas Medizin? Schnell!«

Seine Mutter ließ das Geschirrtuch fallen, lief zum Küchentisch, schnappte sich den Inhalator und folgte Matteu nach draußen.

Lucien wurde noch immer vom Husten geschüttelt, griff wie ein Ertrinkender nach dem Inhalator, sog dessen Inhalt mit rasselndem Atem ein. Erneut standen ihm Schweißtropfen auf der Stirn, war sein Gesicht leichenblass.

Es dauerte eine ganze Weile, bis der Hustenreiz und die Kurzatmigkeit endlich nachließen, seine Atemzüge wieder ruhiger und tiefer wurden. Doch auch wenn er jetzt wieder Luft bekam, rappelte es noch bedrohlich in seiner Lunge.

Matteu ließ sich erschöpft und bedrückt in den Stuhl sinken, legte seine Hand auf den Arm des Vaters, doch dieser stieß sie unwillig weg.

»Es tut mir leid, Papa«, sagte Matteu, tief getroffen. »Ich wollte dich wirklich nicht verärgern und ich möchte weder undankbar erscheinen noch respektlos. Ich verstehe nur nicht, wieso man nicht endlich einen Schlussstrich unter diese alte Geschichte ziehen kann.«

»Das ist keine alte Geschichte«, keuchte sein Vater grimmig.

Caterina bedachte ihren Sohn mit einem schneidenden Blick und schüttelte mahnend den Kopf, um ihm zu bedeuten, dass er das Thema beenden solle, doch das konnte er nicht. Es ging einfach um zu viel.

»Aber die Welt da draußen hat sich verändert. Nur wir hier auf dieser Insel drehen uns im gleichen Hamsterrad wie vor hundert Jahren. Wäre es da nicht ein guter Anfang, geschäftlich etwas Neues zu wagen und dazu auch die Bonaceris …«

»Niemals!«, stieß sein Vater wütend aus und sprang abermals auf, dieses Mal so heftig, dass sein Stuhl nach hinten kippte und zu Boden polterte.

Bestürzt sprang Matteu ebenfalls auf. »Denk doch an Jacqui. An seine Zukunft.«

»Das tue ich«, schleuderte sein Vater ihm entgegen und rief mit hassverzerrtem Gesicht: »Niemals, solange ich lebe, wird ein Caratoli mit einem aus der Bonaceri-Sippe Geschäfte machen! Und niemals …« Weiter kam er nicht, der Husten überfiel ihn erneut, heftiger noch als zuvor, sodass er sich am Gartentisch festhalten musste, mit zittrigen Händen abermals nach dem Inhalator griff.

»Lucien!«, rief Matteus Mutter erschrocken, fasste ihn an den Schultern und half ihm auf seinen Stuhl. »Beruhige dich, bitte, du musst ganz ruhig und tief atmen.«

Röchlend rang Lucien nach Atem, trotz des Inhalators nahm sein Husten kein Ende. Sein Gesicht war so fahl wie der Mond bei Nacht.

»Es tut mir leid«, flüsterte Matteu, sah seine Mutter entschuldigend an. »Ich wollte doch nur …«

»Nein! Lass es!« Sie war fast so blass wie ihr Mann, funkelte Matteu wütend an. »Es regt ihn zu sehr auf! Siehst du nicht, in welchem Zustand er ist? Willst du ihn etwa umbringen?«

»Nein«, flüsterte Matteu bestürzt. »Natürlich nicht.«

»Dann hör endlich damit auf!«

Wie betäubt erhob sich Matteu.

Die Luft war trocken, die Sonne brannte, als Matteu am nächsten Tag mit Jacqui hinter sich auf der Vespa die staubige

Straße entlangkurvte. Der erlösende Regen wollte einfach nicht niedergehen.

Sein kleiner Bruder hatte unbedingt mitkommen wollen, wie immer, egal, wohin Matteu ging. Heute war Matteu besonders froh, ihn dabeizuhaben. Er verspürte noch immer diese unfassbar lähmende Ohnmacht, in die ihn das Gespräch mit seinem Vater geworfen hatte. Jacquis fröhliches Wesen, sein Lachen und seine Begeisterung für alles und jeden, und sei es nur ein Vogel am Himmel, halfen ihm, sich aus dem Sumpf seiner Sorgen nach oben zu kämpfen.

Er würde nicht aufgeben. Er würde einen Weg finden, diese ganzen Vorurteile, diesen unsinnigen Hass aus der Welt zu schaffen. Und er musste Letizia sehen. Sie hören, riechen, spüren. Ein weiterer Tag ohne eine Nachricht von ihr wäre sein Untergang. Die Sehnsucht nach ihr verursachte ihm regelrecht körperliche Schmerzen. So viel Zeit war vergangen seit ihrer letzten Begegnung und er hatte seitdem nichts mehr von ihr gehört. Schlimmer noch: Sie nahm zwar seine Nachrichten entgegen, antwortete aber nicht darauf. Er konnte nicht mehr essen, nicht mehr schlafen, die Frage nach dem *Warum* brachte ihn noch um den Verstand.

Als sie schließlich das alte Grabmal erreichten, das auf halber Strecke zwischen Campolo und Bocognacce aus der Erde ragte, war seine Kehle trocken, schlug sein Herz wild in seiner Brust.

Er brachte die Vespa zum Stehen, half seinem Bruder herunter und machte ihn auf den Bach aufmerksam, der sich neben der Straße den Hang hinunterschlängelte. Schnell war Jacqui davon abgelenkt und damit beschäftigt, Steine für einen kleinen Staudamm aufzuschichten.

Vanonceri, der Name der Familie, die hier begraben lag, stand über dem säulenbewehrten Eingang in Stein gemeißelt. Es war das älteste Mausoleum der Gegend, und es gab keine

Nachkommen dieser Familie mehr, dennoch würde ihr Name nicht in Vergessenheit geraten, solange dieses Bauwerk Bestand hatte. Was es ihnen jetzt allerdings nützte, dass sie solch ein prachtvolles Totenhaus ihr Eigen nannten und den unglaublichen Ausblick das Tal hinunter und in die Ferne nun doch nicht genießen konnten – er wusste es nicht. Ebenso konnte er nicht nachvollziehen, wieso offenbar für so viele Menschen das Früher und die Zeit nach dem Tod wichtiger waren als das Jetzt und Hier.

Doch vielleicht würde ja gerade dieses Grabmal letztendlich zur Verbindung von Vergangenheit und Gegenwart und zweier verfeindeter Familien beitragen.

Hoffnungsvoll ging Matteu um das Mausoleum herum.

Auf der Rückseite, unter der reliefartigen Andeutung eines Fensters, befand sich eine nur faustgroße Höhlung. Er sah sich sorgsam um, bevor er in die Hocke ging, ein paar vor der Öffnung aufgeschichtete Steine entfernte und hineinspähte. Nichts. Es war, als hätte sich die rettende Oase kurz vor deren Erreichen als Fata Morgana entpuppt, sodass er durstig weiterirren musste.

Zunehmend hektischer, verzweifelter tastete er den kleinen Hohlraum mit der Hand ab, doch er blieb leer.

Er ließ die Hand sinken, lehnte die Stirn an den warmen Stein.

Er verstand das einfach nicht. Wieso reagierte sie nicht mehr auf seine Nachrichten? War etwas geschehen, das sie ihre Meinung hatte ändern lassen? Glaubte sie nicht mehr an ihre Liebe? Bereute sie, was geschehen war?

Er hatte ihr Bild vor Augen, wie sie beim letzten Mal, nachdem sie sich geliebt hatten, den Kopf auf seinen Arm gebettet hatte und erschöpft eingeschlafen war. Auch er war müde gewesen, wahnsinnig müde, hatte er doch zuvor noch an Fillipus Boot gearbeitet. Doch um keinen Preis hatte er einschlafen, vielmehr jede Minute mit ihr bis zur letzten Sekunde auskosten wollen. In seiner Erinnerung lauschte er ihrem Atem, spürte ihren Herzschlag, betrachtete, wie ihre Augenlider im Schlaf flatterten, und hoffte, sie würde von ihm träumen. Jede Minute mit ihr war ein Geschenk. Jedes Mal, wenn er sie endlich sah, überwältigte ihn ein solches Glücksgefühl, dass er selbst über die Heftigkeit seiner Emotionen erschrak.

Mühsam riss er sich zusammen, griff in seine Hosentasche und zog den vorbereiteten Zettel hervor. Nur eine Uhrzeit und ein Tag, sonst nichts. Er legte das Papierchen in die kleine Höhle und verschloss diese wieder, bevor er niedergeschlagen nach Jacqui rief. »Auf gehts!«

»Ich muss aber mal.«

»Na, dann schlag dich in die Büsche, ich warte.« Er lehnte sich gegen das Grabmal, starrte nachdenklich zu Boden, nahm nur am Rande das Röhren eines Motors wahr. Als ein Wagen hinter ihm um die Kurve bog und sich ihm klappernd näherte, sah er nicht einmal auf. Das Auto holperte an ihm vorbei, hielt plötzlich an. Irritiert sah Matteu auf und stieß im nächsten Moment einen leisen Fluch aus, als er sah, wer da auf der Beifahrerseite aus dem dunkelgrünen Renault kletterte.

»Jetzt hör doch auf!«, rief eine tiefe Stimme. »Steig wieder ein!«

»Warte. Ich hab da was zu klären!« Schwankend stapfte Edmond auf Matteu zu. »Was hast du hier zu suchen?«, knurrte er, die Augenbrauen zusammengezogen.

Edmonds Alkoholfahne war selbst aus dieser Entfernung zu riechen und Matteu verzog angewidert das Gesicht. »Ich sehe mir die Landschaft an.«

»Tja, dann solltest du das lieber woanders tun.«

»Ich wusste nicht, dass diese Straße dir gehört.« Zu seinem eigenen Ärger schaffte er es nicht ganz, die Ironie aus seinen Worten zu verbannen.

Der andere kniff die Augen zu schmalen Schlitzen zusammen. »Du weißt eine ganze Menge nicht.«

»Lass den Scheiß und steig wieder ein!«, tönte es aus dem Wagen.

Edmond ignorierte die Aufforderung, kam drohend näher. »Hau bloß ab!«

Matteu verbiss sich die Antwort, die dieser Kerl verdient hatte, zwang sich zur Ruhe. »Mach ich, bin schon auf dem Weg.«

»Ach ja? Du wirst gleich sehen … ähm …« Edmond hielt verwirrt inne, als seinem alkoholgeschwängerten Verstand klar wurde, dass der erwartete Widerstand ausblieb. Er spuckte verächtlich aus. »Lass dich hier bloß nicht mehr blicken!«

»Alles klar, verstanden.«

Das Gesicht des Trunkenbolds hatte sich verdüstert. Er war ganz auf eine Schlägerei aus, und dass Matteu ihm dafür keinen Grund bot, ärgerte ihn offensichtlich massiv. Matteu schaffte keine fünf Schritte in Jacquis Richtung, bevor Edmond sich ihm in den Weg stellte. Er war offenbar zu dem Schluss gekommen, dass er keinen Grund für einen Streit benötigte. »Du und deine dreckige Familie werdet euch noch wundern! Ich weiß, was ihr vorhabt!«

»Da weißt du mehr als ich.«

Falten gruben sich in Edmonds Stirn, als er angestrengt nachzudenken versuchte, was damit gemeint war. Es wunderte Matteu, dass er beim Denken nicht gleich auch noch die Lippen bewegte. Entweder war der Kerl nie besonders helle gewesen, oder er hatte sich bei den zahlreichen Schlägereien, von denen seine zermatschte Nase kündete, das letzte bisschen Gehirn rausgeprügelt.

»Jacques!«, rief Matteu, ohne Edmond aus den Augen zu lassen. »Wir müssen heim!«

Unsicherheit huschte über das Gesicht des Stiernackens, hastig trat er ein paar Schritte zurück. Im nächsten Moment jedoch machte sich ein selbstgefälliges Grinsen darauf breit, als er den kleinen Jungen zwischen den Bäumen herbeilaufen sah. Er war ganz offensichtlich nur dann mutig, wenn er sich überlegen wähnte.

Matteu wandte sich um, streckte Jacqui die Hand entgegen. »Komm, wir nehmen einen anderen Weg.«

Edmond spuckte erneut hörbar aus. »Ich wusste, dass ihr allesamt Feiglinge seid!«

Jacques sah seinen Bruder unsicher an, umklammerte seine Hand, doch Matteu schüttelte den Kopf. Nicht reagieren. Die Sache durfte einfach nicht erneut eskalieren.

»He!«, schrie Edmond hinter ihnen erbost. »Ich rede mit dir!«

Matteu ignorierte ihn und hob seinen kleinen Bruder auf den Rücksitz der Vespa, fühlte sich aber plötzlich am Arm gepackt.

»Glaubst du, du kannst mich einfach so stehen lassen?«, zischte Edmond und Speicheltropfen spritzten durch die Luft. »Du gehst erst, wenn ich es dir erlaube!«

Matteu riss sich los. »Hör mal, hier sitzt ein kleines Kind. Du kannst mir gern Zeit und Ort nennen, aber nicht hier und nicht jetzt!« Er würde nicht zulassen, dass Jacqui Angst bekam.

»Es reicht, Edmond!«, tönte es vom Wagen her. »Lass den Quatsch!«

Matteu blickte abgelenkt hinüber. Ein zweiter Mann war ausgestiegen. Der von neulich, von der Hummerbucht – Edmonds Adoptivbruder Cristo.

Und dann passierte alles anscheinend gleichzeitig: Jacqui schrie auf, Cristo stieß einen Fluch aus, aus dem Augenwinkel sah Matteu Metall aufblitzen, reflexartig fuhr er herum, schlug mit Wucht den Arm des Betrunkenen fort, dessen Messer in hohem Bogen ins Gebüsch flog.

Für einen Sekundenbruchteil erstarrte Edmond, dann jedoch brüllte er auf, wollte sich auf Matteu stürzen, doch dessen Faust schoss vor, versetzte dem anderen einen Schlag gegen den Solarplexus. Wimmernd brach Edmond vornüber zusammen, schrammte mit dem Gesicht an der Vespa vorbei und stöhnte auf.

Angespannt sah Matteu Cristo entgegen, die Fäuste schlagbereit erhoben. Würde der andere ihn ebenfalls angreifen? Er sah nicht minder kräftig und bullig aus als Edmond. Sekundenlang maßen sie sich mit Blicken. Abschätzend. Vorsichtig.

Plötzlich schrie Edmond auf, fasste an seine Wange und starrte käsebleich seine Hand an. »Ich blute! Ich blute! Das Schwein hat mich abgestochen!«

»Hat er nicht, du Idiot! Du hast dich an der Vespa verletzt. Deiner eigenen Blödheit wegen«, wies ihn Cristo schroff zurecht und der Bann war gebrochen.

Matteu ließ die Hände sinken.

Cristo wandte sich ihm mit erschöpftem Gesichtsausdruck zu und schüttelte den Kopf. »Mein Bruder hat leider zu tief ins Glas geschaut. Es tut mir wirklich unbeschreiblich leid, dass der Kleine diese Szene hier mit ansehen musste. Ich wäre dir dankbar, wenn ... das unter uns bleiben würde. Die unbedachte Handlung eines Betrunkenen ist der denkbar dümmste Grund überhaupt, um ... Unglück heraufzubeschwören.«

Matteu konnte kaum glauben, was er da hörte, atmete erleichtert aus. Er hatte schon fast die Hoffnung aufgegeben, dass es noch Menschen gab, die nicht gleich zu einer Vendetta aufriefen, sondern so dachten wie er selbst. »Das sehe ich genauso.« Sie nickten sich knapp zu, Cristo legte sich Edmonds Arm um die Schultern und schleppte ihn fort, Matteu hingegen wandte sich besorgt seinem kleinen Bruder zu und fasste diesen am Arm. »Alles gut, kleiner Vogel. Du musst keine Angst haben. Das war nur ein Trunkenbold.«

Vertrauensvoll blickten große braune Augen zu ihm auf. »Ich hatte keine Angst. Du warst ja bei mir.«

Matteu zog ihn an sich. »Und das werde ich immer sein«, flüsterte er. Dessen war sich Matteu jetzt sicherer als je zuvor. Wenn es auf der Gegenseite Menschen wie diesen Cristo gab, war noch nicht alles verloren. Wenn er ihm von seiner Idee mit dem Vertrieb der Messer erzählte, ihn davon überzeugen konnte, dass es besser war, zusammen statt gegeneinander zu arbeiten, dann war alles möglich – sogar eine Zukunft für Letizia und ihn. Wenn sie sich nur endlich melden würde!

Er stieg auf die Vespa, startete sie. Sein kleiner Bruder schlang seine dünnen Ärmchen um seine Taille und schmiegte sich an seinen Rücken. Als er an den beiden Bonaceris vorbeifuhr, hob Edmond den Kopf, sah ihm direkt in die Augen.

Seine Wange troff vor Blut, sein Blick war voller Hass.

Kapitel IV

Heute

Eine schlaflose Nacht liegt hinter mir, als ich unruhig im Hotelzimmer hin und her tigere.

Ich habe Dean von meiner Erkenntnis, nein, meiner Vermutung erzählt, dass mein Traum in Wahrheit eine verdrängte Erinnerung sei. Er hat mich gar nicht ernst genommen, es auf meinen Zusammenbruch zurückgeführt. Dabei war es ja genau umgekehrt. »Das ist doch total hirnrissig«, hatte Dean gesagt. »Warum sollte dein Vater dir etwas verheimlichen?«

Genau das ist die Frage. Die ganze Nacht habe ich darüber gegrübelt. Ebenso über die, warum mir dieser Verdacht ausgerechnet hier auf Korsika kam. Mich schlagartig mit solcher Wucht überfallen hat.

Ich wünschte, ich könnte, meinen Vater danach fragen, doch die Hoffnung, von ihm mehr zu erfahren, muss ich vorerst begraben, er ist noch immer nicht erreichbar. Wohl oder übel muss ich warten, bis er sich bei mir meldet.

Ich bleibe stehen, strecke müde das Kreuz durch. Draußen steht die Sonne bereits hoch am Himmel, doch ich bin völlig durch den Wind und halte es im Zimmer nicht mehr aus.

Dean sitzt auf einem der beiden Korbstühle, das Handy wie immer in der Hand. Vor ihm, auf dem niedrigen

Couchtischchen, steht sein aufgeklappter Laptop, auf dem Boden um ihn herum liegen ein paar Zeitschriften. Der von ihm gestern herbeigerufene Arzt konnte auch nichts anderes sagen, als dass ich darauf achten solle, regelmäßig zu essen, viel zu trinken und mich nicht zu lange in der prallen Mittagssonne aufzuhalten.

»Dean?«

»Hm?«

»Ich brauche frische Luft.«

»Geh doch auf den Balkon.«

Ich verdrehe die Augen. »Ich meinte: Ich würde gern noch eine Runde draußen drehen.«

Er sieht nicht einmal vom Bildschirm auf. »Hat das nicht Zeit bis morgen?«

»Nein, hat es nicht! Mir fällt hier grad die Decke auf den Kopf.«

»Wir waren grad beim Mittagessen.«

»Aber hier im Hotel! Lass uns doch am Hafen spazieren gehen. Ein kleiner Tapetenwechsel würde mir sicher guttun.«

»Ich bin gerade beschäftigt, das siehst du doch.« Noch immer hat er den Blick auf den Bildschirm gerichtet.

»Das bist du ständig«, seufze ich. »Lass uns doch wenigstens heute Abend mal ausspannen.«

»Morgen, okay? Heute habe ich wirklich keine Zeit. Außerdem solltest du dich noch ein bisschen schonen. Morgen also.«

»Wie immer«, empöre ich mich. »Immer heißt es: ›Lass uns morgen drüber reden‹, oder: ›Können wir das nicht morgen tun?‹ Ich habe es satt.«

»Entschuldige mal! Ich arbeite schließlich für unser beider Zukunft, während du Urlaub machst.«

»Im Moment arbeitest du nur für dein Ego!«

Jetzt sieht er doch auf, eine tiefe Falte gräbt sich zwischen seinen Augenbrauen ein. Plötzlich klappt er den Laptop zu, sammelt die Zeitschriften ein und klemmt sie sich unter den Arm. »Unter diesen Umständen arbeite ich lieber nebenan weiter!« Er greift nach PC und Handy und marschiert beleidigt ins Schlafzimmer.

Reflexartig will ich ihm nach und mich entschuldigen, doch vor der Tür halte ich plötzlich inne. Stellenweise ist die weiße Farbe vom Holz abgesplittert. Auch von mir ist schon so viel abgesplittert. Von der Justine, die ich einmal war. Plötzlich fürchte ich, dass ich bald ganz verschwinde, wenn ich nicht endlich meinen eigenen Trampelpfad in die Welt setze. Meine eigenen Spuren hinterlasse. So oft schon bin ich Dean hinterhergelaufen, um seine gekränkte Eitelkeit zu streicheln und wieder für gute Stimmung zu sorgen. Wieso eigentlich? Wieso nicht stattdessen jetzt einfach wortlos umdrehen und gehen?

Ich greife mir meine Tasche und marschiere aus dem Hotelzimmer. Als die Tür hinter mir ins Schloss fällt, höre ich noch Deans verdutztes »Justine?«, doch ich reagiere nicht.

Unten in der Hotelhalle nicke ich dem Hauswirt freundlich zu, trete vor die Tür und atme tief durch. Der Abend ist mild, die Luft süß. Alles wirkt so … normal, dass mir dieser furchtbare Moment gestern, diese vermeintliche Gewissheit, tatsächlich wie ein Hirngespinst vorkommt. Vielleicht hat Dean ja doch recht.

Als ich die zwei mächtigen Palmen im Vorgarten passiert habe, sehe ich die Gestalt, die auf der hüfthohen Gartenmauer sitzt: Raphaël.

Es durchfährt mich heiß und kalt auf einmal. »Was tust du denn hier?«

»Auf dich warten. Und nach dir sehen.«

»Tja, das hast du offensichtlich geschafft, dann kannst du ja nun gehen.« Ich passiere das Tor, ohne ihn anzusehen, doch er greift sanft, aber bestimmt nach meinem Arm. Seine warmen Finger auf meiner nackten Haut lassen mich innerlich erbeben.

Ich schüttele seine Hand ab. Die Haut, wo er mich berührt hat, prickelt.

»Du hast so kurz angebunden auf meine Nachrichten geantwortet«, sagt er mit belegter Stimme.

»Ich hatte keine Zeit«, behaupte ich. Er hatte sich erkundigt, wie es mir geht. Er scheint einfach nicht begreifen zu wollen, dass ich Dean habe. Überhaupt ist doch eigentlich er mit seinen ewigen Spitzen gegen Dean schuld daran, dass es zwischen Dean und mir gerade so schlecht läuft. Jedenfalls versuche ich mir das einzureden.

»Ich habe mir wirklich Sorgen um dich gemacht«, sagt er mit Nachdruck. »Genau wie gestern. Du hast mir einen wahnsinnigen Schreck eingejagt, als du einfach umgefallen bist. Ehrlich gesagt …«, ein Funkeln blitzt in seinen Augen auf, »… ich war schon kurz davor, es mit Mund-zu-Mund-Beatmung zu versuchen.«

Obwohl ich nicht glaube, dass er das ernst meint, wird mir allein schon bei der Vorstellung ganz heiß.

»Aber ich glaube«, fährt er mit schiefem Lächeln fort, »dann wäre Mister Ich-habe-die-Haare-Schön vollends durchgedreht.«

Wider Willen muss nun auch ich schmunzeln. »Hör auf, so über Dean zu reden«, gebe ich halbherzig zurück.

»Das kann ich nicht.«

»Ach, und wieso bitte nicht?«

»Weil er dir nicht guttut.«

»Woher willst du das wissen?«, begehre ich empört auf. »Woher willst du überhaupt irgendetwas über mich wissen? Und hör endlich damit auf, so zu tun, als wäre ich dir irgendwie wichtig!« Ich bin wütend, weiß aber nicht einmal wirklich, ob auf ihn oder auf mich.

Er sieht mit einem Mal ehrlich verletzt aus, doch das ist mir egal. Was bildet er sich ein? Kommt einfach so aus dem Nichts, bringt mein Leben durcheinander, bringt *mich* durcheinander und lässt mich dann im Regen stehen. Lässt mich an Dean und unserer Beziehung zweifeln.

»Ich habe auf dich gewartet«, reißt er mich aus meinen Gedanken. »Hatte gehofft, du würdest im Laufe des Tages mal rauskommen.«

»Ja klar«, sage ich sarkastisch. »Und vermutlich sitzt du deshalb schon seit zwei Stunden hier herum, was?«

»Seit vier, um genau zu sein.«

Ich schüttele mit gerunzelter Stirn den Kopf, weiß nicht, was ich von seinen Worten halten soll. Was ich von *ihm* halten soll. Das Einzige, was ich weiß, ist, dass ich mich in seiner Nähe fühle, als hätte jemand meine Gefühle in den Schleudergang einer Waschmaschine gepackt. »Und warum bist du dann nicht reingekommen und hast dem Hauswirt gesagt, dass du mit mir reden möchtest?«, frage ich skeptisch.

»Ich glaube nicht, dass ein ruhiges, geschweige denn sinnvolles Gespräch möglich gewesen wäre, wenn Dean gehört hätte, dass ich hier unten stehe.«

Da hat er wohl leider recht. Trotzdem bin ich nicht bereit, so schnell nachzugeben. Mir einzugestehen, dass ihm wirklich etwas an mir liegen könnte. Weil die Wahrheit dahinter gefährlich ist. Ich verschränke die Arme vor der Brust, hebe herausfordernd das Kinn. »Und wenn ich gar nicht rausgekommen wäre?«

»Wäre ich morgen noch mal gekommen. Und übermorgen. Und …«

»Warum?«, unterbreche ich ihn ungläubig.

Er zögert, in seinem Gesicht arbeitet es.

»Warum?«, frage ich erneut, die Stirn gerunzelt, die Stimme kräftiger.

Etwas flackert in seinen Augen, doch ich kann den Ausdruck auf seinem Gesicht nicht deuten. »Weil es für manche Dinge keine Erklärung gibt. Weil manche Dinge, Gefühle einfach da sind.« Er sieht auf, die Intensität seines Blickes raubt mir den Atem.

»Das ist doch keine Antwort«, stammele ich benommen.

»Ich hoffe, dass du trotzdem mitkommst.«

»Was? Wann? Wohin?«, frage ich verwirrt.

»Ich dachte, wir könnten vielleicht am Hafen spazieren gehen. In meiner Wohnung fällt mir die Decke auf den Kopf. Und du siehst ebenfalls aus, als könntest du etwas Frischluft vertragen.«

Ich blinzele perplex, dann fange ich plötzlich an zu lachen. Völlig unpassend, doch es geht nicht anders. Vielleicht braucht meine Anspannung ein Ventil, vielleicht ist es eine Übersprunghandlung. Vielleicht wundere ich mich aber auch einfach über die seltsamen Wege, die das Leben manchmal geht.

Er guckt verwirrt, weiß nicht, was ich so witzig finde. Wie auch, er kann ja nicht ahnen, dass er gerade fast die gleichen Worte verwendet hat wie ich gegenüber Dean. Doch dann lacht er mit, und es ist, als würde unser Lachen eine unsichtbare Barriere zwischen uns niederreißen. Uns einander näher bringen, als Worte es je könnten.

Als der Tag sich dem Ende zuneigt, sitze ich noch immer auf dem warmen Stein der Außenmole *Jetée du Dragon*, in der Hand ein Glas Wein aus einem der Cafés, und lausche Raphaëls warmer Stimme. Es ist verrückt, wie natürlich es sich anfühlt, hier mit ihm die Füße vom Kai baumeln zu lassen und über Gott und die Welt zu reden.

Rechts von uns ragt der Leuchtturm mit dem roten Anstrich auf, links von uns die beleuchtete Zitadelle. Musik dringt leise von den Cafés und Restaurants, die das Ufer säumen, zu uns herüber. Ihre Lichterketten tanzen als bunte Farbkleckse über das Wasser, das so müde gegen die Mole schwappt, als sei selbst für das Meer bald Schlafenszeit.

Ich nippe an meinem Glas, spüre dem herbsüßen Geschmack des Weines nach, der sich warm in meinem Magen ausbreitet und heiße Ausläufer durch meine Glieder schickt.

Zum ersten Mal seit Langem kann ich meine Beunruhigung über die seltsamen Ereignisse der letzten Tage beiseiteschieben. Ja, sogar der Streit mit Dean tritt in den Hintergrund – und das, obwohl er mir noch immer nicht geantwortet hat. Denn obwohl ich noch sauer auf ihn bin, habe ich ihm natürlich trotzdem in einer Nachricht mitgeteilt, wo ich mich befinde. Zwei blaue Häkchen haben deutlich gemacht, dass er die Nachricht gelesen hat. Eine Antwort habe ich allerdings nicht bekommen. Ganz offensichtlich ist er nach wie vor beleidigt.

Doch das alles scheint jetzt und hier keine Rolle zu spielen. Raphaëls Nähe wirkt wie eine Droge auf mich, ich fühle mich berauscht, erregt und aufgedreht.

»… das war das letzte Mal, dass ich mit Louis joggen war«, beendet Raphaël gerade eine Geschichte, und ich muss so sehr lachen, dass ich mit dem Ellbogen gegen die Weinflasche stoße und sie um ein Haar ins Meer gefallen wäre.

Eilig greifen wir beide danach, unsere Finger berühren sich, unsere Blicke treffen sich. Ein sanftes Kribbeln pulsiert durch meine Adern und ich genieße das Gefühl wie von Millionen zerplatzenden Champagnerbläschen in meinem Magen. Ja, mag sein, vielleicht bin ich ein bisschen beschwipst. Vielleicht sogar sehr. Auf jeden Fall aber bin ich so glücklich wie schon lange nicht mehr. Es scheint eine halbe Ewigkeit her zu sein, dass ich mich so leicht und frei gefühlt habe.

Langsam, sehr langsam, zieht er seine Hand zurück, und Stille breitet sich zwischen uns aus, doch es ist eine angenehme Stille, eine, in der ich mich verstanden fühle.

Stumm lauschen wir der Musik und dem Plätschern der Wellen. Ein übergroßer Mond überzieht das Wasser mit Diamantstaub und taucht die vor Anker liegenden Luxusjachten in ein schimmernd weißes Licht.

»Es tut mir immer noch furchtbar leid«, sagt er schließlich leise. »Ich hätte dir nichts von … du weißt schon … erzählen sollen.«

Meine Kehle wird eng. »Schon gut. Du konntest das nicht wissen. Also kein Grund, sich schuldig zu fühlen.«

Er nickt, doch zugleich spannt sich sein Körper an, und ich habe das verrückte Gefühl, dass nicht seine Erzählung über die brennende Macchia der Grund für sein Schuldgefühl ist. Doch das ist absurd. Was sollte es denn sonst sein?

»Willst du mir erzählen, was das für Albträume sind, von denen Dean gesprochen hat?«, fragt er behutsam.

Ich starre auf das Wasser hinaus.

»Es ist nur einer«, sage ich leise. »Der … Psychologe, bei dem ich war, sagt, es sei … eine Reaktion auf den Tod meiner Mutter. Ein Trauma. Sie … sie starb bei einem Autounfall. Ich kann mich nicht mehr daran erinnern, wie ich davon erfuhr. Und auch an sonst nichts, was an dem Tag geschehen ist oder an den Tagen davor oder danach. Eine … eine Schutzreaktion meines Geistes, meinte er. Und … mein Albtraum war meine Vorstellung davon, wie … das … gewesen sein musste. Wie sie … im Auto verbrannte.«

»Also warst du nicht dabei?«

Ich schließe die Augen, und da sind sie wieder: Die Hitze, die sich in meinen Körper frisst. Das Brennen auf meiner Haut. Und das in meinem Herzen. Und dieses Gesicht. Dieses Gesicht hinter den Rauchschwaden. Ich kämpfe gegen den Horror in meinem Kopf an. Gegen das Feuer. Die Schreie. Die Angst. Und das Bild des Gesichts meiner Mutter inmitten der Flammen.

Unwillkürlich greife ich nach Raphaëls Hand, und er umschließt die meine, warm und fest. Seine Berührung hält mich, hilft mir, im Hier und Jetzt zu bleiben. »Doch«, flüstere ich. »Ich habe es mit angesehen.«

Ich kann es nicht mehr leugnen, kann mich nicht mehr selbst belügen. »All diese schrecklichen Bilder kamen immer, wenn ich schlief. Aber neulich, auf der Terrasse dieser Taverne, da … da war ich wach. Das, was mich da überfiel, war kein Traum. Es war ein Flashback. Ich … ich habe …« Ich breche ab, hole tief Luft. »Diese Bilder sind kein Produkt meiner Fantasie. Sie sind eine Erinnerung. Wahrscheinlich hat mich der Schock damals diese Erinnerung verdrängen lassen, aber jetzt bin ich mir absolut sicher: Ich war dabei, als der Unfall geschah. Ich habe den brennenden Wagen mit eigenen Augen gesehen.«

Raphaëls Daumen streicht beruhigend über meinen Handrücken, und ich bin verzweifelt darum bemüht, mich darauf zu konzentrieren, um mich nicht erneut in meinem Schmerz zu verlieren. Raphaël ist mein Anker.

»Hast du auch gesehen, wie es zu dem … Unfall kam?«

»Daran kann ich mich nicht erinnern. Ohnehin kann ich mich an nichts mehr erinnern außer an das Feuer. Ich war noch sehr klein und …« Ich habe Mühe zu atmen, Tränen brennen in meinen Augen. »Ich … ich weiß nur, dass … ich kurz vor ihrem Tod ein rotes Buch geschenkt bekam.«

Er sieht mich erstaunt an. Er muss mich für verrückt halten. Meine Mutter ist gestorben und ich erinnere mich nur an ein rotes Buch. »Das ist mir erst hier wieder eingefallen«, ergänze ich wie zur Entschuldigung. »Ich meine, das hört sich jetzt total verrückt an, aber … in einem Laden hier habe ich ein rotes Buch gesehen, und da … da ist diese Szene plötzlich irgendwie wieder aus meiner Erinnerung aufgetaucht.«

Sein Gesicht wirkt mit einem Mal merkwürdig starr. Er hält mich wohl für genauso verrückt, wie Dean es tut. »Natürlich nicht dasselbe Buch«, stottere ich, auch wenn ich mir nach wie vor sicher bin, dass es doch so ist. »Wahrscheinlich einfach nur irgendein rotes Buch, aber es war der Auslöser.«

»Und dein Vater hat dir nie gesagt, dass du dabei warst, als … deine Mutter starb?«

Ich schüttele bedrückt den Kopf. »Sicherlich wusste er gar nicht, dass ich den Unfall mit angesehen habe. Ich war ein Kind, habe mich vielleicht irgendwo versteckt und er ahnte nichts von meiner Anwesenheit. Und ich von mir aus habe ja offenbar nicht darüber gesprochen, weil ich unter Schock stand. Und später hat er wahrscheinlich nicht mehr als unbedingt nötig über den Tod meiner Mutter reden wollen, um nicht alles noch schlimmer zu machen für mich.« So muss es gewesen sein, etwas anderes kann und will ich nicht glauben.

Raphaël nickt und schweigt eine Weile nachdenklich, fragt dann: »Aber du weißt, wo der Unfall passiert ist, oder?«

»Bei Lancaster. Also in Ohio. Wieso?«

»Sicher, dass er nicht woanders geschah?«

Verwirrt blinzele ich, ziehe meine Hand zurück. »Natürlich bin ich sicher!«

»Warum?«

»Wieso? Weil … weil … weil mein Vater es gesagt hat. Und er würde mich niemals belügen! Was soll diese blöde Frage?« Ich rücke etwas von ihm ab.

»Es tut mir leid, ich wollte nicht … ich habe nur … Ich habe einfach die Erfahrung gemacht, dass die Dinge leider oft nicht so sind, wie sie auf den ersten Blick scheinen.«

»Warum sollte sich jemand so etwas ausdenken?« Meine Stimme überschlägt sich fast. »Meine Mutter ist bei dem Autounfall in der Nähe von Lancaster gestorben. Hör auf, da mehr hineininterpretieren zu wollen, du kennst mich doch gar nicht. Merkst du nicht, dass mir das wehtut?«

Er blickt nach unten auf seine nun leeren Finger, schüttelt den Kopf. »Du hast recht. Vergiss, was ich gesagt habe. Bitte entschuldige.«

Ich antworte nicht, starre auf das Wasser. Doch ich nehme die Wellen nicht wahr. Stattdessen jagen wie auf einer Leinwand meine Erinnerungen darüber hinweg. Meine Kehle verengt sich, ich schließe die Augen, aber auch das kann die Bilder nicht aussperren.

Plötzlich spüre ich seine Berührung, Raphaël legt seinen Arm um meine Schulter. Sofort versteife ich mich. Trotz meines Ärgers und des völligen Durcheinanders in meinem Inneren jagt mir erneut ein Prickeln über die Haut, sind alle meine Sinne auf diesen Kontakt fixiert. Dabei ist er nur ein Freund, nein, nicht einmal das, nur ein Bekannter. Vergeblich versuche ich, das wilde Pochen meines Herzens zu ignorieren. Er ist nur jemand, der sich entschuldigt. Der mich trösten will. Und ich sehne mich nach Trost, vor allem aber nach seiner Berührung. Doch ich habe Angst davor, was seine Nähe mit meinem Herzen anstellt. Und mit meinen Gefühlen für Dean.

Ich schlage die Augen auf, konzentriere mich verzweifelt auf die Jachten, die auf dem Wasser schaukeln, atme den Duft von Meer und Fisch und warmem Stein ein. Und komme doch nicht umhin, vor allem den von Raphaël wahrzunehmen. Er duftet nach Holz und Leder und Wald. Und nach etwas Dunklem, Männlichem, das mich berauscht, viel stärker, als der Wein es je tun könnte. Verdammt, ich hätte nichts trinken dürfen. Nicht in seiner Gegenwart. Und doch tue ich genau das erneut. Ich nehme einen weiteren Schluck Wein, lasse ihn langsam durch meine Kehle rinnen, spüre dem intensiven Geschmack nach und der Schwäche, die er in meinen Beinen verursacht. Dann erst gebe ich nach, lege zaghaft meinen Kopf an Raphaëls Schulter.

Sanft streichelt er meinen Arm und langsam lässt meine Anspannung nach. Vielleicht des Weines wegen oder weil ich mich plötzlich seltsam geborgen fühle.

Musik und Gelächter tönen leise zu uns herüber. Ich kann mich nicht daran erinnern, wann ich das letzte Mal tanzen war. Wie es wohl wäre, jetzt mit Raphaël in eines der Cafés einzukehren, mich den sanften Klängen gleich in seinen Armen zu wiegen? Ich hebe den Kopf, um ihn zu fragen, mein Blick trifft auf seinen und jedes Wort erstirbt in meinem Mund.

Auch er bleibt stumm, sieht mich nur unverwandt an und die Lichter des Hafens lassen helle Reflexe über seine dunklen Pupillen tanzen – lockend, rufend. Obwohl es noch immer warm ist, stellen sich die Härchen an meinen Armen auf.

Er hebt die Hand, legt sie an meine Wange. Mit einem Mal scheint mein Blut schneller als zuvor durch meine Adern zu fließen – ich höre sein Rauschen, spüre, wie es das Prickeln in meinem ganzen Körper verteilt. Langsam beugt er sich vor, meine Kehle wird ganz trocken. Nichts wünsche ich mir in diesem Moment mehr, als seine Lippen auf meinen zu spüren. Ich schließe die Augen … und reiße sie erschrocken wieder auf, fahre heftig zurück.

Was tue ich hier? Ich habe einen Freund, verdammt! Dean liebt mich! Dean vertraut mir! »Ich … das … Es ist schon spät«, stammele ich verwirrt und springe auf. »Ich muss gehen.«

»Justine, warte!«

Doch ich bin schon losgestolpert.

Raphaël eilt mir nach, fasst mich am Arm. »Warte doch, bitte!«

Widerwillig bleibe ich stehen, entziehe ihm aber meinen Arm. »Es tut mir leid, du kannst nichts dafür. Ich hätte das nicht … Das war ein Fehler. Der Wein. Ich vertrage keinen Wein.«

Er schüttelt den Kopf, sein Gesichtsausdruck macht deutlich, dass er mir das nicht abkauft. Kann er etwa in mich hineinsehen? Auf das Chaos in meinem Inneren blicken? Auf all die widerstreitenden Gefühle, die er in mir auslöst?

»Warum bist du mit Dean zusammen?«, fragt er plötzlich.

»Was?« Ich trete zurück.

»Du hast meine Frage verstanden.« Sein durchdringender Blick macht es mir unmöglich, klar zu denken. Ich will wütend sein und ihm an den Kopf werfen, dass ihn das gar nichts angehe, bin aber zu verwirrt wegen all der anderen Gefühle, die in mir toben, um genügend Ärger zusammenkratzen zu können.

»Ich weiß, dass er im Moment schwer zu ertragen ist«, sage ich stockend, »aber er kann auch ganz anders sein, aufmerksam, fürsorglich, witzig. Und romantisch.« Allerdings muss ich doch ziemlich grübeln, um mich daran zu erinnern, wann er das letzte Mal etwas Romantisches getan hat. »Eine Beziehung zu führen, bedeutet, füreinander in allen Zeiten da zu sein.« Wieso nur habe ich das Bedürfnis, mich erklären, ja rechtfertigen zu müssen? »Und er hat mich als Künstlerin sozusagen entdeckt, hat mir so viele Möglichkeiten eröffnet.«

»Du bist mit ihm zusammen aus Dankbarkeit. Ist das dein Ernst?«

»Nein! Hör auf, mir das Wort im Mund herumzudrehen! Weil ich ihn liebe, natürlich.«

»Sicher?«

»Natürlich!«

Er sieht mich von der Seite an, lächelt, als wüsste er es besser. Es verunsichert mich und lässt mein Herz ganz unregelmäßig schlagen.

»Nur damit du endlich Ruhe gibst«, schnappe ich aufgebracht. »Weißt du überhaupt, wie wir uns kennengelernt haben? Er hat mir monatelang immer wieder Blumen geschickt, ohne dass ich wusste, von wem sie sind. Und er hat alle seine Kurse umgelegt, um in meiner Nähe zu sein. Er hat mich aufgebaut, mir Mut zugesprochen, ja sogar alle meine Bilder ersteigert, als die Uni eine Auktion für den guten Zweck veranstaltet hat. Er hat mich bei sich aufgenommen, als mir plötzlich die Wohnung gekündigt wurde. Nächtelang haben wir über die Kunst und das Leben diskutiert. Über unsere Träume gesprochen und uns unsere geheimsten Wünsche verraten …« Ich breche ab, als mir bewusst wird, wie lange das schon her ist. Was für ein himmelweiter Unterschied es zu der Beziehung ist, die Dean und ich heute führen. Mir wird schwer ums Herz. Was ist aus dem feinfühligen Mann geworden, in den ich mich damals verliebt habe? Und was aus mir?

»Menschen verändern sich«, sagt er leise, als hätte er meine Gedanken gelesen. Doch zugleich habe ich das Gefühl, dass seine Aussage sich noch auf etwas anderes bezieht. Etwas, das nichts mit Dean oder mir zu tun hat. Etwas, das in *seiner* Vergangenheit begraben liegt. »Es … ich … das … es ist nur eine Phase!«, stottere ich verwirrt. »Ich liebe ihn.«

»Mag ja sein. Die Frage ist trotzdem: Liebt er dich auch?«

»Natürlich!«, rufe ich vehement, dabei bin ich mir da gar nicht mehr so sicher. Vor allem aber bin ich mir über meine eigenen Gefühle Dean gegenüber nicht mehr sicher. Schon lange nicht mehr, wenn ich ehrlich mit mir bin. Und dann ist da jetzt plötzlich Raphaël, das Licht am Ende des Tunnels. Oder nur ein Irrlicht? Ich habe Angst, diesen Weg zu beschreiten, Angst, das Vertraute hinter mir zu lassen, alles zu verlieren. Das Vertraute ist sicher und gefahrlos. Ist es nicht besser, nur ein wenig glücklich zu sein als vollkommen unglücklich? »Und überhaupt«, lege ich schroff nach. »Warum diskutiere ich eigentlich mit dir darüber? Warum interessiert dich das?«

»Weil …« Er hält inne, sein Blick flackert. »Du bist wunderschön, talentiert, klug!«, stößt er plötzlich heftig aus. »Du hast etwas Besseres verdient!«

Schockiert starre ich ihn an.

Wieso sagt er so etwas? Als Trost? Aus Ärger über Dean? Oder … oder weil er es genau so gemeint hat? Ich will seinen Worten keinen Glauben schenken, kann aber gar nicht anders, als es zu tun. Sie kamen so nackt und schlicht, echt und ehrlich heraus. Vielleicht war es nicht einmal in erster Linie die Wortwahl, sondern die Art, wie er es gesagt hat, der drängende, fast verzweifelt klingende Tonfall. Aber was bedeutet das jetzt? Für ihn? Für mich?

Fragend sieht er mich an, wartet auf eine Antwort.

»Und das Bessere bist du oder was?«, rutscht es mir schärfer als gewollt heraus.

Raphaël presst die Kiefer zusammen, wendet sich ab und nickt. »Alles klar. Ich bringe dich heim.«

»Nicht nötig, ich …«

»Es ist dunkel und die Gassen der Stadt sind schon bei Tag verwirrend genug. Ich will nicht riskieren, dass du dich verläufst.«

Er hat recht, leider. Ich schlinge die Arme um meinen Körper. »Okay.«

Wenig später gehen wir stumm zurück in Richtung Zitadelle. Gefühle und Gedanken wirbeln in mir durcheinander wie Laub in einem Herbststurm.

Eine Möwe fliegt neben uns erschrocken auf, gleitet an einem der Scheinwerfer vorbei, die die Festung bestrahlen, und wirft einen riesigen Schatten auf den Fels. Schwarz wie der Rock der alten Frau. Ich bleibe abrupt stehen. »Weißt du, wer die ganz in Schwarz gekleidete Frau war?«

»Welche Frau?« Verwirrt über meine zusammenhanglos wirkende Frage sieht er sich suchend um.

»Die in der Taverne, neulich.«

Er runzelt die Stirn, kramt offenbar in seiner Erinnerung nach einem Bild der Frau, schüttelt dann aber den Kopf. »Nein. Wieso?«

Ich beiße mir auf die Lippe. Was, wenn er mich für verrückt hält? So wie Dean es getan hat, als ich ihm auf dem Rückweg von der Taverne davon erzählt habe. Doch plötzlich weiß ich mit absoluter Sicherheit, dass er es nicht tun wird, dass er mich ernst nehmen wird. »Ich habe das Gefühl, dass sie, also diese alte Frau … Sie hat mich so seltsam angestarrt, als ob … als ob sie mich kennen würde. Der Moment zwischen uns wirkte so vertraut, zu vertraut.«

Raphaël verändert seine Haltung nicht, dennoch merke ich die plötzliche Anspannung in ihm.

»Aber das ist völlig unmöglich«, schiebe ich eilig hinterher, bevor er einen falschen Eindruck erhält. »Ich war nie auf Korsika.«

»Und deine Eltern? Waren sie mal hier?«

»Nein. Meinen Vater habe ich erst einmal dazu bekommen, Ohio zu verlassen, und meine Mutter war sowieso nie außerhalb der USA.«

»Aber du meintest doch, die alte Frau habe den Eindruck erweckt, dich zu kennen.«

Ich öffne und schließe den Mund, ohne dass ein Ton herauskommt. Die Vorstellung, dass mein Vater mich angelogen haben könnte, ist so vollkommen abwegig, dass es mich regelrecht wütend macht. Wir hatten über die Hälfte meines Lebens nur uns. Unser Verhältnis ist so eng und von solchem Vertrauen geprägt, dass die Unterstellung, die in Raphaëls Worten mitschwingt, mich unfassbar aufregt. »Sie hat sich eben getäuscht!«, rufe ich aufgelöst. »Oder ich habe mich getäuscht. Ich war gestern Mittag ja ohnehin vollkommen durch den Wind. Auf jeden Fall waren weder meine Mutter noch mein Vater jemals auf Korsika, und basta! Wahrscheinlich erinnere ich sie nur an jemanden.«

Noch wütender als seine seltsamen Fragen und Unterstellungen macht mich nur die Tatsache, dass Raphaël trotz allem tatsächlich Zweifel in mir geweckt hat. Aufgebracht stürme ich los, friemele unterwegs mein Handy aus meiner Tasche, wähle die Nummer meines Vaters.

Raphaël hat inzwischen zu mir aufgeschlossen.

»Kein Anschluss unter dieser Nummer«, tönt es mir entgegen.

»Ach, verdammt! Die Telefongesellschaft lässt ihn immer noch hängen.« Ich atme tief durch, plötzlich seltsam beruhigt von der Tatsache, dass die Möglichkeit, er könnte mir eine Lüge gestehen, nun in weite Ferne gerückt ist. Ich stecke mein Handy wieder weg und den Rest des Weges legen wir schweigend zurück. Immer wieder spüre ich Raphaëls Blick auf mir ruhen, doch ich sehe stur nach vorn.

Als ich die Treppe hinauf zu unserem Hotelzimmer nehme und die Schlüsselkarte aus meiner Handtasche fische, bin ich urplötzlich vollkommen erschöpft. Auf eine Art und Weise, wie sie nur solch ein emotionales Chaos hervorrufen kann.

Raphaël hat mich bis vors Hotel gebracht, doch ich konnte mich nicht einmal dazu durchringen, ihm bei der Verabschiedung die Hand zu reichen. Zum einen, weil ich noch immer verärgert bin über seine Unterstellungen meinem Vater gegenüber, zum anderen, weil ich das gefürchtet habe, was seine Berührung bei mir auslösen würde. Meine Gedanken kommen weder von der Situation am Kai los noch von der Sache mit der alten Frau oder Raphaëls irrwitzigen Überlegungen. So verrückt sie auch sein mögen, habe ich dennoch beschlossen, morgen noch einmal in dieses Dorf zu fahren und die alte Frau aufzusuchen, egal was Dean davon halten wird. Wenn ich von meinem

Dad schon nichts höre, muss ich die Sache eben selbst in die Hand nehmen.

Ich halte die Karte vor das Türschloss, dessen Lämpchen blinkt kurz grün und ich drücke die Tür auf.

Dean telefoniert offenbar im Schlafzimmer, denn ich höre seine aufgeregte Stimme, sehe ihn aber nicht. Vielleicht hat er mir deshalb nicht auf meine Nachricht antworten können. Weil er wirklich zu beschäftigt war.

Ich will ihn nicht stören, schließe leise die Tür und lasse mich im Wohnzimmer auf die Couch fallen.

»Nein … ja … natürlich … und die Presse?«, tönt Deans Stimme gedämpft durch die Schlafzimmertür. »Ja, das passt. Großartig. Ja, die Räumlichkeiten sind wundervoll. Genau die wollte ich. Absolut perfekt.«

Presse? Ich horche auf. Es geht offenbar um unsere Ausstellung. Es hat allem Anschein nach geklappt, er hat die Räume bekommen. Das ist unsere Chance! Beruflich und privat! Wir werden die Kurve kriegen, alles wird wieder sein wie früher! Vorfreude durchsprudelt mich, ich springe auf und trete an die Tür, um besser hören zu können.

»Ja, exklusiv … ganz genau … nur meine Werke.«

Ich ringe nach Luft. Das kann nicht sein. Ich muss ihn falsch verstanden haben.

»Ja, richtig, niemand sonst. Sozusagen Dean Kronowski pur. Ganz recht, sehe ich ebenso … großartig … ich freue mich ebenfalls, bis dann.«

Reglos starre ich die Tür an. Die abgeplatzten Stellen, die mir zuvor schon aufgefallen waren, scheinen größer geworden zu sein. Genau wie die an mir selbst.

Schritte nähern sich der Tür, gleich werde ich Dean gegenüberstehen.

Er öffnet die Tür, fährt erschrocken zusammen. »Justine, verdammt! Was machst du da? Ich hätte fast einen Herzinfarkt bekommen!«

Ich starre ihn reglos an.

»Was ist? Wieso guckst du so komisch?« Nervös streicht er sein Haar nach hinten, bindet es zum *Man Bun*.

»Du hast die Räume für die Ausstellung also gekriegt? Genau die Räume, die du unbedingt haben wolltest?«

»Ja, ist das nicht wundervoll?« Er schiebt sich eilig an mir vorbei.

»Und es werden deine Werke ausgestellt? Exklusiv? Dean Kronowski pur?«

Er sieht über die Schulter zu mir, scheint zu überlegen, wie viel von dem Telefonat ich mitbekommen haben könnte und ob es sich lohnt, es abzustreiten, seufzt dann aber auf. »Sieh mal, Süße, ich wollte dich nicht kränken, aber es ist nun einmal so: Du fotografierst, ich entwickle Kunstinstallationen. Das passt doch vom Konzept her überhaupt nicht zusammen. Und du solltest doch inzwischen wissen, dass bei einer Vernissage nicht nur die einzelnen Ausstellungsstücke zählen, sondern auch das Gesamtkonzept, die Geschichte dahinter. Um eine erfolgreiche Ausstellung auf die Beine zu stellen, ist eben zufälligerweise etwas mehr nötig, als einfach nur ein paar Bilder an die Wand zu hängen. Die Besucher möchten etwas geboten bekommen, ein großes Ganzes sehen. Deine Bilder passen einfach nicht in die Story meiner Installationen. Einzeln bin ich … ähm … sind wir erfolgreicher.«

Fassungslos starre ich ihn an.

»Ich habe dir oft genug gesagt, dass du die Richtung wechseln, mehr ins Konzeptuelle gehen solltest, wenn du wirklich Erfolg haben willst.«

Ich sage noch immer nichts.

Mir ist, als wäre ich doppelt da, als stünde da eine zweite Justine neben mir und würde diese wie versteinert wirkende Frau beobachten und sich fragen, wie sie so dumm sein konnte, dieses Theater so lange mitzumachen. Wie sie so geblendet sein konnte von seinem Selbstbewusstsein, seinen Lobeshymnen auf sich selbst, seinem Geschwafel über seinen Erfolg. Wie sie so lange ignorieren konnte, was für ein eingebildeter Egoist er in Wahrheit ist. Wie sie sich selbst so vergessen, ihren eigenen Wert hintanstellen konnte.

Stumm gehe ich ins Schlafzimmer zum Bett, ziehe meinen Koffer darunter hervor, öffne ihn und fange an, meine Klamotten hineinzuwerfen.

»Was soll das werden?«, fragt Dean.

Ich mache weiter, roboterhaft.

»Ach komm, jetzt übertreibst du aber!« Er tritt zum Schrank, schließt dessen Tür.

Kommentarlos gehe ich ins Bad, pfeffere Duschgel und so weiter in meinen Kulturbeutel und selbigen, zurück im Schlafzimmer, ebenfalls in den Koffer.

»Jetzt hör endlich auf damit!«, ruft Dean aufgebracht, zieht meinen Kulturbeutel wieder aus dem Koffer.

Ich entreiße ihn ihm wütend, werfe ihn zurück und meine Schuhe gleich hinterher.

»Justine! Du benimmst dich gerade absolut hysterisch! Es ist doch nur eine Ausstellung, verdammt noch einmal.«

Jetzt halte ich doch inne, drehe mich um und entgegne kalt: »Hysterisch? Ich sage doch gar nichts. Aber bitte: Wenn es *nur* eine Ausstellung ist, hättest du ja auch meine Bilder mit reinnehmen können.«

Er rollt mit den Augen. »Jetzt leg nicht jedes Wort auf die Goldwaage. Es hat dieses Mal einfach nicht gepasst.« Er zuckt mit den Schultern und setzt gönnerhaft hinzu: »Beim nächsten Mal machen wir unser Ding. Gemeinsam. Versprochen.«

»Das gibt es nicht.«

»Was?«

»Unser Ding. Und ein nächstes Mal. Es war zum Schluss nur noch dein Ding. Unsere ganze Beziehung war zum Schluss nur noch auf dich ausgerichtet.« Ich ziehe den Reißverschluss zu.

»Wie zum Schluss? So ein Blödsinn! Jetzt reicht es aber mit diesem Theater!«, wettert Dean. »Komm, pack wieder aus.«

Ich richte mich auf, sehe ihm in die Augen. »Ich wollte einfach nicht wahrhaben, dass es neben dir nie einen anderen Menschen geben würde, den du als gleichwertig anerkennst. Dass du niemals jemanden neben dir dulden würdest, der dich womöglich überstrahlen könnte. Wie konnte ich nur so blind sein?« Vor allem aber: Wie konnte ich allen Ernstes für einen Kerl wie ihn darauf verzichten, Raphaël zu küssen? Ich habe mich so furchtbar gefühlt, hatte solch ein schlechtes Gewissen, während er mich hinter meinem Rücken ausgebootet hat. Er ist der große Künstler. Ich bin nur die kleine Fotografin. Nein: *war*. Ich *war* nur die kleine Fotografin. Ab jetzt wird alles anders! Ich habe es mir selbst zu leicht gemacht, die Anzeichen verdrängt. Vielleicht hatte ich einfach Angst, einen Neustart ohne ihn zu wagen. Aber damit ist es jetzt vorbei! Ich schiebe den Koffer zur Tür.

Jetzt erst scheint ihm zu dämmern, dass ich es ernst meine. Er läuft mir nach, streckt die Hand nach mir aus. »Justine, bitte …« Plötzlich bröckelt die Fassade aus Arroganz, taucht da dieser Mensch auf, in den ich mich damals verliebt habe. »Bitte, lass uns noch einmal darüber reden. Vielleicht … vielleicht habe ich wirklich … ich meine … ich kann noch mal bei dem Galeristen anrufen. Wir können nach anderen Räumlichkeiten suchen, die uns beiden Platz bieten.«

»Dafür ist es zu spät, Dean. Schon lange.«

»Aber du kannst doch nicht einfach … Wo willst du denn überhaupt hin?«

Ich blinzele. Gute Frage. Auf die es nur eine Antwort gibt. »Zu Raphaël.«

»Raphaël?« Dean wird erst blass, dann puterrot. »Er hat dich mir ausgespannt? An diesen Mistkerl verliere ich dich? Ich fasse es nicht!«

Ich schüttele den Kopf. »Nein, Dean, du hast mich schon längst verloren. Es gab mal eine Zeit, die war wunderschön. Da habe ich dich geliebt. Mit jeder Faser meines Körpers. Und ich glaube, da hast auch du mich geliebt. Aber diese Liebe ist in deiner Eitelkeit ertrunken. Ich habe mich fast aufgegeben für eine Beziehung, die offenbar nur in meiner Fantasie auf Vertrauen und gegenseitiger Unterstützung basierte. Habe mich selbst zu lange belogen, indem ich glaubte, es gäbe noch ein *uns*.«

»Nein, Justine, bitte. Das stimmt nicht, glaub mir, ich liebe dich wirklich.«

»Dann haben wir nicht dasselbe Verständnis von Liebe.«

Er hält mich am Arm fest. »Tu das nicht! Geh nicht zu ihm! Wenn du schon nicht bei mir bleiben willst, okay, aber geh nicht zu diesem Kerl. Es dauert noch bis zu unserem Rückflug. Überleg dir doch alles noch einmal in Ruhe.«

Ich streife seine Hand ab und öffne die Tür, doch Dean stellt sich mir in den Weg. »Denk doch mal nach«, beschwört er mich. »Da stimmt doch etwas nicht. Dieser Kerl taucht einfach auf deiner Ausstellung auf und lädt dich – eine Wildfremde – nach Korsika ein. Wer macht denn so was? Da ist doch gewaltig etwas faul! Er hat etwas zu verbergen! Das spüre ich!«

»Du spinnst total. Und jetzt geh mir aus dem Weg.«

Er zögert, doch dann sieht er mir die Entschlossenheit wohl an, tritt langsam beiseite. »Du machst einen großen Fehler, wenn du jetzt zu ihm gehst.«

Ein letzter Blick auf Dean, dann bin ich draußen, und mir ist, als würde ich nicht nur Dean hinter mir lassen, sondern auch mein altes Leben.

Eine Taxifahrt später starre ich mit klopfendem Herzen auf eine Tür, von der die braune Farbe abblättert. Raphaël hatte Dean und mir kurz nach unserer Ankunft auf Korsika die Adresse der von ihm angemieteten, außerhalb der Stadt gelegenen Ferienwohnung gegeben. Nun stehe ich hier. Ohne vorher angerufen zu haben. Dabei hätte ich ihn fragen müssen, ob ihm meine Anwesenheit überhaupt recht ist. Ich weiß nicht, warum ich es nicht getan habe. Aus Angst vor seiner Zurückweisung? Oder weil ich noch immer total neben mir stehe? Weil ein Teil von mir es nicht glauben kann, dass ich das hier wirklich tue?

Ewig hier stehen bleiben kann ich allerdings auch nicht, also schlucke ich hektisch gegen die Traurigkeit an, die in meiner Kehle brennt, und klingele. Kaum habe ich das getan, wäre ich am liebsten davongerannt. Was, wenn er mir meine Zurückweisung von vorhin nicht verzeiht? Wo finde ich dann um diese Uhrzeit eine Unterkunft?

Die Zeit dehnt sich endlos, mir ist schlecht vor Anspannung.

Dann öffnet sich die Tür endlich, und ich sehe mich tatsächlich Raphaël gegenüber, der mich perplex anblickt. »Was tust du denn …?« Er bricht ab, runzelt die Stirn. »Was ist passiert?«

»Dean … ich … er …«, stammele ich aufgelöst und Raphaëls Gesicht verdüstert sich. Plötzlich kann ich die Tränen nicht mehr zurückhalten. Als sei die Trennung von Dean erst mit Raphaëls Frage real geworden.

Stumm zieht er mich an sich und schließt die Tür, während ich in seinen Armen wie ein Schlosshund heule.

»Hey, alles gut«, murmelt Raphaël. »Du musst mir nicht erzählen, was geschehen ist.« Beruhigend streichelt er über meinen Rücken. »Du bist jetzt bei mir. Und du bleibst bei mir. Solange du willst. Alles wird gut.«

Dreißig Jahre zuvor

Alles würde gut werden. Alles musste gut werden.

Das sagte sich Matteu immer und immer wieder, während er reglos lauschend im Bett lag. Jacqui, der sich wieder zu ihm geschlichen hatte, atmete gleichmäßig neben ihm. Fillipu, im Bett an der gegenüberliegenden Wand, schnarchte vor sich hin. Ansonsten herrschte Stille im Haus und auch draußen war das gleichförmige Rauschen des Meeres das einzige Geräusch. Eine kühle Brise bauschte die Gardinen vor dem offenen Fenster auf, als wären sie tanzende Gespenster. Die Nacht war dunkel. Nur ab und zu brach die Wolkendecke auf, offenbarte einen fahlen Mond, bevor sie ihn eilig wieder verbarg, als wäre ihr ein Versehen unterlaufen.

Matteu setzte sich auf, schwang vorsichtig die Füße aus dem Bett auf den kühlen Fliesenboden, erhob sich langsam und verfluchte das Quietschen der Matratze.

Er nahm die vorbereitete Kleidung vom Nachttisch, schlich zur Zimmertür, drückte den Griff hinunter.

»Wohin gehst du?«

Erschrocken fuhr er herum. Jacques hatte den Kopf gehoben, blinzelte ihn verschlafen an.

Besorgt sah Matteu zu Fillipu, doch der grunzte nur leise im Schlaf und drehte sich auf die andere Seite.

»Schlaf weiter«, flüsterte Matteu Jacqui zu. »Ich muss nur aufs Klo.«

»Wieso nimmst du dann Anziehsachen mit?«

Matteu kehrte zum Bett zurück und setzte sich neben Jacqui. »Dir macht so leicht keiner etwas vor, stimmts, kleiner Frosch?«

»Vogel.«

»Entschuldigung. Ich meinte natürlich: kleiner Vogel.«

»Also? Wo willst du hin?«

Jacqui ließ sich wirklich nicht ablenken. Matteu musste schmunzeln, wurde aber gleich darauf wieder ernst und fragte leise: »War dir schon einmal etwas unfassbar wichtig? Wichtiger als alles andere auf der Welt?«

Jacqui dachte kurz nach. »Ich möchte Flugzeuge fliegen.«

Matteu nickte. »Und genauso wichtig wie für dich das Fliegen ist es für mich, jetzt mit einer bestimmten Person zu reden. Es ist sogar so wichtig, dass niemand etwas davon wissen darf. Absolut niemand. Verstehst du?«

Jacqui dachte angestrengt nach, nickte dann. »Ich sage es niemandem, versprochen.«

»Danke.« Matteu wuschelte seinem Bruder durchs Haar und wollte aufstehen, als dieser nach seinem Arm griff, ihn zurückhielt.

»Du kommst aber wieder, oder?«

»Natürlich.«

»Und verlässt uns auch nie wieder?«

Matteu erstarrte. Die braunen Knopfaugen des Kleinen waren angstgeweitet. Der Anblick brach Matteu das Herz, er beugte sich vor, schloss seinen Bruder in seine Arme. »Nein.«

»Versprochen?«

»Versprochen.«

Der Junge seufzte erleichtert auf, ließ den Kopf wieder aufs Kissen sinken, zog Matteus Hand zu sich und schmiegte seine Wange hinein. Matteu blieb bei ihm sitzen, bis er wieder eingeschlafen war.

Auf dem Weg zu Letizia begleiteten ihn nur ein paar Fledermäuse. Ab und zu kläffte irgendwo ein Hund, schrie ein Käuzchen. Davon abgesehen war alles ruhig. Außerhalb von Campolo schob er seine Vespa ins Gebüsch und erklomm den

Hügel zu Fuß – ein schwieriger und anstrengender Weg in dieser Dunkelheit. Er hatte Mühe, nicht über Steine und Wurzeln zu stolpern. Zugleich jedoch war er heilfroh um den Schutz, den ihm die Finsternis bot, als er über Mauern kletterte und sich durch Hinterhöfe und Gärten schlich. Doch als er endlich vor Letizias Haus stand, zögerte er.

So viele Tage waren ohne eine Reaktion von ihr, ohne eine Nachricht vergangen. Was, wenn sie keine Zukunft für sie beide sah? Wenn sie begriffen hatte, dass er ihr nicht viel mehr bieten konnte als seine Liebe. Oder … Er schluckte schwer … Vielleicht war ihre neuerliche Nähe nur der Wiedersehensfreude geschuldet gewesen, um der alten Zeiten willen, und sie bereute das inzwischen? Was, wenn es jemand anderen gab? Diese Vorstellung brannte ein Loch in sein Herz, das mit jedem Tag, mit jeder Stunde, die ohne ein Lebenszeichen von ihr verging, größer wurde. Er konnte nicht mehr essen, nicht mehr schlafen. Er musste wissen, was los war, sonst würde es ihn umbringen. Doch was, wenn die Antworten auf seine Fragen genau die waren, die er fürchtete?

Er bekam kaum noch Luft, jeder weitere Schritt in Richtung ihres Fensters schnürte ihm die Kehle zu. Doch schließlich stand er davor, sah sich suchend nach kleinen Kieselsteinchen um, die er gegen die Scheibe werfen konnte, um sie zu wecken, bis er bemerkte, dass das Fenster gekippt war. Also drückte er sich an die Wand, legte die Hände an den Mund und stieß knappe hohle Pfiffe aus, ähnlich dem Ruf einer Eule. Kurz darauf wieder. Und wieder. Er wusste, dass Filou bei Letizia und Thérèse im Zimmer schlief. Und tatsächlich – endlich verriet ihm das Scharren von Krallen auf Holz, dass der Hund aufgewacht war und, die Vorderpfoten auf das Fensterbrett gelegt, hinaussah. Leise erst, dann immer lauter winselte er.

»Letizia!«, erklang schließlich die verschlafene Stimme von Thérèse. »Sorg dafür, dass das Vieh endlich Ruhe gibt.«

»Filou …«

Das war der wundervoll warme und weiche Klang von Letizias Stimme. Er hatte ihn unfassbar vermisst.

»Filou, lass das. Komm da weg.«

Doch Filou fiepte weiterhin sehnsüchtig, wusste, dass Matteu hier draußen war.

»Was hast du denn, mein Kleiner? Was gibts da draußen?« Die Vorhänge rauschten, Matteu trat von der Wand weg. Letizia stand am Fenster. Sein Blick traf auf ihren und er sah die Überraschung auf ihrem Gesicht. Im nächsten Moment war sie verschwunden.

Er drückte sich wieder an die raue Wand und wartete.

Würde sie herunterkommen? Und wenn ja, warum? Um ihm seine schlimmsten Ängste zu bestätigen? Oder in seine Arme zu fallen?

Nervös fuhr er mit der Zunge über seine trockenen Lippen, während die Wolken am Himmel eilig weiterzogen, eine Lücke sich darin auftat und das Mondlicht etwas stärker als zuvor hindurchließ. Da, endlich, ein Schlüssel, der im Schloss gedreht wurde. Dann das leise Quietschen der Terrassentür und Letizia, die hinaushuschte und sich suchend umsah.

»Hier«, flüsterte er.

Sie fuhr herum, in sanftes Mondlicht getaucht und von kleinen Nachtfaltern umflattert, und sein Herz wollte bei ihrem Anblick zugleich stehen bleiben und schneller schlagen.

»Bist du vollkommen verrückt geworden?«, zischte sie.

»Noch nicht. Aber noch ein Tag ohne eine Antwort und es wäre so weit gewesen.«

»Was redest du da?«, flüsterte sie und trat aufgebracht auf ihn zu. »Und was tust du überhaupt hier?«

War das die Antwort? Kein Anzeichen von Freude. Eine stählerne Klaue drückte seinen Brustkorb zusammen, kaum konnte er Luft holen. Er liebte sie. So sehr, dass er wusste, er würde es nicht überleben, sie zu verlieren. »Ich musste dich sehen, ich habe es nicht mehr ausgehalten!«, brach es aus ihm heraus. »Ich musste wissen, was los ist.«

»Was los ist?«

»Ja. Warum bist du so wütend?«

Sie schnappte hörbar nach Luft. »Du hast auf keine meiner Nachrichten reagiert!«

Er blinzelte, hatte Angst, sich verhört zu haben. »Du hast den Kontakt gar nicht abgebrochen?«

»Natürlich nicht! *Du* warst es, der sich nicht mehr gemeldet und …« Sie hielt perplex inne. »Willst du damit etwa sagen, dass …« Weiter kam sie nicht. Er hatte schon nach ihrer Hand gegriffen, zog sie zum Stall. Hinter ihnen fiel das Tor klappernd ins Schloss.

Es roch nach Pferd und Stroh, Holz und Leder. Drei alte Sättel waren ihnen gegenüber auf Halterungen an der Wand aufgereiht. Zaumzeug hing von den Balken herab. Trensen und Halfter schwangen im Luftzug sanft hin und her. Letizias Pony in seiner Box trat unruhig von einem Huf auf den anderen, schnaubte nervös.

Einen Atemzug lang verharrten sie reglos in der warmen, nach Heu duftenden Dunkelheit. Dann gab es kein Halten mehr. Die Erleichterung riss Matteu mit wie Wasser, das aus einem gebrochenen Staudamm stürzte. Heftig zog er sie an sich, küsste sie. Fiebrig, sehnsüchtig. Ihre Arme schlangen sich um seinen Hals, ihre Lippen flogen hungrig über die seinen. Wie zwei Verdurstende fielen sie übereinander her, nichts war zu hören außer ihrem Keuchen und Napoleons vertrautem Prusten.

»Ich wäre gestorben, hättest du dich von mir abgewandt«, flüsterte er an ihren Lippen.

»Niemals!«, stöhnte sie zwischen zwei Küssen. »Niemals würde ich das tun! Niemals *könnte* ich das tun! Aber wie ist es möglich, dass du meine …« Sie brach ab, riss die Augen auf, und auch er erstarrte, als ihn die Erkenntnis traf.

»Jemand weiß von uns«, stieß sie hervor, griff erschrocken nach seiner Hand. Reflexhaft lauschten beide nach draußen, doch alles blieb ruhig in Hof und Garten. Nur Napoleons leises Atmen war weiterhin zu hören und ab und zu das Rascheln des Strohs, wenn eine Maus hindurchhuschte.

Er atmete tief durch, die Anspannung aber blieb. »Hast du irgendjemandem etwas von uns erzählt?«, fragte er besorgt.

»Cristo …« Sie biss sich auf die Lippe, sah beiseite, und erneut wurde ihr schwer ums Herz, als sie an den Schmerz dachte, den sie ihrem besten Freund zugefügt hatte. »Nein. Das kann nicht sein. Er hätte es mir gesagt.«

»Edmonds Adoptivbruder? Du hast ihn schon öfter erwähnt.« Plötzlich spürte sie, wie Matteus ganzer Körper sich versteifte, und als sie sich ihm wieder zuwandte, war sein Blick hart. »Was ist er für dich?«, fragte er mit rauer Stimme.

»Ein Freund«, gab sie verletzt zurück. »Was dachtest du denn?«

Seine Kieferknochen mahlten, seine Hände waren zu Fäusten geballt.

Sie sah ihm fest in die Augen. »Cristo ist der gutherzigste Mensch, den ich kenne, und mein bester Freund. Mehr war er nie und wird er nie sein.«

Er schloss für einen Moment die Augen, atmete tief durch, und sie konnte förmlich sehen, wie die Anspannung von ihm abfiel.

»Es tut mir leid«, seufzte er und zog sie an sich. »Aber ich könnte es nicht ertragen, dich in den Armen eines anderen zu wissen.«

»Es wird nie einen anderen geben als dich! Und was uns angeht, habe ich weder zu Cristo etwas gesagt noch zu sonst jemandem. Nicht die kleinste Andeutung!«

»Dann hat uns jemand gesehen. Aber wer? Wo?«

Sie sahen sich an und wie aus einem Mund stießen sie hervor: »Dubois.«

Gleich darauf schüttelte Letizia den Kopf. »Dann hätte er doch aber etwas in der Richtung angedeutet.«

»Wie meinst du das? Hat er etwa mit dir gesprochen?«

»Mehrmals, aber …« Sie stockte, sah abermals beiseite. »Es ging um andere Dinge.«

Warum klang ihre Stimme so belegt? Warum mied sie seinen Blick? »Welche Dinge? Was meinst du?«

»Nichts. Es … es ging nur … um die Gespräche der Männer in der Taverne. Er wollte mich einfach aushorchen.«

»Es geht ihm noch immer um die Sache mit dem Schmuggel. Vielleicht will er uns in Sicherheit wiegen, damit wir unvorsichtig werden und er beim nächsten Mal nicht nur die Ladung, sondern auch uns erwischt?«

Sie sah ihm jetzt direkt in die Augen, aber er spürte ihre Besorgnis. Sie würde ihn doch nicht belügen, oder? Nein! Niemals! Und doch … ein kleiner Stachel bohrenden Zweifels blieb. Er schämte sich dafür, stürzte sich dankbar auf ihre Vermutung. »Wir brauchen einen besser geeigneten Übergabeort.«

»Die Genueser Bucht«, schlug sie vor. »Rundherum ist seit dem letzten Brand noch immer kilometerweit alles kahl, da sehen wir von Weitem, wenn jemand kommt. Dort kann er uns nicht auflauern.«

»Sehr gut. Ja. Diesen Vorschlag werde ich an Nico weitergeben. Natürlich ist das für ihn ein Risiko, weil es doch sehr schwer ist, den Weg an den Untiefen vorbei zu finden, aber das schafft er schon.« Er atmete tief durch. »Und wenn wir beide uns treffen, müssen wir noch vorsichtiger sein.«

»Du weißt aber schon, wo du gerade bist«, gab sie trocken zurück.

Er verzog das Gesicht zu einem traurigen Lächeln. »Deshalb werde ich jetzt gehen.«

»Warte! Was ist mit deinem Vater. Konntest du noch einmal mit ihm sprechen? Ihn von deiner Idee überzeugen?«

Er zögerte, suchte nach den richtigen Worten. Was hätte er dafür gegeben, sie mit einer positiven Nachricht zum Strahlen zu bringen.

»Also nicht.« Sie sah zu Boden, ließ sich mutlos auf eine Kiste sinken, nur um im nächsten Augenblick aufzuspringen, nach seinen Händen zu greifen, sie an ihr Herz zu führen. »Lass uns fortgehen«, flüsterte sie drängend, »solange es noch geht. Bitte.«

Matteu atmete schwer. Er wusste, dass er nicht ohne Letizia leben konnte. Aber er konnte auch Jacqui nicht im Stich lassen. Er hatte ihm versprochen, ihn nicht erneut zu verlassen, und dieses Versprechen musste er halten. Er würde dem Jungen sonst das Herz brechen. Der Kleine brauchte ihn. Seine Fürsorge, seinen Zuspruch und seinen Einsatz.

»Glaub mir, ich habe schon darüber nachgedacht«, sagte er gequält. »Aber noch habe ich die Hoffnung nicht aufgegeben, dass sich alles zu unseren Gunsten wendet.«

»Die gibst du nie auf«, sagte sie bedrückt. »Bis es zu spät ist.«

Heftig schüttelte er den Kopf. »Es ist nie zu spät! Ich werde einen Weg finden, meinen Vater zur Vernunft zu bringen, meine Familie, mein Dorf. Ich werde nicht aufgeben. *Wir* werden nicht aufgeben! Es braucht einfach nur Zeit, aber am Ende …« Er hielt inne, fasste unter ihr Kinn, hob es sanft an, bis sie ihm in die Augen sah. »Am Ende werden sie nicht anders können, als unsere Liebe zu akzeptieren.«

Sie lächelte traurig. »Glaubst du wirklich immer noch daran, dass das funktioniert?«

»Ja.«

»Und wenn nicht? Was machen wir dann?«

Er fuhr sich mit der Zunge über die Lippen, blieb ihr aber eine Antwort schuldig.

»Erinnerst du dich noch an die Ruine von Santa Lucia?«, fragte sie plötzlich.

Reflexartig sah er zu dem kleinen Fenster am Kopfende des Stalles. Es war zum Nachbarhügel hin ausgerichtet, wo man selbst bei Tageslicht nur ein paar verkohlte Mauerreste aus den Bäumen hervorragen sah. Jeder in der Gegend kannte diese Kirchenruine. An einem Sonntagmorgen, als sich die Bewohner des Dörfchens auf dem Nachbarhügel darin zum Gottesdienst versammelt hatten, hatte eine verfeindete Familie die Tür verriegelt, das Dach in Brand gesteckt und die Menschen im Innern elendig ersticken und verbrennen lassen. Es war die Rache für eine Rache, auf die wiederum eine Rache folgte. Am Ende existierte niemand mehr, der diese Vendetta fortführen konnte. Die Namen jener Menschen, die dabei starben, waren schon lange in Vergessenheit geraten, die Geschichte um ihre Vendetta nicht.

»Das war damals«, sagte er. »Diese Zeiten sind vorbei. Die Welt da draußen ist groß und verändert sich rasend schnell. Und wir sind ein Teil von ihr.«

Resigniert schüttelte sie den Kopf.

»Ich fürchte, du warst zu lange weg. Du hast vergessen, welche Dinge es sind, die hier zählen: Familie, Ehre, Tradition und … die Vendetta. Und ausgerechnet wir beide sollen gegen all das ankommen?« Sie lachte bitter auf. »*Das*!«, sagte sie und deutete zum Fenster und damit in Richtung der Ruine. »*Das* ist unsere Realität. Nicht das, was da draußen in der Welt vor sich geht. Selbst wenn die Menschen irgendwann zum Mars fliegen – die Dinge hier, in unseren beiden Dörfern, werden sich nicht ändern.«

»Eben. Die Dinge ändern sich nicht. Jedenfalls nicht von allein. Deshalb werden *wir* sie ändern!«

»Das können wir nicht. Genauso wenig, wie wir den Monte Cintu versetzen können.« Die Traurigkeit in ihren Worten, die Hoffnungslosigkeit in ihrem Blick trafen ihn bis ins Mark. Sie so mutlos und verzweifelt zu sehen, war mehr, als er ertragen konnte. Er zog sie an sich, barg ihr Gesicht an seiner Schulter, bedeckte ihr Haar mit Küssen.

»Du willst also um jeden Preis fortgehen?«

Sie zögerte, doch als sie schließlich sprach, klang ihre Stimme entschlossen. »Ja. Damals, als wir uns trafen, ist mir nicht wirklich klar gewesen, was das zwischen uns bedeutet. Vielleicht, weil alles so neu und überwältigend war, dass ich außerhalb dessen kaum etwas wahrgenommen habe. Doch jetzt sehe ich den Hass in den Augen der Menschen, die sich in der Taverne anstacheln, und kriege Angst. Um dich. Um mich. Um unsere Liebe.«

Er schwieg, sah aus dem Fenster in den Himmel, als wäre die Antwort irgendwo da draußen zwischen den Sternen zu finden. Oder in der Dunkelheit des Hügels, auf dem die Ruine von Santa Lucia stand. Schließlich atmete er tief durch und sagte: »Gib mir noch zwei Wochen. Wenn sich bis dahin hier nichts geändert hat, dann …« Er schloss die Augen und sah Jacqui vor sich. Er wusste nicht, wie er es übers Herz bringen sollte, seinen kleinen Bruder erneut zu verlassen. Doch Letizia abermals zu verlieren, würde seinen Tod bedeuten. Er gab sich einen Ruck: »… dann ist das nächste Schiff, das Korsika verlässt, unseres.«

Sie zog scharf die Luft ein, ihre Augen wurden groß. Im nächsten Moment stieß sie einen erstickten Laut aus, irgendwo zwischen Weinen und Lachen, vergrub ihr Gesicht in seiner Halsbeuge. »Danke!«, flüsterte sie. »Ich weiß, wie schwer dir das fällt. Wie viel dir deine Familie bedeutet. Deine Eltern, deine Brüder, dein Zuhause …«

»Du bedeutest mir mehr.« Er legte beschützend seine Arme um sie, strich ihr über die dunklen Locken. »Für dich würde ich alles tun!«

Sie hob den Kopf, ihre warmen, weichen Lippen suchten und fanden die seinen.

Er nahm ihr Gesicht in seine Hände. Ihre Wange war feucht, sie weinte. Er küsste ihr die Tränen weg und flüsterte: »Sogar sterben würde ich für dich, wenn nötig.«

Sie erstarrte. »Nein.«

»Aber es ist wahr.«

»Hör auf! Sag so etwas nicht. Kein Mensch ist es wert, dass ein anderer für ihn sein Leben lässt. Weder aus Rache noch aus Liebe. Versprich mir, dass du so etwas nie wieder sagst. Nie wieder denkst.«

Er sah die Angst in ihrem Gesicht und nickte. »Ich verspreche es.«

***

Schon als sie die Treppe hinauf in ihr Zimmer schlich, zog sich ihr Herz erneut vor Sehnsucht nach Matteu zusammen. Gleichzeitig fragte sie sich, ob es richtig gewesen war, ihm nichts von Dubois und seinen Nachstellungen zu erzählen. Aber ihre Angst, dass er sich daraufhin mit einer wuterfüllten Aktion dem Commissaire gegenüber in Gefahr bringen würde, war zu groß.

Sie hatten vereinbart, sich vorsichtshalber erst in drei Tagen wieder zu treffen. Bei der Ruine von Santa Lucia. Letizia war zwar nicht wohl dabei, doch nach der Jagdhütte war das vermutlich tatsächlich der sicherste Ort. Niemand ging freiwillig dorthin.

Sie schloss die Zimmertür, lehnte sich mit dem Rücken dagegen und seufzte mit einer Mischung aus Glück und Wehmut auf. Sie wusste noch nicht, wie sie es tatsächlich über sich bringen sollte, ihre Mutter, ihre Großmutter und Thérèse zurückzulassen, sollte Matteu mit seinem Plan keinen Erfolg haben. Allein schon die Vorstellung schmerzte. Doch sie verbat es sich, jetzt daran zu denken, um nicht den Mut zu verlieren. Ein Leben mit Matteu wog das alles auf, war jede Entbehrung wert. Und sie würde hart arbeiten und ihrer Mutter Geld schicken, denn natürlich wollte sie ihre Familie nicht im Stich lassen. Sie würden ihr schließlich vergeben und dann war ein Wiedersehen möglich. An diese Hoffnung klammerte sie sich, während ihre Gedanken weiterwanderten. Auch Cristo würde sie unsäglich vermissen. Trotz allem. Und sogar den knurrigen Bertrand. Nein, sie durfte nicht daran denken, was sie alles zurückließ. Nur daran, was auf sie wartete: ein Leben mit Matteu. Auf die eine oder die andere Weise. Auf Korsika oder anderswo auf der Welt. Alles würde gut werden. Die Zukunft war zum Greifen nah.

Filou, der inzwischen wieder auf seiner Decke neben ihrem Bett lag, hob den Kopf, trottete auf sie zu. Ihn würde sie ebenfalls zurücklassen müssen. Bedrückt streichelte sie seinen Kopf. Auf jeden Fall würde sie morgen Abend Cristo aufsuchen. Natürlich wollte sie ihm nicht von Matteu erzählen, aber irgendwie eine Aussöhnung anstreben. Sie konnte Korsika einfach nicht in dem Wissen verlassen, dass er sie jetzt vielleicht hasste. Sie wusste nicht, was sie sagen sollte und ob er ihr verzeihen würde, aber sie musste es versuchen.

»Wo warst du?«

Erschrocken fuhr sie zusammen. Thérèse lag nach wie vor im Bett, sah sie aber an.

»Nirgendwo. Ich meine … im Garten. Ganz kurz. Ich dachte, ich hätte … etwas gehört.«

»Und? War da jemand?«

Wie lange schon war sie wach? Hatte sie im Bett gelegen oder am Fenster gestanden? Hatte sie Matteu gesehen? Oder war … Sie erstarrte. War Thérèse vielleicht diejenige, die die Nachrichten entfernt hatte? Aber dann hätte sie doch etwas gesagt und es nicht nur bei Andeutungen belassen, oder? Nein, sie konnte nichts ahnen. Ganz sicher nicht. Oder? »Nur … eine Katze«, behauptete Letizia mit klopfendem Herzen. »Sie hat etwas umgeworfen, deshalb der Lärm.« Eilig ging sie zu ihrem Bett, schlüpfte unter die Decke, lag steif und reglos da.

Filou hatte sich ebenfalls wieder auf seiner Decke ausgestreckt, war bald eingedöst und trat im Schlaf mit den Beinen. Letizia hingegen fand nicht mehr in den Schlaf und auch ihre Schwester lag wach.

»Ich glaube, ich habe mich nie so richtig bedankt«, klang es irgendwann leise von deren Bett herüber.

»Bedankt?«, hakte Letizia verwirrt nach und wandte ihr den Kopf zu.

»Für deine Unterstützung nach Jules' Tod. Deine Fürsorge.«

»Oh.« Letizia schwieg, suchte nach den richtigen Worten. »Das musst du nicht. Du bist meine Schwester.«

Nun war es Thérèse, die schwieg. Vielleicht dachte sie an ihre Mutter, die nie so viel Verständnis gezeigt hatte für die stundenlangen Weinkrämpfe ihrer Tochter, für ihre wochenlange Lethargie, und Letizia überkam das schlechte Gewissen, weil sie im Begriff war, Thérèse bei ihrer Mutter zurückzulassen. Doch hatte sie selbst nicht ebenfalls das Recht auf ein bisschen Glück und Liebe?

»Weißt du noch …«, sagte Thérèse plötzlich. »Als wir Kinder waren … du vielleicht fünf und ich vierzehn. Du hast immer so gern geschaukelt und ich musste dich anschubsen.«

»Ich erinnere mich. Mama hat dich immer dazu verdonnert, auf mich aufzupassen. Und selbst wenn nicht, bin ich dir überallhin nachgelaufen. Du warst furchtbar entnervt. Wolltest mit deinen Freundinnen zusammen sein.«

»Ja.« Sie holte tief Luft. »Und ich … wollte dir nur sagen, dass … es mir leidtut. Ich wünschte, ich hätte die Zeit damals mit dir mehr genossen, hätte gewusst, wie wertvoll und schön es ist, eine Schwester zu haben.«

Letizia verspürte einen Kloß im Hals. Das hatte ihre Schwester ihr noch nie gesagt. Wieso mussten sie sich einander ausgerechnet jetzt annähern, wo sie sich entschieden hatte, für lange Zeit fortzugehen? Wie konnte das Schicksal so hinterlistig sein? Und wieso hörte es sich so nach Abschied an? »Ich finde es auch sehr schön«, flüsterte sie, während sie mit den Tränen kämpfte.

»Ist bei dir alles in Ordnung?«, fragte Thérèse plötzlich.

Letizia schluckte hektisch gegen den Kloß an und blinzelte die Tränen weg. Ihre Gedanken rasten. Sollte sie Thérèse einweihen? Ihr die Wahrheit sagen? Aber was, wenn Thérèse alles ihrer Mutter erzählte? Oder ihr jemand anderem gegenüber etwas herausrutschte? Nein, das konnte sie nicht riskieren, sosehr es sie auch schmerzte, ihre Schwester belügen zu müssen, wo sie doch endlich auf dem Weg waren, zusammenzufinden und wieder Schwestern zu sein.

»Ja, natürlich«, gab Letizia also zurück. Sie durfte nicht in letzter Minute alles gefährden.

Sanft bauschten sich die Gardinen in der Brise auf, die durch das gekippte Fenster hereindrang, steif lagen sie beide in ihren Betten. Keine von ihnen schlief in dieser Nacht, aber Thérèse fragte nicht weiter nach.

Als sie schließlich ihre Mutter aufstehen hörten und sich daraufhin ebenfalls anzogen, mied sie Thérèses Blick, doch sie spürte ihn den ganzen Tag über auf sich ruhen.

***

Stumm arbeiteten Matteu und Fillipu am Boot, während die Sonne langsam unterging. Es war fast fertig, nur noch ein paar Kleinigkeiten, dann würden sie mit Jacqui zur ersten Spritztour aufbrechen. Matteu sollte sich freuen, doch es fiel ihm schwer.

Morgen würde er sich mit Letizia treffen, den ganzen gestrigen Tag und ebenso heute hatte er mit den Messerschmieden der Gegend gesprochen. Die meisten waren seiner Idee einer Vereinigung zugetan, es fehlten nur noch die Bonaceris und die Caratolis. Seinem Vater ging es gesundheitlich wieder besser, er weigerte sich jedoch nach wie vor, ein Gespräch mit Giorgio Bonaceri in Erwägung zu ziehen. Es war zum Verzweifeln und langsam war Matteu mit seiner Weisheit am Ende. Ebenso verbissen wie stumm arbeitete er weiter und ließ den Hobel über das Holz des neuen Bootssitzes gleiten. Mit aller Kraft und voller Wut.

Fillipus linkes Auge war durch ein großes blau und grün leuchtendes Veilchen verunstaltet, die Haut drum herum noch immer dick und geschwollen. Er schien heute Nacht in irgendeine Schlägerei verwickelt gewesen zu sein, weigerte sich aber, jemandem zu sagen, warum und mit wem.

»Übrigens …«, brach Fillipu schließlich zögerlich das Schweigen und räusperte sich. »Gestern war wieder eine Zusammenkunft.«

»Zusammenkunft?« Verwirrt runzelte Matteu die Stirn.

»Du weißt schon … die, bei der die Jungs überlegen wollten, was sie … na ja … gegen die Bonaceri-Sippe und so unternehmen könnten.«

Scharf zog Matteu die Luft ein. Auch das noch. Zum einen hatte er dieses Treffen vollkommen vergessen, zum anderen gerade keine Nerven auf eine erneute Auseinandersetzung mit seinem Bruder zu diesem Thema.

»Ich war nicht da.«

Matteu blinzelte verwirrt.

»Ich meine, ich … also … weil es dir ja so wichtig ist, die Bonaceris dabeizuhaben bei dieser Sache mit Papa und … na ja …« Sein Bruder kratzte sich nervös am Arm, sah unsicher zu ihm auf. »Deshalb … hab ich den Jungs gestern gesagt, dass sie den Blödsinn lassen sollen und … ich nichts mehr damit zu tun haben will.«

Fassungslos ließ Matteu den Hobel sinken, und ihm dämmerte, dass dies der Grund für das blaue Auge war. »Danke«, sagte er tief berührt.

Fillipu zuckte verlegen mit den Schultern. In diesem Moment und mit seinem verstrubbelten Haar, das ihn wie einen verschlafenen Igel wirken ließ, sah er so jung aus, wie er tatsächlich noch war. Ein Mensch auf der Suche nach sich und seiner Bestimmung.

Matteu ging auf ihn zu, schloss ihn fest in die Arme. Mit einem Mal schienen die Zukunftsaussichten weniger düster. Fillipu hatte seine Meinung geändert, warum sollte es also nicht auch sein Vater tun. Es war eben doch alles möglich. Matteu löste sich lächelnd von seinem Bruder, doch als er ihm ins Gesicht sah, schwand sein Lächeln, denn der Junge sah bedrückt zu Boden.

»Was ist?«, fragte Matteu erschrocken. »Geht es um die Schlägerei? Haben die anderen dir gedroht? Haben sie …«

»Nein. Nein. Alles okay. Jedenfalls … in dieser Hinsicht.«

»Wo liegt dann das Problem? Komm schon, heraus mit der Sprache. Du kannst mir alles sagen.«

Sein Bruder sah noch immer nach unten. »Du weißt, dass ich weder damals noch heute irgendjemandem gegenüber auch nur ein Sterbenswörtchen verloren habe über deinen Alkoholschmuggel.«

In Matteus Erinnerung tauchte diese eine letzte Aktion auf, in der er von seinem Bruder ertappt worden war, der ihm daraufhin aber schwor, es niemandem zu verraten. »Ich weiß. Ich habe nie angezweifelt, dass du dein Wort halten würdest.«

»Ich habe es ihr nicht verraten, und ich wollte auch den Rest nicht tun, wirklich nicht, aber sie hat sich solche Sorgen gemacht und …«

»Ich verstehe kein Wort. Wem hast du was nicht verraten? Und was wolltest du nicht?«

»Mama. Ich weiß nicht, woher sie es weiß. Aber versteh bitte, dass sie sich nur Sorgen gemacht hat und ich mir auch. Nur deshalb hat sie mich gebeten, die Nachrichten zu entfernen.«

»Nachrichten?« Matteu wurde eiskalt. »Welche Nachrichten? Wo?«

»Die am Stein hinterlegt waren. Mama … ich … sie … sie wollte vor einiger Zeit, dass ich dir folge. Da habe ich gesehen, wie du dort Zettel gefunden hast. Sie hatte Angst, dass du beim Schmuggeln erwischt würdest, verstehst du? Nur deshalb hat sie mich losgeschickt, um nachzusehen. Ich wollte dich nicht hintergehen, wirklich nicht. Es tut mir echt leid. Ich wollte dich nur nicht schon wieder verlieren und …«

»Warte!« Endlich hatte Matteu seine Sprache wiedergefunden. »Du hast doch aber gesagt, du hättest ihr nichts verraten, woher wusste sie also von der Sache?«

Fillipu zuckte hilflos mit den Schultern. »Das habe ich sie auch gefragt, aber sie hat es mir nicht verraten. Es tut mir leid, wirklich, aber wir hatten doch nur Angst um dich und …« Erschrocken brach er ab, als Matteus Hand vorschoss, sich an seinem Arm festklammerte.

»Hast du zuerst den Schmuggel erwähnt oder sie?«

»Ich … äh … also … wahrscheinlich ich. Aber doch nur, weil sie ja schon Bescheid wusste. Sonst hätte sie mich doch nicht losgeschickt, die Nachrichten einzusammeln und … Wo willst du denn jetzt hin?«

Doch Matteu gab keine Antwort, rannte über den Strand, dass der Kies unter seinen Füßen nur so spritzte.

»Es tut mir leid!«, rief sein Bruder ihm nach. »Bitte glaub mir!«

Er fand seine Mutter im Zimmer der Brüder, wo sie gerade Jacquis Wäsche in den Schrank sortierte und liebevoll glatt strich.

»Woher?«, keuchte er aufgebracht.

Sie fuhr erschrocken herum. »Was?«

»Woher wusstest du von Letizia und mir?«

Ihre Augen wurden groß. Überraschung lag auf ihrem schönen Gesicht, aber keine Ratlosigkeit, keine Fassungslosigkeit, kein Schock. Sie hatte es definitiv gewusst. Dennoch huschte ihr Blick nach links, nach rechts, auf der Suche nach einem Ausweg, nach einer Ausrede. »Was meinst du?«, brachte sie schließlich hervor.

Er schüttelte den Kopf. »Das weißt du genau! Fillipu glaubt, es ginge um Schmuggel. Du aber hast ihn aus ganz anderem Grund losgeschickt, mir nachzuspionieren und die Nachrichten zu entfernen. Woher wusstest du davon? Und woher wusstest du von *uns*? Auf den Zetteln standen nur Uhrzeiten und Tage, sonst nichts. Wer hat es dir erzählt? Wer?«

Sie schüttelte den Kopf, sah ihn traurig an. »Du.«

»Was?«

»Du redest im Schlaf. Wusstest du das nicht?«

Er brauchte einen Moment, um das soeben Gehörte zu verarbeiten, hielt sich am Türrahmen fest. »Kannst du dir nur annähernd vorstellen, wie ich in den letzten Tagen gelitten habe?«

»Hast *du* gesehen, wie dein Vater leidet? Willst du ihm ernsthaft in seinem Zustand eröffnen, dass du die Familienehre und all die Toten mit Füßen trittst?«

Sprachlos starrte Matteu sie an. »Das ist Vergangenheit! Hier geht es um die Zukunft! Meine Zukunft! Fillipus Zukunft! Jacquis Zukunft, das kann euch doch nicht egal sein.« Er stürmte aus dem Zimmer.

»Wo willst du hin?« Sie stürzte ihm hinterher.

»Wohin wohl? Zu ihr!«

»Matteu! Nein! Nicht, bitte! Soll denn das Jahr umsonst gewesen sein?«

Er hielt abrupt inne, wollte nicht glauben, was er da gehört hatte, und wandte sich ganz langsam um. »Was meinst du damit?«

Sie kniff die Lippen zusammen.

»Willst du damit etwa sagen, dass du schon damals von allem wusstest? Von Letizia und mir? Dass du deshalb so sehr darauf bestanden hast, ich solle nach Amerika gehen?«

Seine Mutter schien es abstreiten zu wollen, hob dann aber trotzig den Kopf. »Sie ist eine Bonaceri! Die Bonaceris sind seit jeher die Todfeinde der Caratolis!«

»Na und?«, zürnte er. »Was kümmert mich das?«

»Sie werden unser Untergang sein. Das waren sie schon immer!«

Er ballte die Hände zu Fäusten, hatte Mühe, seine Wut zu zügeln. »Ich dachte, Papa sei verbohrt, engstirnig und von gestern. Ich wusste nicht, dass du ihm darin in nichts nachstehst.«

»Ich will doch nur das Beste für dich.«

»Und das ist deiner Ansicht nach, dass ich leide?«

»Nein! Dass du sie vergisst!«

»Habe ich aber nicht und werde ich nie! Das Einzige, was du bewirkt hast, ist, dass ich zutiefst unglücklich war!«

»Du weißt nicht, was echtes Unglück ist! Das, was du jetzt tust, führt dazu, dass du unglücklich wirst!«

»Weil ich auf mein Herz vertraue? Weil ich liebe?«

»Das ist nur ein Strohfeuer der Jugend, das uns alle verbrennen wird. Sie ist es nicht wert. Du weißt doch noch gar nicht, was Liebe ist.« Sie griff nach seinem Arm.

»Nein, Mama!«, rief er und riss sich wütend los. »*Du* weißt es nicht. Sonst hättest du mir das nicht angetan.«

»Ich wollte dir doch nur Leid ersparen.«

»Mag sein, doch du hast das Gegenteil bewirkt.« Enttäuschung und Wut gewannen die Oberhand. »Ich weiß jetzt, wo mein Platz ist. Und der ist nicht länger bei den Caratolis.« Damit wandte er sich zum Gehen.

»Nein, nicht, bitte, es tut mir leid! Ich liebe dich, du bist mein Kind, ich will doch nur dein Glück!«

Er hörte ihr Schluchzen. Sie weinte. Das hatte er nie gewollt. Aber sie hatte es sich selbst zuzuschreiben. Er wollte ihr keine Gelegenheit für eine Rechtfertigung geben. Und doch tat er es. Sie war seine Mutter, er konnte sie nicht so zurücklassen. Langsam drehte er sich um.

Ihr Kajal war verschmiert, lief ihr mit den Tränen über die Wangen und tropfte auf ihre gelbe Bluse. Dabei sorgte sie sich doch immer so um ihr Äußeres.

Er atmete tief durch. »Ich liebe Letizia. Mehr als mein Leben. Und daran wird nichts und niemand jemals etwas ändern können. Wenn du willst, dass ich bleibe, musst du das akzeptieren.«

»Natürlich will ich, dass du bleibst«, heulte sie auf. »Du bist mein Kind. Ich liebe dich.«

Sie hatte wirklich nicht geglaubt, dass seine Liebe zu Letizia so stark war, das sah er ihr an. »Dann hilf mir, Papa umzustimmen. Ihn vom Zusammenschluss zu überzeugen. Davon, dass es eine gute Idee ist, die Bonaceris zu Geschäftspartnern zu machen. Wenn das jemand schafft, dann du. Auf dich hört er!«

»Du wirst uns alle ins Unglück stürzen!«

»Im Gegenteil. Das, was ich tue, wird den Wahnsinn der Vendetta zwischen unseren Familien beenden. Davon bin ich überzeugt. Hilf mir. Wenn nicht für mich, dann für Jacqui. Damit er ohne Angst aufwachsen kann. Damit er leben kann, wie er es sich wünscht. Damit nicht die Vendetta eines Tages ihn trifft.«

Sie rang mit sich, kämpfte gegen uralte Vorurteile und unendliche Ängste an.

Er zögerte, wusste, dass das, was er sagte, sie treffen würde, doch er musste es tun, musste sie auf seine Seite ziehen. »Du hast gesehen, wie sehr er an mir hängt. Er wird mir folgen, Mama. Noch ein paar Jahre, dann wird er sich auf den Weg machen und du hast uns beide verloren.«

Sie schloss die Augen, sank in sich zusammen, gab auf.

Für Jacqui würde sie alles tun. Er war ihr Augenstern.

***

Die Sonne stand schon tief, tauchte die Reste von Santa Lucia in rötliches Licht und ließ Letizia einen langen Schatten auf das Gras werfen.

Mehrfach sah sie sich vorsichtig um, obwohl die Gefahr gering war, hier auf jemand anderen als Matteu zu treffen. Dabei waren es nicht in erster Linie der steile Anstieg und der zugewachsene Weg hier hoch, den die Leute scheuten, sondern die Geister der Toten.

Für Letizia hingegen war dies ein Ort der Ruhe und des Friedens, seltsam schwebend an der Schwelle zwischen Vergangenheit und Zukunft, Altem und Neuem. Das Dach der ehemaligen Kirche fehlte ganz, eine schmale Wendeltreppe, die einstmals zur Kanzel geführt haben musste, endete nun im Nichts – oder in der Freiheit des unendlichen Himmels. Fenster starrten glaslos über das grüne Tal wie Gemälde, die an rußgeschwärzten Mauern hingen. Schon lange hatte die Natur damit begonnen, diesen Platz zurückzuerobern: Gräser und Farne wuchsen aus jeder Ritze, ja scheinbar selbst auf den Steinen. Bäume schlängelten ihre Zweige unter Bögen hindurch und drückten mit der explosiven Kraft neuen Lebens das alte Gestein auseinander.

Vermutlich gab es tatsächlich keinen geeigneteren Treffpunkt als diesen für Matteu und sie. Auch sie standen auf der Schwelle zwischen dem alten Leben und einer verheißungsvollen Zukunft.

Oft hatte sie hier auf dem Stein gesessen und gezeichnet, völlig in den Moment und die geheimnisvolle Atmosphäre versunken, jetzt jedoch wäre sie nicht in der Lage gewesen, auch nur einen einzigen Strich zu Papier zu bringen. Nervös knetete sie ihre Finger, lauschte nach dem Geräusch menschlicher Schritte, doch nur das Summen der Bienen und das Lied der Zikaden war durch das sanfte Blätterrauschen zu hören. Ab und zu zwitscherte ein Vogel.

Und dann sah sie ihn endlich. Er strich die überhängenden Zweige einer alten Eiche beiseite, stieg über einen Haufen herabgefallener Steine hinweg.

Mit einem Mal schienen die Farben um sie her viel leuchtender, der Gesang der Vögel lauter zu sein. Ihr Herz jubelte und zog sie zu ihm, als sei er ein Magnet. Sich dagegen zu wehren, war unmöglich. Genauso wenig hätte sie sich dagegen wehren können, Luft in ihre Lunge zu lassen.

Sie rannte Matteu entgegen, warf sich ihm in die Arme, versank in seinem Kuss. Sie wollte in der Süße seines Mundes vergehen, ihn nie wieder loslassen.

Plötzlich knackten Zweige, polterten Steine und etwas Schwarzes schoss neben ihnen aus dem Busch. Letizia schrie erschrocken auf, Matteu zog sie schützend hinter sich. Im nächsten Moment jedoch musste er lachen, denn es war nur ein Vogel, der mit wildem Flügelschlag das Weite suchte.

»Alles gut«, beruhigte Matteu sie. »Wir sind allein.«

Sie nickte, sah sich aber dennoch unbehaglich um. Sie wurde den Eindruck nicht los, dass hier noch jemand war, sie beobachtete. Die Härchen an ihren Armen stellten sich auf.

Dann wurde ihr klar, was für ein Nervenbündel sie geworden war, und sie schüttelte innerlich den Kopf über sich selbst. Da war mit Sicherheit niemand. Diese Heimlichkeiten mussten endlich ein Ende finden, sie würde sonst noch vollkommen durchdrehen.

Sie sah zu Matteu. Ein Schatten lag auf seinem Gesicht. »Was ist?«, fragte sie bang.

»Meine Mutter weiß von uns. Sie war es, die die Nachrichten hat entfernen lassen.«

Letizia zog scharf die Luft ein.

»Aber das ist gut«, beeilte sich Matteu zu ergänzen. »Sie wird uns helfen.«

»Was?« Ungläubig starrte sie ihn an. »Wieso sollte sie?«

Er nahm ihr Gesicht in seine Hände. »Weil sie weiß, dass sie mich verliert, wenn sie es nicht tut. Und weil ich sie davon überzeugen konnte, dass es das Beste für Jacquis Zukunft ist.«

Hin und her gerissen kämpfte Letizia mit sich. Sie wollte sich seiner Zuversicht anschließen, doch sie konnte es nicht und schüttelte enttäuscht den Kopf.

Er nahm ihre Hände und legte sie an sein Herz. »Spürst du das? Es schlägt für dich. Ich will, dass du glücklich bist.«

»Ich bin glücklich, wenn ich bei dir bin.«

»Und deshalb werde ich dafür sorgen, dass das möglich ist. Hier, auf Korsika. Mein Plan wird aufgehen, glaub mir. Wir haben jetzt schon meine Mutter auf unserer Seite. Bald wird es auch mein Vater sein.«

»Selbst wenn – meine Mutter wird das niemals tun!«

»Auch da wird mir etwas einfallen.«

»Und was ist mit Edmond? Er wird diese erneute Demütigung nicht auf sich sitzen lassen. Er hasst euch! Er hasst dich! Er …«

»Psch.« Er legte seinen Finger auf ihre Lippen. »Keine Sorgen mehr, habe ich gesagt.«

Sie dachte an den Streit mit ihrer Mutter, an Cristo und an all die Edmonds da draußen, und wünschte, sie könnte den gleichen Optimismus empfinden wie er. »Ich habe geglaubt, wir würden gegen all die dummen Traditionen ankommen, aber …« Sie seufzte. »Es gibt Regeln …«

»Wir können sie brechen.«

»Oder sie uns.«

Er schüttelte den Kopf. »Zusammen sind wir unzerbrechlich und unbesiegbar. Alles wird sich ändern. *Wir* werden alles ändern.« Er lächelte sie sanft an und wie immer ließ sein Lächeln ihre Seele leuchten.

Um sie her trieben Blütensamen wie winzige Segelschiffe durch die Luft. Die Sonne ließ das schützende Blätterwerk über ihr aufleuchten, vereinzelt brachen Strahlen hindurch, ergossen sich wie flüssiges Gold auf das moosbewachsene Gestein. Sie irrlichterte in seinen warmen braunen Augen, die so voller Liebe waren.

Zärtlich fuhr er mit der Fingerspitze ihre Lippen nach. Sie hauchte einen Kuss dagegen. »Du warst schon immer ein Idealist, ein Träumer. Und genau das liebe ich ja so an dir.«

»Träume waren es, die den Menschen zum Mond gebracht haben. Träume sind es, die uns die Zukunft gestalten lassen. Ohne unsere Träume und die Liebe sind wir nichts als leere Hülsen.«

Sie nickte langsam, fuhr liebevoll mit den Fingern durch sein Haar, das leicht gelockt in seine Stirn fiel, und sagte wehmütig: »Und doch, manchmal frage ich mich: Sind wir die einzigen

Vernünftigen in einer Welt voller Wahnsinniger? Oder … oder sind wir die Wahnsinnigen und erkennen es nur nicht? Ist die Welt vielleicht noch nicht so weit?«

»Liebe ist immer Wahnsinn. Und zugleich das Einzige, wofür es sich zu leben lohnt.«

»Zu leben: ja. Aber auch zu sterben?« Durchdringend sah sie ihn an.

Er nahm ihr Gesicht in seine Hände, küsste sanft ihre Augenlider, dann ihren Mund. »Niemand wird uns auseinanderbringen. Nichts kann unserer Liebe etwas anhaben. Denn du bist meine Seele.« Seine Worte zerflossen zu einem warmen Sehnen, das durch ihre Adern schoss.

Sie schloss die Augen und flüsterte an seinen Lippen: »Und du mein Herz.«

Kapitel V

Heute

Mein Herz hämmert gegen meine Rippen, Panik hält mich im Würgegriff. Erst als ich meine Augen aufreiße, zerfließen meine Ängste in Erleichterung. Es war nur mein üblicher Traum.

Heller Sonnenschein fällt durch weiße Gardinen und hüllt mich in Geborgenheit. Es scheint, als wäre es schon Mittag. Aber wieso hat Dean mich nicht geweckt? Verwirrt sehe ich auf die unberührte Betthälfte neben mir. Dann stürzen die Ereignisse des letzten Tages auf mich ein: Ich bin nicht mehr mit Dean zusammen, und mein Traum ist gar keiner, sondern grausame Realität.

Aufstöhnend vergrabe ich mein Gesicht im Kissen, als könne die weiche, warme Dunkelheit die Wirklichkeit aussperren.

Leider kann ich mich nicht ewig vor ihr verstecken. Zudem lockt mich das leise Klappern von Geschirr doch aus dem Bett. Ich schlüpfe in blaue Shorts, ein weinrotes Tanktop und folge barfuß dem Duft frischen Kaffees.

Ich finde Raphaël auf einer von Oleanderbüschen, Palmen und Orangenbäumchen umgebenen kleinen Steinterrasse, wo er gerade mit gerunzelter Stirn versucht, auf dem übervollen Tischchen noch Platz für zwei Kaffeetassen zu finden. Dass er das ohne Shirt tut, bringt mich einigermaßen außer Fassung.

Zum Glück trägt er wenigstens eine Hose. Alles andere wäre mir im Moment zu viel.

»Hey, schon wach?«, begrüßt er mich erfreut. »Ich hoffe, du hast gut geschlafen.«

»Hab ich«, behaupte ich und versuche verzweifelt, nicht auf seinen nackten Oberkörper zu starren. Himmel noch mal, so durchtrainiert, wie der ist, klettert Raphaël vermutlich noch vor dem Frühstück den Monte Cintu rauf und wieder runter. Ein Schauer überläuft mich, verlegen streiche ich mir mein Haar hinters Ohr. »Danke noch einmal«, murmele ich verlegen. »Für alles.«

»Ach was, nicht der Rede wert. Setz dich.«

Ich leiste der Aufforderung Folge, doch obwohl er meine Dankesbekundung mit einem beiläufigen Schulterzucken vom Tisch gewischt hat, ist mir die ganze Situation ziemlich peinlich. Keine Sekunde hat er gezögert, mich bei sich aufzunehmen. Und das trotz der vorangegangenen unterkühlten Verabschiedung meinerseits. Überdies hat er mir ungeachtet meines Protestes sein Bett abgetreten, es frisch bezogen und sich auf die Couch verkrümelt. Was Dean angeht, habe ich nur gesagt, dass ich mir eine Auszeit von unserer Beziehung nehmen würde. Zu meiner Erleichterung hat Raphaël nicht nachgebohrt, tut es auch jetzt nicht. Stattdessen erklärt er entschuldigend: »Ich habe leider keine Orangenmarmelade auftreiben können.«

»Davon abgesehen hast du aber offensichtlich alles aufgetischt, was diese Insel zu bieten hat«, sage ich lächelnd. Der Frühstückstisch biegt sich nämlich regelrecht unter der Last an heimischem und exotischem Obst, frischen Brötchen, Wurst, zig verschiedenen Käsesorten und weiteren, vermutlich korsischen, Spezialitäten. Mir wird ganz warm ums Herz angesichts all der Mühe, die er sich für mich gibt.

»Du hättest mich ruhig wecken können, ich hätte dir gern geholfen.«

»Du hast so friedlich geschlafen.«

»Hast du mich etwa beobachtet?«

»Ich musste kurz rein, um mir frische Wäsche aus dem Schrank zu holen.«

Ich weiß nicht, wie ich das finden soll.

»Keine Sorge, du hattest die Decke bis unters Kinn hochgezogen. Nur gesabbert hast du ziemlich.«

»Was?« Mit einem Mal sitze ich kerzengerade, die Augen vor Entsetzen aufgerissen. Großer Gott, gibt es etwas Peinlicheres? Dann sehe ich das Funkeln in seinen Augen. »Du hast mich auf den Arm genommen!«, rufe ich entrüstet. Und hoffe, dass das stimmt.

Er verzichtet auf eine Antwort, grinst lediglich und fragt: »Kaffee?«

»Den brauche ich jetzt nicht mehr«, knurre ich. »Ich bin wach.«

»Das war der Sinn der Sache«, scherzt er. »Dann also Tee.«

Ich schnaufe nur und nehme ihm doch die Tasse ab, nippe daran. Jetzt erst merke ich, wie hungrig ich tatsächlich bin, da bei all der Aufregung gestern das Abendessen flachgefallen ist. Nervös angele ich ein Brötchen aus dem Korb und schneide es krachend auf, während ich mich frage, worüber ich denn jetzt mit ihm reden soll. Vermutlich wird gleich das große verlegene Schweigen ausbrechen. Oder – noch schlimmer! – der verkrampfte Versuch, über das Wetter ein Gespräch am Laufen zu halten.

Schon nach wenigen Minuten jedoch wird mir klar, dass diese Sorgen unbegründet sind. Völlig unbefangen fragt er mich nach meinem Studium aus und ich ihn nach weiteren Geschichten rund um Korsika. Entspannt lehne ich mich zurück. Es ist, als würde sich dieses Gespräch nahtlos an unser gestriges auf der Kaimauer anfügen. Als wäre die peinliche

Episode mit dem abgebrochenen Kuss ebenso wie unser Streit nie geschehen.

Eine gute Stunde später passt nicht einmal mehr eine Weintraube in mich hinein, doch noch immer unterhalten wir uns lebhaft und ich lasse mir die Sonne auf die ausgestreckten Beine scheinen. Ich kann nicht glauben, wie selbstverständlich es sich anfühlt, hier mit Raphaël zu sitzen. Trotzdem – eine Sache steht noch aus.

»Ich muss mich entschuldigen«, sage ich schließlich. »Für mein Verhalten gestern.«

»Schon okay.«

»Nein, ist es nicht und ich bin dir wirklich dankbar, dass du so …« Ich suche nach den richtigen Worten.

»Dass ich so witzig bin? Oder so charmant? Oder so unfassbar gut aussehe?«

»Nein.«

»Jetzt bin ich schwer getroffen.« Er grinst mich an.

Ich bin ihm dankbar dafür, dass er diese wirklich seltsame Situation auflockert, dennoch brauche ich Gewissheit. »Warum hilfst du mir?«

»Irgendwer muss es ja tun«, gibt er mit einem Augenzwinkern zurück.

Na prima, das war jetzt nicht die Antwort, auf die ich gehofft habe.

»Hast du Lust auf einen Ausflug in die Umgebung von Bastia?«

»Heute nicht.«

»Was steht dann für heute auf deinem Plan?«

Ich schneide eine Grimasse. »Mich verkriechen und meine Wunden lecken.«

Er mustert mich, schüttelt plötzlich vehement den Kopf. »Nichts da. Wenn sich einer verkriechen sollte, dann dieser Idiot. Du wirst gefälligst rausgehen und Spaß haben! Das

Leben genießen. Wenn du keinen Ausflug in die Umgebung machen willst, dann machen wir eben noch einmal einen in die Altstadt.« Und schon ist er bei mir und zieht mich hoch. Und ich kann mich seinem Enthusiasmus nicht verwehren – ganz zu schweigen von der plötzlichen Nähe seines halb nackten Körpers.

Und so finde ich mich wenig später auf dem Wochenmarkt von Bastia wieder.

Reges Treiben erfüllt den Platz. Anscheinend überall wird gegrüßt, gerufen, gelacht. Tief atme ich ein, die Aromen der angebotenen Kräuter mischen sich mit denen der Zitrusfrüchte und der salzigen Meeresbrise. Zu meinem eigenen Erstaunen tut es gut, von so vielen Menschen umgeben zu sein. Von so viel Leben.

Die kantigen Gesichtszüge der Einheimischen, ihr wildes Gestikulieren, ihre in meinen Ohren wie Gesang anmutende Sprache, die die Sonne Korsikas in jeder Silbe mitschwingen lässt – all das kommt mir so vertraut vor und reißt mich heraus aus meinem Loch. Trotz des Trubels wirkt niemand, als sei er in Eile. Alle sind freundlich und gut gelaunt. Die Verkäufer tratschen ausführlich mit jedem Kunden, überall stehen Grüppchen von sich unterhaltenden Menschen beisammen. Zeit ist offenbar das, was es hier genauso wie Düfte im Überfluss zu geben scheint. Es ist unmöglich, sich dem zu entziehen, automatisch passt sich mein eiliger Schritt dem gemütlichen der anderen an. Dean hat sich nicht mehr bei mir gemeldet, und ich beginne mich in den Farben und Geräuschen, dem Lachen und der Lebensfreude zu verlieren.

»Du bist wunderschön«, sagt Raphaël irgendwann leise und sieht mich versonnen an.

Ich bleibe verdutzt stehen, laufe rot an.

»Aber am schönsten«, fährt er fort, »wenn du lächelst.«

Da erst wird mir bewusst, dass ich tatsächlich wieder lachen kann.

Das Gestern und Dean scheinen einem anderen Leben zu entstammen, Jahrhunderte zurückzuliegen.

Wie im Rausch erlebe ich die nächsten Tage.

Ich hatte gedacht, bereits die schönsten Ecken in und um Bastia gesehen zu haben, doch weit gefehlt. Raphaël zeigt mir verschlafene kleine Fischerdörfer und verwunschen wirkende Lichtungen. Wir erklimmen Berghänge, schnorcheln in türkisfarbenem Wasser und sonnen uns auf den Klippen über dem Meer. Ich schieße jede Menge Fotos. Alberne und ernste, aus Freude am Tun heraus, ohne den Druck, den ich sonst verspürt habe.

Wir lachen, reden und schweigen miteinander und ich fühle mich so verstanden wie nie zuvor. Nie habe ich an Seelenverwandtschaft geglaubt, doch jetzt bin ich mir sicher, den einen gefunden zu haben. Aber ob es ihm genauso ergeht? Immer wenn wir uns berühren, er an meinem Arm oder meiner Schulter entlangstreicht, ist es, als würden kleine Sternschnuppen durch mich hindurchflitzen und einen Schweif kribbelnder Aufregung und äußerst unpassender Gedanken hinter sich herziehen. Doch all dies bleibt unbeabsichtigt, und er hat keinerlei Anstalten mehr gemacht, mich zu küssen. Das verunsichert mich vollkommen.

»Wie wär es mit ’nem Kastanieneis?«, fragt er jetzt.

»Gibt es irgendetwas, das Korsen nicht aus Kastanien herstellen können?«, entgegne ich überrascht.

»Meines Wissens nicht. Das ist quasi MacGyver auf Korsisch«, flachst er. »Na komm, hier drüben gibt es das beste Kastanieneis ganz Korsikas.« Schon zieht er mich in das nächste Café.

Tatsächlich ist das Eis unfassbar gut, ebenso wie der Kastanienkuchen und die Kastanienwaffeln, die wir danach verschlingen.

Als wir schließlich das Café verlassen, sind die Schatten länger geworden. »Das war jetzt aber ein richtiger Zuckerschock«, scherze ich.

Raphaël sieht mich gedankenvoll von der Seite an. Plötzlich hält er mich am Arm zurück, sagt leise »warte« und hebt die Hand zu meiner Wange.

Er will mich küssen! Ein Anflug von Panik schießt durch meinen Körper, gefolgt von einer beinahe schmerzlichen Hoffnung. Mein Herz klopft wild, ich schließe die Augen. Und spüre im nächsten Moment, wie er mir mit dem Daumen etwas Schlagsahne vom Kinn streicht.

Ich schlage meine Augen wieder auf, spüre, wie Hitze mein Gesicht flutet. Hoffentlich weiß er nicht, warum. »Meine Güte, ist das heute warm«, murmele ich eilig wie zur Erklärung und gehe einen Schritt schneller. Auf keinen Fall will ich den Eindruck erwecken, ich würde mich ihm an den Hals werfen. Oder, besser gesagt, an seine muskulöse Brust. Von der ich zu meinem Leidwesen ganz genau weiß, wie sie ohne Shirt aussieht.

Lacht er etwa leise hinter mir? Ich drehe mich nicht um, ahne aber, dass er meinen Gedanken doch erraten hat. Zu meiner Erleichterung verzichtet er auf jeglichen Kommentar.

Immer weiter führt Raphaël mich durch die Gassen der Stadt. Das Kribbeln in meinem Magen weicht nicht. Im Gegenteil. Mit jedem Schritt wächst es an, während wir beide stiller werden.

Höher und höher führt der Weg, bis wir auf einer kleinen Sandsteinbrücke stehen. Efeuartige Pflanzen mit dunkelgrünen Blättern und blauen Blüten winden sich um die Brüstung und der freie Blick über die roten Hausdächer hinweg auf den azurblauen Ozean ist atemberaubend.

Etliche Haarsträhnen haben sich inzwischen aus meinem Pferdeschwanz gelöst und die sanfte Brise spielt mit ihnen. Da der Wind vom Hügel Richtung Meer weht, dringt kaum ein Geräusch von der Stadt herauf. Stumm genießen wir die Aussicht, und ich bin mir Raphaëls Nähe in einem Maße bewusst, dass es mir den Atem nimmt.

Ich hebe meine Kamera, mache unzählige Fotos von der Landschaft. Und wende mich schließlich Raphaël zu, betrachte sein Gesicht durch die Linse. Er blickt in die Ferne, wirkt seltsam traurig. Ich drücke auf den Auslöser, er dreht den Kopf, sieht mich direkt an.

Ein weiteres Mal drücke ich auf den Auslöser, lasse die Kamera dann langsam sinken. Seine Augen erinnern mich an den Ozean. Die Pupillen gleichen dem Marianengraben. Tief und unbekannt. Dort könnte alles lauern.

Mein Atem geht plötzlich ganz hektisch, und mein Herz klopft so laut, dass er es mit Sicherheit hört.

Stumm stehen wir uns gegenüber, die Luft zwischen uns scheint zu flirren.

Er macht einen Schritt auf mich zu, greift nach meiner Hand. Augenblicklich richten sich alle Härchen an meinem Körper auf. Als hätte er eine elektrische Ladung auf mich übertragen.

Wie in Zeitlupe hebt er meine Hand an seine Lippen, haucht einen zarten Kuss auf die Kuppe meines Zeigefingers. Heiß schießt es durch mich hindurch bis in meine Mitte. Sein Blick fesselt den meinen, lässt ihn nicht los, während er den nächsten Finger an seine warmen Lippen hebt. Ich erbebe regelrecht. Wie kann eine so winzige Berührung, ein so minimaler Kuss solche Empfindungen in mir auslösen?

Ohne mich aus den Augen zu lassen, küsst er die Fingerkuppe meines Ringfingers, dann die des kleinen Fingers, verharrt dort, und ich bin sicher, gleich zu hyperventilieren. Ein erwartungsvolles Zittern erfasst mich. Ich wage es kaum, noch zu atmen. Ich fühle mich wie eine bis zum Zerreißen gespannte Bogensehne.

Sein Mund wandert tiefer, haucht einen Kuss in meine Handfläche, und die Stoppeln seines Dreitagebartes schaben sanft über meine Haut, jagen pure Lust über den Körper.

Wie gebannt starre ich auf seine Lippen, fahre mit der Zunge über die meinen, während Gedanken und Gefühle durch mich hindurchtanzen wie Mücken durch die Luft.

Sanft legt er seine andere Hand unter mein Kinn, hebt es an. Ich sehe auf, und das Verlangen in seinen Augen lässt mir den Atem stocken, macht mir beinahe Angst, gleichzeitig lockt es mich wie nie etwas zuvor.

Seine Fingerspitzen wandern meine Wange hoch, streichen zart über meine Schläfe, nur um doch wieder zu meinen Lippen zurückzufinden, sanft ihrem Schwung zu folgen.

Alles um mich herum rückt in weite Ferne. Ich schließe die Augen, recke mein Gesicht dem seinen entgegen, zittere vor Sehnsucht nach mehr. Im nächsten Moment spüre ich seine warmen Lippen auf meinen. Sein Bart kratzt sacht über meine Haut, lässt mich erbeben. Ich beiße leicht in seine Unterlippe und stöhne auf, als er daraufhin meinen Hinterkopf umfasst und meinen Mund noch enger an den seinen presst. Das Blut rauscht mir in den Ohren, ich fühle mich trunken von der Süße seines Mundes, gebe mich dem Spiel seiner Zunge hin. Sie wird immer fordernder, sein Kuss wilder.

Ruckartig zieht er mich an sich, seine Hände folgen den Kurven meines Körpers, verharren auf meinem Po – und das ganze Ausmaß meiner Gefühle überrollt mich, lässt mich stöhnen, so elektrisiert bin ich. Mein Innerstes vibriert vor Anspannung. Das Verlangen darin wird von Sekunde zu Sekunde heißer. Die Zeit scheint sich zu verlangsamen, ich schwebe und falle zugleich.

Plötzlich klingelt mein Handy, erschrocken fahre ich zusammen und der Zauber des Augenblickes ist fort.

Fahrig wühle ich in meiner Handtasche nach dem unaufhörlich klingelnden Ding.

Verdammt, warum nur muss Dean ausgerechnet jetzt anrufen? Ich will jetzt nicht mit ihm sprechen. Ich will überhaupt nicht mehr mit ihm sprechen. Warum nur muss er mir diesen wundervollen Moment zerstören? Und warum lasse ich es überhaupt zu? Ich wünsche mir nichts mehr, als dass Raphaël genau da weitermacht, wo er aufgehört hat, doch bei diesem penetranten Klingeln ist das undenkbar.

Endlich habe ich das Handy in der Seitentasche gefunden und zerre es hervor.

Doch es ist gar nicht Dean, der da anruft.

»Dad!«, rufe ich überrascht ins Handy. »Du hast wieder Telefon!«

»Offensichtlich«, antwortet er lachend. »Das war aber auch ein Kampf. In der Zeit, in der diese Trottel zu fünft die Leitung verlegt haben, hätte ich allein schon ein ganzes Haus gebaut. Aber nun ist es ja überstanden. Wie geht es dir?«

»Gut. Sehr gut. Ich meine, also, na ja …« Ich mache eine entschuldigende Geste in Raphaëls Richtung und gehe ein paar Meter zur Seite. »Ich habe mich von Dean getrennt.«

Am anderen Ende der Leitung klingt es, als hätte mein Vater sich verschluckt. »Soll ich zu dir kommen? Brauchst du mich?«

»Nein, es ist alles in Ordnung.«

»Aber wie geht es dir?«

»Gut, das sagte ich doch. Wirklich. Du musst dir keine Sorgen machen. Es geht mir so gut wie schon lange nicht mehr.« Ein erleichtertes Seufzen ist zu hören und ich ergänze schmunzelnd: »Ist schon okay, du darfst dich ruhig freuen. Ich weiß, dass du ihn nie besonders gut leiden konntest.«

Ich wundere mich selbst darüber, wie ruhig ich bin und dass ich die Enttäuschung durch Dean sogar mit Humor nehmen kann.

»Dabei habe ich mir doch alle Mühe gegeben, es zu verbergen«, sagt mein Vater schließlich mit leichter Ironie, denn natürlich war das Gegenteil der Fall, haben wir mehr als nur einmal über Dean diskutiert. Gleich darauf wird er jedoch wieder ernst. »Soll ich zu dir fliegen? Wo kommst du jetzt unter? Hast du schon eine neue Wohnung? Willst du zu mir ziehen? Ich könnte dir …«

»Ganz ruhig, Dad. Das weiß ich alles noch nicht. Es ist ja grad mal ein paar Tage her. Ich werde mir darüber Gedanken machen, wenn ich wieder zurück bin und …«

»Zurück? Wieso zurück? Wo bist du denn?«

»In Bastia. Ich meine: auf Korsika.«

»Korsika?«, krächzt er ungläubig. »Was machst du auf Korsika?«

Bilde ich mir das nur ein, oder klingt er alarmiert? »Es ist kompliziert, das zu erklären, aber …« Ich halte inne, etwas in seiner Stimme ruft mir schlagartig die seltsamen Ereignisse der letzten Tage ins Gedächtnis zurück. »Ich war dabei. Bei Moms Autounfall.«

»Was?«

Die scheinbare Zusammenhanglosigkeit meiner Aussagen muss ihn verwirren, aber ich habe gerade große Schwierigkeiten, meine Gedanken zu ordnen. »Mir ist das erst hier bewusst geworden, ich weiß selbst nicht, warum. Ich dachte immer, mein Traum sei aus Erzählungen Dritter entstanden, aber … das ist er nicht und … ich meine …« Ich hole tief Luft. »Du wusstest es nicht, stimmt's?« Ja, ich liefere ihm die Antwort quasi selbst, doch ich fürchte mich mit einem Mal zu sehr vor einer, die anders ausfallen könnte.

»Ich …du … ja. Du hast nach dem …Unfall … lange Zeit nicht mehr geredet.«

Meine erhoffte Erleichterung bleibt aus, zu wenig nachdrücklich erscheint mir seine Antwort. Ich taste mich vorsichtig weiter. »Das ist aber noch nicht alles. Ich … habe das Gefühl, schon einmal hier gewesen zu sein.«

Stille.

»Dad?«

»Während der Schulzeit, meinst du? Eine Klassenfahrt? Oder während des Studiums? Mit Freunden?« Er spricht hektisch, dabei ist er doch sonst die Ruhe in Person.

»Nein. Als kleines Kind.«

»Ausgeschlossen.«

»Aber ich bin mir absolut sicher! Ich erkenne Dinge wieder und Melodien und …«

»Unfug!« Jetzt klingt er richtig aufgebracht. »Was für eine verrückte Vorstellung.«

In mir beginnt plötzlich etwas zu bröckeln. Die Grundsäule meines Lebens – die Gewissheit, dass ich ihm vollkommen vertrauen kann. »Dad, was soll das? Wieso reagierst du so übertrieben?«, frage ich verstört.

»Tue ich nicht, ich denke nur, dass du dir da etwas einbildest.«

»Jetzt klingst du wie Dean! Ich bin nicht verrückt! Ich war schon einmal hier, und da ich mich nicht bewusst daran erinnern kann, muss ich noch sehr klein gewesen sein, und das bedeutet, dass ich mit dir hier gewesen sein muss. Mit dir oder mit … Mom.«

»So ein Blödsinn!« Seine Stimme klingt schrill, nervös. »Ich wüsste es doch, wenn ich schon einmal dort gewesen wäre. Wo soll das überhaupt sein?«

»Seltsam, dass du das erst jetzt fragst. Vorhin schienst du das noch zu wissen.« Langsam werde ich wütend. Wenn ich noch irgendeinen Zweifel an meinen Vermutungen und Spekulationen hatte – jetzt hat er sich endgültig zerstreut. Warum sonst sollte mein Vater das so vehement und erbittert abstreiten? »War Mom denn mal auf Korsika?«, frage ich vorsichtig, aber bestimmt.

»Nein, natürlich nicht!«, schießt seine Antwort aus dem Handy.

»Sicher? Vielleicht als junges Mädchen. Bevor ihr euch kennengelernt habt, möglicherweise, als sie …«

»Nein! Niemals!«

»Aber das kannst du doch gar nicht wissen!« Meine Kehle ist plötzlich ganz trocken. Ich habe nicht nur das Gefühl, dass hier etwas nicht stimmt, ich weiß es geradezu. »Sie hat es dir vielleicht nur nicht erzählt und …«

»Da gibt es nichts zu erzählen«, fällt er mir ruppig ins Wort. »Wir kennen uns von klein auf. Sie hat den Bundesstaat Ohio nie verlassen!«

»Mom war hier«, sage ich leise. Ich bin mir so sicher wie nie zuvor.

»Nein!« Ich höre sein schweres Atmen und das wilde Klopfen meines Herzens, hole tief Luft.

»Warum hat mich dann die alte Frau erkannt?«

»Welche alte Frau?« Seine Stimme überschlägt sich fast. »Sie kann dich nicht erkennen. Sie kennt dich nicht. Sie …« Er bricht ab, merkt, dass er sich in seiner Panik verrannt hat.

»Eben«, erwidere ich tonlos. »Sie hat nicht mich erkannt, sondern Mom.« Die Säule meines Urvertrauens in meinen Vater stürzt in sich zusammen. »Warum hast du mir nie gesagt, dass wir einmal hier waren? Was verheimlichst du mir?«

»Nichts! Ich verheimliche gar nichts! Diese ganze Diskussion ist doch albern.« Er lacht, doch es klingt gekünstelt. »Die Trennung von Dean hat dir einfach zugesetzt. Du solltest schnellstmöglich nach Hause kommen.«

»Warum belügst du mich?«, flüstere ich gegen den Kloß in meinem Hals an.

»Das tue ich nicht! Wie kommst du auf so etwas? Bitte, komm einfach nach Hause. Sofort.«

»Nein! Ich will jetzt wissen, was hier los ist!«

»Überhaupt nichts!« Jetzt klingt er regelrecht panisch. »Diese ganze Diskussion ist ja lachhaft! Sag mir einfach, wann der nächste Flieger geht, am besten direkt zu mir. Ich hole dich am Flughafen ab und …«

»Ich habe Nein gesagt! Hör auf, das zu übergehen! Ich bin kein kleines Kind!«

»Natürlich nicht, aber du bist noch immer mein Kind, und ich mache mir nun einmal Sorgen um dich und will das Beste für dich, und da ich das Gefühl habe, dass es dir dort drüben gerade überhaupt nicht gut geht und du meine Hilfe brauchst, will ich natürlich …« Er redet und redet. Ein regelrechter Wortschwall ergießt sich über mich, doch ich kann ihm plötzlich nicht mehr folgen, denn Raphaëls Frage von neulich, als ich ihm von Moms Tod erzählt habe, schießt mir durch den Kopf.

Nein! Allein schon der Gedanke daran, dass meine Mutter vielleicht ganz woanders ums Leben gekommen sein könnte, als ich all die Jahre über geglaubt habe, ist so vollkommen absurd, dass ich unwillkürlich den Kopf schüttele und mir lächerlich vorkomme. Und doch … da ist diese nagende Ungewissheit. Dieses bohrende Verlangen, Bestätigung zu erhalten für das Gegenteil. Ich weiß, dass es mir keine Ruhe lassen wird, bis ich meinen Vater danach gefragt habe. Er redet noch immer, doch längst habe ich den Faden verloren. Tief hole ich Luft und falle ihm einfach ins Wort. »War der Autounfall, bei dem Mom gestorben ist, wirklich in den USA?«

Abrupt hält er mitten im Satz inne.

Es ist totenstill in der Leitung.

Das Klopfen meines Herzens wird übermächtig, ich spüre es in jeder Zelle, ein Beben, das meinen ganzen Körper erfasst. »Ist Mom bei Lancaster gestorben oder … oder hier?«, flüstere ich und das Handy zittert in meiner Hand.

»Natürlich bei Lancaster! Wie kommst du nur auf solch eine Frage? Ich mache mir wirklich Sorgen um dich! Komm nach Hause, bitte!«

»Nicht bevor ich die Wahrheit weiß!«

»Der Unfall war in Ohio!«, tobt er. »Deine Mom war nie auf Korsika. Es gibt nur dich und mich! Und du nimmst den nächsten Flieger!«

Noch nie hat mein Vater so mit mir gesprochen, nicht einmal annähernd. Sein Tonfall tritt die letzten krüppeligen Reste meines Vertrauens in ihn mit Füßen. »Hör auf damit, mich herumzukommandieren!«

»Justine, du … das … bitte! Es tut mir leid. Bitte, komm nach Hause. Bitte.«

»Dann sag mir doch endlich die Wahrheit!« Ich bin kurz davor, das Handy gegen die Brüstung zu schleudern, wünschte, ich könnte meinem Vater ins Gesicht sehen, in seinen Augen lesen.

Ich höre sein schweres Atmen, sehe ihn vor mir, wie er nach Worten ringt, sich erschöpft in seinen knarzenden Ohrensessel fallen lässt. Schließlich sagt er tonlos: »Das ist die Wahrheit.«

Ich lege auf.

Stille. In mir. Und um mich her.

Erst nach und nach nehme ich wieder Geräusche wahr: Kinderlachen, das Kreischen der Möwen, ein röhrendes Moped.

Tief atme ich durch, starre das Handy an, fahre mit den Fingern über die glatten Kanten. Ich bin mir sicher, dass es gleich wieder klingeln wird, erneut mein Vater in der Leitung sein und sich entschuldigen wird. Und dass er mir erzählen wird, was für ein Geheimnis hinter dem Tod meiner Mutter steckt. Doch das Handy bleibt stumm.

Ich schließe die Augen, versuche einfach nur, zu begreifen, was gerade passiert ist.

Noch nie habe ich mich dermaßen verraten gefühlt. Wir sind nicht irgendein Vater-Tochter-Gespann. Wir sind ein Team. Ein Ganzes. Alles an Familie, was ich habe. Jahrelang gab es nur ihn und mich, doch er hatte es verstanden, mich nie einen Mangel verspüren zu lassen. Ich war ein glückliches Kind, geliebt und beschützt und … belogen. Doch warum Letzteres? Und vor allem … Ich halte inne, als ein schrecklicher Gedanke wie ein glühend heißer Meteor durch mich hindurchschießt und das Blut in meinen Ohren rauscht. Der Boden schwankt, die Umgebung verschwimmt, das Rauschen schwillt an.

»Justine!«, dringt plötzlich Raphaëls erschrockene Stimme durch den Grauschleier zu mir hindurch.

Schon fühle ich seine Arme, die mich auffangen, mich stützen. »Geht schon wieder«, murmele ich und atme tief durch. Langsam weicht das Rauschen und die Unschärfe vor meinen Augen klärt sich.

Raphaël hält mich. »Was ist passiert? Ist es wegen des Anrufs? Was hat dein Vater gesagt?«

Vollkommen durcheinander, bin ich nicht in der Lage, etwas zu antworten. Ich weiß nicht, was ich denken soll, weigere mich zu glauben, dass mein ganzes bisheriges Leben auf einer Lüge basiert. Und doch kann ich nicht ignorieren, was gerade geschehen ist. Genauso wenig wie die Schlussfolgerung daraus, die ebenso absurd wie schrecklich ist und trotzdem die heiße Flamme wilder Hoffnung in mir auflodern lässt: Ich habe zwar den Unfall mit angesehen und kann mich an diesen Moment erinnern, aber nicht an das, was danach geschah. Und ich war nicht auf der Beerdigung meiner Mutter, mein Vater wollte mir das damals nicht zumuten, so klein, wie ich war. Außerdem gibt es kein Grab, das ich hätte besuchen können, denn ihre Asche wurde angeblich im Meer verstreut. Es sei denn …

Nein, das kann nicht sein! Warum sollte mein Vater mir so etwas antun? Das wäre grausam. Niemals würde er so etwas tun.

Und doch … Obwohl der Gedanke, der mir gerade kam, verrückt und vollkommen absurd ist, werde ich ihn nicht mehr los: Wenn mein Vater mich belogen hat im Hinblick auf meine Anwesenheit beim Unfall und auf meinen früheren Aufenthalt hier auf Korsika und ebenso im Hinblick auf einen Aufenthalt meiner Mutter hier und auf den Ort ihres Autounfalls, dann … dann war vielleicht auch alles andere eine Lüge. Vielleicht … ist meine Mutter gar nicht tot?

Dreißig Jahre zuvor

Matteus Worte durften einfach keine Lüge sein. *Niemand wird uns auseinanderbringen*, hatte er gesagt. *Nichts kann unserer Liebe etwas anhaben.* Daran klammerte sich Letizia, als sie Tage später hinter der Theke der Taverne Glas um Glas befüllte. Diese Worte waren es auch, die ihr über die letzten Tage hinweggeholfen hatten. Sie machten ihr Mut, dem Druck zu Hause standzuhalten.

Denn da sie noch immer keine Anstalten gemacht hatte, ihre Absage an Cristo zu bereuen oder gar zurückzunehmen, hatten sie und ihre Mutter sich erneut gestritten. Und seitdem strafte ihre Mutter sie mit Ignoranz. Maria überhörte alles, was sie sagte, sah an ihr vorbei, als sei sie nicht existent. Selbst Letizias Großmutter hatte da nichts ausrichten können.

Letizia war nicht nah am Wasser gebaut, doch das alles zehrte so sehr an ihr, dass sie nahezu ununterbrochen dagegen ankämpfen musste, nicht in Tränen auszubrechen. Sie stürzte sich in Arbeit, schuftete im Haus, im Garten und in der Taverne. Zum einen, um sich abzulenken, zum anderen aus dem schlechten Gewissen heraus, das sie ihrer Mutter und Thérèse gegenüber empfand.

»Wo bleibt mein Bier?«, übertönte Edmonds Stimme selbst die lautstarken Diskussionen.

»Du bist nicht der Einzige hier, der Durst hat, immer der Reihe nach!«, rief sie verärgert zurück, platzierte fünf gefüllte Gläser auf dem Tablett und verteilte sie auf die jeweiligen Tische.

Es war voll in der Taverne wie lange nicht mehr. Aufgebrachte Stimmen peitschten durch die Luft, brachten ihren Kopf zum Dröhnen. Vor allem Edmond war nicht zu überhören.

»Was bilden sich diese Mistkerle ein?«, ereiferte er sich.

»Die wollen uns ausbooten!«, stimmte sein Gegenüber ihm zu.

»Wenn die glauben, dass die das mit uns einfach so machen können, wird das der größte Irrtum ihres Lebens sein.«

»Das kannst du laut sagen!«

»Dass mein Vater sich darauf einlässt, hätte ich niemals gedacht.«

»Diese verdammten Caratolis wollen ihn doch nur übers Ohr hauen!«

Letizia erstarrte.

»Genau das sage ich ihm die ganze Zeit, aber er hört einfach nicht auf mich.«

»Du meinst also, er wird da morgen wirklich hingehen?«

Sie fuhr herum. »Dein Vater hat zugesagt? Es kommt wirklich zu einem Treffen mit den Caratolis? Mit Lucien Caratoli?«

Edmond sah verärgert auf, sein Gegenüber jedoch nickte. »Ja, mit dem alten Caratoli.«

»Was gehts dich an?«, fuhr Edmond sie an.

Letizia blieb ihm die Antwort schuldig, starrte ihn an, Matteu vor Augen und ihre gemeinsame Zukunft.

»Und was gibts da zu lachen?«, legte er erbost nach.

Letizia hatte gar nicht gemerkt, dass sie vor Freude über das ganze Gesicht strahlte, verbiss sich eilig das Lachen und eilte, nein schwebte zurück zur Theke. Matteu hatte es also tatsächlich mit der Hilfe seiner Mutter geschafft, seinen Vater zu überzeugen. Sie konnte es nicht fassen, hätte am liebsten laut gejubelt, wandte sich der Regalwand zu, um ihre Freude zu verbergen.

Sie angelte nach einem weiteren Glas, aber es entglitt ihren Fingern, fiel zu Boden und zerbrach. Sie stieß einen leisen Fluch aus und eilte in die Küche.

»Bertrand? Ich brauche Kehrblech und Besen.«

»Neben dem Geschirrschrank an der Terrassentür, das weißt du doch«, brummte er und verteilte verkohlt anmutendes Ziegenfleisch auf die vor ihm aufgereihten Teller.

Resigniert betrachtete er das Ergebnis. »Warum stehe eigentlich ich hier in der Küche und nicht du?«

»Weil ich sogar noch schlechter kochen kann als du«, gab Letizia mit einem Augenzwinkern zurück.

»Verdammt, das ist wohl wahr.« Er verzog das Gesicht bei der Erinnerung an die wenigen Male, die er versucht hatte, Letizia in der Küche einzusetzen.

»Und deine Schwester …?«, begann er hoffnungsvoll. »Könnte sie mir vielleicht beim Kochen unter die Arme greifen?«

»Ich werde sie fragen«, versprach Letizia, auch wenn sie sich nicht viel davon versprach.

Mit den Putzutensilien in der Hand trat sie aus der Küche, blieb jedoch auf der Schwelle abrupt stehen – Cristo hatte die Taverne betreten, steuerte mit hängenden Schultern und gesenktem Blick Edmond an und ließ sich neben ihm auf den Stuhl fallen. Wortlos griff er nach dessen Bier. Dabei trank er sonst nie. Und er sah furchtbar aus – das Gesicht bleich, die Wangen unrasiert, das Haar zerzaust. Doch nicht immer noch ihretwegen, oder? Als sie ihn nach dem schrecklichen Essen noch einmal aus einiger Entfernung auf der Straße gesehen hatte, sah er zwar unglücklich aus, aber nicht dermaßen mitgenommen. Und warum hing an seinem Gürtel plötzlich eine Messerscheide? Sie hatte ihn zuvor nur selten mit Messer gesehen. Noch dazu nicht irgendein Messer. Nein, das, was dort aus der rotledernen Scheide ragte, hatte einen mit perlmutternen Einlegearbeiten verzierten Griff. Es war das Messer, das er für sie angefertigt hatte.

Verwirrt tauchte sie hinter der Theke ab, um die Scherben zusammenzufegen, während Edmond sich immer weiter und immer lauter in seinen Frust hineinsteigerte, der vermutlich in Wahrheit seinem Vater galt.

»Glauben die etwa, wir lassen uns das gefallen?«, schrie er.

»Auf gar keinen Fall!«, »Niemals!«, »Verlogene Bande!«, »Denen ist nicht zu trauen!«, ertönte es zustimmend.

Als Letizia sich wieder aufrichtete, ließ das fanatische Glitzern in Edmonds Augen sie frösteln, noch mehr aber der frenetische Beifall, der seinen Worten galt. Zwar gab es einige, die die Stirn runzelten oder den Kopf schüttelten angesichts des Theaters, doch sie blieben in der Minderheit.

»Die denken, sie könnten uns fertigmachen! Uns unsere Lebensgrundlage wegnehmen! Uns ausbluten lassen, ohne Geld und ohne Zukunft! Diese Schweine!«

Es klang alles vollkommen wirr, was er von sich gab, doch dieser Meinung schien offenbar nur sie zu sein. Vielleicht, weil sie nüchtern war im Gegensatz zu der aufgestachelten Menge. Zustimmende Rufe erklangen, die unsinnigsten Drohungen den Caratolis gegenüber wurden ausgestoßen.

Sie wartete darauf, dass Cristo sich einmischen, ihn zur Räson bringen, ihn beruhigen würde, wie er es immer tat, wenn Edmond, ob betrunken oder nicht, die Stimmung aufpeitschte. Doch dieses Mal blieb ihr ehemaliger bester Freund stumm, starrte dumpf vor sich hin.

Bitte!, flehte sie stumm. Sag etwas. Tu etwas!

Doch Cristo blieb schweigsam. Als sei ihm fortan alles egal. Oder … oder als würde er seinem Adoptivbruder zustimmen. Aber warum?

»Ihr werdet sehen«, wütete Edmond, »demnächst werden sie versuchen, alle Fischer der Küste gegen uns aufzuhetzen. Dann die Bauern. Auf den Märkten werden unsere Produkte nicht mehr gekauft, weil sie ihren Schund zum Billigpreis anbieten. Nur, um uns in den Ruin zu treiben. Und warum können sie das? Weil sie mit den verdammten Franzosen unter einer Decke stecken! Weil sie ihnen in den Arsch kriechen! Sich von ihnen mit Land bestechen lassen. Meinem Land! Unserem Land! Alles, alles reißen sie sich unter den Nagel! Ihr werdet sehen!«

Sie hielt es nicht länger aus. »So etwas dermaßen Dummes habe ich wirklich noch nie gehört!«

Augenblicklich wurde es still. Alle Köpfe wandten sich ihr zu, auch Cristo, und es überlief sie heiß und kalt. Sie musste nicht fragen, was los war. Sein zutiefst verletzter Blick sprach Bände: Er wusste es. Wie und woher auch immer, doch er wusste über sie und Matteu Bescheid.

Der Schweiß brach ihr aus, ihre Gedanken rasten.

»Was sagst du da?«, rief Edmond und zog ihre Aufmerksamkeit wieder auf sich. Er hatte die Augen zu schmalen Schlitzen zusammengekniffen.

Mühsam konzentrierte sie sich wieder auf ihn. »Dass das mit Abstand der größte Schwachsinn ist, den du je von dir gegeben hast – und das weißt du selbst!«, antwortete sie dennoch nach außen hin ungerührt, während ihr Herz wild in ihrer Brust hämmerte und sie sich panisch fragte, ob Cristo es irgendjemandem erzählt hatte. »Niemand dort verkauft seine Produkte unter Wert. Und dass der Richter ihnen damals das

Stück Land zugesprochen hat, hat absolut gar nichts damit zu tun, dass er Franzose war, sondern mit dem Gesetz.«

Edmonds Gesicht wurde dunkelrot. »Seit wann schlägt sich eine Bonaceri auf die Seite der Caratoli?«

»Seit die Dummheit mancher Aussagen grenzenlos geworden ist!«

»Willst du damit etwa sagen, ich sei dumm?«, schnaubte er und stieß den Zeigefinger in ihre Richtung, als wolle er sie aufspießen.

»Also wenn du über diese Frage noch nachdenken musst …« Sie verdrehte die Augen.

Edmond hingegen öffnete und schloss den Mund wie ein Fisch auf dem Trockenen, während sein alkoholvernebelter Verstand versuchte, aus ihrer Antwort schlau zu werden, und schließlich aufgab. Es war ihm anzusehen, dass er damit überfordert war. »Misch dich gefälligst nicht in das Gespräch von Männern ein!«, ereiferte er sich.

»Ich mische mich ein, wo immer ich will!«

»Du ergreifst also Partei für diese … diese Bande von … Dieben? Und Brandstiftern?« Aufgebracht kletterte er auf einen Stuhl, um die volle Aufmerksamkeit aller auf sich zu ziehen. »Die Caratolis waren es doch, die deinen Schuppen in Brand gesteckt haben, nicht wahr, Vito?« Sein Finger zeigte auf den schmächtigen Kirchendiener.

Erschrocken darüber, plötzlich im Mittelpunkt zu stehen, verschluckte sich dieser an seinem Bier und hustete.

»Und deine Schafe, Angelo, haben sie doch auch gestohlen!«

Besagter Angelo nickte heftig und sprang auf. »Ganz genau! Das waren die! Haben mich fünf prächtige Schafe gekostet!«

Fassungslos stemmte Letizia die Hände in die Hüften. »Das ist doch alles gar nicht wahr! Wo sind eure Beweise?«

»Frag mal deine Mutter«, entgegnete Edmond hämisch, »was sie von den Caratolis hält. Dein Vater würde sich in Grund und Boden schämen dafür, dass ausgerechnet du sie verteidigst.«

»Mein Vater ist tot«, sagte sie tonlos. »Und das, was du hier veranstaltest, läuft darauf hinaus, dass noch mehr Väter sterben.«

»Ich?« Edmonds Augen quollen schier aus ihren Höhlen. »Willst du damit etwa behaupten, ich sei daran schuld, dass sie uns unsere Lebensgrundlage nehmen wollen? *Die* sind es, die uns zerstören wollen! *Die* sind diejenigen, die diese Vendetta wollen! Sie immer wieder heraufbeschwören!«

»Vendetta? Vendetta? Hörst du dir überhaupt selbst zu? Es ist nichts passiert! Überhaupt nichts! Die leben ihr Leben. Wir leben unseres. Es gibt nicht den geringsten Grund für Hass und Gewalt! Schon lange nicht mehr.«

»*Das* nennst du nichts?«, schrie er und deutete wutentbrannt auf die Narbe, die quer über seine Wange verlief. Seine Stimme überschlug sich fast.

»Also, soweit ich gehört habe, hast du dich bei einem Sturz selbst verletzt.«

»Was?«, empörte sich Edmond. »Wer wagt es, so etwas zu behaupten?«

Letizia sah zu Cristo. In seinem Gesicht arbeitete es. Bitte, flehte sie stumm, bitte sag etwas. Unerträglich dehnten sich die Sekunden.

»Ha! Darauf weißt du keine Antwort, was?«, höhnte Edmond, doch plötzlich nickte Cristo.

»Sie hat recht«, sagte er kurz angebunden und legte dem Querulanten die Hand auf den Arm. »Lass gut sein.«

Letizia schloss für einen Moment erleichtert die Augen.

Edmond hingegen herrschte Cristo voller Wut an: »Auf wessen Seite stehst du eigentlich?«

»Auf der der Vernunft!«, gab Letizia an seiner Stelle zurück und wandte sich an den Rest. »Habt ihr nicht schon genug Sorgen? Genug Probleme? Müsst ihr euch noch mehr schaffen? Wollt ihr eure Frauen zu Witwen, eure Kinder zu Waisen machen? Denn genau da führt das hin, was ihr hier treibt!« Sie sah sich um. »Vito!«, rief sie dem eingeschüchterten Kirchendiener zu. »Deine Scheune ist vom Blitz getroffen worden, das weißt du genau. Die Polizei hat keine Spuren von Brandstiftung gefunden.«

»Die Polizei?«, wiederholte Edmond bissig. »Da hört ihr es. Und wer stellt die Polizei, frage ich euch?«

»Die Franzosen!«, kam die erwartet hasserfüllte Antwort zurück.

»Und mit wem stecken die Caratolis unter einer Decke?«

»Mit den Franzosen!«, kam wie einstudiert die Reaktion aus der Menge.

Letizia hätte vor Wut und Verzweiflung angesichts von so viel Ignoranz aufschreien können. »Warum sollte jemand aus dem Nachbardorf deine vermoderte alte Scheune in Brand stecken, Vito? Sie stand leer und war derart baufällig, dass sie jeden Moment in sich zusammengefallen wäre, wenn man sie nur schief angeguckt hätte.«

Ein paar verstohlene Lacher ertönten. Ermutigt sah Letizia sich um. »Und du, Angelo, warst damals so betrunken, als du hier herausgewankt bist, dass du nur mit Mühe die Tür gefunden hast. Du wurdest doch am nächsten Morgen mitten auf der Weide gefunden. Niemand hat deine Schafe gestohlen! Du hast einfach das Gatter offen gelassen.«

»Ja, aber …«, empörte sich Angelo, brach dann aber ab, da ihm nichts einfiel, was er ihrer Argumentation entgegensetzen konnte. »Ich kann mich nicht daran erinnern!«, protestierte er schließlich.

»Wie denn auch, wenn du dich nicht mal an deinen eigenen Namen erinnern kannst, sobald du mehr als zwei Krüge trinkst!«

Das Lachen wurde lauter, Letizia blickte in grinsende Gesichter.

Edmond sah seine Felle davonschwimmen. »Halt deinen Mund, Weib!«, keifte er Letizia an. »Du weißt gar nichts! Du bist nur eine Frau! Geh in die Küche, wo du hingehörst!«

»Oh, ich weiß sehr wohl, dass ich kein Mann wie du bin«, ätzte sie. »Immerhin arbeite ich.«

Dieses Mal hielt sich kaum jemand zurück, das Gelächter übertönte sogar Edmonds wütende Antwort.

Letizia ließ ihn links liegen. »Und überhaupt«, fuhr sie mit erhobener Stimme fort, »habt ihr vergessen, was unser Ziel ist? Unser Ziel als Korsen?« Langsam drehte sie sich um sich selbst, versuchte, jedes einzelne Gesicht zu streifen, jeden Blick auf sich zu ziehen. Außer dem von Cristo. »Unsere Freiheit! Die Freiheit ganz Korsikas!«

»Niemals vergessen wir das!« Etliche der noch sitzenden Männer sprangen auf. »Was denkst du dir?«

»Wollt ihr Korsikas Freiheit!«, ließ sie nicht locker. »Wollt ihr das wirklich?«

»Ja!«, »Natürlich!«, »Was soll diese Frage?«, tönte es durcheinander.

»Mir scheint eher, ihr wollt, dass sich die Franzosen zurücklehnen, die Hände über dem Bauch verschränken und zufrieden dabei zusehen, wie wir uns gegenseitig zerfleischen. Denn genau darauf läuft das hier doch hinaus.«

Ein, zwei Atemzüge lang herrschte Totenstille, während in den Gesichtern rundum Ärger und Fassungslosigkeit über ihre Dreistigkeit miteinander kämpften. In einigen blitzte zwar so etwas wie Erkenntnis durch den Nebel des Alkohols, aber es waren zu wenige.

»Letizia hat recht!«, grollte es plötzlich hinter ihr.

Sie fuhr herum. Bertrand stand dort. Riesig und Respekt einflößend. Ein Fels im Meer. »Sie ist klüger als zehn von euch zusammengenommen.«

Einige protestierten, verstummten jedoch sofort, als sich Bertrands strenger Blick auf sie richtete.

»Wollt ihr auf eine Frau hören? Ein einfaches Weib?«, wütete Edmond weiter. »Auf ein Mädchen? Habt ihr keine Ehre im Leib? Könnt ihr nicht euren eigenen Mann stehen?«

Bertrand wandte sich langsam zu ihm um und Edmond zog prompt den Kopf ein. »Du wagst es, *mir* zu unterstellen, ich hätte kein Ehrgefühl?«, dröhnte der Wirt.

»Nein, ich meinte nur, also … ähm … dass … im Allgemeinen …« Edmond schluckte. Schadenfreude breitete sich auf den Gesichtern der Umstehenden aus. Vermutlich allein schon aus der Erleichterung heraus, nicht selbst im Fokus von Bertrands finsterem Blick zu stehen.

»Dann nimm endlich die Füße von meinem Stuhl!«

Edmond blinzelte. Und stieg schließlich folgsam vom Stuhl hinunter. Sein Auftritt war zerstört, seine Strahlkraft dahin. Er wirkte nicht länger kämpferisch und mutig, sondern lächerlich und kindisch. Trotzig schmiss er ein paar Münzen auf den Tisch. »Das Bier war ohnehin sauer!«, stieß er aus, bevor er erstaunlich schnell nach draußen verschwand.

Der Wirt schüttelte verächtlich den Kopf, brummte irgendetwas, doch Letizias ganze Aufmerksamkeit galt Cristo, der jetzt ebenfalls seinen Stuhl zurückschob und Edmond folgte.

Sie zögerte, ihre Gedanken überschlugen sich, doch dann lief sie ihm nach.

Frische Nachtluft schlug ihr entgegen, hinter ihr fiel die schwere Tür ins Schloss.

»Warte!«, rief sie, doch Cristo reagierte nicht. Erst hinter der Ecke der Taverne holte sie ihn ein, legte ihm die Hand auf den Arm.

Er schüttelte ihn ab, fuhr herum. Das warme Licht, das durch die Fenster fiel, offenbarte die Qualen in seinem Gesicht. »Warum?«, stieß er verzweifelt aus. »Warum hast du mir das angetan?«

Sie wusste, dass er nicht die Diskussion in der Taverne meinte. Was sie *nicht* wusste, war, was sie antworten sollte.

Cristos Hände zitterten. »Ich habe euch gesehen«, flüsterte er. »Bei der Ruine. Du ... du hast ihn ... geküsst.«

Ihr wurden die Knie weich. Also hatte sie sich das doch nicht eingebildet. »Cristo, bitte, ich ...«

»Ich hätte alles für dich getan, hätte dich auf Händen getragen. Aber du hast mich nicht nur abgewiesen, sondern sogar belogen. Und ich dachte, wir wären wenigstens Freunde.«

»Es tut mir leid«, presste sie hilflos hervor. »Ich wollte doch nie ...«

»Du hast gesagt, es gebe keinen anderen!«

Der Schmerz in seiner Stimme, die Enttäuschung in seinem Blick – sie schnürten ihr die Luft ab »Ich ... es ... ich wollte nur ... ich wusste doch nicht ...« O Gott, wie sollte sie das nur erklären?

»Und dann ausgerechnet ein Caratoli?«, rief er in plötzlicher Wut.

»Leise, ich bitte dich!« Ängstlich sah sie sich um, doch Cristo fuhr in derselben Lautstärke fort: »Ausgerechnet ein verdammter Caratoli? Ist das dein Ernst?«

Sie fuhr sich mit der Zunge über die trockenen Lippen, nickte. »Ich liebe *ihn*. Nicht seinen Namen. Nicht seine Eltern oder Großeltern. Es ist mir egal, wer seine Tanten oder Onkel sind. Und genauso, was früher einmal war. Ich liebe ihn um seinetwillen.«

Er schüttelte verzweifelt den Kopf. »Dann habt ihr euch also gut amüsiert über mich? Es genossen, mich wie einen Narren dastehen zu lassen!«

»Nein!« Sie stürzte auf ihn zu, griff erneut nach seinem Arm, doch er schüttelte sie wieder ab, wich zurück, und das fühlte sich an, als hätte er sie geschlagen. Tränen traten ihr in die Augen. »Das kannst du nicht wirklich denken. Du bist mein bester Freund, ich hätte so viel dafür gegeben, wenn etwas anderes zwischen uns möglich gewesen wäre.«

»Lügnerin!«, schleuderte er ihr entgegen, wandte sich ab und schlug wütend mit der flachen Hand gegen die Hauswand. »Du hast mich belogen, mich hintergangen. Wenn du nur nicht gelogen hättest, dann könnte ich dir vielleicht glauben, aber so …«

»Nein! Das ist nicht wahr!« Er rührte sich nicht. Hatte er sie überhaupt gehört? Sie trat vor ihn. »Cristo, bitte«, flehte sie, »du weißt, dass das nicht wahr ist. Ich liebe dich, aber wie einen Bruder, wie einen Freund. Das habe ich dir gesagt. Es hat mir das Herz gebrochen, deine Hoffnungen enttäuschen zu müssen.«

»Offenbar nicht genug«, erwiderte er bitter.

Seine Worte verletzten sie mehr, als sie geglaubt hätte. »Du wirst jemand anderen kennenlernen.« Selbst in ihren eigenen Ohren klangen diese Worte hohl.

»Du kennst mich anscheinend nicht einmal annähernd.« Gequält sah er sie an. »Ich bin kein Dichter. Ich kann nicht mit schönen Worten um mich werfen. Nur sagen, dass ich … dass ich dich liebe. Immer noch. Und Liebe wartet und hofft. Auch gegen alle Grenzen der Vernunft. Sie kann nicht anders.«

Ihre Kehle wurde eng. »Nein, tu dir das nicht an. Und tu mir das nicht an. Mein Herz hat sich entschieden. Gerade du wirst verstehen müssen, dass auch ich nicht anders kann. Ich wünschte, das Schicksal hätte es anders gewollt, aber es ist, wie es ist.«

Sein trauriger Blick tastete über ihr Gesicht, suchte in ihren Augen nach einer anderen Antwort. Doch es gab keine. Langsam nickte er, drehte sich um und ging.

»Warte!«, rief sie, eilte ihm nach, hielt ihn am Arm zurück. »Was ist mit Matteu?«, fragte sie ängstlich. »Du wirst ihm doch nichts tun?«

Er sah mit regloser Miene in die Ferne. Gab es für einen Mann in seiner Situation überhaupt eine andere Wahl als Rache? Sie hatte ihn belogen. Er fühlte sich bloßgestellt. Hätte es etwas geändert, sich ihm anzuvertrauen? Ihm von sich aus die Wahrheit zu sagen? Sie legte ihre Hände an seine Wangen.

Er verzog das Gesicht, als bereite ihm ihre Berührung Schmerzen.

»Es tut mir leid, dass ich dir als Freund nicht genug vertraut habe. Das lässt sich nicht wiedergutmachen, ich weiß. Du sollst aber wissen, dich zu verletzen ist mit das Schlimmste, was ich je getan habe, aber …« Sie schluckte schwer, flüsterte: »Liebst du mich wirklich?«

Er schloss die Augen. »Mehr als alles auf der Welt.«

»Dann darfst du Matteu nichts tun.« Sie legte ihre Hand auf das Messer an seinem Gürtel, zog es langsam heraus und schüttelte den Kopf. »Bitte.«

Er schloss gequält die Augen, atmete schwer.

»Wenn du mich wirklich liebst,« fuhr sie eindringlich fort, »wenn es nicht nur leere Worte sind, dann verrätst du uns nicht.«

Seine Kiefer mahlten, jeder Muskel seines Körpers war angespannt, sie konnte es an seiner verkrampften Haltung sehen. In ihm kämpfte es. »Weißt du, was du da von mir verlangst?«, brachte er mit Mühe hervor.

»Ja. Einen Beweis deiner Liebe.«

Er schlug die Augen auf, sah sie stumm an, Verzweiflung im Blick. Dann nickte er langsam, nahm das Messer wieder an sich.

Für einen Moment spiegelte sich das rote Leder der Hülle auf der Messerschneide, ließ sie wie Blut schimmern.

Zufall? Eine Prophezeiung? Es überlief Letizia eiskalt.

Bevor sie sich wieder gefangen hatte, drehte er sich um und ging. Seine Schultern waren nach vorn gesunken. Er wirkte in sich zusammengefallen.

Sein Anblick schnitt ihr ins Herz, doch sich anders zu entscheiden, hätte es endgültig zerrissen. Sie konnte ihm nicht helfen. Ihre Liebe gehörte Matteu.

Wenn Cristo sich nur an sein Versprechen hielte. Seine verletzten Gefühle hintanstellte. Aber was, wenn nicht? Das Bild des blutrot schimmernden Metalls verfolgte sie, als sie langsam zurückging.

Plötzlich fraß sich ein widerwärtig süßlicher Zigarettengeruch durch ihre Gedanken. Panisch blickte sie sich um. Aber nichts war zu sehen, nichts zu hören. Dennoch rannte sie jetzt zur Tür. Bevor sie im Inneren der Taverne verschwand, spähte sie ein letztes Mal über die Schulter und versuchte, die Dunkelheit in der Ferne zu durchdringen. Alles blieb leer und still.

***

Still und leer lag das Meer vor Matteu. Nein. Weit hinten blitzte weiß ein kleines Fischerboot auf. Unruhig betrachtete er den bleigrauen Horizont. Unter den tief hängenden Wolken versuchte das Boot, dem drohenden Unwetter zu entkommen, und hielt über das silbrig glänzende Wasser aufs Land zu.

Er hoffte inständig, dass es das Ufer schadlos erreichen würde. Dieses Gefühl von Freiheit, das der Anblick der unendlichen Weite des Ozeans vermittelte, war trügerisch, wie er sehr wohl wusste. Niemand wuchs in einem Fischerdorf auf, ohne mitzubekommen, wenn Familien vergeblich auf die Rückkehr des Mannes, Sohnes oder Vaters warteten. Zu zahlreich waren die Menschenleben, die der Ozean eingefordert hatte. Als seien sie eine Opfergabe für all das, was er den Menschen im Gegenzug schenkte.

Ihm kam es vor, als sei er, Matteu, dieses Boot. Und morgen würde sich zeigen, ob er das sichere Ufer erreichen konnte. Denn morgen fand das Treffen der Messerschmiede statt.

Obwohl er die Hoffnung nie aufgegeben hatte, konnte er fast selbst nicht glauben, dass es nach all den langen Wochen des Zuredens jetzt endlich so weit sein sollte: Nahezu sämtliche Messerschmiede der Umgebung würden zusammenkommen, sein Vater zum ersten Mal überhaupt persönlich auf Giorgio Bonaceri treffen.

Er würde seiner Mutter auf ewig dankbar sein. Unzählige Dinge waren zu Bruch gegangen in den letzten Tagen, vor allem am Anfang, als sein Vater schon bei der bloßen Erwähnung des Namens Bonaceri einen Wutanfall bekam. Doch Matteus Mutter hatte Wort gehalten. Und sie kannte ihren Mann und seine Schwächen gut, weckte seinen Ehrgeiz, streichelte seine Eitelkeit. Immer wieder ließ sie kleine Bemerkungen darüber fallen, wie grandios er sich machen würde an der Spitze einer einzigartigen Vereinigung zum Wohle ganz Korsikas. Immer farbiger malte sie ihm eine glorreiche Zukunft aus. Als derjenige, der die Caratolis zur bedeutendsten und angesehensten Familie der Insel gemacht hatte.

Anfangs hatte sein Vater noch mit gerunzelter Stirn verärgert vor sich hin gestarrt, später dann wurde daraus zunehmend ein nachdenklicher Blick in die Ferne, bis sich schließlich gar ein versonnenes Lächeln dazugesellte. Der Vorstellung, dass alle nachfolgenden Generationen mit Dankbarkeit und Bewunderung seines Namens gedenken würden, vor allem aber, dass er noch zu Lebzeiten allseitige Ehrerbietung in und außerhalb des Dorfes erfahren würde, verfehlte ihre Wirkung nicht.

Es würde morgen alles gut gehen. Es musste morgen alles gut gehen.

Und doch … ein ungutes Gefühl blieb. Nicht greifbar und doch drückend wie die Luft vor einem Gewitter. Er sah von dem kleinen Fischerboot, das dort draußen kämpfte, zu dem von Fillipu mit seinem starken Mast. Es war ein gutes Boot, ein stabiles Boot und deutlich größer als all die anderen Fischerboote im Umkreis.

Er trat ein paar Schritte zurück, musterte es mit vor der Brust verschränkten Armen erneut. Und endlich ließ er den Gedanken wirklich zu, der seit gestern in seinem Unterbewusstsein herumgeisterte: Dies war ein Boot, mit dem man im Notfall eine Überfahrt wagen konnte. Natürlich wollte er es seinem Bruder nicht wegnehmen. Und er würde es ihm bis zum letzten Nagel zurückzahlen, sollte es doch dazu kommen.

Aber zum Glück würde ein solcher Notfall nicht eintreten. Dennoch … allein dass dieses Boot hier existierte, beruhigte ihn. Es könnte im Notfall die Rettung sein.

Weit hinten brach die Wolkendecke für einen Moment auf, ein Lichtstrahl drängte die Schatten zurück und fiel auf das Wasser, konnte dessen Tiefe aber nicht durchdringen.

Kapitel VI

Heute

Im Wechsel von Licht und Schatten kurven wir die staubige Straße entlang.

Anfangs hat Raphaël mal hierhin, mal dorthin gezeigt, dabei allerlei über die Gegend erzählt und es tatsächlich geschafft, mich ein Stück weit aus dem Tief herauszuholen, in das mich das Telefonat mit meinem Vater gestürzt hat. Auf meinen Wunsch hin hat er sogar beim Einwohnermeldeamt angerufen, doch weder eine Letizia Vanonceri gab es dort noch eine Letizia James. War etwa auch Vanonceri, der angebliche Mädchenname meiner Mutter, eine Lüge? Ich weiß nicht mehr, was ich denken soll.

Je näher wir allerdings Bocognacce kommen, desto stiller wird Raphaël. Und desto häufiger sieht er mich ganz seltsam von der Seite her an, wenn er meint, ich würde es nicht bemerken.

Schließlich hält er unweit der Stelle, an der wir schon beim letzten Besuch geparkt haben, und holt tief Luft. »Und du bist sicher, dass du das tun willst?«

»Also so oft, wie du mich das jetzt gefragt hast, habe ich langsam das Gefühl, dass du mich von hier fernhalten willst.« Natürlich weiß ich, dass das völliger Blödsinn ist, so wild, wie er die letzten Tage über darauf aus war, mir diesen Ort ein weiteres Mal zu zeigen.

Etwas huscht über sein Gesicht, zu flüchtig, als dass ich es hätte greifen können. Erschrecken? Beunruhigung? Oder nur meine Einbildung?

Ich massiere müde meine Schläfen. »Ich muss mit dieser alten Frau sprechen. Sie weiß etwas über meine Mutter, da bin ich mir sicher.«

»Ich mache mir einfach nur Sorgen um dich.«

Mir wird warm ums Herz. »Danke, aber nicht nötig«, erwidere ich und lächle schief. »Ich werde schon nicht mehr umfallen.« Damit drücke ich die Tür auf und steige aus. Wie neulich schon, so ist es auch diesmal im ersten Moment, als würde ich gegen eine Wand laufen. Eine Wand aus Hitze und Düften. Raphaël ist ebenfalls ausgestiegen.

»Und vorher noch einmal deinen Vater anrufen willst du wirklich nicht?«

»Damit er mir noch mehr Lügen erzählt? Nein danke. Ich meine, natürlich habe ich nicht vor, den Kontakt abzubrechen, werde ihn morgen oder übermorgen noch einmal anrufen. Aber erst muss ich so viel wie möglich in Erfahrung bringen. Wenn ich ihn mit allem konfrontiere, was ich herausgefunden habe, wird er mir nicht mehr ausweichen können und mir die Wahrheit sagen.« Das hoffe ich jedenfalls.

Raphaël sieht mich noch einen Moment lang zweifelnd an, nickt dann aber, schließt den Wagen ab und gemeinsam gehen wir die verlassen daliegende Straße entlang.

Tatsächlich wünsche ich mir nichts mehr, als mich zurückzuflüchten in die vermeintliche Sicherheit meiner früheren Unwissenheit. Doch das geht nicht mehr. Der Gedanke daran, dass womöglich mein ganzes bisheriges Leben eine Lüge war und meine Mutter noch am Leben sein könnte, lässt mich noch immer zittern. Er ist einfach zu schockierend und absurd. Und doch … nach all den seltsamen Ereignissen der letzten Zeit bin ich fast so weit, selbst etwas dermaßen Hirnrissiges zu glauben. Ich kann den Krater, den das Telefonat mit meinem Vater in meinem Vertrauen ihm gegenüber hinterlassen hat, nicht ignorieren.

Das Dorf liegt genauso still und verschlafen in der Sonne wie neulich und wie wahrscheinlich seit Jahrhunderten. Als sei hier die Zeit einfach stehen geblieben.

Die Schatten allerdings sind deutlich länger als bei unserem letzten Besuch, das Licht des Nachmittages goldener. Es verleiht den Häusern einen orangeroten Schimmer.

Die Frau, die damals am Fenster stand, sieht auch heute wieder hinaus, sogar der staubige Hund döst mitten auf der Straße.

Alles wie neulich. Und doch ist etwas anders.

Bilde ich es mir nur ein, dass der alte Mann auf der Straße bei meinem Anblick hastig im Haus verschwindet? Oder dass die Frau im Fenster sich mehrfach nach mir umdreht? Sich sogar, um uns hinterhersehen zu können, so weit aus dem Fenster beugt, dass ich fürchte, sie würde gleich herausfallen?

Als wir den Platz vor dem ehemaligen Haus des Commissaires erreichen, erscheint mir dieser, verglichen mit dem Rest des Dorfes, regelrecht belebt. Mir ist, als würde uns jeder anstarren, angefangen bei den zwei alten Frauen, die mit vor der Brust verschränkten Armen unter der Platane sitzen, bis hin zu den spielenden Kindern. Die mit einer Partie Boule beschäftigte Handvoll alter Männer mit Schiebermütze und braunen Jacketts hält sogar mitten in ihrem Spiel inne und lässt uns nicht aus den Augen.

Das ist einfach nur Neugier, versuche ich mir einzureden. Wir sind schließlich Fremde. Allerdings komme ich nicht umhin, gleich darauf zu bemerken, dass das Rucksacktouristen-Pärchen, das vor der gelben Villa wie wild für Fotos posiert, nicht die gleiche Aufmerksamkeit erfährt wie wir. Ich schlinge die Arme um meinen Oberkörper und bin richtiggehend erleichtert, als ich endlich wieder in das Gewirr nahezu menschenleerer Gassen eingetaucht bin. Bis ich plötzlich feststelle, dass Raphaël nicht mehr an meiner Seite ist. Verwirrt drehe ich mich um. Er ist stehen geblieben, und im ersten Moment denke ich, dass er das Touristenpärchen betrachtet, doch als dieses jetzt weiterzieht, wird mir klar, dass es die gelbe Villa selbst ist, die ihn bannt.

»Raphaël?«

Er reagiert nicht. Ich gehe die paar Meter zurück, folge seinem Blick, kann jedoch nichts Außergewöhnliches an dem Gebäude erkennen. »Was siehst du da?«

Er fährt zusammen, wendet mir sein Gesicht zu und ich erschrecke über die Dunkelheit in seinen Augen. Nur für den Bruchteil einer Sekunde, dann hat er sich wieder unter Kontrolle, und ich weiß nicht, ob ich mir diesen Moment gerade eben nicht nur eingebildet habe. »Ist alles in Ordnung?«, frage ich beunruhigt.

Und da ist er wieder, dieser sonderbare Ausdruck auf seinem Gesicht. Als würde er mit sich selbst kämpfen. Um eine Entscheidung ringen. Aber welche? Und warum?

»Alles bestens«, behauptet er plötzlich, aber seine Stimme klingt belegt. »Lass uns gehen und Antworten finden.« Mit großen Schritten eilt er weiter. Ich folge ihm, grübele jedoch den restlichen Weg über sein seltsames Verhalten nach. Seine Worte klangen gerade nicht so, als ob er sie auf mich bezogen hätte.

Schließlich erreichen wir das Haus, aus dem neulich die schwarz gekleidete Alte herausgetreten war. Gute hundert Meter entfernt sitzt eine korpulente Frau mittleren Alters auf einer blau gestrichenen Holzbank und pult Erbsen in einer Schüssel. Dabei lässt sie uns nicht aus den Augen. Am Nachbarhaus bewegen sich die Gardinen. Und auch in meinem Rücken, das fühle ich ganz deutlich, späht jemand durchs Fenster.

Ich hole tief Luft, klopfe an die hölzerne Tür, deren ehemals grüne Farbe fast überall abgeblättert ist. Nichts tut sich. Ich klopfe erneut. Alles bleibt still.

Enttäuscht drehe ich mich zu der Erbsenpulenden um, doch die Bank ist leer. Dafür bewegen sich jetzt auch in deren Haus die Vorhänge. Ich meine ein Gesicht wahrzunehmen und beschatte meine Augen mit der Hand, um besser sehen zu können. Hastig wird der Kopf zurückgezogen. Ich gehe hinüber, klopfe auch dort an die Tür. Das Ergebnis ist das Gleiche. Also trete ich ein paar Schritte zurück.

»Entschuldigung!«, rufe ich zum Fenster hinauf, versuche es anschließend mit einem »*Scusate*!« und einem »*Pardon*!« und wende mich schließlich frustriert an Raphaël. »Kannst du es mal versuchen?«

Er legt die Hand an den Mund, lässt einen Wasserfall an korsischen Sätzen los, aber die Tür bleibt verschlossen, niemand zeigt sich mehr am Fenster.

Raphaël schüttelt den Kopf. »Wir müssen wohl versuchen, in den Dörfern der Umgebung …« Er bricht ab, als ich mich an ihm vorbeischiebe, frustriert an eine beliebige Tür klopfe. Und an die nächste. Und übernächste. Und die danach.

Bis sich plötzlich eine Hand auf die meine legt und sie innehalten lässt. »Das hat keinen Zweck«, sagt Raphaël. »Du kannst den ganzen Tag hindurch an Türen hämmern. Wenn sie nicht mit dir reden wollen, werden sie es nicht tun.«

Müde fahre ich mir mit der Hand über die Stirn. »Ich verstehe das nicht. In Bastia waren doch alle so herzlich, so offen. Wieso ist hier das Gegenteil der Fall. Warum wollen sie nicht mit mir reden?«

Raphaël gibt keine Antwort, sieht sich suchend um. »Schau mal, das Tor da hinten steht offen.« Er deutet die Gasse entlang auf eine kleine Hofeinfahrt. Ich eile darauf zu, während Raphaëls Handy klingelt und er zurückbleibt, um den Anruf entgegenzunehmen.

Aus der Hofeinfahrt klingt Musik, und ich finde auf der linken Seite eine mit einem Perlenvorhang versehene offene Tür vor. Ich trete hindurch, der Vorhang klimpert leise, und ich finde mich in einer kleinen Werkstatt wieder.

An der Decke dreht sich träge ein Ventilator, am anderen Ende des Raumes sitzt ein älterer Mann mit schütterem Haar und roter Knollennase hinter einem mit Werkzeug überhäuften Tischchen. Er hat mich nicht bemerkt, ist völlig in seine Arbeit vertieft und lauscht dabei den Klängen, die aus dem Radio neben ihm dringen.

Ich will ihn ansprechen, als mein Blick auf das fällt, was als Ausstellungsstück neben einer rotledernen Hülle in der Vitrine liegt: Ein Stilett mit perlmutternen Einlegearbeiten im Griff und feinen Ziselierungen. Und plötzlich sind sämtliche Worte wie fortgewischt.

… es blitzt und blinkt im Gras, ruft und lockt mich.

Trotz der lauten, fröhlichen Musik, die von außerhalb meines Versteckes zu mir dringt, höre ich das Rascheln meines blütenbestickten Tüllkleides, als ich mich vorsichtig nach vorn beuge, dem lockenden Funkeln vor dem Tisch entgegen. Ein Messer liegt zwischen den Grashalmen. Das schönste, das ich je gesehen habe. Fasziniert gleitet mein Blick über den Griff, der wie das Innere des Meerschneckengehäuses schimmert, das Mama mir gestern gezeigt hat. Zaghaft strecke ich die Hand aus, berühre es mit dem Zeigefinger, fahre die Kurven und Spiralen der hineingearbeiteten dunklen Verzierungen nach. Es fühlt sich glatt, weich und warm an.

»Nò!«, ertönt es plötzlich, das Tischtuch wird angehoben, ein braun gebranntes, wettergegerbtes Gesicht erscheint und ein Zeigefinger wackelt ermahnend vor mir hin und her.

Erschrocken krieche ich eilig weiter unter den Tisch zurück, während der Mann mit der anderen Hand das Messer aufhebt, das zuvor heruntergefallen war. »Nò«, sagt er erneut, und es klingt so merkwürdig, wie er es ausspricht, dass ich es leise wiederhole.

Er blinzelt perplex, runzelt die Stirn, sagt erneut »Nò«, und ich presse mir die Hand vor den Mund, um mein Kichern zu verstecken. Er grinst, wiederholt es, und seine Augen funkeln belustigt, als ich dennoch laut auflache …

»*Bonghjornu.*«

Ich schrecke auf.

Der Messerschmied blinzelt mich kurzsichtig an, lächelt aber freundlich. Während er seine Taschen nach etwas abklopft, vermutlich nach seiner Brille, murmelt er auf Korsisch vor sich hin.

»Ich kenne diese Messer«, stoße ich mit zittriger Stimme aus, und in diesem Moment ist es mir völlig egal, ob er mich versteht oder nicht, ich muss meinen Gefühlen einfach Luft machen. Hinter mir klimpert der Vorhang erneut. »Ich habe so eines schon einmal gesehen, Raphaël!«

Da keine Antwort kommt, sehe ich über die Schulter zurück, doch nicht Raphaël steht hinter mir, sondern der Hüne aus der Taverne, der Verlobte der Kellnerin. Er scheint genauso verblüfft von meinem Anblick zu sein wie ich von seinem.

Nur einen Atemzug später stößt endlich auch Raphaël zu uns und fast mit dem stiernackigen Kerl zusammen. »*Scusate*!«, murmelt er, doch die Brauen des anderen wandern aufeinander zu.

»Frag ihn nach der alten Frau«, dränge ich, und Raphaël legt tatsächlich los, kommt aber nicht weit. Kehlige korsische

Worte unterbrechen ihn. Raphaël antwortet mit beschwichtigend erhobenen Händen.

Mit bangem Herzen verfolge ich den Wortwechsel. »Was sagt er?«, hake ich ungeduldig nach.

»Angeblich weiß er weder, wie die alte Frau heißt, noch, wo sie wohnt, und auch sonst nichts.«

Ungläubig betrachte ich die beiden Korsen. Verschränkte Arme, verschlossene Mienen. »Das kann doch nicht sein!«

»Natürlich nicht. Aber ich fürchte, dass wir nicht mehr als das aus ihnen herauskriegen werden.« Raphaël scheint fast noch frustrierter zu sein als ich. »Wie ich schon einmal erwähnte: Fremden gegenüber sind die Menschen hier draußen generell eher zurückhaltend.«

»Und der Messerschmied?«

Wir drehen uns um, und mein Herz schlägt plötzlich schneller, denn er hat seine Brille ganz offensichtlich gefunden, starrt mich nun durch ihre Gläser an wie einen Geist.

»Er weiß etwas«, flüstere ich.

Schon spricht Raphaël ihn an, bekommt aber keine Antwort. Stattdessen bekreuzigt der andere sich plötzlich mehrfach, reißt dann beide Hände hoch und scheucht uns mit hektischen Handbewegungen und ängstlichem Gesicht hinaus.

Perplex weichen wir zurück, vor allem, da auch der Riese mit vor der Brust verschränkten Armen drohend auf uns zukommt, sich an uns vorbei zur Straße schiebt. Wir finden uns vor dem Laden in der Hofeinfahrt wieder, während mit einem Knall die Tür der Werkstatt zufliegt und rasselnd eine Kette vorgehängt wird.

»Was sollte das? Was hatte der Messerschmied für ein Problem?«, frage ich fassungslos, doch Raphaël guckt so ratlos, wie ich mich fühle.

»Okay, dann frag ihn dort, ob die Kellnerin da ist.« Ich deute dem sich entfernenden Riesen hinterher. »Sie machte einen wirklich netten Eindruck. Ich bin sicher, dass sie mir helfen wird.«

Diese Behauptung nimmt Raphaël zwar eher skeptisch entgegen, ruft dem Korsen aber trotzdem nach. Der sieht über die Schulter zurück, seine Miene verfinstert sich und er stößt aufgebracht ein paar knappe Sätze hervor, bevor er seinen Weg die Gasse hinauf fortsetzt.

»Er will, dass wir verschwinden«, übersetzt Raphaël unnötigerweise. »Wir sollen seine Verlobte in Ruhe lassen und es nicht wagen, uns noch einmal in der Taverne blicken zu lassen.«

»Aber warum denn?«

»Tja, das hat er leider nicht gesagt.«

»Ich will doch nur mit ihr reden!«, rufe ich wütend. »Was ist denn so schlimm daran?«

»Lass gut sein, das bringt nichts«, versucht Raphaël mich zu beruhigen und greift nach meiner Hand. »Wir finden schon eine andere Lösung.«

»Ich verstehe das nicht«, gebe ich hilflos von mir. Ich fühle mich wie ein Insekt in einem Glas, das verzweifelt versucht, die glatten Wände emporzuklettern, aber immer wieder zurückrutscht. Dabei liegt die Wahrheit außerhalb dieses Glases. Oder liegt sie in mir? »Diese Messer … das waren keine normalen Messer.«

»Traditionelle korsische Messer«, antwortet Raphaël geistesabwesend. »Das *Stilettu*, das korsische Stilett-Spitzmesser, und das *Curnicciolu*, also das Hirtenmesser mit seiner kurzen, breiten Schneide und dem geschwungenen Griff aus Horn, sind die bekanntesten Arten. Sehr beliebt bei Touristen als Mitbringsel. Früher hingegen hatten sie natürlich eine ganz andere Bedeutung.«

Er klingt so seltsam, dass ich nachhake. »Welche?«

»Das *Stilettu* war sehr beliebt im Banditentum des letzten Jahrhunderts.« Er legt eine Pause ein. »Und es kam oft bei Vendetten zum Einsatz.«

Und da ist es wieder, dieses Wort. Vendetta. Ein Frösteln überläuft mich. Unwillkürlich denke ich an den Mann aus meiner Erinnerung, den Mann mit den traurigen Augen, schüttele aber sogleich den Kopf. Das ist zu verrückt. Das eine hat mit dem anderen nichts zu tun. Wie Raphaël schon gesagt hat: Ein solches Messer ist einfach nur ein Urlaubsandenken. Heute zumindest …

»Gehen wir«, murmele ich und haste los, während in meinem Kopf erneut das Gedankenkarussell an Fahrt aufnimmt.

»He, jetzt warte doch auf mich.«

Ich kann nicht, im Gegenteil, ich fange an zu rennen. Nur, dass ich meinen Gedanken leider nicht entkommen kann. Was verheimlicht mein Vater mir noch? Wieso war ich schon einmal hier? Was ist mit meiner Mutter? Und haben diese verdammten Messer etwas damit zu tun? Oder bin ich einfach nur tatsächlich schon am Durchdrehen, wie es Dean und mein Vater behaupten? Aber das Buch, das Lied und jetzt die Messer – das können keine Zufälle sein.

Hinter mir hallen Raphaëls schnelle Schritte auf dem Kopfsteinpflaster. Er schließt zu mir auf, greift nach meiner Hand, bringt mich im Schatten eines von pinkfarbenen Bougainvilleen umrankten Torbogens abrupt, aber sanft zum Stehen. »Verrätst du mir auch, wo du hinwillst?«

Das weiß ich selbst nicht. In erster Linie weg. »Kennst du dieses Gefühl, wenn einem ein Wort auf der Zunge liegt und sich trotz allen Kopfzerbrechens einfach nicht zeigen will? Ein Gefühl, das einen wahnsinnig macht.« Ich schließe die Augen, massiere mir die pochenden Schläfen. »So geht es mir gerade. Es ist ein absolut widerwärtiges Gefühl. Als läge die Antwort auf all meine Fragen unmittelbar vor mir und ich würde sie dennoch nicht erfahren.«

»Ich weiß genau, was du meinst«, erwidert er, und es klingt so verbittert, dass ich überrascht die Augen aufschlage.

Er hat sich abgewandt, sieht in die Ferne. Es sind nicht nur leere Worte.

Meine eigenen Sorgen treten plötzlich in den Hintergrund. »Was meinst du damit?«, frage ich, aber er schüttelt nur den Kopf und macht eine wegwerfende Geste.

Plötzlich erschöpft, lehne ich mich gegen den warmen sandfarbenen Stein eines Hauses. »Neulich waren doch alle so freundlich! Also zumindest im Nachhinein. Was um alles in der Welt ist denn bitte in dieser kurzen Zeit passiert, was die Leute so gegen mich einnimmt? Wieso nur will mir niemand helfen? Und wag es bloß nicht, jetzt zu behaupten, dass das alles Zufall sei!« Wütend funkele ich ihn an.

Er hebt abwehrend die Hände. »Hey, ich steh auf deiner Seite, schon vergessen?«

»Natürlich. Du hast recht. Entschuldige bitte. Ich bin einfach nur langsam echt gefrustet.« Müde reibe ich mir die Stirn.

»Schon okay«, sagt er und zieht mich tröstend an sich. Im ersten Moment versteife ich mich, doch sein Duft ist so wundervoll, seine Haut so weich, dass ich spüre, wie mein Körper nachgibt, mein Herz förmlich dahinschmilzt. Zärtlich drückt er mir einen Kuss aufs Haar, und für einen Moment vergesse ich die Welt um mich herum und meine Sorgen, empfinde genau die Geborgenheit, nach der ich mich bei Dean so lange so verzweifelt gesehnt habe. Nur, dass ich es nicht wusste, bis ich Raphaël traf. Überhaupt wusste ich so vieles nicht, bis ich ihm begegnete.

Eine Berührung an meinem Bein lässt mich aufschrecken. Es ist eine Katze, die an mir entlangstreicht und mich wieder in der Realität und bei meinen Problemen ankommen lässt. »Also gut. Gehen wir.«

»Zum Auto?«

»Zur Taverne.«

Er blinzelt perplex. »Zu der Taverne, in der wir uns nicht mehr blicken lassen sollen?«

»Exakt. Ich will mit der Kellnerin reden.«

»Die Kellnerin, von der ihr Verlobter meinte, dass wir uns von ihr fernhalten sollen?«

»Genau.«

»Der riesige, breitschultrige, finster dreinblickende Typ von gerade eben?«

»Du kannst gern hierbleiben.«

Es blitzt belustigt in seinen Augen, und er reicht mir den Arm, damit ich mich unterhaken kann. »Ich wollte nur sichergehen, dass du weißt, worauf du dich da einlässt.«

Tatsächlich bin ich mir da gar nicht sicher. Sicher bin ich mir nur in dem Wissen, dass ich, egal was da noch kommen mag, Raphaël an meiner Seite habe. Und dass dies ein Gefühl ist wie herrlich warmes Badewasser an einem kalten Wintertag.

Leider ändert das nichts an dem, was uns kurz darauf erwartet – die Taverne hat geschlossen. Wütend schlage ich dagegen. »Wie kann das um diese Uhrzeit sein? Es ist Mittag! Die Leute haben Hunger, zum Kuckuck! Und Öffnungszeiten stehen auch nirgendwo. Prima. Wieso nur kann nicht wenigstens ein einziges Mal etwas so laufen, wie es …«

»Schau mal«, unterbricht mich Raphaël, fasst mich an den Schultern und dreht mich sanft in die gewünschte Richtung. Dort klebt ein Plakat an der Hauswand, wirbt für ein kostenfreies Konzert zweier *Paghjella*-Gruppen.

»Ja, und?«, frage ich, nur um im nächsten Moment nach Luft zu schnappen – eine der darauf abgebildeten Sängerinnen ist die Kellnerin. Mein Blick huscht zum Datum. »Heute!

Der Auftritt ist heute, er hat schon begonnen! Deshalb ist die Taverne geschlossen.«

Raphaël sieht auf seine Armbanduhr. »Das schaffen wir noch. Die Kirche, in der das stattfindet, befindet sich in Campolo. Das ist das Nachbardorf.«

Plötzliche Aufregung flutet mich. In meinem Magen kribbelt es wie in einem Ameisenhaufen. Ich bin mit einem Mal überzeugt davon, den Antworten, die ich so dringend suche, ein ganzes Stück näherzukommen, und dieses Gefühl lässt mich regelrecht schweben. Vielleicht ist es aber auch die Selbstverständlichkeit, mit der sich unsere Hände erneut gefunden haben, während wir den Berg wieder hinunterrennen. Vor uns breitet sich das Panorama der grünen Hügel und Täler in seiner ganzen Herrlichkeit aus. Es ist, als wären wir Adler, die sich den Hang hinunterstürzen. Jeden Augenblick könnten wir abheben und dahingleiten. Mit Raphaël erscheint mir alles möglich.

Es braucht dennoch eine ganze Weile, nicht nur, bis wir vor Ort sind, sondern vor allem, bis wir eine freie Parklücke gefunden haben. Die Kirche befindet sich nämlich am Rande des am Meer gelegenen Dorfes. In dessen schmalen Gassen suchen wir gar nicht erst nach einem Stellplatz, doch auch entlang der Zufahrtsstraße gleißen zahllose Autodächer in der Sonne.

Von dort, wo wir schließlich parken können, ist es noch ein ganzes Stück zu Fuß bis zu der einschiffigen Kirche in romanischem Stil. Je näher wir ihr kommen, umso schneller schreite ich allerdings aus, denn das, was da an mein Ohr dringt, zieht mich magisch an. Ich will es aus der Nähe hören – ungefiltert, rein. Aber noch etwas anderes fasziniert mich: der an die Kirche angrenzende Friedhof. Hinter der niedrigen sandsteinfarbenen Mauer ragen zwischen kleinen Ruhestätten, die mit schlichten Holzkreuzen versehen sind, zahlreiche alte Familiengrüfte und schneeweiß strahlende Mausoleen empor, teils kunstvoll verziert. Ich muss an Raphaëls Erzählungen denken, denn tatsächlich liegt der Friedhof in bester Lage, mit unverbautem Blick aufs Meer.

Außer uns ist niemand auf der Straße und auch der Friedhof liegt verlassen da. Bis auf den Mann, der dort mit dem Rücken zu uns einsam inmitten der Grabstätten steht. Er trägt dunkle Hosen und eine schwarze Weste über einem hellen Hemd, hält seine dunkle Schirmmütze in den Händen. Den Kopf hat er in stiller Trauer gesenkt und die Abendsonne übergießt ihn mit goldener Wärme. Ein Bild, das mich bis ins Innerste berührt.

Als wir die oberste Treppenstufe der Kirche erklommen haben und Raphaël die schwere Kirchentür aufzieht, eintritt und sie mir aufhält, dringt die Musik augenblicklich sehr viel lauter nach draußen. Der Mann auf dem Friedhof hebt den Kopf, sieht über die Schulter zu mir. Sein Gesicht ist wind- und wettergegerbt, dunkel gebräunt wie bei jemandem, der den ganzen Tag draußen arbeitet. Obwohl er ein gutes Stück entfernt steht, springt mich der Schmerz in seinen Zügen förmlich an. Unsere Blicke treffen sich und voller Mitgefühl über seinen Verlust nicke ich ihm zu. In diesem Moment taumelt er und muss sich am Mauerwerk festhalten.

Erschrocken will ich zu ihm, als mich eine Frau verärgert auf Korsisch anspricht und ins Innere der Kirche zieht.

»Wir sollen die Tür endlich schließen«, übersetzt Raphaël.

»Aber da draußen …« Ich drücke erneut die Tür auf, mein Blick sucht den Friedhof ab, doch niemand ist zu sehen. Offenbar hat der Mann sich von seinem Schwächeanfall erholt und ist weitergegangen.

Abermals zischt die Frau etwas und ich kehre eilig ins Innere der Kirche zurück, bevor ich noch mehr Menschen verärgere.

Im nächsten Augenblick wird mir klar, dass der Grund für die Autoschlangen dort draußen tatsächlich nur das Konzert ist. Es scheint, als habe sich halb Korsika in das Kirchenschiff gequetscht. Uns bleibt nichts anderes übrig, als im Innern unmittelbar neben der Tür zu verharren, doch das macht mir nichts aus. Gebannt von den Klängen verfolge ich fasziniert das Geschehen auf dem vor dem Altar aufgebauten Podest.

Sechs schwarz gekleidete Männer stehen dort dicht beieinander in einem Halbkreis, jeweils eine Hand hinter ein Ohr gelegt – vermutlich, um nicht von der Stimme des Nebenmannes abgelenkt zu werden –, den anderen Arm über die Schulter des Nebenmannes. Der Bass setzt ein, danach die anderen. Sie singen die Texte leicht versetzt, wodurch der Eindruck eines großen Halles entsteht. Ihre Stimmen legen sich immer wieder disharmonisch übereinander, um kurz darauf zu einem harmonischen Dreiklang zurückzufinden. Wie gebannt lausche ich den Klängen.

Das, was da durch den Kirchensaal tönt, klingt archaisch, urtümlich, von einer tiefen Melancholie durchzogen. Ein bisschen erinnert es mich an einen gregorianischen Choral und doch ist es ganz anders. Auf jeden Fall habe ich etwas Vergleichbares noch nie gehört. Oder doch? Es berührt mich, lässt meinen ganzen Körper vibrieren, dringt tief in mein Inneres, bis ins Mark meiner Knochen, setzt sich darin fest. Die Gesichter der Zuhörer sind verzückt, einige lächeln versonnen, rechts und links von mir haben viele zutiefst ergriffen die Augen geschlossen.

»*Das* ist eine *Paghjella*«, sagt Raphaël leise. »Diese Art von Gesang ist einmalig. Er gehört zu Korsika wie die Berge und die Macchia.«

»Wovon singen sie?«, hauche ich.

»Von vergangenen Zeiten und von der Liebe. Einer Liebe, die so groß wie unglücklich war und selbst die Ewigkeit überdauert hat.«

Und ich fühle es. Die Liebe und den Schmerz, der in jeder Silbe steckt.

Die Männergruppe beendet ihre Darbietung, doch noch immer bin ich nicht in der Lage, mich zu rühren. Im restlichen Saal ist es ebenfalls still und nicht wenige Zuhörer wischen sich offen oder verstohlen eine Träne aus dem Augenwinkel.

In der Stille betreten die Frauen die Bühne und ich erkenne die Kellnerin wieder. Ich werde ganz zappelig, hätte mich am liebsten jetzt und auf der Stelle durch all diese Menschen hindurch zu ihr gekämpft und sie zur Rede gestellt. Stattdessen lasse ich meinen Blick über die Menschen schweifen. Auch oben, auf der beidseitigen Balustrade, drängen sie sich, starre ich auf jede Menge Hinterköpfe. Und ein Paar dunkler Augen.

Erschrocken sehe ich beiseite, dann wieder zurück. Tatsächlich. Ich habe es mir nicht eingebildet – unmittelbar rechts von mir, am diesseitigen Ende der Balustrade, steht der Mann vom Friedhof und sieht zu mir herab.

Zufall, sage ich mir und richte meine Aufmerksamkeit wieder auf die Sängerinnen. Vermutlich wollte er ohnehin in die Kirche, kam aber wie wir zu spät. Vermutlich habe ich bei ihm einfach nur Neugier geweckt, weil ich ihn gegrüßt habe und er sich jetzt fragt, wer ich bin.

Ich versuche, mich auf die Musik zu konzentrieren, spüre aber, dass der Mann dort oben mich immer noch anstarrt. Obwohl ich mir sage, dass das tausend unverfängliche Gründe haben kann, kriecht es mir eiskalt den Nacken hinauf. Erneut huscht mein Blick hinauf. Die Schirmmütze hält er noch immer in der Hand, wie alle Männer in der Kirche hier. Sein dunkles Haar ist von grauen Strähnen durchzogen. Sein Blick lässt mich nicht los und ich bekomme eine Gänsehaut. Plötzlich jedoch, mit einem beinahe schmerzlichen Ausdruck im Gesicht, tritt er zurück und verschwindet aus meinem Blickfeld.

Im ersten Moment bin ich erleichtert, dann jedoch gewinnt meine Neugierde die Oberhand. Und etwas anderes – ein Flattern in meiner Magengrube. Warum hat er so seltsam reagiert? Ich recke den Hals, sehe den Fremden kurz darauf am Fuß der hölzernen Wendeltreppe auftauchen, die von der Balustrade hinabführt, und mache mich innerlich darauf gefasst, dass er zu mir will. Zumindest aber an mir vorbei zur Tür.

Unruhig trete ich von einem Fuß auf den anderen, das Kribbeln in meinem Magen wird stärker. Angespannt warte ich auf die Begegnung. Doch er taucht nicht mehr auf. Stattdessen zeigt sich für einen kurzen Moment ein Lichtschimmer an der rechten Wandseite. Dort befindet sich offenbar eine kleine Seitentür, durch die er die Kirche verlassen hat. Erst jetzt merke ich, dass ich den Atem angehalten habe, und stoße enttäuscht die Luft aus.

»Was ist?«, flüstert Raphaël.

Ich zögere, schließlich kann ich wohl kaum sagen, dass mich jemand angesehen hat, der mich jetzt nicht mehr ansieht. Wie bescheuert würde das wohl klingen? Vielleicht musste der Mann ja einfach nur kurz austreten. Aber was, wenn der Fremde doch etwas über mich weiß? Plötzlich kommt mir das nicht mehr so unwahrscheinlich vor. Die alte Frau aus dem Nachbardorf scheint mich – oder meine Mutter in mir – ja ebenfalls wiedererkannt zu haben. »Ich muss kurz frische Luft schnappen«, behaupte ich also meinerseits, drücke die Tür auf und husche hinaus.

Die Sonne steht bereits tief über den Bergen, hat den Himmel in ein Gemälde verwandelt, das vor Pink-, Orange- und Rottönen überquillt und auch auf die Häuser des Dorfes abfärbt. Selbst die Mausoleen leuchten im Rest des Sonnenuntergangs wie mit Gold übergossen – und dort, fast schon am Ende der Friedhofsmauer, geht der Fremde, die Mütze wieder auf dem

Kopf, das Haupt gesenkt, die ganze Gestalt wie vor Kummer gebeugt.

»*Bóna sèra*!«, rufe ich. Zumindest einige Brocken habe ich in den letzten Tagen aufgeschnappt.

Er fährt herum, reißt die Augen auf, greift sich ans Herz.

»Um Gottes willen – ich wollte Sie nicht erschrecken!« Bestürzt haste ich die Stufen der Kirche hinunter, doch er scheint sich wieder gefangen zu haben, lässt seine Hand sinken.

Ich bleibe stehen. »*Scusate,* entschuldigen Sie. *Per piacè*, bitte, ich würde gern mit Ihnen reden … ähm … *Parola*? Nein. *Parla*? Auch nicht. Verstehen Sie mich? Sprechen Sie Englisch? Offenbar nicht. Okay, das dachte ich mir jetzt irgendwie. Leider zu spät, ich weiß.«

Ich überlege, Raphaël zu holen, habe aber die Befürchtung, dass der Fremde in der Zwischenzeit verschwindet, also deute ich stattdessen auf mich. »Mein Name ist Justine James. Ich bin quasi auf der Suche nach meiner Mutter, obwohl sie an sich tot ist. Zumindest glaube ich, dass sie das ist, aber ehrlich gesagt weiß ich im Moment gar nicht mehr so wirklich, was ich glauben soll und … Ach, verflixt, was rede ich hier? Sie verstehen mich ja doch nicht, also … Sie hieß Letizia und ich hatte gehofft, dass Sie …« Ich breche ab, denn er ist kreidebleich geworden.

»Brauchen Sie Hilfe?«, rufe ich schockiert. »*Medico*? *Ambulance*?«

»*Nò*!«, keucht er und streckt abwehrend die Hand aus. »*Nò*!« Schwer atmend wankt er in meine Richtung. Eine Träne rollt aus seinem Augenwinkel über seine Wange, seine Züge sind in unendliche Traurigkeit getaucht, und endlich dämmert es mir.

»Sie kannten meine Mutter!«, flüstere ich.

Sofort zieht er die Hand zurück, dennoch bin ich sicher, auf der richtigen Spur zu sein. »Woher?« Meine Stimme überschlägt sich fast. »Woher kennen Sie sie und wer sind Sie und was …

Ach, verdammt. Wie soll ich Ihnen das nur erklären? Würden Sie vielleicht kurz mit mir zurück zur Kirche kommen? Dort ist jemand, der mir helfen kann, Sie zu verstehen. *Per piacè*, bitte!« Verzweifelt deute ich zwischen mir und der Kirche hin und her und versuche, ihm mit Gesten zu bedeuten, mit mir zu kommen.

Seine Züge werden mit einem Mal hart. »Geh!«, stößt er mit rauer Stimme und hartem Akzent auf Englisch aus. »Du hast hier nichts verloren! Misch dich nicht in Dinge ein, die dich nichts angehen!«

»Sie sprechen meine Sprache!«, stammele ich fassungslos. »Aber … was … wieso … Ich meine …«

»Justine?«, ertönt in diesem Moment Raphaëls Stimme von der Kirchentür her.

Im selben Moment fährt der Fremde herum und rennt unerwartet schnell davon.

»Nein! Warten Sie! Bitte!« Völlig aufgelöst haste ich ihm nach, stolpere über einen von der Mauer herabgefallenen Stein, falle der Länge nach hin und schlage mir das Knie blutig. »Scheiße!«, fluche ich und rappele mich auf.

»Bleiben Sie stehen!«, schreie ich verzweifelt. »Bitte!«

»Justine!«, höre ich Raphaël mir hinterherrufen, doch ich habe keine Zeit, ihm zu erklären, was los ist, renne trotz des schmerzenden Knies weiter, will den Mann nicht aus den Augen verlieren, der bereits die ersten Häuser des Dorfes erreicht hat.

Orangerot aufleuchtende Mauern wechseln sich mit Dunkelheit, kühle Gassen mit warmen Sonnenstrahlen ab. Sie brechen sich an gekippten Fenstern, werfen Lichtreflexe, blenden mich. Ich biege links ab, dann rechts, doch erneut gabelt sich der Weg. Wo ist er hin? Keuchend suche ich die Straße ab und die dunklen Hauseingänge.

Da! Schritte!

Ich stolpere ihnen nach, obwohl meine Lunge brennt, meine Seiten stechen, halte jedoch kurz darauf erneut inne und lausche. Doch außer meinem Keuchen ist nichts zu hören. Verzweifelt drehe ich mich um mich selbst, muss mir schließlich eingestehen, dass ich ihn verloren habe.

Eine Frau mit Kinderwagen kommt mir entgegen.

»*Scusate*! *Scusate*! Haben Sie einen Mann gesehen? Einen … ähm … *omu*? Heißt das so? *Omu*?« Sie bleibt mir eine Antwort schuldig, schiebt sich mit irritiertem Blick an mir vorbei und hastet davon.

»Scheiße, scheiße, scheiße!« Am liebsten hätte ich losgeschrien. Vor Wut, Verzweiflung, Enttäuschung. Stattdessen lasse ich mich erschöpft auf einen Mauervorsprung sinken, die Stirn in die Hände gestützt. Und hier findet mich schließlich Raphaël.

»Justine, verdammt!«, schimpft er wütend, reißt mich hoch und in seine Arme. »Was zum Geier sollte das? Ich laufe hier die Straßen auf und ab wie ein Irrer auf der Suche nach dir. Ich bin fast gestorben vor Angst! Was ist denn in dich gefahren? Und wieso gehst du nicht ans Handy?«

»Du hast mich angerufen?« Hektisch durchwühle ich meine offene Handtasche. Sie ist leer, es muss mir irgendwo herausgefallen sein. Na prima. Unter normalen Umständen hätte ich jetzt sicher geflucht und geschimpft. Angesichts der Tatsache jedoch, dass ich soeben den Mann verloren habe, der mich der Lösung meines persönlichen Rätsels hätte näherbringen können, erscheint dieses Missgeschick fast belanglos und entlockt mir lediglich einen Stoßseufzer. Und dann ist da ja noch Raphaëls Reaktion von eben. »Du hast dir wirklich Sorgen gemacht«, murmele ich.

»Natürlich! Was denkst du denn?« Er nimmt mein Gesicht in seine Hände, sieht mich eindringlich an. »Zweifle bitte niemals wieder daran, okay? Egal, was … egal, was passiert.«

Ich runzele die Stirn. Seine Stimme hat einen merkwürdigen Unterton, für einen Moment ist mir gar, als läge ein Hintersinn in seinen Worten. Im nächsten jedoch sind da seine Lippen auf meinen, warm und weich, voller Liebe und Verlangen. Sie holen mich aus meinem mentalen Loch, lassen mich erschauern und alles andere zur Nebensache werden.

Fast alles andere.

Widerstrebend löse ich mich von ihm und erzähle ihm in knappen Worten, was passiert ist. Als ich geendet habe, starrt er blicklos vor sich hin, seine Kiefer mahlen.

Ich lege ihm die Hand auf den Arm. »Ich muss wissen, wer das war. Kannst du nicht hier im Dorf herumfragen?«

Er zieht eine Grimasse. »Du erinnerst dich offenbar nicht an deine Versuche, in Bocognacce etwas in Erfahrung zu bringen, oder?«

Ich beiße mir auf die Lippe. »Dann bleibt nur noch die Kellnerin.«

Kaum jedoch haben wir aus dem Dorf wieder herausgefunden und sehen die Kirche vor uns, als mich der Schreck durchfährt, denn es strömen bereits zahlreiche Menschen aus dem offenen Portal. Bitte, flehe ich stumm, lass die Kellnerin noch nicht gegangen sein.

Wenigstens in diesem Punkt hat der Himmel ein Einsehen mit mir. Leider wirklich nur in diesem, denn neben der Kellnerin, die sich angeregt mit den anderen Sängern und einigen Besuchern unterhält, steht ihr Verlobter. Dennoch zögere ich nur den Bruchteil einer Sekunde, bevor ich auf sie zumarschiere, Raphaël an meiner Seite.

Der Hüne erblickt uns zuerst, sein Gesicht läuft dunkelrot an und er lässt einen Schwall wütender Worte los. Auch ohne die korsische Sprache zu beherrschen, ist mir klar, dass es wohl Dinge sind wie »Habe ich euch nicht gesagt, dass ihr euch von meiner Verlobten fernhalten sollt« oder »Verschwindet auf der Stelle, sonst könnt ihr was erleben!«.

Raphaël hält dagegen, ruhig erst, dann zunehmend aufgebrachter.

Eine Weile sehe ich der Diskussion, die zwischen Raphaël und ihm entbrannt ist, hilflos zu und in mir wächst eine nie gekannte Wut. Plötzlich trete ich vor, setze dem Hünen den Finger auf die Brust.

»Es reicht!«, platzt es aus mir heraus und ich wundere mich selbst über meine Kaltblütigkeit. Vielleicht ist einfach irgendwann der Punkt erreicht, ab dem einem alles egal ist. »Ich habe die Schnauze voll davon, dass mir Dinge verschwiegen werden. Und davon, mich herumschubsen zu lassen. Erst recht von einem Kerl! Ich will wissen, was hier los ist! Sofort!«

Er schielt auf meinen Finger herab und sieht so verdutzt aus, dass ich unter anderen Umständen sicher zu lachen angefangen hätte. Ganz offensichtlich ist ihm ein solches Verhalten noch nie begegnet, schon gar nicht von einer Frau, die halb so groß ist wie er. Seine Augen quellen fast aus den Höhlen, während er nach einer angemessenen Reaktion sucht. Zumindest – und das macht ihn mir ein Stück weit sympathischer – scheint er kein Kerl zu sein, der eine Frau anrührt.

Plötzlich wirft die Kellnerin ihm ein paar scharfe Worte an den Kopf, die ihn erst recht verunsichern, greift dann nach meinem Arm und sagt: »Wir unterhalten uns lieber ohne die Männer.«

Mindestens so erstaunt wie erleichtert folge ich ihr bis zu einer Bank, die an der Kirche steht. »Ich bin übrigens Estelle«, sagt sie, kaum dass wir uns darauf niedergelassen haben. »Meiner Tante gehört die Taverne, in der ihr neulich aufgetaucht seid.« Sie streckt mir ihre Hand entgegen.

Ich ergreife sie. »Justine James«, stelle auch ich mich vor.

Sie lächelt, und es ist das sympathischste Lächeln, das ich je gesehen habe. »Nimm es Maurice, also meinem Dickschädel von einem Verlobten da drüben, nicht übel, dass er so unhöflich ist. Er will mich beschützen. Und hat Angst vor meiner Tante.«

»Deiner Tante? Wieso?«

»Sie kann ziemlich furchteinflößend sein. Und beherrscht den bösen Blick. Zumindest lässt sie das alle glauben.« Sie zwinkert mir zu. »Du hast sie neulich ganz schön in Aufregung versetzt.«

»Ich? Ich kenne sie doch gar nicht. Moment! Die schwarz gekleidete alte Frau aus der Taverne ist deine Tante?«

Sie nickt.

Ich kann mein Glück kaum fassen. »Dann verrat mir, woher sie mich kennt. Bitte! Und ob sie nicht weniger mich als vielmehr meine Mutter kennt! Und wenn ja, woher sie sie kennt! Und warum sie so wütend reagiert hat? Und was anscheinend alle hier gegen mich haben? Und wer dieser Mann da draußen war und wieso …«

»Halt, stopp! Stopp.«

Schweren Herzens halte ich tatsächlich inne, obwohl ich vor Aufregung kaum still sitzen kann, mir tausend Fragen auf der Zunge liegen.

»Es tut mir wirklich leid, aber ich kann dir nicht viel mehr sagen, als dass meine Tante nach der Begegnung in der Taverne vollkommen … durch den Wind war. Und glaub mir, ich habe wirklich alles versucht, um den Grund dafür aus ihr herauszukriegen. Das Einzige, was zurückkam, war, dass wir uns von dir fernhalten sollten, weil du … ähm …« Sie wird rot.

»Weil ich *was*?«

»Nimm es bitte nicht persönlich, ich fürchte langsam, dass sie nicht mehr ganz … du weißt schon … auf der Höhe ist. Jedenfalls sagte sie, du würdest uns ins Unglück stürzen.«

Ich blinzele perplex, weiß nicht, was ich darauf antworten soll. Im Moment bin ja wohl ich diejenige, die hier unglücklich ist. »Ich muss mit ihr reden. Ich muss wissen, warum sie so etwas denkt. Und woher sie mich kennt! Oder vielleicht … vielleicht kennen ja deine Eltern mich ebenfalls? Beziehungsweise meine Mutter? Wäre es möglich, dass ich mit ihnen …«

»Es tut mir leid«, unterbricht sie mich, »aber meine Familie stammt aus Bonifacio, das liegt fast am anderen Ende von Korsika. Onkel Bertrand ist außer mir der Einzige von uns, der Bonifacio verlassen hat. Für seine erste Frau, mit der er die Taverne geführt hat. Also bis zu ihrem Tod. Danach hat er sie alleine weitergeführt und schließlich erneut geheiratet. Seine zweite Frau ist ziemlich überfordert mit der Taverne und froh, dass Maurice und ich die Führung übernommen haben.« Sie hält inne. »Entschuldige bitte, ich rede schon wieder zu viel. Was ich eigentlich sagen wollte: Ich kann dir in Bezug auf deine Mutter leider nicht weiterhelfen. Aber ich kann noch einmal mit meiner Tante sprechen. Ich hatte ohnehin nicht vor, in dieser Sache lockerzulassen, dafür bin ich viel zu neugierig. Komm morgen noch einmal zu uns. Ich hoffe, dass sie sich bis dahin beruhigt hat und mit sich reden lässt.«

Am liebsten hätte ich sie umarmt. »Aber was ist mit diesem Mann, der mich offenbar ebenfalls kennt? Weißt du, wer das sein könnte? Er ist in dieses Dorf gelaufen.« Ich deute nach rechts.

»Wie sah er denn aus?«

»Schwarzgraues Haar, braune Augen, Schiebermütze, Weste und …« Ich breche ab, sehe mich um. Diese Beschreibung trifft vermutlich auf jeden zweiten Korsen zu.

Dementsprechend zuckt sie hilflos mit den Schultern. »Tut mir leid, da kann ich dir nicht helfen. Und was morgen angeht: Komm am besten gegen drei. Da mache ich Pause in der Taverne und kann schnell zu meiner Tante flitzen. Und jetzt lass uns lieber zurückgehen, bevor sich unsere beiden Hähne da drüben an die Gurgel gehen.« Sie schneidet eine Grimasse.

Erschrocken sehe ich über die Schulter zurück. Tatsächlich stehen Raphaël und der Hüne nach wie vor an Ort und Stelle, beide haben die Arme vor der Brust verschränkt und versuchen, sich gegenseitig niederzustarren. Zumindest sieht es so aus.

Estelle greift nach dem Arm ihres Verlobten, winkt mir zum Abschied zu und zieht ihn unter etlichen Erklärungen mit sich fort.

Raphaël seufzt auf. »Himmel, können die Korsen starren. Ich habe versucht, mit ihm mitzuhalten, aber noch eine Sekunde länger und mir wären die Augen rausgefallen. Und?«

Ich erzähle ihm, was ich erfahren oder, besser gesagt, *nicht* erfahren habe.

»Nicht traurig sein.« Er zieht mich in seine Arme. »Wir nähern uns dem Ziel.«

Wir. Eines der schönsten Worte überhaupt. Ich lächle ihn dankbar an.

Als wir kurz darauf langsam zum Auto zurückgehen, sieht Raphaël mich merkwürdig von der Seite an.

»Was ist?«, frage ich.

Er schüttelt schmunzelnd den Kopf. »Ich dachte wirklich, du würdest gleich auf den Riesen losgehen! Und ausgerechnet dich habe ich anfangs für schüchtern und zurückhaltend gehalten.«

»Bin ich auch! Ich meine … war ich mal.« Es ist schon komisch. Bin ich wirklich dieselbe Person wie noch vor ein paar Wochen? Diejenige, die sich von Dean hat kleinhalten lassen? Die sich immer seinen Wünschen untergeordnet hat? Ich kann es selbst kaum glauben, schüttele über meine neu entdeckte Seite den Kopf. »Vielleicht muss man in seinem Leben irgendwann einmal gegen Hürden stoßen, um zu lernen, wie man sie überspringt.« Mit leisem Lächeln sehe ich nach oben. Am samtig lilafarbenen Himmel sind die ersten Sterne aufgetaucht. »Der hellste Stern«, murmele ich.

»Was?«

»Als ich ein Kind war, hat mein Vater mir immer gesagt, meine Mutter sei der hellste Stern am Himmel gewesen. Ich habe das sehr wörtlich genommen, gedacht, alle Toten würden zu Sternen am Himmel, und habe immer versucht, den hellsten von ihnen auszumachen.«

»Nach seinem Tod zu einem Stern am Himmel werden – eine schöne Vorstellung.«

»Auf jeden Fall schöner als die, für alle Ewigkeit in einer teuren Gruft zu liegen und …« Ich halte inne, schlage mir mit der Hand vor den Kopf. »Dass ich nicht eher drauf gekommen bin.«

»Was? Worauf?«

»Das Grab! Er stand bei einem Grab!« Aufgeregt renne ich zum Friedhofstor, Raphaël folgt mir.

»Er stand bei einem Grab«, wiederhole ich, »aber bei welchem?« Hektisch laufe ich die Reihen ab, versuche, mich daran zu erinnern, welches es gewesen sein könnte. Ganz sicher bin ich mir trotz allem nicht, doch schließlich meine ich, es gefunden zu haben – ein Familiengrab, ein weiß getünchtes Mausoleum. Caratoli ist oben eingemeißelt. »Caratoli, Caratoli«, murmele ich vor mich hin. »Sagt dir dieser Name etwas?«

Raphaël antwortet nicht, starrt blicklos vor sich hin.

»Raphaël?«

»Hm? Was? Nein, nein, sagt mir nichts.«

Enttäuscht kaue ich auf meiner Lippe, streiche mit der Hand über den noch von der Sonne warmen Stein. Als könnte er mir dadurch seine Geheimnisse offenbaren. Wer mag hier wohl liegen? Kannte diese Person meine Mutter? Oder sind hier vielleicht sogar mehrere Caratolis bestattet? Die gesamte Familie Caratoli möglicherweise? Ob sie meine Mutter kannten? Und wer war der Fremde, der dieses Mausoleum besucht hat? Was hat er mit mir zu tun?

Ich hoffe inständig, dass die alte Frau etwas darüber weiß – und es mir morgen auch sagen wird.

Die Rückfahrt durch die sternenklare Nacht verläuft schweigend, beide sind wir in Gedanken versunken. In der Ferienwohnung angekommen, bin ich jedoch zu aufgewühlt zum Schlafen, selbst dafür, mich bettfertig zu machen, sodass ich Raphaël im Bad gern den Vortritt lasse. Meine Gedanken kreisen um den fremden Mann, den Namen Caratoli und um das morgige Treffen.

Während Raphaël duscht, schiebe ich die Terrassentür auf und strecke mich auf der großen Rattanliege aus.

Ich habe weder im Zimmer noch auf der Terrasse Licht eingeschaltet und auch in den Häusern ringsum ist alles dunkel. Schwarz ragen die schlanken Zypressen in den Nachthimmel mit seinen Milliarden von Sternen. Nie zuvor erschien mir der Himmel bei Nacht so hell, so weiß. Die Milchstraße zieht sich als deutlich erkennbares Band quer über den Himmel, der Mond steht als fahle Sichel direkt über der Spitze eines Berges. Ab und zu flattert eine kleine Fledermaus durchs Bild oder ruft ein Käuzchen. Davon abgesehen herrscht friedliche Stille. Keine blinkenden Reklametafeln, keine jaulenden Sirenen, aufheulenden Motoren oder wummernden Bässe. In Anbetracht der Abneigung, die mir in den letzten Tagen auf Korsika entgegengeschlagen ist, mutet es selbst mich seltsam an, doch ich fühle mich viel wohler auf dieser Insel als in New York. Ich liebe ihre Ruhe, ihre Gemächlichkeit und das Gefühl, außerhalb von Raum und Zeit zu stehen.

Mit leisem Scharren gleitet die Schiebetür auf. Raphaël tritt auf die Terrasse, nur mit Boxershorts bekleidet.

»Das Bad ist frei«, sagt er mit rauer Stimme. Sein Haar glänzt feucht und auf seinem durchtrainierten nackten Oberkörper schimmern Wassertropfen. Sein Anblick jagt meinen Puls in die Höhe. Mühsam nicke ich, mache jedoch keine Anstalten, mich ins Bad zu begeben.

Auch er rührt sich nicht, doch in seinem Gesicht spielt sich ein Kampf ab. Er ringt mit sich, aber weshalb?

Sein Blick brennt heiß auf meiner Haut. Ich fühle ihn regelrecht über mein Gesicht streichen, über meine Brüste, meine Hüften. Die Luft zwischen uns wird dichter, flirrender und an meinem ganzen Körper stellen sich die Härchen auf. Plötzlich schließt er für einen Moment die Augen, schlägt sie wieder auf und kommt langsam auf mich zu, bis uns nur noch eine Armeslänge trennt. Ich spüre die Wärme, die von ihm ausgeht, atme tief seinen Duft ein, fühle mich ganz trunken in seiner Nähe, von Lust berauscht.

Es bedarf keiner Worte. Wir sind zwei unterschiedlich gepolte Magnete, es gibt keine Alternative, als dass wir zusammenfinden. Kribbelnde Sehnsucht schießt durch meine Adern. Ich strecke die Hand aus, lege sie auf seine schimmernde Brust. Er stöhnt auf und das Geräusch schießt mir direkt in meine Mitte. Im nächsten Moment hat er nach dem Saum meines Shirts gegriffen, zieht mich ruckartig zu sich heran, bis ich direkt vor ihm stehe und den Kopf in den Nacken legen muss, um seinem Blick standhalten zu können. Sein Duft hat plötzlich eine herbe, fast dunkle Note und ich zittere regelrecht vor Verlangen.

Endlich legt er seine Hände an mein Gesicht, beugt sich zu mir hinunter und küsst mich. Hungrig, wild, fast verzweifelt. Und ich gehe mit, koste seinen Atem, spüre seine Lust, die sich hart gegen meinen Unterleib drückt, und werde erfasst von einer Woge der Leidenschaft. Ich will nichts zwischen uns spüren! Keine störenden Stoffe, nur seine nackte Haut an meiner.

Für einen Moment lasse ich von seinen Lippen ab, aber nur, um mir in fiebriger Hektik das Shirt über den Kopf zu ziehen und es von mir zu werfen.

Gleichzeitig wandern seine Hände über meine Seiten, meine Arme, meinen Rücken, lösen meinen BH und streifen ihn von meinen Schultern. Seine Berührungen jagen mir wohlige Schauer über die Haut, lassen sie prickeln, ja glühen.

Er zieht scharf die Luft ein, geht vor mir auf die Knie, streift mir die Shorts über die Hüften, dann den Slip – und ich erbebe bei seiner Berührung. Er gibt ein leises, tiefes Stöhnen von sich. Wie ein köstliches Versprechen – und sofort zieht sich etwas in mir sehnsüchtig zusammen, doch im nächsten Augenblick seufze ich enttäuscht auf, als er sich wieder erhebt. Doch er entledigt sich nur seiner Boxershorts und dann stehen wir völlig nackt voreinander im Mondschein. Mein Puls zuckt an meiner Kehle.

Sein Blick wandert erneut über meinen Körper, dunkel vor Begehren – vervielfacht das meine wie in einem Spiegelkabinett.

»Davon träume ich, seit ich dich das erste Mal gesehen habe.« Der heisere Klang seiner Stimme reißt endgültig sämtliche Barrieren ein. Ich dränge mich ihm entgegen und er sich mir. Ich will ihn spüren, auf meiner Haut, in meinem Körper. Jetzt. Sofort. Und er liest meine Gedanken, nimmt mich auf seine Arme und trägt mich zur Rattanliege.

Kaum hat er mich abgelegt, sich mit den Ellbogen links und rechts von mir abgestützt, als wir auch schon in einem atemlosen Zusammenprall von Begierde und Lust übereinander herfallen. Er presst seinen wundervollen, unfassbar perfekten Mund auf meinen, drängend, heiß und hungrig, und ich reagiere mit der gleichen Gier. Wie von selbst teilen sich meine Lippen, sauge ich an seinen, beiße sacht hinein, will mehr davon, mehr von allem. Seine Zunge stößt in meinen Mund, schmiegt sich an meine, umkreist sie, lockt sie, liebkost sie. Unsere Hände fliegen ausgehungert über den Körper des anderen, wollen so viel wie nur möglich von ihm vereinnahmen, nie wieder hergeben.

Wieder spüre ich seine Härte, das Blut rauscht mir in den Ohren. Ich strecke die Arme nach ihm aus, kann es nicht erwarten, ihn in mir zu fühlen, er jedoch löst sich plötzlich, sieht mich fragend an, und dieses Mal bin ich diejenige, die seine Gedanken erahnt. »Alles gut«, flüstere ich, »ich nehme die Pille.« Ich will ihn zurückziehen, kann nicht genug bekommen von seinen gierigen Lippen, ändere meine Meinung aber sehr schnell, denn sie finden ihren Weg von meinem Mund hinab zu meiner Halskuhle. Ich lege meinen Kopf in den Nacken, stöhne auf, will mehr. Und er gibt mir mehr: Seine Lippen ziehen eine Spur funkensprühender Erregung hinter sich her, erreichen schließlich meine Brüste. Ich wölbe ihm meinen Oberkörper entgegen, höre seinen schweren Atem, der mir heiß über meine aufgerichteten Nippel streicht. Gluthitze durchströmt mich.

Hemmungslos erkundet er jeden Zentimeter meines Körpers. Ich weiß nicht, wann ich mich zuletzt so lebendig gefühlt habe. Die heiße Sehnsucht in mir dehnt sich aus, erfüllt mein ganzes Sein bis zum Bersten, während er sich immer weiter der Quelle meines pulsierenden Sehnens nähert.

Seine Bartstoppeln schaben an der empfindlichen Innenseite meiner Schenkel, lassen seine Zunge umso weicher erscheinen. Ich dränge mich ihr entgegen, und als sie meine Mitte in Besitz nimmt, entringt sich meiner Kehle ein leiser, spitzer Schrei.

Das Kribbeln im Zentrum meiner Lust verdichtet sich zu einem glühenden Feuerball.

Gerade als ich sicher bin, es nicht mehr aushalten zu können, zieht er sich zurück, doch nur, um die plötzlich entstandene entsetzliche Leere in mir mit seiner ganzen Härte auszufüllen. Keuchend vergrabe ich meine Finger in seinem Haar, meine Beine umschlingen ihn. Ich will ihn noch enger an mich pressen, noch tiefer in mir spüren. Im Gleichklang bewegen wir uns, langsam erst, dann immer schneller, heftiger. Als er zum Höhepunkt kommt, entringt sich ihm ein tiefes Stöhnen, das den Feuerball in mir explodieren und pure Lust durch mich hindurchschießen lässt.

Mir ist, als würde ich einmal komplett in sämtliche Atome zerlegt und wieder zusammengesetzt werden. Ich bin mir nicht sicher, ob ich dieselbe Person bin wie zuvor. Aber ich bin mir sicher, dass ich nie wieder ohne Raphaël sein will.

Schlaftrunken blinzele ich in die Dunkelheit. Offenbar ist es noch Nacht, was also hat mich geweckt? Als ich zur Bettseite neben mir taste, stelle ich fest, dass sie leer ist. Raphaël kann aber nicht weg sein – ich fühle seine Nähe. Lauschend hebe ich den Kopf ein wenig, doch aus dem Bad sind keine Geräusche zu hören. Ich klettere aus dem Bett, schlurfe müde zur Tür und stelle fest, dass ich Raphaëls Shirt trage und es mir viel zu lang ist. Nach all den Stunden, in denen wir uns wieder und wieder geliebt haben, war ich offenbar so erschöpft, dass mir die Verwechslung gar nicht aufgefallen ist.

Raphaël selbst steht, nur mit Boxershorts bekleidet, am Wohnzimmerfenster, die Hände auf der Fensterbank aufgestützt, den Kopf gesenkt. Als würde ihn eine große Last niederdrücken.

Meine Kehle verengt sich, ein trockener Schluchzer entringt sich ihr.

Er fährt erschrocken herum. »Ich dachte, du schläfst.«

»Du bereust es«, flüstere ich.

Verständnislos sieht er mich an. »Was?«

»Uns. Die letzten Stunden.«

Er kommt mit wenigen großen Schritten auf mich zu und legt seine Hände an meine Wangen. »Nein!«, stößt er aus und schüttelt vehement den Kopf. »Es gibt in meinem Leben eine ganze Menge Dinge, die ich bereue. Aber definitiv nicht das! Nicht dich. Nicht uns.«

»Aber was quält dich dann?«

Er lässt seine Hände sinken, sieht unschlüssig beiseite.

»Du musst es mir nicht verraten, wenn du nicht möchtest«, sage ich leise, »aber vielleicht könnte ich dir helfen.«

»Helfen …« Er lächelt traurig, wendet sich mir wieder zu, greift nach meiner Hand. »Weißt du noch, dass du mich gefragt hattest, warum ich dir helfe?«

Verwirrt nicke ich.

»Ich tue es, weil dein Lachen mich aus dem Konzept bringt, dein Anblick alles über den Haufen wirft, woran ich immer geglaubt habe, ich in deiner Nähe nicht mehr weiß, was richtig und was falsch ist, und weil …« Er verstummt, wirkt, als müsse er um die Worte kämpfen. Oder *gegen* sie ankämpfen?

Überfordert klammere ich mich an seinem letzten Satz fest. »Weil *was*?«

»Weil …«, setzt er erneut an, nur um dann doch wieder innezuhalten. Sein Blick ist verhangen wie ein See an einem Regentag. Er fährt sich mit der Zunge über die Lippen, schüttelt dann aber den Kopf. »… du das Großartigste bist, was mir je passiert ist. Wundervoller, als ich es je für möglich gehalten hätte. Und weil ich mir mehr als alles andere wünsche, es würde so bleiben.«

»Das ist … ich bin … danke«, kriege ich gerade so heraus. Meine Gedanken überschlagen sich, meine Gefühle sowieso. Mein Herz will jubeln, doch eine Stimme in meinem Kopf behauptet, dass er etwas ganz anderes hatte sagen wollen.

Im nächsten Moment verliert sich dieser Gedanke jedoch in seinem Duft und seiner Wärme, denn er hat mich an sich gezogen, vergräbt sein Gesicht in meinem Haar. Ich schmiege mich an seine Brust, und wenn ich nicht so unfassbar erschöpft wäre, würde ich sofort mit dem weitermachen, wo wir gefühlt gerade eben erst aufgehört haben.

»Geh schlafen«, murmelt Raphaël und küsst meine Stirn.

»Nur mit dir.«

Er zögert, doch dann kehrt er mit mir ins Bett zurück, haucht mir einen Kuss auf die Stirn, und ich lasse mich müde, aber mit einem seligen Lächeln in die weichen Kissen sinken. Dennoch huscht, bevor der Schlaf mich vollends wieder in seiner Gewalt hat, eine Frage erneut durch meinen Kopf. Die Frage, was mir Raphaël eigentlich hatte sagen wollen.

Dreißig Jahre zuvor

Sein Kopf schmerzte von der drückenden Hitze, unentwegt stellte Matteu sich die Frage, was Letizia jetzt tat. War sie genauso aufgeregt wie er? Zitterten auch ihre Hände? Hatte auch sie kaum geschlafen?

Die Nachmittagsschatten ließen auf lang ersehnte Kühle hoffen, die Blätter der Platanen rauschten in der leichten Sommerbrise, dennoch lief er nervös vor dem Haus auf und ab. Keine drei Meter entfernt lehnte Fillipu seit einer Dreiviertelstunde betont lässig an der Kühlerhaube eines zerbeulten roten Fiat, offensichtlich in der Hoffnung, seinen Freunden und den Dorfmädchen zu imponieren. Zu seinem Leidwesen jedoch standen nur ein paar Schulkinder mit offenen Mündern und großen Augen um den Wagen herum.

»Ich muss den Wagen erst heute Abend zurückbringen«, sagte Matteu und war nicht zum ersten Mal froh darüber, dass sein Onkel ihm in Amerika das Autofahren beigebracht hatte. »Wenn du willst, zeige ich dir, wie man Auto fährt, und wir können eine Runde durchs Dorf drehen.«

Fillipus Augen wurden groß, und er jubelte auf, bevor er sich hastig wieder darauf besann, dass ein solches Verhalten wohl das Gegenteil von lässig und erwachsen war, und er eilig in seine vorige Pose zurückfiel. »Klar, warum nicht?« Er zuckte mit den Schultern.

Matteu musste schmunzeln und wandte sich, um es nicht zu zeigen, hastig der offenen Haustür zu. »Kommst du jetzt endlich, Papa?«

Ebenso lang, wie Fillipu am Auto posierte, stand sein Vater nun schon vor dem Spiegel, kämmte sich das Haar bald nach links, bald nach rechts. Ein unverständliches Grummeln drang nach draußen, dann die Stimme von Matteus Mutter: »Du siehst gut aus, glaub mir!« Sie schob ihn aus der Haustür.

»Bist du sicher?«, hakte er zweifelnd nach und zupfte unsicher an seinem Anzug herum, dem einzigen, den er besaß und der ihn jetzt regelrecht umschlotterte. Mit Erschrecken wurde Matteu deutlich, wie dünn sein Vater seiner Krankheit wegen geworden war.

»Vollkommen!«, versuchte seine Frau ihn zu beruhigen. »Respekt einflößend. Und damit genau so, wie das Oberhaupt einer Zunft aussehen sollte.«

Lucien schien bei ihren Worten ein Stückchen zu wachsen und strich ein letztes Mal sein Jackett glatt, bevor er tief durchatmete und verkündete: »Na, dann los, wollen wir mal die Geschichte Korsikas umschreiben.«

Matteu nickte erleichtert und öffnete die Fahrertür. Beim Anblick des Wagens jedoch verfinsterte sich Luciens Gesicht mit jedem Schritt, den er sich näherte, bis er neben Matteu stehen blieb und das zerbeulte Auto ungnädig musterte. »War das der Beste, den du auftreiben konntest?«

»Das war der *Einzige*, den ich auftreiben konnte«, stellte Matteu klar.

Lucien seufzte. »Also, dann steigt ein.«

»Ich auch, ich auch! Wartet auf mich!« Jacqui kam völlig außer Atem angelaufen, die Schultasche noch auf dem Rücken.

Sein Vater schüttelte den Kopf und beschied: »Es geht ums Geschäft. Da haben Kinder nichts verloren.«

»Aber ich werde wirklich ganz still sitzen und keinen Mucks von mir geben. Ganz ehrlich!«

»Nein!«, beharrte Lucien und stieg auf der Beifahrerseite ein.

»Ach, bitte!« Mit zitternder Unterlippe sah Jacqui zu Matteu.

Der hatte den großen braunen Kulleraugen wie immer nichts entgegenzusetzen, wandte sich an seinen Vater: »Komm, lass ihn uns mitnehmen. Er wird schon nichts anstellen. Ich werde auf ihn achtgeben. Vielleicht lernt er was dabei.«

Lucien schnaufte, grummelte aber schließlich: »Na schön. Aber …«, er deutete mit dem Finger auf Matteu, »… du bist mir für ihn verantwortlich. Sieh zu, dass er keinen Unfug treibt.«

Jacqui strahlte Matteu dankbar an und kletterte eilig auf die Rückbank, bevor sein Vater auf die Idee kam, seine Zustimmung zurückzunehmen.

Kurz darauf lenkte Matteu das Auto vorsichtig aus dem Dorf hinaus und musste heimlich darüber lächeln, dass sein Vater unbedingt auf einem Wagen bestanden hatte. Er fuhr normalerweise mit dem Moped und fühlte sich sichtlich unwohl dabei, keinerlei Kontrolle zu haben. Kerzengerade aufgerichtet klammerte er sich am Türgriff fest, während er versuchte, sich nicht anmerken zu lassen, dass ihm die steilen Hänge neben der schmalen Fahrbahn den Angstschweiß ins Gesicht trieben.

Als sie schließlich zwei Dörfer und etliche enge Kurven weiter den vereinbarten Treffpunkt erreichten, das Haus des ältesten Messerschmiedes der Gegend, war Lucien ganz blass um die Nase und Fillipu sah nicht viel besser aus. Nur Jacqui war hellauf begeistert und sein kleines Gesicht glühte vor Aufregung.

Der Platz vor dem Haus war bereits voller Menschen, nur ein Teil davon waren Messerschmiede, der Rest neugierige Dörfler.

Kaum waren sie ausgestiegen, begrüßten bereits mehrere bekannte Gesichter Lucien und verwickelten ihn in ein Gespräch.

Angespannt schaute Matteu sich um.

»Bin ja mal gespannt, ob der wirklich kommt«, sagte Fillipu skeptisch und meinte natürlich Giorgio Bonaceri. Matteu jedoch hatte nach Letizia Ausschau gehalten. Obwohl er selbst darauf gedrängt hatte, dass sie nicht auftauchen solle, wenn es zu einem Treffen der Messerschmiede käme, hätte er jetzt dennoch alles dafür gegeben, sie lächeln zu sehen.

In diesem Moment jedoch röhrte tatsächlich der grüne Renault heran, den Matteu von der unliebsamen Begegnung mit Edmond am Stein noch gründlich in Erinnerung hatte.

Schweigen legte sich über die Menge, während auf der Beifahrerseite Giorgio Bonaceri ausstieg, sich umsah und schließlich gemessenen Schrittes auf das Haus zuging.

Auf der Fahrerseite saß dieser Cristo, offenbar unschlüssig, ob er aussteigen oder die Verhandlungen im Auto absitzen solle, und noch eine dritte Person befand sich offenbar im Wagen.

Alle reckten neugierig den Kopf, um die erste Begegnung der verfeindeten Familienoberhäupter nicht zu verpassen. Nervös registrierte Matteu die Anspannung im Gesicht seines Vaters und die geballten Fäuste, doch plötzlich erhob sich ein Raunen in der Menge, denn Lucien ging Giorgio tatsächlich entgegen. Matteu war unfassbar stolz auf seinen Vater. Einen atemlosen Augenblick lang musterten die beiden Männer sich stumm, dann reichten sie einander die Hand. Matteu hätte jubeln können vor Erleichterung und Freude, verkniff es sich gerade noch so und hob stattdessen Jacqui mit Schwung hoch und drückte ihn an sich. »Alles wird gut, kleiner Vogel.«

»Ich weiß. Aber ich bin kein … Oh.« Jetzt erst realisierte er, wie Matteu ihn genannt hatte.

Matteu zwinkerte seinem kleinen Bruder zu und der lachte glücklich auf.

»Und nachher machen wir die Bootstour, die wir dir versprochen haben. Jetzt, wo das Boot endlich fertig ist.«

Jacqui schloss begeistert seine Ärmchen um Matteus Hals. »Du bist der tollste große Bruder, den es gibt.«

»Und du der tollste kleine Bruder, den es gibt.«

»Gut zu wissen, dass auch ich so geliebt werde«, meldete sich Fillipu ironisch zu Wort.

Matteu und Jacqui sahen sich an und prusteten los, bevor Matteu Fillipu liebevoll auf die Schulter schlug. »Na komm, du tollster *mittlerer* Bruder, schauen wir, wie sich Papa so als zukünftiges Oberhaupt anstellt.«

Er ließ Jacqui wieder zu Boden, nahm ihn an die Hand und wollte seinem Vater ins Haus folgen, allerdings kamen die drei Brüder nicht weit, denn sie wurden alle paar Schritte von jemandem in ein Gespräch verwickelt. Matteu war so aufgekratzt, dass er sich regelrecht zusammenreißen musste, nicht die ganze Zeit über wie ein Verrückter zu grinsen. Alles, was er vor sich sah, war Letizias Gesicht. Er malte sich aus, wie sie reagieren würde, wenn er ihr heute Nacht von dem Erfolg erzählte. Wie ihre Augen funkeln, ihr Lachen sein Herz zum Tanzen bringen würde.

»Was ist denn mit dem da?«, riss ihn Fillipu plötzlich aus seinen Tagträumen.

Matteu wandte den Kopf – und traf auf Edmonds hasserfüllten Blick. Er war offenbar die dritte Person im Wagen gewesen, stand jetzt daneben. Die Bierflasche in seiner Hand schimmerte im Sonnenlicht kurz auf, als er sie anhob, einen großen Schluck daraus nahm und sich anschließend mit dem Handrücken über den Mund wischte.

»Keine Ahnung«, sagte Matteu und schob Fillipu eilig weiter, dennoch fühlte er Edmonds Blick sich heiß in seinen Rücken brennen.

***

Letizia hievte frisches Heu in Napoleons Box und hielt kurz inne, um sich mit dem Handrücken die Schweißperlen von der Stirn zu wischen. Die Kirchturmuhr verkündete, dass es jetzt so weit sein musste und Matteus Familie und die anderen Messerschmiede zusammenkommen würden. Endlich. Die Zeit schien nur so dahingekrochen zu sein. Sie hatte sich die halbe Nacht im Bett herumgewälzt und schließlich im Morgengrauen den Versuch aufgegeben, doch noch ein wenig Schlaf zu finden. Stattdessen hatte sie sich in jede Art von Arbeit gestürzt, um nicht vor Nervosität durchzudrehen. Und auch jetzt würde sie bis zum Abend durchhalten müssen, um zu erfahren, wie es ausgegangen war.

Sie schluckte gegen die zittrige Aufregung in ihrem Magen an und verteilte unter Napoleons kritischen Blicken weiter das Heu. Den Hühnerstall hatte sie ebenfalls schon gesäubert, das Unkraut gejätet und etliche lose Latten des Zauns repariert. Sie war voller Staub, schweißgebadet und ihre Muskeln schmerzten. Außerdem war ihr schon den ganzen Morgen über so übel gewesen, dass sie nichts hinunterbekam. Doch das war kein Wunder angesichts ihrer Unruhe und Anspannung.

Wenn nur alles gut ging. Wenn nur das Ergebnis des Treffens ein positives war. Und wenn nur Cristo sich an sein Versprechen hielt.

Napoleon stampfte unruhig mit den Hufen, prustete laut.

»Keine Sorge, ich hab dich nicht vergessen, du kommst schon noch dran«, sagte sie liebevoll, lehnte die Heugabel gegen die Stallwand und nahm stattdessen den Pferdestriegel vom

Regal. Doch Napoleon schüttelte noch immer nervös den Kopf, drehte und wendete sich mit geblähten Nüstern in seiner Box.

»Was hast du denn?«, sprach sie beruhigend auf ihn ein und sah sich suchend um, ob vielleicht eine Schlange hier drin war, doch nirgendwo bewegte sich etwas. »Alles gut, mein Kleiner; was auch immer dich erschreckt hat, es ist schon weg«, murmelte sie beruhigend, nahm einen Apfel aus dem Korb neben der Tür und trat zu ihm in seine Box. Erst schien ihr, als wolle er nicht einmal auf seine Lieblingsspeise reagieren, aber dann wurde er doch ruhiger, streckte ihr seinen Kopf entgegen und angelte sich die Leckerei aus ihrer Hand. Sie musste schmunzeln, als er den Apfel krachend zerbiss und mit genüsslichem Schmatzen verschlang.

Behutsam strich sie ihm über die weiche Schnauze und schmiegte ihre Wange gegen seinen warmen Hals. Napoleon jedoch prustete plötzlich erneut und warf den Kopf herum. Irritiert wich sie zurück – und hätte im nächsten Moment beinahe den Striegel fallen lassen, denn mit einem Mal wusste sie, was ihn beunruhigte: ein süßlicher Zigarettengeruch, der durch das Seitenfenster hereindrang.

Nein! Nicht hier! Sie lief nach draußen und um die Stallecke und stoppte abrupt.

Entspannt an die Bretterwand gelehnt, stand dort der Commissaire, den Kopf in den Nacken gelegt, die Augen geschlossen, während er genüsslich an einer Zigarette zog.

»Was zum Teufel tun Sie hier?«, fuhr sie ihn an.

Seelenruhig pustete er den Rauch seiner Zigarette in die Luft und sagte: »Die Sonne genießen.«

»Dann genießen Sie sie gefälligst woanders!«

»Aber wieso denn? Hier ist es doch viel interessanter.« Jetzt wandte er ihr das Gesicht zu, musterte sie wie eine Katze die Maus.

Obwohl er hier, keine fünfzig Meter vor ihrem Haus und am helllichten Tag, wohl kaum zudringlich werden würde, beunruhigte es sie zutiefst, dass er sich offenbar nicht mehr damit zufriedengab, ihr irgendwo in der Stadt aufzulauern, sondern sie schon unmittelbar vor ihrem Zuhause aufsuchte. »Sie irren sich. Hier gibt es nichts von Interesse für Sie, und jetzt gehen Sie!«

Er stieß sich von der Wand ab, kam langsam auf sie zu und lächelte. Ein Lächeln, das so selbstzufrieden war, dass ihr übel wurde.

»Filou!«, rief sie und der Commissaire verharrte tatsächlich für einen Augenblick. Doch nichts tat sich, kein Filou kam aus dem Garten gestürmt. Er musste im Haus sein und hörte sie nicht.

Antoine Dubois grinste überlegen, schlenderte weiter auf sie zu.

Sie wollte nicht zurückweichen. Dies war ihr Heim, ihr Zuhause. »Verschwinden Sie von hier!«

Er lächelte nur mild. »Keine Sorge, kleine Bonaceri, dein Geheimnis ist gut bei mir aufgehoben. Vorerst zumindest.«

»Ich weiß nicht, wovon Sie reden«, gab sie kalt zurück und unterdrückte mühsam das Zittern in ihrer Stimme.

Er legte den Kopf zur Seite, musterte sie wie ein Jäger das angeschossene Reh, das starr vor Angst im Gras kauert, während er überlegte, ob er ihm den Todesstoß versetzen sollte oder nicht.

»Ts, ts, ts«, sagte er schließlich tadelnd, ganz wie früher ihr Lehrer, wenn sie falsch gerechnet hatte. »Wie unschön von dir, dich mit dem Feind einzulassen. Jetzt weiß ich auch wieder, woher mir der junge Mann auf deiner Zeichnung so bekannt vorkam.«

Ihr wurde schlecht. Also war es doch er gewesen, der gestern Abend vor der Taverne gewesen war. Und er hatte offenbar das ganze Gespräch mit Cristo mit angehört.

Er machte einen weiteren Schritt auf sie zu, sie tastete nach ihrem Messer, doch sie hatte es nicht dabei. Sie war zu Hause, wozu brauchte sie hier ein Messer? Er hatte ihre vergeblich suchenden Bewegungen natürlich registriert, sein Grinsen wurde breiter. Doch sie stand in Sichtweite des Hauses. Er würde es nicht wagen, sie anzufassen.

»Was wollen Sie?«, zischte sie. Dieses Mal konnte sie ihre zittrige Stimme nicht unter Kontrolle halten.

»Das weißt du«, flüsterte er rau. Langsam kam er noch näher, bis er weniger als einen Meter vor ihr stand. Er leckte sich über die Unterlippe, sein Blick glitt über ihre Gestalt. Er machte einen weiteren Schritt auf sie zu, und alles in ihr schrie danach, zurückzuweichen, wegzulaufen. Sie schluckte hektisch, doch sie blieb, wo sie war. Dies war ihr Zuhause. Ihr Grund und Boden.

»Warum?«, stieß sie hervor, während ihr das Herz bis zum Hals schlug. »Warum ausgerechnet ich?«

»Du faszinierst mich«, flüsterte er und in seinen Augen blitzte Gier auf. »Du bist wie eine schillernde kleine Libelle zwischen unzähligen langweiligen braunen Käfern.«

Er war verrückt! Besessen. Das wurde ihr in diesem Moment klar.

»Also?«, fuhr er heiser fort.

Sie wusste, welche Frage hinter diesem so harmlosen Wort stand. »Niemals!«, stieß sie hervor.

Er beugte sich vor, bis sein Gesicht nur eine Handbreit von ihrem entfernt war. »Tja, dann wird dein kleines Geheimnis bald keines mehr sein.«

Ihre Kehle war trocken, ihre Hände zitterten hinter ihrem Rücken, doch sie war die Tochter ihrer Mutter. Sie würde sich nicht länger einschüchtern lassen. Sie streckte das Kreuz durch, hob stolz den Kopf und sagte kalt: »Erzählen Sie, was Sie wollen. Sie sind Franzose. Und Polizist. Niemand hier würde Ihnen glauben.«

Seine Augen wurden zu schmalen Schlitzen, sein Unterkiefer bewegte sich, als würde er ihre Worte im Mund wenden, sie förmlich zu zermahlen versuchen.

Sie sah ihn voll Verachtung an, bereit, sich notfalls mit Händen und Füßen zu wehren. Männer mit einem eisigen Blick in ihre Schranken zu weisen, war ganz sicher nicht das Einzige, was ihre Mutter ihr beigebracht hatte.

»Es gibt auch andere Mittel und Wege«, stieß er plötzlich hervor.

Sie sah das gierige Aufblitzen in seinen Augen, wollte herumfahren, doch es war zu spät. Seine Hände waren schon nach vorn geschossen, hatten sich um ihre Handgelenke geschlossen wie eiserne Schraubstöcke und zogen Letizia mit einem Ruck hinter die Stallecke. Reflexhaft versuchte sie, ihr Knie hochzureißen, doch auch diese Bewegung schien er vorhergesehen zu haben, denn sein ganzer Körper drückte sie gegen die Wand, und seine Lippen pressten sich hart auf die ihren, dass sie nicht einmal schreien konnte. Also biss sie ihm heftig in die Lippe. Er schrie auf, ließ von ihr ab, und sie stieß ihn von sich, griff nach dem nächstbesten Gegenstand. »Wagen Sie das niemals wieder!«, keuchte sie und hob drohend die Holzlatte.

Er fasste sich an seine Lippe, sah das Blut auf seiner Hand. »Du verdammtes Flittchen!«

In diesem Moment schepperte es im Stall, erschrocken wich er zurück, zischte: »Meine Zeit wird kommen, täusch dich nur nicht …«, bevor er fluchend davoneilte.

Erleichtert atmete sie aus, doch ihre Beine zitterten und sie musste sich an die Stallwand lehnen. »Danke, Napoleon, alter Junge«, flüsterte sie, denn das Geräusch konnte nur von dem umgefallenen Blecheimer herrühren, den das Pony wohl beim Bemühen, an die Äpfel darin zu gelangen, umgestoßen hatte.

Mühsam riss sie sich zusammen, strich sich ihre schweißfeuchten Hände am Rock ab, doch als sie wieder um die Ecke bog, nahm sie aus dem Augenwinkel eine Bewegung wahr. Thérèse stand am Badezimmerfenster, ein Handtuch um das Haar geschlungen, und sah mit starrem Gesicht zu ihr herüber. Unangenehm wurde Letizia sich ihres erhitzten Gesichts und ihrer wirren Haare bewusst, versuchte hastig, zumindest ihre verrutschte Bluse zurechtzuziehen, bevor sie in den Stall lief. Sie konnte sich jetzt nicht mit ihrer Schwester befassen. Von einer dunklen Ahnung getrieben, sattelte sie Napoleon eilig und schwang sich, kaum dass sie ihn aus dem Stall geführt hatte, auf seinen Rücken.

Sie musste zu Matteu, musste sich davon überzeugen, dass es ihm gut ging, alles andere war jetzt unwichtig.

***

»Mir ist langweilig«, flüsterte Jacqui und Matteu konnte ihn gut verstehen. Er selbst folgte von dem freien Fleckchen in Türnähe aus jeder Wortmeldung mit höchster Konzentration, doch für seinen kleinen Bruder mussten all die Monologe und Wortwechsel vollkommen nichtssagend und endlos erscheinen, zumal er nichts sah außer jeder Menge Beine und Rücken. Die Diskussion drehte sich noch immer darum, was dieser Zusammenschluss den Beteiligten wirklich bringen würde und wie er zu organisieren sei.

»Magst du ein Bild malen?«, fragte Matteu.

»Die Stifte sind aber in der Schultasche. Im Auto.«

»Du kannst sie schnell holen. Ich habe den Wagen nicht abgeschlossen.«

Schon war Jacqui davongehuscht und Matteu richtete seine Aufmerksamkeit wieder nach vorn, wo schon bald ein zähes Ringen darum entbrannte, wer den Vorsitz haben sollte.

Irgendwann stieß Fillipu ihn an. »Wo ist Jacqui?«

»Beim Auto«, murmelte Matteu.

»Noch immer?«

Matteu blinzelte und sah sich erschrocken um. Tatsächlich. Der Kleine war immer noch nicht wieder zurück, dabei war schon deutlich mehr Zeit vergangen, als es brauchte, um zum Wagen und zurückzulaufen. »Ich suche ihn.«

Von Fillipu gefolgt, schob er sich vorsichtig durch die Menge der Zuhörer nach draußen. »Jacqui? Jacqui!« Keine Antwort. Die Schultasche lag im Wagen, doch von ihrem kleinen Bruder fehlte jede Spur. »Ich suche oben, du unten!«

Fillipu nickte und lief los, Matteu ebenso. »Jacqui!«, rief er, die Hände zum Trichter vor den Mund gelegt.

Plötzlich trat Edmond hinter dem grünen Renault hervor und ihm in den Weg. Seine Augen waren glasig, die Narbe auf seiner Wange hob sich leuchtend rot von seinem braun gebrannten Gesicht ab. »Du denkst also, du könntest dich über mich lustig machen?«, nuschelte er mit schwerer Zunge. Die Flasche Bier vorhin war ganz offensichtlich nicht seine einzige heute gewesen.

Matteu presste die Lippen zusammen, wechselte die Straßenseite und rief weiter nach seinem Bruder.

»Bleib stehen, du verdammter Hurensohn!«

Entnervt sah Matteu über die Schulter zurück. »Hör zu, ich habe gerade wirklich andere Probleme, als mich mit dir zu streiten!«

»O nein! So leicht kommst du mir nicht davon!«, zischte Edmond, Metall blitzte in der Sonne auf, Edmond hatte sein Messer gezogen.

Matteu wich zurück und hob beschwichtigend die Hände. »Komm, lass das. Es tut mir leid, okay? Ich will keinen Streit, ich suche nur nach meinem kleinen Bruder.«

Aus dem Augenwinkel sah er jemanden sich nähern. Cristo. »Gott sei Dank, dass du kommst!«, rief er erleichtert. »Bring ihn zur Besinnung«. Er deutete mit dem Kinn auf Edmond. »Er ist betrunken und hat ein Messer.«

Cristo blieb stehen, verschränkte die Arme vor der Brust und sah ihm reglos ins Gesicht. »Ich weiß.«

Ungläubig starrte Matteu ihn an. Wollte er denn gar nichts unternehmen? Warum? Was war mit ihm los? Edmonds gehässiges Lachen zog Matteus Aufmerksamkeit wieder auf sich. »Leg das Messer weg! Was auch immer es ist, das ich dir offenbar getan habe, ich bin gern bereit, mich dafür zu entschuldigen.«

»Wusste ich's doch!« Edmond grinste. »Du bist ein Feigling.« Langsam trat er näher.

Matteu wich zurück, ohne die Klinge aus den Augen zu lassen. »Tu jetzt nichts Unbedachtes! Du gefährdest alles, was gerade drinnen erreicht wird.«

»Vielleicht will ich das ja«, entgegnete der andere höhnisch. »Vielleicht will ich dich aber auch einfach nur fertigmachen.«

»Cristo!«, versuchte Matteu es erneut. »Warum lässt du das zu? Du wirst die Messerschmiede übernehmen. Der Pakt, der heute beschlossen werden soll, kann dir doch nicht egal sein.«

Doch Cristo zuckte mit den Schultern. »Ist er aber. Denn das Einzige, wofür ich gebrannt habe, hast du mir genommen.«

»Was? Ich verstehe kein Wort! Ich ...«

In diesem Moment fuhr Edmonds Hand nach vorn, reflexartig drehte Matteu den Oberkörper und das Messer zischte haarscharf an seinem Unterarm vorbei. Matteu sprang beiseite, zog das Bein hoch und trat Edmond das Messer aus der Hand. Es flog zu Boden, rutschte scheppernd unter den grünen Renault, weit außerhalb von Edmonds Reichweite. Der fluchte und flüchtete sich hinter das Auto. Ohne sein Messer fühlte er sich offensichtlich nicht halb so stark.

Matteu hob die Hände. »Ein für alle Mal: Ich will keinen Streit mit dir.«

»Ich hab ihn!«, ertönte in diesem Moment Fillipus Stimme. Matteu fuhr herum, und unfassbare Erleichterung flutete ihn, denn am Ende der Straße bog Fillipu mit Jacqui an der Hand um die Ecke.

»Er war am Bach!«, rief Fillipu erklärend und bückte sich, um seinen Schuh neu zu binden, während der Junge in Richtung Matteu schlurfte.

»Verdammt, Jacqui«, schimpfte Matteu und lief auf den Kleinen zu. »Du kannst doch nicht einfach so verschwinden, ohne uns Bescheid zu geben!«

Sein kleiner Bruder schaute geknickt zu Boden und antwortete etwas, war jedoch zu weit entfernt, als dass Matteu ihn hätte verstehen können.

»Du solltest einfach nur deine Stifte holen und …«

Hinter ihm heulte ein Motor auf.

»Nein!«, schrie Cristo. »Nicht!«

Matteu fuhr herum, sein Herz setzte aus. Metall gleißte im Sonnenlicht. Mit Edmond am Steuer hielt der grüne Renault direkt auf ihn zu.

»Pass auf!«, schrie Fillipu, doch Matteu war schon zur Seite gesprungen und der Wagen schoss an ihm vorbei, bremste scharf, kam jedoch nicht zum Stehen. Vielmehr brach er seitlich aus, schlingerte, Edmond verlor die Kontrolle und …

Sein Herz blieb stehen, er selbst hechtete los, doch es war zu spät: Eine kleine Gestalt flog durch die Luft wie eine Puppe.

Ein Schrei hallte gellend in Matteus Ohren. Es war sein eigener.

Es schepperte und splitterte, als der Wagen irgendwo gegen eine Mauer prallte, das Glas der Windschutzscheibe in

Scherben zersprang, doch das nahm Matteu nur wie aus weiter Ferne wahr, während er auf seinen kleinen Bruder zustürzte, der mit seltsam verdrehten Gliedmaßen schrecklich still dalag. Eiskalte Angst schoss durch ihn hindurch. Er warf sich neben dem Jungen auf die Knie, wollte nicht wahrhaben, dass das alles wirklich geschehen war. Verzweifelt tastete er nach dem schwachen Puls, horchte nach Jacquis Atem, während auf dem weißen Schulhemd rote Blumen aufzublühen schienen.

»Einen Arzt!«, brüllte er verzweifelt, sah sich Hilfe suchend um, während Fillipu neben ihm zusammenbrach und aufheulte wie ein verwundetes Tier. »Wir brauchen einen Arzt!« Jemand schrie auf, weitere Stimmen wurden laut, der Ruf nach einem Arzt weitergegeben, Hektik und Lärm machten sich breit, doch das gehörte alles irgendwie nicht mehr zu ihm. Er fühlte sich abgeschnitten vom Rest der Welt. Es existierten nur noch dieses Bündelchen Liebe vor ihm und seine eigene Hilflosigkeit. »Bleib ganz ruhig, Jacqui, ich bin bei dir, alles wird gut.«

Die Augenlider des Jungen flatterten ein wenig, mühsam öffnete Jacqui die Augen, sah Matteu verwirrt an, versuchte, etwas zu sagen, doch nur ein Schwall Blut drang hervor. Das Grauen überwältigte Matteu, schnürte ihm die Luft ab.

»Nicht sprechen!«, presste er mühsam hervor und griff nach den kalten Händchen. »Bleib ganz ruhig, alles wird gut. Hilfe kommt.« Wie in Trance wiederholte er seine Worte immer und immer wieder, während das kleine Gesicht vor ihm erschreckend schnell blasser und blasser wurde. »Bleib bei mir! Bitte!«

Jacqui bewegte mühsam die Lippen und Matteu beugte sich über ihn.

»… fliegen …«

»Ja, natürlich!« Panisch nickte Matteu. »Wir beide werden fliegen. Nach Amerika, Afrika, Australien. Wohin auch immer du willst. In einem großen Flugzeug. Du sitzt am Fenster. Alles wird gut. Der Arzt ist schon unterwegs.«

Doch Jacqui bewegte erneut die Lippen, hauchte: »Ich … fliege«, und verstummte.

»Ja! Du bist der Pilot! Wir fliegen, wohin du willst, ich verspreche es dir.«

Ein zaghaftes Lächeln huschte über Jacquis Gesicht. Als würde er sich über Matteu amüsieren, der ihn einfach nicht verstand. Mit einem Mal wich die Anspannung aus dem kleinen Körper, machte der Schmerz in dem kleinen Gesicht einem tiefen Frieden Platz und Matteu begriff.

»Jetzt kannst du endlich deine Flügel aufspannen, kleiner Vogel«, flüsterte er, während ihm die Tränen über das Gesicht liefen.

Als der Arzt eintraf und sich seinen Weg durch die Menschen bis zu ihnen bahnte, hatte das kleine Herz längst aufgehört zu schlagen. Matteu hielt den kleinen Körper noch immer in seinen Armen, wiegte ihn sanft, küsste wieder und wieder Jacquis Stirn.

Erst als man es irgendwie geschafft hatte, ihm den Jungen abzunehmen, brach er zusammen.

»Ich bringe ihn um!«, brüllte er auf. »Ich bringe diesen Mistkerl um!«

***

Sie rannte durch die Wartehalle des Krankenhauses von Bastia, und das Klappern ihrer Schuhe hallte hohl von den Wänden wider, ließ Patienten und Pflegerinnen aufschrecken.

Jemand rief ihr etwas zu, doch der Sinn der Worte drang nicht bis zu ihr durch. Sie war wie betäubt, unfähig, auch nur zu begreifen, was geschehen war. Nicht in der Lage, nur für einen Moment zu akzeptieren, dass so etwas möglich war.

Von irgendwoher griff eine Hand nach ihrem Arm, hielt sie auf und sie sah sich plötzlich Cristo gegenüber.

»Es tut mir so leid«, flüsterte er. »Edmond ist ein Idiot, ja! Aber das wollte er wirklich nicht! Er sagt, er wollte Matteu nur einen Denkzettel verpassen, ihn erschrecken, aber er hatte die Kontrolle über den Wagen verloren! Ich … verzeih mir, bitte!« Jetzt erst bemerkte sie den hinter ihm sitzenden Edmond. Ein mit Blut vollgesaugter Verband war um seine Stirn geschlungen und er stammelte unentwegt: »Ein Unfall … es war ein Unfall …«

Letizia verstand nicht, was Cristo damit zu tun hatte, wollte es jetzt auch nicht verstehen, wollte einfach nur zu Matteu. Sie riss sich los, stürzte weiter und sie fand ihn. Auf dem Flur vor der Intensivstation, auf der sein Vater lag. Lucien Caratoli hatte beim Anblick des toten Jacqui einen Herzinfarkt erlitten. Caterina Caratoli war, nach allem, was Letizia wusste, zu Hause zusammengebrochen, als sie vom Tod ihres Jüngsten erfuhr. Matteu hatte Fillipu bei ihr gelassen, während er selbst seinem Vater ins Krankenhaus gefolgt war. Und nun hockte er hier in sich zusammengesunken auf dem Boden, so weiß wie die Wand, an der er lehnte. Bei seinem Anblick zog sich ihr Magen zusammen. Seine Hände zitterten, er war nur noch ein Schatten seiner selbst.

Bis auf ein paar Krankenschwestern, die ab und zu von einem Zimmer ins nächste eilten, war der Flur menschenleer. Sie sank neben ihm zu Boden, schlang ihre Arme um ihn und weinte. Er selbst war still. So still, dass es ihr Angst machte.

Irgendwann, vielleicht war eine Stunde vergangen, vielleicht waren es auch drei, kam eine Frau vom Verwaltungspersonal der Klinik und sagte, die Polizei sei unten und wolle Matteu zu dem Vorfall befragen.

Er hob den Kopf, sah sie lange an, als würde er nicht verstehen, was sie von ihm wollte. Dunkle Schatten lagen unter seinen Augen, sein Blick flackerte. Er wirkte, als sei er gefangen in einem Traum, aus dem er sich erst herauskämpfen müsse. Schließlich jedoch nickte er, bedeutete Letizia hierzubleiben und stemmte sich langsam hoch.

Nur widerwillig ließ Letizia ihn gehen, sah ihm nach, wie er mit hängenden Schultern und gebrochenem Herzen der Angestellten folgte, und hätte ihm am liebsten nicht nur dieses Gespräch abgenommen, sondern auch all seinen Schmerz.

Sie zog die Beine an, umschlang sie mit den Armen und wartete mit bangem Gefühl auf seine Rückkehr. Wie konnte ein einziger Moment, die Dummheit eines einzigen Menschen so viel Leid entstehen lassen? Wie nur sollte sie Matteu aus diesem Loch helfen? Wieso nur war sie nicht früher da gewesen? Hätte sie es verhindern können? Hätte irgendjemand es verhindern können? Ja! All diese Menschen, die ihren Hass aufeinander pflegten, als sei er ihr wichtigstes Gut. Ohne sie wäre es nie so weit gekommen! Nie zuvor hatte sie sich so hilflos, so ausgeliefert und ohnmächtig gefühlt.

Als Matteu eine gefühlte Ewigkeit später wieder auftauchte, erschrak sie über die blanke Wut in seinem Blick. Sie sprang auf und lief auf ihn zu, griff nach seiner Hand, doch er entzog sie ihr.

»Ein tragischer Unfall«, stieß er tonlos aus.

»Was?«

»Das sagt die Polizei.«

Verständnislos suchte sie in seinen Augen nach einer Erklärung.

»Giorgio Bonaceri«, presste er hervor. »Er muss seine Kontakte spielen lassen haben, um Edmond zu schützen.«

Bestürzt schlug sie sich die Hand vor den Mund.

»Das Opfer sei zur falschen Zeit am falschen Ort gewesen …« Er spuckte die Worte regelrecht aus, ballte wütend die Fäuste. »Doch das ist nie der Fall, nie! Es sind die Täter, die zur falschen Zeit am falschen Ort sind!«

Ihr fehlten die Worte. Was sollte sie auch sagen? Sie konnte verstehen, dass ein Vater sein Kind zu schützen versuchte, selbst wenn es so war wie Edmond. Und genauso schrie ein Teil von ihr nach Gerechtigkeit und Sühne für Jacquis Tod. Dass dies jetzt als reiner Unfall dargestellt wurde, war der blanke Hohn. Sie versuchte, Matteu in den Arm zu nehmen, doch erneut entzog er sich ihr. »Dafür wird er bezahlen«, stieß er hervor.

»Nein!«, rief sie erschrocken. »Nein. Sag so etwas nicht. *Denk* so etwas nicht einmal. Du bist nicht wie er.«

Er lachte bitter auf. »Vielleicht doch. Vielleicht sind wir alle so.«

»Auch Jacqui?«

Er presste die Lippen zusammen, bedeckte seine Augen mit der Hand.

Sie legte ihm vorsichtig die Hand auf den Arm. »Du bist nicht wie Edmond«, beschwor sie ihn. »Du bist …«

»Ich bin schlimmer«, unterbrach er sie. »Denn das alles ist meine Schuld!«

»Was redest du da?« Schockiert starrte sie ihn an.

»Ich hätte nie versuchen dürfen, die Dinge zu ändern. Ich habe mich geirrt, als ich dachte, es sei möglich. Ein furchtbarer, entsetzlicher, tödlicher Irrtum.«

»Nein!«, entfuhr es ihr verzweifelt. »Das stimmt nicht!«

»O doch.« Er wandte sich ihr wieder zu, stieß bitter hervor: »Du hattest recht, die ganze Zeit über: Söhne rächen ihre Väter, Enkel ihre Großväter, Neffen ihre Onkel. Ein nicht zu durchbrechender Kreislauf. Nichts wird sich an ihm ändern, nichts!«

»Nein, das stimmt doch nicht! Du hast das Gegenteil bewiesen!«, versuchte sie ihn zu beruhigen, während ihr die Tränen über die Wangen liefen.

Doch er schien sie gar nicht wahrzunehmen, rief rasend vor Zorn: »Hier zählt nur eines: Auge um Auge, Zahn um Zahn! So ist es und so wird es immer sein!« Mit der Faust schlug er gegen die Wand, wieder und wieder. »Du hattest recht. Du hattest recht. Ich hätte auf dich hören sollen.«

Die Qual in seinem Gesicht, die Pein in seiner Stimme zerrissen ihre Seele. »So hör mir doch zu«, flehte sie, »du irrst dich: *Ich* hatte unrecht, nicht du.« Sie legte ihre Hände an seine Wange, zwang ihn, sie anzusehen, und erschrak über diese nie zuvor da gewesene Dunkelheit in seinem Blick, über den abgrundtiefen Hass, der sie daraus ansprang.

Panisch redete sie auf ihn ein: »Du hast gezeigt, dass es auch anders geht. Dass es nie zu spät ist! Du hast mir und allen anderen gezeigt, was möglich ist, wenn man an etwas glaubt. Du hast Familien zusammengebracht, die sich seit Jahrzehnten befehden. Du hast Hoffnung geschenkt! Zukunft!«

»Was zählt das jetzt noch?« Er schloss die Augen, doch er entzog sich ihr nicht mehr.

»Alles! Alles und noch mehr! Wenn du das jetzt wegwirfst, wenn du jetzt diese Spirale von Gewalt weiterführst, dann ist Jacqui umsonst gestorben!«

Unendlicher Schmerz zuckte über sein Gesicht, starr und steif stand er da, endlose Minuten lang, in denen er mit sich rang. Doch schließlich, langsam gab er seinen Widerstand gegen sie auf. Als er die Augen wieder öffnete, war der Hass fort, nur die Trauer blieb.

»Ich liebe dich«, flüsterte sie. »Ich bin für dich da.«

Er zog sie an sich, vergrub sein Gesicht in ihrem Haar und sie hielt ihn. So wie auch er sie halten würde. Immer.

***

Es war weit nach Mitternacht, als er zu Hause ankam. Wie er es geschafft hatte, von Bastia heimzufahren, wusste er selbst nicht. Ein Teil von ihm hatte einfach funktioniert, wie einer dieser

Roboter in dem Film, den er gesehen hatte, als sein Onkel ihn in Amerika ins Kino eingeladen hatte.

Geräusche und Stimmen drangen nur noch wie aus weiter Ferne zu ihm durch. Der Gedanke an Letizia war es, der ihn davor bewahrte, in die Dunkelheit zurückzufallen, die ihn zuvor umgeben hatte. Sie war das helle Licht gewesen, das ihm die richtige Richtung wies. Er wusste nicht, was er getan hätte, wäre sie nicht im Krankenhaus aufgetaucht. Schwach erinnerte er sich an einen roten Nebel rasender Wut, der ihn erfüllte, als er zuvor im Krankenhaus Edmond erblickte. Keine Frage – ohne die Pfleger, die ihn festhielten, während Cristo Edmond fortzerrte, hätte er auf diesen eingeprügelt, bis der sich nicht mehr geregt hätte.

Und er hätte an diesem Plan festgehalten, es eben zu einem späteren Zeitpunkt umgesetzt, wenn nicht Letizia aufgetaucht wäre. Er hatte sich so kalt und erstarrt gefühlt. Als wäre etwas in ihm erloschen, gestorben. Doch Letizia war wie eine Flamme in absoluter Finsternis erschienen, ihre Liebe ein wärmendes Feuer in einer eisigen Nacht. Sie hatte die Scherben seines Herzens zusammengefegt, irgendwo tief in ihm die Vernunft wiedererweckt und ihn daran erinnert, wer er war und woran er glaubte.

Der Schmerz beherrschte ihn trotzdem, doch er musste versuchen, damit zu leben und weiterzumachen. Für Letizia. Und für Jacqui.

Er schloss die Tür auf. Alles war finster bis auf einen schwachen Lichtschein, der aus der Wohnstube in den Flur fiel.

Zögerlich, fast widerstrebend näherte er sich der Tür.

Auf dem Esstisch standen zahllose Schüsseln mit Essen. Nachbarn waren offenbar da gewesen, um seiner Mutter ihr Beileid zu bezeugen, und hatten Speisen mitgebracht, doch nichts davon war angerührt worden.

Fillipu saß in sich zusammengesunken auf einem Stuhl, den Kopf auf dem Esstisch in seine Arme gebettet. Seine Mutter lag zusammengekrümmt auf dem Sofa, presste Jacquis blutgetränktes Hemd an sich, das Fillipu ihr gebracht haben musste. Ihr sonst so sorgfältig frisiertes Haar fiel ihr wirr und strähnig ins fahle Gesicht, ihr Blick ging ins Leere. Sie wirkte um Jahre gealtert, ausgezehrt und verhärmt.

»Papa ist stabil«, sagte er leise.

Sie reagierte nicht, nur Fillipu hob den Kopf, die Augen geschwollen vom vielen Weinen, doch auch er sagte nichts.

Erschöpft schleppte Matteu sich zum Sofa, ging neben seiner Mutter in die Knie, griff nach ihrer Hand und drückte sie an seine Wange. »Es tut mir so unfassbar leid«, flüsterte er.

Nur das Ticken der Wanduhr war zu hören und ab und zu ein Hund, der irgendwo jaulte.

Und so würde es bleiben. Wie sollte jemals wieder Lachen und Licht in dieses Haus zurückkehren, wenn der Augenstern der Familie doch erloschen war?

Erst nach und nach schien seine Mutter zu realisieren, wer da neben ihr saß, wandte ihm wie in Zeitlupe das Gesicht zu.

»Räche ihn!«

Er erstarrte.

»Räche unsere Familie! Räche Jacquis, ja unser Blut!« Ihr Blick durchbohrte ihn schier, mit zittriger Hand hielt sie ihm Jacquis Hemd entgegen.

»Du stehst unter Schock«, flüsterte er, »du bist am Ende deiner Kräfte … Wir alle sind das.«

Sie richtete sich auf. Die sonst so freundlich blickenden Augen glänzten fiebrig. »Tu es!«

»Verlang das nicht von mir, ich bitte dich.«

Sie entzog ihm ihre Hand, ihre Finger umklammerten das blutige Hemd, pressten es erneut an ihr Herz. »Das bist du Jacqui schuldig! Das bist du mir schuldig.«

Er schlug die Hände vor die Augen. »Es bringt Jacqui nicht zurück, wenn ich noch mehr Leid schaffe.«

»Das ist mir egal. Sie haben mir mein Baby genommen. Sie sollen leiden, wie ich leide!«

»Verlang das nicht von mir«, flehte er nur abermals.

Sie presste die Lippen zusammen. »Du hast auf diesem Treffen bestanden! Dein Vater … Jacqui – das alles ist deine Schuld!«

Jedes ihrer Worte war ein Speer, der sein Herz durchbohrte. »Ich wollte doch nur das Beste für alle.«

»Du hast versprochen, auf ihn achtzugeben, doch das hast du nicht getan!«, legte sie unbarmherzig nach, rieb Salz in die Wunde, die ihn quälte. Für immer quälen würde.

»Ich weiß …«, flüsterte er, ballte die Hände zu Fäusten und presste sie an seine Schläfen. »Und glaub mir, ich wünsche mir nichts mehr, als dass es mich getroffen hätte an seiner Stelle.«

Sie sah ihn lange an, Tränen in den Augen. »Das wünschte ich auch.«

Er ließ die Hände sinken, starrte sie erschüttert an, doch sie nahm es nicht zurück.

Seine Kehle zog sich zusammen, er war nicht in der Lage, etwas zu entgegnen. Was denn auch? Kraftlos drückte er sich hoch und taumelte zur Terrassentür, lehnte seine Stirn gegen das kühle Glas. Hinter ihm erhob sich seine Mutter, er hörte sie das Zimmer verlassen.

Matteu hob den Kopf, starrte durch sein sich im Glas spiegelndes Gesicht in die Dunkelheit draußen. Bis sich plötzlich ein zweites Gesicht neben das seine schob. Das von Fillipu. Unendliche Enttäuschung zeichnete sich darin ab. All die Bewunderung, die er ihm entgegengebracht hatte, all der Stolz auf seinen großen Bruder waren ins Gegenteil umgeschlagen.

»Feigling!«, spie Fillipu ihm entgegen, bevor er sich umwandte und aus dem Zimmer stürzte.

»Fillipu!«, rief Matteu ihm nach, doch sein Bruder gönnte ihm keinen einzigen Blick mehr und kurz darauf fiel die Haustür krachend ins Schloss.

Verzweifelt ließ Matteu sich auf den Sessel sinken, schloss die Augen.

Als er sie wieder öffnete, glaubte er im ersten Moment, er wäre eingeschlafen und der Morgen würde grauen. Dann erst begriff er, dass der helle Schein kein Tageslicht war.

Er sprang auf, öffnete die Terrassentür und rannte hinaus bis zur äußersten Ecke des Grundstückes, spähte die Klippen hinab.

Am Strand brannte etwas.

Nein, nicht etwas, sondern Fillipus Boot. Das Boot, das Matteu mit ihm hergerichtet hatte.

Kapitel VII

Heute

Helles Tageslicht fällt durch die Fenster, als ich das nächste Mal erwache. Es muss bereits später Vormittag sein. Raphaël sitzt mit blassgrünem Shirt und seiner verwaschenen Jeans bekleidet am Bettrand und betrachtet mich.

»He«, murmele ich verschlafen, ziehe die Bettdecke bis über meine Nase und blinzele ihn an. »Das ist unfair. Ich bin noch nicht richtig wach und sehe furchtbar aus.«

Er schüttelt den Kopf, zieht die Decke wieder nach unten. »Du siehst immer großartig aus.« Sanft streicht er mir über die Wange und sagt seltsam melancholisch: »Aber am schönsten, wenn du lächelst. Wie ein Teich, in den plötzlich ein Sonnenstrahl fällt. Ihn bis auf den Grund erhellt.« Behutsam greift er nach meiner Hand, dreht die Innenfläche nach oben und haucht einen Kuss darauf.

Sofort reagiert mein Körper. Raphaël bemerkt es, sieht grinsend zu mir und ich bin verlegen und glücklich zugleich.

»Sollen wir direkt da weitermachen, wo wir heute Nacht aufgehört haben?«, fragt er schmunzelnd.

»Auf jeden Fall. Aber erst nach dem Frühstück. Ich bin am Verhungern, schließlich hast du mich in den letzten Stunden so einiges an Energie gekostet.«

»Ich werde dich daran erinnern«, gibt er mir feixend zurück, während sein Daumen zärtlich über meinen Handrücken streichelt. »Sollen wir am Kai frühstücken? Obwohl es ja eher ein Mittagessen ist.«

»Ist es tatsächlich schon so spät?« Ich sehe erschrocken nach der Uhr. »Aber das Treffen! Die alte Frau!«

»Schaffen wir noch, keine Sorge.« Er erhebt sich und geht zur Tür. »Mach dich ganz in Ruhe fertig. Ich muss noch kurz zu meiner Vermieterin rüber, ihr das Geld für die nächste Woche geben, anschließend können wir aufbrechen.«

»Ich brauche nicht lang, muss nur schnell unter die Dusche.«

Er hält inne, dreht sich um und zieht die Augenbrauen hoch. »Ich denke, das mit der Miete hat Zeit bis nachher. Ganz spontan verspüre ich das Bedürfnis, ein zweites Mal zu duschen.«

Auch wenn dieser Gedanke meinen Puls schlagartig in die Höhe schnellen lässt, wehre ich lachend ab. »Nichts da. Ich will nicht schuld daran sein, dass die alte Dame hungern muss. Im Übrigen bin ich selbst am Verhungern.«

»Ganz sicher?«, fragt er und hebt mit einem Augenzwinkern sein Shirt an, und der Anblick seines durchtrainierten Bauches macht es mir in der Tat äußerst schwer, an meinem Vorsatz festzuhalten. Doch ich habe wirklich Angst, die Chance zu verpassen, mehr über meine Mutter herauszufinden, ziehe daher mein Kissen hinter meinem Rücken hervor und werfe es lachend nach ihm.

»Raus!«

Er fängt es ohne große Anstrengung ab, lässt es postwendend – und deutlich treffsicherer als ich – zu mir zurückkehren und zwinkert mir zu. »Nur, wenn wir das Thema Dusche nachher noch einmal aufgreifen.«

»Darauf kannst du wetten!«, sage ich und spitze meine Lippen zu einem koketten Luftkuss.

Kurz darauf fällt die Tür ins Schloss, ich lasse mich zurücksinken, drücke mit glücklichem Aufseufzen das Kissen an mich.

Erst als ich unter der Dusche stehe und das Wasser erfrischend auf mich einprasselt, lösen meine Gedanken sich von allem, was war, und wenden sich dem zu, was auf mich wartet: dem Treffen mit der alten Frau.

Doch wird sie überhaupt da sein? Mit mir sprechen? Mir erzählen, was sie weiß? Nachdenklich male ich Figuren in die beschlagene Wand der Duschkabine, während in meiner Magengrube das altbekannte nervöse Flattern aufsteigt. Doch dieses Mal mischt sich noch ein weiteres Gefühl dazu: Angst. Angst vor dem, was ich vielleicht erfahren werde. Wird es mich wirklich glücklicher machen, wenn ich Bescheid weiß? Oder werde ich mir hinterher wünschen, ich hätte diese Chance verstreichen lassen? Mich stattdessen weiter in meiner trügerisch beruhigenden Unwissenheit gesonnt und mich einfach nur der Liebe von Raphaël und dem Glück hingegeben, das ich in seiner Nähe empfinde?

Dabei weiß ich, dass ich in Wahrheit keine Wahl habe.

Die Luft über dem Asphalt wabert in der Hitze, lässt Bäume und Häuser verschwimmen. Raphaël an meiner Seite, stehe ich mit weichen Knien und schweißnassen Händen erneut vor der Tür mit der abblätternden grünen Farbe, die beim letzten Mal verschlossen blieb. Dieses Mal jedoch wird sie schon nach dem ersten Klopfen aufgerissen.

»Da seid ihr ja, kommt herein!«, ruft uns Estelle erfreut entgegen, ganz so, als ginge es hier nur um ein Kaffeekränzchen.

Wir erwidern ihre Begrüßung, und ich freue mich sehr über die Freundlichkeit, mit der sie uns begegnet, bin aber zu angespannt für Small Talk und froh, dass Raphaël galant diesen Part übernimmt. Er plaudert locker mit ihr, während sie uns durchs Haus in einen Hinterhof führt.

Weinreben ranken sich um ein die Hälfte des Hofes überziehendes Gerüst und spenden Schatten. Unter dieser grün leuchtenden Überdachung sitzt auf einer Bank eine schwarz gekleidete, mit Lichtflecken gesprenkelte Gestalt. Wie damals schon hält ihr ein schwarzes Kopftuch das Haar aus dem Gesicht, doch im Rücken fällt es als dicker grauschwarzer Zopf bis auf Hüfthöhe hinab. Neben ihr steht ein Korb mit offenbar frisch geernteten Kräutern. Sie entnimmt ihm verschiedene Pflänzchen, pflückt mal hier, mal da etwas ab, bevor sie sie zum Trocknen auf die vielen Häufchen sortiert, die sich vor ihr auf dem Tisch türmen.

Jetzt sieht sie auf, ich gehe auf sie zu, strecke meine Hand zur Begrüßung aus und stottere nervös: »Vielen Dank, dass Sie sich Zeit für mich nehmen. Das freut mich wirklich sehr.«

Sie offenbar nicht, denn sie ignoriert meine ausgestreckte Hand. Auch nachdem Estelle ihr meine Worte übersetzt hat, starrt sie mich wortlos an, die Lippen ein zittriger Strich wie von blassroter Kreide. Beklommen ziehe ich meine Hand schließlich zurück, räuspere mich. »Jedenfalls … würde ich Ihnen gern ein paar Fragen stellen.«

Estelle übersetzt meine Worte nahezu synchron, eine Antwort erhalte ich trotzdem nicht. Die Frau senkt wieder den Kopf und sortiert weiter ihre Kräuter.

Mein Herz rutscht Richtung Magen, verunsichert sehe ich von Raphaël zu Estelle. Die Kellnerin läuft rot an, redet in korsischer Sprache auf ihre Tante ein, was diese jedoch herzlich wenig zu interessieren scheint. Verlegen wendet sie sich schließlich wieder mir zu. »Es war leider alles andere als einfach, meine Tante dazu zu bekommen, diesem Gespräch zuzustimmen.

Ehrlich gesagt habe ich sie sogar ein bisschen erpressen müssen. Sie ist also nicht besonders gut drauf.«

Na prima. Beste Voraussetzungen. Mein Herz befindet sich inzwischen irgendwo auf Höhe meiner Kniekehlen. »Es geht darum, dass ich … den Eindruck hatte, Sie würden mich kennen. Oder meine Mutter. Sie hieß Letizia.«

Kaum wahrnehmbar zuckt sie zusammen, presst die Lippen aufeinander. Als müsse sie sich selbst an einer Antwort hindern.

Ich gehe vor ihr in die Hocke und versuche, ihren Blick einzufangen. Für den Bruchteil einer Sekunde huscht er tatsächlich zu mir, bevor sie hastig wieder nach unten auf ihre Kräuter sieht, ihre Finger sich krampfhaft um die Pflanze in ihrer Hand schließen.

»Bitte sagen Sie mir, was Sie wissen. Meine Mutter starb, als ich noch sehr klein war. Glaube ich jedenfalls.« Ich hole tief Luft. »Ich habe viel zu wenig Erinnerungen an sie, dachte aber immer, dass ich wenigstens alles über sie wissen würde, was es zu wissen gibt, doch … das Gegenteil ist offenbar der Fall und … ich kann sonst niemanden fragen. Ich möchte doch nur meiner Mutter nahe sein.« Ich schlucke schwer. Es auszusprechen, macht es irgendwie schlimmer, realer und lässt das bleigraue Gefühl in meinem Inneren sich zu einem Kloß zusammenballen und meine Kehle versperren. Ich muss mich sammeln.

Etwas huscht über ihr Gesicht. Trauer? Schmerz? Sie presst weiter nur die Lippen zusammen, als wollten Worte heraus, denen sie nicht traut. So leicht aber gebe ich nicht auf, fahre mit belegter Stimme fort: »Vielleicht haben Sie ja auch schon in Ihrem Leben jemanden verloren, der Ihnen wichtig war. Können nachfühlen, wie es mir geht.«

Sie sieht beiseite, ihre Hände zittern. Zögerlich strecke ich meine aus, lege sie sanft auf ihren Arm. »Bitte. Ich möchte einfach nur etwas mehr über meine Mutter erfahren. Darüber, wer sie war. Wie sie war. Und was sie bewogen hat, Korsika zu verlassen. Ich brauche Antworten. Ich werde mich sonst mein Leben lang mit diesem Rätsel quälen. Wenn Sie also irgendetwas über sie wissen, egal wie wenig es sein mag, dann sagen Sie es mir. Bitte.«

Sie weicht abermals meinem Blick aus, während Estelle übersetzt, doch selbst als diese fertig ist, kommt keine Reaktion.

Enttäuschung frisst sich durch meine Seele. Niedergeschlagen stehe ich auf, gehe zurück und greife nach Raphaëls Hand, als hinter mir plötzlich die alte Frau mit scharfer Stimme etwas an Estelle richtet.

Ich fahre herum.

»Was hat sie gesagt?«, hake ich hastig nach, von jäher Hoffnung durchwallt.

»Der Franzose …«, fängt Estelle an zu übersetzen, stockt dann und wird rot. »Meine Tante möchte gern mit dir allein reden.«

Raphaël verzieht das Gesicht. »Eigentlich lautete der Wortlaut: ›Der verdammte Franzose soll draußen bleiben.‹ Ich muss wohl doch noch an meinem Akzent arbeiten.« Estelle setzt zu einer verlegenen Entschuldigung an, doch Raphaël winkt ab. »Schon okay, wirklich. Ich warte vor dem Haus.« Er streicht mir sacht über die Schulter, nickt mir aufmunternd zu und geht.

Ich stolpere fast vor Aufregung, als ich zur Bank zurückkehre, mich neben der alten Frau niederlasse. »Woher kannten Sie meine Mutter?«

»Wir haben unsere Kindheit miteinander verbracht«, übersetzt Estelle ihre Antwort wie auch die folgenden.

»Sie stammt also wirklich aus Korsika«, stoße ich aus, und mir steigen die Tränen in die Augen vor Erleichterung darüber, endlich eine Bestätigung zu erhalten. Und die Sicherheit zu haben, dass ich nicht verrückt bin. Dass meine Ahnungen keine Spinnerei oder irgendeine emotionale Überreaktion waren. Ich wische hastig die Tränen fort, sehe überglücklich zu Estelle. Sie strahlt mich an. Im nächsten Moment jedoch wird meine Freude so jäh, wie sie aufgelodert ist, wieder gelöscht, weil mir klar wird, was das bedeutet: Mein Vater hat mich tatsächlich belogen, mein Vertrauen missbraucht. Aber warum? »Und meine Mutter stammt aus diesem Dorf hier?«

Die alte Frau nickt.

Plötzlich schießt ein Gedanke durch mich hindurch wie eine Sternschnuppe über den Nachthimmel. »Hat meine Mutter …« Ich halte inne, die Hoffnung raubt mir die Stimme. »Hat sie noch Familie hier?«

Sie zögert, sieht mich ganz seltsam an, schüttelt aber den Kopf.

Die Sternschnuppe ist verglüht, die Hoffnung mit ihr. Ich versuche, mich nicht von meiner Enttäuschung hinunterziehen zu lassen, straffe die Schultern und frage: »Wie gut kannten Sie meine Mutter? Waren Sie Nachbarinnen? Freundinnen?«

Flackert ihr Blick? Oder liegt es an der leichten Brise, die das Blätterdach über ihr bewegt und die feinen Sonnensprenkel über ihr Gesicht tanzen lässt?

»Irgendwann einmal waren wir so etwas wie … beste Freundinnen.«

»Wann haben Sie meine Mutter das letzte Mal gesehen? Was war sie für ein Mensch? Wo hat sie gewohnt? Ging sie hier zur Schule? Wer kannte sie noch?« Tausend Fragen brennen mir auf der Zunge, ich muss mich beherrschen, sie nicht alle auf einmal zu stellen.

Ihr Blick richtet sich in die Ferne. »Das letzte Mal gesehen habe ich sie auf meiner Hochzeit. Klug war sie. Mutig und unerschrocken. Sie war … wie ich immer sein wollte.« Sie hält inne, die leicht herabhängenden Wangen beben.

Ich wage kaum zu atmen, habe Angst, dass sie nicht weitersprechen könnte. Als sie es schließlich doch tut, kommen die Worte stockend und mit vielen Pausen heraus.

»Sie traute sich Dinge, die ich niemals gewagt hätte. Wenn sie durch die Straßen ging, blieben die Menschen stehen, sahen ihr nach. Die Männer, weil sie hingerissen waren von ihr. Die Frauen, weil sie sein wollten wie sie. Nicht nur, weil sie schön war, sondern weil sie eine ganz besondere Ausstrahlung besaß. Obwohl sie klein war, konnte sie allein mit ihrem Blick selbst den größten Mann verstummen lassen. Betrat sie einen Raum, so war sie der Mittelpunkt. Dabei merkte sie es selbst nicht einmal. Es lag keinerlei Koketterie in der Art, wie sie sprach oder ging. Vor allem aber …« Sie bricht ab, holt tief Luft.

Mein Blick huscht zwischen ihren und Estelles Lippen hin und her, meine Finger haben sich in die Bank gekrallt.

Als sie weiterspricht, klingt ihre Stimme brüchig. »Vor allem war sie voller Liebe. Sie kümmerte sich wenig darum, was andere sagten, hörte auf ihr Herz. Ein großes Herz. Ein gutes Herz. Gegen das Schicksal aber ist auch der mutigste Mensch machtlos. Und es gibt Dinge, die verkraftet selbst das größte Herz nicht.«

Sie verstummt wieder, fährt sich mit der Hand über die Augen, als sei sie müde.

»Was ist passiert?«, frage ich hastig. Ich muss einfach mehr erfahren.

»Sie hat geliebt.«

Ratlos sehe ich zu Estelle. »Was meint deine Tante damit? Natürlich hat meine Mutter meinen Vater geliebt.« Estelle sieht genauso verwirrt aus wie ich, hakt mehrmals nach, doch ihre Tante reibt sich die Schläfen und verzieht das Gesicht, als bereite es ihr Schmerzen, weiter in der Vergangenheit zu graben.

»Früher war es anders«, kommt schließlich zögerlich und leise eine Antwort. »Man durfte nicht lieben, wen man wollte. Schon gar nicht jemanden aus einer verfeindeten Familie.«

»Verfeindete Familie?« Ich stutze, dann fällt der Groschen: »Vendetta.« Jähe Aufregung schäumt in mir auf wie eine Brausetablette in einem Wasserglas. »Ist das der Grund, warum sie Korsika verlassen hat?« Meine Stimme zittert, meine Hände sind schweißnass, ich spüre, dass ich der Lösung nahe bin, kann kaum an mich halten vor all den Fragen, die mich überrollen.

Sie sieht mir zum ersten Mal direkt in die Augen. In ihren eigenen schimmert es. Und plötzlich wird mir klar, dass die tiefen Falten in ihrem Gesicht nicht von ihrem Alter herrühren, sondern von Trauer. Sie stößt einen kurzen Satz aus, fährt herum, reißt dabei versehentlich eines der Tücher vom Tisch. Kräuter regnen zu Boden. Sie scheint es nicht einmal zu bemerken, hastet einfach davon.

»Nein!«, rufe ich entsetzt und springe auf. »Gehen Sie nicht! Bitte!«

Auch Estelle ist ihr nachgelaufen, redet wild auf Korsisch auf sie ein. Für einen Moment hält die alte Frau inne, sieht über die Schulter zu mir zurück, ein unfassbares Schuldbewusstsein in ihrem Gesicht. Sie stößt einen letzten Satz aus, dann fällt die Terrassentür scheppernd zu.

Mir ist zum Heulen. Es kann doch nicht sein, dass ich so kurz vor dem Ziel nicht weiterkommen soll. Am liebsten würde ich ihr ebenfalls nachlaufen, doch was würde das bringen? Stattdessen greife ich nach Estelles Hand, kaum dass diese zurückgekehrt ist, muss mich zusammenreißen, sie nicht in meinem Gefühlschaos zu quetschen. »Was hat sie gesagt? Wovon hat sie gesprochen? Warum hat sie so plötzlich abgebrochen?«

Estelle fährt sich mit der anderen Hand verwirrt über den Nacken. »Erst sagte sie, du sollst den Caratoli fragen.«

»Caratoli?« Das Wort lässt mich zusammenfahren wie von einem Stromschlag getroffen. »Was hat dieser Name mit meiner Mutter zu tun? Wer liegt in dem weißen Grab? Was war das für ein Mann auf dem Friedhof? Bitte frag sie nach ihm, Estelle, bitte!«

»Es tut mir leid«, entschuldigt sich Estelle niedergeschlagen. »Ich werde morgen noch einmal versuchen, mit ihr zu reden, für heute allerdings können wir es wohl vergessen. So gut kenne ich Tante Thérèse inzwischen.«

»Sie heißt Thérèse?«, hake ich nach, warum, weiß ich selbst nicht. Mir ist nur, als würde dieser Name irgendetwas in mir zum Klingen bringen. Ich weiß nur nicht, was genau es sein soll. Es ist wieder wie damals mit dem Buch, ein Gefühl des Wiedererkennens. Etwas anderes ist jetzt allerdings ohnehin viel wichtiger: »Was hat sie noch gesagt, der letzte Satz, bevor sie im Haus verschwunden ist?«

»Etwas Seltsames.«

»Wie meinst du das?«

»Na ja, sie sagte: ›Deine Mutter hat Fehler gemacht. Aber ich habe den größten begangen.‹«

Aufgewühlt sitze ich neben Raphaël im Wagen, während wir über die unebene Straße holpern. Seine Hand ruht auf der meinen, behutsam streicht er mir mit dem Daumen über den Handrücken – eine Berührung, die mir trotz meiner Sorgen ein unfassbar schönes Gefühl von Geborgenheit vermittelt.

Ich habe ihm erzählt, was ich erfahren habe, obwohl dieses Gespräch mit Estelles Tante mehr Fragen aufgeworfen als beantwortet hat. Vor allem dieser tiefe Ausdruck von Schuld in Thérèses Gesicht lässt mir keine Ruhe, hat sich mir ins Gedächtnis eingebrannt.

Was ist es, das sie so sehr belastet? Was hat es mit meiner Mutter zu tun? Und warum nur hat mein Vater mir von alledem nie erzählt? Schämt er sich dafür, dass seine Familie und die meiner Mutter verfeindet waren oder es noch immer sind? Aber er kann doch nichts dafür. Oder hat er mir alles verschwiegen, weil es für ihn zu schmerzhaft war, sich daran zu erinnern? Gibt es möglicherweise noch einen anderen Grund?

Ich kann nicht mehr warten, muss es wissen, durchwühle meine Tasche auf der Suche nach meinem Handy, bevor ich mir die Hand an die Stirn schlage. Ich habe es ja verloren. Und er hat eine neue Nummer. Verdammt, wieso nur habe ich sie mir bei seinem Anruf neulich nicht irgendwo auf einem Stück Papier notiert? »So ein Mist!«

»Wir sind gleich da, dort vorn ist schon die Kirche«, sagt Raphaël, der meinen Ausbruch missverstanden hat.

Ich bin zu erschöpft, um die Sache richtigzustellen, schließe die Augen und versuche, Kraft zu tanken für das, was auf mich zukommt, sollten wir tatsächlich irgendwo hier einen Caratoli finden, der noch lebt. Oder den Mann vom Friedhof.

Der Weg wird immer holpriger, schüttelt mich richtig durch, verwirrt öffne ich die Augen und stelle fest, dass wir gar nicht in der Dorfmitte unterwegs sind, sondern außen herum einen Küstenweg eingeschlagen haben. »Wohin fährst du?«

»Zum Strand.«

»Aber wieso? Ich dachte, wir fragen nach diesem Caratoli? Ob er hier irgendwo wohnt?«

»Ja … ähm … weißt du … das hier ist ein Fischerdorf. Wenn er hier lebt, ist er mit Sicherheit Fischer. Es macht am meisten Sinn, am Strand nachzufragen.«

»Hört sich nach einem Plan an.« Ich richte mich auf, um über die Mauer hinweg, die die Straße zum Meer hin begrenzt, den Strand zu erspähen. Tatsächlich – dort liegen ein paar Fischerboote vor Anker, einige andere sind offenbar zur Reparatur auf den Strand geschoben und mit Stützen am Umfallen gehindert worden.

Schließlich hält Raphaël an. »Den Rest gehen wir zu Fuß, das ist kürzer, hier führt eine Treppe hinunter.«

Ich will gerade aussteigen, als Raphaël mich plötzlich zurückhält, sich zu mir herüberbeugt, seine Hände an meine Wangen legt und mich küsst. Einfach so, aus heiterem Himmel, innig und zärtlich. Überrascht versteife ich mich, denn ich bin mit meinen Gedanken wahrlich gerade ganz woanders, doch schon einen Atemzug später kann ich nicht anders, als einfach nur dahinzuschmelzen. Sanft und behutsam liebkosen seine Lippen die meinen, wild und stürmisch schlägt mein Herz.

Als er sich schließlich von mir löst, ringe ich glücklich nach Atem. »Wofür war das denn jetzt?«

Um seine Mundwinkel zuckt es. »Brauche ich einen Grund, dich zu küssen?«

»Nein«, hauche ich. »Trotzdem würde ich es gern wissen.«

»Okay, wie du willst. Das war dafür, dass es dich gibt.«

Ich kann gar nicht anders, als ihn erneut zu küssen. Wie ist es nur möglich, dass in seinen Armen ein ganzer Berg voller Sorgen zu einem kleinen Maulwurfshügel zusammenschrumpft?

Es braucht dieses Mal noch länger als gerade eben, bis sich jeder von uns in seinen eigenen Sitz zurücksinken lässt, noch atemloser als zuvor.

»Obwohl ich garantiert nichts gegen einen weiteren Kuss hätte«, sage ich lächelnd, »sollten wir jetzt wirklich los, sonst kann ich für gar nichts mehr garantieren.«

»Also eine solche Aussage ist ganz bestimmt nicht geeignet, mich aus diesem Auto zu kriegen«, scherzt er, greift erneut nach meiner Hand, versucht mich zurückzuhalten. »Morgen ist auch noch ein Tag, wir sollten den Moment genießen.«

Fast scheint mir, als wolle er die Begegnung mit diesem Caratoli hinauszögern. Doch das ist natürlich Unfug. Lachend entziehe ich ihm meine Hand, steige aus.

»Komm schon. Je schneller wir es hinter uns bringen, desto schneller sind wir wieder zu Hause. Und unter der Dusche. Zusammen. Dann bekommst du deinen Willen.«

»O mein Gott, wie soll ich mich jetzt auf irgendetwas anderes konzentrieren?«, tönt es zurück, dennoch steigt auch er endlich aus.

Hand in Hand legen wir das letzte Stück Weges zum Strand hinunter zurück, und ich kann, so vollgepumpt mit Glückshormonen, nicht anders, als die Schönheit des Dorfes zu unserer Linken zu bewundern. Ein Anblick wie ein Gemälde. Ich bereue es, meine Kamera nicht mitgenommen zu haben, doch hatte ich in den letzten Tagen wahrhaft andere Sorgen.

Irgendwann jedoch, das schwöre ich mir, muss ich mit meinem Fotoapparat zurückkommen. Auch zu dem Friedhof von gestern und zu der Kirche und … einfach allem hier.

Tiefe Stimmen reißen mich aus meiner Bewunderung, katapultieren mich ins Hier und Jetzt zurück. Zwei ältere Fischer, in hohen Gummistiefeln und mit Fischerzeug bekleidet, sitzen am Strand auf Kisten und entwirren und flicken ein riesiges Netz.

»*Scusate!*«, rufe ich, noch bevor wir sie ganz erreicht haben. »Kennen Sie einen Mann namens Caratoli?«

Obwohl sie nur den Namen und nicht meine Frage verstanden haben können, deutet einer mit dem Daumen hinter sich auf eines der vor Anker liegenden Boote. Der andere hebt die Hand neben den Mund und ruft etwas zum Boot hinüber.

Mit angehaltenem Atem sehe ich auf das mir gewiesene Deck. Eine Art Luke ist offen, die vielleicht zum Maschinenraum führt, und tatsächlich erscheint dort ein Kopf. Ich ziehe scharf die Luft ein, mein Herz fängt an zu rasen. Es ist der Mann vom Friedhof.

Er starrt herüber, regt sich nicht, und ich befürchte bereits, dass er einfach wieder in den Bauch seines Bootes tauchen oder gar ablegen wird.

Die gleiche Überlegung scheint ihm wohl durch den Kopf zu gehen, stattdessen jedoch klettert er plötzlich die kleine Leiter auf das Deck hinauf. Er trägt eine Fischerhose, die ihm bis fast zur Brust reicht, und kniehohe Gummistiefel, wischt sich jetzt die wahrscheinlich ölverschmierten Hände an einem Lappen ab, bevor er vom Fischerboot aus in ein kleines Motorboot steigt und damit zum Strand tuckert. Er springt ins Wasser, schiebt das Boot an Land.

Als er schließlich vor mir steht, macht er einen deutlich gefassteren Eindruck als neulich, möglicherweise auch eher einen resignierten. Hat er vielleicht sogar mit meinem Erscheinen gerechnet?

Ich weiß im ersten Moment gar nicht, was ich sagen soll. Mit »Warum sind Sie vor mir davongelaufen?« kann ich wohl kaum ein Gespräch beginnen. »Sind Sie *Monsieur* Caratoli?«

Er nickt langsam.

»Mein Name ist Justine James.«

»Ich weiß«, antwortet er in gebrochenem Englisch, sein Akzent klingt nach Sonne.

»Ich würde mich gern mit Ihnen unterhalten. Es geht um meine Mutter. Letizia James. Oder Letizia Vanonceri. Wobei ich nicht weiß, ob dieser Name überhaupt stimmt und … ich weiß zwar nicht, warum, aber … irgendwie geht es wohl auch um die Familie Caratoli und …« Ich räuspere mich, suche nach den richtigen Worten. »Ich habe gehofft, Sie könnten mir weiterhelfen und mir sagen, was diese Familie mit meiner Mutter zu tun hat.«

Er runzelt die Stirn, doch wirkt es mehr, als würde er versuchen, überhaupt zu verstehen, was ich gesagt habe, als dass er sich meiner Bitte entziehen wollte. Sein Englisch ist offenbar mehr auf einfache, alltägliche Sätze ausgerichtet, weshalb ich Raphaël doch bitte, es zu übersetzen.

Der Blick des Mannes ruht mit seltsamer Grimmigkeit auf ihm, bevor er zu mir schwenkt und mit einem Mal ganz weich wird.

Er zögert sichtlich, atmet tief durch, nickt dann aber und winkt mir, ihm zu folgen.

Beinahe ungläubig strahle ich Raphaël an. Die Aufregung lässt mir die Knie weich werden. In meinem Magen kribbelt es, als stünde ich auf einem Fünfmeterbrett und müsste springen.

Kurz darauf sitzen wir in einem Haus mit Meerblick in einer kleinen Küche inmitten uns neugierig begutachtender Kinder, denn der Fischer ist offenbar vierfacher Großvater. Seine rundliche freundliche Frau und eine fröhliche junge Dame, die er uns als seine Schwiegertochter vorstellt, schnappen sich jedoch bald die Kinder und verlassen das Haus.

Monsieur Caratoli hat sich inzwischen aus seiner Fischerhose und seinen Stiefeln geschält und trägt nun eine braune Stoffhose. »*Caffè*?«, fragt er.

»*Grazie tante*«, bedanke ich mich mit einem Nicken. Vermutlich allerdings habe ich es vollkommen falsch ausgesprochen, denn seine Mundwinkel zucken. Er schaltet den Gasherd ein und bringt Wasser in einer blechernen Kanne zum Kochen.

Während er langsam, fast andächtig etliche Löffel des dunklen Kaffeepulvers einfüllt, das sofort die ganze Küche mit seinem Aroma füllt, murmelt er leise etwas vor sich hin. Fragend sehe ich zu Raphaël.

»Er sagte so etwas wie: ›Ich habe gehofft, dass dieser Tag kommen würde, und habe es befürchtet‹«, flüstert dieser mir zu. »Und dann noch etwas, das vermutlich ein korsisches Sprichwort ist. Irgendetwas mit Schicksal und Schuld.«

»Schuld?« Ich runzele die Stirn. »Bist du sicher, dass er Schuld gesagt hat?«

Raphaël nickt.

Ich denke an Estelles Tante Thérèse und spüre das Hämmern meines Pulsschlags in meinen Ohren. Was um alles in der Welt ist damals geschehen, dass es so viele Menschen ins Unglück gestürzt hat? »Auf dem Friedhof vor dem Dorf …«, wende ich mich zögerlich an den Fischer. »Da steht die Grabstätte der Caratolis. Entschuldigen Sie, wenn ich Ihnen mit dieser Frage zu nahe trete, aber … wer ist dort bestattet?«

Raphaël wiederholt meine Frage auf Korsisch.

Der Fischer schweigt, starrt blicklos in den Wasserdampf, der über dem Topf aufsteigt und durch die Küche geistert.

Schon glaube ich, dass Raphaël meine Frage falsch übersetzt hat, will ihn gerade bitten, sie zu wiederholen, als Monsieur Caratoli leise sagt: »Zu viele Menschen.«

Er hebt die Mokkakanne vom Herd, gießt drei Becher voll, gibt Honig dazu und Kondensmilch und reicht uns zwei davon, bevor er sich uns gegenüber an den Tisch setzt. Seine von der Arbeit auf dem Fischerboot ganz schwieligen großen Hände streichen ruhelos über das Holz des Tisches. »Aber lass mich von vorn anfangen. Ganz weit vorn. Bei zwei Menschen, die sich einst liebten. Allen Widerständen zum Trotz. Und von denen gab es eine Menge, denn sie gehörten zwei verfeindeten Familien an.«

»Welchen verfeindeten Familien? Und von wem spricht er? Meint er meine Großeltern? Meine Urgroßeltern? Wie weit in die Vergangenheit reicht diese Geschichte? Frag ihn, Raphaël, bitte.«

Der Fischer lauscht mit geneigtem Kopf Raphaëls Übersetzung, scheint zu überlegen, antwortet zögerlich.

Raphaël kratzt sich am Arm, zuckt hilflos mit den Schultern. »Er sagt, es gehe um deine Vorfahren und den Rest würdest du zu gegebener Zeit erfahren.«

Frustriert will ich schon aufbegehren, halte dann aber doch meinen Mund, um nicht zu riskieren, dass Monsieur Caratoli wie zuvor Estelles Tante das Gespräch abbricht.

Er holt tief Luft und fährt fort: »Das junge Paar war leider von Menschen umgeben, die zu spät erkannten, was für eine Chance sich ihnen da bot …« Seine Hände schließen sich so fest um die Tasse, dass die Fingerknöchel weiß hervortreten. »… was für eine wundervolle Möglichkeit diese Liebe beinhaltete. Die Möglichkeit zur Versöhnung.« Er spricht langsam und leise, fast andächtig, und ich lausche mit klopfendem Herzen atemlos seiner rauen Stimme ebenso wie der von Raphaël, die ihr wie ein Echo folgt. »Es ist auch die Geschichte eines kleinen Jungen, der starb, weil die Erwachsenen so dumm waren. Die eines Vater, der aus Kummer darüber dahinsiechte. Die einer Mutter, welche ihrem ältesten Sohn den Tod seines kleinen Bruders nie verziehen hat. Es ist eine Geschichte von Liebe und Hass, von Glück und Leid. Und von der Dummheit einiger weniger, die so viele ins Unglück gestürzt hat. Kurz gesagt …«, er seufzt bedrückt, »… es ist die Geschichte einer Vendetta.«

Und dann entspinnt sich vor meinen Augen ebenjene Geschichte, die wirkt wie aus einer anderen Zeit und die doch nur ein Menschenleben weit entfernt ist, aber zugleich so vielen anderen das ihre gekostet hat. Eine Geschichte, so unendlich fern und doch so nah, dass mir jedes Wort tief ins Herz dringt, sich für alle Ewigkeit dort einbrennt. Ich habe weder Hunger noch Durst, bin vollkommen gebannt von dem, was ich höre.

Der Fischer spricht mal langsam und nach Worten suchend, mal so gehetzt, dass Raphaël kaum hinterherkommt, doch mich fesselt jede einzelne Silbe. Ich leide mit dem jungen Paar, das vergeblich gegen all den Hass anzukämpfen versuchte und schließlich keine andere Möglichkeit mehr sah als die Flucht. Und genauso leide ich mit der Familie des getöteten Jungen. Ich sehe die junge Frau vor mir, wie sie hofft und bangt, und ich hoffe und bange mit ihr.

Als Monsieur Caratoli von der Beerdigung des kleinen Jacques erzählt, wird seine Stimme so leise, dass Raphaël und ich uns unwillkürlich vorbeugen, um sie verstehen zu können. Schweißperlen stehen ihm auf der Stirn, er kämpft merklich mit jedem Wort. »Das *Lamentu* der Sängerinnen war das Traurigste und Schönste, das ich je vernommen habe. Wer hätte gedacht, dass dieser Klang nur wenig später ersetzt werden würde durch den Hall eines Schusses.«

Im nächsten Moment fahre ich zusammen, meine den Schuss zu hören, doch es ist ein Klopfen an der Tür.

Nein! Nicht jetzt. Bitte nicht ausgerechnet jetzt.

»Wer hat geschossen?«, frage ich hastig. »Warum? Wurde jemand getötet? Was ist dann geschehen?«

Doch der Fischer bedeutet uns mit einer Geste, einen Augenblick zu warten, schiebt seinen Stuhl zurück und verlässt mit schlurfenden Schritten die Küche.

Frustriert schließe ich für einen Moment die Augen, atme tief durch. Als ich sie wieder aufschlage, wird mir bewusst, dass das Licht im Zimmer rötlicher und schwächer geworden ist, es schon später Abend sein muss. Auch meine Beine fühlen sich steif an, der Kaffee in meiner Tasse ist ohnehin schon lange kalt. Dennoch hätte ich dem Fischer noch stundenlang zuhören können. Ich muss einfach wissen, wie alles ausging.

»Glaubst du, es stimmt, was er erzählt hat?«, frage ich Raphaël.

»Ja«, kommt kurz und mit solcher Gewissheit seine Antwort, dass ich überrascht zu ihm hinübersehe. Im nächsten Moment jedoch trifft mich fast der Schlag. Ich höre die Stimme meines Vaters. Doch das kann nicht sein. Ich muss fantasieren.

Ich springe auf, renne aus der Küche zur Haustür.

Und dort steht er und redet auf den Fischer ein. Laut, aufgebracht. Und auf Korsisch.

»Dad!«, keuche ich auf.

Er hält inne, wird meiner gewahr und abgrundtiefe Erleichterung flutet sein Gesicht. Er stürzt an Monsieur Caratoli vorbei und auf mich zu, reißt mich in seine Arme. »Gott sei Dank!«

»Was tust du hier?«, krächze ich, noch immer schockiert davon, ihn hier zu sehen.

»Ich habe dich gesucht! Ich habe mir solche Sorgen gemacht. Du bist nicht mehr ans Handy gegangen. Ich bin fast gestorben vor Angst.«

»Ich habe es verloren«, stammele ich. »Woher wusstest du, dass ich hier bin?«

»Ich habe in Bastia alle Hotels durchtelefoniert, bin auf Dean gestoßen. Er hat mir gesagt, dass du bei diesem Raphaël Moreau seist, und mir dessen Adresse gegeben. Dort sagte mir die Vermieterin, ihr seit nach Bocognacce gefahren. Also bin ich ebenfalls dort hin und habe in der Taverne herumgefragt, und die Kellnerin erzählte mir schließlich, wo ihr hinwolltet – und jetzt habe ich dich gefunden.«

»Aber was tust du hier?«, frage ich noch einmal.

»Dich nach Hause holen, was sonst?«

Plötzlich stürzt alles auf mich ein, wird mir wieder bewusst, warum ich hier bin und dass er mich mein Leben lang belogen hat. Alles geht in mir drunter und drüber, ich weiß gar nicht, wo ich ansetzen soll. »Du sprichst Korsisch«, stoße ich schließlich aus, meinen zitternden Zeigefinger anklagend auf ihn gerichtet.

Er wird so bleich wie die Wand, greift nach ihr und schließt die Augen, als sei ihm schwindlig.

Sein Anblick erschreckt mich, ich will ihn stützen, ihm helfen und rühre mich doch nicht. Zu erdrückend ist das Gefühl, von ihm hintergangen worden zu sein. Als würde ich ihn gar nicht kennen. »Du hast mich belogen!«, bricht es aus mir heraus.

Er schüttelt mit schmerzverzerrtem Gesicht den Kopf. »Ich habe dich beschützt.«

»Wovor? Vor dir? Die Wahrheit kann ich sehr gut verkraften.«

Er sieht mich traurig an, scheint um Jahre gealtert zu sein. »Bitte, komm mit mir zurück, bevor alles noch schlimmer wird für dich.«

»Es geht nicht noch schlimmer!« Meine Stimme überschlägt sich. »Ich habe dir vertraut! Mein Leben lang! Wie soll ich das je wieder tun können?«

»Bitte, Justine, ich wollte nur dein Bestes. Du bist alles für mich.« Flehend streckt er mir seine Hand entgegen.

Ein trockenes Schluchzen bahnt sich seinen Weg meine Kehle empor, dennoch weiche ich noch weiter zurück, stoße mit dem Rücken an Raphaël, der, von mir unbemerkt, hinzugetreten ist, und umklammere seine Hand. »Lebt Mama noch?«, krächze ich.

Einen Atemzug lang sieht mein Vater mich überrascht an, dann wird sein Gesicht von Trauer überwältigt. »Ich wünschte, es wäre so. Mehr als alles andere auf der Welt wünschte ich das.«

»Aber wie ist sie gestorben? Wo ist sie gestorben? Hast du mich auch in der Hinsicht angelogen?«

Er schluckt schwer, flüstert: »Bitte, komm zurück nach Hause.«

»Ich gehe nirgendwohin mit dir, bevor ich nicht die Wahrheit weiß. Und er …«, ich nicke mit dem Kinn in Richtung des Fischers, »… wird sie mir erzählen.«

Mein Vater schüttelt den Kopf, Tränen steigen ihm in die Augen. »Fillipu kann sie dir nicht erzählen. Denn er kennt sie nicht. Nicht die ganze Geschichte.«

So also wiederholte sich die Geschichte. Damals trug ihre Schwester dieses Kleid auf der Beerdigung ihres Vaters. Jetzt trug sie es auf der eines Caratolis. Letizia schloss die oberste Knopfleiste des schwarzen Kleides und blinzelte die Tränen weg. So elend ihr jetzt auch zumute war, sie musste stark sein. Für Matteu. Musste ihm beistehen.

Sie strich das Kleid glatt, öffnete dann das Fenster in der Hoffnung auf eine kühle Brise, doch es wurde nur noch schwüler im Zimmer. Das Wetter schien umzuschlagen. Drückend lastete die Hitze jetzt schon auf ihr, obwohl es erst Vormittag war und die Temperaturen im Laufe des Tages noch klettern würden.

Ein letztes Mal sah sie auf den Zettel, den Antonio ihr heute Morgen auf dem Markt zugesteckt hatte. Übermorgen würde das Boot eintreffen. Ob sie wie immer die Ladung in Empfang nehmen sollte? Oder ob sie Bertrand auch in die Einzelheiten einweihen, das Geschäft an ihn abgeben sollte? Diese Entscheidung musste warten. Sie konnte sich jetzt nicht damit befassen.

Filou lief unruhig im Zimmer auf und ab, spürte, wie nervös sie war. Und diese Nervosität rührte nicht nur daher, dass sie seit Jacquis Tod und der Begegnung in der Klinik von Bastia nichts mehr von Matteu gehört hatte. Eine Woche lag das jetzt zurück.

Letizia ging in die Hocke, legte die Arme um Filous Hals und drückte ihn an sich.

»Wünsch mir Glück«, murmelte sie, denn das würde sie brauchen bei dem, was sie vorhatte. Sie atmete tief durch, richtete sich auf, legte sich die Mantilla aus schwarzer Spitze um Kopf und Schultern, denn in der Kirche hatten Frauen ihr Haar zu bedecken.

Sie öffnete die Zimmertür, schlich, von Filou gefolgt, die Treppe hinunter. Allerdings kam sie gerade einmal bis zu deren Ende, bevor ihre Mutter aus der Küche gestürmt kam.

»Ich habe Nein gesagt!«, fauchte Maria.

Letizia biss sich auf die Lippe, holte tief Luft. »Ich weiß. Aber ich werde trotzdem gehen. Das ist eine Frage des Respekts.«

»Die haben keinen verdient!«

»Jeder verdient Respekt.«

»Keine Mörder!«

Bestürzt sah Letizia ihre Mutter an. »Wie kannst du nur so hartherzig sein? So verbittert? Lässt dich der Tod eines Kindes wirklich kalt? Weder war dieser kleine Junge ein Mörder noch sind es seine Eltern. Sie haben nichts mit denen zu tun, die Papas Tod zu verschulden haben, außer dass sie mit ihnen verwandt sind. Aber das ist nur ein Name. Nur ein verdammter Name! Mag sein, dass du dir wünschst, dass diese Vendetta niemals endet – ich aber tue es. Ich werde zu dieser Beerdigung gehen und zeigen, dass eine Bonaceri den Caratolis Respekt erweist. Dass einer Bonaceri der Tod eines Caratoli nahegeht. Ich werde nicht zulassen, dass diese unfassbar große Dummheit einiger weniger Leid über so viele bringt. Dass sie noch mehr Menschenleben kostet.«

Das Gesicht ihrer Mutter war kalkweiß geworden. »Wie kannst du nur …?«, stieß sie krächzend hervor.

Tatsächlich hatte Letizia es noch nie gewagt, so mit ihr zu reden. Nicht über dieses Thema. »Ich will dich nicht verletzen, Mama, wirklich nicht, aber du bist so … blind vor Schmerz.« Hilflos und traurig schüttelte sie den Kopf, schob sich an ihrer Mutter vorbei und trat aus dem Haus.

Da erst erwachte ihre Mutter aus ihrer Erstarrung, lief ihr nach. »Du bist meine Tochter! Du tust, was ich sage!«

Letizia verharrte. »Ich tue, was das Richtige ist.«

»Du gehst nicht zu dieser Beerdigung!«

»Ich gehe.«

»Und ich mit ihr«, ertönte plötzlich eine tiefe Stimme von der Hausecke herüber.

Letizia fuhr herum. »Cristo?«

Er war es wirklich, der da, ebenfalls in Schwarz gekleidet, auf sie zutrat.

Letizias Mutter sah ungläubig zwischen ihnen hin und her, wusste offenbar nicht, was sie sagen sollte angesichts der Tatsache, dass der Mann, den sie nach wie vor als den perfekten Schwiegersohn im Auge hatte, anscheinend ebenso verrückt war wie ihre Tochter. Sie öffnete und schloss den Mund ein paarmal, schnaubte schließlich verächtlich und stürmte erbost zurück ins Haus. Vermutlich hatte ihr zum ersten Mal überhaupt etwas die Sprache verschlagen.

Cristo fuhr sich jetzt unsicher mit der Hand über den Nacken. »Nur, wenn du willst, natürlich.«

»Bist du sicher?«, fragte Letizia, noch immer verblüfft. »Was sagen Giorgio und Edmond dazu?«

Bedrückt sah er zu Boden. »Ich habe etwas wiedergutzumachen. Und was Edmond angeht: Er hat Reißaus genommen. Schon vorgestern Nacht. Aus Angst vor einem Racheakt. Giorgio hat ihn mit Geld versorgt und ihn klammheimlich in Sicherheit bringen lassen. Wohin, das hat er mir nicht verraten. Wahrscheinlich versteckt er sich irgendwo in den Bergen.«

Sie nahm seine Hand, drückte sie sanft. »Danke dafür, dass du mitkommst.«

»Schon okay«, gab er verlegen zurück.

Sie zog die Haustür zu, sah ihn nachdenklich von der Seite an. »Woher wusstest du, was ich vorhabe?«

»Ich kenne dich«, sagte er und lächelte schief. »Wie es aussieht, sogar besser als mich selbst.«

***

Schwermütig durchdrangen die klagenden Stimmen der Sängerinnen das Innere der kleinen Kirche, in der die drückende Schwüle auf den Schultern der Anwesenden lastete, prallten von den steinernen Mauern ab und vervielfachten sich. Wie der Schmerz, der in seinem hohlen Innern widerhallte. Sie sangen ein *Lamentu*, eine Totenklage. Jede einzelne Silbe war ein Dolchstoß in sein Herz. Jeder einzelne Ton eine Anklage gegen ihn. Genauso wie die Enttäuschung in Fillipus Gesicht. Und wie die Verzweiflung im Gesicht seiner Mutter, die auch der schwarze Spitzenschleier nicht verbergen konnte.

Fillipu stand zur Linken seiner Mutter, er selbst zu ihrer Rechten. Der Vater lag nach wie vor im Krankenhaus, sein Zustand war noch immer kritisch. Nicht nur wegen des Herzinfarktes, sondern weil Jacquis Tod ihm den Kampfeswillen genommen hatte. Keiner sprach es aus, doch insgeheim wusste wohl jeder, dass sie bald erneut hier zusammenkommen und einen geliebten Menschen betrauern würden.

Die Kirche war zum Bersten voll, eine wogende Masse schwarz gekleideter Gestalten. Wie dunkle Gewitterwolken, die von drohender Gefahr kündeten, während draußen wie zum Spott die Sonne schien. Sie machten das alles hier so erschreckend real, gaben ihm keine Gelegenheit mehr, sich in die Vorstellung zu flüchten, dass jeden Augenblick Jacqui zu Hause in sein Zimmer stürmen könnte, um ihm voller Begeisterung etwas zu erzählen. Etliche der Trauergäste hatten keinen Platz mehr gefunden, standen mit gefalteten Händen und gesenkten Häuptern an den Wänden. Matteu wusste nicht, wie seine Mutter es schaffte, aufrecht hier zu sitzen, den Blick auf den mit Blumen geschmückten kleinen weißen Sarg gerichtet, während einer nach dem anderen aus der schier endlosen Reihe der Kondolierenden ihr sein Beileid aussprach. Aber er ahnte, dass es der lodernde Hass war und der Wunsch nach Vergeltung, der sie aufrecht hielt und verhinderte, dass sie zusammenbrach.

Seit jenem Abend hatten die drei kaum fünf Worte gewechselt. Seinen Bruder bekam er fast gar nicht mehr zu Gesicht, er verbrachte den größten Teil der Zeit in der Dorfkneipe. Seine Mutter hatte bis heute kaum das Bett verlassen, nur die Decke angestarrt und regungslos Jacquis Hemd an ihre Brust gepresst. Niemand hatte es ihr wegnehmen können.

Heute Morgen jedoch, als er aufwachte, lag es auf Jacquis Bett. Und daneben Vaters alter Revolver.

Und jetzt stand er hier, konnte den Blick nicht von der kleinen Gestalt in dem weißen Sarg nehmen, die aussah, als schliefe sie nur. Sein Herz war bleischwer, seine Schultern niedergedrückt von Schmerz und Jahrhunderten blutiger Tradition. Vendetta war jetzt auch für ihn mehr als nur ein Wort. Es war eine Verpflichtung. Und er wusste, was es bedeutete, sich ihr zu entziehen.

Mit einem Mal stockte der Gesang, ging ein Raunen durch die Menge. Leise erst, dann immer lauter. Menschen sahen über die Schultern zurück, reckten die Köpfe, traten beiseite und gaben den Blick frei auf zwei Gestalten im Eingang. Obwohl im Gegenlicht nur die Umrisse ihrer Körper zu erkennen waren, wusste er sofort, wer eine von ihnen war, und sein Herz zog sich zusammen vor Sehnsucht und Trauer.

Fillipu neben ihm jedoch stieß einen erstickten Laut aus, als er erkannte, dass die zweite Gestalt Cristo Bonaceri war. Die letzte der Sängerinnen, die noch die Stellung gehalten hatte, brach ab. Jetzt nahm auch seine Mutter die plötzliche Stille wahr und hob den Kopf, sah verwirrt um sich.

»Was hast du hier zu suchen, Bonaceri?«, rief Fillipu erbost an Cristo gewandt aus.

»Bonaceri?«, flüsterte seine Mutter, krallte plötzlich ihre Hand in Matteus Arm und zog sich hoch. Sie erkannte Cristo sofort. »Ein Bonaceri wagt es, auf der Beerdigung meines Sohnes aufzutauchen?«

Stille.

»Zwei Bonaceri.« Es war Letizia, deren helle Stimme durch das Gewölbe tönte. »Wir möchten im Namen der ganzen Familie Jacques unseren Respekt erweisen.«

Matteu wollte lachen und weinen gleichzeitig und konnte doch nichts anderes, als sie wie versteinert anzustarren.

Durch das Fenster über der Tür ergoss sich buntes Licht über sie, ließ sie wirken wie einen Engel. Und das war sie für ihn auch. Sie tauchte immer dann auf, wenn er die Hoffnung zu verlieren drohte.

»Im Namen aller Bonaceris?«, wiederholte seine Mutter und riss Matteu damit aus seiner Trance. Ihr Gesicht war so weiß wie Jacquis Sarg. »Ich sehe hier niemanden …«, fuhr sie mit kalter Stimme fort, »… der in der Lage wäre, im Namen aller Bonaceris zu sprechen. Nur ein Mädchen und jemanden, der nicht einmal von Bluts wegen ein Bonaceri ist.«

»Und mich«, ertönte es mit tiefer Stimme vom Eingang her.

Ungläubig blickte Matteu auf Giorgio Bonaceri.

Erneut wurde es laut in der Kirche. Erstaunen und Abneigung wurden in Gesten, Gesichtern und gezischten Äußerungen deutlich, aber zugleich hier und dort in einem Hauch von Anerkennung.

Letizia und Cristo wirkten nicht minder überrascht als die anderen Menschen, Edmonds Vater hier zu sehen, wurden im nächsten Moment aber von empörten Trauergästen abgedrängt.

»Du … wagst es?« Seine Mutter schwankte, und Matteu griff erschrocken nach ihren Armen, doch sie riss sich los, preschte vor den Sarg, als müsse sie ihn vor Giorgio beschützen, und baute sich drohend davor auf.

»Mama, bitte«, sagte Matteu beschwichtigend, »lass uns diese Geste …«

»Nein!«

Giorgio räusperte sich. »Ich bin hier, um ein Zeichen zu setzen.«

»Oh, das hat deine Sippschaft bereits zur Genüge getan«, gab Caterina voll Hohn und mit tränenerstickter Stimme zurück.

Giorgio schüttelte den Kopf, kam mit beschwichtigend erhobenen Händen näher. »Es war ein … Unfall. Und ich möchte inständig um Vergebung dafür bitten, dass mein Sohn darin … verwickelt war.«

»Darin verwickelt …? Unfall?« Die Stimme seiner Mutter überschlug sich vor Zorn.

»Und ich möchte der Hoffnung Ausdruck verleihen …«, fuhr Giorgio eilig fort, während er am Kragen seines Hemdes zerrte, als bekäme er nicht genug Luft, »… dass dies nicht den Beginn der großartigen gemeinsamen Zukunft zerstört, die Luciens Vision war. Ich möchte ihm und seiner ganzen Familie daher aus tiefstem Herzen mein Beileid aussprechen und …«

»Wo ist dein Sohn?«, unterbrach ihn Caterina Caratoli brüsk.

Matteu wusste nicht, ob sie überhaupt mitbekommen hatte, was Giorgio gesagt hatte.

In der Kirche war es jetzt gespenstisch still.

Schweiß glänzte auf Giorgio Bonaceris kahlem Kopf. Er fuhr sich mit der Zunge über die Lippen, suchte offenbar nach den richtigen Worten.

Caterina Caratoli schlug ihren Spitzenschleier zurück. Wollte sie, dass er ihre volle Wut sah? Es schien fast so, als würde sie versuchen, ihn mit ihrem Blick zu Staub zerfallen zu lassen. »Hat er etwa nicht ebenfalls den Wunsch, mir zu kondolieren, wenn es doch ein Unfall war?« Sie schwankte und ihre Hand tastete hinter sich nach dem hölzernen Podest des Sarges. Matteu eilte erschrocken zu ihr, griff stützend nach ihrem Arm. Dieses Mal ließ sie es zu.

Giorgio tupfte sich mit einem Tuch den Schweiß von der Stirn. »Edmond ist … leider … verhindert.«

»Abgehauen!«, stieß Fillipu hervor. »Die feige Sau ist untergetaucht!« Sein Blick war glasig, sein bleiches Gesicht nicht minder verschwitzt als das von Giorgio.

»Niemals!«, schrie seine Mutter mit fiebrigem Blick. »Niemals wird es eine gemeinsame Zukunft mit euch geben!«

»Mama, beruhige dich«, versuchte Matteu verzweifelt auf sie einzureden. »Dies ist nicht der Moment für irgendwelche Entscheidungen.«

Aus dem Augenwinkel registrierte er, dass Giorgio zum gleichen Schluss gekommen war und zum Ausgang eilte, von der Empörung der Trauergesellschaft verfolgt.

Plötzlich sackte seine Mutter in sich zusammen, gerade noch rechtzeitig konnte er sie auffangen, rief nach seinem Bruder, doch es kam keine Antwort. Suchend sah er sich um, reckte den Kopf, entdeckte Fillipu schließlich auf dem Mittelgang, wie er sich zwischen aufgebrachten Menschen hindurch Richtung Ausgang drängte.

Eine böse Ahnung kroch eiskalt Matteus Rückgrat hinauf. Hastig bettete er seine Mutter auf die Kirchenbank, bat die beiden schockierten Nachbarinnen, sich um sie zu kümmern, und stürzte seinem Bruder hinterher. »Fillipu!«

Sein Bruder hörte ihn, sah über die Schulter zurück, nur um anschließend umso schneller nach draußen zu eilen.

Matteu brach der kalte Schweiß aus, er schob und drückte sich zwischen den Menschen hindurch, stürzte schließlich durch die Tür.

Fillipu lief an der Friedhofsmauer entlang, seine Hand griff hinter seinem Rücken unter sein Jackett und etwas blitzte metallisch in seinem Gürtel auf.

»Nein!« Matteu hechtete auf ihn zu, packte ihn am Arm. »Tu das nicht!«

Fillipu riss sich los, sprang zurück und spuckte verächtlich aus: »Ich werde mich nicht vor der Verantwortung drücken. Nicht wie du!«

Matteu hatte weder den Revolver noch Jacquis Hemd angerührt. Fillipu hatte die Waffe offenbar an seiner statt an sich genommen.

»Vendetta«, stieß dieser jetzt aus.

Verzweifelt schüttelte Matteu den Kopf, ging vorsichtig auf seinen Bruder zu, die Hände beschwichtigend erhoben. »Du weißt nicht, was du da redest. Stürz dich nicht ins Unglück, wirf nicht dein Leben weg! Bitte. Du weißt nicht, was eine Vendetta wirklich bedeutet.«

Fillipu wich zurück, hielt den Revolver außer Reichweite von Matteu. »Ich weiß es. Sehr viel besser als du.«

Der Motor eines Wagens wurde hinter der Ecke der Friedhofsmauer gestartet, es musste der von Giorgio Bonaceri sein.

Fillipu presste die Kiefer zusammen, zog den Revolver hervor. »Entweder du tust es oder ich.« Seine Hand zitterte, Angst flackerte in seinen Augen auf, doch in seiner Stimme lag eine schreckliche Entschlossenheit.

Holpernd bog der Wagen von Edmonds Vater um die Kurve.

Fillipu spannte den Hahn. »Du oder ich.«

***

Sie hatte Matteu aus den Augen verloren, schob sich, von immer größerer Unruhe erfüllt, zwischen all den Menschen hindurch, als plötzlich ein Donnerschlag die Menschen in der Kirche zusammenfahren und verwirrt zum Fenster sehen ließ, durch das noch immer die Sonne hereinfiel. Erst einen Atemzug später begriff Letizia, dass draußen kein Gewitter aufgezogen, sondern ein Schuss gefallen war.

Matteu!

Ihr wurde eiskalt, Angst ballte sich in ihrem Magen zusammen, griff mit stählerner Kralle nach ihr.

Noch während sie zur Tür stürzte, krachte es bereits erneut. Dieses Mal aber war es ein nervenzerfetzendes metallisch gläsernes Bersten und Scheppern. Panisch drängte sie sich zwischen den hinausströmenden Menschen hindurch, hielt jedoch vor der Tür abrupt inne und starrte fassungslos auf den Anblick, der sich ihr bot:

Matteu mit einer Pistole in der Hand, Fillipu mit aufgerissenen Augen daneben. Beide starrten mit bleichen Gesichtern auf den Wagen, der keine fünf Meter von ihnen entfernt ein Loch in die marode Friedhofsmauer gerissen hatte. Scherben funkelten in der Sonne wie die Glasperlen ihrer Kindheit. Dabei waren es die Bruchstücke ihrer zerschlagenen Träume.

»Nein!«, flüsterte sie. Das konnte nicht sein! Das geschah nicht wirklich! Es musste ein Albtraum sein. Niemals würde Matteu einen Menschen töten. Oder etwa doch?

Letizia stolperte die Treppenstufen hinunter und zum Auto, das Hämmern ihres Pulsschlags in den Ohren. Sie weigerte sich, das Offensichtliche anzuerkennen, hoffte aller Wahrscheinlichkeit zum Trotz, dass alles irgendwie anders sei. Dass Giorgio Bonaceri einfach nur die Kontrolle über seinen Wagen verloren hatte. Die Zeit dehnte sich, die wenigen Meter bis zum Auto schienen endlos lang. Und waren letztlich doch viel zu kurz, denn Giorgio Bonaceri lag zusammengekrümmt über dem Lenkrad. Dunkelrotes Blut sickerte aus der Schusswunde an seinem Hals durch den Hemdkragen und tropfte zu Boden. Und mit ihm ihre letzte Hoffnung.

Mühsam hob sie den Blick vom toten Oberhaupt des Bonaceri-Clans und schaute zu den beiden Brüdern.

»Was hast du getan …?«, krächzte sie. Mehr brachte sie nicht heraus. Ihr fehlten die Worte.

Matteu schien sie ohnehin nicht wahrzunehmen, stand reglos da und starrte schockiert, beinahe ungläubig das Auto an.

Plötzlich schrie jemand auf, und das riss Matteu aus seinem Schockzustand. Er blinzelte, als würde er aus einem Traum erwachen, sah zu Letizia und wurde kreidebleich.

Irgendwo hinter ihr wurde der Ruf nach Polizei laut. Das Gesicht von Antoine Dubois tauchte vor ihrem inneren Auge auf. Ihr Magen verkrampfte sich, bittere Galle stieg ihr die Speiseröhre hinauf. Warum auch immer Matteu das getan hatte, sie liebte ihn, sie konnte nicht zulassen, dass Dubois ihn festnahm. »Fort!«, schrie sie voller Angst. »Du musst fort!«

Endlich schien er zu realisieren, dass er soeben nahezu vor aller Augen einen Menschen erschossen hatte. Seine Augen waren wie zwei glühende Kohlen im Schnee des Monte Cintu. Doch anstatt zu flüchten, beugte er sich zu seinem Bruder, raunte ihm etwas zu. Fillipu schüttelte schockiert den Kopf, doch Matteu packte ihn am Arm, wiederholte es aufgebracht, die Pistole noch immer in der Hand.

»Verschwinde endlich!«, schrie Letizia, rannte auf ihn zu und zerrte an seinem Arm. »Bring dich in Sicherheit!«

Matteus Blick jedoch war noch immer auf seinen Bruder gerichtet. »Du tust es, verstanden?«, brüllte er.

Fillipu zuckte zusammen, nickte, und jetzt erst ließ Matteu sich von Letizia abdrängen. Er stolperte rückwärts, sein Blick flog hektisch über die immer größer werdende Menschenmenge vor dem Kirchentor. »Heute Abend«, stieß er schwer atmend hervor. »Am alten Grabmal.«

Endlich rannte er los, die Straße hinab, über der die Luft in der Hitze waberte und seine Gestalt zittern ließ, bis er am Ende der Friedhofsmauer im Dickicht der Macchia verschwand.

Und mit ihm ein Teil von ihr. Die Sonne brannte vom Himmel, dennoch fror sie mit einem Mal. Sie fuhr herum, packte Fillipu am Arm.

»Warum?«, schrie sie. »Warum?«

Er stammelte etwas Unverständliches, zitterte am ganzen Körper, Tränen in den Augen. Jetzt erst wurde ihr bewusst, wie jung er noch war. Und dass er unter Schock stand. Er war nicht in der Lage, ihr irgendwelche Antworten zu geben.

Sie ließ von ihm ab, schluckte gegen ihre Verzweiflung an, drückte sie ganz weit nach unten, um ihr nicht zu erliegen. Sie wollte schreien, wollte das Schicksal und die ganze Welt verfluchen und konnte doch nicht einmal weinen. Nichts als ein ersticktes Schluchzen entrang sich ihrer Kehle, doch es klang unnatürlich laut in der plötzlichen Stille. Mit Tränen in den Augen sah sie über die Schulter zurück.

Cristo war der Grund für das betroffene Schweigen.

Er hatte sich seinen Weg zwischen den Menschen hindurchgebahnt, stolperte fassungslos auf den Wagen seines Adoptivvaters zu und brach auf dem staubigen Weg zusammen.

Sein Anblick zermalmte sie wie ein Vorschlaghammer bröckeligen Mörtel. Sie wusste nicht mehr, was richtig, was falsch war. Der ganze Wahnsinn dieser endlosen Spirale des Hasses schnürte ihr die Luft ab. Würde es nie ein Ende geben? Würden sie ihm nie entkommen? Jedes Mal, wenn sie auszubrechen versuchte, streckte der Hass seine spinnenartigen Finger nach ihr aus und zog sie zurück in sein klebriges Netz.

Sie lief auf Cristo zu, sank neben ihm nieder, umfing ihn mit ihren Armen, wie sie es bei Matteu im Krankenhaus getan hatte, und seine Tränen rannen ihr über die Schulter.

»Wieso?«, schluchzte er auf. »Wieso nur?«

Doch sie wusste keine Antwort darauf.

Als Letizia und Cristo Giorgio Bonaceris Haus erreichten und Ludovica von den Geschehnissen berichteten, erlitt sie einen Nervenzusammenbruch. Die Nachricht vom Mord an ihrem Mann breitete sich rasend schnell aus, bald trat sich in ihrem Haus gefühlt das ganze Dorf auf die Füße. Vergeblich hatte Letizia versucht, die Menschen zum Gehen zu bewegen, um Cristo und seiner Mutter die dringend benötigte Ruhe zu verschaffen, doch sie stand selbst völlig neben sich.

Jetzt saß sie am kleinen Küchentisch zwei Gendarmen gegenüber, die sie befragten, während der Commissaire in immer kleiner werdenden Kreisen um sie herumtigerte.

Der Himmel hatte sich zugezogen, als wäre sogar er entsetzt von dem, was geschehen war, und die Schwüle war inzwischen nahezu unerträglich. Sie machte die Menschen noch nervöser, als sie es auch ohnehin schon waren – nebenan summte und brummte es wie in einem Stock voll zorniger Bienen. Wütende Drohungen wurden ausgestoßen, lautes Jammern und verzweifeltes Weinen erklangen. Hier drin jedoch kamen all diese Geräusche nur gedämpft an, dafür schien ihr das Geräusch der Schritte von Antoine Dubois unnatürlich laut und nervenzerfetzend.

Sein wissender Gesichtsausdruck ließ keinen Zweifel daran, dass er ihr nichts von alledem glaubte, was sie zu Protokoll gab. Wieso also sagte er nichts? Sein Schweigen machte sie nervöser als sämtliche Fragen, die ihr seine Untergebenen stellten.

»Und Sie haben ganz sicher keine Waffe in seiner Hand gesehen?«, hakte der eine Gendarm nach, während sein Kollege stoisch ihre Aussage notierte. »Laut den anderen Zeugenaussagen hielt er eindeutig sichtbar einen Revolver in der Hand.«

Sie schüttelte den Kopf. »Ich war so schockiert, dass ich überhaupt nichts wirklich wahrgenommen habe«, behauptete sie, ohne mit der Wimper zu zucken. Ihr Herz jedoch hämmerte schmerzhaft gegen ihre Rippen und ihre Hände waren schweißnass.

»Und Sie können sich auch nicht daran erinnern, wohin der Verdächtige gelaufen ist?«

»Wie gesagt, ich stand völlig unter Schock.«

»Zeugen sagten aber aus, Sie hätten ihn zur Flucht aufgefordert.«

Sie schluckte. »Das ist nicht wahr, das habe ich nie getan. Ich habe ihn nur gefragt, was geschehen ist.«

Plötzlich hielt Antoine Dubois inne, unmittelbar neben ihr. Er stemmte die Hände auf der Tischplatte auf, beugte den Oberkörper vor und lächelte sie diabolisch an, wirkte wie eine Katze, die mit der halb verendeten Maus spielt. »Dennoch hat er aber nur wenige Tage zuvor laut und für alle hörbar Rache geschworen. Wie sagte er doch gleich …?« Er legte in gespielter Nachdenklichkeit den Finger an sein Kinn. »Ah ja. ›Ich bringe ihn um. Ich bringe diesen Mistkerl um.‹ Zahlreiche Zeugen haben das bestätigt. Und da besagter ›Mistkerl‹ sich offenbar in Sicherheit gebracht hat, musste eben dessen Vater herhalten.«

»Blödsinn!«, fuhr sie auf, ihr Puls raste. »Das ist doch kein Beweis! Das ist überhaupt nichts. Menschen sagen so etwas nun einmal im Affekt und in Trauer.«

»Genau so, wie sie jemanden im Affekt erschießen.« Sichtlich zufrieden strich er über seinen Oberlippenbart.

Das Schlimmste an den Worten des Commissaires war die Tatsache, dass sie ihre eigenen Befürchtungen wiedergaben. »Niemand hat gesehen, wer geschossen hat!«

»O doch.«

Sie spürte, wie ihr das Blut aus dem Gesicht wich.

Er zog sich einen Stuhl heran, setzte sich in aller Ruhe hin und erklärte mit diabolischer Zufriedenheit: »Der Bruder des Verdächtigen. Und der sagte aus, Matteu Caratoli habe Giorgio Bonaceri erschossen.«

In ihren Ohren rauschte es. Sie presste die Kiefer zusammen, starrte auf die Tischplatte.

»Und du hast natürlich nicht die leiseste Ahnung, wohin er geflohen sein könnte. Oder an wen er sich jetzt wenden könnte, um Hilfe zu erhalten.«

»Nein«, krächzte sie.

Sein Grinsen wurde breiter, er lehnte sich entspannt zurück, überließ die weitere Befragung seinen Mitarbeitern.

Irgendwann entließen sie sie endlich, holten noch einmal Cristo herein, der zuvor so unter Schock gestanden hatte, dass er nicht in der Lage gewesen war, irgendetwas von sich zu geben.

Erschöpft sank Letizia in der Stube in sich zusammen. Die Sorge um Matteu fraß sich durch ihren Geist wie Feuer durch ein Haus. Was würde geschehen, wenn Dubois' Leute ihn fanden? Oder wenn Edmond zurückkehrte? Und selbst wenn dieser nicht zurückkehrte – würde es ein anderer Bonaceri als seine Aufgabe ansehen, nun wiederum Giorgio zu rächen?

Endlich verließen die Polizisten das Haus und sie eilte wieder an Cristos Seite.

Sie wusste nicht, wie sie den restlichen Tag, geschweige denn die folgende Zeit überstehen sollte. Dass sie sich um Cristo kümmern musste, war ihre Rettung, andernfalls wäre sie wahnsinnig geworden.

Schließlich tauchte ihre Mutter auf und nie war Letizia dankbarer für deren resolute Art und den berühmten zornigen Blick gewesen. Binnen fünfzehn Minuten hatte sich das Haus geleert, fiel die Tür ins Schloss und Stille kehrte ein.

Edmonds Mutter hatte von Letizias Großmutter ein Beruhigungsmittel verabreicht bekommen, schlief jetzt, während Sofia bei ihr wachte. Cristo selbst saß seit der Befragung in nahezu derselben Haltung am Küchentisch, das Gesicht in seinen Händen geborgen.

Letizia legte ihm hilflos die Hand auf den Rücken. Mit klackernden Absätzen kehrte ihre Mutter in die Küche zurück, strich sich müde das Haar aus der Stirn und seufzte: »Geschafft. Alle sind weg.« Sie nahm ihr Tuch vom Stuhl, schlang es sich um die Schultern und wandte sich an Letizia. »Ich gehe davon aus, dass du noch eine Weile hierbleibst, richtig? Sieh auf jeden Fall noch einmal nach Ludovica, bevor du heimkommst. Deine Großmutter meinte zwar, sie würde jetzt bis morgen durchschlafen, aber wer weiß.«

Letizia nickte. Für Worte irgendwelcher Art fehlte ihr die Kraft.

Plötzlich nahm ihre Mutter sie in die Arme. Dankbar schmiegte Letizia sich an sie, wollte die Geborgenheit ihrer Umarmung am liebsten nie wieder verlassen, wollte vergessen, was geschehen war. Doch das war nicht möglich, würde es niemals sein.

»Es tut mir furchtbar leid, dass du Giorgios Tod hast mit ansehen müssen«, flüsterte Maria. »Du hättest auf mich hören und dich von dieser Beerdigung fernhalten sollen. Aber jetzt verstehst du mich hoffentlich endlich. Jetzt hast du erkannt, was die Caratolis für verdorbene Menschen sind.«

Letizias Herz zog sich zusammen. Warum? Warum nur musste selbst dieser Moment mit Hass gefüllt werden? Gab es denn kein Entkommen?

Die einzige Möglichkeit für sie und Matteu bestand darin, Korsika zu verlassen. Für immer. Auch wenn sie sich in Bezug auf Cristo furchtbar fühlte. Als würde sie ihn im Stich lassen.

Jetzt kam auch Sofia die Treppe hinunter, ihre Arzneitasche in der Hand. »Ich komme morgen früh wieder und kümmere mich um deine Mutter«, sagte sie zu Cristo.

Er reagierte nicht, doch das hatte sie offenbar auch nicht erwartet. Sie wandte sich Letizia zu, hob sanft die Hand zu deren Wange. »Das Wichtigste ist die Familie. Solange wir zusammenhalten, lässt sich alles überstehen.«

Als die Tür hinter Maria und Sofia ins Schloss fiel, ließ sich Letizia erschöpft auf den Stuhl neben Cristo fallen und legte die Hand sacht auf seinen Unterarm. Sie wollte ihm Trost spenden und wusste doch, dass es keinen gab. Dennoch hob er den Kopf, sah sie dankbar an und legte seine Hand auf die ihre.

In ihrem Inneren tobte ein Sturm. Die Sorge um Matteu zerquetschte ihr das Herz, die um Cristo ließ ihre Seele weinen. Sie fühlte sich hilflos und ohnmächtig wie noch nie zuvor in ihrem Leben und gleichzeitig loderte eine unfassbare Wut in ihr auf. Wut auf das Schicksal, die Menschen, ihre Dummheit und ihren Hass. Sie konnte einfach nicht glauben, dass Matteu sich davon hatte mitreißen lassen. Ihr Matteu. Und doch – es gab keine andere Erklärung. Seine Verzweiflung, seine Trauer, seine Wut hatten überhandgenommen. Und noch mehr Verzweiflung, Trauer und Wut gesät. Sie konnte Cristo nicht ansehen, ohne vor Schuldgefühlen wie gelähmt zu sein. Denn sie liebte Matteu. Trotz allem. Und würde es immer tun.

Es war bereits dunkel, als sie schweißgebadet wieder vor ihrer Haustür stand. In der Ferne erklang Donnergrollen, zuckten Blitze aus der dichten Wolkendecke herab wie tanzende Geister. Die Luft war regelrecht aufgeladen, das erlösende Gewitter kündigte sich an. Nur dass es sie nicht von ihrer Trauer und ihrer Angst befreien konnte.

Sie trat ein, ohne Licht einzuschalten, fand ihre Mutter auf dem Sofa vor, wo diese offenbar erschöpft eingeschlafen war. Thérèse lag, ebenfalls bereits tief schlafend, im Bett. Letizia gab beiden einen hauchzarten Kuss auf die Stirn, von einer bangen Ahnung erfüllt, dass dies vielleicht das letzte Mal sein könnte, dass sie diese Gelegenheit haben würde. Noch einmal sog sie tief ihren Duft ein, den Duft von Kindheit und Geborgenheit.

Damals schien die Welt so hell und einfach, das Erwachsensein war wie ein funkelnder Stern, wunderschön und unendlich weit entfernt. Jetzt hatte sie ihn erreicht, und er hatte sich als eine steinige, unwirtliche Wüstenlandschaft herausgestellt.

Doch sie würde kämpfen. Sie würde die Wüste urbar machen, sich ein neues Leben aufbauen. Mit Matteu. Sie eilte in die Küche, Filou lief ihr nach. Hektisch suchte sie Messer, Taschenlampe, Streichhölzer, Brot, geräucherten Schinken und Käse zusammen und alles, was sie sonst noch auf die Schnelle fand und das Matteu nützlich sein konnte. Anschließend schlich sie in ihr Zimmer und verstaute in einer zweiten Tasche Kleidung, ihre Papiere, etwas Geld und einige Fotos als Andenken, auch wenn sie dabei mit den Tränen kämpfte. Diese Tasche versteckte sie im Stall. Das Boot der Schmuggler war ihre einzige Chance, jetzt, wo ein Haftbefehl gegen Matteu ausgestellt worden war. Morgen Abend würde es eintreffen. Sie musste vorbereitet sein. Filou wuselte schwanzwedelnd um sie herum, winselte und fiepte vor Aufregung. »Still!«, zischte sie immer wieder und lauschte erschrocken, doch zu ihrer Erleichterung blieb im Haus alles ruhig.

Endlich hatte sie das Nötigste beisammen, huschte mit Filou nach draußen in den Stall. Mit zittrigen Händen sattelte sie Napoleon und führte ihn langsam am Halfter vom Hof und aus dem Dorf, krampfhaft darauf bedacht, so wenig Geräusche wie möglich zu verursachen. Dennoch hallte der Hufschlag entsetzlich laut durch die stille Nacht, echote durch die Gassen und trieb ihr noch mehr Schweißperlen auf die Stirn. Sie war froh über das sich nähernde Gewitter, dessen Grollen den Hufschlag bald schon übertönen würde.

Erst außerhalb der Stadt stieg sie auf Napoleons Rücken. Noch immer fiel kein einziger Regentropfen, obwohl eine dichte Wolkendecke den Mond verbarg und sie sich mühsam mit dem zittrigen Lichtkegel der Taschenlampe und Napoleons Orientierungssinn den Weg erkämpfen musste.

Donner rollte krachend über die Berge, hallte durch die Täler und kehrte als spätes Echo zurück. Blitze erhellten für Sekundenbruchteile das Land, griffen mit Hunderten dürren Geisterfingern um sich. Es sah aus, als würden sich die Zweige der Pflanzen ihnen sehnsüchtig entgegenrecken. Im nächsten Augenblick ließ das Gewitter die Welt umso dunkler zurück.

Es war Wahnsinn, in solch einer Nacht das Haus zu verlassen, doch ein noch größeres Wagnis war es, sich schutzlos in der Macchia aufzuhalten. Nach Hause konnte Matteu nicht, dort würde die Polizei auf ihn warten. Menschen, denen er vollkommen vertraute, hatte er nach seiner langen Abwesenheit ebenfalls nicht. Sie betete, dass er zum Grabmal zurückgekehrt war – an dem sie bis vor Kurzem ihre Nachrichten füreinander hinterlassen hatten –, um unter dessen Vordach vor dem drohenden Regen Schutz zu suchen – und weil er hoffentlich wusste, dass sie nach ihm suchen würde.

Endlich sah sie den grauweißen Stein fahl aus der Dunkelheit herausstechen. Auf den Stufen saß eine einsame Gestalt, den Kopf in die Hände gestützt.

Ihr Herz stand für einen Moment still, um im nächsten umso schneller zu schlagen. Sie trieb Napoleon an, Filou bellte begeistert auf und Matteu sprang auf.

Sie saß ab und stürzte in seine Arme.

Unter bedrohlich aufleuchtenden Wolken mit metallisch glänzenden Rändern standen sie eng umschlungen. Er vergrub sein Gesicht in ihrem Haar, so voller Sehnsucht und Verzweiflung und Liebe, wie sie ihn selbst an sich presste. Sie wünschte sich, die Zeit würde stehen bleiben, ein Zauber sie beide der Realität entrücken.

»Du hättest nicht kommen sollen«, flüsterte er gequält. »Ich hätte dich nicht darum bitten dürfen. Du musst fort, bevor dich jemand mit mir sieht.« Abrupt ließ er sie los, und die Erinnerungen kehrten zurück, trafen sie wie ein Faustschlag in den Magen und ließen sie aufkeuchen.

Matteu hatte einen Menschen getötet. Zumindest glaubten das alle. Alle bis auf sie.

Er trat zurück, und jetzt erst bemerkte sie die tiefen Schnittwunden auf seinen Armen, die blutigen Kratzer in seinem Gesicht, seine zerfetzte Kleidung – die Umarmung der Macchia. Bestürzt hob sie die Finger an seine Wangen, strich über die wenigen Stellen, die nicht von blutenden Striemen verunstaltet waren. Konnte jemand mit einem Gesicht, das so voller Güte und Hoffnung war, mit Augen, die vor Liebe und Zärtlichkeit leuchteten, einen Menschen töten?

»Sag mir, dass du es nicht warst«, flehte sie.

Er fragte nicht, was sie meinte. Aber er verneinte es auch nicht.

Ihr Blick tastete ängstlich über seine bleichen Züge. »Sag mir, dass du ihn nicht erschossen hast!«, beharrte sie.

Erneut blieb er ihr eine Antwort schuldig.

Sie spürte etwas in ihrem Inneren bröckeln. Wie nur hatte er sich von dem Hass anstecken lassen können? Hatte ihn die Trauer um Jacqui am Ende doch gebrochen?

Ihr Herz schlug wie ein Bleiklumpen in ihrer Brust, so schwer war es vor Enttäuschung. Er hob die Hand, strich über ihre Wangen. Jetzt erst merkte sie, dass ihr Tränen über die Wangen liefen. Sie stellte sich auf die Zehnspitzen, drängte sich seinen Lippen entgegen, doch er erwiderte ihren Kuss nur verhalten, löste sich sanft von ihr.

»Geh!«, flüsterte er heiser. »Geh nach Hause! Ich bringe dich in Gefahr. Wenn jemand von deinen Leuten uns zusammen sieht …« Seine Stimme verlor sich im nächsten Donnergrollen. Er musste auch nicht mehr sagen. Sie wusste selbst, dass die Stimmung gefährlich aufgeheizt war.

Trotzdem – dass er glaubte, sie würde sich tatsächlich fortschicken lassen, schmerzte mehr als alle Dornen der Macchia. Sie liebte ihn. Egal, was er getan hatte.

»Ich gehöre zu dir. Egal, wo du bist. Egal, was passiert ist.«

»Die Dinge haben sich geändert.«

»Aber nicht meine Gefühle. Ich bleibe bei dir. Du kannst nicht von mir verlangen, dich im Stich zu lassen.«

»Du weißt nicht, was du da redest.«

»Nein, *du* weißt es nicht. Ich liebe dich. Trotz allem. Und für immer. Nichts wird sich daran jemals ändern!«

Hell leuchtete der Himmel für einen Sekundenbruchteil auf, doch es reichte, um sie die Qual in seinen Augen erkennen zu lassen.

»Es war ein Fehler, dass du hergekommen bist«, stieß er plötzlich schwer atmend hervor.

Ungläubig starrte sie ihn an, versuchte, seine Worte zu verdrängen und all die wirren Gedanken, all die sich überschlagenden Gefühle weit nach hinten zu schieben, sich auf das zu konzentrieren, was jetzt wichtig war. Sie griff nach der Tasche und drückte sie ihm in die Hand. »Alles, was du bis morgen Abend brauchst, ist da drin. Hoffe ich jedenfalls. Und um Mitternacht treffen wir uns bei der Genueser Bucht. So, wie du es mit den Jungs ausgemacht hast.«

»Daraus wird nichts mehr.«

»Was meinst du damit?«

Er wandte sich abrupt ab, starrte in die Dunkelheit.

Sein Schweigen machte ihr Angst. »Wir verlassen Korsika«, ergänzte sie hektisch, »Bauen uns woanders etwas auf.«

»Nein!«, fuhr er auf, rang die Hände. »Ich werde wegen Mordes gesucht, verdammt! Verstehst du nicht, was das bedeutet? Es gibt keine Zukunft für uns.«

»Sag das nicht! Hör auf!« Ihre Stimme überschlug sich vor Panik. Sie griff nach seiner Hand, die furchtbar kalt und reglos war, ihre Berührung nicht erwiderte. »Was redest du da? Natürlich gibt es eine …«

»Es ist vorbei«, unterbrach er sie schroff. »Das mit uns … ist vorbei.«

Ungläubig sah sie ihn an. »Das meinst du nicht ernst«, krächzte sie.

»Und ob ich das tue.«

»Du lügst«, flüsterte sie. »Du liebst mich.«

Sein Gesicht war hart, langsam ging er rückwärts. »Das war einmal. Du bist eine Bonaceri. Ich bin ein Caratoli. Deine Familie hat Jacqui auf dem Gewissen. Ich … ich dachte, ich könnte damit leben … käme irgendwann drüber hinweg, aber … ich habe mich geirrt. Dieser Moment hier hat mir das verdeutlicht, die Gefühle sind … weg.«

Unmittelbar über ihnen krachte ein Donnerschlag. Vielleicht war es aber auch ihr Herz, das entzweibrach. Das Blut wich ihr aus dem Gesicht, sie bekam keine Luft mehr, rang keuchend nach Atem. Hatte der Hass über Liebe, über Güte, über Menschlichkeit triumphiert?

»Ich glaube dir nicht.«

Er wandte sich um, ging schneller.

»Du lügst!«, rief sie. »Du sagst das nur, um mich zu schützen. Morgen Nacht legt das Boot ab. Ich werde dort sein und auf dich warten. Ich werde mit dir gehen.«

Jetzt rannte er. Und Filou, der das für ein Spiel hielt, sprang ausgelassen bellend mit ihm davon.

Letizia hingegen konnte sich nicht rühren, ihre Beine waren schwer wie das Grabmal selbst. Erst als die Macchia ihn verschluckte, riss sie das aus ihrer Erstarrung.

»Nein!«, rief sie und rannte ihm nach, blindlings hinein in das Dickicht, dessen dornenübersäte Zweige auf sie einschlugen, ihr die Haut aufrissen, Arme und Beine zerschnitten. Sie zerrten an ihrem Haar, verhakten sich in ihrem Kleid und zerrissen den dünnen Stoff, bis sie aufgab und stehen blieb. »Ich glaube dir nicht!«, schrie sie wie von Sinnen. »Hörst du mich, Matteu? Ich glaube dir nicht! Und ich werde dort sein und auf dich warten!«

Zweige krachten, Äste knackten, irgendwo und nirgends. Matteu blieb verschwunden.

Sie wusste nicht, wie lange sie dort stand, von Schluchzern geschüttelt und auf der vergeblichen Suche nach Antworten. Ihr ganzer Körper brannte, doch keine ihrer Wunden war auch nur annähernd so schmerzhaft wie die in ihrem Herzen. Warum tat er ihr das an? Der Gedanke, er könne sie nicht mehr lieben, war so unfassbar, so alles zermalmend, dass sie ihn nicht zulassen konnte, andernfalls hätte er sie zerstört.

Steif stolperte sie schließlich zurück. Ohne Matteu. Ohne Filou. Und ohne Napoleon. Das Pony hatte sich wohl erschrocken und war fortgelaufen, doch es würde den Weg nach Hause schon finden. Im Gegensatz zu ihr. Alles drehte sich, sie konnte nicht weiter denken als bis zum nächsten Schritt, erreichte irgendwie das Grabmal, griff Halt suchend nach dem Stein.

Zu spät nahm sie den süßlichen Geruch wahr.

Sie fuhr herum, wollte zurücklaufen, doch der Weg war versperrt. Einer der Gendarmen stand breitbeinig vor ihr. Das schwarz schimmernde Gewehr hing lässig über der Schulter, doch sie wusste, wie schnell es im Anschlag liegen konnte, und rührte sich nicht.

»Du hättest auf mich hören sollen, kleine Mademoiselle Bonaceri«, ertönte es in widerwärtiger Zärtlichkeit hinter ihr. »Wir hätten das viel schöner lösen können.«

Angst brach in ihr auf wie ein fauler Apfel, der zu Boden fiel. Angst um Matteu. Dubois hatte sie beobachten lassen, mit Sicherheit war sie seit der Befragung keinen Augenblick allein gewesen. Sie hatte Dubois direkt zu Matteu geführt. Wie dumm und naiv sie doch gewesen war. Langsam drehte sie sich um.

Dubois war hinter dem Grabmal hervorgetreten, seine Zigarette glomm bei jedem Zug feuerrot auf. »Jetzt ist es leider zu spät.«

Ein Streichholz flammte in der Dunkelheit auf und ließ diabolische Schatten über sein Gesicht tanzen.

Sie keuchte auf, als ihr klar wurde, was er vorhatte. »Das können Sie nicht tun.«

Verächtlich verzog er das Gesicht. »Ungeziefer jagt man am besten mit Feuer.«

Panik schoss durch sie hindurch, heißer als jede Flamme. Trotz des Gewitters war noch kein Tropfen Regen gefallen, die Macchia knochentrocken. Sie brannte auch so schon wie Zunder, nach der wochenlangen Hitze jedoch würde sie förmlich explodieren. Ein Inferno, aus dem es kein Entkommen gab.

Mit einem Mal wurde Letizia ganz ruhig.

***

Jeder Schritt schmerzte, als würde er über Glasscherben laufen. Nicht wegen der blutenden Schnitte auf seiner Haut, sondern weil er ihn von Letizia entfernte. Matteu kämpfte. Mit sich und gegen sich. Es zog ihn zu ihr zurück mit einer Macht, die ihm die Luft nahm. Er wollte sie an sich ziehen, ihr die Tränen von den Wangen küssen, ihr versichern, dass er niemals jemand so geliebt hatte wie sie – und niemals wieder jemanden so würde lieben können.

Und doch durfte er es nicht, eben weil er sie liebte. Sie mehr liebte als sein Leben. Sie war sein Licht in der Nacht, sein Leuchtturm auf rauer See, sie war alles, was ihm geblieben war. Er konnte sie nicht mit sich hinabziehen in seine Dunkelheit.

Er wurde von der Polizei gesucht. Wegen Mordes. Was konnte er ihr jetzt noch bieten? Sollte sie ihr Leben etwa hier fristen? Inmitten von Dornen und Hitze? Oder auf irgendeinem

Berg in einer kleinen Hütte ohne die alltäglichsten Dinge? Immer in der Angst, entdeckt zu werden? Egal wo auf der Welt – sie würden nicht ohne Angst vor Entdeckung leben können. Sie würden immer auf der Flucht sein. Das konnte er ihr nicht antun. Sie wünschte sich eine Familie, Kinder. Sie hatte das Recht auf Liebe und Glück. Auf eine bessere Zukunft. Sie war besser dran ohne ihn. Doch er wusste, sie würde auf alles verzichten für ihn, deshalb musste er sie in dem Glauben lassen, dass er sie nicht mehr liebte. Sie musste ihn vergessen. Und je schlechter sie von ihm dachte, umso leichter würde es ihr fallen, das zu tun.

Filou sprang herbei und freudig an ihm hoch. Der Hund hielt das alles immer noch für ein Spiel. Wäre es das doch. Ein Spiel. Ein Traum. Aber es war Realität und er konnte seinen Bruder nicht ans Messer liefern. Er konnte seiner Mutter nicht auch noch das zweite Kind rauben. Er hatte schon zu viele Tote zu verzeichnen. Er war schuld an Jacquis Tod. Schuld am Zustand seines Vaters, der so kritisch war, dass die Ärzte keine Hoffnung mehr hatten. Und nun war er auch noch schuld daran, dass an Fillipus Händen Blut klebte. Er konnte nicht zulassen, dass dessen junges Leben zu Ende war, bevor es wirklich begonnen hatte. Dass er ins Gefängnis kam oder sein Leben lang auf der Flucht wäre, sei es vor der Justiz oder vor Rache.

Matteu war keine Wahl geblieben, als Letizia von sich zu stoßen, obwohl es ihm das Herz herausriss. Er wusste nicht, wie er ohne sie weiterleben sollte. Er konnte nicht ohne sie weiterleben.

Plötzlich erstarrte er. Kalter Angstschweiß brach ihm aus, alles verschwamm vor seinen Augen. Was, wenn sie genauso dachte? Was, wenn sie sich etwas antat?

Er fuhr herum, stürzte los, von blanker, alles verschlingender Panik getrieben. Weder spürte er die Zweige, die ihm ins Gesicht peitschten, noch die Dornen, die sich in seine Haut gruben.

Irgendwie erreichte er den Rand des Dickichts, Stimmen drangen durch den Nebel seiner Angst hindurch, verwirrt hielt er inne, lauschte. Er hörte Letizias Stimme. Und eine andere, tiefere.

Filou knurrte. Matteu bedeutete ihm, still zu sein und hier zu warten. Der Cursinu winselte, aber gehorchte.

Zögerlich ging Matteu weiter, vorsichtig, leise.

Dann sah er sie, Letizia und den Commissaire. Und alles in Matteu erstarb, denn Letizia schmiegte sich an Antoine Dubois. Und küsste ihn.

Kapitel VIII

Heute

»Der Boden brach dem jungen Mann unter den Füßen weg, als er das sah«, sagt mein Vater leise. »Sah, wie seine große Liebe Antoine Dubois küsste.« Seine Stimme verklingt, geistesabwesend sieht er aus dem Fenster. Die Sonne ist inzwischen komplett untergegangen, in einem letzten Aufbäumen des Tages leuchtet am dunklen Himmel der Kondensstreifen eines Flugzeugs pink auf.

Die letzte Stunde über ist er mit immer langsamer werdenden Schritten in der kleinen Küche umhergetigert, in der uns zuvor der Fischer namens Fillipu seine Geschichte erzählt hat.

Fillipu selbst hingegen sitzt nun abseits, am Fenster, wo er mit gesenktem Blick Garnelen pult. Seine Bewegungen jedoch sind fahrig, er scheint sich nicht auf die Arbeit konzentrieren zu können – und nur wenige saubere Garnelen landen in der zweiten Schüssel.

»Was geschah dann?«, frage ich mit wild klopfendem Herzen, als mein Vater noch immer schweigt. »Was hat er getan? Wie ging es weiter?«

Mein Vater fährt sich müde mit der Hand über die Augen, stützt sich mit der anderen an der Wand ab. »Erzähle ich dir morgen. Ich kann gerade vor Müdigkeit keinen klaren Gedanken mehr fassen.«

»Aber …«

»Bitte«, unterbricht er mich und schüttelt den Kopf. »Ich saß über fünfzehn Stunden im Flugzeug, mir fehlen gefühlt dreißig Stunden Schlaf, und ich bin nicht mehr der Jüngste.«

Er wirkt tatsächlich, als könne er sich nicht mehr lange auf den Beinen halten, und obwohl ich ihm seine Lügen noch immer nicht verziehen habe, mache ich mir natürlich Sorgen um ihn.

»Dann also morgen«, gebe ich nach, obwohl alles in mir danach schreit, auf der Stelle zu erfahren, wie es weiterging. Einen Moment lang spiele ich mit dem Gedanken, statt ihn lieber den Fischer weiter auszufragen, doch auch der macht einen dermaßen erschöpften Eindruck, dass ich es nicht übers Herz bringe. Ich muss meine Ungeduld wohl tatsächlich bis morgen zügeln.

»Ihr könnt hier übernachten«, meldet sich Fillipu leise zu Wort.

»Nein«, schlägt mein Vater das Angebot kurz angebunden aus.

Der Fischer wirkt nicht überrascht, als hätte er mit dieser Antwort gerechnet, nickt bedrückt und deutet aus dem Fenster. »Straße dort … kleine Pension. Gute Zimmer. Guter Preis.«

Mein Vater nickt.

»Ich dachte, du würdest mit zu uns nach Bastia kommen«, sage ich überrascht. »Du kannst deinen Mietwagen ja hier stehen lassen, wenn du zu müde zum Fahren bist. Wir bringen dich dann morgen wieder her.«

»Bis wir dort ankommen, ist es mitten in der Nacht. Da finde ich kein Zimmer mehr.«

Das stimmt vermutlich, dennoch habe ich das dringende Gefühl, dass das nicht allein der Grund ist, aus dem er hierbleiben will.

Nachdenklich reiche ich Fillipu die Hand, um mich für heute zu verabschieden, Raphaël tut es mir nach. Mein Vater und der Fischer hingegen wechseln zwar ein paar kurze Worte auf Korsisch, meiden aber den Blick des jeweils anderen.

Raphaël schiebt sich an uns vorbei zur Küchentür, stößt dabei mit dem Kopf an die niedrig hängende Deckenlampe. Ihr schwankender Lichtkegel offenbart mir, dass mein Vater ganz grau im Gesicht ist. Erschrocken eile ich zu ihm, fasse ihn am Arm, um ihn zu stützen. »Ich werde auch in dieser Pension übernachten«, beschließe ich.

Raphaël dreht sich überrascht um. »Deine Sachen sind doch aber in Bastia.«

»Macht nichts. Eine Nacht wird das schon gehen. Du kannst sie mir ja morgen früh bringen.«

»Dann bleibe ich ebenfalls.«

Ich schüttele den Kopf. »Das ist nicht nötig. Wirklich.«

Er fährt sich unschlüssig mit der Hand durchs Haar, beugt sich schließlich vor und sagt so leise, dass nur ich es hören kann: »Du verlässt aber bitte nicht die Pension, bis ich wieder da bin, okay? Versprich es mir. Ich habe wirklich kein gutes Gefühl bei der ganzen Sache.«

»Mach dir keine Sorgen. Ich will einfach nur meinen Vater jetzt nicht allein lassen. Fahr du zurück nach Bastia, da hast du alles, was du brauchst.«

»Das stimmt nicht. Du bist nicht da.«

Ich lächle ihn dankbar an, bevor ich mich meinem Vater zuwende. »Sag mir nur eines …«, setze ich zögerlich an. »Hat es sich am Ende geklärt? Ich meine das mit dem Mord. Ist er gefasst worden? Hat er für seine Tat bezahlen müssen?«

In der Küche ist es mit einem Mal totenstill. Mein Vater rührt sich nicht.

»Der Mörder hat bezahlt«, sagt schließlich Fillipu. »Sein Leben lang.«

Schweigend folge ich meinem Vater die schmale Holztreppe der kleinen zweistöckigen Pension hinauf. Tatsächlich waren alle vier Zimmer, die die herzliche Korsin zu vermieten hatte, noch frei. Überglücklich, endlich Gäste zu haben, gab sie uns die beiden im zweiten Stock und schwärmte uns von dem Meerblick vor, den man von dort aus hat.

Mit zittrigen Fingern versucht mein Vater, die Tür aufzuschließen, doch der Schlüssel entgleitet ihm mehrmals.

»Ich mach das schon«, sage ich sanft, schließe für ihn auf. Sein Zustand macht mir von Minute zu Minute mehr Sorgen, und ich habe ein wahnsinnig schlechtes Gewissen, weil ich ihn zuvor so angefahren habe.

Das Zimmer ist winzig, aber sauber. Mein Vater schlurft zum Bett, streift sich die Schuhe von den Füßen und sinkt auf die Matratze. Er ist sogar zu müde, sich vorher umzuziehen. So etwas habe ich bei ihm noch nie erlebt. Eine solche Erschöpfung kann doch nicht nur auf den Jetlag zurückzuführen sein. Sie scheint viel tieferer Natur zu sein. Ich fühle seine Stirn, doch Fieber hat er wohl nicht. »Soll ich dir einen Tee kommen lassen? Oder nach einer Kleinigkeit zu essen fragen? Gibt es sonst etwas, das du brauchst?«

Er schüttelt den Kopf, die Augen geschlossen.

»Wenn irgendetwas ist, rufst du bitte, ja?« Unschlüssig sehe ich mich um. Wenn das Zimmer nicht wirklich so winzig wäre, dass man sich zwischen Bett und Wand quasi hindurchschieben müsste, hätte ich meine Matratze rübergeschleppt und mein Lager hier auf dem Boden aufgeschlagen. Es widerstrebt mir, ihn ohne Aufsicht zu lassen.

Ich ziehe behutsam die am Fußende des Bettes geraffte Decke über ihn, will vorsichtig das Zimmer verlassen, als er plötzlich leise meinen Namen murmelt.

»Ja?«

»Du bist das Beste, was mir je passiert ist. Selbst den unscheinbarsten Tag meines Lebens hast du zu einem voller Wunder gemacht.«

Langsam gehe ich zurück, setze mich auf den Bettrand, berühre sanft seine unrasierte Wange, drücke einen Kuss auf das Haar, das von sehr viel mehr grauen Strähnen durchzogen scheint als vor meiner Abreise.

»Es tut mir leid, dass ich so wütend reagiert habe. Ich hab dich lieb, Daddy.«

Er drückt kraftlos meine Hand. »Ich wollte nicht, dass du das alles auf diese Weise erfährst.«

Beklommen schlucke ich, hole tief Luft. »Diese Frau in deiner Geschichte … ist Mama, nicht wahr?«

Er schließt die Augen. »Ja.«

Ich nicke langsam. Wenn ich ehrlich zu mir selbst bin, habe ich es die ganze Zeit über gewusst. Ich horche in mich hinein, stoße auf jede Menge Trauer, doch darunter begraben entdecke ich auch eine unendliche Erleichterung. »Erzählst du mir morgen, wie es weitergeht?«

»Sieh in meinen Koffer. Sie kann es dir selbst erzählen. Das meiste jedenfalls.«

Beunruhigt mustere ich ihn und frage mich, ob er nicht vielleicht doch Fieberhalluzinationen hat, knie aber dennoch neben seinem Koffer nieder, ziehe den Reißverschluss auf. Und kann eine ganze Weile lang gar nichts mehr sagen.

Zahllose Blätter begegnen mir. Vergilbtes Papier, eng beschrieben mit fast verblichener blauer Tinte. In der nach rechts geneigten zierlichen Schrift meiner Mutter. Meine Hände zittern, zögerlich ziehe ich das erste Blatt vom Stapel. Es ist auf Korsisch verfasst.

»Ich habe es nach ihrem Tod in ihren Sachen gefunden«, tönt es stockend vom Bett herüber. »Es liest sich, als hätte es … eine fremde Person geschrieben, aber … diese Distanz hat ihr wahrscheinlich geholfen, sich alles von der Seele zu schreiben. Es wie eine Geschichte zu betrachten, hat ihr Halt im Hier und Jetzt gegeben. Ich denke … sie hätte gewollt, dass du … es liest. Deshalb … habe ich es dir übersetzt.«

Jetzt erst wird mir bewusst, dass die weiter unten liegenden Blätter etwas heller sind, weniger verblichen. Ich greife nach den ersten davon und beginne zu lesen.

Wie konnte das Schicksal nur so ungerecht sein? Dort draußen gab es eine ganze Welt, die nur darauf wartete, von ihr entdeckt zu werden. Eine, die Träume wahr werden ließ. In der sie die Freiheit hatte, zu leben und zu lieben, wie sie es wollte. Doch sie war hier gefangen. Auf Korsika. In diesem kleinen Dorf. In ihrem Leben.

Letizia strich seufzend über die samtige Oberfläche des Zeichenblocks auf ihren Knien. Sie saß auf einem Stein am Rande des Felsvorsprungs. Der Wind spielte sanft mit ihrem Haar, zupfte am Saum ihres luftigen Rockes.

Vor ihr und zugleich ein Stück unter ihr lag Bocognacce, ihr Heimatdorf. Es klebte förmlich am Hang, schien einfach aus dem Felsen herausgewachsen zu sein. Wenn sie ihr rechtes Bein ausstreckte und die Fußspitze ein wenig anhob, wirkte es, als könnte sie damit die Glocken des Kirchturmes anstupsen und zum Klingen bringen.

Erschüttert fliegt mein Blick über die Zeilen, greife ich nach dem nächsten Blatt und dem nächsten, kann es einfach nicht glauben.

»Ich wollte es dir immer geben«, sagt mein Vater leise, »aber … ich hatte Angst.«

Noch immer bin ich nicht in der Lage, irgendetwas zu entgegnen, streiche fahrig über das dünne Papier, raffe plötzlich hektisch, fast panisch alles zusammen. Als könne es sich im nächsten Moment in Luft auflösen. Ich stürze damit in mein Zimmer, will keine Sekunde verlieren

Seite um Seite überfliege ich, Stunde um Stunde vergeht.

Der Himmel färbt sich bereits in sanften Pastelltönen, als ich schließlich mit zittrigen Händen die letzten Blätter hervorziehe.

Draußen graute der Morgen, löste die Sonne die Wolken langsam auf und ließ den Himmel in bunten Farben erblühen. In Letizia jedoch war es dunkel und kalt.

»Ich bin kein schlechter Mensch«, sagte Antoine Dubois leise. »Auch wenn du das jetzt denken magst.«

Sie erhob sich und kleidete sich an. Inmitten gepackter Koffer und bereits verhüllter Möbelstücke. Dubois würde bald abreisen und Korsika verlassen. Hätte er es doch schon getan.

Er machte keine Anstalten, sie zurückzuhalten. Sie hatte ihr Versprechen erfüllt, er seines. Sein Gendarm war mit einem Funkgerät vor Ort verblieben und hätte auf Dubois' Zeichen hin Feuer gelegt, hätte sie ihr Versprechen nicht eingehalten. Doch kein Feuer hatte die Nacht zum Tag gemacht. Ruhig und friedlich lag die Macchia da. Und Matteu war am Leben. Das war alles, was zählte. Den Rest würde sie aus ihrem Gedächtnis streichen.

»Letizia.« Seine Stimme klang fast flehend. Zum ersten Mal nannte er sie bei ihrem Vornamen. Sie würdigte ihn keines Blickes. Antoine Dubois hatte keine Macht mehr über sie. Es gab nichts mehr, was er ihr noch nehmen konnte.

»Ich bin auch nur jemand auf der Suche nach Liebe. Wie wir alle«, versuchte er, sich zu rechtfertigen.

Jetzt sah sie ihn doch an. Voller Verachtung. »Sie wissen nicht, was Liebe ist. Und Sie werden es niemals wissen.« Das würde ihre Genugtuung sein, daran klammerte sie sich fest. Denn ein Leben ohne Liebe war schlimmer als der Tod.

Er hielt sie nicht auf, als sie ging.

Irgendwie schaffte sie es wenig später aus dem Dorf hinaus, bevor eine Übelkeitswelle sie erfasste und sie sich erbrach. Wieder und wieder, bis nur noch bittere Galle kam. Zitternd und mit Schweißperlen auf der Stirn stolperte sie in Richtung Bach, warf ihre Sachen von sich, tauchte ein in das dunkle Blau. Wie in Trance schrubbte sie ihren ganzen Körper, bis ihre Haut wie Feuer brannte und es sich anfühlte, als hinge sie in Fetzen. Wie lange sie da im Bach stand, wusste sie nicht. Erst der Schrei eines Mäusebussards riss sie aus ihrem Dämmerzustand – irgendwo außerhalb der Realität. Auf wackligen Beinen kletterte sie aus dem kühlen Nass, zog sich an und machte sich auf den Heimweg. Sie fröstelte in ihrer Kleidung, jedoch nicht wegen des kalten Wassers auf ihrer Haut.

Im Haus war alles still, ihre Mutter und ihre Großmutter waren wohl schon auf dem Weg zu Cristo. Kraftlos schleppte sie sich die Treppe hoch, drückte die Tür zu ihrem Zimmer auf. Und erstarrte.

Ihre Schwester stand neben ihrem Bett, sah sie vollkommen schockiert an.

Darauf verstreut lagen Letizias Zeichnungen. Die aus dem Zeichenblock, den sie unter ihrer Matratze versteckt hatte.

»Ich wusste es«, wisperte Thérèse.

Letizia machte einen Satz auf das Bett zu. »Was hast du da zu suchen?«, fuhr sie Thérèse an und versuchte hektisch, die Bilder zusammenzuraffen, doch ihre Schwester entriss ihr zwei Blätter, wich zurück.

»All die heimlichen Treffen«, fuhr Thérèse erschüttert fort. »Die Nächte, in denen du dich aus dem Zimmer geschlichen hast.« Anklagend streckte sie ihr die beiden Zeichnungen entgegen.

Die eine zeigte den nackten Matteu, wie er den Arm nach seinem Gegenüber ausstreckt. Die andere zeigte sie selbst, lasziv lächelnd. Es war einer von Matteus Versuchen, sie zu zeichnen. Die Proportionen waren unstimmig, doch ihr Gesicht eindeutig erkennbar. Ebenso ihre unbedeckten Brüste. Und ihre nackte Scham.

»Gib das her!«, rief Letizia und versuchte, der Schwester die Zeichnungen zu entreißen, doch Thérèse hielt sie hinter ihren Rücken. »Du machst die Beine breit für einen Caratoli? Lässt dich nackt zeichnen? Hast du keinen Anstand? Keinen Funken Ehre im Leib? Wie konntest du nur so etwas tun?«

»Das geht dich überhaupt nichts an! Das ist ganz allein meine Angelegenheit!«

»O nein! Es ist Angelegenheit der Familie! Wenn das jemand erfährt! Und dann noch ausgerechnet ein Caratoli! Ein elender Mörder!« Die Fassungslosigkeit wich einem angewiderten Gesichtsausdruck.

»So ist das nicht … Er ist kein … Du verstehst das nicht! Ich liebe ihn.«

»Liebe?!«, wiederholte Thérèse tonlos. »Ich habe auch jemanden geliebt. Nur ein paar Küsse sind mir von ihm geblieben, mehr nicht! Dabei waren wir verlobt! Der Termin für unsere Hochzeit stand schon fest! Und du?« Plötzlich liefen Thérèse Tränen über das Gesicht. Tränen der Enttäuschung über ihre Schwester? Oder der Wut über diese Ungerechtigkeit?

»Es tut mir leid«, flüsterte Letizia hilflos. »Es tut mir so leid. Ich hätte dir so sehr gewünscht, dass du dein Glück findest, aber es …«

Die krachend ins Schloss fallende Haustür unterbrach sie. Stimmen waren zu hören.

Panisch warf Letizia die Decke über ihr Bett. »Bitte sag Mama nichts!«, flehte sie. »Bitte!«

Ihre Schwester weinte noch immer, nickte aber. Trotz allem liebte sie sie. Das wusste Letizia.

Die Stimmen im Erdgeschoss wurden lauter, aufgebrachter. Wieso war ihre Mutter schon von Cristo zurück? Was war das für ein Lärm?

Beunruhigt stolperte Letizia aus dem Zimmer und zum Treppenabsatz. Unten stürmte ihre Mutter auf die Treppe zu. Francesca, die Schustersfrau, folgte ihr, das Gesicht rotfleckig vor Aufregung, die Augen vor Sensationsgier leuchtend. Im Bestreben, die Erste zu sein, die mit welcher Nachricht auch immer hausieren gehen konnte, hatte sie sich nicht einmal die Zeit genommen, ihre Bluse richtig zuzuknöpfen und ihr Haar zu kämmen, so eilig hatte sie es gehabt.

»Niemals!«, stieß Letizias Mutter wütend aus.

Die Schustersfrau eilte ihr nach. »Wenn ich es dir doch sage!«, rief sie voll selbstgerechter Empörung. »Mit eigenen Augen habe ich es gesehen. Und ich habe Riccardo geweckt. Er hat es ebenfalls gesehen! Sie ist eine …«

Maria Bonaceri blieb so abrupt stehen, dass Francesca beinahe in sie hineinlief.

»Lügnerin!«, rief Maria erbost. »Raus hier! Auf der Stelle!«

Doch Francesca hatte Letizia am Treppenabsatz entdeckt, deutete mit dem Finger auf sie. »Frag sie! Frag sie doch selbst!«, keifte sie. »Mitten in der Nacht habe ich sie mit ihm in seiner Villa verschwinden sehen und erst heute Morgen ist sie wieder herausgekommen. Ich bin extra wach geblieben! Habe die Tür keinen Moment aus den Augen gelassen! Frag sie doch! Frag, was sie dort getrieben hat!«

Letizia umklammerte das Treppengeländer. »Nein.« Sie wollte es schreien, doch ihre Stimmbänder versagten ihr den Dienst. Es kam nur ein Krächzen heraus.

»Franzosenhure!«, schleuderte ihr Francesca voll Verachtung entgegen, bevor sie aus dem Haus stürmte, zweifellos, um die Nachricht schnellstmöglich überall zu verbreiten.

Der Raum drehte sich um Letizia.

»Mit dem Commissaire auch?«, flüsterte es fassungslos hinter ihr.

Letizia fuhr herum.

Ihre Schwester war kreidebleich. »Die Franzosen haben mein Leben zerstört! Sie haben mir Jules genommen. Und du wirst zu ihrer Hure?«

»Nein!«, rief Letizia. »So ist das nicht! Das stimmt nicht.«

»Aber ich habe dich ja selbst gesehen.« Die Stimme ihrer Schwester überschlug sich. »Im Dorf! Und am Stall, mit dem verfluchten Commissaire! Wieso nur? Wieso nur tust du mir das an? Das ist schlimmer als alles andere. Bedeutet dir mein Leid denn gar nichts?«

Letizia suchte verzweifelt nach Worten. »So ist das nicht. Es …«

»Und das soll ich dir glauben?« Thérèses Gesicht war so hart und kalt, wie Letizia es noch nie erlebt hatte. »Nach allem, was ich da drin gerade gesehen habe? Du und der Caratoli? Du und der Franzose? Wer noch, Schwester, sag es mir, wer noch?«

»Caratoli?«, stieß ihre Mutter ungläubig aus. Und erneut, lauter: »Caratoli?«

Anstelle einer Antwort ließ Thérèse die beiden Zeichnungen, die sie noch immer in den Händen hielt, über das Geländer fallen.

»Nein!« Letizia stürzte die Treppe hinunter, wollte sie abfangen, doch es war zu spät. Ihre Mutter griff danach, jegliche Farbe wich ihr aus dem Gesicht. »Also ist es wahr«, stieß sie voll Abscheu hervor.

Panisch sah Letizia zwischen ihrer Mutter und ihrer Schwester hin und her. »Nein! Ich … es … ich musste … ich hatte …«

»Wie viele?«, unterbrach ihre Mutter sie mit schriller Stimme, krallte ihre Finger in das Papier. Knüllte es zusammen, bevor Letizia es ihr entreißen konnte. Die Enttäuschung in den Augen ihrer Mutter mischte sich mit Verachtung und traf Letizia bis ins Innerste. Sie war nicht in der Lage, etwas zu antworten.

»Mit wie vielen Männern bist du noch ins Bett gegangen?«, setzte ihre Mutter unbarmherzig nach.

»Das hast du nicht getan!«, klang es zutiefst erschüttert von der Flurtür herüber. Sofia hatte das Haus betreten. »Sag, dass du das nicht getan hast!«

»Ihr versteht das nicht«, schluchzte Letizia. Wie sollte sie sich nur erklären? »Ich musste Matteu retten. Ich habe es für ihn getan!«

»Matteu? Matteu Caratoli?« Ihre Mutter schwankte, griff nach dem Treppengeländer.

»Ich liebe ihn«, flüsterte Letizia schluchzend. Sie fühlte sich ohnmächtig. Jedes Wort, das sie sagte, machte alles nur noch schlimmer.

Maria Bonaceri sank so plötzlich auf die Stufen, als hätten ihre Beine unter ihr nachgegeben. »Einen Caratoli? Einen Mörder? Meine Tochter ist zur Hure geworden für einen Caratoli?«

»Ich liebe ihn«, wiederholte Letizia hilflos. »Und er liebt mich!«

Ihre Mutter schloss die Augen, sagte tonlos: »Verlass mein Haus. Du gehörst nicht mehr zu dieser Familie.«

Letizia erstarrte, ihre Kehle zog sich zusammen. Hilfe suchend wandte sie sich ihrer Großmutter zu. »Minnanna, sag etwas. Du verstehst mich doch.«

Sofia aber schüttelte abweisend den Kopf, sagte traurig: »Ich habe dich immer unterstützt. Offenbar war das wirklich ein Fehler. Nie hätte ich gedacht, dass du unserer Familie so etwas antun würdest.«

Selbst ihre Großmutter war gegen sie? Diejenige, die immer ihr Halt war? Letizias Herz gefror zu Eis. »Aber wir wollen heiraten.«

»Keinen Mörder!«, stieß Sofia hart aus.

»Wir wollen eine Familie gründen«, versuchte Letizia es verzweifelt erneut.

»Dann soll dieser Mörder sich um dich und seine Bastarde kümmern«, zischte Maria Bonaceri. »Ich habe meine Tochter nicht *zur Dorfhure erzogen! Ich kenne dich nicht mehr.« Ihre Worte trafen Letizia wie ein Schlag in die Magengrube, raubten ihr die Luft.*

»Das meinst du nicht ernst«, keuchte sie.

Ihre Mutter erhob sich schwankend, musste sich am Geländer festhalten, doch ihr Blick war hart und kalt, ihr Finger wies Letizia ohne Zittern die Tür. »Verschwinde aus meinem Haus!«

»Mama«, flüsterte Letizia, während irgendwo hinter ihr Thérèse aufheulte.

»Sofort!«

Ein letzter flehentlicher Blick zu ihrer Großmutter. »Minnanna, *bitte …«*

Doch Sofia sah starr nach unten.

Letizia bekam keine Luft mehr, vor ihren Augen verschwamm das Zimmer. Sie wich zurück, wankte aus der Tür und in den Stall. Alles drehte sich, sie konnte keinen klaren Gedanken fassen. Sie zog die Tasche mit ihren Sachen aus dem Versteck, sattelte Napoleon und ritt los. Wer immer ihr im Dorf begegnete, wandte sich ab, doch das nahm sie nur am Rande wahr. Sie spürte nicht die Sonne, nicht den Wind, trieb Napoleon an. Weiter und immer weiter. Bis sie endlich die Bucht erreicht hatte. Die Bucht, in der heute Nacht das Schiff anlegen würde, das sie in ein neues Leben führte. In ein Leben mit Matteu.

Erschöpft saß sie ab und sank in den Sand. Sie wusste, dass er kommen würde. Sie wusste, dass er sie liebte. Das war das Einzige, woran sie sich noch klammern konnte.

Sie verspürte keinen Hunger, keinen Durst, die Minuten wurden zu Stunden, doch sie nahm es kaum wahr. Am Himmel zog ein Fischadler seine Kreise, die Sonne stieg höher und höher und sank schließlich wieder. Die Sterne erschienen am Himmel. Zeit hatte keine Bedeutung. Und doch fieberte sie dem Moment entgegen.

Das Boot kam.

Und legte wieder ab.

Ohne sie.

Matteu war nicht gekommen.

Letizia sank zu Boden, ihre Hände krallten sich in den Sand auf der Suche nach Halt, doch er rieselte durch ihre Finger. Wie das Glück. Wie die Liebe. Wie ihr Leben.

Es war vorbei.

Meine Kehle ist wie zugeschnürt, ich muss das aufsteigende Schluchzen tief nach unten schieben, um nicht in Tränen auszubrechen. Mit zittrigen Händen taste ich nach dem nächsten Blatt, doch da ist keines mehr, das ich noch nicht kenne. Ich suche unter dem Kissen und der Decke, auf dem Boden und unter dem Bett. Nichts.

Im Koffer meines Vaters kann ich sie aber nicht vergessen haben, dort lagen nur noch ein paar einsame Kleidungsstücke.

Enttäuscht zerknülle ich die Decke unter meinen Händen. Wieso enden die Aufzeichnungen ausgerechnet hier? Wie ging es weiter? Und wer ist Matteu? Mein Vater? Natürlich. Deshalb wollte er nicht nach Korsika zurückkehren. Er hat seinen Namen geändert. Aber mein Vater würde doch niemals einen Mord begehen! Wenn er ihn überhaupt begangen hat. Meine Mutter glaubte nicht daran und ich tue es ebenfalls nicht. Aber wer weiß schon, was ein Mensch aus Liebe alles zu tun in der Lage ist. Wenn ich allein daran denke, was meine Mutter getan hat …

Mein Herz zieht sich zusammen, gleichzeitig bin ich wie betäubt, kann das alles noch gar nicht wirklich an mich heranlassen, es nur stückweise erfassen. Was ich erfahren habe, klingt so fernab meiner Welt, meiner Realität, dass ich es einfach nicht glauben kann. Und doch muss es so gewesen sein. Aber wie fanden meine Eltern wieder zusammen? Dass sie es taten, ist schließlich selbstverständlich, immerhin haben wir ja zusammen in Amerika gelebt. Wenn ich mich auch kaum daran erinnere. Außerdem gibt ein Großteil der Aufzeichnungen die

Sicht meines Vaters wieder. Er muss sie meiner Mutter geschildert haben, sodass sie auch diese niederschreiben konnte. Oder?

Erschöpft lehne ich mich zurück. Hunderttausend Gedanken und noch viel mehr Fragen schießen durch meinen Kopf wie ein Sternschnuppenregen.

Draußen graut bereits der Morgen, ich sollte mich wenigstens ein bisschen ausruhen, sitze hier ja noch immer vollkommen angezogen. Erschöpft rutsche ich vom Kopfteil des Bettes nach unten, lege mich hin, kann aber nicht stillhalten, geschweige denn schlafen.

Der Fischer von gestern kommt mir in den Sinn, Fillipu. Aber kann es wirklich jener Fillipu sein, von dem meine Mutter schreibt, er habe Giorgio Bonaceri erschossen? Das würde erklären, warum mein Vater gestern so schlecht auf den Fischer zu sprechen war, um keinen Preis in dessen Haus übernachten wollte und …

Ich zucke zusammen, sitze plötzlich kerzengerade.

Wenn jener Fillipu der Fillipu ist, von dem in diesen Papieren die Rede ist, dann … ist er mein Onkel.

Jahrelang gab es nur meinen Vater und mich. Kann es wirklich sein, dass ich noch mehr Familie habe? Auch das ist eine Vorstellung, an die ich mich erst herantasten muss.

Noch nie habe ich mich dermaßen überfordert gefühlt.

Vor allem jedoch muss ich wissen, wie es weiterging. Am liebsten würde ich sofort zu meinem Vater rennen und ihn wecken, aber so schlecht, wie es ihm gestern Abend ging, kann ich ihm das nicht antun. Ich muss mich gedulden, obwohl es mir so schwerfällt wie nie etwas zuvor.

Jetzt erst verstehe ich, warum er gestern so vollkommen aufgelöst war. Was ich allerdings nicht verstehe, ist, warum er mir das alles nicht schon viel früher erzählt hat.

Aufgewühlt wälze ich mich im Bett herum, gebe schließlich auf und greife erneut nach dem Stapel, ziehe ein Blatt hervor, das ich zuvor achtlos aussortiert hatte, weil nur ein Satz darauf geschrieben steht: *Unter ihr lag das Dorf.*

Ich dachte, es sei ein verworfener Formulierungsversuch. Jetzt frage ich mich allerdings, ob nicht vielleicht nur die Übersetzung unvollendet geblieben ist. Weil mein Vater es emotional nicht mehr hatte verkraften können? Oder mit Absicht? Gibt es etwas, das er mir sogar jetzt noch verheimlichen will?

Ich ziehe den Stapel Originale zu mir heran, greife nach den letzten Seiten. Was Dorf auf Korsisch bedeutet, weiß ich inzwischen: *paesu.* Und tatsächlich, auf der letzten Seite finde ich dieses Wort. Das mag nichts heißen, aber es bestärkt mich in meiner Vermutung.

Nachdenklich kaue ich auf meiner Wange. Was, wenn ich meinen Vater bitte, die letzten Seiten des Originals zu übersetzen, er mich aber erneut belügt?

Plötzlich meine ich keine Luft mehr zu kriegen, erscheint mir der Raum stickig und eng. Das Blatt noch in der Hand, stürze ich zum Fenster, reiße es auf und atme so gierig die frische, salzige Luft ein, als sei ich ohne Sauerstoff auf einem Tauchgang gewesen und hätte gerade die Wasseroberfläche durchbrochen. Nein – ich muss Raphaël darum bitten, ihm vertraue ich zu einhundert Prozent.

Ich angele meine Umhängetasche von der Stuhllehne, falte das Blatt Papier vorsichtig und schiebe es hinein. Etwas beruhigter sehe ich aus dem Fenster.

Das Meer liegt still und glatt da, ein Silbertablett, in dem sich der gerade erwachende Himmel spiegelt. Im Dorf ist noch alles ruhig, nur ein Mann zu sehen. Er steht auf der anderen Straßenseite im Schatten des Gebäudes. Und starrt zu mir herauf.

Erschrocken weiche ich hinter den Fensterrahmen zurück, muss aber schon im nächsten Moment über mich selbst den Kopf schütteln. Der Mann dort draußen wird einfach nur die

Hausfassade bewundert haben. Warum auch immer. Ich schiebe mich vorsichtig zurück ans Fenster, spähe nach draußen.

Der Mann steht immer noch da, das Gesicht fast völlig verborgen vom Bart und der Schiebermütze, und er sieht noch immer hoch. Zu meinem Fenster. Eindeutig, sein Kopf ist in den Nacken gelegt. Ich bin ganz sicher. Eiskalt läuft es mir über den Rücken, Mein Herz klopft wild, mein Puls rast.

Ein zweiter Mann kommt hinzu. Ich sehe ihn nur von hinten. Es könnte Fillipu sein, aber sicher bin ich mir da nicht. Er scheint den Fremden von irgendetwas überzeugen zu wollen, redet wild gestikulierend auf ihn ein, doch der andere reagiert nicht. Stattdessen sieht er immer wieder zu meinem Fenster hoch. Worüber diskutiert der andere so aufgebracht? Hat es etwas mit meinem Vater zu tun? Oder mit mir? Schließlich versucht der Hinzugekommene, den anderen fortzuziehen, dieser jedoch wird ärgerlich, schlägt die gereichte Hand beiseite und sie streiten mit gedämpften Stimmen weiter. Zunehmend ärgerlicher, bis Fillipu – wenn er es denn ist – plötzlich aufgebracht die Arme hochwirft, davonstürmt. Der Fremde sieht ein letztes Mal hoch, wendet sich dann ebenfalls zum Gehen.

Ich zögere keine Sekunde, werfe mir die Tasche über die Schulter und schlüpfe in meine Schuhe. Kaum habe ich hinter mir abgeschlossen, renne ich schon die Treppe hinunter und an der überraschten Vermieterin vorbei, die gerade die Küche aufschließt, wohl um das Frühstück vorzubereiten. Sie ruft mir etwas nach, doch ich habe keine Zeit für Erklärungen, stürme aus der Tür. Hier, im Schatten der Häuser, liegt noch die Kühle der Nacht. Fröstelnd blicke ich mich um, sehe den Mann gerade noch links am Ende der Gasse den Weg zu den Klippen einschlagen.

Mit klopfendem Herzen hefte ich mich an seine Fersen, folge ihm hinunter an den Strand. Auf der anderen Seite der

Bucht steigt er die Klippen hinauf. Ich, in einigem Abstand, ebenso.

In Serpentinen windet sich der schmale Trampelpfad um die Felsen, sodass er mir immer wieder aus dem Blickfeld huscht, ich einige Male sogar fürchte, ihn verloren zu haben. Schließlich jedoch erreiche ich das oberste Felsplateau, trete hinter der letzten Felsbiegung hervor. Und sehe ihn.

Er steht mit dem Rücken zu mir am Rand der Klippen, blickt reglos aufs Meer hinaus.

Unsicher verharre ich.

Plötzlich lässt er sich auf einem Stein nieder, zieht etwas aus seiner Weste – ein Foto?

Langsam nähere ich mich, überlege, wie ich ihn ansprechen und was ich sagen soll.

Er bemerkt mich nicht, scheint vollkommen in die Betrachtung des Bildes versunken.

Ich mache noch einen Schritt auf ihn zu – und mein Herz bleibt stehen.

Was er da in der Hand hält, ist ein Foto. Ein abgegriffenes, fast verblichenes Bild mit zahlreichen Knicken. Ein Foto von mir. Als kleines Mädchen in dem Tüllkleid meiner Erinnerung.

Ich keuche auf.

Erschrocken sieht er über die Schulter. Und schnellt hoch.

»Woher haben Sie das?«, frage ich mit bebender Stimme und deute auf das Bild. »Wer hat Ihnen das gegeben?«

Seine Hand mit dem Foto zuckt zurück, als wolle er es hinter seinem Rücken verstecken, doch dann lässt er sie wieder sinken. »Du erinnerst dich nicht an mich.« Es klingt traurig und resigniert, aber nicht überrascht.

Jetzt erst wird mir bewusst, dass ich ihn auf Englisch angesprochen habe. Und er ebenso geantwortet hat. Verwirrt trete ich zurück, runzele die Stirn. »Wer sind Sie? Was haben Sie vor der Pension gemacht? Haben Sie mich etwa beobachtet?«

Er starrt mich stumm an. So lange, dass ich schon glaube, er habe mich nicht verstanden. »Woher haben Sie dieses Foto?«, frage ich erneut, dieses Mal schärfer.

Ein wehmütiger Ausdruck huscht über sein Gesicht. Zögerlich sagt er: »Ich kannte deine Mutter. Und kenne deinen Vater. Ich weiß, warum du hier bist. Auf welche Fragen du eine Antwort suchst.«

»Woher? Von Fillipu?«

Er nickt.

»Warum? Wer sind Sie?«

»Gute Frage …«, antwortet er mit traurigem Lächeln. »So etwas wie ein Schatten vielleicht. Eine Geschichte, die längst vergessen wurde.«

Ich kann mit seiner kryptischen Aussage nichts anfangen, mustere ihn misstrauisch.

Er sieht erneut auf das Bild hinab, streicht mit zittrigen Fingern am zackig geschnittenen weißen Rand entlang und dann wieder hoch zu mir. »Du siehst deiner Mutter so unfassbar ähnlich.«

»Was wissen Sie über meine Mutter?«, frage ich und kann das Zittern in meiner Stimme nicht unterdrücken.

Er sieht über das Meer in die Ferne. »Alles.«

Mein Herz setzt für einen Moment aus, meine Knie sind plötzlich ganz weich. Ich muss mich am Felsen festhalten. »Ich habe in den letzten Tagen eine Menge über meine Mutter erfahren. Dinge, die …« Ich halte inne, weiß noch immer nicht, ob ich ihm trauen kann. »Wussten Sie, dass sie Korsika verlassen wollte?«

Er nickt. »Ihre Familie hatte sie verstoßen.«

»Wissen Sie auch, warum?«

»Es hieß, sie hätte ein Verhältnis mit … einem französischen Polizisten und … einem Caratoli namens Matteu. Der wegen Mordes gesucht wurde.«

»Sie hatte kein Verhältnis mit Dubois!«, verteidige ich meine Mutter heftig. »Sie wollte nur ihre große Liebe retten! Und er hat es schamlos ausgenutzt, sie erpresst.«

In den Augen meines Gegenübers schimmert es. »Das wusste Matteu aber nicht. Jedenfalls nicht zu diesem Zeitpunkt. Er war aufgewühlt, durcheinander. Er hatte seinen kleinen Bruder verloren. Ein Mord war geschehen. Alles schlug über ihm zusammen.«

»Und später wurde es ihm klar?« Also kennt er die Geschichte meiner Eltern tatsächlich. Aber wirklich die ganze? »Was ist dann passiert? Wie haben meine Eltern zusammengefunden? Ist er später doch noch aufgetaucht? Wie sind sie geflohen? Und warum kam er nicht rechtzeitig? Und was war mit …« Wieder verharre ich, versuche, meine Ungeduld zu bezähmen und zumindest die restlichen einhundertzwanzig Fragen hintanzustellen.

Mit zur Seite geneigtem Kopf mustert er mich, unsicher, grüblerisch. »Warum er nicht rechtzeitig aufgetaucht ist? Wahrscheinlich, weil einfach bei jedem Menschen irgendwann der Punkt erreicht ist, an dem er zusammenbricht. Ich denke, so war es bei deinem Vater damals. Er hatte gekämpft. Gegen Traditionen und Hass und die Dummheit der Menschen. Für die Liebe seines Lebens war er bereit gewesen, alles aufzugeben. Er litt unter dem Tod seines kleinen Bruders und dem nahenden seines Vaters. Gab sich an beidem die Schuld. Auch seine Mutter war nur noch ein Schatten ihrer selbst. Und es gab noch einen Grund. Einen, den er ihr nicht verraten konnte. Das alles zerstörte ihn Stück für Stück. Und nun sah er die Frau, die er liebte, den Commissaire küssen. Seine Gefühle schlugen über ihm zusammen wie eine riesenhafte Welle, zogen ihn hinab in eine nie gekannte Tiefe, eine Dunkelheit, die endlos war. Für sie hatte er alles geopfert, was er liebte. Und jetzt hatte sie ihn an den Commissaire verraten? Hatte sie diesen zu ihm geführt?

War es ihr darum gegangen, als sie versuchte, ihn zum Bleiben zu bewegen? Hatte sie nur Zeit schinden wollen, bis die Polizei eintraf? Hatte sie den Mörder eines Bonaceri ausliefern wollen? War ihr die Familie und deren Rache doch über die eigene Liebe gegangen?«

»Nein!«, stoße ich aus. »Das stimmt nicht.«

Traurig nickt er. »Das wusste Matteu aber nicht. Überhaupt wusste er in diesem Moment nicht mehr, was er glauben sollte. Oder was er tun sollte. In ihm tobten Schmerz und Wut und Verzweiflung. Er konnte Wahrheit nicht mehr von Lüge unterscheiden, Hoffnung nicht von Realität. Und so flüchtete er. Flüchtete vor dem Anblick und vor dem, was dieser ihn glauben ließ. Tiefer und immer tiefer in die Macchia hinein. Völlig umnachtet irrte er tagelang durch den *grünen Palast*. Bis er endlich wieder zur Besinnung fand.«

»Und zurückkam? Rechtzeitig? Und sie verließen Korsika gemeinsam?« Ich erflehe diese Antwort regelrecht, doch sie bleibt aus. In seinen Augen glänzt es verdächtig.

Reglos starre ich ihn an, kann nicht an mich heranlassen, was seine Worte zu bedeuten haben, *will* es nicht an mich heranlassen. Doch es ist wie ein Stein, der in einen See geworfen wird. Er geht unter, aber er zieht Kreise, die größer und größer werden und schließlich das Ufer erreichen. »Und … Matteu?«

Die Stimme des Mannes klingt brüchig und so leise, dass es mir fast so erscheint, als würde ich sie mir nur einbilden. »Er erfuhr die Wahrheit. Über das, was Letizia auf sich genommen hatte, um ihn zu retten. Vom Gendarmen, der damals dabei war. Doch es war zu spät. Sie war fort. Selbst wenn er Korsika hätte verlassen können – wo sollte er sie suchen? Wie sollte er sie finden?«

»Und dann?«, flüstere ich atemlos.

»Schwor er Rache.«

Mit jedem Wort ist er ein wenig mehr in sich zusammengesunken. Jetzt bedeckt er mit der Hand seine Augen. »Das war, was ihn am Leben hielt, nachdem er alles verloren hatte. Doch der Commissaire hatte die Insel ebenfalls verlassen. Matteu konnte ihm nicht folgen. Er wurde mit Haftbefehl gesucht. Die Gefahr, aufgegriffen zu werden, bevor er sich an Dubois gerächt hätte, war außerhalb der ihm vertrauten Gegend viel zu groß. Aber Matteu wusste, dass Dubois zurückkehren würde. Er hatte sich für fünf Jahre aufs Festland versetzen lassen. Fünf Jahre waren nichts in den Dimensionen von Rache. Er musste nur warten. Der Moment würde kommen, an dem er sich an ihm würde rächen können für das, was er Letizia angetan hatte.«

Mein Herz schlägt mir bis zum Hals, in meinen Ohren rauscht das Blut. »Nicht mein Vater ist Matteu. *Sie* sind Matteu.«

Er lässt seine Hand sinken. Sein Blick lässt mich bis auf den Grund seines Herzens blicken. Auf unfassbare Verzweiflung. Und noch viel größere Liebe.

Langsam nickt er.

Ich weiß nicht, was ich sagen soll. Weiß nicht einmal, was ich fühlen soll. Wortlos weiche ich zurück, bin vollkommen überfordert. Kann es wirklich sein, dass diese große Liebe, diese alle Grenzen überwindende Liebe, die sich meine Mutter von der Seele geschrieben hat, gar nicht meinem Vater galt, sondern diesem fremden Mann hier vor mir? Einem Mörder?

Mein Vater! Ich muss mit meinem Vater reden!

»Nein, bitte, bleib!«, fleht Matteu, doch ich fahre herum, renne den Trampelpfad wieder hinunter, nein stolpere und rutsche ihn hinunter, weiter und immer weiter, bis ich hinter einer Kurve plötzlich mit jemandem zusammenstoße – Raphaël. Ich falle ihm aufgelöst in die Arme.

»Gott sei Dank, du bist in Ordnung!«, ruft er. »Ich bin fast gestorben vor Schreck, als deine Vermieterin mir sagte, du seist wie von der Tarantel gestochen zu den Klippen gerannt. Wieso nur kannst du nicht ein einziges Mal auf mich hören? Du solltest doch in der Pension auf mich warten und …« Er bricht ab, als er mich auf Armeslänge von sich hält und mein Gesicht sieht. »Was ist passiert?«

»Ich weiß es nicht«, stammele ich, vollkommen durcheinander. »Ich meine, ich weiß es schon, aber ich kann es einfach nicht glauben. Obwohl ich spüre, dass es die Wahrheit ist. Aber wieso hat mein Vater mir nie davon erzählt? Und …«

»Ganz ruhig. Setz dich erst einmal und atme tief durch.« Er zieht mich zu einem niedrigen Felsen und geht vor mir in die Hocke. Behutsam streicht er mir das Haar hinters Ohr, das schon längst dem Flechtzopf von gestern entkommen ist und wirr in alle Richtungen absteht. »Also?«

Anstelle einer Antwort wühle ich fahrig in meiner Tasche, ziehe das zusammengefaltete Blatt Papier hervor. »Was steht hier? Kannst du mir das übersetzen?«

Er guckt überrascht, entfaltet das Papier, überfliegt es und runzelt die Stirn, sein Blick huscht zu mir, dann wieder auf den Text. Mit leiser Stimme liest er.

»Sie weinte nicht mehr, denn wenn sie es noch einmal täte, würde sie nie wieder damit aufhören können.

Sie stand auf den Klippen. In ihrer Hand hielt sie die Zeichnung von Matteus Gesicht, die sie einst zu Papier gebracht hatte. Damals, an jenem heißen Markttag vor gefühlt einer Million Jahren. In einem anderen Leben. Es war eines der Andenken, die sie hatte mitnehmen wollen.

Jetzt zerriss sie das Bild stattdessen in unzählige winzig kleine Fetzen. Wie Schnee schwebten sie in der Luft über dem Wasser tief unter ihr. Sie sah ihnen nach, wie der Wind sie hochhob, sie auseinandertrieb und weit über das Meer hinwegtrug. Nie wieder würden sie eingesammelt und zusammengefügt werden können. So wie ihr in tausend Stücke zersprungenes Herz. Ein Loch klaffte dort, wo es sich einst befand. Anders konnte sie sich die Leere in ihrem Inneren nicht erklären.

Die Sonne brannte herab. Der Regen war nur ein leeres Versprechen gewesen. Wie Matteus Liebe. Nur ein Trugschluss. Nur ein Irrtum. Nur ein … Fehler.

Sie trat an die Kante, starrte hinunter in den Abgrund. Sie könnte das alles beenden. Nur ein Schritt. Nur ein kleiner Schritt, und all der Schmerz hätte ein Ende.

»Das willst du nicht wirklich tun«, erklang eine weiche Stimme.

»Wie hast du mich gefunden?« Sie war nicht in der Lage, irgendein Gefühl zu empfinden. Nicht einmal Überraschung.

»Deine Großmutter … sie gab mir das hier.« Er hielt ihr den Zettel hin, auf dem Antonio den Treffpunkt und den Tag notiert hatte. Sofia musste ihn gefunden haben. »Deine Großmutter lässt dir ausrichten, du sollst nicht aufgeben. Niemals, auch wenn sie deinen Weg mit Matteu nicht unterstützen kann.« Cristo trat neben sie, griff nach ihrer Hand, zog sie sanft zurück.

Sie sah noch immer in die Tiefe. »Was habe ich denn schon für Möglichkeiten?«, gab sie tonlos zurück.

»Geh mit mir fort.«

Ungläubig sah sie auf. »Nach allem, was geschehen ist? Das kannst du nicht wollen.«

»Nie habe ich etwas mehr gewollt.« Sein sanftes Gesicht war ernst, sein honigbrauner Blick voller Wärme.

»Aber … hast du nicht gehört, was … geschehen ist?«

»Doch. Aber es ist mir egal. Ich verstehe, warum du das alles getan hast. Ich weiß, was man für die Liebe zu tun bereit ist. Und ich liebe dich, seit ich denken kann.«

»Du bist mein bester Freund, jedenfalls warst du es einmal«, flüsterte sie. »Ich werde dich nie anders lieben können. Ich werde überhaupt nie wieder lieben können.«

»Jetzt nicht, ich weiß, aber vielleicht irgendwann. Wir haben alle Zeit der Welt. Und wir haben die ganze Welt. Ich habe nichts mehr, was mich hier hält, sobald du fort bist, und du hast nichts mehr, was dich hier hält. Ludovica ist von ihrer Schwester abgeholt worden, wird bei ihr leben. Edmond soll die Messerschmiede haben. Er bereut von ganzem Herzen, was geschehen ist. Jeder hat eine zweite Chance verdient. Und wir beide können uns woanders zusammen etwas aufbauen. Weit weg von schiefen Blicken und bösen Worten.«

»Du hast etwas Besseres verdient als mich. Das Beste der Welt.«

»Du bist das Beste für mich!«, endet Raphaël und lässt das Blatt sinken. »Was ist das? Woher hast du das?«

Ich bin nicht in der Lage, ihm zu antworten, weiß überhaupt nicht mehr, was ich denken soll. Gerade eben noch war ich davon schockiert, dass ein Mörder die große Liebe ihres Lebens war anstelle meines Vaters, und jetzt … jetzt frage ich mich, wie sie einfach so umschalten und mit jemand anderem mitgehen und ein neues Leben beginnen konnte.

»Wie konnte sie das tun?«, frage ich Raphaël in einem seltsamen Anflug von Wut. »Einfach so mit einem anderen mitgehen? Ich meine … natürlich hätte sie sich nicht umbringen sollen, aber trotzdem … Wieso?«

»Vielleicht hat sie nicht alles niedergeschrieben«, sagt Raphaël leise. »Möglicherweise hatte sie einen guten Grund. Einen Grund, der ihr wertvoller war als alles andere.«

Irritiert sehe ich auf. »Dann hätte er mir das doch aber gesagt. Angeblich kennt er doch die ganze Geschichte. Oder tut er das noch nicht?«

»Wer? Von wem redest du?«

»Matteu.« Ich bin so vollkommen durcheinander. Erst jetzt fällt mir ein, dass ich Raphaël noch gar nichts von ihm erzählt habe. »Ich habe mit ihm gesprochen«, versuche ich, rasch zu erklären. »Er ist da oben.« Ich deute in Richtung Felsplateau.

Raphaël erstarrt. Einige Atemzüge lang herrscht Stille, dann fasst er mich bei den Schultern, sagt eindringlich: »Du weißt, dass er der Mann ist, der die Antworten auf alle Fragen liefern kann.«

Ich starre stumpf auf den Kies. Will ich sie überhaupt noch wissen? Ich bin mir nicht mehr sicher. Ein ungutes Gefühl ballt sich in meinem Magen zusammen. Doch jetzt gibt es kein Zurück mehr. Ich weiß selbst, dass mich die Unsicherheit sonst zermürben wird.

»Also gut«, flüstere ich. Raphaël hilft mir hoch, und mit ihm an meiner Seite kehre ich mit vor Nervosität flatterndem Magen wieder auf das Plateau zurück.

Je näher wir dem letzten Felsen kommen, der uns den Blick versperrt, desto schneller geht mein Atem. Vielleicht ist Matteu ja ohnehin bereits fort. Ich weiß nicht, ob ich es mir erhoffen soll oder nicht.

Schließlich treten wir um die letzte Wegbiegung. Mein Puls fängt an zu rasen.

Er ist noch da.

In sich zusammengesunken sitzt er auf dem Stein, hebt jetzt den Kopf, sieht mich ungläubig an, bis plötzlich unbändige Freude seine Züge überzieht.

»Danke«, stößt er aus, Tränen in den Augen.

Dabei habe ich gar nichts getan, als zu ihm zurückzukommen.

Sein Blick huscht zu Raphaël, und ich verschränke unser beider Finger, um zu zeigen, dass er zu mir gehört. Matteu scheint das zu verstehen, nickt leicht. Sein Blick kehrt zu mir zurück, tastet mein Gesicht ab und ein wehmütiges Lächeln umspielt seine Lippen. »Du siehst ihr so unfassbar ähnlich«, flüstert er erneut. Seine Hände, die noch immer mein Foto halten, zittern.

Ich streiche mir verlegen das Haar hinters Ohr. »Wenn Sie …«

»Bitte nenn mich Matteu.«

Es fühlt sich seltsam an auf meiner Zunge, ihn zu duzen, doch ich versuche es. »Wenn du Matteu bist und … noch immer gesucht wirst, wie … wo … lebst du dann?«

»Mal hier, mal da«, sagt er. »Mal in den Bergen, mal am Meer. Mal am Südende, mal im Norden. Korsika ist groß. Ich fische, jage, arbeite als Tagelöhner. Solange ich niemanden auf mich aufmerksam mache, geht das. In Frankreich verjährt ein Mord nach zehn Jahren.«

Er hat versucht, es leichthin zu sagen. Als wolle er nicht, dass ich mich sorge. Doch der erschöpfte Ausdruck in seinem Gesicht und die tiefen Sorgenfalten sprechen eine andere Sprache.

»Das ist die juristische Seite«, sage ich zögerlich, ohne meinen Satz zu beenden.

Er versteht mich auch so, wie sein schmerzvoll verzogenes Gesicht mir zeigt. Tief atmet er durch, gibt schließlich leise zu: »Die Schuld, die man mit sich herumträgt, verjährt nie.«

Der gequälte Tonfall jagt mir einen Schauer über den Rücken. Auch nach so vielen Jahren noch ist er also nirgendwo wirklich zu Hause. Und auch wenn er anscheinend keine Strafverfolgung mehr fürchten muss, so doch wahrscheinlich noch immer den langen Arm der Vendetta. Viel schlimmer als beides zusammen ist jedoch ganz offensichtlich sein Schuldgefühl, seine innere Zerrissenheit. Wie kann jemand nur ein solches Leben führen, ohne daran zu verzweifeln? Was hält ihn aufrecht? »Du hast vorhin gesagt, dass du zum damaligen Zeitpunkt noch nicht wusstest, dass Mama … dich nicht verraten, sondern gerettet hat. Das heißt aber, dass du es irgendwann erfahren hast. Von ihr? Seid ihr euch noch einmal begegnet?«

»Und haben Sie sich am Commissaire gerächt?«, hakt Raphaël mit gerunzelter Stirn nach.

Matteu mustert ihn. Etwas flackert in seinen Augen. Sie sind wie Kohlestücke, so dunkel und glühend. »Dubois ist tot.«

Ich keuche auf. Wegen seiner Aussage, aber auch, weil der Griff von Raphaëls Hand plötzlich schmerzhaft fest wird. Erschrocken entziehe ich ihm die meine, wende mich wieder Matteu zu.

»Aber … was ist mit Mama? Heißt das … ihr habt euch niemals wiedergesehen?«

Ein trauriges Lächeln zieht über sein Gesicht. »Doch.«

Fünfundzwanzig Jahre zuvor

Mit einem traurigen Lächeln beobachtete Letizia, wie aus dem Morgennebel langsam die *Insel der Schönheit* auftauchte. Wie ein Gemälde. Wie ein Traum. Ein Traum, der sie Nacht für Nacht begleitete. Seit sie Korsika verlassen hatte. Ohne Matteu. Aber nicht allein. Fünf Jahre war das jetzt her.

Der Fahrtwind spielte mit Letizias Haar, zerrte an ihrem Rock, Gischt spritzte auf ihre Beine.

Fünf Jahre.

Eine Ewigkeit.

Und doch nicht genug, um Matteu zu vergessen.

Ein Zittern ging durch das Schiff, als es den Kurs etwas änderte, um den Hafen anzusteuern.

Jetzt war es bald so weit. In Letizias Innerem flatterte es, wie wenn ein Vogel in ihr wäre, der seinem Käfig zu entkommen suchte.

Fünf Jahre, in denen sie gelitten, gehofft und gebangt hatte.

Noch immer fiel ihr das Atmen schwer, wenn sie an die erste Zeit zurückdachte. Sie hatte als Zimmermädchen gearbeitet, als Kellnerin und sogar als Ticketverkäuferin in einem Kino. Und immer einen Teil des Geldes nach Hause geschickt. Vor allem aber schrieb sie Briefe nach Hause. Immer und immer wieder. Briefe, in denen sie versuchte, sich zu erklären, und in denen sie um Versöhnung bat.

Es kam nie eine Antwort. Das Geld jedoch nahmen sie.

Irgendwann gab sie es auf.

Inzwischen arbeitete sie nicht mehr als Kellnerin. Ein Dozent der Ohio University hatte ihre Begabung für Kunst entdeckt und alle Hebel in Bewegung gesetzt, damit sie an den Aufnahmeprüfungen der Fakultät für bildende Künste teilnehmen konnte und ein Stipendium erhielt. Es ging aufwärts. Wenn das neue Semester begann, würde sie Studentin und damit endlich Teil der Welt sein, der sie sich schon immer zugehörig gefühlt hatte. Sie sollte glücklich sein, war es auch. Aber nur ein Teil von ihr. Der andere vermisste ihre Heimat und ihre Familie. Vor allem aber vermisste er Matteu. Trotz allem.

Und dann, vor wenigen Wochen, erreichte sie plötzlich der Brief, auf den sie immer gehofft, aber mit dem sie schon nicht mehr gerechnet hatte.

Sie konnte es noch immer nicht fassen, wenn sie daran zurückdachte.

Ihre Hände hatten gezittert, als sie ihn öffnete. Selbst bei der Erinnerung daran musste sie tief durchatmen, wanderte ihre Hand reflexartig zu dem Brief in ihrer Tasche. Obwohl sie ihn bereits so oft gelesen hatte, dass das Papier längst ganz dünn war und sie den Inhalt auswendig kannte, faltete sie ihn auf und überflog ihn erneut.

Liebe Schwester!
Ich weiß nicht, ob Du diesen Brief überhaupt öffnen wirst. Ich könnte es Dir nicht verdenken, wenn Du es nicht tätest. Ebenso wie ich es Dir

nicht verdenken kann, wenn Du, solltest Du ihn lesen, nicht antwortest.

Es gibt keine Worte, die beschreiben können, wie sehr ich bereue, was geschehen ist. Und selbst in diesem Moment weiß ich nicht, woher ich überhaupt den Mut nehme, Dir zu schreiben – nach allem, was ich Dir angetan habe.

Vielleicht ist es die viel zu späte Einsicht, dass Liebe etwas ist, das sich jeder Erklärung entzieht. Dass sie stärker ist als alle menschengemachten Hindernisse. Dass sie selbst da gedeiht, wo nichts als verbrannte Erde existiert. Wo man sämtliche Gefühle für abgestorben hielt.

Lange Zeit konnte ich Deine damalige Handlungsweise nicht verstehen. Jetzt tue ich es. Und der Grund ist Bertrand.

Nie hätte ich geglaubt, dass mir jemals wieder ein solches Glück zuteilwerden würde. Doch es ist geschehen. Dank dir. Du hattest recht, als Du sagtest, ich müsse mich von der Vergangenheit lösen, um glücklich zu werden. Ich kann Dir nicht genug danken dafür, dass Du mir den Weg gewiesen hast. Ich liebe Bertrand und diese Liebe hat mir endlich ganz die Augen geöffnet. Zu spät, ich weiß. Viel zu spät.

Trotzdem muss ich zumindest den Versuch wagen, Dich um Vergebung zu bitten, denn Bertrand hat mich gefragt, ob ich seine Frau werden wolle. Deshalb wage ich, Dir zu schreiben. Ich kann ihn nicht heiraten. Nicht, wenn Du mir nicht verziehen hast.

Wie kann ich für mich dieses Glück in Anspruch nehmen, wenn ich Dir Deines zerstört habe?

Ich kann den Bund der Ehe nicht eingehen in dem Wissen, dass wir uns nicht ausgesöhnt haben.

Ich verlange viel, ich weiß. Doch ich musste es zumindest versuchen.

Wenn Du Dir Sorgen um Mamas Reaktion machst – das ist nicht nötig. Auch bei ihr hat über all die Jahre ein Umdenken eingesetzt. Seit Du gegangen bist, ist sie nicht mehr dieselbe. Sie ist so still geworden, dass es mir Angst macht. Und obwohl sie es nicht ausspricht, ist nicht zu übersehen, dass sie Dich schmerzlich vermisst und ihre Worte inzwischen zutiefst bereut. An jedem einzelnen Tag. Und mit jedem Tag mehr. Sie ist eine gebrochene Frau, aber sie kann einfach nicht über ihren Schatten springen. Sie bringt es nicht über sich, Dir zu schreiben, Dich um Verzeihung zu bitten. Dafür ist sie nach wie vor zu stolz. Aber ich weiß, dass sie sich nichts sehnlicher wünscht.

Auch weiß ich, dass ich Dich nicht bitten kann, zu uns zurückzukommen. Du hast Dir ein neues Leben aufgebaut. Aber wenn Du es irgendwie übers Herz bringst, dann nimm bitte die Einladung zu der Verlobungsfeier von Bertrand und mir an.

Thérèse hatte noch mehr geschrieben. Davon, dass *Minnanna* noch immer den Schalk im Nacken habe, Letizia furchtbar vermisse, aber immer behaupte, sie würde spüren, dass es ihr gut ginge. Davon, dass Edmond sich stark verändert habe und keinen Tropfen Alkohol mehr anrühren würde. Und sogar von Letizias altem Pony Napoleon und dass es nach wie vor wohlauf sei.

Den ganzen Tag hatte Letizia geweint vor Erleichterung und Freude über dieses Angebot der Versöhnung. Auf die ihr wichtigste Frage jedoch war der Brief mit keinem Wort eingegangen: die Frage, was aus Matteu geworden war.

Erneut erzitterte das Schiff, verlangsamte seine Fahrt.

Letizia faltete den Brief sorgsam zusammen und schob ihn wieder in ihre Tasche zurück.

Schritte erklangen hinter ihr, Cristo trat neben sie an die Reling der Fähre.

»Noch können wir umkehren«, riss er sie mit besorgter Stimme aus ihren Gedanken.

»Dafür ist es ein bisschen zu spät, findest du nicht?«, sagte sie mit schiefem Lächeln.

»Es ist nie zu spät. Für nichts. Niemand weiß das besser als ich.« Er drückte ihr einen liebevollen Kuss aufs Haar.

»Da hast du recht. Trotzdem muss ich es tun, das weißt du.«

Cristo war gegen diesen Besuch auf Korsika gewesen, konnte nicht verstehen, warum Letizia unbedingt an genau den Ort zurückkehren wollte, den sie damals in Schande verlassen musste. Sie konnte seine Sorgen verstehen. Ihre eigenen waren womöglich noch größer. Dennoch – es zog sie mit aller Macht hierher zurück.

Cristo seufzte tief auf, sah über die Schulter. »Wir sollten dann mal langsam die Kleine wecken.«

Letizia warf dem Mädchen, das auf dem Liegestuhl hinter ihnen in Decken gewickelt selig schlief, einen liebevollen Blick zu. Dieses Kind bedeutete ihr alles. Justine hatte sie es genannt. Die Gerechte. Sie sollte sich nie von Vorurteilen und Hass leiten lassen. Sie sollte mit dem Herzen sehen und ihrer Liebe folgen.

Musik drang durch die Straßen des Dorfes und fand ihren Weg direkt in Letizias Herz. In der Taverne wurde offenbar gefeiert, vielleicht hatte jemand Geburtstag.

Justine hüpfte fröhlich plaudernd vor ihr und Cristo her. Alle paar Meter hielt sie inne und drehte sich mit ausgebreiteten Armen wild um sich selbst. »Guckt mal, ich bin eine Ballerina!«, rief sie dann jedes Mal, überglücklich über das neue Kleid, dessen weiße Tüllschichten mit den zartrosa Blütenstickereien sie bei jeder Bewegung umschwebten.

Ohne Justines Unbeschwertheit und Cristos Hand, die ihre hielt, wäre Letizia vermutlich in der letzten Sekunde doch noch umgekehrt.

Doch sie glaubte ihrer Schwester, dass es ihr leidtat.

Was dagegen ihre Mutter anging, war sie sich deren Reue alles andere als sicher. Ganz offensichtlich hatte Maria nichts von dem Brief gewusst. Die Liebe schien Thérèse verändert zu haben. Sie war selbstbewusster geworden, hatte endlich ihren eigenen Kopf. Aber den hatte ihre Mutter auch. Was, wenn sie ihre Worte von damals wiederholte? Wenn sie Letizia erneut von sich stieß?

Jeder Schritt, der sie der Taverne näher brachte, ließ ihren Atem flacher gehen, ihre Hände stärker zittern.

Fünf Jahre lang hatte sie versucht, die *Insel der Schönheit* zu vergessen. Ihre Sprache, ihre Lieder, ihren Duft. Justine sollte frei von alledem aufwachsen. Frei von Vergangenheit. Immer öfter jedoch fragte sie sich, ob das der richtige Weg war, und manchmal, wenn die Wehmut sie überkam, sie den Duft der Kräuter und den Anblick der grünen Täler vermisste, sang sie Justine ein korsisches Wiegenlied vor.

Cristo hatte darauf bestanden, dass sie ihre Namen änderten. Er hatte Angst um seine Familie. Angst, dass der lange Arm der Vendetta sogar bis nach Amerika reichen könnte. So wurde er zu Christopher James. Und sie zu Letizia James. Denn von ihrem Vornamen konnte sie sich nicht trennen. Sie brauchte die Erinnerung an den Klang ihres Namens aus Matteus Mund.

Schließlich hatten sie die Taverne erreicht. Vor der Tür hielt Letizia inne, lehnte ihren Kopf an Cristos Schulter. »Danke, dass du mitgekommen bist«, flüsterte sie.

»Du musst dich nicht bedanken. Ich liebe dich.« Er legte seinen Arm um sie, drückte ihr einen Kuss aufs Haar.

»Und ich dich.« Und das war die Wahrheit. Allerdings war es nicht die heiße, brennende, leidenschaftliche, alles niederreißende Liebe, die sie mit Matteu verbunden hatte. Es war eine tiefe Freundschaft und innige Verbundenheit, familiäre Zuneigung.

Cristo war ihr bester Freund und würde es immer sein. Er wusste, dass sie im Schlaf Matteus Namen murmelte, und er wusste, dass sie selbst in ihren Tagträumen Matteu vor sich sah. Sie war ihm unfassbar dankbar. Für sein Verständnis. Und dafür, dass er ihr die Zeit gab, die sie brauchte. Vor allem aber dafür, dass er Justine so sehr liebte.

Justine war für sie beide der Mond am Nachthimmel, die Sonne am Tag. Nie hätte Letizia geglaubt, wieder lachen zu können, wieder glücklich sein zu dürfen. Doch Justine brachte die Freude in ihr Leben zurück, ließ sie von Monat zu Monat mehr glückliche als traurige Momente erleben, heilte Stück für Stück die Wunden in dem, was von ihrem Herzen übrig war.

Der Rest war auf Korsika geblieben. Bei Matteu.

Beim Gedanken an ihn verspürte sie noch immer eine unfassbare Sehnsucht. Es fühlte sich an, als sei ihre Seele wund gescheuert.

Sie sah Cristo entschlossen an. »Was auch passiert, du bist Justines Vater und wirst es immer sein. Der beste, den ich mir für sie hätte vorstellen können.«

Das Honigbraun seiner Augen schimmerte. Er sah zu dem kleinen Mädchen, das sich jetzt auf die staubige Straße hockte, um ein paar Ameisen zu bewundern. Sie versank förmlich in den Tüllschichten ihres Kleides, wirkte wie eine zierliche Puppe.

»Ich liebe sie mehr als mein Leben«, flüsterte er mit belegter Stimme, beugte sich zu dem Mädchen hinab und hob es mit Schwung in seine Arme. Das Kind jauchzte begeistert und schlang ihre Arme um seinen Hals.

»Ich weiß«, sagte Letizia tief bewegt. »Und sie dich.« Dann holte sie tief Luft, strich ihr grünes Seidenkleid glatt, zog die Tür auf und trat ein.

Gesang, Gelächter, Musik und Tanz. Ausgelassen feiernde Menschen, wohin sie blickte. Und eine winzige Gestalt, schwarz gekleidet und runzlig wie eine Rosine. »*Minnanna*«, flüsterte Letizia. Im selben Moment sah ihre Großmutter über die Schulter zu ihr.

»Ich wusste, dass ich dich wiedersehen würde«, sagte Sofia mit Tränen in den Augen.

Mehr und mehr Köpfe wandten sich ihr zu, nach und nach erstarb das Gelächter, hielten die Tänzer inne.

Bis auch die Musik abbrach.

Absolute Stille herrschte.

Wie von Geisterhand teilte sich plötzlich die Menge, gab den Blick frei auf die Gestalt am Ende dieses Spaliers – ihre Mutter.

Mit wild schlagendem Herzen und weichen Knien starrte Letizia sie an.

»Eine Korsin weint nicht. Nie«, hallten Maria Bonaceris Worte in ihren Ohren nach.

Korsischer als ihre Mutter konnte eine Frau nicht sein.

Doch als sie jetzt auf Letizia zuging und sie in die Arme schloss, sah Letizia ihre Mutter zum ersten Mal weinen. Ungehemmt und vor allen Leuten.

Der Abend nahte, die Musik war noch lauter als zuvor und die Gäste feierten ausgelassen. Letizias Mutter jedoch hatte sich bereits schwächebedingt zurückgezogen.

Ihr Anblick hatte Letizia erschreckt. Sie war so viel kleiner als in ihrer Erinnerung, verhärmt und schmal, das Haar schlohweiß. Zwar brachte sie kein Wort der Entschuldigung hervor, doch ihre Blicke und ihre Umarmungen sprachen für sich.

Letizia konnte kaum glauben, wie liebevoll ihre Mutter auf Justine reagiert hatte. Anfangs war das Mädchen auf dem Rasen unterhalb der Terrasse unter einen Tisch gekrabbelt, verschreckt von so vielen fremden Menschen.

Nach und nach jedoch war sie aufgetaut, hatte insbesondere an Thérèse Gefallen gefunden. Die war im Umgang mit ihr erst verlegen und unsicher gewesen, aber Justine hatte nicht lockergelassen, sie hierhin und dorthin gezogen und ihr alles Mögliche erzählt ungeachtet der Tatsache, dass Thérèse nur bruchstückhaft die englische Sprache verstand. Ihre Schwester taute zunehmend auf, doch schließlich war Justine, von so vielen neuen Eindrücken völlig erschöpft, auf Letizias Schoß geklettert und schlief dort jetzt tief und fest.

Morgen würde die Feier weitergehen. Es war tatsächlich ein runder Geburtstag, und obwohl Letizia den betagten Jubilar nur entfernt kannte, war sie mit ihrer Familie eingeladen worden. Zwei Tage lang würde gegessen, gesungen und getanzt werden. Für heute jedoch verabschiedete Letizia sich von ihrer Schwester, die sie immer und immer wieder mit Tränen in den Augen umarmte.

Wenig später stand Letizia in Cristos altem Zuhause in seinem ehemaligen Zimmer und betrachtete mit einem wehmütigen Blick die beiden Gestalten vor sich. Justine hatte ihre Ärmchen um Cristos Hals geschlungen, und er, der sie nur zu Bett hatte bringen wollen, war gleich mit eingeschlafen, komplett angekleidet, das Kind schützend in seinem Arm geborgen.

Vorsichtig zog Letizia die Decke über beide und verließ leise das Zimmer.

Als sie die Küche betrat, sprang dort Edmond erschrocken vom Stuhl auf. »Ich wollte gerade gehen«, stotterte er. »Ich schlafe in der Werkstatt, so habt ihr eure Ruhe.«

Sie legte unbehaglich die Arme um ihren Oberkörper. Obwohl Thérèse recht behalten hatte und er ohne den Alkohol wirklich ein anderer Mensch geworden war, war es dennoch seltsam, ihm nach all den Jahren und allem, was geschehen war, gegenüberzustehen. Dennoch schüttelte sie den Kopf. »Das musst du nicht.«

»Doch, ich bin gern dort. Wirklich. Das ist das Mindeste, was ich …« Er brach ab, sah zu Boden. »Ich … wollte nur sagen, dass … ich meine, es gibt keine Entschuldigung für das, was ich damals getan habe. Das weiß ich. Aber … es tut mir unendlich leid.«

Sie atmete tief ein und sagte langsam: »Jeder hat eine zweite Chance verdient. Und du hast sie genutzt.«

Dankbar sah er sie an und sie nickte ihm zu. Dann war er verschwunden.

Sie wanderte in dem leeren Haus umher, wusste nichts mit sich anzufangen. An Schlaf war nicht zu denken, dafür war sie zu aufgewühlt, spukte ihr zu viel im Kopf herum. Auf die Feier zurückkehren, das wollte sie aber nicht. Sie fühlte sich dort wie auf dem Präsentierteller. Auch wenn sie froh und unendlich erleichtert darüber war, sich mit ihrer Familie ausgesöhnt zu haben, war ihr der Rest doch zu viel: zu viel an schiefen Blicken, neugierigen Fragen, leisem Getuschel.

Schließlich fiel ihr die Decke auf den Kopf und sie trat vor die Tür.

In der Ferne hörte sie die Musik und das Lachen. Sie schlug die entgegengesetzte Richtung ein, schlenderte wie im Traum ziellos durch die ausgestorben wirkenden Gassen. Erst jetzt wurde ihr richtig bewusst, wie sehr sie jeden Stein, jeden Busch vermisst hatte.

Als sie jedoch mit einem Mal merkte, wohin ihre Füße sie geführt hatten, zog ihr Herz sich schmerzhaft zusammen. Sie stand vor ihrem früheren Zuhause.

Zögerlich ging sie zum Stall, hörte Napoleons vertrautes Schnauben, und ein Lächeln stahl sich auf ihr Gesicht, als sie ihn aufgeregt in seiner Box umhertänzeln sah und er ihr ungeduldig den Kopf entgegenstreckte.

Sie strich ihm über seine weiche Blesse und die warmen samtigen Nüstern, holte ihn aus seiner Box und bürstete sein Fell. Es war unübersehbar, wie sehr er ihre Berührungen genoss. Dennoch drängte er nach draußen, und Letizia tat ihm den Gefallen, sattelte ihn und schwang sich auf seinen Rücken. Es war fast wie früher – die beiden ein Team. Die Zeit hatte ihrer Verbindung nichts angehabt.

Bald schon hatten sie das Dorf hinter sich gelassen. Sie genoss den Wind in ihrem Haar und das Spiel ihrer Muskeln und hielt erst inne, als sie vor der Jagdhütte angekommen war, in der sie und Matteu sich damals getroffen hatten.

Sie stieg ab, schlang Napoleons Zügel locker um den Ast einer jungen Eiche und näherte sich der Hütte. Sehnsüchtig blickte sie sich um, hatte das Gefühl, erst gestern hier gewesen zu sein. Nur die Pollenschicht auf den Fenstern, die sie blind wirken ließ, und die deutlich höheren Büsche verrieten, dass mehr als ein Tag vergangen war und gefühlt ein ganzes Leben zwischen damals und heute lag.

Im Vorbeigehen ließ sie ihre Finger über die hölzernen Balken gleiten, strich über das Holz der Tür, öffnete sie aber nicht. Stattdessen setzte sie sich an den Teich ins Gras. Das Rauschen des kleinen Wasserfalls klang wie ein Lied vergangener Zeiten in ihren Ohren, und im Abendlicht wirkte dieser Ort, als sei er Raum und Zeit entrückt.

Die Farben des Himmels spiegelten sich im Teich. Das hauchzarte transparente Abbild der Kastanien und Pinien zitterte auf dem türkisfarbenen Wasser. Sie beugte sich darüber. Ihr Gesicht schien auf der Wasseroberfläche zu schweben.

Ein anderes schob sich daneben. Das von Matteu.

Wie in einem Traum.

Ihr Herz stand still, nur um im nächsten Augenblick umso schneller zu schlagen. Sie rührte sich nicht – aus Furcht, diesen Traum zu zerstören. Das Abendlicht, das durch die Blätter der ausladenden Baumkronen herabfiel, malte Funken auf schwarz glänzendes Haar, das wild gelockt in seine Stirn fiel. Dunkle Augen fesselten ihren Blick und raubten ihr den Atem.

»Ich hatte gehofft, du würdest kommen.« Matteus Stimme klang sanft und leise.

Langsam wandte sie sich um, und für einen Moment verschwamm sein Bild vor ihren Augen, als Tränen diese füllten.

»*Du* bist damals nicht gekommen«, sagte sie tonlos.

Er sank neben ihr nieder. »Es tut mir so leid«, flüsterte er gequält. »Es tut mir so unendlich leid. Ich würde alles geben, könnte ich das rückgängig machen.« Seine Augen brannten vor Schmerz, Traurigkeit hatte sich tief in sein Gesicht gegraben.

Ungläubig starrte sie ihn an, wagte kaum, auch nur zu glauben, was sie da hörte. Waren ihre Tagträume Realität geworden? All die Jahre, die sie sich vergeblich von ihren Gefühlen für Matteu zu lösen versucht hatte, indem sie sich seinen Verrat immer wieder ins Gedächtnis rief, ihr Kopf ihrem sturen Herzen immer wieder klarzumachen versuchte, dass seine Liebe eine Lüge gewesen sei. Sollte ihr Herz wirklich recht behalten haben?

»Aber … wieso …?« Ihre Stimme brach.

Matteu wusste auch so, was sie meinte. Wie früher. Sie waren eine Seele in zwei Körpern.

»Ich war nicht ich selbst«, sagte er mit leiser Stimme und fuhr stockend fort: »Ich war vollkommen verwirrt, stand unter Schock, wusste nicht mehr, was Wahrheit und was Lüge war. Erst später wurde mir klar, warum du getan hast, was du getan hast, aber da war es zu spät.« Er brach ab, bedeckte für einen Moment mit der Hand seine Augen, sammelte sich und setzte neu an. »Es gibt keine Entschuldigung dafür, dass ich an dir gezweifelt habe, keine dafür, dass ich nicht erschienen bin. Und niemals werde ich es mir verzeihen, dass ich nicht da war, als du mich brauchtest. Ich war wie umnachtet, stand völlig neben mir. Als ich erfuhr, was wirklich geschehen war, warst du fort, und ich wusste nicht, wohin es dich verschlagen hatte. Aber glaub mir – ich habe es jeden einzelnen Tag, jede einzelne Minute bereut.« Er streckte die Hand aus und wollte nach der ihren greifen, ließ sie jedoch sinken, als hätte ihn der Mut verlassen.

Sie regte sich nicht, obwohl sie sich so wahnsinnig danach sehnte, ihn zu berühren.

»Sag mir nur eines«, bat sie stattdessen. »Hast du Giorgio getötet?«

Er sah beiseite, schwieg lange.

»Bitte. So viele Nächte habe ich wach gelegen, gegrübelt, zu verstehen versucht – und bin doch ratlos zurückgeblieben. Hast du ihn getötet?«

Er senkte den Kopf, flüsterte: »Nein.«

Die Erleichterung war so unermesslich groß, dass ihr schwindlig wurde, ihre Stimme ihr den Dienst versagte.

»Ich wusste es«, flüsterte sie nach einer kleinen Pause. »Aber warum hast du mir nicht die Wahrheit gesagt? Warum hast du uns das angetan?«

»Was hätte es gebracht, außer dass du noch mehr gelitten hättest? Du solltest mir nicht hinterhertrauern. Du solltest mich hassen. Um loslassen zu können. Damit du eine Chance auf Leben hattest.«

»Ich könnte dich niemals hassen!«, stieß sie schockiert aus. »Wie konntest du so etwas nur für möglich halten?«

»Ich weiß es nicht, ich … ich … wollte dir ein besseres Leben ermöglichen. Ohne mich. Was hätte ich dir denn schon bieten können außer einem Leben in Angst und auf der Flucht? Ich hätte meinen Bruder nicht ans Messer liefern können. Ich konnte meiner Mutter nicht auch noch das zweite Kind rauben, das ihr etwas bedeutete. Ich hatte schon zu viele Tote verschuldet: Ich bin schuld an Jacquis Tod. Schuld am Zustand meines Vaters, dessen Befinden nach Jacquis Tod so kritisch war, dass die Ärzte keine Hoffnung mehr hatten. Und nun überdies schuld daran, dass an Fillipus Händen Blut klebte. Es wäre ebenso meine Schuld gewesen, wenn er ins Gefängnis gekommen wäre oder sich sein Leben lang auf der Flucht befände.«

»Nein!«, rief sie bestürzt. »Das stimmt nicht. Nichts davon war deine Schuld. Gar nichts!«

Sein Blick brannte vor Schmerz, aber ebenso vor Hoffnung. »Jede Nacht habe ich von dir geträumt«, fuhr er mit belegter Stimme fort. »Und auch bei Tag war es dein Gesicht, das ich überall sah: in den Wolken, die vorüberzogen, in den Wellen, die ans Ufer rollten, im Gras, wenn es sich im Wind wiegte. In jedem Rauschen der Wipfel flüsterten die Bäume deinen Namen. In jedem Sprudeln eines Baches habe ich dein Lachen gehört. Ich glaubte wahnsinnig zu werden vor Sehnsucht nach dir. Wahrscheinlich war ich es auch und bin es immer noch. Du kannst es dir nicht vorstellen, dieses Gefühl, keinen einzigen Atemzug mehr tun zu können, weil der Schmerz dir die Seele zerdrückt.«

»Doch«, sagte sie und nun liefen ihr die Tränen ungehindert über die Wangen.

»Nein!«, stieß er erschrocken aus, streckte nun doch die Hand aus und strich ihr sacht mit dem Daumen die Tränen fort. »Nicht weinen. Nicht meinetwegen. Das bin ich nicht wert.«

»Du bist jede meiner Tränen wert«, widersprach sie und schmiegte ihre Wange in seine Hand. »Du hast mich gelehrt, an Träume zu glauben. Und daran, dass irgendwann alles gut wird. Ohne diesen Glauben an eine bessere Zukunft hätte ich mich längst aufgegeben. Ohne deinen Glauben daran, dass wir die Welt verändern können, dass die Menschen sich ändern können, hätte ich nicht unzählige Briefe an meine Mutter, an meine Schwester geschrieben, hätte nicht all die Jahre gehofft, dass irgendwann eine Versöhnung möglich sei. Du warst es, der mich hierher zurückgebracht hat. Zu dir.«

»Aber … Cristo?« Verwirrt runzelte er die Stirn. »Du bist verheiratet, wie ich gehört habe, hast sogar ein Kind. Ich dachte … ich dachte, du wärst glücklich.« In seinem Gesicht rangen die Gefühle miteinander. Die Hoffnung darauf, dass sie glücklich war. Und die Angst davor, *dass* sie es war.

»Cristo ist das Beste, was mir nach dir hatte passieren können. Das Beste, was Justine hatte passieren können. Der großartigste Vater, den man sich für sein Kind nur wünschen kann.« Sie kämpfte gegen den Kloß in ihrer Kehle an, holte tief Luft. »Aber es gibt viele Arten von Liebe. Cristo ist meine Stütze, mein Freund, mein Weggefährte. Du hingegen … du bist mein Herz, meine Seele, meine einzig wahre Liebe.«

»Und du meine. Du warst es vom ersten Augenblick an, in dem ich dich sah. Und du wirst es für immer sein.« Sanft zog er sie zu sich heran, sie lehnte ihre Stirn an seine, und in der Stille zwischen ihren Worten lag eine ganze Welt, ein ungelebtes Leben.

In diesem Moment raschelte es im Gebüsch, erschrocken sah sie nach links. »Filou!«, rief sie ungläubig auf, als der Cursinu angeschossen kam. Seine Freude war ganz offensichtlich sogar noch größer als die ihre. Sie konnte sich seiner überschäumenden Zuneigung kaum erwehren. Er sprang so lange an ihr hoch und versuchte, ihr das Gesicht abzuschlecken, bis sie umfiel und ihn halb lachend, halb weinend in die Arme schloss. Es dauerte eine ganze Weile, bis er sich wieder beruhigt hatte. An sie gekuschelt lag er neben ihr, den Kopf auf ihren Schoß gebettet, und ließ sie nicht aus den Augen. Sie kraulte sein weiches Fell. »Guter Junge. Hast auf mein Herz aufgepasst.«

»Er war mein treuer Begleiter. Meine letzte Verbindung zu dir.«

Schmerzvoll sah sie auf. »So viele verschwendete Jahre, so viele vergeudete Minuten.«

»Sie spielen keine Rolle mehr.« Er beugte sich erneut zu ihr, seine Fingerspitzen fuhren sacht über ihre Wange. »Nur das, was vor uns liegt, zählt. Und das ist eine ganze Nacht.«

»Nein«, widersprach sie. »Ein ganzes Leben.«

Sie spürte, wie er erstarrte, dann ging ein Seufzer durch seinen Körper. Und er küsste sie. Mit all der Sehnsucht der vergangenen Jahre und der Vorfreude auf den Rest ihres Lebens.

In dieser Nacht regnete es und das Wasser wusch die Vergangenheit fort und alle Schmerzen.

Der Morgen kam, doch er war nicht nur das Ende der Nacht – er war der Anfang von etwas Neuem.

»Cristo wird es verstehen«, flüsterte sie, als sie sich voneinander trennten. Schweren Herzens, auch wenn es nur für einen Tag sein würde. »Ich werde auf Korsika bleiben. Bei dir. Es ist egal, *wo* wir leben, egal, wie *wir* leben, ich bin glücklich, solange ich bei dir bin. Gib mir nur die Zeit, mit Cristo zu reden und … etwas … zu regeln.«

Heute

»Nein!«

Erst im Nachhinein merke ich, dass ich das nicht gedacht, sondern beinahe geschrien habe. In mir ist es Nacht, eisig und dunkel. »Das glaube ich dir nicht! Niemals hätte sie meinen Vater verlassen! Niemals hätte sie *mich* verlassen!«

»Das stimmt«, sagte Matteu traurig. »Sie hätte dich niemals verlassen. Sie wollte Cristo davon überzeugen, ebenfalls zu bleiben.«

»Und er hat abgelehnt?« *Mein Mund ist immer noch ganz trocken, ich rutsche nervös auf dem Felsen hin und her.*

Matteu schüttelt den Kopf. »Sie kam nie dazu, ihn zu fragen.«

»Du meinst …« Ich umklammere Raphaëls Hand. Er hat sich vorgebeugt vor Anspannung, hängt genauso an Matteus Lippen wie ich.

»Dubois war zurückgekehrt«, erklingt hinter mir die Stimme meines Vaters.

Ich fahre erschrocken herum. Er ist hinter dem Felsen hervorgetreten. Die Pensionsbesitzerin muss auch ihm den Weg gewiesen haben. Wie lange er uns schon belauscht hat, weiß ich nicht.

Er und Matteu sehen sich stumm an, zwei Kontrahenten, vom gleichen Schicksal gezeichnet. Ich will aufbegehren, meinen Vater zur Rede stellen, weshalb er mir das alles nicht selbst erzählt hat, doch das muss warten. Alles muss warten, bis ich das Ende kenne. »Was ist dann passiert? Wie ging es weiter?«

»Als deine Mutter das Zimmer betrat«, fährt an Matteus Stelle mein Vater stockend fort, »waren wir schon wach, du und ich. Ich las dir eine Geschichte vor. Deine Mutter …« Er schließt die Augen, setzt noch einmal neu an. »Deine Mutter sagte nicht, wo sie gewesen war, und ich hakte nicht nach, wusste es tief in mir ohnehin. Wir zogen uns für das gemeinsame Festgesellschafts-Frühstück in der Taverne um und … deine Mutter bat mich um eine Unterredung am Abend nach der Feier. Auf dem Weg dorthin war deine Mutter geistesabwesend. Still. Du dafür warst umso fröhlicher. Du bist durch die

Gassen gehüpft, hast an jeder Ecke etwas Neues entdeckt. Aber als … als wir schließlich den Dorfplatz erreichten, erstarrte Letizia und …«

Er holt tief Luft, schüttelt dann aber den Kopf und holt aus seiner Jackentasche ein mehrfach gefaltetes Blatt Papier hervor. Es ist dünn und abgegriffen, offenbar im Laufe der Jahre immer wieder zur Hand genommen worden. Mit belegter Stimme sagt er: »Ich habe versucht, die Aufzeichnungen deiner Mutter zu einem Ende zu bringen. In der Art und Weise, in der sie die ihren verfasst hatte.«

Er hält mir das Papier hin, und jetzt, so kurz vor dem Ziel, habe ich beinahe Angst, ihn an mich zu nehmen. Vorsichtig greife ich danach, entfalte ich ihn und mein Blick fliegt über die zittrige Schrift meines Vaters.

Vor der zitronengelben Villa stand ein schwarzer Dienstwagen, offenbar schon seit einigen Tagen, denn er war staubbedeckt. Daneben hielt in diesem Moment ein grüner Alfa Romeo. Angestellte eilten aus dem Haus und machten sich daran, den Kofferraum zu entladen, während dem Auto eine Frau und ein Junge entstiegen. Und Antoine Dubois.

Cristo griff nach Letizias Arm, wollte sie zum Weitergehen bewegen, doch sie blieb an Ort und Stelle, starrte unentwegt Dubois an, bis dessen Frau ihn am Arm stieß und fragend auf Letizia deutete.

Als Dubois sich umwandte, sein Blick auf Letizia fiel, wurde er ganz blass und nervös, wusste offenbar nicht, wie er reagieren sollte. Plötzlich jedoch bedeutete er seiner Frau, an Ort und Stelle zu warten, und überquerte den Platz, kam auf Letizia zu. Erneut versuchte Cristo vergeblich, sie zum Weitergehen zu bewegen. Sie rührte sich nicht, hatte den Kopf aber stolz erhoben und sah Dubois unverwandt in die Augen, bis er die seinen niederschlug und Verlegenheit sein Gesicht rötete.

»Guten Morgen, Mademoiselle Bonaceri«, stotterte er. Nichts war geblieben von seiner Großspurigkeit, seiner Selbstsicherheit.

»Die bin ich nicht mehr«, gab Letizia gefasst zurück.

»Verschwinden Sie!«, fuhr Cristo ihn an. »Auf der Stelle, oder ich …«

Dubois wich ängstlich zurück, wandte sich an Letizia. »Kann ich … können wir … unter vier Augen reden? Nur kurz?«

»Scheren Sie sich zum Teufel!«, wütete Cristo weiter, hob drohend die Hand.

Doch Letizia legte ihm die ihre auf den Arm und er verstummte ihr zuliebe.

»Was wollen Sie?«, fragte sie tonlos.

»Mich … mich …« Er schluckte hektisch. »Mich entschuldigen.«

Cristo schnaubte verächtlich, doch Letizia fragte: »Warum?«

»Ich weiß, es … klingt seltsam, aber … ich … wollte mich bedanken.«

»Bedanken?« Cristos Stimme überschlug sich, er machte den Eindruck, im nächsten Moment auf Dubois loszugehen.

Erneut beruhigte Letizia ihn, indem sie sanft über seinen Arm strich.

»Für das, was du …« Er schluckte und korrigierte sich. »Was Sie … mir gesagt haben … damals …«, fuhr der Commissaire stockend fort. »Das … über die … Liebe. Denn … Sie hatten recht.« Mit einem Mal wirkte er so viel kleiner als früher, so viel unsicherer. »Das … da drüben … sind … meine Frau … und mein Sohn und … es ist … ich möchte …« Er wischte sich den Schweiß von der Stirn. »Bitte. Kann ich kurz mit Ihnen reden? Unter vier Augen?«

»Unter keinen Umständen!«, fuhr Cristo ihn an, doch Letizia nickte.

»Sie haben Angst, was ich Ihrer Frau erzählen könnte, richtig?«

Dubois warf einen nervösen Blick über die Schulter, fuhr sich mit der Zunge über die Lippen. »Bitte. Nur fünf Minuten.«

»Tu das nicht, Letizia«, bat Cristo. »Komm weiter. Deine Schwester wartet. Die Feier wartet.«

Sie schüttelte den Kopf. »Jeder hat eine zweite Chance verdient, selbst er«, sagte sie leise. »Selbst jemand wie er.«

Cristo presste den Mund zusammen, wollte Letizia um keinen Preis mit Dubois allein lassen, doch sie blieb ganz ruhig. Wirkte entschlossen. »Er hat ein Kind. Und das soll zu seinem Vater irgendwann aufsehen können, weil dieser aus seinen Fehlern gelernt hat. Ich kann nicht all die Jahre damals versucht haben, die Welt zu etwas Besserem zu machen, und es dann jetzt nicht selbst vorleben. Geh schon vor mit Justine. Ich komme sofort nach.«

»Ich kann Sie hinfahren«, bot Dubois kleinlaut an. »Damit Sie keine Zeit verlieren und nicht zu spät kommen. Wir können im Auto reden.«

Letizia nickte, Cristo jedoch ballte seine Hände zu Fäusten. »Wagen Sie es nicht, sie anzufassen«, drohte er ein letztes Mal in Dubois' Richtung.

»Wird er nicht«, beschwichtigte Letizia und folgte dem Commissaire zu dessen Dienstwagen, denn am anderen machten sich noch immer die Angestellten zu schaffen.

Schweren Herzens ließ Cristo sie gehen, beobachtete, wie der Commissaire Letizia seiner Frau vorstellte und auf ihn deutete, wohl um darauf hinzuweisen, dass sie verheiratet seien. Die Frau reichte Letizia freundlich die Hand und rief nach ihrem Sohn. Auch Cristo sah sich suchend nach Justine um.

Die hatte offenbar zuvor schon den fremden Jungen entdeckt, spielte bereits mit ihm anstelle ihres Vaters Fangen. So frei von Sprachbarrieren und Vorurteilen, wie nur kleine Kinder es sein können.

Er rief nach dem Kind, doch sie war so ins Spiel vertieft, dass sie ihn nicht hörte. Während er ebenso wie die Mutter des Jungen auf die Kinder zuging, stieg Letizia neben dem Commissaire mit einem letzten Blick zurück ins Auto.

Dubois startete die Zündung.

Ich stocke, am ganzen Körper zitternd, lasse ich das Papier sinken. Den nächsten, den letzten Satz will mein Kopf nicht wahrhaben, ich muss ihn aussprechen, um ihn wirklich akzeptieren zu können. Bis ins Mark erschüttert stoße ich ihn hervor: »Im nächsten Moment explodierte die Welt.«

»Meine Welt«, flüstert Matteu.

Matteus Gesicht ist so grau wie das meines Vaters.

Ich starre fassungslos von einem zum anderen. Das ist das Ende der Geschichte. Das Ende, das ich kenne. Die ganze Zeit gekannt habe. Die Umgebung verschwimmt mir vor den Augen.

Beißender Rauch brennt in meiner Kehle, treibt mir die Tränen in die Augen. Das tobende Feuer lässt diese Tränen verdampfen, noch ehe sie meine Wangen erreichen. Ich stemme mich gegen eine Wand aus Hitze, die mir die Haut vom Körper brennen will. Schreiende, rennende Menschen. Und mittendrin bin ich – hilflos, völlig erstarrt. Mein Herzschlag dröhnt in meinen Ohren, übertönt selbst das Wüten der Flammen und die angstvollen Rufe um mich her …

Der Schweiß bricht mir aus, mühsam kämpfe ich gegen die Bilder an, die mich in den altbekannten Strudel hinabziehen wollen, richte meinen zitternden Finger auf meinen Vater. Ich bin wie betäubt, muss um jedes Wort kämpfen.

»Du hast gesagt, Mamas Tod sei ein Unfall gewesen!«

Mein Vater schüttelt müde den Kopf. »Es wurde nie eindeutig bewiesen, dass es etwas anderes war, ein Täter nie gefunden.«

»Nie gefunden?«, widerspricht Raphaël aufgebracht. »Da sitzt er doch!« Sein Gesicht ist bleich vor Zorn.

»Nein«, widerspreche ich, auch wenn Matteu mir erzählt hat, er habe geschworen, sich zu rächen, nur für diese Rache an Dubois zu leben. Ich kann es mir dennoch nicht vorstellen, dass der Mann, der die Schuld für den Mord seines Bruders auf sich genommen hat, danach selbst einen begehen würde. Oder täusche ich mich? Er hatte ja nichts mehr zu verlieren. Und das Auto war offenbar präpariert worden, bevor meine Mutter zurückkam, bevor er wieder Hoffnung gefasst hatte, also bevor er wieder einen Sinn in seinem Leben sah. Er hatte nicht damit rechnen können, dass sie vielleicht selbst zu seinem Opfer werden würde.

Mir wird eiskalt. Alles, was er gesagt hat, alles was ich gelesen habe, wirbelt in meinem Kopf durcheinander. »Du hast es nicht getan, oder?«

Matteu schließt die Augen, sein Gesicht ist grau.

»Oder?«, wiederhole ich panisch.

»Es gibt etwas, das du noch wissen solltest …«, flüstert er, ohne mir meine Frage zu beantworten.

Ich wage kaum zu atmen, unsicher, ob ich noch mehr verkraften kann.

»Damals … nach dem Tod deiner Mutter …« Er holt tief Luft. »Ich wusste nicht, dass die Seele vor Schmerz brennen kann, doch meine tat es. Und dieses Feuer fraß alles, was von mir noch übrig geblieben war. Mein Herz war eine einzige klaffende Wunde. In mir war es leer und still.«

Sein Blick geht in die Ferne, und als er stockend und leise weiterspricht, ersteht vor meinen Augen die Kirchenruine von Santa Lucia auf. Wie er, Matteu, inmitten der in den Himmel aufragenden Mauerreste die Pistole aus ihrem Versteck nahm. Wie sie verheißungsvoll in seinen Händen schimmerte. Wie er ein letztes Mal über dieses wilde, schöne Land sah. Und plötzlich die Stimme meines Vaters hinter ihm erklang. »Tu das nicht«, sagte er.

Das Blut rauscht mir in den Ohren. Matteu wollte sich umbringen? Dabei hatte er meiner Mutter doch versprochen, nicht einmal daran zu denken. Ich will ihn an sein Versprechen erinnern, kriege aber keinen Ton heraus. Er hatte alles verloren, wer hätte da nicht sein Leben für sinnlos gehalten?

Matteus Blick wandert zum Horizont, dann über das Meer und die Felsen, bis er auf mir zu liegen kommt. »Was für ein Irrsinn des Schicksals«, murmelt er in trauriger Resignation. »Ein Caratoli und ein Bonaceri, die dieselbe Frau liebten. Was für eine Überwindung es deinen Vater gekostet haben musste, mich, seinen Widersacher, aufzusuchen – nach allem, was geschehen war. Hätte ich in jenem Moment noch irgendetwas fühlen können, es wäre Respekt gewesen.«

Ich sehe zu meinem Vater. Er hat die Augen geschlossen und schweigt, doch die Qual in seinem Gesicht spricht für sich. Jedes einzelne Wort von Matteu scheint ihm das Herz zu zerschneiden.

»Aber wie hat er dich von deinem … Vorhaben abgebracht?«, wispere ich.

»Ich sagte ihm, ich hätte keinen Grund mehr, es nicht zu tun. Und er …« Matteu schließt die Augen. »Er antwortete: ›Doch, den hast du. Ich möchte verhindern, dass Justine ihren wahren Vater nie kennenlernt‹.«

Stille folgt seinen Worten.

Verständnislos starre ich ihn an, weigere mich, zu begreifen, keuche schließlich: »Du meinst …?«

Er nickt. »Als ich endlich begriff, entglitt die Pistole meinen Fingern. Ich sank auf den Boden. Und weinte vor Glück.« Tränen rollen über Matteus Wange.

Fassungslos starre ich ihn an. Meine Kehle ist ganz trocken. Ich will ihm entgegenschleudern, dass das Unsinn ist, was er da andeutet. Wahnsinn, Irrsinn. Doch um mich her ist es beängstigend still.

Wie in Zeitlupe wende ich mich dem Mann zu, den ich zeitlebens für meinen Vater hielt. Er stützt sich am Felsen ab, als würden seine Beine unter ihm nachgeben und er jeden Moment wegsinken. Jegliche Farbe ist aus seinem Gesicht gewichen.

»Es gab einen Grund«, erklärt er mit belegter Stimme an Matteus Stelle, »warum deine Mutter damals mit mir mitgegangen ist. Warum sie nicht den Schritt in den Abgrund getan hat. Und dieser Grund warst du.«

»Nein!« Ungläubig schüttele ich den Kopf, weiche zurück, sehe zu Matteu, erflehe stumm seinen Protest, seine Enttarnung dieser aberwitzigen Behauptung, doch sein Blick flackert wie eine Fackel im Sturm.

»Ich wünschte, ich hätte es gewusst«, flüstert dieser.

Mir wird plötzlich schlecht.

»Jetzt kennst du die Wahrheit«, sagt Matteu, aber er sieht nicht mich an. Er sieht Raphaël an. Dessen Gesicht ist ganz blass.

Verwirrt blicke ich von einem zum anderen.

»Was willst du jetzt tun, Raphaël Dubois?«, fragt Matteu gefasst.

Ich brauche einen Moment, dann schlägt die Erkenntnis mit voller Wucht zu. Dass ich es vorher nicht gesehen habe, kann nur dem Schock über den wahren Grund von Mutters Tod geschuldet sein.

»Dubois?« Ich bin kurz davor, zu hyperventilieren oder umzufallen.

»Er ist sein Sohn«, sagt Matteu ruhig. »Moreau ist der Name seiner Mutter. Und ich bin des Versteckspiels müde.«

»Was?« Um ein Haar hätte ich ihn gefragt, ob er betrunken ist, sich einen üblen Scherz erlaubt. »Was redest du da?«

Raphaël starrt mich zu Tode erschrocken an.

»Was?«, krächze ich erneut, wie eine hängen gebliebene Schallplatte.

»Justine, es tut mir leid.«

»Wie …?«, wimmere ich, bevor meine Stimme mir vollends den Dienst versagt.

Flehentlich streckt Raphaël die Hand nach mir aus. »Ich wollte nicht, dass du es auf diese Weise erfährst.«

Und das ist er, der Punkt. Der, von dem ausgerechnet Matteu gesprochen hat. Der, an dem alles über einem zusammenschlägt. Wie ein Spiegel, gegen den ein Stein geschleudert wurde, zerbricht mein Herz in tausend scharfkantige Scherben. Undefinierbare, überbordende, alles überschwemmende Panik überrollt mich. Nur ein Gedanke existiert noch: fort; nur fort.

Ich stürze herum und davon.

Rufe dringen dumpf durch das Rauschen in meinen Ohren, aber ich renne weiter, stolpere den Weg hinunter. Blindlings und orientierungslos – einfach weg von allen.

Ich ertrinke in Traurigkeit, fühle mich betrogen, hintergangen, verraten. Von jedem von ihnen. Und vom verdammten Schicksal. Das alles ist ein einziger Albtraum. Nein, schlimmer als das – es ist die Realität. *Meine* Realität.

»Warte! Justine! Bitte!« Raphaël hat mich eingeholt, hält mich am Arm fest. »Ich wollte nicht, dass du es auf diese Weise erfährst. Ich …«

»Was wolltest du dann? Du hast mich belogen. Von Anfang an! Benutzt!«

»Nein! Bitte! Lass mich erklären!«

»Nur deshalb hast du mich in New York aufgesucht!«, krächze ich, mein Herz rast. »Nur deshalb kanntest du meine Bilder, meinen Namen! Du hast mich benutzt wie einen Köder, um Matteu hervorzulocken und …«

»Nein. Nein, das stimmt nicht! Ich … ich wusste nicht, dass Matteu es war. Meine Recherchen ließen mich vermuten … Ich dachte, Thérèse hätte es getan, und …«

»Es ist mir scheißegal, was du gedacht hast! Du hast fröhlich mit mir gevögelt, während du mich nur für deine miesen Pläne benutzt hast! Du bist ja völlig krank!«

»Ich habe einen Fehler gemacht, ja! Einen schrecklichen Fehler! Es tut mir so leid, bitte glaub mir das. Verzeih mir«, wird er leiser. Sein Gesicht ist wie von Schmerz verzerrt, doch das rührt mich nicht.

»Verschwinde aus meinem Leben!«, stoße ich mit erstickter Stimme aus.

»Nein, bitte! Justine! Ich … ich wollte dir die Wahrheit ja sagen, ich wusste nur nicht, wie. Ich habe versucht, die ganze Sache abzubrechen, dich davon abzuhalten, weiter nach Antworten zu suchen. Es war mir nicht mehr wichtig. Nur du warst wichtig. Nur du …«

»Verschwinde!« Mein Herz ist ein schmerzender, blutender Klumpen.

»Nein! Du musst mir glauben! Bitte, ich …«

Ich reiße mich los, hole aus und verpasse ihm eine Ohrfeige. »Nie wieder! Wag es niemals wieder, auch nur in meine Nähe zu kommen, du verdammter Mistkerl!«

Wie im Nebel renne ich das restliche Stück den Berg hinunter, durch die Gassen. Ich bin so schockiert, dass ich nicht einmal weinen kann. Nicht mehr. Nie wieder. Als wäre ich zu Eis erstarrt. Als hätten meine Nerven wegen Überlastung einfach ihren Dienst eingestellt, würden keine Signale mehr weiterleiten, weder positive noch negative.

»Da ist sie ja endlich. Sie haben Glück gehabt!«, ruft eine helle Frauenstimme. Ich sehe mich um, und irgendwie dringt durch diesen betäubenden Dunst die Erkenntnis, dass ich vor der Pension stehe, ein Taxi davor wartet und die Wirtin mit dem Finger auf mich deutet. Dann tritt Dean hinter ihr aus der Tür.

»Dein Ticket«, sagt er verlegen. »Ich habe es ja noch, wollte es dir vorbeibringen. Die Wirtin von Raphaëls Ferienwohnung sagte mir, wo er ist. Und … da, wo er ist, bist ja auch du … und … Na ja …Weil doch der Flug heute geht. Und …

vielleicht … keine Ahnung … vielleicht willst du es ja … umbuchen oder …«

»Nein.« Ich schließe die Augen. Raphaël hat mich schlimmer belogen, als es Dean je getan hat. »Ich fliege mit!«

Wenige Stunden später holpert das Taxi auf den Flughafen zu, ich habe mich auf dem Rücksitz zu einem armseligen Häufchen Elend zusammengerollt. Alles um mich herum wirkt gedämpft, verschwommen. Farben, Geräusche, Gefühle. Nichts erreicht mich wirklich.

Alles, was ich vor mir sehe, ist das Gesicht des kleinen Jungen hinter den Flammen. Das Gesicht, nach dem ich mein Leben lang gesucht habe.

Raphaëls Gesicht.

Kapitel IX

Heute

Ich sitze vor dem Haus meines Vaters in Ohio, am Rande von Lancaster, auf der hölzernen Schaukel, die er einst für mich an der alten Eiche befestigt hat. Damals, in jenem anderen Leben, das so unendlich lang her ist. Langsam drehe ich mich ein, wie ich es als Kind immer getan habe. Die Scharniere quietschen, als die Seile sich wieder ausdrehen. Obwohl Wochen vergangen sind seit meiner überstürzten Abreise aus Korsika, habe ich noch immer nicht in den Alltag zurückgefunden. An den Bäumen geht das Grün der Blätter langsam in Rot- und Brauntöne über und ich vermisse umso mehr die Farbenpracht von Korsikas Hängen. Trotz allem.

Plötzlich stoppe ich die Schaukel.

Ein Mann kommt mit gesenktem Kopf den Waldweg entlang auf das Haus zu, und für einen Herzrasen verursachenden irrwitzigen Moment denke ich, es sei Raphaël. Aber er ist es nicht. Er wird es nie sein. Und das ist gut so. Sein Verrat schmerzt noch immer unfassbar. Ich sollte froh darüber sein, dass ich seit jenem Tag vor so vielen Wochen nichts mehr von ihm gehört habe, bin es aber nicht. Zwar habe ich mir gleich nach meiner Rückkehr eine neue Wohnung gesucht, lebe schon lange nicht mehr mit Dean zusammen, habe aber nach wie vor dieselbe

Künstleragentur, dieselbe Homepage. Wenn Raphaël gewollt hätte, wäre es ein Leichtes gewesen, mich zu erreichen. Und sosehr ich trotz allem noch darauf gehofft hatte, dass sich alles wie durch ein Wunder doch irgendwie anders erklären ließe, ist das nicht der Fall. Ich muss die bittere Realität endlich akzeptieren: Es war alles eine einzige Lüge, seine Liebesbeteuerungen ebenso wie seine Entschuldigung. Ihm ging es nur darum, den Mörder seines Vaters ausfindig zu machen.

Und doch … sehnt ein Teil von mir sich noch immer nach ihm. Ich glaube, es ist mein Herz. Mein dummes, dummes Herz, das einfach nicht hinnehmen will, dass das, was ich zwischen ihm und mir zu fühlen geglaubt habe, nichts weiter war als Schauspielerei und Berechnung.

Der Mann hat das Gartentor erreicht. Es ist mein Vater. Der Mann, der einmal Cristo hieß. Er sieht auf, bleibt stehen. Unglauben huscht über sein Gesicht, gefolgt von alles überstrahlender Freude. Er stürzt auf mich zu, bleibt jedoch kurz vor mir erneut stehen, als hätte er Angst, mich zu verscheuchen, wenn er noch einen weiteren Schritt macht.

»Es tut mir leid«, flüsterte er. »Alles. Kannst du mir verzeihen?«

Ich rutsche vom Schaukelbrett, schüttele den Kopf. »Ja! Ich kann verstehen, warum du mir nie etwas erzählt hast. Und *mir* tut es leid, dass ich mich wochenlang nicht gemeldet habe.«

»Das verstehe wiederum ich. Du hast so viel auf einmal erfahren müssen. Alles Dinge, die ich dir schon früher hätte erzählen sollen. Sehr viel früher, aber … ich hatte solch unfassbare Angst, dich zu verlieren. Eine Sache möchte ich dir unbedingt noch sagen.« Er holt tief Luft. »Du sollst wissen, dass deine Mutter mir damals, auf jenem Felsen, gesagt hat, dass sie schwanger ist. Ich wusste es von Anfang an. Wusste, dass du in mein Leben treten würdest. Und ich habe dich von Anfang an geliebt.«

Mit Tränen in den Augen werfe ich mich in seine Arme. »Ich weiß. Ich hätte mir keinen besseren Vater wünschen können als dich. Und ich verstehe auch, warum du mir nie etwas erzählt hast. Ich bin nur so traurig darüber, dass ihr so wenig Zeit miteinander hattet.«

»So darfst du es nicht sehen. Am Ende sind es nicht die Jahre, die zählen, sondern die besonderen Momente, die man miteinander verbracht hat. Und von denen hatten wir unzählige. Wir drei zusammen. Mit dir ist es, als wäre sie immer noch hier. Und das ist sie.« Er drückt mich fest an sich, fährt leise fort: »Deine Mutter sagte damals zu mir, ich hätte etwas Besseres verdient. Das war natürlich Unfug. Und doch habe ich das Beste bekommen: dich. Das größte Glück in meinem Leben. Du bist mein Kind. Und wirst es immer sein. Egal, wer dein leiblicher Vater ist.«

»Und du bist mein Vater«, erwidere ich schluchzend. »Für immer. Aber … da ist noch … Ich meine …«

»Da ist noch Matteu …«, vollendet er meinen Gedanken, »und du weißt nicht, wie du zu ihm stehen sollst.«

Ich nicke.

»Auch wenn dir inzwischen klar geworden sein muss, dass die Hälfte der Geschichte deiner Mutter von Matteu niedergeschrieben worden ist?«

»Ja«, flüstere ich.

»Für dich«, fährt er fort. »Ich habe nur alles zusammengefügt und übersetzt. Ebenfalls für dich. Und für deine Kinder und Kindeskinder. Auf dass sich so etwas nie mehr wiederholen möge.«

Ich schlucke. Ein Vermächtnis der drei wichtigsten Menschen in meinem Leben. Und doch: »Wenn er wusste, dass ich seine Tochter bin, wieso hat er nie Kontakt zu mir aufgenommen? Wenn Mama ihm so viel bedeutet hat, warum dann nicht ich? Und wenn er Mama so sehr geliebt hat wie sie ihn, wie hat er es dann trotz all dieser Schicksalsschläge, trotz all seiner Schuldgefühle geschafft, am Leben zu bleiben?«

Anstelle einer Antwort zieht er einen Brief aus der Innentasche seiner Jacke hervor, drückt ihn mir in die Hand.

Meine Kehle ist trocken, nervös blicke ich auf den Umschlag.

»Ich warte drinnen«, sagt mein Vater sanft und geht die Veranda hinauf.

Ich lasse mich erneut auf die Schaukel sinken, öffne mit zittrigen Fingern den Brief.

Justine,
ich weiß nicht, ob Du das hier jemals lesen wirst.

Als Deine Mutter Korsika verließ, lebte ich wie in einer von Nebel gefüllten Glasglocke. Überleben. Atmen. Trinken. Essen. Und das Ganze wieder von vorne. Weil es sein musste. Der Wunsch zu schreien erdrückte mich fast. Manchmal tat ich das auch.

Sich auflösen wollen. Vor allem aber: Nichts mehr fühlen müssen. Irgendwann half es, Dinge zu tun zu haben. Sich um Filou zu kümmern. Man überlebt, weil man nicht stirbt. Ich machte weiter, wenngleich ich nicht wusste, wofür oder warum. Alles, was mich am Leben hielt, war der brennende Wunsch nach Rache. Und am Ende war genau er es, der mich selbst beinahe ums Leben brachte.

Einst war es mein Traum, diesen Teufelskreis zu durchbrechen und ein für alle Mal zu beenden. Stattdessen habe ich ihn wieder in Gang gebracht, das Rädchen am Laufen gehalten.

Dabei führt Gewalt nur zu Leid. Immer. Und auf allen Seiten. Und Leid ist nie gut.

Ich wünsche mir für Dich das Leben, das Deine Mutter sich für Dich erträumt hat: ein Leben voll Liebe, frei von Hass und Rache. Es tut mir leid, dass ich es Dir nicht geben konnte.

Als Deine Mutter starb, starb auch ein Teil von mir. Der Teil, der leuchten konnte. Der hoffen konnte. Der lieben konnte.

Du warst das Licht in meiner Dunkelheit, die Stimme in meiner Stille. Du hast mir das Leben gerettet.

Dennoch musste ich Dich freigeben.

Und das war die größte Sühne für alles, was ich getan habe.

Ich konnte meinem eigenen Kind niemals nahe sein. Dem einzigen Glück, das mir auf der Welt noch verblieben war. Denn obwohl ich mir nichts sehnlicher gewünscht habe, als Dich aufwachsen zu sehen, wollte ich Dir all das Leid ersparen, das die Vergangenheit Deiner Eltern Dir bereiten würde.

Ich bat Cristo, sich weiterhin um Dich zu kümmern, auch wenn es mir das Herz herausriss, Dich gehen zu lassen.

All die letzten Jahre über konnte ich Dein Leben nur aus der Ferne verfolgen. Anhand der Fotos und Nachrichten, die Cristo mir hat zukommen lassen. Sie waren meine Lichtblicke die ganzen Jahre über. Du *warst mein Lichtblick, bist es noch immer.*

Liebe ist der Grund, warum ich noch lebe, nicht Rache. Meine Liebe zu Dir. Du bist mein Herz.

Ich fürchte, Du wirst glauben, ich hätte Dich nicht geliebt, weil ich Dich nicht bei mir behielt. Doch das Gegenteil ist der Fall.

Ich hoffe und bete, dass Du das irgendwann einmal verstehen wirst.

M.

Langsam lasse ich den Brief sinken, und mir wird bewusst, dass ich ihm schon längst verziehen habe. Das Leben hat ihm übel mitgespielt. Aus ihm jemanden gemacht, der er nie hatte sein wollen. Natürlich ist mir klar, dass dem Recht Genüge getan werden muss, dennoch wünsche ich mir von ganzem Herzen, er könnte den Rest seiner Tage in Frieden verbringen. Doch das wird nicht möglich sein, denn Raphaël wird die ganze Sache inzwischen bei der amerikanischen Justiz wieder ins Rollen gebracht haben, da bin ich sicher. Sein Vater war auch US-Bürger. Hier verjährt Mord nicht. Was, wenn er es womöglich am Ende doch noch schafft, dass Matteu in den USA vor ein Gericht gestellt wird?

Nein! Ich kneife die Augen zusammen, mir wird schwer ums Herz. Ich weigere mich, den Gedanken weiterzudenken. Alle Beteiligten haben doch schon genug gelitten. Könnten sie doch wenigstens die restlichen Jahre ihres Lebens befreit von der Vergangenheit verbringen.

Wenn nicht einmal solch eine große Liebe wie die meiner leiblichen Eltern die Welt ein Stück weit verändern konnte, was gibt es dann noch für Hoffnung auf dieser Erde?

Dieser Gedanke verfolgt mich selbst dann noch, als ich längst wieder zurück in New York in meinem Atelier bin.

Ich halte inne, richte mich auf und strecke mein müdes Kreuz. Langsam drehe ich mich um mich selbst, blicke auf Korsika. Collagen über Collagen. Das ganze Zimmer ist zugestellt. Überall stehen Staffeleien, stapeln sich Leinwände.

Korsikas einzigartige Natur, die Menschen. Alles ist bunt, vielfältig, wild und folgt doch einer klaren Linie. Vor allem aber: Es sind nicht, wie früher, nur Gesichter, die ich darstelle. Das Gesicht, nach dem ich so viele Jahre gesucht habe, ist gefunden, der Bann gebrochen. Seit ich meine Vergangenheit kenne, bin ich endlich frei. Ich habe keine Albträume mehr, mein künstlerisches Schaffen hat eine ganz andere Dimension angenommen. Noch nie war ich so produktiv wie in den letzten Monaten. Meine Gefühle fließen geradewegs aus mir heraus auf die Leinwand. Ohne diese Möglichkeit, alles zu verarbeiten, wäre ich vermutlich verrückt geworden. So jedoch fühle ich mich wie erlöst. Von meiner Rast- und Ruhelosigkeit. Und von meiner endlosen Suche nach dem einen Gesicht.

Ich müsste glücklich sein. Doch ich bin es nicht.

Sehnsüchtig streiche ich über die Leinwand in der Mitte des Zimmers. Die größte von allen. Sie zeigt das Foto von Raphaël. Ich habe den einen Menschen gefunden, mit dem ich fliegen konnte. Und ihn wieder verloren.

Ein halbes Jahr ist das jetzt her. Ich habe nichts mehr von ihm gehört, seit ich Korsika verlassen habe. Mein Kopf sagt mir unentwegt, dass er mich nur ausgenutzt hat, mein Herz jedoch behauptet das Gegenteil. Am Ergebnis ändert sich nichts, denn er hat getan, wozu ich ihn damals aufgefordert habe: Er ist aus meinem Leben verschwunden, doch ich vermisse ihn schmerzlich.

Jede Nacht träume ich von der *Insel der Schönheit*. Sie ruft mich, sie lockt mich. Doch obwohl ich inzwischen regelmäßig mit Estelle telefoniere und mich mit ihrer übersetzenden Hilfe sogar der noch immer von ihren Selbstvorwürfen geplagten

Thérèse angenähert habe, kann ich einfach nicht zurück. Noch nicht. Die Sehnsucht nach Raphaël ist schon hier so unfassbar groß – ich weiß, dass sie mich auf Korsika verschlingen wird.

Ich seufze tief auf, wende mich wieder meiner aktuellen Arbeit zu und verwische mit dem Tuch den Übergang von der in Rottönen getauchten Gestalt meiner Mutter zu der verfremdeten Fotografie der Klippen.

Auch wenn mein Albtraum der Vergangenheit angehört, träume ich noch immer jede Nacht von ihr. Sie steht auf den Klippen an Korsikas Küste und blickt über das Meer, mir entgegen. Als würde sie auf mich warten. Als würde noch etwas fehlen, damit sie und ich Ruhe finden. Als sei die Geschichte einfach noch nicht beendet.

Ein leises Klopfen reißt mich aus meinen Gedanken.

»Die Tür ist offen!«, rufe ich. Weil um diese Zeit immer ein Paketdienst nach dem anderen kommt, lehne ich die Tür nur noch an. »Einfach reinkommen.«

Ich lege Tuch, Spachtel und Farbe beiseite. Während ich mich vorsichtig an all meinen Werken vorbeischiebe, wische ich mir die Hände an einem Lappen sauber.

Dann sehe ich, wer in der Tür steht, und der Lappen entgleitet meinen Fingern, fällt zu Boden.

Das ist unmöglich. Das kann nicht sein.

Erst als Matteu sich rührt, wage ich, tatsächlich daran zu glauben, dass es kein Traum ist.

»Du … hier?«, hauche ich völlig perplex.

»Ich weiß, dass du mir nicht verzeihen kannst, aber …«

»Doch«, unterbreche ich ihn und greife nach seiner Hand. »Das kann ich.«

Er schluckt schwer, in seinen Augen schimmert es. Dann erst wird mir bewusst, was sein Auftauchen hier bedeutet, und ich ziehe ihn hastig ins Zimmer, werfe die Tür zu.

»Wie konntest du Korsika verlassen? Du wirst doch gesucht?«

»Nein.«

Verständnislos blinzele ich.

»Und das habe ich Raphaël zu verdanken.«

»Raphaël?«, wiederhole ich ungläubig. Fast meine ich, mich verhört zu haben.

»Er hat mir vergeben und geschworen, für sich zu behalten, was er erfahren hat. Ganz offensichtlich hat er sein Versprechen gehalten. Ich bin ein freier Mann.«

Mir wird schwindlig. Ich lache und weine gleichzeitig.

Bis spät in den Abend hinein sitzen wir zusammen und versuchen, ein ganzes Leben nachzuholen. Wir reden. Wir weinen. Und wir lachen – zusammen.

Nie hätte ich Letzteres für möglich gehalten, doch es sind nicht nur so viele rührende und schöne Momente aus seiner Zeit mit meiner Mutter, die er mit mir teilt, sondern auch lustige. Es sind Erinnerungen, die schimmern wie Perlmutt und die mich von innen heraus wärmen. Sie bringen mich zum Staunen und zum Lachen. Es ist, als sei die Zeit ein gnädiges Sieb, in dem letztlich nur die schönen Erinnerungen übrig bleiben.

Als Matteu sich schließlich verabschiedet und erschöpft in sein Hotel begeben hat, sitze ich noch lange allein im dunklen Atelier und lasse alles nachwirken, aufgeregt und glücklich.

Zugleich bin ich aber auch traurig. Den ganzen Tag über habe ich auf ein zweites Wunder gehofft und insgeheim darauf gewartet, dass Raphaël auftauchen würde. Doch er hat sich nicht blicken lassen, sich nicht gemeldet. Das war zu erwarten. Abgrundtief enttäuscht bin ich dennoch.

Einige Tage später hält meine Enttäuschung noch immer an, und auch wenn ich den Tag im Atelier verbracht habe, konnte ich mich dennoch kaum auf meine Arbeit konzentrieren. Schließlich packe ich mit einem Seufzen meine Sachen, gehe zur Tür, öffne sie – und sehe mich Raphaël gegenüber.

Mein Herz fängt an zu rasen, ich kriege keinen Ton heraus, kann mich nicht rühren.

Nervös fährt er sich mit der Hand durch sein blondes Haar. Es ist so verstrubbelt, als hätte er schon seit einer Ewigkeit vor meiner Tür gestanden, wäre sich immer und immer wieder hindurchgefahren. Jetzt hebt er beschwichtigend die andere Hand.

»Bevor du mich hochkant rauswirfst, wollte ich dir nur schnell endlich deine Sachen zurückgeben.«

Ich senke verwirrt den Blick. Tatsächlich. Mein kleiner brauner Koffer, den ich auf Korsika bei ihm gelassen habe. Mein Herz füllt sich mit Blei. »Du bist hier, um mir mein Gepäck zu bringen?«

Sein Blick flackert. »Und um dir zu sagen, dass ich dich unfassbar vermisse. So sehr, dass ich jeden Morgen in ein Loch stürze, weil ich die Nacht zuvor geträumt habe, du wärst bei mir. In meinem ganzen Leben habe ich noch nie so für jemanden empfunden wie für dich. Du bist der Mensch, der mich vervollständigt. Du bist der Mensch, mit dem ich jeden Moment teilen will. Ich … ich meine … zeit meines Lebens dachte ich, ich wäre auf der Suche nach der Lösung des Rätsels um den Tod meines Vaters. Aber das stimmt nicht. Jetzt weiß ich: In Wahrheit war ich immer nur auf der Suche nach dir.«

»Das passt gut«, hauche ich. »Denn ich war auch immer nur auf der Suche nach dir. Weil ich von dir träumte.«

Langsam, ungläubig zuerst, dann immer strahlender breitet sich ein Lächeln auf seinem Gesicht aus. Sanft legt er seine Hände an meine Wangen, beugt sich langsam zu mir hinunter.

Als seine Lippen die meinen berühren, steht die Welt still.

Ein halbes Jahr später

Die Taverne platzt aus allen Nähten, und obwohl der Abendhimmel bereits in den herrlichsten Farben erstrahlt, wird sowohl drinnen als auch draußen noch getanzt, gelacht und gesungen. Ich stehe an der Brüstung der Terrasse und lasse meinen Blick über das Dorf schweifen, das wie von Gold überzogen inmitten des satten Grüns aufleuchtet.

Anfangs war ich ein wenig erschrocken, als Estelle mir sagte, ihre Tante würde den Erfolg meiner New Yorker Ausstellung in der Taverne feiern wollen. Jetzt jedoch bin ich überglücklich, dem zugestimmt zu haben, denn die Dorfbewohner, die mir anfangs so abweisend erschienen, haben mich voller Herzlichkeit in ihrer Mitte aufgenommen. Der einzige Wermutstropfen ist, dass Matteu nicht hier ist. Nichts hätte ich mir mehr gewünscht, als beide Seiten meiner neuen alten Familie vereint zu wissen. Also werde ich, wie es aussieht, erst hier in Bocognacce den Erfolg meiner Ausstellung feiern und anschließend mit Matteu und Fillipus Familie in Campolo.

An die unglaubliche Tatsache, dass meine Familie nun aus sehr viel mehr Menschen besteht, habe ich mich allerdings auch nach so vielen Monaten noch nicht gewöhnt. Jedes Mal erfüllt es mich aufs Neue mit unfassbar großer Dankbarkeit.

Mein Vater tritt neben mich, drückt mich liebevoll an sich. »Ich habe immer gesagt, dass du eines Tages erfolgreich sein wirst, weißt du noch?«

»Ja. Vor allem aber sagtest du, dass du dir von Herzen wünschst, ich würde so glücklich sein, dass ich das Gefühl hätte, fliegen zu können.« Ich sehe von ihm zu Raphaël, der gerade aus dem Schankraum nach draußen tritt und auf mich zukommt. »Und das bin ich.«

»Ich weiß«, sagt er und ich höre das Lächeln in seiner Stimme. »Jeder kann es dir ansehen. Und dein Glück lässt auch mir Flügel wachsen. Außerdem bin ich auch sehr froh darüber, dass ihr euch entschieden habt, auf Korsika zu bleiben.«

Ich nicke. »Natürlich werde ich immer wieder nach New York zurückfliegen müssen, um meine Werke zu präsentieren, doch hier soll mein Lebensmittelpunkt sein. Hier war er schon immer, nur wusste ich es nicht.«

Er drückt mir einen Kuss auf die Stirn und geht wieder rein, wohl um Raphaël und mir ein paar Momente der Zweisamkeit in all dem Trubel zu geben.

Mein Vater war sehr erleichtert, als ich ihm davon erzählte, und hat den Verkauf seines Hauses in Ohio bereits in die Wege geleitet. Nur für mich war er all die Jahre in Amerika geblieben. Endlich wird auch er nach Korsika zurückkehren können.

»Dein Vater schwebt ja regelrecht vor Stolz auf deinen Erfolg«, scherzt Raphaël, kaum dass er mich erreicht hat, und küsst mich zärtlich. »Ich bin mir sicher, dass seine Füße den Boden nicht berührt haben. Und ich kann es ihm nicht verdenken, denn mir geht es genauso.«

Ich schmiege mich an ihn. Raphaël ist mir bei der Vernissage in New York nicht von der Seite gewichen. Es war ein wundervolles Gefühl, auch wenn seine Anwesenheit verrückterweise gar nicht nötig gewesen wäre. Zu keinem Zeitpunkt hatte ich das Gefühl, ich könnte dem Ganzen nicht gewachsen sein.

Ganz anders als damals mit Dean. Natürlich war ich aufgeregt, doch es war eine freudige Form von Aufregung, keine nervös ängstliche.

»Da seid ihr ja!«, reißt Estelle mich aus meinen Gedanken und fällt mir zum wiederholten Mal freudestrahlend um den Hals. »Ist das nicht großartig, wie viele gekommen sind? Alle freuen sich für dich. Die meisten haben in der Zeitung davon gelesen, welch großer Erfolg deine Ausstellung war. Wir sind alle unfassbar stolz auf dich. Selbst im *Corse-Matin*, der wichtigsten Zeitung Korsikas, haben sie einen Artikel über dich und deine Ausstellung über Korsika gebracht. Tante Thérèse ist die letzten Wochen über nur noch mit dem Artikel in der Hand herumgelaufen.« Suchend sieht sie sich um, ob unsere Tante sie hört, und ergänzt mit einem Grinsen: »Ich bin sicher, es gibt im Umkreis von fünfzig Kilometern niemanden, dem sie nicht auf die Nase gebunden hat, dass ihre Nichte eine gefeierte Künstlerin ist. Ich glaube, sie hat sich den Artikel sogar nachts unter das Kopfkissen gelegt.«

Als hätte Thérèse gespürt, dass die Rede von ihr ist, steuert sie jetzt zwischen den Gästen hindurch auf uns zu. Sie nickt Raphaël freundlich zu, wenn auch noch immer etwas verhalten. Es hat eine Zeit gedauert, doch inzwischen sind sie einigermaßen warm miteinander geworden. Dann nimmt sie meine Hände zwischen die ihren.

»Du hast das Talent deiner Mutter«, sagt sie mit Tränen in den Augen. »Ich bin so unfassbar glücklich darüber, dass du ihren Traum leben kannst. Vielmehr noch, dass es auch dein eigener ist.«

»Danke«, flüstere ich, tief bewegt.

In diesem Moment öffnet sich die Tür der Taverne. Vorsichtig, zögerlich. Und mir stockt der Atem, als ich Fillipu samt Frau und Enkeln sehe. Und Matteu.

Im Raum wird es still, nervöse Blicke fliegen zwischen den Caratolis und Thérèse hin und her.

Doch da geht diese bereits auf die Neuankömmlinge zu. »Danke, dass ihr meine Einladung angenommen habt«, sagt sie und streckt Matteu die Hand entgegen. Und er ergreift sie.

Und mir ist, als sähe ich das Gesicht meiner Mutter. Sie lächelt.

Die Sonne ist bereits untergegangen, bunte Lichterketten tanzen vor einem mit Sternen übersäten Himmel. In ihrem Schein spielen auf dem Rasen unterhalb der Terrasse noch immer die Kinder voller Begeisterung Fangen. Fillipus Enkel mit den Kindern der Bonaceris und aus ganz Bocognacce.

»Ich wünschte, Letizia hätte das noch erlebt«, ertönt plötzlich neben mir Matteus Stimme. Sein Blick ist auf die Kinder gerichtet und ein wenig Wehmut schwingt in seiner Stimme mit.

Ich drücke seine Hand. »Eure Liebe war nicht umsonst. Sie hat die Welt ein Stück weit verändert.«

Er lächelt mich dankbar an, zuckt dann zusammen, als sei ihm etwas eingefallen. »Ich habe etwas für euch.« Er läuft zurück ins Innere der Taverne, kommt kurz darauf mit einem Deckenbündel im Arm wieder heraus, und das verschmitzte Funkeln in seinen Augen lässt ihn so viel jünger, so viel lebendiger wirken. Überhaupt ist es, als sei ein grauer Schleier von ihm weggezogen worden.

Erst auf den zweiten Blick erkenne ich das Fellknäuel in seinem Arm.

»Ein Welpe!«, rufe ich freudig überrascht aus.

»Ich hoffe, dass der Kleine dir ein ebenso treuer Wegbegleiter sein wird, wie sein Großvater es mir war.« Er reicht mir den kleinen Cursinu und ich kann kaum an mich halten vor Freude. Und nicht nur ich – sofort stürmen sämtliche Kinder voller

Begeisterung auf uns zu. Es klingt wundervoll, voller Leben und Liebe – und Hoffnung.

Später, als die bunten Lichterketten sanft vor dem mit unzähligen Sternen übersäten Himmel schaukeln und die Zikaden sich die Nacht zurückerobert haben, sitzen Raphaël und ich aneinandergeschmiegt auf der Terrasse und sehen über das mondbeschienene Tal. Die Worte von Matteu gehen mir noch immer im Kopf herum.

»Meinst du, auch wir werden die Welt ein Stück weit verändern können?«, frage ich Raphaël.

»Ja«, sagt er nur. »Du bist der Mensch, mit dem zusammen ich die Welt verändern möchte. Du bist der Mensch, mit dem ich sie verändern *kann.* Weil deine Nähe mir Kraft gibt, dein Lächeln mir Hoffnung schenkt, deine Stimme mich beflügelt. Vor allem aber, weil du mein Herz zum Träumen bringst, deine Liebe mir Flügel schenkt. Ich liebe dich mehr als alles andere auf der Welt.«

»Und ich liebe dich. Unendlich«, gebe ich glücklich zurück, bevor ich leise ergänze: »Weißt du, ich bin sicher, dass ich nicht mehr davon träumen werde, wie meine Mutter auf dem Felsen steht und nach mir Ausschau hält. Ich habe endlich das Gefühl, dass ihre Geschichte beendet ist. Und dass zugleich eine ganz neue beginnt.«

Raphaël streicht mir sanft das Haar aus dem Gesicht und nickt. »Unsere.«

Und ich weiß: Das ist die Liebe, die alle Hürden überwindet. Die Grenzen sprengt und Menschen vereint.

Nachwort

Liebe Leserin, lieber Leser,

ich freue mich, dass ich dich für eine Weile aus dem Alltag nach Korsika entführen durfte, und danke dir dafür, dass du mit Letizia und Matteu mitgefiebert und Justine und Raphaël auf ihrem Weg begleitet hast.

In all meinen Romanen gehe ich vollkommen auf und jeder einzelne davon hat auf seine Weise und aus einem eigenen Grund einen ganz besonderen Platz in meinem Herzen.

Nichts hätte ich lieber getan, als Letizia und Matteu noch viele glückliche Jahre miteinander verbringen zu lassen, aber das Leben läuft leider selten so, wie wir uns das wünschen. Die Frage ist, wie wir damit umgehen und ob wir das Fünkchen Hoffnung entdecken, das auch in größter Dunkelheit ein Feuer zu entzünden vermag.

In diesem Sinne wünsche ich dir unzählige wundervolle Momente, denn:

In der Bilanz eines Lebens
zählen manche Momente
mehr als viele Jahre
K. H. Karius

Es gibt noch viele Geschichten, die es zu erzählen gilt.

Ich hoffe, dass du auch diese mit mir durchlebst, durchleidest und durchliebst.

Deine Emma

Printed in Poland
by Amazon Fulfillment
Poland Sp. z o.o., Wrocław

51039594R00289